rororo

Die Farben des Wassers, der schwere Duft der Kletterrosen vor ihrem Fenster und die seltsame Stille, die über der Stadt lag, lösten ein Gefühl in Lily aus. Ein beinahe schmerzhaftes Gefühl, das ein Ziehen in ihrer Brust verursachte. Sie kannte dieses Gefühl. Es überkam sie oft an heißen Tagen, wenn der süße Hauch des Sommers allgegenwärtig war. Besonders stark wurde es an den Abenden, an denen sie mit ihrer Mutter und Michel auf der Terrasse saß und sie sich vorlasen. Schon seit ein paar Minuten suchte sie nach einem Wort, um das Gefühl zu beschreiben. Sehnsucht *hatte sie bereits durchgestrichen. Das traf es nicht. Auch* Melancholie *war nicht das, was sie suchte. Es war etwas Ähnliches, aber sie wollte das perfekte Wort finden, das Wort, das ihr Gefühl so präzise wie möglich spiegelte. Sie schrieb* Vorahnung *auf und blickte mit gerunzelter Stirn auf die leicht nach rechts geneigten Buchstaben. Auch das traf es nicht genau, aber ein wenig Wahrheit steckte doch darin. Sie fühlte sich, als würde sie auf etwas warten, als trage die Luft ein Versprechen auf die Zukunft in sich. Trotzdem zog sie energisch einen Strich durch das Wort. Eine halbe Wahrheit konnte sie nicht gebrauchen, sie wollte Genauigkeit.*

Ein paar Wochen später würde sie beim Durchblättern der Seiten ein Schauer durchrieseln. Im Schatten der Ereignisse hatte das Wort eine vollkommen neue Bedeutung bekommen.

Miriam Georg, geboren 1987, ist freiberufliche Korrektorin und Lektorin. Sie hat einen Studienabschluss in Europäischer Literatur sowie einen Master mit dem Schwerpunkt Amerikanisch-Indianische Literatur. Wenn sie sich nicht auf einer ihrer Reisen befindet, lebt die Autorin mit ihrer gehörlosen kleinen Hündin Rosali und ihrer Büchersammlung in Berlin-Neukölln.

MIRIAM GEORG

Elbleuchten

Eine hanseatische Familiensaga

Rowohlt Taschenbuch Verlag

Originalausgabe
Veröffentlicht im Rowohlt Taschenbuch Verlag, Hamburg,
Februar 2021
Copyright © 2021 by Rowohlt Verlag GmbH, Hamburg
Covergestaltung FAVORITBUERO, München
Coverabbildung Shutterstock, Magdalena Zyzniewska /
Trevillion Images, Richard Jenkins
Satz aus der Minion Pro
bei Pinkuin Satz und Datentechnik, Berlin
Druck und Bindung CPI books GmbH, Leck, Germany
ISBN 978-3-499-00344-8

Die Rowohlt Verlage haben sich zu einer nachhaltigen Buch-
produktion verpflichtet. Gemeinsam mit unseren Partnern
und Lieferanten setzen wir uns für eine klimaneutrale Buch-
produktion ein, die den Erwerb von Klimazertifikaten zur
Kompensation des CO_2-Ausstoßes einschließt.
www.klimaneutralerverlag.de

Für meine Mutter

Stets gibt es ein Begehren, das mitreißt,
ein Gebot der Schicklichkeit, das zurückhält

GUSTAVE FLAUBERT

Teil 1

Hamburg 1886

PROLOG

*D*ie Augen der Frau glänzten wie im Fieberwahn. Mit den Ellbogen bahnte sie sich einen Weg durch die Menschenmenge. Schweiß strömte ihr über das Gesicht, ihr Kleid war zerrissen und voller Rußflecken. Mit der einen Hand zerrte sie ein rotnasiges Mädchen hinter sich her, mit der anderen presste sie einen Säugling an ihre Hüfte.

Alfred Karsten sah sie als Erster. Auf der Suche nach seiner Tochter ließ er den Blick über die Köpfe schweifen und versuchte, zwischen den wippenden Hüten der Damen und den Zylindern der Herren Lilys rote Haare auszumachen. Er zuckte zusammen, als er dem Blick der Frau begegnete. An der Art, wie sich die brennenden Augen an ihn hefteten, erkannte er sofort, dass ihre Wut ihm galt. Einen Moment hielt er inne, überlegte mit gerunzelter Stirn, was sie wollen konnte. Es war offensichtlich, dass sie nicht zu den Gästen gehörte. Sie war direkt aus dem Schlamm der Gängeviertel gekrochen, beinahe konnte er das Elend an ihr riechen. Durch die entsetzten Blicke, die ihr folgten, und den Abstand, den die Menschen, die sie rechtzeitig bemerkten, zu ihr hielten, fand er diese Vermutung bestätigt. Er wollte sich schon wieder abwenden und eine Anweisung geben, die Frau diskret zu entfernen, der festen Überzeugung, dass sie doch nur zufällig hier inmitten der feinen Gesellschaft gelandet war. Aber als die Frau plötzlich einer Dame im violetten Tournürenkleid einen Stoß in den Rücken gab, weil sie ihr den Weg versperrte, die Dame nach Luft schnappte und beinahe ihren Sonnenknicker fallen ließ, löste er sich abrupt aus seiner Starre. Diese Fremde hatte soeben eine der bekanntesten Kommerzienrätinnen Hamburgs öffentlich angegriffen. Eine Anzeige würde sie ohne Prozess ins Zuchthaus bringen. Dass sie das riskierte, ja nicht einmal zu merken schien, was sie getan hatte, zeigte ihm, dass etwas mit der Frau ganz und gar nicht stimmte. Sie sah krank aus, manisch.

Noch immer hatte sie ihren Blick keine Sekunde lang von ihm genommen.

Ihm schoss ein leiser Schauer durch den Körper, der die Haare an seinen Armen wie elektrisiert aufstehen ließ. Einem Instinkt folgend, schob er seine Frau Sylta ein Stück hinter sich, die verwirrt zu ihm aufsah, und nickte dann Franz zu. Sein Sohn brauchte nur wenige Sekunden, um die Situation zu erfassen. Ohne seinen gelassenen Gesichtsausdruck zu verändern, bellte er einen knappen Befehl in Richtung der Hafenarbeiter, die sie für den heutigen Tag als Sicherheitsmänner angeheuert hatten. Die Männer standen mit auf dem Rücken gefalteten Händen in einer Reihe hinter der Bühne und blickten starr geradeaus. Sofort lösten sich drei von ihnen aus der Formation und traten der Frau entgegen. Doch bevor sie sie zu fassen kriegten, begann sie zu schreien. «Karsten! Mein Mann ist als Krüppel von deinem Schiff runtergekommen. Sieben Kinder und kein Vater. Wir werden alle im Elend verrecken. Zehn Jahre hat er für die Reederei gearbeitet, und dann wird er davongejagt wie ein räudiger Hund!»

Einer der Männer packte die kreischende Frau um die Taille und versuchte, sie fortzuziehen, während die anderen sie von der Menge abschirmten. Sie ließ das Mädchen los, kratzte und schrie, versuchte, ihn zu beißen. Fast wäre ihr dabei der Säugling aus den Armen gefallen. Der Mann fasste sie grob an den Haaren und drehte ihr die freie Hand auf den Rücken. Als sie merkte, dass sie keine Chance hatte, veränderte sich plötzlich ihr Tonfall, das Kreischen wurde zu einem verzweifelten Flehen. «Bitte! Wie sollen wir überleben?», rief sie. «Mein Mann braucht Arbeit! Meine Kinder werden sterben.» Wie um ihre Worte zu bestätigen, begannen beide Kleinen, laut zu weinen.

«Schafft sie fort!», knurrte Franz, der gleichzeitig beruhigend in die Menge lächelte und einem weiteren Arbeiter zunickte, der sofort herbeieilte, um die anderen zu unterstützen. Kurzentschlossen packte der Mann das Mädchen, warf es sich über die Schulter und trug es davon. Die anderen fassten die Frau an den Armen und zerrten sie hinter ihm her. Bald waren ihre verzweifelten Rufe und das Weinen der Kinder unter dem aufgeregten Gemurmel der Menge nicht mehr zu hören.

Alfred wischte sich verstohlen mit seinem Einstecktuch über die Stirn. Das hätte auch anders ausgehen können. In Situationen wie diesen war es gut, Franz an seiner Seite zu haben, der nie Skrupel zeigte, wenn es darum ging, mit harter Hand durchzugreifen. Er lächelte den Umstehenden beschwichtigend zu, die zwar ein wenig aufgewühlt schienen, aber nicht wirklich beeindruckt. Jeder hier war in einer ähnlichen Situation und wusste, dass ihn keine Schuld an dem Zwischenfall traf. Einen Moment durchzuckte ihn der Gedanke, dass die Frau recht hatte. Sie würde vermutlich verhungern. Genau wie ihre Kinder. Der Säugling hatte bereits mehr tot als lebendig ausgesehen. Wenn der Vater als Brotverdiener wegfiel, blieb ihr nichts anderes übrig, als die größeren Kinder zum Betteln zu schicken, was wohl kaum eine neunköpfige Familie ernähren würde. Es war eine grausame Welt, ein grausames System, in dem sie lebten, aber er hatte es nicht erfunden. Sollte er vielleicht jedem seiner Arbeiter Krankengeld zahlen? Er schnaubte bei dem lächerlichen Gedanken leise auf. Es wäre sein Ruin! Es gab nun mal keine Lösung für solch ungerechte Situationen, die Frau würde sich, wie so viele ihresgleichen, in ihr Schicksal fügen müssen.

Und dennoch ... Etwas an dem kleinen Mädchen, das an ihrem Rockzipfel gehangen hatte, ließ ihn nicht los. Es erinnerte ihn auf seltsame Weise an Lily, der schüchterne, aber neugierige Blick, die feinen Sommersprossen auf der Nase. Er schüttelte den Kopf, wie um sich zur Ordnung zur rufen, und war über sich selbst überrascht, als er sich plötzlich seinem Sohn zuwandte und ihm ins Ohr flüsterte. «Lass anweisen, dass ich der Frau fünfzig Mark als Entschädigung zukommen lasse!»

Franz verzog keine Miene, aber der Blick, mit dem er auf seine Worte regierte, war voll ungläubigem Staunen. «Bist du von Sinnen?», zischte er.

«Tu es einfach!» Alfred hatte keine Lust auf eine Diskussion. Er drehte sich um, aber Franz fasste ihn grob am Ärmel. «Wenn wir ihr etwas geben, kommen sie bald alle angekrochen!»

Er zögerte einen Moment. Es war ein berechtigter Einwand. «Schön. Sie kriegt das Geld nur, wenn sie niemandem erzählt, woher es kommt. Sollte jemand bei uns erscheinen und sich auf sie berufen, werde ich eine sofortige Rückzahlung verlangen. Das sollte sie zum Schweigen bringen!»

Franz war nicht besänftigt. «Vater, das ist eine vollkommen schwachsinn...»

«Mach bitte, was ich sage!» Alfreds schneidende Stimme ließ keinen Widerspruch zu. Sein Sohn würde in absehbarer Zukunft die Geschäfte und damit sein gesamtes Lebenswerk übernehmen. Aber noch traf er die Entscheidungen.

Franz wandte sich nach einem letzten ungläubigen Blick zähneknirschend ab, um die Anordnung weiterzugeben.

Alfred seufzte leise und ließ den Blick über die Titania schweifen. Das Schiff war eine Augenweide, er hätte nicht stolzer sein können. Traditionell gefertigt und doch mit der modernsten deutschen Technik ausgestattet. Den Stapellauf hatte sie schon in Liver-

pool hinter sich gebracht, wo sie gebaut worden war, aber die Taufe musste hier stattfinden, auf Hamburger Wasser, mit Hamburger Traditionen.

Die Segel waren über die Toppen geflaggt, die blau-weiß gestreifte Karsten-Flagge war gehisst, und am Bug hing ein großer Kranz aus Blumen. Alles war bereit. Nun gab es nur noch ein Problem: Die Taufpatin fehlte. Ohne sie konnte die Zeremonie nicht losgehen. Er zog seine Taschenuhr hervor und warf einen nervösen Blick darauf. Sie hätte längst hier sein müssen.

Wo blieb Lily?

1

Lilys Hand ruhte bewegungslos auf dem Papier. Ein kleiner Klecks Tinte war von der Feder auf das Blatt gefallen und hatte dort eine blaue Träne gebildet. Sie lief an den Rändern leicht auseinander, wo die Fasern des Papiers die Oberfläche des Tropfens aufbrachen. Aber Lily bemerkte es nicht. Sie starrte vor sich hin, die Stirn nachdenklich gekräuselt, sodass über ihrer Nase jener kleine Kreis entstand, den ihre Mutter immer liebevoll ihre Denkerfalte nannte.

Über Hamburg flimmerte die Luft, der Himmel war ein endloser blauer Ozean. Eine Glocke aus Hitze schien sich über die Stadt gelegt zu haben und jede Bewegung in ihrem Inneren zu ersticken. Nicht einmal das Wasser der Alster, die Lily von ihrem Schreibtisch aus sehen konnte, schillerte wie sonst in kleinen, wirbelnden Mustern. Der Fluss glitt träge dahin wie ein grünblauer Spiegel.

Die Farben des Wassers, der schwere Duft der Kletterrosen vor ihrem Fenster und die seltsame Stille, die über der Stadt lag, lösten ein Gefühl in Lily aus. Ein beinahe schmerzhaftes Gefühl, das ein Ziehen in ihrer Brust verursachte. Sie kannte dieses Gefühl. Es überkam sie oft an heißen Tagen, wenn der süße Hauch des Sommers allgegenwärtig war. Besonders stark wurde es an den Abenden, an denen sie mit ihrer Mutter und Michel auf der Terrasse saß und sie sich vorlasen. Schon seit ein paar Minuten suchte sie nach einem Wort, um das Gefühl zu beschreiben. *Sehnsucht* hatte sie bereits durchgestrichen. Das traf es nicht. Auch *Melancholie* war nicht das, was sie suchte. Es war etwas Ähnliches, aber sie wollte das perfekte Wort finden, das Wort, das ihr Gefühl so präzise wie möglich spiegelte. «Wenn ihr mit wenigen Sätzen genau das ausdrücken könnt, was ihr fühlt, dann könnt ihr schreiben!», hatte Frau Finke, ihre alte Lehrerin, immer gesagt. Und Lily hatte sich das zu Herzen genommen.

Nur gelang es ihr einfach nicht.

Sie schrieb *Vorahnung* auf und blickte mit gerunzelter Stirn auf die leicht nach rechts geneigten Buchstaben Auch das traf es nicht genau, aber ein wenig Wahrheit steckte doch darin. Sie fühlte sich, als würde sie auf etwas warten, als trage die Luft ein Versprechen auf die Zukunft in sich. Trotzdem zog sie energisch einen Strich durch das Wort. Eine halbe Wahrheit konnte sie nicht gebrauchen, sie wollte Genauigkeit.

Ein paar Wochen später würde sie beim Durchblättern der Seiten ein Schauer durchrieseln. Im Schatten der Ereignisse hatte das Wort eine vollkommen neue Bedeutung bekommen.

Aber in diesem Moment umschrieb es nicht mehr als die Vorfreude auf einen langen, heißen Sommer, in dem sie vor allem schreiben wollte. Schreiben und lesen. Und tanzen. Und küssen. Vielleicht nicht unbedingt in dieser Reihenfolge. Aber die bestimmte Henry. Er war immer so korrekt, so streng auf die Einhaltung von Regeln bedacht, als hinge sein Leben davon ab. Sie durften sich offiziell nur in Begleitung sehen, und anstatt dieses Gebot zu umgehen und ihr heimlich Avancen zu machen, wie man es erwartete, bestand er strikt auf dessen Einhaltung. Manchmal war sie fast ein wenig wütend darüber, wie wenig Mühe er sich gab, sie zu umwerben. Ja, sie waren einander bereits versprochen, sogar offiziell verlobt. Aber das hieß doch nicht, dass er jetzt aufhören konnte, ihr Briefe zu schreiben und ihr das Gefühl zu geben, schön und begehrenswert zu sein. «Du nimmst mich bereits für selbstverständlich!», hatte sie ihm einmal vorgeworfen, und er hatte sie entsetzt angeblickt und Besserung gelobt. Die sie dann auch bekam – in Form von Schokolade und einem Gedicht.

Schokolade und Gedichte waren ja nicht schlecht, man konnte auf jeden Fall am Seminar damit angeben, auch wenn Henry das Gedicht nicht selbst, sondern von Brentano abgeschrieben hatte. Brentanos Gedichte waren ihr zu lieblich. Sie wollte aufregende Küsse in der Halle und romantische, nächtliche Treffen, für die sie sich aus dem Haus schleichen musste, wie in den Büchern, die Berta ihr heimlich auslieh und die sie im Regal hinter Goethe versteckte. Doch für so was war Henry einfach nicht zu haben. Als sie daran dachte, dass sie ihn heute bei der Schiffstaufe sehen würde, lächelte sie. Verliebt war sie, da gab es keinen Zweifel. Er hatte sie abholen wollen, aber er war so beschäftigt mit seinem Medizinstudium, stand kurz vor seinem Abschluss. Sie konnte genauso gut mit Franz fahren. Ihre Eltern waren bereits vor über zwei Stunden aufgebrochen, es gab vor den Feierlichkeiten noch einen Empfang in den Alsterarkaden, und Lily hatte sich gesträubt mitzukommen. Sie fand Empfänge entsetzlich langweilig. Als sie jetzt über die Taufe nachdachte, wurde ihr plötzlich bewusst, dass sie schon viel zu lange hier saß. Sie musste sich fertig machen!

Die stehende Luft im Raum ließ einen starken Geruch nach Teppich und altem Holz aus den Zimmerritzen hervorkriechen und gab einen Vorgeschmack darauf, wie heiß es bei der Taufe werden würde, die im Freien und – soweit sie wusste – ohne Schatten stattfand. Puder sollte sie also lieber nicht auflegen, der würde ihr nur über die Wangen hinablaufen. Dafür hatte sie auch gar keine Zeit mehr. Nach einem erschrockenen Blick auf die Standuhr im Flur hastete sie zu ihrer Kommode. Gut, dass

Seda ihr heute Morgen bereits die Haare aufgesteckt hatte. Nur ein paar rote Locken waren der kunstvollen Frisur entwischt und mussten zurück an ihren Platz geschoben werden. Eine müßige Arbeit, da sie sowieso wieder hervorspringen würden, sobald Lily sich bewegte. Ihr neues Kleid hing gestärkt und duftend am Schrank. Sie warf einen missmutigen Blick darauf. In Weiß sah sie blass und gespenstisch aus. Sie fühlte sich dann immer, als würde sie in dem Stoff verschwinden. Aber ihr Vater hatte darauf bestanden. «Eine Taufpatin muss so jung und unschuldig wie möglich aussehen, was kann das besser unterstreichen als ein weißes Spitzenkleid?»

Eine Haarklammer zwischen den Lippen, sprang sie hastig aus ihrem Hausmantel und klingelte an der kleinen Glocke neben ihrem Bett. «Seda, ich bin zu spät!», rief sie in den Flur, in der Hoffnung, dass Seda vielleicht schon in der Nähe war. Sie klingelte schnell noch einmal. Plötzlich wurde ihr bewusst, *wie* spät sie tatsächlich dran war. Franz würde jeden Moment hereinkommen, und sie war noch nicht zur Hälfte fertig.

In ihrer Chemise setzte sie sich vor den Spiegel, griff nach dem Rouge und malte hastig ein wenig Rot auf ihre Wangen. «Oh verflixt, das war zu viel!» Nun sah sie aus, als hätte sie Fieber. Sie tauchte ein Tuch in die Schale mit Wasser und rubbelte sich über das Gesicht. Das machte es nicht besser, nun klebte ihr das Rot in nassen Schlieren an den Wangen. Schnell drehte sie das Tuch um und rieb mit dem trockenen Ende, so fest sie konnte, über die Farbe. Als sie fertig war, standen die kleinen Locken am Rande ihres Gesichts wie elektrisiert in die Höhe, ihre Wangen glühten. «Gut, dass ich heute nicht vor fast hundert Leuten eine Rede halten muss», sagte sie zu ihrem Spiegelbild und zog eine Grimasse. «Oh, warte. Doch, das war heute!» Sie seufzte und warf das Tuch in die Ecke. Wie war das nun wieder passiert, sie hatte doch so viel Zeit gehabt. Den ganzen Vormittag! Wie immer, wenn sie an ihrem Schreibtisch saß, die Gedanken zu Worten wurden, die Worte zu Sätzen, die Sätze zu Figuren und Geschichten, machte die Zeit einfach, was sie wollte. Sie verflüssigte sich, verschwamm, und wenn Lily aufsah und meinte, es sei doch nur ein Moment vergangen, war sie einfach nicht mehr da.

Ihr Blick fiel auf ihren neuen Hut. Sie biss sich auf die Lippen. «Auf keinen Fall!», hatte ihr Vater gesagt. «An jedem anderen Tag, aber nicht zur Taufe!» Lily wusste, dass er es ernst gemeint hatte. Ein wenig gewagt war der Hut, das stimmte schon. Groß und dunkelgrün, mit einer enormen wippenden Feder und einem breiten Band mit kleinen Punkten. Extravagant und auf jeden Fall auffallend, nach der neuesten Mode, die ihrem konservativen Vater prinzipiell nicht gefiel, egal, wie sie aussah. Aber Lily liebte diesen Hut. Und er würde ihrem Gesicht etwas Schatten spenden. Während sie noch überlegte, ob sie es wagen konnte, die Anweisung ihres Vaters zu missachten, kam Seda herein. «Wir sind spät dran, oder?», fragte sie und griff nach dem Korsett, das auf dem Bett bereitlag.

«Sehr spät!» Lily ließ die Unterwäsche fallen, hob die Arme und stellte sich vor Seda, sodass diese es ihr überstreifen konnte. Nicht nur das Kleid, auch das Korsett war nach der neuesten Mode gefertigt. Es war lang, presste den Bauch weg und formte Hüfte, Brust und Gesäß nach außen. Schon wie Seda es da in den Händen hielt, sah es furchtbar schmal und unbequem aus. Lily hatte es erst einmal kurz anprobiert und Seda nach wenigen Minuten gebeten, es wieder aufzuschnüren, weil sie sich gefühlt hatte wie in einem Käfig. Wie sie einen so drückend heißen Tag darin überstehen sollte, war ihr schleierhaft. Sie musste unbedingt an ihr Riechfläschchen denken, damit sie nicht von der Bühne in die Menge kippte.

«Für Schönheit muss man eben leiden!», bemerkte Seda, als sie Lilys gequälten Gesichtsausdruck im Spiegel sah, und lächelte ihr aufmunternd zu.

Lily nickte mit aufeinandergepressten Lippen und hielt sich am Bettpfosten fest. Das Kammermädchen zog, so fest es ging, an den Schnüren, die die Federstahlbänder gegen ihren Körper pressten und ihren Bauch in die moderne Kürasstaille formten. Lily zuckte bei jedem Zug zusammen und spürte, wie ihre Gedärme immer enger zusammengedrückt wurden. Es fühlte sich an, als hätte sie einen dicken Stein im Magen.

Seda holte das Maßband hervor und schlang es mit konzentrierter Miene um Lilys Taille. «Dreiundfünfzig Zentimeter.» Sie nickte zufrieden.

«So könntest du an den Straßenecken gutes Geld verdienen!», sagte eine Stimme hinter ihr.

Lily fuhr herum. Franz stand im Türrahmen. Er blickte sie mit leicht verächtlichem Ausdruck im Gesicht an. Sofort überzog eine hektische Röte Sedas Wangen, schüchtern sah sie zu Boden. Lily wusste, dass das Hausmädchen ihren großen Bruder attraktiv fand, sogar ein wenig in ihn verliebt war. Franz tat jedoch wie immer so, als befände sie sich gar nicht im Raum.

«Charmant wie stets!», zischte Lily ihm als Antwort zu, und er verzog spöttisch einen Mundwinkel.

«Die Pferde sind eingespannt. Wir müssen los.»

«Du siehst doch, dass ich noch nicht fertig bin!»

«Du hattest den ganzen Tag Zeit.»

«Ja, aber es dauert nun mal noch. Sie werden schon nicht ohne mich anfangen.» Wie immer, wenn sie mit Franz sprach, stahl sich eine schnippische Gereiztheit in ihren Ton.

Ihr Bruder lehnte sich im Türrahmen nach hinten und warf einen Blick auf die Uhr in der Halle. «Du willst also eine ganze

Festgesellschaft auf dich warten lassen? Typisch. Die Erde dreht sich ja auch um Lily Karsten.» Er zog die Augenbrauen hoch. «Ich gebe dir noch fünf Minuten. Die Pferde stehen in der Sonne», sagte er ungerührt, und mit einem weiteren abschätzigen Blick auf ihre aus dem Korsett quellenden Brüste war er verschwunden.

Lily zischte eine derbe Verwünschung hinter ihm her, die Seda schockiert zusammenzucken ließ. «Als würden ihn die Pferde kümmern! Er will mich einfach nur bloßstellen.» Fünf Minuten konnte sie niemals schaffen. Sie musste noch ins Kleid, und ihre Haare waren auch noch nicht fertig. «Er wird es nicht wagen …», murmelte sie und wusste doch zugleich, dass er es sehr wohl wagen, ja sogar genießen würde, ohne sie loszufahren und sie vor aller Welt zu blamieren. Einen Moment überlegte sie fieberhaft. «Seda, lauf rasch nach unten und sag Agnes, dass Toni die Droschke für mich anspannen soll. Franz wird ohne mich fahren, ich weiß es genau!»

Seda ließ sofort das Maßband fallen und eilte zur Tür hinaus. Einen Moment stand Lily ratlos da, überlegte, welche Aufgabe sie ohne Hilfe bewältigen konnte und lief schließlich zum Spiegel, um ihre Haare zu ordnen. Doch schon nach wenigen Sekunden wurde ihr klar, dass es aussichtslos war. Die Luftfeuchtigkeit war zu hoch, die Locken kringelten sich in alle Richtungen. Frustriert warf sie die Haarnadeln wieder in die Schale. In dem Moment hörte sie durch das offene Fenster die Hufe der Pferde auf dem Kies. «Was? Die fünf Minuten sind doch noch nicht einmal um!», rief sie und hastete auf den Balkon. Sie sah gerade noch Franz' Zylinder und sein hämisches Grinsen, als er ihr kurz durch das Fenster der Kutsche zuwinkte, die aus dem Tor hinaus die Bellevue hinabfuhr. Lily trat wütend mit dem Fuß gegen das Geländer und zuckte zurück, als ein stechender

Schmerz ihr Bein hinauffuhr. «Du Mistkerl!», brüllte sie ihm hinterher, aber die Kutsche war schon hinter den Bäumen der Allee verschwunden.

Sie hüpfte auf einem Bein ins Zimmer zurück. «Seda! Wo bleibst du?», rief sie verzweifelt. Jetzt musste sie sich wirklich, wirklich beeilen.

Fünfzehn Minuten später eilte Lily Karsten die große Treppe in der Halle hinunter. Ihre Wangen waren noch immer einen Hauch zu rot, aber sie war tadellos geschnürt und zurechtgemacht. Die Taille in dem weißen Kleid sah aus, als würde sie bei der ersten unbedachten Bewegung zerbrechen. Als sie einen letzten Blick in den Spiegel über dem Kamin warf, kam ihr Agnes, ihre Haushälterin, mit sorgenvoller Miene entgegen.

«Oh, Lily. Wir haben ein Problem!», rief sie. Dann stockte sie, und ihr Blick glitt nach oben. «Aber ich dachte … Dein Vater hatte doch verboten … der grüne Hut …» Wie immer, wenn niemand anderes in der Nähe war, duzte sie Lily.

«Jaja, ich weiß, es ging nicht anders! Ich muss meine Haare verdecken.» Lily, die sich in letzter Sekunde doch für die Rebellion entschieden hatte und es bereits bereute, winkte rasch ab, damit Agnes sie nicht noch mehr verunsicherte. «Was gibt es für ein Problem?»

«Das Pferd lahmt», verkündete die Haushälterin mit Grabesmiene. «Toni hat es eben erst bemerkt. Die Droschke kann nicht fahren!»

«Was?» Lily starrte sie entsetzt an. Kleine Punkte tanzten vor ihren Augen, und sie musste sich kurz am Geländer festhalten. Es liegt am Korsett, dachte sie, und atmete so tief ein und aus, wie es ihr möglich war. Oder an dem Gedanken an eine ungeduldige Festgesellschaft der Hamburger Oberschicht, die in der stechenden Hitze auf sie wartete. «Das darf nicht wahr sein!», keuchte sie.

«Was machen wir nun?» Agnes schlug bekümmert die Hände zusammen. Wie immer, wenn sie sich aufregte, sah sie aus wie ein aufgeplustertes Huhn. Lily fing sich, holte tief Luft und eilte an ihr vorbei aus dem Haus.

Draußen in der kreisrunden Einfahrt stand die kleine Droschke, die ihr Vater benutzte, wenn er alleine ausfuhr. Silber, der schwarze Hengst, den sie letzten Herbst gekauft hatten, stand schnaubend davor. Toni bückte sich gerade und begutachtete seinen Vorderhuf. «Was hat er?», fragte Lily, die schon von den wenigen Stufen atemlos keuchte.

«Tag, Fräulein Lily!» Toni lüpfte seine Mütze, ohne dabei den Huf loszulassen. «Ich weiß es nicht, der Knöchel ist geschwollen. Der kann so auf keinen Fall laufen.»

«Dann hol schnell ein anderes Pferd!» Lily wischte sich über die Stirn. Schon jetzt begann sie zu schwitzen. «Ich bin schon viel zu spät», rief sie verzweifelt.

Toni nickte mit zusammengezogenen Augenbrauen. «Ich habe schon Bescheid gegeben, aber es wird 'nen Moment dauern.»

Lily wusste, dass er recht hatte. Er musste Silber abspannen, das neue Pferd, das noch nicht mal in Sichtweite war, einspannen, vielleicht sogar noch striegeln oder die Hufe auskratzen. «Dafür ist keine Zeit!»

Der Stallaufseher fuhr sich ratlos mit der Hand über den Kopf. Agnes, die hinter Lily hergeeilt war, knetete ihre Schürze. «Was sollen wir nur tun?», rief sie. Ihre Wangen hatten unter der Haube stechende rote Flecken bekommen. «Wenn du nicht rechtzeitig kommst, wird es eine Katastrophe!»

«Ich weiß!» Lily stöhnte und sah sich hilfesuchend um, als erwartete sie, wie von Zauberhand eine Droschke die Einfahrt hinauffahren zu sehen. «Verflixter Franz, der mich einfach stehenlässt!» Sie stampfte mit dem Fuß auf wie ein kleines Kind und hätte sich am liebsten die Haare gerauft. Plötzlich fiel ihr Blick auf etwas Glänzendes, das neben dem Pfeiler der Eingangstür an der Wand lehnte.

Franz' neues Fahrrad.

Lily runzelte die Stirn. Ein Gedanke schoss ihr durch den Kopf. Ein vollkommen abwegiger, verrückter Gedanke. Sie biss sich auf die Lippen. Könnte sie es wagen? Nein, es war ganz und gar unschicklich. Oder? Sie hatte Bilder von Frauen auf Fahrrädern gesehen. Allerdings waren das Radrennen gewesen, Sportwettkämpfe, und sie hatten in Belgien und Frankreich stattgefunden. Nicht in Hamburg. Und mit einem Kleid wie dem ihren? Nein, es war zu verrückt. Sie wusste, wie man fuhr, hatte Franz so lange angebettelt, bis er grummelnd im Hof mit ihr übte. Mit seinem alten Hochrad hatte sie nicht umgehen können, aber dies hier war ein modernes Niederrad, ganz neu auf den Markt gekommen und somit auch für sie leicht zu handhaben. Es war ein herrliches Gefühl gewesen, der Wind im Haar, das Rattern der Räder auf dem Kies. Michel war lachend um sie herumgesprungen und hatte versucht, sie einzufangen. Sie hatte sich frei gefühlt. Als könnte sie einfach die Einfahrt hinunter auf die Bellevue sausen und verschwinden. Wo auch immer sie hinwollte, ihre Beine würden sie in Windeseile an ihr Ziel bringen. Sie beneidete ihren großen Bruder glühend darum, dass er in der Stadt damit fahren konnte. Extra aus England hatte er das Fahrrad kommen lassen und stolze dreihundert Mark dafür gezahlt. «Wenn du es zerkratzt und ich es bemerke, bist du besser nicht in der Nähe!», hatte Franz gedroht, und sie wusste, dass er es ernst meinte.

Aber sie hatte ja auch nicht vor, es zu zerkratzen. Fahrrad

fahren war kinderleicht, wenn man erst mal den Dreh raushatte. Zwar würde es schwierig werden, nicht mit dem Rock hängen zu bleiben. Aber wenn sie mit einer Hand ihr Kleid hielt und mit der anderen lenkte ... Sie warf einen Blick in Agnes' und Tonis ratlose Gesichter. «Ich werde einen Jungen zum Marktplatz schicken, damit er eine Mietdroschke anhält!», schlug Agnes jetzt vor, aber Lily winkte ab.

«Bis er wieder da ist, ist die Taufe vorbei!» Sie zögerte noch eine Sekunde, dann marschierte sie entschlossen los. Mit den Pferden war sie auch nicht viel schneller als mit dem Rad, und so konnte sie wenigstens sofort losfahren. Sie musste nur sichergehen, dass die Festgesellschaft sie nicht sah.

Sonst würde sie einen Skandal auslösen.

Zuversichtlich lächelte Alfred Karsten in die erwartungsvollen Gesichter. Alle waren gekommen, Hamburgs Erster und Zweiter Bürgermeister Petersen und Kirchenpauer, der Stadtrat, Gerhard Weber und Jens Borger, seine wichtigsten Investoren. Er sah Ludwig Oolkerts gelbes Haar in der Sonne aufblitzen. Dass der wirklich aufgetaucht war, wunderte ihn etwas. Oolkert gehörte der Rosenhof, das erste und bisher einzige Kontorhaus Hamburgs und – wenn man ihm glaubte – das modernste der Welt. Seit Anfang des Jahres hatte auch die Reederei Karsten ihren Sitz dorthin verlegt. Trotzdem war das Verhältnis zwischen ihm und Oolkert gelinde ausgedrückt unterkühlt. Er wurde einfach nicht warm mit diesem Mann. Doch er rechnete es ihm hoch an, dass er heute die Geschäfte ruhenließ, um die Karstens zu unterstützen. Natürlich geschah dies nicht ohne Hintergedanken, das war ihm durchaus bewusst. Dennoch war es eine noble Geste.

Er sah sich um. Die halbe Bellevue und große Teile der Elb-chaussee waren versammelt – und alle schwitzen sie grandios in ihren feinen Kleidern und Anzügen. Hamburg schien zu kochen. Die Damen wedelten sich mit Federn und Fächern Luft zu, und die Herren tupften sich verstohlen kleine Schweißrinnsale von den Schläfen. Langsam wurde Alfred Karsten unruhig. Es war nur eine Frage der Zeit, bis eine der Frauen die Enge ihres Kor-setts und die Hitze nicht mehr aushielt. Die Gattin von Gerhard Weber wirkte bereits etwas grün um die Nase. Im Hafen roch es nie besonders gut, aber heute schien die Luft alle Ausdüns-tungen der Stadt zu einem einzigen schrecklichen Gestank zu verkochen, der wie ein trüber Schleier in der Luft lag und sogar ihm ein Druckgefühl im Magen bescherte. Er durfte die Leute nicht länger warten lassen. Wenn Lily nicht sofort kam, musste er jemand anderes finden. Sylta konnte nicht einspringen, der Tradition nach musste die Taufpatin eine Jungfrau sein. Un-auffällig sah er sich um und merkte, wie er immer ärgerlicher wurde. Man konnte sich einfach nicht auf Lily verlassen, es war immer wieder dasselbe. Sie schwebte mit dem Kopf in den Wol-ken – oder, besser, in Büchern. Prinzipiell hieß er das gut, aber es ließ sie zu verträumt werden. Es war eine Ehre, als Taufpatin für ein so bedeutendes Schiff wie die *Titania* ausgewählt zu werden. Eine große Ehre. Nicht nur schien sie dies nicht zu würdigen, sie schien es gar nicht zu verstehen. Er wusste ja, dass die Reederei für sie nicht die gleiche Bedeutung hatte wie für den Rest der Familie, dass sie Schiffe langweilig fand und nicht verstand, was ihn daran so faszinierte. Aber trotzdem. Ein Mindestmaß an An-stand konnte er doch immerhin noch erwarten. Die Diskussion, die er hatte aushalten müssen über ihren scheußlichen neuen Hut! Allein der Gedanke ließ ihn mit den Zähnen knirschen. Dass sie tatsächlich bei einer Schiffstaufe Grün tragen wollte!

Zum Glück hatte Franz sie schnell zum Schweigen gebracht. Er war oft zu harsch mit seinen Geschwistern, aber mit ihm diskutierte Lily wenigstens nicht so lange. Alfred seufzte und sah sich um. Manchmal dachte er, dass er und Sylta in ihrer Erziehung zu liberal gewesen waren. Lily hatte ihren eigenen Kopf. Prinzipiell gefiel ihm das, Sylta war genauso, jedoch auf eine ruhigere, weniger aufsässige Weise. Er war absolut dafür, dass Frauen für sich selbst dachten.

Doch manchmal vergaß Lily ihren Platz.

In diesem Moment ging ein Raunen durch die Menge, Köpfe drehten sich, Hälse wurden gereckt, die Menschen flüsterten hinter vorgehaltenen Händen. Am Blick seiner Frau sah er, dass etwas nicht stimmte. Alle Farbe wich ihr aus dem Gesicht.

«Um Himmels willen», zischte sie. «Was hat sie sich nur dabei gedacht?» Sylta krallte sich in seinen Arm und deutete entsetzt in Richtung Werft. Nun sah auch er, was die Menschen und seine Frau so aus der Fassung brachte.

Lily war angekommen. Auf dem Kopf trug sie den grünen Hut mit der riesigen Feder. Und – ihm stockte der Atem – war sie denn von allen guten Geistern verlassen? Einen Moment dachte er, er sähe nicht richtig.

Seine Tochter saß auf einem Fahrrad!

L ily musste all ihre Kraft zusammennehmen, um nicht sofort wieder umzukehren. Ihre Knie zitterten. Sie versuchte, gewinnend in die Menge zu lächeln, die ihr entgegenstarrte, aber ihre Gesichtsmuskeln wollten ihr nicht gehorchen. Der Plan war voll und ganz missglückt. Sie hatte sich ein paarmal verfahren, war einmal sogar gestürzt, als sich ihr Kleid in der Kette verfangen hatte. Nun waren ihre Handschuhe schmutzig, und ihr Kleid hatte einen Riss. Zu allem Überfluss hatte sie auch noch vergessen, wo genau die *Titania* vor Anker lag. Noch nie war sie alleine hier unterwegs gewesen. Eilig war sie um eine Ecke geschossen, und plötzlich hatten sich Dutzende Köpfe zu ihr umgedreht und entsetzte Blicke auf sie geheftet. Nun war es zu spät, um das Rad heimlich abzustellen.

Am liebsten wäre sie an Ort und Stelle im Boden versunken. Doch sie rollte langsam näher und stieg schließlich mit hocherhobenem Kopf vor aller Augen ab, als sei es das Selbstverständlichste auf der Welt. Das Tuscheln der Menge ließ ihren Nacken prickeln. Schweiß rann ihr über den Körper. Das Korsett erlaubte es ihren Lungen nicht, sich richtig mit Luft zu füllen. Sie konnte ihren Atem in dem engen Kleid kaum noch kontrollieren. Ängstlich warf sie einen Blick auf die kleine Tribüne, wo ihre Familie stand. Sogar aus dieser Entfernung sah sie, dass ihre Mutter nur mit Mühe die Fassung bewahrte. Franz wirkte wie versteinert, Henry war alle Farbe aus dem Gesicht gewichen, und ihr Vater kochte vor unterdrückter Wut.

Lilys Gedanken rasten. Jetzt konnte sie nur eines tun: ruhig bleiben und lächeln.

Auf der Suche nach einem Platz, an dem sie das Rad abstellen konnte, sah sie sich um. An einer Laterne neben ihr lehnte ein Mann, offensichtlich ein Hafenarbeiter, der sie mit einem seltsamen Ausdruck im Gesicht musterte. Eine Mischung aus Neugierde, Erstaunen … und Belustigung. Lily merkte, wie sie unter seinem Blick noch mehr errötete. Er lacht mich aus, dachte sie wütend. Aber dann gab sie sich einen Ruck. «Würden Sie?», fragte sie zuckersüß, schob das Rad zu ihm und hielt ihm den Lenker hin.

Erstaunen flackerte in seinen Augen auf. Einen ewigen Augenblick lang reagierte er nicht. Sein durchdringender Blick jagte ein Prickeln durch ihren Körper. Dann zog er eine Augenbraue hoch und nahm wortlos das Rad entgegen. Sie registrierte, dass er auf eine rohe Art sehr attraktiv war. Lily dankte ihm mit einem Lächeln, das er nicht erwiderte. Als sie an ihm vorbeiging, spürte sie seinen Blick im Nacken.

Die Menge hatte inzwischen einen Gang frei gemacht, durch den sie nun hindurchschritt wie eine Braut zum Altar. Oder wie Anne Boleyn zum Schafott, dachte sie und schluckte. Sie fühlte sich, als würde sie durch ein Rudel Wölfe laufen. Das künstliche Lächeln auf dem Gesicht eingefroren, ging sie langsam mit hocherhobenem Kopf auf ihre Familie zu. Dabei bemühte sie sich, das Kleid so zu raffen, dass ihre Hand den Riss überdeckte. Beinahe genauso stark bemühte sie sich, die teils leise, teils unüberhörbar laut gemurmelten Kommentare über ihren Auftritt zu ignorieren, die an ihre Ohren drangen.

«*Hast du es gesehen, Millie? Mit beiden Beinen über der Stange!*» «*Ist das überhaupt erlaubt?*» «*Ich bin schockiert!*» «*Wie kann Karsten das billigen?*»

Mit schmerzendem Magen dachte Lily, dass ihre Eltern sie nach diesem Tag bestimmt in ein Kloster ans Ende der Welt stecken und nie wieder nach Hause lassen würden. Doch als sie einen kurzen Blick in die Gesichter der Gäste wagte, bemerkte sie zu ihrem Erstaunen, dass nicht alle entsetzt schienen. Ein paar der Herren lächelten ihr tatsächlich amüsiert, ja beinahe beeindruckt zu, und die alte Gerda Lindmann, die beste Freundin ihrer Großmutter, lachte begeistert und winkte ihr mit ihrem Spitzentuch.

Sie hob schüchtern die Hand und winkte zurück.

Lilys Weg zur Tribüne hatte der Familie Zeit gegeben, sich zu fangen. Sylta reagierte am schnellsten. «Unsere Überraschung ist gelungen!», rief sie mit einem strahlenden Lächeln in die Menge. «Das Warten hat sich gelohnt, meine Damen und Herren. Die Taufpatin ist angekommen. Wir waren der Ansicht, ein besonderer Anlass verdient einen besonderen Auftritt! Ich hoffe, wir konnten Sie damit beeindrucken.»

Gerda Lindmann war die Erste, die in die Stille hinein zu klatschen begann. Sie stupste die Dame neben sich an, die nach einer Sekunde des Zögerns ebenfalls applaudierte. Schnell folgten erst vereinzelt, dann zunehmend die anderen Gäste. Zwar blickten besonders die älteren Damen immer noch konsterniert finster, aber die allgemeine Stimmung stieg.

Lily wagte einen Seitenblick zu ihrem Vater. Auch er klatschte, aber sie sah, wie es hinter der Fassade in ihm brodelte. Franz musterte sie mit einem beinahe hasserfüllten Ausdruck in den Augen. Er klatschte nicht, setzte aber nach einem mahnenden Blick von Sylta ein dünnes Lächeln auf.

«Nun, dann können wir ja beginnen!» Ihr Vater hatte das Wort ergriffen. «Man muss über seine Zeit hinausdenken. Dieses Motto begleitet unsere heutige Taufe und hat uns zu dem ungewöhnlichen Auftritt meiner Tochter inspiriert, den Sie uns hoffentlich in seiner Waghalsigkeit verzeihen», verkündete er und erntete von einigen Seiten beifälliges Nicken und vereinzelte Lacher.

Lily verstand, wie klug er vorging, und warf ihm einen bewundernden Blick zu. Ihre Eltern waren Meister darin, Unzulänglichkeiten der Familie vor der Öffentlichkeit zu verbergen. Durch Michel hatten sie darin viel Übung. Aber das hier war sogar für ihren Vater eine Meisterleistung. Lily sah, wie er die Menschen durch seine Worte und seine herzliche Art immer mehr auf seine Seite zog, bis auch der letzte grimmig verzogene Mundwinkel sich lockerte. Niemand konnte Alfred Karsten widerstehen, wenn er seinen ganzen weltmännischen Charme ausspielte. Die geniale Idee ihrer Mutter, es aussehen zu lassen, als habe die Familie diesen gewagten Auftritt als Unterhaltung für die Gäste geplant, war ihre Rettung.

«Unsere Schiffe sind traditionell nach bester Handwerkskunst gefertigt, aber von modernster Technik, die sie sicher über die Weltmeere befördert. Wir denken einen Schritt voraus, wagen etwas, wo andere zurückbleiben», fuhr ihr Vater fort, und sie merkte, wie er mit jedem Wort zuversichtlicher wurde. Auch Franz nickte nun zufrieden. Natürlich würden die Menschen sich trotzdem die Mäuler über sie zerreißen, Lily machte sich keine Illusionen darüber. Aber wenigstens wurde sie nicht öffentlich an den Pranger gestellt und konnte ihr Gesicht wahren.

Als ihr Vater schließlich das Wort an sie übergab, zitterten Lilys Hände immer noch leicht. Sie holte ihr kleines Notizbuch aus der Perlenhandtasche und schlug es auf. Obwohl sie so nervös war, dass ihr Magen flatterte, schaffte sie es, ruhig zu atmen. Der Puls pochte ihr in den Wangen. «Wie Titania, die Elfenkönigin, nach der dieses großartige Schiff benannt wird, in Shakespeares *Sommernachtstraum* so schön sagt», setzte sie laut zu sprechen an und hörte Franz neben sich leise aufstöhnen.

Sie ließ sich nicht aus der Ruhe bringen. Franz fand es lächerlich, dass ihr Vater alle seine Schiffe nach Heldinnen aus Shakespeare-Stücken taufen ließ. «Gib ihnen doch einen schönen deutschen Namen!», brummte er oft, wenn es um die Taufen ging.

«Die Schiffe sind in England gemacht, genau wie die meiste gute Literatur, warum sollten sie also nicht einen englischen Namen tragen?», erwiderte ihr Vater meist in diesen Situationen.

«Goethe hat auch gut geschrieben!», murmelte Franz dann, und ihr Vater beendete den Disput, indem er seinen Sohn damit

aufzog, dass er keine Ahnung habe, was Goethe eigentlich geschrieben hatte, und ihn fragte, ob er ihm nicht mal etwas zitie-
ren wolle, wenn er von dessen Genie so überzeugt war.

Lily stieß ihrem großen Bruder leicht den Ellbogen in die
Rippen, sah auf ihre Notizen und ließ dann den Blick auf der
Menge ruhen, als sie leicht zitternd, aber auswendig und mit
lauter Stimme Titania zitierte:

Wir saßen auf Neptunus' gelbem Sand,
Sahn nach den Handelsschiffen auf der Flut
Und lachten, wenn vom üpp'gen Spiel des Windes
Der Segel schwangrer Leib zu schwellen schien.

Ihre Mutter schnappte neben ihr erschrocken nach Luft. Die
Analogie war doch ein wenig gewagt. Auch durch die Menge ging
ein kurzes, erstauntes Raunen. Aber es war Shakespeare. Er war
immer etwas skandalös, jedoch auf eine salonfähige Art. Gegen
ihn konnte man schlecht etwas sagen. Lily lächelte, weil sie das
genau wusste, und fuhr in ihrer Rede fort. Als sie fertig war, rief
sie: «Was bleibt noch hinzuzufügen außer: Ich taufe dich auf den
Namen Titania, wünsche dir allzeit gute Fahrt und immer eine
Handbreit Wasser unterm Kiel. Und ich taufe dich mit einem
dreifachen Hipphipphurra!» Sie nahm die Flasche Champagner,
die in ein feines Netz gespannt an einem langen Seil hing, und
ließ sie mit aller Kraft gegen den Bug des Schiffes donnern. Die
Flasche zerbarst, die Tropfen des Champagners spritzten in die
Luft und glitzerten für eine Sekunde im Sonnenlicht, bevor sie
sich im Matsch des Hafenbodens auflösten.

Die Menge johlte und klatschte. Ihr Vater umarmte erst Lily,
wobei er gleichzeitig lächelte und ihr mit einer hochgezogenen
Augenbraue deutlich machte, dass es später noch ein ernstes Gespräch geben würde, und dann ihre Mutter. Henry gab Lily leicht

verwirrt einen Kuss auf die Wange. Franz jubelte ausgelassen in die Menge und ignorierte seine Familie.

«Das war eine sehr gelungene Rede, mein Liebling. Wenn das Zitat auch besser hätte gewählt sein können.» Sylta küsste ihre Tochter auf die Stirn. «Ich bin stolz auf dich. Über das Fahrrad reden wir noch!»

Als sie von der Bühne stiegen und allseitige Gratulationen entgegennahmen, passierte es. Eine plötzliche Windböe wirbelte die staubtrockene Luft des Hafens auf. Erschrockene Uh- und Ah-Rufe wurden laut, ein, zwei Zylinder gerieten ins Wackeln, und die Damen hielten ihre Kleider fest.

«Ein Gewitter wäre ein Segen!» Mit einem Stirnrunzeln blickte Sylta in den Himmel und wandte sich dann blinzelnd ab, weil sie Sand in die Augen bekommen hatte.

«Aber erst, wenn wir daheim sind!», brummelte Franz.

Lily, die sich bei Henry eingehakt hatte, beobachtete ebenfalls die dunklen Wolken, die sich am Horizont über der Kirchturmspitze des Hamburger Michels bedrohlich zusammenballten.

«Sieh zu, dass du auf dem Nachhauseweg nicht nass wirst, Schwesterchen!»

Erschrocken blickte Lily in das hämisch verzogene Gesicht ihres großen Bruders. «Was meinst du?»

«Na, du glaubst doch wohl nicht, dass ich dir das Rad heimfahre? Noch dazu in dieser Hitze.»

«Aber ...» Lilly starrte ihn an. Daran hatte sie nicht gedacht.

Franz verzog keine Miene. «Auf der Kutsche ist jedenfalls kein Platz. Es ist mir egal, wie du es anstellst, aber das Rad ist heute Abend wieder in der Villa, oder du schuldest mir dreihundert Mark.»

«Das ist nicht fair! Du hast mich einfach stehengelassen. Ich musste doch ...» Lily wollte aufbrausen, aber Henry schaltete sich dazwischen. «Liebes, es wird doch sicher eine Möglichkeit geben. Eine Mietdroschke ist hier im Hafen schwer aufzutreiben, aber wir finden schon jemanden, der es für eine kleine Bezahlung nach Hause fährt.»

Franz lachte verächtlich. «Willst du es vielleicht einem der Hafenarbeiter geben? Das Rad ist mehr wert, als sie in einem Jahr verdienen. Nein, Lily soll sich mal schön selbst darum kümmern, dass ...» In diesem Moment fuhr erneut ein Windstoß durch die Menge. Er klatschte Franz die Krawatte ins Gesicht, sodass er grob unterbrochen wurde.

Lily fühlte ein Zerren an den Haaren und plötzlich ein seltsames Gefühl am Kopf. Verwundert fasste sie sich in die Locken. «Oh, was ...?» Sie sah sich um. Der Hut war ihr heruntergerissen worden. Henry bückte sich bereits danach, da ließ ihn ein erneuter Windstoß davontanzen, auf das Wasser zu.

«Mein Hut!», rief Lily. Dann lachte sie. «Henry, lauf schnell!»

Hinterher dachte sie darüber nach, wie harmlos, ja lustig ihr die Situation in diesem Moment erschienen war. Henry stolperte hinter dem grünen Stoffbündel her, und sie feuerte ihn an und beobachtete amüsiert die feinen Damen, die wie aufgescheuchte Hühner durcheinanderliefen. Sie konnte ja nicht wissen, dass an diesem Tag, mit diesem einen unbedeutenden Ereignis, alles beginnen würde.

Gerade als Henry erneut nach dem Hut fasste, wurde dieser wie von unsichtbarer Hand gepackt und verschwand zwischen Schiff und Hafenmauer.

«Oh nein!» Lily stöhnte auf.

Henry stand etwas ratlos da und sah ins Wasser. Eilig lief sie zu ihm. «Was machen wir jetzt? Er war schrecklich teuer! Wenn ich ihn verliere, zu all dem, was heute ohnehin schon passiert ist, kriege ich drei Wochen Stubenarrest.»

«Keine Sorge, ich regele das!» Henry winkte einen der Sicherheitsmänner herbei. «He! Klettere da runter und hol der Dame ihren Hut herauf!», sagte er, nicht unfreundlich, aber es war auch keine Frage, sondern ein Befehl.

«Henry, das können wir doch nicht verlangen!», rief Lily.

«Warum nicht?» Er sah sie erstaunt an. Dann seufzte er. Stirnrunzelnd holte er seine Brieftasche hervor, kramte darin herum und hielt dem Mann eine Münze hin. «Für deine Mühen.»

Der Mann zögerte kurz, dann nahm er die Münze. Lily registrierte mit Schaudern seine zerfurchten, aufgerissenen Hände. Der Mann streifte die Schuhe ab, packte eines der Taue, die über die Kante ins Wasser hingen, und kletterte wie ein Affe daran hinab.

«Ist das nicht gefährlich?» Lily fasste Henrys Arm. Das riesige Schiff war nur etwa einen Meter von der Hafenmauer entfernt.

«Was sollte daran gefährlich sein, er wird vielleicht ein bisschen nass!», sagte Henry und lachte.

Lily spürte Ärger in sich aufsteigen. Warum holst du ihn dann nicht raus, wenn es so einfach ist?, dachte sie und warf ihm einen Seitenblick zu. Sie konnte sich nicht vorstellen, dass einer ihrer Romanhelden in dieser Situation einfach nur danebenstehen würde. Sie verglich Henry oft mit den Männern aus ihren Büchern. Meistens schnitt er dabei gut ab, er war groß, stattlich mit seinen blonden Locken, seine Familie war adelig und sein Benehmen stets tadellos. Und natürlich waren Romane nicht die Wirklichkeit. Wenn man erwartete, dass normale Männer sich plötzlich wie Helden aufführten, konnte man wahrscheinlich nur enttäuscht werden. Aber trotzdem, dachte sie. Sehr galant war es nicht.

Dann beobachtete sie besorgt, wie der Mann sich mit einer Hand am Tau festhielt und versuchte, mit der anderen den Hut zu erreichen, der jedoch viel zu weit entfernt war. Da es ihm nicht gelang, ließ er sich kurzerhand ins Wasser gleiten.

In diesem Moment erklang ein Rascheln um sie her. Erst leise, dann immer stärker. Lily hob erstaunt den Kopf. Die dunkle Wolke, die eben noch in der Ferne über dem Michel gehangen hatte, schob sich über den Hafen. Innerhalb weniger Sekunden wurden die Böen so stark, dass sie ihr Kleid festhalten musste, damit es ihr nicht über den Kopf geweht wurde. Der Wind heulte plötzlich wie ein wütendes Tier.

«Wir suchen besser einen Unterstand!» Henry wollte sie mit sich ziehen, aber Lily stemmte sich ihm entgegen.

«Warte doch!», rief sie. Der Mann im Wasser kämpfte mit den aufkommenden Wellen, die den Hut weiter von ihm wegtrieben. Lily sah besorgt zu. Eben war da doch noch viel mehr Wasser, dachte sie, bevor ihr entsetzt klarwurde, dass die *Titania* sich bewegte. «Passen Sie auf!», rief sie. «Das Schiff!» Der Mann blickte zu ihr hoch, schien sie aber nicht zu hören, denn er paddelte weiter und trieb durch seine Bewegungen den Hut immer mehr von sich weg. Panisch sah Lily sich nach Hilfe um. Aber es war kaum mehr jemand in der Nähe, die Menschen eilten zu ihren Kutschen und Droschken, sie sah in einiger Entfernung ihre Familie, die hastig ihre Sachen zusammensuchte und die Herrschaften verabschiedete. «Henry, was, wenn das Schiff ihn zerquetscht?» Lily zog ihn zurück zur Wasserkante. Aufgeregt deutete sie auf den Bauch der *Titania*, der jetzt noch wesentlich näher an der Mauer war als noch vor ein paar Sekunden. «Der Wind treibt das Schiff gegen die Steine.»

Henry hielt seinen Zylinder fest und folgte mit den Augen ihrem ausgestreckten Zeigefinger. «Ach, Lily, dafür hängen doch die ganzen dicken Taue über der Mauer. Sie bremsen das Schiff aus. Sonst würde es doch ständig gegen den Rand schlagen und sich selbst zerstören!», rief er gegen den Wind. «Nun beeil dich doch, die Dame wartet!», brüllte er dann zu dem Mann hinunter, der den Hut inzwischen ergriffen hatte.

Erleichtert beobachtete Lily, wie er zurückschwamm und versuchte, sich an einem der Taue hochzuziehen. Aber das Seil war zu dick und mit glitschigen Algen überwuchert. Seine Hände rutschten immer wieder ab. Lily sah Angst in seinem Blick aufflackern. Er muss zurück zu dem dünneren Seil, dachte sie. «Kommen Sie hierher, hier ist es leichter», rief sie aufgeregt und ließ sich auf die Knie nieder.

«Lily! Dein Kleid!» Wie aus dem Nichts war ihre Mutter neben ihr erschienen, packte sie hart am Ellbogen und zog sie hoch. «Bist du denn heute völlig von Sinnen?»

«Es ist sowieso zerrissen. Mama, schau doch nur!» Angstvoll deutete sie auf den Mann, der sich nun den Hut auf den Kopf gesetzt hatte, um besser schwimmen zu können. Er versuchte, zu der Stelle zurückzukommen, an der er sich ins Wasser gelassen hatte.

«Ach du meine Güte.» Irritiert blickte Sylta zu ihm hinab. «Was soll denn das?»

«Der Wind hat meinen Hut über die Kante geweht. Ich mache mir Sorgen, dass das Schiff ...»

In diesem Moment gab die *Titania* ein lautes, beinahe menschliches Stöhnen von sich, und die Lücke zwischen Rumpf und Kante verschwand. Plötzlich war der Mann nicht mehr zu sehen.

«Oh Gott!» Lily schrie auf. Sylta wurde blass, beide Frauen ließen sich gleichzeitig auf die Knie fallen und blickten über den Rand. «Siehst du ihn? Wo ist er?»

«Ich bin hier!» Eine dumpfe Stimme erscholl von unten aus dem Wasser.

«Oh, Gott sei Dank! Von hier oben sieht es aus, als seien Sie verschwunden!», rief Lily. Als sie sich noch ein Stück vorbeugte, sah sie den Kopf des Mannes, der sich an die Wand klammerte. «Schaffen Sie es zu dem ersten Seil zurück?»

«Ich versuche es. Ich steck zwischen zwei Tauen. Aber wenn ich mich hier wegbewege und das Schiff wieder gegen die Wand gedrückt wird …»

Entsetzt sah Lily ihre Mutter an. Sylta hatte die Hand über den Mund geschlagen. Sie kniete immer noch neben Lily. «Henry, tu doch etwas!», rief sie nun.

Henry war von der Situation offensichtlich überfordert. Er beugte sich ebenfalls über die Kante und schien fieberhaft nachzudenken, aber zu keinem Ergebnis zu kommen. Lily verlor beinahe den Halt, so weit lehnte sie sich über das Wasser. Sie sah, wie der Mann sich nun langsam am Schiffsbauch entlangtastete. Die Lücke war so schmal, dass er immer, wenn er an einem der dicken Taue vorbeikam, nur mit Mühe hindurchschlüpfen konnte.

Mit einem Mal überzog eine Gänsehaut Lilys Körper.

Das Rascheln war wieder da.

Entsetzt blickte sie auf. Trockenes Laub, ausgedörrt von wochenlanger Sommerhitze, fegte über den Platz, und Staubkörner knirschten in ihrem Mund. Plötzlich erklang unter ihr ein markerschütternder Schrei.

«Um Gottes willen, er ist eingequetscht!» Sylta beugte sich mit bleichem Gesicht nach vorne.

Im nächsten Moment wurde Lily grob beiseitegestoßen. Sie fiel mit dem Gesicht voran in den Staub, ihr Kinn kratzte über den harten Boden. Verwundert setzte sie sich auf. Ein Mann in

Arbeiterkleidung und mit Mütze auf dem Kopf hatte sich vor ihr auf den Boden geworfen, um über die Kante zu sehen. Innerhalb von Sekunden schien er die Situation zu erfassen. Er sprang auf und brüllte etwas. Dann rannte er zu einem Stapel mit Eisenstangen, hob eine hoch und stemmte sie mit aller Kraft gegen das Schiff. Erstaunt sah Lily, wie die anderen Sicherheitsmänner und einige Hafenarbeiter herbeieilten, sich am Schiff entlang verteilten und es ihm gleichtaten. Sie bellten sich mit grimmigen Mienen gegenseitig Worte zu.

Erst wirkte es, als würde die *Titania* sie gar nicht bemerken. Das Schiff ist so riesig, wie sollen sie da mit diesen kleinen Stangen etwas anfangen, dachte Lily erschrocken. Noch immer saß sie mit ihrem weißen Kleid zwischen den Männern im Staub. Aber nach ein paar Sekunden, in denen die Arbeiter sich mit aller Kraft und hochroten Gesichtern gegen das Schiff stemmten, gab die *Titania* nach und bewegte sich. Erst so langsam, dass Lily es gar nicht wahrnahm, dann plötzlich schneller, und schließlich stießen die Stangen der Männer ins Leere, und die Taue, an denen das Schiff befestigt war, spannten sich.

«Jetzt! Holt ihn raus!» Der Mann, der sie geschubst hatte, zögerte keine Sekunde. Als die Lücke breit genug war, packte er eines der Taue und schwang sich über die Mauer. Bevor sein Gesicht verschwand, bohrte sich sein wütender Blick eine Sekunde lang in ihren, und Lily erkannte erschrocken, dass es der Mann war, dem sie vorhin so frech das Fahrrad in die Hand gedrückt hatte. Sie rappelte sich auf. Henry, der das ganze Geschehen wie in Schockstarre beobachtet hatte, half ihr hoch.

Der Mann hatte jetzt den verletzten Arbeiter gepackt und wickelte sich mit ihm zusammen in ein Seil. Auf seinen Befehl hin zogen die Männer an, und wenig später lagen beide keuchend auf dem Boden des Anlegers.

Lily wollte zu dem Verletzten eilen, aber plötzlich blieb sie stehen und schlug entsetzt die Hand über den Mund. Das Bein des Mannes, der ihren Hut hatte retten sollen, war seltsam verdreht. Er lag mit dem Gesicht auf dem Boden, grub die Hände in den Staub und stöhnte gequält. Dort, wo sein linker Fuß sein sollte, waren nur noch blutige Fetzen und Knochensplitter zu sehen. Sie musste sich abwenden, weil eine plötzliche Welle der Übelkeit sie überrollte. «Schnell, Henry!», keuchte sie, aber Henry kniete bereits neben dem Mann.

Er hob das Hosenbein und betrachtete den Fuß, dann fühlte er den Puls. «Er muss sofort ins Krankenhaus zu einem Chirurgen», verkündete er mit ernster Miene.

«Was ist hier los?» Alfred und Franz traten zu ihnen. Sylta erklärte in kurzen Worten, was geschehen war.

«Dieser Tag ist verflucht», murmelte Alfred leise und warf einen raschen Blick auf den zerschredderten Fuß des Mannes. Er wurde blass, wandte sich ab und fuhr sich kurz mit der Hand über die Schläfe. «Schafft ihn ins St. Georg. Ich bezahle die Behandlung», befahl er den umstehenden Männern. Zwei nahmen den halb ohnmächtigen Mann in die Mitte, die anderen liefen los, um eine Karre zu holen.

Der Verletzte schrie, als er so plötzlich bewegt wurde, und Lily presste die Hände über die Ohren. Noch nie hatte sie jemanden so schreien hören. Als sie ihn davontrugen, zog er eine Blutspur hinter sich her. Leuchtend rot grub sie sich in den Staub des Hafens.

«Nun, das wäre geklärt.» Ihr Vater bückte sich und hob den Hut auf, der nass und schmutzig auf dem Boden lag. Mit einem Ausdruck von kalter Wut in den Augen drückte er ihn Lily in die Hände. «Ich hoffe, es hat sich gelohnt!» Dann nahm er Sylta am Arm und zog sie mit sich in Richtung Kutsche. Ihre Mutter warf

Lily einen besorgten Blick zu, ließ sich aber fortführen. Franz folgte ihnen wortlos.

Henry legte ihr einen Arm um die Schulter. Benommen blickte Lily auf den Hut in ihren Händen. Die prächtige grüne Feder war geknickt und ausgefranst. Aber sie wusste, dass sie ihn ohnehin nie wieder aufsetzen würde. Sie fühlte sich schrecklich. Das Ganze war allein ihre Schuld. Wenn sie an die gequälten Schreie des Verletzten dachte, war sie kurz davor, in Tränen auszubrechen.

Als sie sich umdrehte, fing sie erneut den Blick des Mannes auf, der den Arbeiter gerettet hatte. Er sammelte gerade die zerstreuten Eisenstangen ein und warf sie zurück auf den Haufen. Kalt, beinahe verächtlich sah er sie an. Sie schluckte, dann sammelte sie ihren Mut und trat auf ihn zu. «Vielen Dank, dass Sie …», begann sie stotternd, aber sie wurde sofort von Henry unterbrochen.

«He, du da! Du hast meine Verlobte auf den Boden geschubst! Sie ist hingefallen! Schau nur, wie sie aussieht.»

Lily blickte an sich hinunter. Das weiße Kleid war von oben bis unten eingestaubt, ihre perlfarbenen Handschuhe waren nun endgültig zerrissen, ihre Handflächen aufgeschürft und blutig. Sie hatte es nicht einmal bemerkt.

Der Mann schien nicht ganz entschieden, ob er Henrys Aufregung amüsant oder irritierend fand. Einen Moment lang musterte er ihn wortlos, eine Hand in die Hüfte gestemmt. «Sie war im Weg!», sagte er schließlich schulterzuckend und warf die letzte Stange auf den Haufen. Als Henry aufbrausen wollte, wandte der Mann sich einfach ab und ließ ihn stehen. Doch dann hielt er inne, drehte sich um und sah Lily an. «Es tut mir leid, wenn ich Ihnen weh getan habe. Ich musste schnell handeln», sagte er nach kurzem Zögern.

Lily nickte erschrocken. «Es war alles meine Schuld. Ich danke Ihnen sehr!»

Er schien erstaunt über ihre Reaktion, erwiderte aber nichts.

Plötzlich fiel ihr ein, dass sie ja noch irgendwie nach Hause kommen musste. «Sie haben noch mein Fahrrad!»

«Ich habe es dort vorne an eine Laterne gebunden.»

«Na, das ist doch wunderbar. Wir brauchen ohnehin jemanden, der es uns zurückfährt», mischte Henry sich ein. «Wie heißt du?»

«Jo Bolten», erwiderte der Mann kurz angebunden.

«Bolten, was sagst du, willst du dein Heldentum noch ein wenig verstärken und dir etwas dazuverdienen? Die Dame sucht jemanden, der ihr das Rad in die Bellevue zurückfährt!»

«Sie hat es doch auch hergeschafft, was hindert sie daran, es zurückzufahren?», fragte der Mann.

«Der Regen natürlich.» Henry hielt ihm eine Münze hin. «Es wird gleich richtig losgehen. Willst du vielleicht, dass sie eine Lungenentzündung bekommt?»

Der Mann blickte auf die Münze in Henrys Hand, dann sah er Lily an. Er rührte sich nicht.

Lily spürte, wie sie unter seinem Blick feuerrot wurde. «Sie müssen das nicht machen …», stotterte sie. «Henry, wir finden schon jemanden, der …»

«Warum fahren *Sie* es nicht zurück?», sagte der Mann zu Henry, ohne Lilys Blick loszulassen. Seine Stimme war weder unfreundlich noch herausfordernd. Doch Henry brauste auf, als hätte er ihn angegriffen.

«Soll ich mir vielleicht meinen Anzug ruinieren? Was denkst du dir denn? Es wird gleich schütten wie aus Eimern, die Stadt wird eine Schlammwüste sein.»

Genau in diesem Moment begann es zu regnen. Schwere, kalte Tropfen klatschten um sie herum auf den Boden und brannten Lily auf den Wangen und im Nacken. «Also, was ist?», rief Henry und drückte Lily beschützend an sich. «Das Rad muss zur Karsten-Villa. Die kennst du sicher.»

Der Mann schien den Regen gar nicht zu bemerken. Er tropfte von seinem dunklen Haar in sein Gesicht. «Die Karsten-Villa?» Er schien kurz nachzudenken. «Ich hab noch einen Auftrag. Ich bringe es heute Abend vorbei», sagte er.

«Es ist besser in tadellosem Zustand!»

«Henry!» Lily schämte sich entsetzlich. «Er tut uns doch einen Gefallen!»

Der Mann zuckte nicht mit der Wimper, er würdigte Henry weder einer Antwort noch eines Blickes, sondern drehte sich einfach um und ging davon. Henry stand immer noch mit ausgestreckter Hand da. Erst jetzt bemerkte Lily, dass der Mann die Münze nicht genommen hatte.

2

Die Ratte war krank, daran gab es keinen Zweifel. Jo beobachtete sie schon eine ganze Weile. An die Wand des Hinterhofs gelehnt, sah er zu, wie das Tier vor sich hin taumelte und sich immer wieder wie im Fieberwahn schüttelte. Die schwarzen Augen waren von einem Schleier überzogen, an der Schnauze klebte Blut.

Jo hasste Ratten, sie erinnerten ihn an die Zeit im Gefängnis, als sie im Dunkeln angefangen hatten, an seinen Zehen zu nagen. Als er klein war, hatte sich einmal eine Ratte mit ins Bett geschlichen und das Ohr seines Bruders angefressen. Noch heute konnte man den Riss sehen, wo sie ein Stück aus ihm herausgebissen hatte. Wilhelm hatte eine schreckliche Entzündung bekommen. Ihr Vater hatte einen guten Teil seines Jahresgehaltes für seine Behandlung ausgeben müssen.

Das Tier zu seinen Füßen hatte sich offenbar an den fauligen Abfällen des Viertels mehr als gütlich getan. Es war so fett, dass sein Bauch im Dreck schleifte. Die Ratten sind hier nun mal die Einzigen, die sich satt fressen können, dachte Jo verbittert und spuckte einen Krümel Tabak auf den Boden. Aber das, was er erledigen musste, gab es eben nicht in der Bellevue.

Das gab es nur hier. Im schwarzen Herzen Hamburgs.

Auf seinem Weg zu dem Haus, dessen Adresse auf einem Zettel in seiner Westentasche stand, war er an mehr Prostituierten und Bettlern vorbeigekommen, als er zählen konnte. Der Verwesungsgestank aus den Fleeten mischte sich mit dem Qualm der unzähligen Schornsteine. Verwahrloste Kinder, die auf ihren durch Rachitis krumm gewordenen Beinen kaum richtig laufen konnten, rangelten um Stöcke und leere Konservendosen. Jo wusste, wie es war, hier aufzuwachsen. Die stinkenden Gassen des Altstädter Gängeviertels zwischen Stein-, Spitaler- und Niedernstraße waren auch sein Zuhause. Allerdings gab es einen Unterschied zwischen ihm und den Kindern. Er hatte Arbeit, verdiente Geld, konnte seine Familie zumindest so weit über Wasser halten, dass seine Geschwister nicht mehr nachts vor Hunger wachlagen.

Er konnte die Angst und die Wut der Frau, die heute auf die Karstens losgehen wollte, nur zu gut nachvollziehen. Als sein Vater damals den tödlichen Unfall hatte, war er eine Weile sicher gewesen, dass sie alle sterben würden. Wenn sie sich nachts zusammendrängten und das Knurren ihrer Mägen sie wachhielt, stellte er sich vor, wie sie am Morgen erfroren und verhungert dalagen. Leni war schließlich wirklich gestorben. Sie war zu klein gewesen, ihr Körper zu geschwächt. Als der Winter kam und die Wohnung so kalt wurde, dass morgens die Decken steif gefroren waren, reichte die erste Erkältung. Sie war in den Armen seiner Mutter eingeschlafen, kaum mehr als ein Skelett mit Haut überspannt, ihre großen blauen Augen fragend auf ihn geheftet, als wollte sie wissen, warum er zuließ, dass sie so leiden musste. Es war schrecklich gewesen, die dunkelste Stunde seines Lebens. Noch heute sah er sie in seinen Albträumen, schreckte schwitzend auf, wenn sie an seinem Bett stand, eine kleine verhungerte Gestalt, die ihn aus dem Dunkeln heraus vorwurfsvoll anstarrte. Er erwachte jedes Mal, wenn sich ihre knochigen Fingerchen um seinen Arm klammerten. Manchmal meinte er, ihre Berührung noch zu spüren, wenn er schon keuchend im Bett saß und versuchte, die Bilder zu vergessen.

Sie hatten kein Geld gehabt für eine richtige Beerdigung, und so war sie einfach in einem anonymen Massengrab verscharrt worden. Seine kleine Leni, das liebste, klügste Mädchen, das er je gekannt hatte. Es war sein Traum, ihr irgendwann ein würdiges Denkmal setzen zu lassen. Aber auch heute waren es immer noch schwere Zeiten. Sie waren einfach zu viele, das Leben in der Stadt war zu teuer, die Mieten in den Gängevierteln wurden mit jedem Jahr ungeheuerlicher. Trotzdem konnten sie nicht weg, hier war seine Arbeit. Immer brauchte jemand neue Schuhe. Seine Mutter hatte inzwischen zwei weitere Kinder bekommen, und Jos halbwüchsige Stiefbrüder waren nicht satt zu kriegen. Ihre Väter hatten sich beide bei Nacht und Nebel davongemacht. Er konnte es ihnen nicht verübeln. Wer wollte schon für eine so große Familie verantwortlich sein?

Kurz nach Lenis Tod war Jo zwölf Jahre alt geworden. An seinem Geburtstag hatte seine Mutter ihn beiseitegenommen. «Du bist der Älteste. Dein Vater ist nicht mehr hier, es kann so nicht weitergehen. Ich brauche dich!» Sie schrieb einen Zettel, verbrachte den Vormittag damit, ihn so gut wie möglich zu säubern, und dann marschierten sie los. Er erinnerte sich an die schwitzende Hand seiner Mutter, die ihn durch das Gedränge der Stadt zog, und an das Druckgefühl der Angst in seinem Magen. Als sie schließlich zur Villa kamen, staunte er nicht schlecht. Noch nie zuvor hatte er ein solches Haus gesehen, der Prunk war unvorstellbar. Auch das Büro, in das ihn der Diener führte, nachdem er ihm naserümpfend seine Mütze abgenommen hatte, überstieg seine kühnste Vorstellungskraft. Niemals hätte man ihn unter normalen Umständen hier empfangen. Man hätte ihn nicht einmal in die Nähe gelassen, sondern mit Tritten davongejagt. Aber seine Mutter hatte an die Hintertür geklopft und eine Reihe von Ereignissen in Gang gesetzt, die er bis heute nicht richtig verstand. Sie schubste ihn in die Küche, versicherte sich, dass der Zettel in seiner Hand lag, flüsterte ihm ein letztes «Vermassel es nicht!» zu und verschwand. Der kleine Jo stand da und wartete, während ihn eine Reihe von Dienstboten missbilligend musterte und unverhohlen über ihn redete.

Schließlich war er erst in eine große Halle, dann in ein Vorzimmer geführt worden, wo er eine gefühlte Ewigkeit wartete und es nicht wagte, sich zu bewegen. Sie schickten auch hier einen Diener mit, der an die Wand gelehnt jede seiner Regungen beobachtete, um sicherzugehen, dass er nichts stahl. Das war auch besser so, denn Jo sah alleine zehn Gegenstände in seiner unmittelbaren Nähe, die er sofort eingesteckt hätte, wäre er alleine gewesen. Der Hunger der letzten Monate hatte ihn skrupellos werden lassen. Er kannte Ecken in Hamburg, wo er für die Uhr hinter sich sicher zwanzig Mark bekommen würde. Davon konnten sie einen ganzen Monat überleben.

Als er schließlich in das Büro geführt wurde, erschien ihm der Mann mit dem löwenartigen Haar wie Gott höchstpersönlich. Er thronte vor einer Fensterfront mit Blick auf die Binnenalster und das Rathaus. Das Licht schien von hinten in den Raum, schimmerte rotgolden in seinem Bart und ließ es wirken, als umgebe ihn ein Heiligenschein – was, im Nachhinein betrachtet, ironischer nicht hätte sein können. Der Schreibtisch war halb so groß wie das einzige Zimmer daheim, in dem Jo mit der ganzen Familie lebte.

Jo stand da, kratzte sich unsicher die Hände und wartete, dass er beachtet wurde. Als das nicht geschah und das Ticken der Uhr ihm irgendwann in seinen Ohren dröhnte, räusperte er sich schließlich. Zuerst leise, dann etwas lauter. «Ich soll Ihnen das geben!»

Und auch wenn er bis heute nicht wusste, wie es passiert war –

seit diesem Tag arbeitete er für Ludwig Oolkert, den mächtigsten Kaufmann Hamburgs. Im Laufe der Jahre war er zu so etwas wie Oolkerts unsichtbarer rechter Hand geworden. Er war als Vize für das Anheuern der Männer zuständig, kannte jeden Werft-arbeiter mit Namen und koordinierte zusätzlich die Abläufe in den Hafenschuppen. Aber er hatte auch andere Aufgaben. Ge-schäfte, über die niemand Bescheid wusste außer ihm, Oolkert und den Leuten, mit denen sie sie abwickelten.

Seit damals hatte sich so gut wie alles in seinem Leben grund-legend verändert. Zwar hatte er nie wieder eine Schule von innen gesehen. Aber wenigstens konnten sie von da an wieder essen und hatten eine anständige Wohnung. Als er älter wurde, konnte Jo sich sogar ein eigenes kleines Zimmer leisten und trotzdem weiter seine Familie versorgen. Manchmal war ihm, als habe er mit seinem alten Leben auch einen Teil seiner Identität abgelegt. Aber hier, in den Gassen seiner Kindheit, schien es ihm an jeder Ecke zuzurufen, dass er niemanden täuschen konnte. Hier kam er her, und hier würde er immer hingehören.

Er betrachtete den grünen Schaum, der sich auf der Urin-pfütze neben ihm gebildet hatte. Ein letztes Mal trat er aus dem Hinterhof, blickte suchend in die kleine Gasse und beschloss, noch eine Zigarette lang zu warten und sich dann auf den Weg zurück zu machen. Der Besitz an sich war nicht strafbar, aber der Verkauf ohne Konzession schon. Es war immer ein unsicheres Geschäft. Vielleicht war etwas dazwischengekommen, vielleicht hatte man ihnen irgendwo aufgelauert. Jo selbst war schon zwei-mal bei einer Übergabe erwischt worden, aber Oolkert hatte ihn rausgehauen. Auch wenn es das letzte Mal ein paar Tage zu lang gedauert hatte und er schon dachte, er würde in der dunklen Gefängniszelle verrecken. Es hatte auf jeden Fall nicht mehr viel gefehlt. Jo hatte eisern geschwiegen. Jedes Mal wenn er bei den unzähligen Verhören von den Tritten in den Magen fast besinnungslos wurde, dachte er an seine Geschwister und seine Mutter. Wenn er nicht mehr da war, würden sie alle auf der Straße landen. Irgendwann war die Tür seiner Zelle aufgegangen, und man hatte ihn mehr tot als lebendig auf die Gasse gekippt.

Auch wenn er darauf vertraute, dass Oolkert ihn aus den meisten Schlamasseln irgendwie herausholen konnte – so schnell musste er das nicht noch einmal erleben. Wenn sie nicht bald kamen, würde er verschwinden.

In diesem Moment gab die Ratte ein Zischen von sich, und er zuckte zusammen. Gerade wollte er dem Tier einen Tritt verpassen, da machte es einen Satz nach vorne, preschte los, als hätte es etwas gewittert, und verschwand um die nächste Hausecke. Überrascht klemmte Jo sich seine Zigarette in den Mundwinkel und folgte ihm. Als er um die Ecke bog, tat sich vor ihm die vertraute Hafenszenerie auf. Die Ratte lief wie vom Teufel gejagt zwischen Fässern und Stahlplanken hindurch, als wollte sie sich geradewegs ins Wasser stürzen. Aber statt über die Hafenkante zu stürzen, kletterte sie erstaunlich behände auf einen riesigen Tauknoten. Jo sah zu dem Schiff empor, von dem das Seil herabhing. Beim Anblick der blau-weißen Kontorflagge erfasste ihn ein Schauder. Die *Ophelia*, ausgerechnet das Flaggschiff der Karsten-Reederei. Nach dem, was heute Morgen mit Paul passiert war, erschien ihm das wie ein böses Omen.

Die Ratte saß eine Weile auf dem großen Knoten, und es wirkte, als würde sie jeden Moment umkippen. Aber dann richtete sie sich auf und begann, an dem dicken Tau emporzuklettern. Ihre Willenskraft kann man nur bewundern, dachte Jo, während er den Blick den Hafen auf und ab schweifen ließ. Das Gewirr aus den Fahnenmasten der Großsegler schien wie ein undurchdringliches Spinnennetz den Himmel zu verdunkeln.

Die dampfbetriebenen Kräne verrichteten dröhnend ihre Arbeit, Schauerleute, Kai- und Speicherarbeiter, die hier Tag und Nacht schufteten, verluden lärmend die Waren auf Ewer und Schuten. Täglich kamen Handelsgüter aus der ganzen Welt in Hamburg an; Zucker, Wolle, Tabak, Maschinen, Kaffee und Tee. Der Geräuschpegel war enorm, genau wie der Gestank, aber Jo nahm es kaum wahr. Dies hier war sein Zuhause.

Er zögerte einen Moment, dann hob er einen dicken Stein auf, der aus einer Mauer herausgebrochen war. Er kniff ein Auge zu und zielte. Der Stein verfehlte die Ratte um wenige Zentimeter und platschte schäumend ins dreckige Hafenwasser. Jo bückte sich nach einem weiteren Stein, aber bevor er den Arm heben konnte, hatte die Ratte die Reling erreicht und verschwand an Bord. Er sah ihr einen Moment nach, dann schleuderte er den Stein ins Wasser. Da fiel ihm seine Verabredung wieder ein, und er beeilte sich, zu seinem Posten zurückzukehren. Als er erneut in die dreckige Gasse eintauchte, die alles Sonnenlicht zu verschlucken schien, durch die Twiete in den Hinterhof schlüpfte und sich wieder an die Wand lehnte, wusste er bereits, dass etwas schiefgegangen war.

Es war viel zu spät. Sie würden nicht mehr kommen.

Das Geschäft war geplatzt.

Sylta Karsten stand hinter dem Schreibtisch ihres Mannes und blickte ihm über die Schulter. Wie immer, wenn sie in seinem Büro war, überkam sie ein seltsames Gefühl des Ausgeschlossenseins. Sie mochte den Geruch nach altem Leder und Papier, der von den Bücherwänden aufstieg. Aber sie fühlte sich hier fehl am Platz. Es war ein Männerzimmer, ein Zimmer, in dem wichtige Entscheidungen getroffen und Dinge verhandelt wurden, von denen sie keine Ahnung hatte. In der Ehe waren sie und Alfred Partner. Zwar hatte er stets das letzte Wort, aber er ließ ihr über das Haus und alle gesellschaftlichen Fragen freie Hand. In der Kindererziehung berieten sie sich gemeinsam, was bei weitem nicht selbstverständlich war. Sie fühlte sich an seiner Seite wichtig und gehört und war ihm dafür dankbar. Doch hier hatte sie keinerlei Befugnis. Nicht einmal die Einrichtung trug ihre Handschrift, es war das alte Büro ihres Schwiegervaters, und die schweren Eichenmöbel zeugten von vielen Jahrzehnten Arbeit der Karsten-Dynastie.

«Deine Schrift gleicht der deines Vaters bis zum letzten Schwung, ist dir das bewusst?», fragte sie.

Alfred schrieb weiter, aber an der Bewegung seines Bartes konnte sie sehen, dass er lächelte. Er beendete den Satz, dann legte er den Füllfederhalter nieder und lehnte sich nach hinten, sodass sein Kopf an ihrer Brust ruhte. «So, tut sie das?»

Sie küsste ihn auf die Wange und legte einen Arm um ihn, damit sie sich leicht auf seine Schulter stützen konnte. «Du bist ihm ja auch sonst so ähnlich, es sollte also nicht überraschen.»

«Was man von unseren Kindern nicht unbedingt sagen kann, nicht wahr?», seufzte er, und sie nickte bekümmert. «Heute hat Lily wirklich ganz Hamburg schockiert! Ich kann es noch immer nicht glauben. Was hat sie sich nur gedacht?»

Ihr Mann schüttelte mit ernster Miene den Kopf. «Sie hat den Ruf der Familie aufs Spiel gesetzt!»

«Um gerecht zu bleiben, muss man sagen, dass es nicht vollständig ihre Schuld war», warf Sylta ein. «Franz ist einfach ohne sie aufgebrochen und …»

«Franz hatte keine Wahl. Sie war noch nicht einmal angezogen, als sie fahren wollten. Er hat mir alles berichtet. Und er wusste ja nicht, dass Silber lahmt und sie die Droschke nicht nehmen kann! Aber entschuldige, Liebes, ich habe dich unterbrochen.» Schuldbewusst machte er eine Geste, mit der er sie aufforderte weiterzusprechen, denn sie hatte ihn mit einer vorwurfsvoll hochgezogenen Augenbraue angesehen.

«Ich meine ja nur, dass wir alle Umstände bedenken müssen. Lily ist nicht absichtlich ungehorsam, das weißt du. Sie will niemandem schaden, sie ist nur manchmal ...»

«Sie denkt nicht nach. Sie ist kein Kind mehr, Herrgott, sie ist bereits verlobt! Eine junge Dame. Dabei verhält sie sich wie ein aufsässiger Schuljunge.»

Sylta nickte stumm. Es gab nichts mehr, was sie zu Lilys Verteidigung sagen konnte. «Ich weiß auch nicht, was in sie gefahren ist», murmelte sie leise. Sie kämpfte mit ihren Gefühlen. Einerseits war sie selbst erschrocken und wütend über das Verhalten ihrer Tochter. Als Lily auf dem Fahrrad ankam, hatte sie geglaubt, vor Entsetzen ohnmächtig zu werden. Andererseits wollte sie sie vor dem Zorn ihres Mannes schützen, der, wie sie wusste, in ihm brodelte und nur darauf wartete, an die noch ruhige Oberfläche zu steigen. Außerdem – es kostete sie ein wenig Überwindung, sich das einzugestehen – bewunderte Sylta Lily für ihren Mut. Sie war so unerschrocken, so anders als sie selbst. Niemals hätte sie sich getraut, was ihre Tochter heute getan hatte. Lily hatte etwas, was ihr selber fehlte. Syltas Rebellion fand einzig und allein in ihrem Kopf statt. Lily hingegen ... Alfred konnte sie es nicht sagen, aber sie machte sich Sorgen. Die Welt war dabei, sich zu wandeln. Die Sozialisten waren auf dem Vormarsch, und es gab immer mehr kleine Risse im Gefüge der Gesellschaft. Noch war es in Hamburg mehr ein leises Flüstern im Hintergrund, man hörte Dinge aus Paris und London, manchmal sah man Seltsames auf den Straßen. Frauen stellten Forderungen. In England und der Schweiz durften sie bereits studieren, und die

Stimmen, die dies auch hier verlangten, wurden immer lauter. Sylta wusste, dass Lily, wenn sie sich weiter so entwickelte wie bisher, irgendwann in Schwierigkeiten kommen würde. Sie war klug und neugierig. Sylta fürchtete, dass die Verlockungen der modernen Welt sie allzu sehr in ihren Bann ziehen würden. Henry war eine gute Partie für sie, die beste, die sie hatten finden können. Er war von der alten Schule, gerecht und ruhig, offen für gewisse Neuerungen, aber dennoch hart, wo es nötig war. Wenn das Gesetz nicht ohnehin verlangen würde, dass Lily ihre Arbeit aufgab, sobald sie heiratete, er würde es trotzdem tun. Aber sie befürchtete, dass Lily sich in der Ehe mit ihm langweilen würde. Sylta seufzte leise und gab ihrem Mann zerstreut einen Kuss auf die Wange. Man konnte nur hoffen, dass sie schnell Kinder bekam und sich dadurch ablenken ließ. Lily war nicht so wie die meisten Frauen, sie hatte wenig Interesse an Handarbeit und Musikunterricht. Das Lesen war ihre große Leidenschaft, sie verschlang Bücher und Hefte und konnte nicht genug Geschichten und Unterhaltung bekommen. Doch es gab einen Grund, warum so viele Menschen dagegen waren, dass Frauen zu viel lasen: Bücher weckten Sehnsüchte und Erwartungen, die das Leben nicht stillen konnte. Das wusste Sylta nur zu gut, sie hatte ihre Leidenschaft für Geschichten an Michel und Lily weitergegeben. Aber sie kannte ihren Platz, wusste, dass es außer Träumereien in ihrem Leben nichts geben würde. Ein Mädchen wie Lily jedoch, in einer im Wandel begriffenen Welt, konnten zu viele Sehnsüchte und Erwartungen in echte Schwierigkeiten bringen.

Nun war es also so weit. Es hatte lange genug gedauert. Das machte ihr Vater gerne, er gab ihnen bei Verfehlungen Zeit, über ihr Verhalten nachzudenken. So musste man in der

Angst vor der kommenden Strafpredigt und den Konsequenzen schmoren. Heute stellte Lily jedoch überrascht fest, dass ihr das beinahe gleichgültig war. Das Ganze schien ihr angesichts des Unfalls am Schiff lächerlich. Ein Mann war lebensgefährlich verletzt worden, und sie regten sich über einen Hut und ein Fahrrad auf. Sie war sich fast sicher, dass ihr Vater das genauso sah, und lief nahezu beschwingt die Treppe hinab. Umso überraschter war sie, nicht nur ihn im Büro vorzufinden, sondern auch ihre Mutter.

«Ah, Lily! Komm herein.» Sofort erschien eine steile Falte zwischen Alfreds Augenbrauen.

Lilys Unbekümmertheit verflog. Sie machte die Tür hinter sich zu und trat an den Schreibtisch. «Ihr wolltet mich sprechen?», fragte sie und blickte zuerst in das strenge Gesicht ihres Vaters, dann in das besorgte, aber nicht weniger strenge ihrer Mutter.

«Ganz richtig. Du kannst dir denken, worum es geht?»

Sie nickte. So leicht wie erhofft würde sie wohl doch nicht davonkommen.

«Deine Mutter und ich sind schwer enttäuscht von dir», begann ihr Vater auch sogleich. «Enttäuscht ist gar kein Ausdruck, entsetzt! Und nicht nur wir. Deine Großmutter ist außer sich vor Aufregung! Als sie von der Sache erfuhr, musste sie ein Beruhigungsmittel nehmen und hat sich bereits zu Bett gelegt.»

Aha, daher wehte der Wind. Sicher hatte ihre Großmutter ihrem Vater bereits ordentlich ins Gewissen geredet und die Sache dadurch erheblich dramatisiert. Wahrscheinlich war die alte Gerda Lindmann auf dem Nachhauseweg direkt bei der Villa vorbeigefahren und hatte ihre beste Freundin in alles eingeweiht. Lily konnte einfach nicht verstehen, wie die beiden Frauen miteinander auskamen. Ihre Großmutter war das direkte Gegenteil der jüngeren, offenen und weltgewandten Gerda, die nie etwas ernst nahm und das Leben in vollen Zügen genoss. Kittie Karsten hingegen klammerte sich wie die meisten Menschen ihrer Generation an gesellschaftliche Regeln wie an einen Rettungsanker, der sie alle vor dem Untergang bewahrte. Zwar war sie mit den Jahren etwas milder geworden, verließ wegen ihrer Gliederschmerzen kaum noch den Salon, aber ihren berüchtigten Zorn fürchtete Lily mehr als den ihres Vaters.

«Du hast heute den Ruf unserer Familie aufs Spiel gesetzt!» Alfred sah sehr ernst aus. «Und du weißt, was ich dir immer sage ...?»

Lily seufzte leise. «Der Ruf ist das Wichtigste überhaupt, wenn der Ruf der Familie ruiniert ist, leidet der Ruf der Firma, und wenn die Firma leidet ...», spulte sie die alte Leier ab, die sie im Laufe ihres Lebens schon Hunderte Male gehört hatte.

Wütend schlug Alfred Karsten mit der flachen Hand auf den Schreibtisch, und sie zuckte erschrocken zusammen. «Ich verbitte mir diesen Ton!», brüllte er. «Ist das alles ein Spaß für dich?»

«Nein, natürlich nicht, aber ...», setzte sie an, aber er ließ sie nicht weitersprechen.

«Du klingst gelangweilt. Gehe ich dir vielleicht auf die Nerven? Hm? Oder deine Mutter?» Er war jetzt in Rage, und Lily sah, dass Sylta unbehaglich die Hände rang. Ihr Vater verlor nicht oft die Beherrschung, aber wenn er es tat, dann krachte es richtig.

«Es gibt einen Grund, warum ich dir diese Dinge immer und immer wieder einbläue, Lily.» Er war jetzt aufgestanden und ging energisch im Zimmer auf und ab. «Wenn der Ruf der Firma leidet, dann leiden wir alle! Ohne die Reederei haben wir nichts! Nichts, verstehst du das? Wir haben keine Titel und keine Namen, auf denen wir uns ausruhen könnten, keine reiche Verwandtschaft, die uns den Rücken stärkt. Meinst du, ich arbeite mein ganzes Leben lang, jeden verdammten Tag, und dein Bruder genauso, und vor uns unsere Väter und Großväter, damit du in der Stadt einen Narren aus unserer Familie machst?» Er holte weit mit dem Arm aus und rief: «Gefällt dir das Haus nicht, in dem du lebst? Dein Zimmer, deine Kleider? Dein scheußlicher neuer Hut. Was denkst du, woher das alles kommt? Von der Firma! Und was meinst du, warum diese Firma funktioniert?» Er wartete nicht auf eine Antwort, und Lily versuchte nicht, eine zu geben. Sie sah stumm zu Boden. «Weil wir einen guten Namen haben. Einen verlässlichen Namen. Einen Namen ohne Skandale!», donnerte er. «Und das soll verdammt noch mal auch so bleiben. Warum müssen wir denn deinen kleinen Bruder so beschützen?» Er sprach jetzt plötzlich ruhiger, aber mit einer tiefen Bitterkeit in der Stimme. «Weil die Gesellschaft keine Fehltritte verzeiht. Weil es gewisse Dinge gibt, die eben nicht sein dürfen. Das müsstest du doch inzwischen verstanden haben. Wenn diese Dinge dennoch existieren, dann muss man sie in der Familie halten. Sie dürfen nicht nach außen dringen.»

Lily hatte erschrocken aufgeschaut, als er über Michel sprach. Plötzlich pochte es in ihren Ohren. Sie hatte nicht damit gerechnet, dass er zur Sprache kommen würde.

«Michel tut doch hier nichts zur Sache», sagte ihre Mutter auch sofort, und Lily sah, wie die Schultern ihres Vaters sich beim Klang ihrer ruhigen Stimme sofort ein wenig entspannten. «Heute geht es um Lily!»

«Richtig.» Er räusperte sich und ließ sich schwer atmend wieder in seinen Stuhl fallen. «Deine Mutter und ich haben entschieden, dass wir dein Verhalten nicht dulden können. Du hast von heute an einen Monat Hausarrest. Das bedeutet, keine Bälle oder Feiern, keine Ausfahrten mit Henry und auch keine Spaziergänge mit Michel mehr. Und solltest du dir diesen Sommer über noch etwas zuschulden kommen lassen …» – er lehnte sich vor und sah ihr mit stechendem Blick in die Augen – «… und ich meine auch nur eine einzige, winzige Kleinigkeit, mein Fräulein. Dann wirst du nicht weiter auf das Lehrerinnenseminar gehen!»

«Was?» Lily keuchte entsetzt auf. «Das könnt ihr doch nicht machen!»

Ihr Vater wedelte ungeduldig mit der Hand. «Du weißt, dass es mir ohnehin ein Dorn im Auge ist. Ich habe nur zugestimmt, weil deine Mutter es für eine gute Idee hielt. Warum die Ausbildung, wenn du sowieso nicht arbeiten kannst, sobald du Henry das Jawort gibst? Lehrerinnen werden nur Frauen ohne familiären Rückhalt, ohne Ehemann, ohne Zukunftsaussichten. Du und deine Freundinnen, ihr habt all dies und nehmt einer Person, die es vielleicht nötig hätte, den Ausbildungsplatz weg. Ich weiß, dass es gerade in Mode ist. Aber das ändert nichts daran, dass ihr es aus reinem Zeitvertreib macht. Falls Henry sich doch anders entscheiden sollte und dich nicht mehr heiraten will, was man ihm nach dem heutigen Tag wahrhaftig nicht übelnehmen könnte, bleibst du bei uns. Und falls ich, Gott behüte, eines Tages unerwartet ableben sollte – was dann sicherlich daran liegt, dass mich wegen des Verhaltens eines meiner Kinder der Schlag trifft –, wird Franz für dich sorgen. Du bist von allen Seiten abgesichert. Das Lehrerinnenseminar ist ein Privileg, das ich dir zugestehe, weil du meine Tochter bist und ich will, dass du glücklich wirst. Aber wenn du mich noch einmal enttäuschst, ist dieser Traum für dich gestorben. Und zwar endgültig. Hast du mich verstanden?»

Lily nickte stumm. Sie merkte, wie ihre Unterlippe zu zittern begann, und bohrte die Nägel in die Handfläche. Sie würde nicht weinen! «Es tut mir leid, was heute passiert ist. Ich wollte der Familie nicht schaden, ich habe nicht nachgedacht!», stieß sie kleinlaut hervor, während ihr schon die erste heiße Träne der Scham die Wange hinablief.

Ihr Vater nickte, ein wenig besänftigt. «Gut. Es freut mich zu hören, dass du dein Fehlverhalten einsiehst. Du bist entlassen! Geh auf dein Zimmer.»

Lily drehte sich um und eilte aus dem Raum. Als die Tür hinter ihr zuschlug, entfuhr ihr ein Schluchzer.

Plötzlich zuckte sie zusammen. Kai, der Hausdiener ihres Bruders, hatte an der Wand neben der Tür gelehnt und erschrak sichtlich, weil sie so plötzlich aus dem Zimmer gestürmt war.

«Fräulein Lily … bitte entschuldigen Sie!», stotterte er, aber sie warf ihm nur einen wütenden Blick zu und lief, so schnell sie konnte, die Treppe hinauf in ihr Zimmer. Gerade wollte sie die Tür hinter sich zuwerfen, da erscholl eine kratzige Stimme hinter ihr:

«Illy, mach du da?»

Sie fuhr mit einem spitzen Schrei herum. Michel sah fragend zu ihr hinauf. Seine Mandelaugen hinter den dicken Brillengläsern blinzelten neugierig.

«Michel, hast du mich erschreckt! Ich wollte gerade ein bisschen lesen. Was machst du hier, hast du keinen Unterricht?»

Er nickte düster. «Weggelaufen!», rief er mit heiserer Stimme und schien sich gleich darauf sehr über seinen Streich zu freuen, denn er lachte und schlug sich mit den Händen auf die Schenkel.

Auch Lily musste lachen und fühlte sich gleich ein wenig besser. «Schon wieder? Fräulein Söderlund wird noch graue Haare kriegen wegen dir!»

Diesen Gedanken fand er offensichtlich noch lustiger, er bekam einen Lachkrampf und musste sich gleich darauf hinsetzen, weil er nach Luft schnappte.

«Ganz ruhig! Jetzt hast du wieder übertrieben!» Lily ging

neben ihm in die Knie, zog das Tuch hervor, das er immer in der Tasche trug, und wischte ihm über den Mundwinkel, wo ein kleiner Speichelfaden herunterlief.

Michel ließ oft den Mund offen stehen und bemerkte es nicht. Seine Atemwege funktionierten nicht richtig, er röchelte beim Luftholen und verschluckte sich oft beim Lachen. Seine Symptome waren im Laufe der Jahre nur schlimmer geworden. Es gab keine Heilung, das wusste Lily, auch wenn die Krankheit so gut wie nicht erforscht war. Ihre Mutter war daher sehr darauf bedacht, dass er sich ruhig verhielt. Aber er war erst sechs und seine geistige Entwicklung verlangsamt. Man konnte einem Kind nicht sagen, dass es immer stillhalten sollte. Besonders einem so lebhaften – und vor allem aufsässigen – Kind wie Michel nicht.

«Komm, du kannst dich in meinem Zimmer verstecken!», flüsterte sie und sein Gesicht hellte sich sofort auf. Lily gab ihm einen Kuss auf den Kopf und zog ihn hinter sich her.

Als Jo mit dem Rad die Bellevue hinauffuhr und nach der Karsten-Villa Ausschau hielt, musste er an die junge Frau in dem weißen Kleid denken. War sie wirklich den ganzen Weg zum Hafen alleine durch die Stadt geradelt? Noch dazu in dieser lächerlichen berüschten Aufmachung? Er konnte nicht anders, als sie dafür zu bewundern. Sogar er war inzwischen leicht ins Schwitzen geraten. Er hatte noch nie eine Dame auf einem Fahrrad gesehen, der Anblick hatte durchaus etwas Reizvolles. Charlie wären die Augen rausgefallen, er konnte es kaum erwarten, seinem besten Freund später bei einem Bier davon zu erzählen. Bei ihrer Ankunft hatte er genau gesehen, dass sie den Auftritt so nicht geplant hatte – und dass sie außerdem mindestens einmal gestürzt war. Der Schock in ihrem Gesicht, als sie plötzlich die

Menschenmenge sah … Es war zum Umfallen komisch gewesen. Fast hatte er ihr Herz pochen gehört. Eine Sekunde hatte er damit gerechnet, dass sie sich umdrehen und wegrennen würde.

Er hatte aus der Ferne die Zeremonie verfolgt und ihre Rede mit angehört. Den ganzen Aufstand um das Schiff fand er lächerlich. Er wusste nicht, wer dieser Shakespeare war, aber der Kerl nahm anscheinend kein Blatt vor den Mund, das gefiel ihm. Ihm gefiel auch, dass die junge Frau sich offensichtlich einen Spaß daraus machte, die steife Gesellschaft ein wenig aufzumischen. Überhaupt hatte sie etwas, das er anziehend fand. Sie war weniger lieblich als die anderen feinen Damen, dagegen auf eine seltsame Weise direkt.

Natürlich fuhr er das Rad nicht einfach so zurück. Warum sollte er sich von einem Idioten wie diesem von Cappeln Befehle erteilen lassen? Er wollte bei Alfred Karsten wegen des Unfalls vorsprechen.

Jo kannte den verletzten Arbeiter schon lange. Paul Herder war ein guter Mann, loyal und fleißig, hatte sich nie etwas zuschulden kommen lassen. Und nun würde er nicht mehr arbeiten können. Der Mann hatte drei kleine Kinder, und Jo wusste, dass es um die Gesundheit seiner Frau nicht gut bestellt war. Karsten wollte zwar die Behandlung bezahlen – eine Amputation unterhalb des Knies, wie er erfahren hatte, als er eben im St. Georg nach Paul gefragt hatte –, aber wer zahlte den Rest? Wer würde aufkommen für all die Jahre, in denen die Kinder essen mussten? Jo ahnte, dass es so gut wie aussichtslos war, aber er würde mit Karsten reden, an sein gutes Herz appellieren. Es war schlimm genug, dass es immer noch keinerlei Entschädigung gab, wenn man bei der Arbeit zu Schaden kam, trotz aller Bemühungen der Gewerkschaften und der Arbeiterproteste. Aber dies war kein Arbeitsunfall gewesen, der Mann hatte Karstens Tochter einen Gefallen getan und war nun für sein Leben verkrüppelt. Wenn Paul die Amputation überhaupt überlebte, würden er und seine Familie in der Gosse landen. Jo hatte gesehen, dass die junge Frau sich ihrer Schuld an der Sache bewusst war. Vielleicht konnte sie auf ihren Vater einwirken. Er musste es zumindest probieren. Niemand anderes würde sich für Paul einsetzen.

Als er die begrünte Auffahrt hochradelte, an blühenden Büschen und alten Eichen vorbei, die noch vom Regen tropften, versuchte er, sich von dem Prunk nicht beeindrucken zu lassen. Die Karsten-Villa schrie ihm den Wohlstand der Familie geradezu ins Gesicht. Ein mehrstöckiges Gebäude direkt am Ufer der Alster, das mit seinen Zinnen und Türmchen und der kreisrunden Einfahrt einem kleinen Schloss ähnelte. Es war ein friedlicher, stiller Ort, voller Eleganz. Er sah sich um. Frisch gemähter Rasen, Blumen, außerdem Kaffee- und ein betörender Essensduft. So reine Luft hatte er schon lange nicht mehr geatmet. Normalerweise vermied er es, allzu tiefe Atemzüge zu nehmen.

Aus den Rosen, die sich die Fassade hinauffrankten, blickten Statuen von Zunftsmännern auf ihn herab. Sicher sollten sie den Besucher an die Herkunft der Familie aus der Arbeiterklasse erinnern. Jo schnaubte verächtlich und warf das Rad vor der Villa auf den feuchten Rasen. Auf eine solche Herkunft war man nur stolz, wenn man es zu etwas gebracht hatte. Die reichen Kaufleute bauten ihren Wohlstand auf dem Schweiß der Arbeiter auf, während die, die Tag für Tag bis zum Umfallen schufteten, gerade so überlebten. Wo bleibt da die Gerechtigkeit, wo der Zusammenhalt?, dachte er, als er an der Fassade des Hauses emporblickte.

Jo war bei der Taufe gewesen, weil sein Chef schon lange ein wachsames Auge auf die Familie Karsten hatte. Karsten weigerte sich bisher beharrlich, seine Schiffe in Oolkerts Werft bauen zu lassen, obwohl diese inzwischen die größte Hamburgs war.

Trotzig wich er immer wieder nach Flensburg und Liverpool aus. Warum genau, wusste er zwar nicht, aber er war angewiesen worden, sich umzuhören, alles zu beobachten. Karstens Name war ihm also durchaus ein Begriff. Aber er war noch nie hier gewesen.

Unschlüssig stand er im Hof. Leises Geklapper drang aus einem offenen Küchenfenster. Während er noch überlegte, ob er aufgrund seines Anliegens an der Haustür klingeln sollte oder, wie eigentlich für seinen Stand angemessen, an der Hintertür, sah er plötzlich oben auf einem der Balkone etwas Rotes aufblitzen. Stirnrunzelnd legte er den Kopf in den Nacken und schirmte mit der Hand die Augen ab. Ein Gesicht tauchte hinter dem Efeu auf. Die junge Frau von heute Morgen lugte vorsichtig zu ihm hinunter. Als sich ihre Blicke trafen, zuckte sie zurück. Jo grinste in sich hinein. Sie hatte ihn offensichtlich beobachtet. Er winkte zu ihr hinauf. Eine Sekunde später hörte er ein Flattern, und etwas Hartes traf ihn schmerzhaft an der Schulter.

«He!» Er sprang erschrocken zur Seite und rieb sich den pochenden Oberarm. Dann bückte er sich und hob das Buch auf, das ihn soeben fast erschlagen hätte. Die Zeichnung auf dem Einband sagte alles. Eine Liebesschnulze. Das Grinsen kehrte auf sein Gesicht zurück. Soso, dachte er und blätterte in dem Buch herum, in dem es einige anschauliche Zeichnungen gab. Ihr Verlobter schien ihre geheimen Sehnsüchte wohl nicht ganz zu stillen. Schmunzelnd fuhr er sich mit der Hand übers Kinn und schlug eine Seite um. In diesem Moment öffnete sich die Haustür, und eine Bedienstete in schwarz-weißer Uniform erschien.

«Johannes Bolten? Herr Karsten will Sie sprechen!», sagte sie ohne Begrüßung. Jo konnte nur erstaunt nicken. Sie sah ihn von oben herab an. Er kannte das schon, sogar innerhalb der Arbeiterklasse gab es Ränge, und ihrer Ansicht nach war seiner anscheinend weit unter dem ihren. «Hintenrum!», sagte sie auch sogleich, als ob er schwer von Begriff wäre, und zeigte nach rechts. Dann schloss sie energisch die Tür.

Jo runzelte die Stirn. Was konnte Karsten von ihm wollen? Er drehte sich in Richtung Hof, kam aber keine zwei Schritte weit, da wurde die Tür hinter ihm erneut aufgerissen, und die rothaarige junge Frau rannte die Stufen hinunter. Schwer atmend hielt sie vor ihm an. Ihre Wangen glühten.

«Sie müssen mir nicht nachlaufen, ein Wort genügt, und ich stehe zu Ihrer Verfügung», scherzte Jo und musste lachen, als sie ihn erschrocken anblinzelte. Einen Moment starrte sie ihn aus aufgerissenen Augen an, und er sah, dass sie leuchtend hellblau waren.

«Ich … hat es Sie getroffen?», fragte sie nun statt einer Antwort, und er wusste einen Moment nicht, was sie meinte. Dann bemerkte er ihren Blick auf das Buch in seiner Hand.

Er streckte es ihr entgegen. «Nein. Seien Sie froh, noch mehr Schmerzensgeld würde Ihr Vater heute sicher nicht für Sie bezahlen!»

Sie blickte beschämt zu Boden, und er ärgerte sich über sich selbst. Er hatte keine Erfahrung im Umgang mit Damen, wusste nicht, wie man mit ihnen sprach. Wahrscheinlich hielt sie ihn jetzt für einen ungehobelten Idioten.

«Ich wollte mit Ihnen reden!», sagte sie.

«So?» Überrascht verschränkte er die Arme vor der Brust. «Worüber?»

In diesem Moment öffnete sich die Haustür erneut, und die Mamsell von eben kam herausgeschossen. «Fräulein Lily!», rief sie schneidend. Die junge Frau sah sich ertappt um. Jo wurde bewusst, dass sie wahrscheinlich gegen sämtliche gesellschaftliche Regeln verstieß, indem sie hier draußen allein mit ihm redete.

«Agnes, ich wollte mich nur bei Herrn Bolten bedanken. Er hat das Rad zurückgebracht!»

Die Hausdame wirkte kein bisschen besänftigt. «Dann bedanken Sie sich und kommen wieder rein!», rief sie streng. «Und Sie. Wie lange gedenken Sie den gnädigen Herrn noch warten zu lassen?»

«Schon unterwegs!», sagte Jo mit einer leicht ironischen Verbeugung, und sie schnaubte. Es war klar, dass sie sich keinen Millimeter wegbewegen würde, bis die junge Frau wieder im Haus war.

«Vielen Dank, Herr Bolten, dass Sie das Rad zurückgebracht haben. Das war überaus freundlich von Ihnen», erklärte diese nun steif. Ihre Stimme klang ganz anders als noch vor einer Sekunde.

Jo nickte.

Sie holte Luft, stockte, warf einen Blick auf ihre Aufseherin, und er hatte das Gefühl, dass sie noch etwas sagen wollte, aber dann streckte sie ihm nur die Hand entgegen. Er blickte einen Moment erstaunt darauf hinab. Noch nie hatte er die Hand einer Dame geschüttelt. Als er sie ergriff, zuckte sie zusammen, und er erinnerte sich, dass sie sich vorhin im Hafen verletzt hatte.

«Fräulein Lily!» Die Stimme der Hausdame hätte Glas zerschneiden können.

Lily Karsten lächelte ihm ein letztes Mal unsicher zu und drehte sich dann um. Während sie die Stufen hinaufstieg, fasste die Bedienstete sie mit empörter Miene am Arm und zischte ihr etwas ins Ohr. Sie machte sich los, erwiderte etwas, genauso leise und schneidend, und die beiden verschwanden im Haus.

Zehn Minuten später warf Jo die schwere Eichentür des Büros hinter sich zu und stürmte durch die große Halle der Karsten-

Villa. Dieser eingebildete dreckige Hurensohn, dachte er und hätte am liebsten gegen eine der großen Vasen mit Pfauenfedern getreten, die an den Säulen der Halle standen. Wofür brauchte man so einen Mist überhaupt? Federn in einer Vase? Dekadenter ging es nicht. Die wissen nicht, wohin mit ihrem scheiß Geld, dachte er.

Nicht Alfred Karsten, sondern dessen Sohn Franz hatte ihn erwartet und ihm mit kühlem Gesichtsausdruck ohne Begrüßung ein Blatt Papier entgegengestreckt. «Nur als Absicherung. Sie verstehen», hatte Franz gesagt und falsch gelächelt. Er hatte Jo nicht einmal angeboten, sich zu setzen.

Überrumpelt nahm Jo das Dokument in die Hand. Er konnte nicht gut lesen, es dauerte eine Ewigkeit, während der Karsten immer ungeduldiger wurde und mit den Fingern auf den Schreibtisch trommelte. Als Jo zu dämmern begann, was von ihm verlangt wurde, packte ihn kalte Wut. Manches hatte er sich zusammenreimen müssen, es war Beamtendeutsch, offensichtlich von einem Advokaten verfasst, aber die Aussage war klar: Die Karstens wollten sich von aller Verantwortung freisprechen. Und dafür wollten sie ihn, Jo, als Zeugen.

Er sollte für sie lügen und Paul verraten.

Wie immer, wenn die Wut ihn packte, fiel es Jo schwer, sich unter Kontrolle zu halten. Aber er wusste, wenn er jetzt die Beherrschung verlor, stand einiges auf dem Spiel. Er holte tief Luft und sah Karsten an. «Und was springt für mich dabei raus?», fragte er kalt. Er wollte prüfen, wie weit sie gehen würden, was sie in der Hand hatten.

Sein Gegenüber zog überrascht die Augenbrauen hoch. «Die Dankbarkeit der Familie Karsten natürlich!», erwiderte er spöttisch. «Oder erwarten Sie etwa Geld für einen simplen Federstrich?»

Einen Moment hatten sie einander mit Blicken duelliert. Dann schob Jo das Papier wortlos über den Tisch zurück.

Franz Karsten hatte einen Moment gezögert und dann genickt. Auf seinem Gesicht spielte ein Lächeln, das Jo nicht deuten konnte. Er drehte sich um, wollte schon nach dem Türgriff fassen, da sagte Karsten plötzlich: «Wissen Sie, wie lange man für tätlichen Angriff ins Zuchthaus kommt?» Die Frage klang beiläufig, als wollte er einfach eine Auskunft haben. Aber Jo wusste sofort, worauf er anspielte. Sein Nacken begann zu prickeln.

Eine Sekunde ballte er seine Hände zu Fäusten, damit sie ihm nicht ausrutschten. Wenn er jetzt unüberlegt handelte, würde er wirklich im Zuchthaus landen. Langsam drehte er sich wieder um.

Franz lächelte jetzt noch breiter, aber es war kein freundliches Lächeln. «Sie haben meine Schwester vor aller Augen zu Boden gestoßen. Ihr Kleid ist ruiniert, und ihre Hände sind aufgeschürft», sagte er, wieder in beiläufigem, beinahe freundlichem Ton, als würde er übers Wetter reden. «Ich muss Ihnen wohl nicht erklären, dass meine Familie darüber mehr als entsetzt ist.» Er blickte zum Fenster hinaus und sprach weiter, als wäre Jo gar nicht da. «Ein junges Mädchen einfach so anzugreifen ...» Er schnalzte mit der Zunge und schüttelte den Kopf. «Aber unsere Lily ist ein Engel, sie hat sich freundlicherweise bereit erklärt, auf eine Anzeige zu verzichten. Gegen Ihre ... Kooperation!»

Das Prickeln in Jos Nacken wurde stärker. Er biss die Zähne so heftig aufeinander, dass seine Wangen zuckten. Es hatte keinen Sinn, sich zu verteidigen oder die Situation zu erklären, das wusste er. Soweit er sich erinnerte, war der junge Karsten bei dem Vorfall nicht einmal zugegen gewesen. Wahrscheinlich hatte dieser von Cappeln ihm erzählt, was passiert war. Oder Lily selbst. Ihm fiel ein, dass sie ihm eben vor dem Haus etwas hatte sagen wollen. Wahrscheinlich hatte sie ihn ebenfalls überreden wollen, den Wisch zu unterschreiben. Er *hatte* sie zu Boden gestoßen, das stimmte. Aber es war ein Versehen gewesen, jede Sekunde hatte gezählt. Doch es war egal, was er sagte, egal, wie es wirklich passiert war. Wenn sie keine Zeugen fanden, würden sie eben welche kaufen. Oder erpressen, so wie Franz ihn gerade erpresste. Jo wusste, wie die Welt skrupelloser Menschen funktionierte. Und dass der Mann, der ihm gerade gegenübersaß, zu der allerskrupellosesten Sorte gehörte, wusste er schon lange.

Für einen Moment war es vollkommen still im Raum. Noch immer blickte Franz verträumt aus dem Fenster, als wäre er mit den Gedanken ganz woanders. Seine langen Finger spielten mit dem Federhalter.

Jo holte tief Luft. Dann beugte er sich über den Tisch, zog das Papier zu sich heran, entwand Franz den Stift und setzte seinen Namen unter den Text. Als er unterschrieb, fühlte er sich, als hätte er sich soeben selbst verraten.

Zwei Sekunden später stürmte er zur Tür hinaus. Nun kam die Wut. Er sah nicht einmal richtig, wohin er lief, wollte nur noch weg hier, raus aus diesem Haus, bevor er irgendwas kaputt schlug. Er hasste die Macht, die Menschen mit Geld besaßen. Hasste es, dass sie das Recht einfach mit Füßen treten, sich die Welt so zurechtbiegen konnten, wie es ihnen passte. Sie waren allesamt gleich, wie oft war ihm schon …

«He!»

Er fuhr herum. Wer hatte da gesprochen? Die Halle war leer. Schwer atmend stand er da und sah sich um.

«He! Hier!» Plötzlich erschien der Kopf der jungen Frau in einem Türrahmen in der Nähe. Sie winkte ihm hektisch zu.

Jo runzelte die Stirn, aber er blieb wie angewurzelt stehen. Meinte sie ihn?

«Schnell!», zischte sie jetzt ungeduldig und winkte noch einmal.

Wie automatisch setzte Jo sich in Bewegung. Als er eintrat, stutzte er und sah sich verwundert um. «Das ist eine …»

«Garderobe. Ich weiß.» Sie lächelte schuldbewusst. «Hier hängen die Wintersachen, keiner kommt um diese Jahreszeit hierher!», flüsterte sie.

Jo zog die Augenbrauen hoch. Das fensterlose Zimmer war so groß wie seine ganze Wohnung. «Und warum genau locken Sie mich in eine Garderobe?», flüsterte er erstaunt zurück und vergaß für einen Moment seine Wut.

Sie warf einen vorsichtigen Blick in die Halle und drückte dann die Tür hinter sich zu. «Der Diener meines Bruders schleicht hier herum. Kai hat Ohren wie ein Luchs.» Sie sah ihn an. «Ich wollte mit Ihnen reden.»

Er nickte. «Also?», fragte er ungeduldig, denn langsam kam das Erlebte von eben zurück und verfinsterte seine Laune. «Wenn es um heute Morgen geht, ich kann Sie beruhigen. Ich habe unterschrieben», zischte er grob.

Sie blinzelte erstaunt. «Unterschrieben?»

«Sehr nobel von Ihnen, dass Sie auf eine Anzeige verzichten. Darf ich Sie mal eines fragen? Was hätten Sie getan, wenn ich nicht gekommen wäre? Hätten Sie einfach zugesehen, wie er da unten verreckt? Ich habe jedenfalls nicht bemerkt, dass einer von Ihnen auch nur eine Hand gerührt hätte. Und dann wollen Sie *mich* einbuchten lassen? Ich musste schnell handeln. Es ging um Sekunden, das verstehen doch sicher sogar Sie.» Jo war beim Reden immer wütender geworden.

Die Frau starrte ihn entsetzt an und wich vor seinem ausgestreckten Zeigefinger an die Wand zurück. «Ich habe keine Ahnung, wovon Sie sprechen!», stieß sie gepresst hervor. «Aber Sie treten sofort einen Schritt zurück, sonst schreie ich!»

Er sah die Angst in ihren Augen, und mit einem Mal fühlte er sich schrecklich. «Tut mir leid.» Er wich zurück und ließ die Hand sinken. «Ich wollte Sie nicht bedrängen.» Plötzlich wurde ihm auch klar, in was für eine Situation er sich gebracht hatte. Wenn man ihn hier drin ertappte und diese Frau ihm noch etwas anhängte, vielleicht gar behauptete, er hätte sie angefasst, dann konnte das für ihn sehr, sehr übel ausgehen. Schnell drehte er sich um und fasste nach dem Türgriff.

«Warten Sie!» Lily Karsten drängte sich an ihm vorbei und drückte die Tür mit ihrem Rücken wieder zu. Für einen Moment waren sie sich so nah, dass er die Wärme ihrer Haut spürte und ihr Parfum roch. Sie schien über sich selbst erschrocken, denn sie starrte ihn ein paar Sekunden lang beinahe angstvoll an. In diesem Licht wirkten ihre Augen dunkler als vorhin. Ihr Hals bewegte sich, als sie kaum merklich schluckte. Dann trat sie schnell einen Schritt zur Seite. «Was haben Sie unterschrieben?», fragte sie mit gerunzelter Stirn.

Jo musterte sie. Konnte es wirklich sein, dass sie keine Ahnung davon hatte, was im Büro passiert war? «Ihr feiner Herr Bruder hat mich gezwungen, eine Erklärung zu unterschreiben. Eine Zeugenaussage, der zufolge Paul Herder den Unfall selbst verschuldet hat und Ihre Familie zu keinerlei Schadensersatz verpflichtet ist.»

Der Schock in ihren Augen schien ihm echt. «Aber das ist doch nicht wahr!», flüsterte sie entsetzt. «Es war meine Schuld, das weiß Franz! Ich habe es ihm selbst gesagt.»

«Mag sein. Aber da ich Sie auf den Boden geschubst habe und Sie mich dafür ins Gefängnis bringen könnten, hatte ich leider

keine Wahl, als meine Unterschrift unter diese Lüge zu setzen»,
grollte er.

«Ich glaube es nicht!», murmelte sie. «Franz ist ein solcher
Widerling! Niemals würde ich Sie anzeigen, wie kann er nur
so etwas behaupten. Sie waren der Einzige, der etwas getan hat.
Sie haben den Mann gerettet. Und mir dann auch noch das Rad
heimgefahren ...»

«Das habe ich nur getan, weil ich mit Ihrem Vater reden wollte!», unterbrach Jo sie grob. Nicht dass sie sich noch einbildete,
er hätte das für sie gemacht.

Erstaunt hielt sie inne. «Worüber?»,

«Ich wollte ihn bitten, für Pauls Familie zu sorgen.» Er lachte
verbittert auf. «Ich war vorhin im Krankenhaus, sein Bein wurde
abgenommen. Und ...» – Jo ignorierte, wie sie sich entsetzt die
Hand vor den Mund schlug – «und er wird nie wieder richtig
laufen können. Es war kein Arbeitsunfall, er hat *Ihnen* einen
Gefallen getan. Er hat Kinder. Ich wollte Ihren Vater um Unterstützung bitten. Aber nun weiß ich, dass ich genauso gut auf ein
Wunder warten könnte. In diesem Haus spricht man sich von
jeder Verantwortung frei.»

Die junge Frau sah ihn einen Moment nachdenklich an. «Aber
ich nicht!», sagte sie dann leise, und er hielt erstaunt inne. «Und
mein Vater ist nicht wie Franz. Er hat ein gutes Herz. Vielleicht
würde er, wenn ich mit ihm rede ...», sprach sie weiter.

«Ich habe bereits unterschrieben. Er wäre ein Idiot, wenn er
das nicht ausnutzt. Wenn er eingesteht, dass Ihre Familie eine
Mitschuld trifft, hat er für die nächsten Jahrzehnte die Verantwortung für eine fünfköpfige Familie am Hals. Warum sollte
er sich das freiwillig aufbürden? Sie bringen uns beide nur in
Teufels Küche, wenn Sie ihm erzählen, dass Sie mit mir geredet
haben», unterbrach er sie. Nach dem Gespräch eben mit Franz

machte er sich keinerlei Illusionen mehr. Er war ein Narr gewesen, überhaupt hierherzukommen. Was hatte er erwartet, dass der alte Karsten seine Geldbörse aufmachte und freiwillig mit Münzen um sich warf?

«Ich werde es trotzdem versuchen! Von Ihnen muss ich ja nichts sagen.»

Er zuckte mit den Schultern, immer noch wütend. «Tun Sie das, vielleicht können Sie ja tatsächlich etwas bewirken. Mir wurde jedenfalls jede Möglichkeit dazu genommen, dafür hat Ihr Bruder gesorgt», erwiderte er hart. «Worüber wollten Sie denn eigentlich vorhin mit mir sprechen?», fragte er dann, weil ihm wieder einfiel, dass es ja einen Grund gab, warum er hier in einer Garderobe stand und sich mit einer jungen Frau herumstritt.

«Ich ...» Wieder wurde sie rot. «Genau deswegen. Ich fühle mich furchtbar, und ich wollte ...» Sie hielt einen kleinen Stoffbeutel hoch. «Ich wollte Sie fragen, ob Sie dem Mann das hier von mir geben könnten. Es ist nicht viel, aber ich verdiene kein eigenes Geld, und ich dachte ...» Sie brach ab und sah ihn unsicher an. Plötzlich fand er sie schrecklich rührend, wie sie so dastand und den Beutel knetete. Sie war ja fast noch ein Kind.

«Sie wollen mir Ihr Taschengeld geben?», fragte er, ehrlich erstaunt, aber seine Stimme hatte wohl einen leicht amüsierten Unterton, denn sofort verdunkelte sich ihr Blick.

«Das ist kein *Taschengeld*, ich bin kein Kind mehr!», zischte sie.

Er grinste gegen seinen Willen. «Und was ist es für Geld?»

Sie stockte. «Es ist mein ...»

«Taschengeld!», beendete er den Satz, und sie stampfte wütend mit dem Fuß auf.

«Was interessiert es Sie, woher es kommt. Können Sie es ihm geben oder nicht?»

Er nahm ihr den Beutel ab und sah hinein. Dann lachte er und warf ihn ihr in die Arme zurück. «Das ist wirklich reizend von Ihnen», sagte er verächtlich. «Aber das wird der Familie kaum helfen. Davon können sie vielleicht zwei Wochen überleben! Behalten Sie es lieber und kaufen sich eine neue Liebesschnulze.»

Sie wurde so rot, dass ihr Gesicht beinahe die Farbe ihres Haares annahm. Fast tat sie Jo leid. Er sollte sie nicht zu sehr ärgern, schließlich meinte sie es gut.

«Hören Sie, ich muss jetzt gehen. Es ist Ihnen wahrscheinlich nicht klar, aber mich hier hereinzulocken, war höchst riskant. Alleine dafür könnte ich im Gefängnis landen. Sie haben für einen Tag genug angerichtet mit Ihrem Leichtsinn, finden Sie nicht?» Wieder griff er nach dem Türknauf, entschlossen, so schnell wie möglich zu verschwinden.

«Ich kann noch mehr besorgen!»

Langsam drehte Jo sich um.

Sie sah ihn beinahe flehend an. «Bitte. Ich will helfen. Ich kann mehr Geld zusammenkriegen, ich brauche nur ein wenig Zeit.»

Unschlüssig hielt Jo inne. Er sollte einfach gehen, sie stehenlassen mit ihrem schlechten Gewissen und sich um seine eigenen Angelegenheiten kümmern. Aber was, wenn doch noch mehr für Paul dabei heraussprang? Er hatte seinen Freund gerade aufs Übelste verraten, sollte er nicht tun, was er konnte, um wenigstens ein bisschen zu helfen?

Schließlich nickte er. Auch wenn er das Gefühl hatte, dass er sich gerade in etwas hineinmanövrierte, das er später bereuen würde. «Wie lange?», fragte er, und sie schien erleichtert, dass er sie nicht abwies.

«Ich weiß nicht, eine Woche?»

Er nickte wieder. «Gut. Wie machen wir die Übergabe?»

Sie blinzelte erstaunt. «Darüber habe ich noch nicht nachge…»

«Ich kann nicht wieder herkommen. Wir treffen uns in der Stadt. Am Bahnhof. Unter der großen Uhr. Nächsten Mittwoch um sechs. Können Sie da?»

Sie nickte atemlos. «Ich denke, ja.»

«Gut! Kommen Sie allein!»

«Oh, aber ich darf ja nicht!», rief sie plötzlich. «Ich habe Hausar…» Sie brach erschrocken ab und schlug sich die Hand vor den Mund. Entsetzt riss sie die Augen auf.

Jo stutzte. «Sie haben … *Hausarrest*?» Er konnte nicht anders, als laut zu lachen.

«Pssst!», zischte sie. «Natürlich nicht! Ich darf nur nicht einfach ohne Begleitung abends am Bahnhof herumspazieren, was denken Sie sich denn, ich habe schließlich einen Ruf zu verlieren!»

«Na, der hat Sie gerade ja auch nicht groß gekümmert», erwiderte Jo, immer noch lachend. «Einfach einen fremden Mann in eine Garderobe zu locken, ist nicht besonders damenhaft. Wofür haben Sie den Hausarrest bekommen? Vielleicht für die Nummer mit dem Fahrrad?»

Sprachlos starrte sie ihn an.

«Schon gut. Sie müssen es mir nicht verraten. Überlegen Sie sich eben was, wenn Sie wirklich helfen wollen! Sie können ja auch jemanden schicken. Um sechs Uhr.» Er zögerte einen Moment, dann streckte er die Hand nach dem Beutel aus. «Besser als nichts!», sagte er etwas ruppig, und sie nickte überrumpelt und reichte ihn stumm herüber.

Bevor er die Tür öffnete, hielt er inne. «Wenn ich jetzt rausgehe und jemand mich mit Ihrem Geld in der Hand sieht …», begann er.

«… dann erkläre ich natürlich die Situation und übernehme die Verantwortung!», sagte sie mit fester Stimme.

Sie hielt seinem Blick wortlos stand. Jo wusste nicht, warum, aber er vertraute dieser Frau. Er nickte. Dann öffnete er die Tür und spähte durch den Spalt.

Schnell durchquerte er die Halle. Er wollte nur noch raus aus diesem Haus. Doch plötzlich blieb er wie angewurzelt stehen. Vor ihm auf dem Boden kniete ein Junge. Er trug einen Matrosenanzug, sein Haar leuchtete im selben hellen Rot wie das von Lily Karsten. Mit konzentrierter Miene schob er eine Spielzeugeisenbahn über die Fliesen. Als er Jo bemerkte, hob er den Kopf, und seine Augen weiteten sich vor Schreck.

Jo holte scharf Luft. Der Anblick des Kindes jagte ihm einen Schauer über den Rücken. Was ist mit dem Jungen los?, dachte er. Sie starrten sich an. Einen Moment lang war es so still im Haus, dass Jo den leisen röchelnden Atem des Kleinen hören konnte. «Lo», sagte der Junge plötzlich mit heiserer Stimme. Er verzog den Mund, und Jo wurde klar, dass er lächelte.

Schnell warf er einen Blick über die Schulter. Von Lily war nichts zu sehen. «Hallo», erwiderte er zögernd. In diesem Moment zuckten sie beide gleichzeitig zusammen, als über ihren Köpfen eine schrille Stimme ertönte: «Wo hast du dich jetzt wieder versteckt? Du weißt doch, dass wir gleich Unterricht haben.»

Der Junge blinzelte, dann rappelte er sich blitzschnell auf, packte seine Eisenbahn und rannte davon.

Jo stand noch einen Moment verdattert da und sah dem Kind nach, wie es die Treppe hinaufstürmte. Dann schlich er sich heimlich wie ein Dieb aus dem Haus.

Ein seltsamer Tag, dachte er, als er die Villa hinter sich ließ. Ein überaus seltsamer Tag.

3

Ludwig Oolkert betrachtete sich im Spiegel. Zufrieden zwirbelte er seinen Bart, wischte eine Staubfluse vom Ärmel seines taillierten Gehrocks. Sofort kam sein Leibdiener mit einer kleinen Bürste und fuhr damit über den Stoff. «Schon gut, Gregor. Es passt so», wehrte er ab. Der Diener nickte, ohne eine Miene zu verziehen, und reichte ihm den ochsenblutroten Zylinder auf einem Tablett. Ein wenig extravagant war er, der Hut. Frisch aus Frankreich importiert. Er passte farblich zu den Umschlägen des neuen Paletot-Mantels und dem Karomuster seiner Knopfhose, beide extra angefertigt, um das Ensemble zu perfektionieren. Einen passenden Gehpelz für den kommenden Herbst hatte er gleich dazu geordert. Er trug ausschließlich Haute Couture, Konfektion kam nicht in Frage. Wenn man etwas hermachen wollte, musste zuerst das Äußere stimmen. Von dem neuen Trend, der besagte, dass die Herren von Welt sich schlicht zu kleiden hatten, um den immer pompöser werdenden Damen an ihrer Seite nicht die Aufmerksamkeit zu stehlen, hielt er nichts. Heute zeigten die hanseatischen Kaufmänner an ihren Gattinnen, wie viel Geld sie hatten. Daran fand er generell nichts Verwerfliches, Eva und seiner Tochter Roswita kaufte er nur das Beste – auch wenn sie das wohl kaum schöner machte –, aber warum sollte er ihnen nachstehen? Nein, er hielt es da ganz wie die Franzosen, je teurer und eleganter, desto besser.

Mit spitzen Fingern steckte Gregor nun auf sein Geheiß hin die leuchtend rote Nadel in das Umschlagtuch an seinem Hals.

Sie setzte einen auffallenden Kontrast zum Grün. Er fiel gern auf, auch wenn er es nicht nötig hatte. Die Leute drehten sich auch so nach ihm um, musterten ihn, wo auch immer er hinging. Alle kannten ihn in Hamburg. Nicht nur sah er besonders aus mit seiner gelben Mähne, den modischen langen Koteletten und dem Ziegenbart. Sie alle wussten, dass er entscheidend an der industriellen Blüte Hamburgs mitgewirkt hatte. Fast keiner hatte das Stadtbild so maßgebend geprägt wie er. Und er war noch lange nicht fertig. Oh nein. Er hatte Großes vor mit dieser Stadt. Seit er das erste Kontorhaus Hamburgs eröffnet hatte, fühlte er sich mehr denn je wie der Gründungsvater einer neuen Metropole. Es war sein bisher größtes Projekt, seit er sich aus dem Guano-Handel zurückgezogen hatte. Im ganzen Kaiserreich gab es kein moderneres Beispiel. Das Kontorhaus hatte elektrisches Licht, Dampfheizung, einen Paternoster – und es lag direkt am Eingang der im Bau begriffenen Speicherstadt, im Herzen Hamburgs, zwischen Elbstrom und Geschäftswelt. Genau deshalb hatte er es entwerfen lassen, hatte mehr als eine Million Mark investiert. Damit jeder sofort wusste, dass er den Handel hier regierte. Er hatte damit einen Großteil seines Kapitals nutzbringend und vor allem sicher angelegt, hatte für sich und seine Nachkommen vorgesorgt.

Obwohl er vorgab, die Blicke nicht zu bemerken, registrierte er jeden einzelnen. Sie waren für ihn jeden Tag eine Bestätigung dafür, wie weit er es gebracht hatte. Ihm gehörten eine Bank, eine Zeitung, eine Werft, er war nobilitiert, besaß ein prächtiges Palais – und seit einigen Jahren verwendete er einen großen Teil seiner Zeit und Raffinesse darauf, den Opiumhandel im größten Hafen des Reiches zu regieren. Davon wussten zwar nur die wenigsten, doch selbst die Reichsten der Reichen, die Wichtigsten der Wichtigen erkannten ihn. Ihn, Ludwig, den Sohn des Landschaftsgärtners aus dem Süderpark. Ihr Haus damals hatte ein Strohdach gehabt! Mit 600 Talern Salär pro Jahr waren sie ausgekommen.

Es klopfte an der Tür, und das neue Mädchen brachte den Tee. Sie zitterte leicht, sodass das Porzellan klapperte, und traute sich nicht, ihn anzusehen. So war es immer am Anfang. Wenn sie gewusst hätte, was er mit ihrer Vorgängerin angestellt hatte, hätte sie sicherlich noch mehr gezittert. Aber das war sein kleines Geheimnis. Ihr Schweigen war sicher, dafür hatte er gesorgt. Es mussten also die Geschichten der Belegschaft sein, die die Neue einschüchterten. Wahrscheinlich wurde in der Küche den ganzen Tag über ihn getratscht. Es sollte ihm recht sein, eingeschüchterte Dienstboten arbeiteten effizienter.

Sie stellte das Tablett auf den kleinen Biedermeiertisch und ging nach einem kurzen Knicks rückwärts wieder aus dem Raum. Auch sie war nicht schlecht anzusehen, runder Hintern, dazu ein unschuldiges herzförmiges Gesicht. Er sah ihr im Spiegel nach, bis die Tür sich wieder geschlossen hatte. Zu schade, dass er nach den Geschehnissen mit dem anderen Ding vorsichtig sein musste.

Kurz entschlossen setzte Oolkert den Zylinder wieder ab und knöpfte den Gehrock auf. Eigentlich hatte er vorgehabt, gleich eine Runde über den Jungfernstieg zu flanieren, wenn er schon so gut gekleidet war, einen Kaffee zu trinken, sich eine Zeitung von der Konkurrenz zu holen. Seine eigene, die *Allgemeine Hamburgische Rundschau,* hatte er wie immer bereits nach dem Mittagessen studiert und seine Anmerkungen an die Redaktion per Telegramm nach Berlin geschickt. Aber da der Tee nun schon da war, konnte er auch erst einen Schluck davon trinken.

Auf einen Wink hin schwenkte Gregor die Tasse mit heißem

Wasser aus. Dabei stieß er versehentlich mit dem Ellbogen gegen die Zuckerdose. Sie fiel herunter und zerbrach, die weißen Körnchen rieselten wie Schnee auf den Boden. «Oh … Ich. Ich bitte um Verzeihung!», stotterte er. Oolkert erstarrte, sein Mund zog sich zusammen. «Lass mich allein», sagte er leise. «Du kannst das später aufkehren.»

Gregor nickte mit hochroten Wangen. «Sehr wohl!» Hastig verließ er das Zimmer.

Oolkert sah ihm nach, dann glitt sein Blick langsam nach unten. Einen Moment sah er eine andere Zuckerdose vor sich. Sie rollte über den Boden seines Elternhauses. Ihr Inhalt hatte sich wie Schnee über den Teppich verteilt. Daneben lag, würgend und mit blutenden Augen, eine junge Frau im Krinolinkleid. Im Todeskrampf krallten sich ihre Finger um seine Knöchel, zogen an seinen Strümpfen und kratzten über seine Haut, während er stumm dastand und wie gelähmt zusah, bis sie ihren letzten Atemzug getan hatte.

Er war damals neun Jahre alt gewesen. Es war ein Unfall, ein Streich. Eine dumme Idee, die ihm eines Nachts gekommen war, als er, wie so oft, wachlag und darüber nachgrübelte, wie er sich gegen das Monster wehren konnte, das nach dem Tod seiner Mutter in ihr Haus gezogen war. Als ihr Vater sie vorstellte, waren beide Kinder zunächst erleichtert gewesen. Die schöne und liebenswürdige Frau, die plötzlich am Esstisch auf dem Platz der Mutter saß, kam ihnen vor wie einem Märchen entsprungen. Sie würde alles wieder gut machen, die Welt, die plötzlich aus den Angeln geraten war, wieder geraderücken und das Lachen zurück auf Vaters Gesicht zaubern.

Doch Erika hasste ihr neues Leben. Und sie ließ diesen Hass an den Kindern aus. Ihr erster Ehemann hatte sich direkt nach der Hochzeit mit ihrer Mitgift nach Übersee abgesetzt, und so war sie nach der gesellschaftlichen Ächtung gezwungen gewesen, den einzigen Mann zu heiraten, der sie noch wollte.

Es dauerte nicht lange, bis sie ihr wahres Gesicht zeigte.

Geschickt verstand sie es, ihre Boshaftigkeiten vor dem Vater zu verstecken und immer die Kinder verantwortlich zu machen, wenn etwas passierte, sodass er Ludwig und Ida viele Male seufzend beiseitenahm und sie bat, es der neuen Mutter doch ein wenig leichter zu machen.

Sie versuchten es. Sie versuchten es so sehr. Aber egal, wie lieb und fügsam sie auch waren, es machte alles nur noch schlimmer. Erika pflegte zu sagen, dass das Übel unerzogener Kinder von innen kam und man es daher auch von innen bekämpfen müsse. Dafür hatte sie eine ganz spezielle Methode. Sie nahm einen Würfel Zucker, legte ihn auf einen Löffel und gab unter den angstvollen Blicken der Kinder genussvoll einen Tropfen weiße Flüssigkeit darauf, die sie in einer Flasche in ihrer Truhe aufbewahrte. Je ein Zuckerstück mussten Ludwig und Ida schlucken. Die Folge waren so schlimme Magenkrämpfe, Übelkeit und Durchfall, dass er einmal eine ganze Woche lang nicht in die Schule gehen konnte. Noch heute dachte er voller Scham und Grauen an das schreckliche Gurgeln in seinen Eingeweiden, das Gefühl, von innen aufgefressen zu werden. «Nächstes Mal nehme ich zwei Tropfen!», war Erikas beständige Drohung, die sie jedoch niemals wahrmachte. Aber alleine die Angst reichte aus, um die Kinder noch leiser, noch braver, noch gehorsamer werden zu lassen.

Nichts half. Sie fand immer etwas, das sie falsch machten. Als ihr Vater einmal mit einer schweren Lungenentzündung in Fieberkrämpfen daniederlag und nichts mehr mitbekam, sperrte Erika Ida, die sie angeblich durch zu lautes Singen absichtlich gereizt hatte, für drei Tage in den Keller ein. Dort unten war es stockdunkel, kalt und modrig. Das Hausmädchen fürchtete um seine Stellung und hielt daher den Mund. Ludwig konnte nichts tun, außer seiner Schwester durch das schmale Fenster im Garten zuzuflüstern, dass alles wieder gut werden würde. Als sie wieder aus dem Keller durfte, hatte das kleine Mädchen blaue Nägel, brabbelte Fieberphantasien vor sich hin und bekam kurz darauf eine schwere Lungenentzündung, deren Folgen sie ihr Leben lang begleiteten. Sie litt jahrelang an Bluthusten und Schwäche und starb mit Anfang dreißig an einer Embolie.

Damals vertraute er sich seiner Großmutter an, die ihn einen Lügenbold schalt und ihn zwang, mit ihr zur Beichte zu gehen, wo der Priester ihm einen ganzen Kanon sinnloser Gebete als Buße auflud. Er versuchte es bei seinem Lateinlehrer, der den schlauen, stillen Jungen besonders gern mochte. Aber Herr Gropius wertete Ludwigs blühende Phantasie als eine Folge von unziemlicher Selbstberührung und benachrichtigte seine Eltern. An die Strafe, die Ludwig zu Hause erwartete, konnte er nicht einmal heute denken, ohne zu schaudern.

Er hatte es nicht geplant. Es war so leicht gewesen. Statt einen Tropfen auf einen Würfel Zucker hatte er die halbe Flasche zum Tee in die Tasse gegossen, als niemand hinsah. Ohne nachzudenken, hatte er einfach gehandelt und nur gehofft, dass sie es nicht schmecken würde. Das Mittel war nicht bitter, hatte nur einen seltsamen leicht sauren Geruch.

Sie schmeckte es. Aber erst, nachdem sie durstig ein paar Schlucke hinuntergestürzt hatte. «Seltsam, dieser neue Tee», sagte sie achselzuckend und trank weiter. Mit angehaltenem Atem hatte er zugesehen, was nun geschah.

Damals war es sein gutes Betragen, das ihn rettete. Er war ein so schüchterner, unauffälliger Junge, der niemals die Stimme erhob, niemals Unfug anstellte. Das Hausmädchen jedoch, das den Tee gebracht hatte und ohnehin einen leicht angeschlagenen Ruf genoss, war die perfekte Täterin. Nur eine kleine Andeutung hatte er machen müssen – sie habe öfter schlecht über die Stiefmutter gesprochen und habe doch den Vater selber heiraten wollen –, und schon stand sie unter dringendem Tatverdacht.

Dann fand man die kleine Flasche in ihrer Truhe.

Bei ihrer Verhaftung schrie und geiferte sie wie ein wild gewordenes Fischweib, wehrte sich mit Händen und Füßen und beteuerte verzweifelt schluchzend ihre Unschuld. Wenige Monate später starb sie im Zuchthaus. Tuberkulose, erzählte man in der Nachbarschaft, aber Jahre später stellte er Nachforschungen an. Man hatte sie ausgepeitscht, die Wunde war brandig geworden, Maden hatten sich darin eingenistet. Sie war qualvoll an einer Sepsis eingegangen.

Seitdem peinigte die grauenvolle Geschichte ihn in seinen Träumen. Aber er hatte eine Lehre aus ihr gezogen. Eine Lehre, die ihm sein ganzes weiteres Leben diente: Man musste für sich selbst sorgen. Es gab niemanden, auf den man sich verlassen konnte. Doch wenn man nur geschickt genug log, konnte man mit so ziemlich allem durchkommen. Und ein guter Ruf, ein unschuldiges Äußeres waren dabei von unverkennbarem Nutzen.

Alfred Karsten stand am Fenster seines Büros und sah mit verschränkten Armen auf den Fluss hinaus. Das Glitzern des Wassers hatte immer eine hypnotisierende Wirkung auf ihn. Oft hielt er während der Arbeit ein paar Minuten inne und ließ den Blick über den blühenden Garten zur Alster schweifen. Welch ein Privileg, dass ich jeden Tag diese Aussicht genießen darf, dachte er dann, und so auch heute.

Die Villa am Ufer hatte er erst vor ein paar Jahren erworben.

Zuvor wohnte die Familie in einem der fünf Familienhäuser am Mittelweg. In der Vitrine im Salon stand eine alte Obstschale mit einer Abbildung der Anwesen darauf. Manchmal, wenn er sich ein wenig rührselig fühlte, holte er sie heraus und betrachtete sie mit Michel. Alfred erzählte ihm bei diesen Gelegenheiten oft von seiner Kindheit mit den acht Geschwistern. Von dem legendären Garten seines Großvaters und den Bäumen, die dieser für seine Kinder gepflanzt hatte. «Ich habe es ihm gleichgetan und auch für dich einen Baum gepflanzt!», erklärte er dann immer, aber Michel schien das nie so ganz zu verstehen. Wenn er die Dinge nicht anfassen oder sehen konnte, hatte er Schwierigkeiten, sie sich vorzustellen. Auch Alfred selbst fiel es mit den Jahren immer schwerer, sich zu erinnern. Seine Kindheit schien ihm zuweilen wie eine Erzählung aus einem weit entfernten Land. Manches stand ihm glasklar vor Augen, anderes lag im Nebel, verflüchtigte sich immer weiter, je mehr er es festhalten wollte.

Alfred seufzte leise. Wie sehr sich die Zeiten geändert hatten. In den letzten zwanzig Jahren hatte sich beinahe jeder Aspekt des Reeder-Daseins grundlegend gewandelt. Die Arbeit mit den Schiffen lag ihm im Blut. Wie schon sein Vater war er als junger Mann viel gereist, hatte eine sorgfältige kaufmännische Ausbildung genossen, die alle Wirtschaftszweige abdeckte. Mit einer Leidenschaft, die ihn manchmal selbst überraschte, hatte er in England Fracht- und Passagewesen und die britischen Schiffsbau-Gepflogenheiten studiert, über die Jahre persönliche Beziehungen zu den ansässigen Reedern und Werften aufgebaut und Kontakte geknüpft, von denen die meisten auch jetzt, viele Jahrzehnte später, noch immer hielten. In den Tagen seines Vaters herrschte noch eine strikte Trennung zwischen den einzelnen Berufszweigen. Ein Schiffsmakler, der Schiffe an- und wieder verkaufte und sie abfertigte, durfte nicht gleichzeitig auch Reeder

sein. Doch wie immer änderten sich die Zeiten, die Freihandels-
lehre trat an die Stelle des Merkantilismus, Dampfschiffe lösten
die Segler ab, die Demokratie setzte sich durch, und zwei Jahre
nach dem Tod seines Vaters wurde durch die Liberalisierung der
Wirtschaft der Maklerstatus aufgehoben. Damit stand Alfred der
Weg frei, das zu verwirklichen, wovon er immer geträumt hatte:
eine eigene Reederei zu gründen. Es war nicht einfach gewesen,
damals. Bevor es so weit war, hatte er viele Hindernisse überwinden müssen. Aber die Partner seines Vaters hatten ihm vertraut, und seine persönlichen Beziehungen nach England hatten
dazu beigetragen, dass die Geschäfte auch ohne den Rat und
Beistand des alten Karsten von Jahr zu Jahr besser liefen. Alfred
hatte sich sogar die Hamburg–Newcastle-Linie sichern können.
Davor hatte Ludwig Oolkert die Vertretung dieser Linie geleitet,
da er aber nur über eine Partneragentur verfügte, musste er das
Geschäft damals abgeben. Es hatte nicht im Guten geendet zwischen den Konkurrenten, aber Oolkert hatte ihm inzwischen offensichtlich verziehen. Das Ganze war zwanzig Jahre her. Sicherlich dachte Oolkert nicht einmal mehr an die Sache, schließlich
war er inzwischen Hamburgs erfolgreichster Unternehmer, hatte
umgesattelt, betrieb eine eigene Werft, war im Bauunternehmen
tätig, Himmel, der Mann hatte überall seine Finger im Spiel.
Alfred waren auch wiederholt Gerüchte zu Ohren gekommen,
Oolkert verdiene sich nicht nur mit legalen Geschäften eine goldene Nase. Aber er glaubte solche Unterstellungen erst, wenn es
handfeste Beweise gab. Schließlich gab es immer jemanden, der
einem den Platz an der Spitze neidete.

Seit Jahren bemühte Oolkert sich nun um eine Zusammenarbeit mit Karsten, wollte unbedingt, dass sie ihre Schiffe bei ihm
bauten, wartete mit immer größeren Versprechungen auf. Franz
war Feuer und Flamme.

Aber Alfred zögerte.

Es war Tradition, auf die englischen Partner zurückzugreifen. Er hatte auch gute Kontakte nach Flensburg und wollte auf keinen Fall alte Beziehungen verletzen, indem er einem heimischen Reeder den Vorzug gewährte. Außerdem waren ihm Traditionen wichtig, seine alten Beziehungen zur Insel heilig. Einer anderen Art der Verbindung der Familien hingegen, von der er wusste, dass Oolkert sie ebenfalls anstrebte, war er durchaus zugeneigt …

Nur lagen in diesem Fall die Dinge umgekehrt. Franz weigerte sich bisher strikt, seine Einwilligung zu geben, aus Gründen, die Alfred nicht so recht verstand. Während er an seinen ältesten Sohn dachte, runzelte er leicht die Stirn. Franz konnte sich glücklich schätzen, er würde sich nach Alfreds Tod ins gemachte Nest setzen. Und das war ihm durchaus zu gönnen. Er selbst hatte es nicht ganz so leicht gehabt. Aber er hatte es doch geschafft. *A. Karsten* war sein ganzer Stolz, sein Lebenswerk.

Nun war sein Vater schon über zwanzig Jahre tot, seine Mutter beinahe ein Vierteljahrhundert Witwe. Kein Wunder, dass sie langsam verbitterte. Sie war immer eine strenge, konservative Frau gewesen, und ihre Gesundheit machte ihr zunehmend zu schaffen. Der Ärger um Lily hatte sie arg Nerven gekostet. Er machte sich Sorgen um sie. Früher war sie ganz anders gewesen, nichts hatte sie aus der Bahn werfen können, mit eiserner Hand hatte sie das Haus und ihre große Kinderschar regiert. Aber nun … Alfred war mit den Gedanken weit weg, schwamm in silbrigen Erinnerungsfetzen aus der Vergangenheit, als es hinter ihm klopfte. Er fuhr leicht zusammen.

Franz lugte mit fragendem Blick ins Zimmer. «Vater?»

«Oh, herein, herein!» Er winkte seinen Sohn mit einem Lächeln herbei. «Ich habe dich nicht gehört!»

Franz trat mit ernster Miene ein, und Alfred seufzte innerlich.

Er wusste, dass ihm eine erneute Diskussion bevorstand. Franz war noch entsetzter über Lilys Auftritt als er selbst, hatte schärfere Konsequenzen gefordert, als Alfred sie letztlich durchgesetzt hatte. Er war sehr froh, dass sein zielstrebiger ältester Sohn nicht so ein Taugenichts und Weltenbummler war wie viele der Sprösslinge seiner Freunde, sondern mit glühender Begeisterung hinter dem Familienunternehmen stand. Nur lagen sie in ihren Vorstellungen, wie man dieses führte, oft weit auseinander.

«Ich wollte mit dir sprechen. Lily hat sich da ein starkes Stück geleistet. Ein wirklich starkes Stück. Ich mache mir ernste Sorgen um unseren Ruf!»

Alfred seufzte nun laut. Also ging die ganze Diskussion noch einmal von vorne los. «Franz, es ist doch nicht wirklich etwas passiert. Wir konnten das Schlimmste abwenden. Dank des genialen Einfalls deiner Mutter ...»

«*Noch* ist nichts passiert, Vater! Es war Presse bei dem Fest. Stell dir vor, was passiert, wenn es in die Zeitungen kommt. Es muss uns nur einer übel gesinnt sein, und schon ...»

«Das wird nicht geschehen! Die Presse war dort, weil wir sie eingeladen haben!»

Franz sah ihn eindringlich an. «Wir haben bereits ein großes Risiko in der Familie. Stell dir vor, was die Menschen sagen, wenn nun zwei deiner drei Kinder nicht der Norm entsprechen! Irgendwann ist das Maß voll, irgendwann können wir die Gerüchte nicht mehr unter Kontrolle halten. Und wenn die öffentliche Meinung über uns ins Negative kippt, werden sie sich wie die Aasgeier auf das gefundene Fressen stürzen.»

«Michel hat mit der ganzen Sache nichts zu tun!», polterte Alfred. Er merkte selbst, dass er zu laut wurde. Insgeheim war ihm klar, dass Franz recht hatte, aber er wollte es nicht hören, wollte den möglichen Konsequenzen nicht ins Gesicht sehen.

Franz' Stimme wurde noch eindringlicher. «Er hat sehr wohl damit zu tun! Vater, ich weiß, du willst es nicht wahrhaben. Mir tut es genauso weh, es auszusprechen. Aber Michel ist eine Gefahr für uns alle. Wir hätten ihn schon vor Jahren abgeben sollen. Direkt nach seiner Geburt, genau wie die Ärzte es empfohlen haben. Du hast ihn nur Mutter zuliebe behalten. Wir alle haben ihn lieb. Aber wenn irgendwann herauskommt, was er ist ...» Er schüttelte den Kopf und atmete tief ein und aus. «Stell dir vor, es macht im Klub die Runde. Wenn wir Investoren verlieren, Weber ... Es wäre nicht auszudenken. Vater, wir sollten noch einmal darüber sprechen, ob er nicht doch ...»

«Schluss jetzt!»

Franz zuckte kurz zusammen. Alfred schloss für einen kurzen Moment die Augen und sprach dann ruhiger weiter. «Deine Schwester hat sich einen Fehler geleistet, das ist wahr. Aber halte Michel da raus! Wir werden nicht weiter über die Sache sprechen!»

«Aber Vater ...»

«Franz. Du willst nur das Beste für uns. Aber du urteilst vorschnell. Niemand weiß von Michel. Und die wenigen, die es tun, wissen es schon viele Jahre und werden uns nicht ans Messer liefern. Falls es irgendwann so weit kommt, werde ich der Sache ins Gesicht sehen und die nötigen Konsequenzen ziehen. Aber nicht jetzt. Es wäre für deine Mutter unerträglich.» Er holte tief Luft. «Und für mich auch.»

«Zu diesem Zeitpunkt kann es bereits zu spät sein!» Franz hatte hektische Flecken im Gesicht bekommen. «Es muss uns nur jemand etwas Böses wollen. Vater, so, wie wir mit der Rotterdam-Linie vorpreschen, von der Pacific-Linie gar nicht zu reden, könnte ich schon eine ganze Handvoll Menschen aufzählen, die es mit Freuden sehen würden, wenn unser Ruf leidet.»

«Dann übernehme ich dafür die Verantwortung», sagte Alfred, so ruhig er konnte.

«Es ist aber nicht allein deine Entscheidung!», wetterte sein Sohn. «Ich hänge genauso mit ...»

«Es *ist* meine Entscheidung!»

Als sein Sohn nicht reagierte, sondern ihn nur durchdringend anstarrte, seufzte er. «Lassen wir das jetzt, es führt zu nichts. Ich wollte mit dir auch über etwas sprechen. Oolkert hat wieder geschrieben. Hast du dir die Sache noch einmal durch den Kopf gehen lassen?»

Franz' Gesicht schien plötzlich steinern. «Das habe ich in der Tat. Meine Antwort zu diesem Thema kennst du bereits.»

Alfred seufzte. «Franz», sagte er ruhig. «Roswita ist eine gute Partie. Die beste, um genau zu sein. Sie ist nicht die attraktivste junge Dame, da muss ich dir recht geben. Aber eine Verbindung der beiden Häuser wäre für uns von größtem Vorteil. Ich verstehe dich nicht, seit Monaten liegst du mir damit in den Ohren, dass ich der Oolkert-Werft eine Chance geben soll, willst, dass wir dafür unsere Traditionen verraten und bei ihm die Schiffe für die neue Linie bauen. Aber einer privaten Verbindung verweigerst du dich. Weißt du, wie das aussieht? Welche Begründung soll ich denn angeben? Welche Begründung hast *du* vorzuweisen?»

Franz tigerte auf und ab. «Ich kann ihr nichts abgewinnen. Soll ich mein Leben mit einer beschränkten Pute verbringen, die mich abstößt?»

«Nun aber wirklich, Franz! Beherrsche dich!»

«Ich möchte mich auf die Geschäfte konzentrieren, Vater. Eine Heirat kommt für mich momentan nicht in Frage! Wozu auch? Ich brauche keine Frau, ich habe meinen Spaß und meine Freiheit!»

«Selbstverständlich brauchst du eine Frau. Willst du denn niemals deinen eigenen Hausstand führen? Niemals Kinder haben? Wer soll dein Vermächtnis übernehmen? Außerdem geht es, wie gesagt, nicht nur darum, dich unter die Haube zu bringen, die Verbindung wäre für uns alle von …»

«Ich weiß, ich weiß …» Franz winkte ärgerlich ab. «Aber ich bleibe dabei, es kommt nicht in Frage! Ich habe noch genug Zeit. Wenn ich in zehn Jahren heirate, kann ich immer noch Nachkommen zeugen, so viele ich will.»

«Sei dir da nicht so sicher. Außerdem wird es auch in zehn Jahren keine geben, die so geeignet ist wie Roswita. Ich weiß einfach nicht, welche Ausflüchte ich noch vorbringen soll.»

«Er will diese Hochzeit doch nur, damit du dich nicht weiter einer Zusammenarbeit verweigern kannst. Wenn wir jetzt schon bei ihm bauen würden, müsste ich nicht …»

Alfred schlug wütend mit der Hand auf die Sessellehne. «Wir lassen nicht bei ihm bauen, das weißt du genau. Vergiss es lieber gleich. Solange ich die Firma leite, bleiben wir Flensburg treu.»

Franz' Gesicht zog sich wütend zusammen. «Vater, wenn du nur nicht so stur …»

«Über diesen Punkt diskutiere ich nicht mehr!»

Franz sah einen Moment so aus, als ringe er um Beherrschung. Dann sagte er: «Schreib ihm einfach, dass ich eine Liebschaft habe, die zwar nie zu etwas führen wird, du mir aber momentan nicht den Kopf geraderücken kannst. Das wird jeder verstehen. So halten wir sie hin, und vielleicht findet sie schon bald jemand anderen.»

«Hast du denn eine?», fragte Alfred und sah ihn aufmerksam an. «Eine Liebschaft?»

«Das ist meine Sache, oder nicht?», brauste Franz auf.

Alfred nickte erschöpft. «Wir sprechen darüber, wenn du dich ein wenig beruhigt hast», setzte er an, aber sein Sohn fuhr dazwischen.

«Es gibt dazu nichts mehr zu sagen. Statt dich auf mich und meine vollkommen unnötige Hochzeit zu konzentrieren, solltest du lieber dafür sorgen, dass Lily vermählt wird, bevor sie noch mehr Unsinn anstellt. Das Mädchen hat keinen Respekt. Ich sage dir, irgendwann macht Henry noch einen Rückzieher. Und dann geht uns wirklich eine wichtige Verbindung durch die Lappen. Die von Cappelns sind adelig, Vater. Adelig! Und sie handeln mit Übersee.»

«Das weiß ich doch alles!» Ungeduldig winkte Alfred ab. «Henry ist vernarrt in Lily, da brauchst du dir keine Sorgen zu machen. Aber man muss seine Familie nach allen Seiten absichern, und eine Hochzeit mit dir und Ros…»

«Ich habe nichts weiter dazu zu sagen!», rief Franz. Und bevor Alfred etwas erwidern konnte, war er bereits aus dem Raum gestürmt.

Alfred schüttelte den Kopf und ließ sich müde hinter dem Schreibtisch nieder. Franz reagierte so heftig auf dieses Thema. Bisher hatte er jede geeignete Anwärterin abgelehnt. Gesellschaftlich war dies keine große Sache, es war unter den jungen Männern dieser Zeit Mode, ein ausschweifendes Junggesellenleben zu führen. Tatsächlich hatte er manchmal das Gefühl, dass die Angesehensten unter ihnen die waren, welche offen ein dandyhaftes Vergnügungsleben führten. Frauen waren ab Mitte zwanzig alte Jungfern, aber Männer konnten ihr Leben lang unverheiratet bleiben, sich eine Geliebte nach der anderen halten und galten schlimmstenfalls als Haudegen. Nachdenklich rückte er den großen Sessel so, dass er wieder zum Fenster hinausschauen konnte. Seine Kinder machten ihm zur Zeit alle große Sorgen. Aber tatsächlich war es Franz, der ihm das meiste

Kopfzerbrechen bereitete, auch wenn er das noch nie laut ausgesprochen hatte.

Nicht wegen der Absicherung der Familie.

Und auch nicht wegen des Rufes.

Er hatte eine Ahnung. Eine schreckliche Ahnung. Manchmal schämte er sich, solche Gedanken überhaupt zugelassen zu haben. Aber in Momenten wie diesem krochen sie wieder in ihm hoch, wühlten sich wie ein stechender Schmerz in seine Eingeweide und ließen ihn schaudern.

Er hoffte zutiefst, dass er sich irrte.

Franz stürmte die Treppe hinauf. Er zitterte so sehr, dass er kaum die Beherrschung wahren konnte. Die Wut, die ihn ergriffen hatte, war so heftig, dass er am liebsten etwas gepackt und gegen die Wand geschleudert hätte. Sein Vater war so schrecklich stur. Wenn er doch nur bereit wäre, mit Oolkert zusammenzuarbeiten. Dann müsste Franz erst gar nicht über diese vermaledeite Hochzeit nachdenken! Tiefe, dunkle Verzweiflung schwappte wie eine schwarze Welle über ihn, drohte damit, ihn in die Tiefe zu ziehen. Das Gefühl war so allumfassend, dass er einen Moment in die große Halle hinuntersah und überlegte, wie es wäre, allem einfach ein Ende zu machen. Warum nicht einfach springen?, flüsterte eine Stimme in ihm. Du bist anders. Du bist falsch. Vollkommen und unwiderruflich falsch. Wenn sie herauskriegen, was du bist, musst du es sowieso tun. Warum nicht vorher, sodass du wenigstens dein Gesicht wahren kannst?

Er kannte diese Stimme in seinem Kopf gut, sie war immer da, sein ständiger Begleiter. Wie ein kleiner schwarzer Teufel, der ihm auf der Schulter saß und ihm die dunkelsten, faulsten Gedanken ins Ohr flüsterte. Nur gab es keinen weißen Engel als Widerpart auf der anderen Seite. Franz' Widerpart war die Arbeit. Wenn er schuftete bis zur Erschöpfung, konnte er manchmal vergessen. Dann fühlte er sich beinahe normal, beinahe glücklich.

Aber eben nur beinahe.

Er stand einen Moment zitternd da, die Hände mit den Siegelringen seiner Familie auf das schwere Eichengeländer gestützt. Es war sehr tief. Sicher zehn Meter. Er sah es vor sich. Sein zerschmetterter Körper auf den schönen Marmorfliesen, seine leeren, gebrochenen Augen, das Blut, das langsam in roten Bahnen Richtung Tür sickerte.

Beinahe war die Vorstellung eine Erlösung.

Dann gab er sich einen Ruck. Er straffte die Schultern, atmete einmal tief ein und aus, sein Gesicht verlor den Ausdruck tiefer Verzweiflung, glättete sich und wirkte nun emotionslos, beinahe kalt. Er musste vorsichtiger sein, durfte sich nicht anmerken lassen, wie sehr ihn der Gedanke an eine Heirat ängstigte. Vielleicht sollte er sich eine Geliebte nehmen, vielleicht würde das …

In diesem Moment öffnete sich eine Tür zu seiner Linken, und Seda kam heraus. Als sie ihn sah, wie er da im Halbdunkeln auf dem Gang stand, zuckte sie zusammen. «Herr Karsten, ich habe Sie gar nicht gehört!» Sie knickste. «Kann ich Ihnen etwas bringen?»

Wie immer wurde sie rot. Er wusste, dass sie in ihn verliebt war. Herrgott, sie waren alle in ihn verliebt. Seine schroffe Art machte die Frauen ganz wild. Er war eine Herausforderung für sie. Normalerweise liefen die Männer den Damen hinterher. Wenn es einer einmal anders machte, verloren die dummen Hühner sofort den Kopf. Manchmal machte er sich auf einem Ball einen Spaß mit einer von ihnen, tat so, als habe sie plötzlich sein Interesse geweckt, schäkerte mit ihr, nur um sie dann fallenzulassen und keines Blickes mehr zu würdigen. Es machte die Mädchen wahnsinnig und bereitete ihm ein seltsam befriedigendes Vergnügen.

«Ich brauche nichts!», antwortete er kühl.

Seda deutete einen Knicks an und ging mit hochrotem Kopf an ihm vorbei. Als sie auf seiner Höhe war, packte er sie plötzlich fest am Arm. Sie zuckte zurück und starrte ihn mit großen Augen an. Er betrachtete ihr Gesicht. Sie war schön, sicherlich. Die vollen roten Lippen, die braunen Augen. Er sah, dass sie Angst hatte, spürte, wie ihr ganzer Körper bebte. Aber er wusste auch, wenn er sie jetzt küsste, würde sie keinerlei Widerstand leisten. Was sollte sie auch tun, sie konnte ja schlecht kündigen. Er näherte seinen Mund dem ihren, und sie schloss die Augen in Erwartung dessen, was kommen würde. Kurz bevor sich ihre Lippen berührten, als er schon ihren Atem spüren konnte, gab er ihr plötzlich einen Stoß.

Sie taumelte zurück und prallte gegen das Geländer.

«Ich bin nicht zu sprechen, richte Kai aus, dass ich ihn für die Korrespondenz brauche!», sagte er kalt. Er wartete nicht auf eine Antwort, sondern ging in seine Räume und warf die Tür hinter sich zu.

Seda stand zitternd da, ihre Knie so weich, dass sie einen Moment glaubte, sie würden sie nicht mehr tragen. Mit einer Hand berührte sie wie in Trance ihren Mund. Dann stieß sie einen erstickten Laut aus und eilte die Treppe hinab.

4

Am Lehrerinnenseminar hatte Lily ihren festen Sitzplatz am Fenster. Sie mochte es, während des Unterrichts nach draußen zu blicken. Besonders wenn der Stoff sie nicht interessierte. Ganze siebzehn Fächer hatten sie in diesem Jahr auf dem Curriculum, und etwa die Hälfte davon langweilte sie tödlich. Naturgeschichte und Psychologie fand sie spannend, Mathematik und Handarbeit hingegen konnte sie rein gar nichts abgewinnen, genau wie Singen und Turnen. Im Lateinunterricht kämpfte sie regelmäßig gegen den Schlaf an. Dann beobachtete sie die Jungen auf dem Pausenhof des benachbarten Gymnasiums. Ihr Seminar war an die Jungenschule angegliedert und befand sich in demselben altehrwürdigen Gebäude mit der Säulenhalle und den hohen Giebelfenstern. Allerdings waren die Flügel strikt voneinander getrennt, sodass keiner der Schüler auf die Idee kommen konnte, den jungen Damen einen heimlichen Besuch abzustatten.

Neben Lily saß ihre beste Freundin Berta. So war es von Anfang an gewesen, seit sie zusammen die Ausbildung begonnen hatten, die Berta, ähnlich wie sie selbst, aus reinem Zeitvertreib absolvierte. Seitdem ihr Vater neulich so zornig mit ihr gewesen war, hatte Lily wiederholt darüber nachgedacht, ob es richtig von ihnen beiden war, die Plätze zu besetzen, die andere Frauen vielleicht dringend brauchten. Aber sie wollte so gerne weiterlernen! Nein, nichts und niemand würde sie dazu bringen, das Seminar freiwillig aufzugeben. Ihre Freundin allerdings schien an keinem der Fächer wirkliches Interesse zu haben. Es musste die Atmosphäre sein, die sie ans Seminar zog, der Kreis der Frauen, die Pausen und Ausflüge, das Gefühl, etwas zu tun zu haben. Auch das konnte Lily nur zu gut nachvollziehen.

Auch als sich im Laufe der Zeit ihr Freundeskreis erweiterte, waren sie und Berta Banknachbarinnen geblieben, einzig zur Zeit von Lilys Verlobung hatten sie ein paar Wochen an gegenüberliegenden Enden des Klassenraums gesessen. Unglücklicherweise hatte sich damals herausgestellt, dass Berta in Henry verliebt war. Es hatte Wochen gedauert, bis Lily begriff, dass *ihr* Henry der Mann war, von dem ihre Freundin schon so lange schwärmte. Beinahe hatte Berta ihr nicht geglaubt, dass sie nichts für den Zufall konnte. Ihr Streit war fürchterlich. Irgendwann musste Berta jedoch einsehen, dass Henry nicht an ihr interessiert war und dass Lilys Familie und nicht Lily selbst die Verbindung der beiden eingefädelt hatte. Inzwischen hatte Berta einen neuen Verehrer, und das Zerwürfnis von damals war vergessen.

Aber als Lily heute in den Unterrichtsraum kam, saß bereits jemand auf Bertas Platz. Eine auffallend schöne junge Frau mit braunen Haaren. Sie trug ein mit Blumen besticktes Kleid aus hellblauer Seide, hatte kleine Silberreifen im aufgesteckten Haar und schien vollkommen vertieft in ein Buch. Erstaunt betrachtete Lily die ungewöhnlich elegante Erscheinung. Dann ließ sie sich unauffällig auf den Stuhl neben ihr gleiten. Mit Erstaunen stellte sie fest, dass die Unbekannte ein englisches Buch las. Lily drehte ein wenig den Kopf, um die Kapitelüberschrift zu entziffern, da hob die junge Frau plötzlich den Blick. Lily zuckte zurück, als sie den braunen Augen begegnete. «Bitte entschuldigen Sie. Ich war nur neugierig!»

Die Frau lächelte und drehte das Buch um. Der Titel sagte Lily nichts. «Mein Englisch ist leider nicht so gut», erklärte sie kopf-schüttelnd. Es war eines ihrer schlechtesten Fächer.

«Ach, ich fürchte, auch wenn du es übersetzen könntest, wür-de es dir nicht so viel bringen, es ist eine Anatomieabhandlung und schrecklich überholt!» Die Frau lachte und ließ das Buch in ihre Tasche gleiten. «Ich bin Emma!», sagte sie mit einem leich-ten Akzent und streckte Lily die Hand entgegen. «Und du musst ‹du› zu mir sagen. Ich bin neu hier und kenne noch niemanden. Außer dir.» Sie lachte wieder, und auf ihren Wangen zeigten sich kleine Grübchen. «Deswegen verstecke ich mich auch hinter meinem Buch!»

Lily konnte nicht anders, als ebenfalls herzhaft zu lachen. «Lily Karsten. Es freut mich sehr. Und das mache ich auch im-mer, wenn ich unsichtbar sein will.»

Gerade wollte sie Emma fragen, warum sie um Himmels willen eine alte englische Anatomieabhandlung mit sich herum-schleppte, da kam Berta herein. Als sie Lily und Emma zusam-mensitzen sah, hielt sie inne. Ihr Blick flackerte, erstaunt öffnete sie den Mund. Lily stand auf und winkte sie heran, um Emma vorzustellen – doch sie wurde von ihrem Lehrer unterbrochen, der in diesem Moment das Klassenzimmer betrat.

«Einen wunderschönen guten Morgen, die Damen!», rief Herr Kleinlein, und die Frauen eilten zu ihren Plätzen. Berta drehte sich um, ging zu einer freien Bank am anderen Ende des Klassenzimmers und setzte sich neben Anna-Maria Fehrbaum. Lily versuchte, ihren Blick aufzufangen, aber Berta sah nicht mehr in ihre Richtung.

«Heute beginnen wir mit Latein. Ich bitte die Damen, ihre Ta-feln herauszuholen!»

Lily stöhnte auf. Sofort warf Herr Kleinlein ihr einen war-nenden Blick zu. Dann bemerkte er Emma. «Oh, natürlich, ich vergaß! Fräulein Wilson.» Er winkte Emma zu sich nach vorne, und mit einem leisen Rascheln ihres Kleides stand sie auf. «Meine Damen, darf ich Ihnen Ihre neue Kommilitonin vorstellen? Miss Emma Wilson. Sie kommt aus London. Fräulein Wilson, vielleicht möchten Sie ein paar Worte sagen?» Er sah Emma freundlich an, aber Lily bemerkte, dass etwas mit seinem Lächeln nicht stimmte. Erstaunt musterte sie ihn. Herr Kleinlein war ein gebücktes Männchen mit Monokel und Ziegenbart. Für gewöhnlich behandelte er seine Schülerinnen freundlich und geduldig. Heute aber war etwas anders an ihm. Er schien über Emmas Anwesenheit gar nicht erfreut. Was hat er nur?, dachte Lily. Sie fand die neue Kommilitonin sehr sympathisch und konnte sich beim besten Willen nicht vorstellen, warum der Lehrer sie so schief ansah.

Emma schien das aber gar nicht zu bemerken. Sie nickte. «Gern!», erwiderte sie freundlich und lächelte in die Runde. «Ich wurde in London geboren, aber meine Mutter stammt aus Hamburg. Ich bin zweisprachig aufgewachsen, was es mir ermöglicht, heute hier zu sein. Ich bin siebenundzwanzig und damit wahrscheinlich älter als die meisten von Ihnen. Die letzten Jahre habe ich in der Schweiz gelebt. Dort habe ich Medizin studiert.»

Ein Raunen ging durch die Klasse. Manche Mädchen kicherten, manche starrten Emma erstaunt an. Auch Lily lehnte sich geschockt zurück. Emma hatte Medizin studiert? Eine Frau? Lily hatte nicht einmal gewusst, dass das möglich war.

«Leider musste ich nun aber zurückkommen, um meine alleinstehende Mutter zu pflegen. Da es mir hier nicht erlaubt ist, in meinem Beruf zu arbeiten, musste ich mir etwas Neues überlegen!» Emma zuckte ein wenig unschlüssig mit den Schultern. «Ich werde wohl die nächsten Jahre in Hamburg wohnen und möchte hier arbeiten können. Deshalb besuche ich das Lehrerinnenseminar. Zum Glück muss ich aufgrund meiner Vorbildung nicht ganz von vorne anfangen.» Wieder lächelte sie gewinnend. Lily fühlte, wie sie von Emmas positiver Ausstrahlung angesteckt wurde.

Herr Kleinlein aber warf ihr einen abschätzigen Blick zu. «Wundervoll», schnarrte er gehässig. «Sie sind also hier, weil Ihnen keine andere Wahl blieb. Das hören wir doch immer gerne.» Lily blinzelte erstaunt. Sie erkannte ihn nicht wieder.

«Nun, dann werden wir mal sehen, ob Sie bei Ihren Kommilitoninnen mithalten können und was man Ihnen so beigebracht hat an der *Universität*!» Seine Stimme klang beinahe höhnisch. Lily verstand die Welt nicht mehr. Auch Emma hatte nun bemerkt, dass etwas nicht stimmte. Sie sah den Lehrer schweigend mit hochgezogenen Brauen an und setzte sich auf sein Geheiß hin.

Während des Unterrichts nahm Herr Kleinlein Emma immer wieder dran und prüfte ihr Wissen. Sie beantwortete die meisten seiner Fragen gelassen und korrekt. Die wenigen Male, die sie ins Straucheln geriet, reagierte er mit unverhohlener Genugtuung.

———•◆•———

Am nächsten Morgen schob Lily das Rührei auf ihrem Teller hin und her. Sie hatte keinen rechten Appetit. In Gedanken versunken trank sie einen Schluck Ostfriesentee mit Sahne und gab dann noch einen Würfel Kandis hinein. Es versprach erneut ein warmer Sommertag zu werden. Die Fenster des Speisezimmers standen weit offen, und der Duft des blühenden Gartens erfüllte den Raum. Er mischte sich mit den Aromen von frischen Wecken und Kaffee. Ihre Eltern unterhielten sich mit gedämpften

Stimmen über einen anstehenden Sommerball, Franz war in die Zeitung vertieft, und Fräulein Söderlund saß wie immer neben Michel und half ihm beim Essen.

Die Schiffstaufe lag nun schon einige Tage zurück, aber die Stimmung in der Familie war immer noch gedrückt. Zwar wurde Lily nicht ignoriert, aber ihre Eltern ließen sie ihre Enttäuschung spüren und behandelten sie mit kühler Distanz. Zum Glück war wenigstens ihre Großmutter heute nicht heruntergekommen. Ihre Krankheit, sosehr sie die alte Dame auch leiden ließ, war insofern ein Segen für die Familie, als sie oft deren Anwesenheit im Speisezimmer verhinderte, weil sie die Treppe nicht schaffte. Normalerweise ließ sie sich von den Bediensteten nach unten tragen, aber an schlimmen Tagen zog sie es vor, das Essen in ihren Räumen einzunehmen. Heute war Lily mehr als froh darum. Das Donnerwetter ihrer Großmutter klang ihr noch immer in den Ohren, und alle waren gelöster, wenn Kittie Karsten nicht anwesend war.

Hertha kam herein, warf einen Blick auf Lilys vollen Teller und zog missbilligend eine Augenbraue hoch. Die Köchin war schon in der Familie, seit Franz ein kleiner Junge gewesen war, und Lily liebte sie, als wäre sie ihre Großmutter. Sie war eine stockdünne, große Frau mit einem grauen Dutt und zwei geraden Falten auf den Wangen, die ihr ein strenges Aussehen verliehen, das rein gar nicht zu ihrem Wesen passte. Oft saß Lily bei ihr in der Küche, sah ihr zu, wie sie Teig knetete oder Aale häutete, und philosophierte mit ihr über das Leben und ihre Texte. Hertha war immer interessiert daran, was Lily las und schrieb, und Lily erzählte es ihr nur zu gerne. Jetzt gab Hertha ihr mit dem Finger ein Zeichen, dass sie aufessen sollte, dann fragte sie: «Darf ich den Herrschaften noch etwas bringen?»

«Nein, vielen Dank, Hertha, es ist alles bestens!», antwortete

Sylta lächelnd. «Der Fisch war heute besonders ausgezeichnet. Du kannst Lise sagen, dass sie mit dem Abtragen beginnen darf!»

Hertha deutete einen Knicks an und verließ den Raum, nicht ohne Lily noch einmal mahnend anzusehen und ihr gleich darauf zuzuzwinkern. Lily seufzte und spießte ein Stück gebackenen Fisch auf die Gabel. Sie drehte es vor dem Gesicht hin und her, dann schob sie es in den Mund. Während sie kaute, warf sie einen Blick auf Michel, dem gerade, unbemerkt von Fräulein Söderlund, ein Strom Milch aus dem Mund über das Kinn lief. «Michel, Schatz, du musst deine Serviette nehmen!», rief Lily.

Sylta sah auf und griff rasch ein, ehe ihr Sohn sein Getränk komplett auf dem Matrosenanzug verteilte. Zum Essen platzierten sie immer eine Vielzahl Tücher auf seinen Beinen, aber wie so oft hatte er diese bereits weggestrampelt.

«Verzeihung, Frau Karsten, ich habe es nicht gesehen!» Fräulein Söderlund wollte die Serviette nehmen, aber Sylta winkte ab. «Lassen Sie nur, ich bin ja schon fertig, und Sie haben noch gar nichts gegessen. Ich kümmere mich darum!» Liebevoll tupfte Sylta ihrem Sohn das Kinn ab und machte dann am Hals weiter, wo sie nicht nur Milchreste, sondern auch kleine Fischstückchen und einige Brotkrümel fand.

«Der Junge muss endlich lernen, wie man anständig isst!», kommentierte Franz, ohne von seiner Zeitung aufzusehen.

«Er ist schon viel besser geworden!», verteidigte Sylta ihren jüngsten Sohn, und als Franz ihr einen zweifelnden Blick zuwarf, lächelte sie. «Es ist ja nichts dabei, den Anzug kann man waschen!»

«Ja, solange ihn niemand so sieht, ist nichts dabei!», konterte Franz, und Sylta seufzte ungeduldig.

Plötzlich wurden Schritte auf dem Gang laut, und alle blickten sich erstaunt an. Wenige Sekunden später kam Onkel Robert in den Raum gefegt. Er sah aufgewühlt aus und hatte eine Zeitung in der Hand, die er ohne Begrüßung auf den Tisch knallte. Lilys Magen zog sich sofort zusammen.

«Ich nehme an, ihr wisst es bereits?», fragte er mit seiner dröhnenden Stimme und stemmte die Hände in die Hüften.

Lily mochte Onkel Robert, er war ein bäriger, lauter Mann, der gerne mit ihr scherzte. Wenn er aber wütend war, wirkten seine große Statur und seine dröhnende Stimme einschüchternd. Und heute schien er vollkommen außer sich.

Ihr Vater faltete stirnrunzelnd die Zeitung auf. «Wovon sprichst du?», fragte er seinen Bruder und warf einen Blick auf die Titelseite.

«Seite drei. Die Klatschmeldungen!» Lilys Onkel ließ sich schwer atmend auf einen Stuhl fallen. Sogleich eilte Lise herbei und legte ein Gedeck für ihn auf, aber er winkte ab. «Ich habe keinen Appetit! Nur einen Kaffee, bitte!», befahl er, und sie schenkte ihm mit großen Augen eine Tasse ein. Es war klar, dass auch sie darauf brannte zu erfahren, was dieser außerplanmäßige Besuch zu bedeuten hatte.

Franz war aufgestanden und stellte sich nun mit verschränkten Armen hinter seinen Vater, um ebenfalls zu lesen. Alfreds Gesicht war von der Zeitung verdeckt, aber Lily beobachtete, wie sich die Miene ihres Bruders immer weiter versteinerte.

Franz hob den Kopf und starrte sie einen Moment so erbost an, dass sie den Blick senkte. Wenige Sekunden später legte ihr Vater die Zeitung wieder zusammen. Um seinen Mund zuckte es leicht.

«Nun. Franz' Befürchtungen haben sich bestätigt», sagte er, ohne sie anzusehen.

«Was ist es, Lieber?», fragte Sylta besorgt.

«Wir sind in der Presse. Und der Artikel ist … nun, sagen wir … nicht wohlgesinnt.»

«Eine Schmierkampagne ist das!», dröhnte Robert, und etwas Kaffee platschte auf das weiße Tischtuch. «Kennt ihr den Reporter?»

Franz und Alfred schüttelten gleichzeitig den Kopf. «Friedrich Richter. Nie gehört! Er war auf der Taufe nicht eingeladen.»

«Das können wir uns nicht gefallen lassen. Wir müssen besprechen, wie wir nun vorgehen!» Robert war aufgestanden und leerte seine Tasse in einem Zug.

«Richtig!» Auch ihr Vater erhob sich. «Wir gehen ins Büro. Ich lasse uns Kaffee kommen.» Ohne ein weiteres Wort verließen die drei Männer den Raum, aber auf der Schwelle drehte sich Alfred noch einmal um. «Mutter darf davon unter keinen Umständen erfahren», mahnte er. «Wenn sie den Artikel sieht, dann gnade uns Gott!» Mit diesen Worten zog er die Tür hinter sich zu.

Er hatte Lily die ganze Zeit über nicht ein einziges Mal angesehen. Niemand hatte es ausgesprochen, aber Lily war es umso klarer: In dem Artikel ging es um sie.

5

Franz stand im Einigkeitsklub an der Theke und wartete auf sein Bier, als sich eine Hand auf seine Schulter legte. Im Spiegel sah er die gelbe Löwenmähne, und sein Magen verkrampfte sich. «Ludwig!» Er lächelte gezwungen.

«Franz. Mein Lieber. Hast du einen Moment?»

«Sicher.» Er nickte. «Gehen wir ins Skatzimmer?»

Sie nahmen ihre Getränke und zogen sich in den getäfelten Raum zurück. Ein paar Männer in schwarzen Anzügen spielten Karten, während sich über ihnen der Rauch zu wirbelnden Wolken formte. Oolkert steuerte auf einen Platz in der Ecke zu. Franz war angespannt, er hoffte, dass der Alte nicht über die Verlobung sprechen wollte. Bisher hatte Oolkert über die geplante Verbindung, wie es Konvention war, nur mit seinem Vater korrespondiert. Es würde schwieriger werden, ihm persönlich zu erklären, dass er Roswita nicht heiraten wollte. Und es machte ihn wütend, dass Oolkert versuchte, ihn unter Druck zu setzen, nur weil sich ihre gemeinsamen Pläne nicht schnell genug in die Tat umsetzen ließen.

«Nun, wie sind die Entwicklungen?» Lächelnd trank Oolkert einen Schluck Brandy.

Franz seufzte. «Vater ist nach wie vor hartnäckig. Aber ich bin dabei, ihn zu bearbeiten. Er ist nicht leicht für ihn, sich von den Traditionen zu lösen. Ich habe dir von Anfang an gesagt, dass es nicht von heute auf morgen gehen wird.»

Oolkert nickte bedächtig und betrachtete einen Moment die

bernsteinfarbene Flüssigkeit in seinem Glas. «Sicher, sicher», sagte er ruhig. «Aber uns läuft allmählich die Zeit davon, nicht wahr?»

Franz begann, leicht zu schwitzen. «Das würde ich nicht sagen. Rotterdam brauchen wir nicht, die Kalkutta-Linie ist die einzige, die für unser … geplantes *Geschäft* entscheidend ist.» Er räusperte sich und sah sich verstohlen um. «Die Ware kann über den Landweg von China nach Indien eingeführt werden, das ist immer einfacher als mit dem Schiff. Es dauert noch mindestens eineinhalb Jahre, bis wir mit der Linie wirklich durchstarten können, das weißt du. Bis dahin kann viel passieren.»

«Ja, aber es dauert, gute Schiffe zu bauen.»

«Auch wenn wir sie nicht bei dir bauen lassen, steht das unserem Geschäft nicht im Wege.»

«Nicht direkt. Aber wenn ihr bei mir bauen lasst, könnten wir die Schiffe so konstruieren, dass man einen Teil der Ladung bei eventuellen Kontrollen nicht sofort einsehen kann, wie wir es besprochen haben. Dadurch wird sich *unser Handel*», auch er sah sich jetzt um, «auf der Stelle mehr als verzehnfachen!»

«Wir werden in deinen Schuppen löschen, das steht fest!», beteuerte Franz. «Mehr brauchen wir vorerst nicht. Jeder von unseren Dampfern wird bei deinen Speichern entladen. Dann kann alles von unseren Männern abgefertigt werden. Den Rest werden wir noch konkretisieren. Auf ein Jahr oder mehr kommt es doch nicht an!»

«Und wer garantiert mir das? Wenn du deinen Vater nicht beeinflussen kannst, wer sagt mir dann, dass ihr nicht in letzter Sekunde doch andere Partner finden werdet? Vielleicht sollte ich doch die Schiffe mit einer anderen Reederei planen.»

«Das werde ich zu verhindern wissen!»

Oolkert beugte sich vor. «Franz. In diesem Geschäft steckt

mehr Potenzial, als du dir vorstellen kannst. Es geht buchstäblich um die Weltvormacht. Der Ausbau ist für mich von ungeheurer Wichtigkeit. Ich hoffe, das habe ich *ausreichend* betont?»

Franz nickte und lockerte mit einem Finger seine Krawatte. «Ich habe ihn bald so weit.»

Oolkert sah ihn einen Moment nachdenklich an. «Du kannst dir sicher denken, dass das ein wenig unsicher für mich ist. Eine Verbindung unserer Familien auf anderem Wege wäre daher, nennen wir es, eine Art Absicherung.» Er lächelte. Es war kein warmes Lächeln.

Franz bohrte die Fingernägel in die Handflächen. Er hatte es ja gewusst, hatte es schon in dem Moment geahnt, als er die Hand auf der Schulter spürte. «Während ich sehr geschmeichelt bin und deine reizende Tochter keinesfalls vor den Kopf stoßen möchte, so muss ich dich leider enttäuschen. Mein Herz gehört einer anderen.»

Oolkert lachte schallend. «Dein Herz? Mein Lieber, es geht nicht um dein Herz. Wenn wir uns nach den Wünschen unserer Herzen richten würden, wären die großen Familien Hamburgs anders aufgestellt, das kann ich dir sagen.»

Franz nickte. «Es wäre eine große Ehre ...»

«Die größte», unterbrach Oolkert ihn kalt.

Wieder nickte Franz. Es fiel ihm immer schwerer, freundlich zu bleiben. «Die größte. Und es wäre von Wert für unsere Familie, für die Firma. Aber dennoch, ich bin momentan einfach nicht in der Verfassung ...» Er brach ab, weil er nicht wusste, wie er weitersprechen sollte, und Oolkert schüttelte den Kopf.

«Na, vielleicht müssen wir einfach noch ein wenig abwarten. Ihr kennt euch ja noch gar nicht richtig, du und Roswita. Ich bin sicher, wenn du noch einmal eingehend darüber nachdenkst, wirst du einsehen, dass der Familie Karsten nichts Besseres passieren kann als diese Verbindung.» Es klang wie eine Drohung.

Franz seufzte leise. «Natürlich nicht!», sagte er. «Aber es ist nicht immer so einfach.»

Oolkert erhob sich. «Wir sprechen wieder, Franz. Du wirst schon bald merken, dass es manchmal doch ganz einfach ist. Man muss nur wollen.»

Ludwig Oolkert trat aus dem Klubhaus und blickte in den Himmel. Hörte diese Hitze denn nie auf? Es gab für Männer von seinem Stand keine angemessene Kleidung für diese Witterung. Er schwitzte jeden Tag seine Anzüge durch.

Sein Kutscher stand mit einigen anderen Angestellten zusammen und rauchte. Als er ihn sah, sprang er sofort auf den Bock und trieb die Pferde an. Oolkert wartete an der Treppe, bis die Kutsche vorgefahren war und der Mann ihm die Tür aufhielt.

Als sie anfuhren, blickte er zum Klubhaus hinüber und sah Franz im Fenster stehen. Sein Gesicht leuchtete weiß. Oolkert hob die Hand zum Gruß, und Franz tat es ihm nach. Sogar aus dieser Entfernung konnte Oolkert sehen, wie viel es ihn kostete zu lächeln.

Er lehnte sich zurück und lächelte zufrieden. Nun, er hatte die Schrauben ein wenig enger gedreht. Franz würde merken, dass er sich nicht mehr länger mit Ausflüchten hinhalten ließ. Wenn sie gemeinsame Sache machen wollten, dann stieg er ganz ein oder gar nicht. Oolkert konnte nicht warten, bis der alte Karsten das Zepter abgab. Die Heirat mit Roswita würde er durchsetzen, komme, was wolle. Nicht nur war seine Tochter ganz vernarrt in Franz; die Verbindung würde ihm mehr als nützlich sein. Sicher, er hatte Aktien bei Karstens Konkurrenten, und das nicht zu knapp. Aber die waren nur zur Absicherung. Er würde in die Karsten-Reederei investieren. Wenn Franz' Einfluss im Familiengeschäft wuchs, würden sie mehr und mehr Schiffe bei ihm bauen lassen, würden ihre Beziehungen zu Asien stärken und den Handel auf ganz Europa ausweiten. Aber es reichte offenbar nicht, den Vater durch den Sohn manipulieren. Er musste auch Wege finden, um Franz selbst gefügiger zu machen. Oolkert hatte nicht damit gerechnet, dass Franz sich der Heirat verweigern würde, war überrumpelt, ja sogar wütend gewesen. Es musste einen Grund geben. Er nahm ihm die Geschichte mit der anderen Frau nicht ab. Niemand wusste, wer sie war, er sprach nie über sie, prahlte nicht mit ihr, so wie es die anderen Männer im Klub taten. Nein, er hatte den dringenden Verdacht, dass mehr dahintersteckte. Natürlich konnte er einfach seine Investitionsversprechen zurückziehen ... Aber damit wäre niemandem gedient, es würde zum Zerwürfnis kommen, und das war das Letzte, was er wollte. Er musste diskreter vorgehen.

Und er hatte bereits begonnen.

Der alte Karsten verließ sich für die neue Kalkutta-Linie, über die sie eben gesprochen hatten, auf Gerhard Weber und Jens Borger als Großinvestoren. Er musste eine Aktiengesellschaft zustande bekommen, um die Linie zu gründen, und brauchte dafür die Männer und ihre Millionen – genau wie er Oolkert brauchte, der ebenfalls mit einsteigen wollte, allerdings zu kleineren Anteilen. Wenn nun einer oder vielleicht sogar beide anderen Investoren einen Rückzieher machten ... Ja, das brächte die Familie Karsten in arge, arge Bedrängnis.

Gedankenverloren zwirbelte er seinen Bart.

Er wäre bereit einzuspringen, die fehlenden Millionen beizusteuern ... Wenn im Gegenzug die Schiffe für die Linie bei ihm gebaut würden. Das war nur fair, oder nicht? So müsste

Franz seinen Vater nicht einmal mehr überreden, das Problem würde sich ganz von allein lösen. Er lächelte. Es war ein Anfang. Er hatte immer gewusst, dass er Geduld brauchte. Aber irgendwann würde es so weit sein.

Irgendwann würde das Lebenswerk des alten Karsten ihm gehören.

Lily trat nervös auf der Stelle. Ihr ganzer Körper schien unter Strom zu stehen. Unter den Rüschen ihres Sonnenknickers hervor verfolgte sie den Lauf der Zeiger an der großen Uhr über dem Eingang des Bahnhofs, als hinge ihr Leben davon ab. Es war bereits zehn nach sechs. Wo blieb Bolten nur? Ungeduldig suchte sie mit den Augen den Platz ab. Jede verstrichene Minute ließ ihr Herz schneller schlagen. Es lag nicht allein an der fragwürdigen Gegend; auch nicht an dem Geld in ihrer Perlentasche, die sie gegen ihren Bauch presste. Wie gerne hätte sie sich das eingeredet. Nein, es war etwas an diesem Mann, das sie vollkommen durcheinanderbrachte. Er war anders als die Männer, die sie kannte. Was größtenteils darin begründet lag, dass ihr Vater streng darauf achtete, dass sie nur mit Herren der feinen Gesellschaft in Kontakt kam. Er nahm sie nie mit zur Arbeit, und auch am Hafen war sie bisher nur zu Taufen oder anderen besonderen Anlässen gewesen, immer in der beschützenden Mitte ihrer Familie. Sie konnte sich nicht erinnern, überhaupt einmal mit einem Arbeiter ein paar Worte gewechselt zu haben.

Sie hatte dem Treffen die ganze Woche entgegengefiebert, ewig überlegt, was sie anziehen sollte, und sich dann doch für eines ihrer schlichtesten Ensembles entschieden, ein Promenadenkleid aus cremefarben gemusterter Seide. Der Schnitt war zwar raffiniert – es war mit Rosshaar und Spiralfedern versteift, der untere Rock hatte drei niedrige Faltenvolants, der obere war im Rücken mehrfach gerafft –, aber es hatte keinerlei Spitze und außer den Goldknöpfen auch keine Verzierungen. Nicht dass Bolten noch dachte, sie habe sich extra für ihn schick gemacht! Er ist ein ungehobelter, unerzogener Idiot ohne Manieren!, sagte sie sich zum hundertsten Mal, weil sie einfach nicht verstehen konnte, dass sie so seltsam auf ihn reagierte.

Außerdem fand sie die ganze Sache natürlich doch auch wahnsinnig aufregend. Eine geheime Geldübergabe! Normalerweise bestand ihr Alltag aus Seminar, Klavierunterricht, Handarbeit und endlosen Stunden am Schreibtisch. Die Sache mit dem Fahrrad letzte Woche war das Aufregendste, Rebellischste gewesen, was sie je getan hatte. Heute unternahm sie zum zweiten Mal in ihrem Leben etwas, das niemand von ihr erwarten würde, und es fühlte sich schwindelerregend an. Sie wollte nicht einmal daran denken, was geschehen würde, wenn ihr Vater davon Wind bekam.

«He!»

Sie fuhr herum. Bolten stand hinter ihr und musterte sie. Wie war er ihr so nahe gekommen, ohne dass sie es bemerkt hatte? «Huch. Sie haben mich erschreckt!» Ihr Puls raste.

Er nickte, als wäre ihm das bewusst. «War schwer Sie zu finden.» Er deutete auf ihren Knicker.

«Ich wollte nicht, dass man mich erkennt!», erklärte sie, denn es war eigentlich schon ein wenig spät für einen Sonnenschirm.

«Und, haben Sie das Geld?», fragte er, und sie fühlte Irritation in sich aufsteigen. Wie unhöflich, sich nicht einmal nach ihrem Befinden zu erkundigen. Genau genommen hatte er sie nicht einmal begrüßt. Seine Augen wanderten nervös umher, schienen sie gar nicht richtig wahrzunehmen.

«Nein, ich stehe abends immer am Bahnhof herum und

schaue mir die Menschen an!» Lily zog eine Grimasse. «Natürlich habe ich es, was denken Sie, was ich hier mache, Däumchen drehen?»

Überrascht blinzelte er, dann lachte er schallend. «Jetzt beißen Sie nicht gleich zu. Ich frage ja nur.»

«Normalerweise beginnt man eine Unterhaltung mit einer Begrüßung», erwiderte sie steif.

Er lächelte. «Selbstverständlich. Entschuldigen Sie, gnädiges Fräulein. Wie ist das werte Befinden?»

«Schlecht!», schnappte Lily, und wieder lachte er. Sie wurde immer wütender. Was hatte sie sich nur gedacht, dass sie so sehr auf das Treffen hingefiebert hatte? Schnell fummelte sie das Geld aus ihrer Tasche.

«Sind Sie verrückt, doch nicht hier!», zischte er, und Lily zuckte zusammen.

«Aber wo denn dann?», fragte sie verwundert. Er sah sich um und zog sie dann in eine dunkle Ecke zwischen zwei Säulen. Dort stellte er sich so vor sie, dass sein Rücken neugierige Blicke verdeckte.

«Schnell, wenn uns jemand sieht, denkt er noch, dass ich Sie überfalle!», brummte er.

«Ein wenig fühle ich mich auch so!», erwiderte Lily gereizt. Es war scherzhaft gemeint, aber ihr wurde plötzlich bewusst, dass sie nichts über diesen Mann wusste, mit dem sie sich gerade heimlich in einer dunklen Bahnhofsecke traf.

Und niemand wusste, wo sie war.

«Darf ich Sie daran erinnern, dass das Ganze hier Ihre Idee war?», fragte Bolten, und sie sah, dass seine Augen belustigt funkelten. Er musste wohl erraten haben, was ihr gerade durch den Kopf ging.

Wie viele Sommersprossen er hat, dachte Lily, und ihr Mund

wurde plötzlich trocken. Warum musste er so gut aussehen? Das brachte sie vollkommen durcheinander. Plötzlich drang ihr ein unangenehmer Geruch in die Nase. Bolten stank entsetzlich nach Schweiß! Sie rümpfte die Nase und rückte ein wenig von ihm ab.

Er sah, wie ihr Blick zu den Flecken unter seinen Achseln wanderte, und lachte. «Nichts für Ihre feine Nase, was?», sagte er. «Hafengeruch. Das passiert, wenn man *arbeitet*!»

«Ach ja?» Lily wollte sich um keinen Preis einschüchtern lassen. «Mein Vater arbeitet auch, und er hat noch nie so gerochen! Es muss also an Ihnen liegen.»

Er riss die Augen auf und schüttelte dann ungläubig den Kopf. «Oder daran, dass Ihr Vater mit seinem Kopf arbeitet und nicht mit seinen Händen! Und vor allem nicht im Hafen. Das lässt er schön von anderen erledigen!» Er stützte sich jetzt an der Wand hinter ihr ab und kam Lily damit noch näher. Sie drehte das Gesicht zur Seite. Der Geruch war wirklich stechend. Er lachte wieder. «Also, haben Sie nun das Geld?»

Sie nickte und kramte es erneut aus ihrer Tasche. «Das ist alles, was ich auftreiben konnte. Ich habe versucht, mit meinem Vater zu reden, aber da ich ja nichts erzählen durfte, war es schwer, Argumente zu finden», erklärte sie hastig. «Vater sagt, dass Herr Herder besser hätte aufpassen müssen und auf sein eigenes Risiko gehandelt hat. Er bezahlt die Behandlung, aber für mehr sieht er sich nicht verantwortlich.»

Bolten nickte mit ausdruckslosem Gesicht. «Warum überrascht mich das nicht?», murmelte er.

Lily fühlte sich genötigt, ihren Vater zu verteidigen. «Sicher weiß er nichts von der Amputation, mein Bruder hat die ganze Sache geregelt.»

«Er hätte nachfragen können», erwiderte Bolten kalt.

Lily schüttelte den Kopf. Es war schwer zu erklären, ihr Vater war ohnehin schlecht auf sie zu sprechen gewesen. Er redete grundsätzlich nicht mit ihr über finanzielle Dinge und hatte der Diskussion sehr schnell einen Riegel vorgeschoben.

«Dein Bruder hat mir versichert, dass er sich angemessen um die Sache kümmern wird, und wir müssen ihm vertrauen!», hatte er gesagt. «Ich werde ihn sicherlich nicht kontrollieren.» Als sie widersprechen wollte, hatte er zornig die Hand gehoben. «Lily, du hast mir genug Kopfzerbrechen bereitet, oder nicht? Der Mann wurde für den Dienst bezahlt, den er dir erwiesen hat, und für seine Behandlung sind wir ebenfalls aufgekommen. Mehr kann man wohl kaum verlangen. Ich verstehe, dass dein schlechtes Gewissen dich plagt, aber davon werde ich dich nicht freikaufen. Im Gegenteil, ich bin froh, dass du gezwungen bist, über dein Verhalten nachzudenken. Du hättest diesen Hut gar nicht erst tragen dürfen!»

«Aber ich konnte doch nicht wissen …», wollte sie einwenden, doch er schüttelte den Kopf. «Sprich mit deinem Bruder über die Sache, wenn sie dich nicht loslässt!», sagte er und schickte sie aus dem Raum. Aber bei Franz biss sie wie immer auf Granit. «Ich kümmere mich, mehr brauchst du nicht zu wissen!», sagte er und musterte sie wütend. Seit dem Presseartikel sprach er so gut wie gar nicht mehr mit ihr. «Der Mann wurde von einem der besten Chirurgen Hamburgs behandelt, mehr kann er sich wohl kaum wünschen, oder?»

Lily dachte, dass er sich sehr wohl mehr wünschen konnte, sah aber an Franz' Gesicht, dass er zu keinerlei Diskussion bereit war. Und sie durfte nicht verraten, dass sie mit Bolten geredet hatte, sonst hätte sie ihn noch mehr in Schwierigkeiten gebracht.

Lily gab Bolten das Geld. «Es ist nicht viel, doch es sollte helfen, bis er wieder auf die Füße kommt.» Sie stutzte und fühlte ein

Prickeln in sich aufsteigen, weil ihr voller Scham bewusstwurde, was sie da gerade gesagt hatte. «Ich meine ... ich wollte sagen ...»

Bolten winkte ab. «Wie haben Sie es bekommen?»

«Ach, ich ...» Sie wollte ihm auf keinen Fall erzählen, woher das Geld stammte. Schändlicherweise hatte sie ihrer Großmutter gesagt, dass sie am Seminar für Veteranen des Deutsch-Französischen Krieges sammelten. Für Patriotismus war Kittie Karsten immer zu haben, sie hatte großzügig gespendet. «Lassen Sie das meine Sorge sein», sagte sie schließlich.

Er nickte wieder und stopfte sich mit einem vorsichtigen Blick über die Schulter das Geld in die Hemdtasche. «Nicht dass Sie was Dummes gemacht haben und ich nachher dran bin», murmelte er.

Lily presste die Lippen aufeinander. «Wenn Sie mich für so unfähig halten, können Sie das Geld ja wieder hergeben!»

Er schnaubte leise. «Keine Chance.» Plötzlich stutzte er. «Wie sind Sie dem Hausarrest entkommen? Heimlich fortgeschlichen?»

Jetzt reichte es Lily. «Ich glaube, wir sind hier fertig, Herr Bolten. Würden Sie mich freundlichst vorbeilassen?», fragte sie.

Er zögerte kurz, dann trat er beiseite und hakte die Daumen in seine Hosenträger. «Empfindliches Thema?» Er lachte leise, und sie versteifte sich noch mehr.

«Guten Abend, Herr Bolten. Leben Sie wohl. Ich werde mich nach Paul Herders Befinden erkundigen. Ich hoffe, das Geld kann ein bisschen helfen. Sicher wird es ihm schon bald wieder besser gehen!» Sie drehte sich um und wollte gehen.

Ihre Worte waren nur eine Floskel gewesen, aber Bolten erwiderte: «Das wird es nicht! Aber Sie können das nicht verstehen. Dazu sind Sie zu verwöhnt!»

«Wie bitte?» Lily fuhr herum. Am liebsten hätte sie Bolten in diesem Moment geohrfeigt. Was bildete er sich ein? Ja, sie waren wohlhabend. Aber in Hamburg gab es noch ganz andere Familien. Es existierten nun mal Unterschiede zwischen den Menschen, wollte er sie dafür persönlich verantwortlich machen? Er sollte mal ein paar der Mädchen sehen, mit denen sie zur Schule gegangen war. Sofia Rotenbaum hatte im letzten Sommer eine Palomino-Stute bekommen, mit eigener Kutsche, und ein Diadem für ihre Geburtstagsfeier. Ein echtes Diadem! Lily dagegen nur zwei Ketten und ein paar geerbte Ohrringe. Von einem eigenen Pferd konnte sie nur träumen. «Sie haben doch keine Ahnung!», stieß sie hervor.

Er wartete einen Moment mit seiner Antwort und sah sie aus zusammengekniffenen Augen an. Sie waren im Schatten unter seiner Mütze so dunkel, dass Lily die Iris nicht sehen konnte. «Nein, *Sie* haben keine Ahnung», sagte er dann leise, und Lily spürte plötzlich ein Kribbeln, das ihren ganzen Körper überzog. Bolten räusperte sich und trat einen Schritt auf sie zu. «Haben Sie noch ein wenig Zeit?», fragte er.

Überrascht runzelte sie die Stirn. «Wofür?»

«Haben Sie?»

Lily überlegte kurz. Sie hatte tatsächlich noch Zeit, der Klavierunterricht, bei dem sie eigentlich gerade sein sollte, wäre erst in einer guten Stunde vorüber. «Nun … ich denke schon. Aber ich muss dann wieder in die Rathausstraße zurück», sagte sie zögernd.

«Das schaffen wir. Kommen Sie!» Er packte Lily am Arm und zog sie hinter sich her.

«He!» Erschrocken stemmte sie die Füße in den Boden. «Wo bringen Sie mich hin?»

Er hielt inne und sah sie an. «Ich zeige Ihnen, wovon Sie keine Ahnung haben.»

Etwas gröber, als notwendig gewesen wäre, packte Jo die junge Frau am Arm und zog sie hinter sich her. Sie befreite sich aus seinem Griff und lief dann mit hastigen kleinen Schritten und großen Augen neben ihm her.

«Wenn Sie mich entführen, wird mein Vater nicht eher ruhen, bis man Sie gehängt hat!», zischte sie auf einmal. Er schnaubte belustigt und blieb dann so abrupt stehen, dass sie in ihn hineinlief.

«Passen Sie doch auf!»

«Tut mir leid. Hören Sie. Sie müssen natürlich nicht mitkommen. Sie können jederzeit gehen!» Er hob die Hände, um ihr zu zeigen, dass er sie sicherlich nicht daran hindern würde.

«Als ob ich das nicht wüsste!», zischte sie und richtete mit roten Wangen ihr Haar.

Jo grinste. Sie war wirklich ganz und gar nicht lieblich. «Gut, dann kommen Sie also freiwillig mit? Ich entführe Sie nicht?»

Sie sah ihn einen Moment mit funkelnden Augen an, und die feinen Fältchen auf ihrer Nase zogen sich wütend zu einem kleinen Kreis zusammen. «Würden Sie jetzt endlich losgehen? Ich habe nicht viel Zeit!», keifte sie.

«Gut.» Jo nickte belustigt. «Dann wäre das geklärt.»

«Und wo genau gehen wir hin, wenn ich fragen darf?» Ihre Stimme war immer noch spitz, aber nicht mehr ganz so beißend wie noch vor zwei Sekunden. Fast klang sie ein bisschen ängstlich.

«Wir gehen zu Paul. Warum sollte ich den Botenjungen für Sie spielen? Sie können das Geld selber übergeben.»

«Aber ich kenne den Mann doch gar nicht!», rief sie erschrocken.

«Dann lernen Sie ihn eben kennen», antwortete Jo unbeeindruckt.

Danach liefen sie schweigend nebeneinanderher. Er wusste selbst nicht, was er hier tat. Was war in ihn gefahren? Er brachte eine Tochter aus der Bellevue in die Gängeviertel, um ihr zu zeigen, wie die Menschen dort lebten, als wären diese Tiere in einem Zoo? Aber aus irgendeinem Grund war es ihm wichtig, dass sie verstand. Sie war intelligent, sie hatte Mitgefühl, er wollte, dass sie sah, wirklich *sah*, wie es um die Menschen bestellt war, die mit ihrer Hände Arbeit das feine Leben in der Villa am Alsterufer ermöglichten. Stumm marschierte er voran und drosselte sein Tempo auch dann nicht, als er merkte, dass sie Schwierigkeiten hatte, mit ihm Schritt zu halten.

Es war nicht weit bis zu Pauls Wohnung. Jo hatte absichtlich den Treffpunkt am Bahnhof gewählt, damit er direkt danach zu seinem Freund gehen konnte. Die Taschen voller Geld zu haben, das ihm nicht gehörte, war immer eine Versuchung, und er wollte es so schnell wie möglich loswerden. Natürlich hatte er aber nicht geplant, dabei eine schmollende junge Dame im Seidenkleid hinter sich herzuschleppen. Er musterte sie kurz. Was sie anhatte, kostete wahrscheinlich mehr, als er in einem Jahr verdiente. Wieder ein seltsamer Tag, dachte er und stellte fest, dass diese merkwürdigen Tage irgendwie immer mit den Karstens zusammenhingen.

Schon nach wenigen Minuten veränderte sich die Gegend dramatisch. Die Straßen wurden enger, die Wege waren nicht mehr befestigt, die Häuser schienen über ihren Köpfen zusammenzurücken und absichtlich die Sonne zu verdecken. Es war bei weitem nicht das schlimmste Viertel der Stadt, aber Jo sah bei den kurzen Seitenblicken, die er Lily zuwarf, dass es sie trotzdem schockierte. Er hatte recht gehabt mit seiner Vermutung: Sie hatte keine Ahnung, welch abgründige Welten in ihrem schönen

Hamburg existierten. Je tiefer sie eindrangen in das Gewirr der Gassen, desto näher schien Lily an ihn heranzurücken. Das unebene Kopfsteinpflaster ließ sie immer wieder straucheln, und verstohlen presste sie sich ein besticktes Tuch vors Gesicht. Er konnte es ihr nicht verübeln, sogar seine abgestumpfte Nase wurde zuweilen nicht mit den Ausdünstungen fertig, die aus den gammelnden Fleeten und vor allem den offenen Rinnsteinen in der Mitte der Straße aufstiegen.

Sie war ihm jetzt so nahe, dass ihre Hand ab und zu im Gehen die seine streifte und er wieder ihren Duft wahrnahm. Eine Mischung aus Seife und etwas Blumigem. Sie erinnerte ihn an die Pfirsiche, die sie oft im Hafen umluden, von denen er aber erst ein Mal im Leben ein Stück gekostet hatte. Es hatte sauer und unreif geschmeckt, ganz anders als der Duft, der manchmal aus den Kisten aufstieg. Vielleicht roch sie auch nach Maiglöckchen. Seine Mutter hatte ihm erzählt, dass Damen gerne Maiglöckchenparfum trugen. Er stellte sich den Geruch in etwa so vor. Die Frauen, mit denen er schlief, rochen nie nach Blumen, sondern nach Schweiß und Essen, und sie trugen gewiss auch kein Parfum. Es hatte ihn nie gestört, er kannte es nicht anders, aber er musste sagen, dass es eine wohlige Abwechslung war, wie sie … Plötzlich schrak er aus seinen Gedanken hoch. Er dachte darüber nach, welches Parfum die Dame neben ihm trug? Was war nur mit ihm los?

«Sie starren mich alle an!»

«Was?» Er hatte nicht richtig gehört, was sie gesagt hatte, und blieb stehen.

Auch Lily hatte angehalten und sah nun beinahe ängstlich zu ihm auf. Sie standen auf einem belebten kleinen Brunnenplatz, umgeben von den schiefen Fachwerkhäusern der Ladenstraße. «Alle starren mich an!», flüsterte sie mit rauer Stimme.

Jo runzelte die Stirn und hob den Blick. Es stimmte. Die Menschen starrten sie an. Aus teilweise verstohlen, teilweise unverhohlen gierig blickenden Augenpaaren. Er hätte wissen sollen, dass das passieren würde. Feine Damen wie sie kamen nicht hierher. Vielleicht verirrte sich ab und zu mal eine auf der Suche nach einer Engelmacherin in die dunklen Gassen. Aber nur im Schutze der Nacht, verborgen in ihrer Kutsche und bewacht von ihrer Dienerschaft. Niemals lief eine von ihnen einfach am helllichten Tag in ihrem bestickten Kleid durch die Springeltwiete. Er sah zu Boden und bemerkte den Schmutz an ihren perlbestickten Schuhen.

«Ich glaube, ich sollte hier nicht sein.» Sie war noch einen Schritt näher an ihn herangetreten, sah sich ängstlich um und schien gleichzeitig den Blicken der Menschen auszuweichen.

«Keine Sorge. Solange Sie mit mir hier sind, wird Ihnen nichts passieren», versicherte er selbstbewusst. Das entsprach keineswegs der Wahrheit, aber das musste er ihr ja nicht auf die Nase binden. Er widerstand dem Impuls, beschützend einen Arm um sie zu legen. Als sie nicht beruhigt schien, nickte er in Richtung des Metzgerladens an der Ecke. «Ich bin hier aufgewachsen. Ich kenne so gut wie jeden. Sehen Sie den dicken Mann, der da gerade aus dem Fenster schaut und so tut, als würde er die Würste sortieren?», fragte er leise.

Sie nickte unsicher.

«Das ist mein Kumpel Hauke.» Jo hob die Hand, und der Mann, der eben noch beschäftigt vor sich hin gearbeitet hatte, antwortete augenblicklich mit einem Nicken.

Sie runzelte die Stirn und schien nicht zu verstehen.

«Und da links, am Brunnen», sagte Jo, ohne hinzuschauen. Ihr Kopf zuckte sofort herum. «Das ist Augustus. Ich kenne ihn schon mein halbes Leben.» Ein dicker schwarzer Mann saß im

Schatten, aß Krapfen aus einer zur Tüte gewickelten Zeitung und verscheuchte die Fliegen, die um ihn herumschwirrten. Fasziniert starrte Lily ihn an, wahrscheinlich sah sie Menschen wie ihn nicht oft. Als Augustus Lilys Blick bemerkte, grinste er ein beinahe zahnloses Grinsen und zwinkerte ihr zu.

Erschrocken zuckte sie zusammen.

«Er ist harmlos. Wenn man ihn kennt!», sagte Jo, und ihre Pupillen weiteten sich entsetzt. Er musste in sich hineinlächeln, Augustus war ein guter Freund von ihm. «Und ich kenne die Menschen hier», ergänzte er. «Natürlich nicht alle, und natürlich gibt es viele üble Gestalten. Sie sollten niemals alleine hierherkommen, hören Sie? Aber jetzt sind Sie mit mir da. Glauben Sie mir, allein wären Sie gar nicht erst so weit gekommen, die Bettler würden Ihnen geradezu am Kleid hängen bleiben … wenn Sie überhaupt noch ein Kleid anhätten.» Fast schämte er sich für seine Worte, so blass wurde sie. «Aber wenn uns jemand angreifen sollte, wäre Hilfe sofort da. Außerdem …», er grinste und fand sich selbst überheblich, als er verkündete: «Ich weiß mich zu verteidigen.»

Sie schien nicht beeindruckt. «Wenn Sie so viele Menschen hier kennen … Warum kommen die dann nicht zu Ihnen, um Sie zu begrüßen?», fragte sie.

«Nun …» Jo kratzte sich verlegen unter der Mütze. «Sie wissen, dass ich nicht einfach so mit einer Frau wie Ihnen hier durch die Straßen schlendere. Sie gehen davon aus, dass wir gerade ein Geschäft abwickeln. Oder …» Er zögerte.

«Oder was?», fragte sie erstaunt.

«Nun, manche werden wohl auch denken, dass Ihre Aufmachung eine Verkleidung ist und ich Sie … für gewisse Dienste bezahle.» Er lachte, als er ihr entsetztes Gesicht sah. «Seien Sie froh, so lässt man uns wenigstens in Ruhe.»

Sie öffnete den Mund, doch in diesem Moment fuhr sie erschrocken herum. Ein kleiner Junge hatte sie von hinten am Kleid gezupft. Er war verdreckt und skelettartig dünn. An dem Gelbstich in seinen Augen und dem rasselnden Atem erkannte Jo, dass er krank war. Traurig betrachtete er den Kleinen, sein schütteres Haar, die eingefallenen Schläfen. Er war wohl keine zehn und sah aus wie ein alter Mann. Wahrscheinlich würde er schon bald in einem der stinkenden Hinterhöfe unter eine Treppe kriechen und am Morgen nicht mehr aufwachen. Die Schicksale hier waren einander alle so ähnlich, dass sie zu einem einzigen namenlosen Grauen zusammenschmolzen. Sogar unter den Ärmsten der Armen gab es ein soziales Gefälle, und der Kleine war ganz unten gelandet – oder vielleicht schon immer dort gewesen.

Der Junge streckte bittend die Hand aus. Lily wich zurück, als er sich ihr näherte, und prallte gegen Jos Brust. Instinktiv fasste er sie am Handgelenk. Er konnte spüren, wie ihr Puls raste.

«Was will er?», flüsterte sie.

Der Junge redete im Dialekt der Gängeviertel. Seine raue Stimme machte es zusätzlich schwer, ihn zu verstehen. «Das ist ein Straßenjunge, er hat um etwas Geld gebeten. Verschwinde, wir haben nichts für dich!», sagte Jo im selben Slang, nicht unfreundlich, aber bestimmt. Er sah in jedem der Jungs hier sich selbst, und wann immer er etwas zu entbehren hatte, gab er es her.

Aber das war nicht oft.

Man kämpfte hier für sich selbst. Jo hatte Geschwister, die auch essen mussten.

«Ich habe leider nichts, was ich dir geben kann!», sagte Lily. Sie löste sich von Jo und trat einen Schritt auf den Jungen zu. Überrascht stellte er fest, dass sie den Kleinen jetzt anlächelte, ihre Angst schien verflogen. Der Junge runzelte die Stirn und sah zu Jo hinauf. Lily, die sich zu ihm hinabgebeugt hatte, richtete sich wieder auf. «Können wir ihm nicht irgendetwas geben?», fragte sie.

«Wenn Sie einem was geben, kommen sofort alle. Sehen Sie, da hinten lauern schon die Nächsten!» Jo zeigte zur Ecke, wo tatsächlich schon zwei wesentlich größere Jungs neben einem Karren mit Fisch standen und angespannt zu ihnen herüberstarrten. «Dann haben wir gleich das halbe Viertel auf den Fersen!»

«Ich habe ja auch nichts», sagte Lily traurig. «Aber der Kleine sieht so krank und abgemagert aus!» Sie schien einen Moment zu überlegen, über ihrer Nase erschien wieder dieser kleine Kreis, als sie nachdenklich die Stirn runzelte. «Können wir ihm sagen, dass er uns unauffällig folgen soll, bis weniger Menschen in Sicht sind?», fragte sie Jo plötzlich.

Erstaunt sah er sie an. «Warum das?»

«Ich habe eine Idee!»

«Ich glaube nicht, dass das gut wäre», wehrte er ab. Dann sah er noch mal den Jungen an. Sein röchelnder Atem verursachte ihm eine Gänsehaut, er erinnerte ihn an etwas, an das er wirklich nicht denken wollte. Eine Sekunde lang meinte er, Lenis kleine Finger auf seinem Arm zu spüren. Schließlich zuckte er mit den Schultern. Was auch immer Lily mit ihrer Bitte bezweckte, wenn sie eine Idee hatte, wie der Kleine vor seinem Tod noch einmal etwas Gutes zu essen bekommen konnte, sollte sie es eben versuchen. Mit knappen Worten und gedämpfter Stimme erklärte er ihm, was er tun sollte. «Häng sie ab!», warnte er mit einem Nicken in Richtung der größeren Jungs. Der Kleine drehte sich wortlos um und ging davon. Aber Jo wusste, dass er sie bald einholen würde. Und wirklich, sie waren keine fünf Minuten weitergegangen, da tauchte er plötzlich aus einer dunklen Twiete auf.

Sobald sie ihn sah, ging Lily auf ihn zu. «Da bist du ja, warte kurz!» Jo beobachtete verblüfft, wie sie ihre kleinen Perlohrstecker abnahm und sie ihm reichte. «Sind Sie verrückt?», zischte er. Schnell trat er hinzu und riss ihren Arm herum. «Die sind doch viel zu wertvoll!»

«Lassen Sie das!», fauchte sie, aber Jo ließ sie nicht los.

«Sie sind ja nicht ganz bei Trost, diese Ohrringe sind mehr wert, als der Kleine in seinem ganzen Leben besessen hat.» Jetzt nahm sie ihre andere Hand zu Hilfe, um sich von ihm loszureißen, und kratzte ihn dabei versehentlich am Arm. «Scheiße!» Er fluchte, und sie entwand sich seinem Griff.

«Es sind meine, ich kann damit machen, was ich will!», verteidigte sie sich.

«Natürlich können Sie das», knurrte Jo und widerstand dem Drang, sich seinen brennenden Arm anzusehen. «Aber warum sollten Sie so etwas Wertvolles einfach verschwenden?»

«Ich verschwende es nicht!»

Der Junge stand mit weit aufgerissenen Augen da und beobachtete ihren Streit.

«Hören Sie!», sagte Jo, jetzt etwas sanfter, und hielt sie erneut fest. «Lily. Der Kleine ist todkrank. Sie könnten die Ohrringe genauso gut in die Gosse werfen!»

Sie gab keine Antwort, sah ihn nur stumm an, und nach einer Weile, als der Blick aus ihren blauen Augen ihm doch tatsächlich eine Gänsehaut über den Rücken jagte, lockerte Jo den Griff um ihren Arm und ließ sie schließlich los. Sie richtete ihr Haar, funkelte ihn wütend an, dann trat sie zu dem Jungen und gab ihm die Ohrringe. Der Kleine starrte einen Moment ungläubig auf seine schmutzige Hand, in der die Perlen funkelten wie Schnee auf Asche, dann sah er zu Lily hoch. Schließlich drehte er sich um, rannte auf krummen Beinen weg und rief ihnen dabei etwas zu.

«Was hat er gesagt?» Sie sah ihm erstaunt nach.

«Er hat gesagt, dass Sie nicht mehr ganz dicht sind», brummte Jo, der sich gerade missmutig die vier blutigen Kratzer ansah, die sie auf seinem Unterarm hinterlassen hatte. «Wie haben Sie das nur geschafft, durch die Handschuhe durch?»

«Oh!» Lily sah enttäuscht aus. «Ich dachte, er würde sich mehr freuen.»

Jo schnaubte. Ihre Naivität war einfach nicht zu ertragen. «Was haben Sie erwartet? Dass er vor Ihnen auf die Knie fällt? Diese Kinder sind halbe Tiere.»

«Ich habe gar nichts erwartet», zischte sie, drehte sich um und stampfte wütend davon.

«Andere Richtung!», rief Jo dumpf hinter ihr her, und sie hielt inne, ballte einen Moment wütend die Fäuste, fuhr herum und stiefelte zurück. Er folgte ihr wortlos.

Eine Weile gingen sie schweigend nebeneinanderher. Schließlich hielt er es nicht mehr aus. «Das war dumm!», stieß er hervor. «Wirklich dumm!»

«Und warum?», fragte sie spitz.

«Weil es viel zu viel war. Er wird damit nicht weit kommen. Sobald er versucht, sie umzutauschen, wird ihm jemand das Geld wegnehmen. Oder gleich die Ohrringe, je nachdem, wie viel Glück er hat. Hier werden Menschen für einen Bruchteil des Wertes die Kehlen durchgeschnitten. Und zwar jeden Tag. Diese Ohrringe bringen den Kleinen in große Gefahr.»

Sie war bei seinen Worten merklich blass geworden. «Das wusste ich nicht.»

«Natürlich nicht, deswegen wollte ich Sie ja auch davon abhalten. Aber Sie müssen ja immer Ihren Kopf durchsetzen.»

«Sie kennen mich doch gar nicht!»

«Genug um zu wissen, dass Sie nicht den Verstand haben, auf Menschen zu hören, die es besser wissen als Sie. Wir sind hier nicht in der Bellevue oder der Elbchaussee, hier herrschen andere Gesetze, und wenn Sie sie nicht kennen, dann hören Sie besser auf die Menschen, die es tun. Pauls Familie hätte das Geld auch gut gebrauchen können, haben Sie darüber mal nachgedacht?»

«Ich … nein, ich hatte nicht …», stotterte sie jetzt verwirrt. Ihre Wangen waren rot angelaufen.

«Aber es ist auch egal, Paul kann man ohnehin nicht mehr helfen, genauso wenig wie dem Jungen, der bald an dem Wasser in seiner Lunge oder den Würmern in seinen Eingeweiden verrecken wird», unterbrach er sie scharf. «Vielleicht hat er durch Ihren Leichtsinn noch ein paar schöne letzte Wochen, vielleicht liegt er heute Abend schon mit durchgeschnittenem Hals im Dreck, wer kann es schon wissen.» Er hielt an und schlug nun mit der Faust wütend gegen eine verwitterte Tür. «Wir sind da!»

A ls Lily das Haus betrat, hielt sie erschrocken inne. Es roch nach Verwesung. Noch dazu waberten ihr feuchte Nebelwolken entgegen, die Luft schien gleichzeitig zu kochen und zu triefen. Es war, als beträte sie eine dampfende Höhle.

Ein pockennarbiger Mann hatte ihnen geöffnet und war dann stumm in den dunklen Flur zurückgewichen. Bolten polterte, zwei Stufen auf einmal nehmend, mit seinen schweren Stiefeln die Treppe empor und wartete nicht auf sie.

«Warum ist hier so seltsame Luft?», fragte sie atemlos, während sie ihm hinterherrannte, weil sie Angst hatte, ihn im dunklen Treppenhaus aus den Augen zu verlieren. Sie keuchte leise, ihre Brust hob und senkte sich und presste gegen das Mieder ihres Kleides. «Und dieser Gestank?»

«Metzger unten im Laden!», erklärte er. «Es ist zu heiß, das Fleisch fault. Außerdem ...» Er zeigte auf eine schiefe Holztür am Treppenabsatz. «Abort.»

Lily wich das Blut aus dem Gesicht. «Ist er ... kaputt?»

Bolten lachte schallend. «Schön wär's. So riecht es in jedem Haus. Die Aborte werden nur einmal die Woche geleert. Aber der hier ist noch ganz ordentlich, die Leute sind froh, dass sie nicht über die Straße müssen, um sich zu erleichtern. In anderen Häusern sind die Abtritte für die ganze Nachbarschaft im Hof.»

Lily erwiderte nichts. Sie fummelte ihr Riechtuch aus der Tasche, presste es sich auf die Nase und hoffte, dass Bolten schnell weitergehen würde. «Und woher kommen diese feuchten Schwaden?» Ihr Kleid klebte ihr inzwischen am Körper, und sie sah aus den Augenwinkeln, dass sich kleine Löckchen aus der Frisur gelöst hatten und sich wild um ihr Gesicht kringelten.

«Wäscherei im Hof. Hören Sie», er stockte kurz. «Ich weiß nicht, wie die Familie auf Sie reagieren wird ...»

Plötzlich bekam sie Angst. Bolten war die ganze Zeit so selbstsicher gewesen, aber mit einem Mal schien er nicht überzeugt, ob seine Idee, sie mitzunehmen, wirklich so gut war. Was würde sie dort drinnen erwarten? Würde die Familie sie davonjagen?

Er runzelte die Stirn und blickte auf die Tür neben sich. «Lassen Sie mich kurz vorgehen und mit ihnen reden. Ich hole Sie dann», sagte er. Ohne auf eine Antwort zu warten, schob er sie gegen die Wand, sodass sie vom Zimmer aus nicht mehr zu sehen war. «Aber ...» Lily wollte protestieren, doch er legte einen Finger über den Mund, als Zeichen, dass sie still sein sollte, und schlug zweimal mit der Faust gegen die Tür.

Mit einem Mal fand Lily sich alleine im Flur. Sie blickte sich um. Was mache ich hier eigentlich?, fragte sie sich. Der Tag verlief wirklich anders als geplant. Sie atmete schwer und spürte, wie ihr kleine Schweißrinnsale die Oberschenkel und den Nacken hinabliefen. Wie halten die Menschen das nur aus?, dachte sie. Obwohl bereits der Abend dämmerte, war es immer noch wahnsinnig schwül, und die feuchte Luft aus dem Hof schien ihr in jede Pore zu kriechen. Als sie versuchte, darauf zu lauschen, was in der Wohnung geschah, drangen plötzlich die Geräusche des Hauses zu ihr durch. Die Stimmen von Dutzenden Familien vermischten sich mit dem Klappern und Rufen aus dem Hinterhof und dem Lärm von der Straße, Kinderlachen, Geschrei und Hundegebell. Neben dem Gestank des verwesenden Fleisches, der hier oben nicht mehr ganz so schlimm war, und den scheußlichen Schwaden aus dem Abort nahm sie nun auch Essensgerüche wahr. Kartoffeln, Kohl und … sie schnupperte … eindeutig Bohnensuppe. Es war Abendessenszeit.

Durch das kleine Fenster sah sie eine Flut aus Bettlaken und Kleidern, die an Seilen unterschiedlicher Höhe zwischen die Häuser gehängt waren. Unten herrschte lärmende Geschäftigkeit. Frauen mit Tüchern über den Köpfen und roten Gesichtern beugten sich über brodelnde Bottiche und rührten mit Stangen die Stoffe um, die darin kochten. Wäschemangeln verrichteten knarzend ihre Arbeit. Eine Weile beobachtete sie das Geschehen, fasziniert von der fremden Welt, die sich vor ihren Augen auftat. Nicht zu glauben, dass es nur eine knappe Stunde zu ihnen in die Bellevue war.

«He!» Sie fuhr herum. Bolten sah sie mit gerunzelter Stirn an. Er hielt sich mit einer Hand im Türrahmen fest und lehnte sich zu ihr hinaus. «Kommen Sie?»

Lily spähte unsicher durch den Spalt hinter ihm. «Was haben sie gesagt?», flüsterte sie.

«Nicht viel. Übrigens sollten Sie sich vielleicht nicht unbedingt dieses Tuch ins Gesicht pressen, wenn Sie mit ihnen reden.»

«Wofür halten Sie mich eigentlich?», zischte Lily ehrlich empört. «Gerade Sie müssen mir wirklich nicht erklären, wie man sich anständig benimmt!»

Er zog eine Augenbraue hoch und betrat dann ohne ein weiteres Wort die Wohnung. Lily musste schlucken. Trotz der Feuchtigkeit war ihr Mund plötzlich trocken, und ein Anflug von Panik nahm ihr die Luft. Sie fuhr sich durch die aufsässigen Locken, wischte sich verstohlen den Schweiß von der Stirn, fummelte schnell das Tuch in ihren Ausschnitt und betrat dann hinter Bolten die Wohnung.

Sofort überfiel sie der Geruch. Ein stechender Gestank erfüllte den Raum, und sie presste reflexartig die Hand vor den Mund. Dann sah sie, wie Bolten sie entsetzt anstarrte, und sie begriff, dass der Geruch von Paul Herders Wunde kam. Einen Moment stand sie da wie erstarrt, dann ließ sie langsam die Hand sinken, die Wangen glühend vor Scham.

Sie hatte erwartet, dass die Wohnung einfach sein würde, ärmlich sogar. Der niedrige, dunkle Raum jedoch, auf dessen Schwelle sie nun stand, überstieg ihre schlimmsten Erwartungen. Offensichtlich diente er gleichermaßen als Wohnstube und Schlafzimmer. Zwei Eisenbetten standen an die Wände gerückt, die einzigen übrigen Möbel waren eine Kommode und ein Esstisch. Gegenstände gab es kaum. Der saure Geruch nach Kohl und ranzigem Fett war neben dem schrecklichen Gestank im Zimmer kaum wahrnehmbar. Paul Herder lag mit geschlossenen Augen und bleichem Gesicht auf dem einen Bett. Auf dem anderen saßen ein Junge und ein Mädchen, die Lily mit großen Augen anstarrten. Eine Frau erhob sich von dem Krankenlager, an dem sie gewacht hatte.

«Macht die Tür zu», sagte sie und trat auf sie zu. Doch plötzlich erklang ein Greinen aus einer Ecke des Zimmers. Aus der offenen Kommodenschublade streckte sich ein winziger Arm hervor. Die Frau machte kehrt und holte ein kleines Kind aus der Schublade, die offensichtlich als Wiege diente. Sie nahm den Säugling auf den Arm, klopfte ihm beruhigend auf den Rücken und reichte ihn dann dem kleinen Mädchen. «Marie, Hein, geht mit dem Kleinen nach draußen!», befahl sie.

Lily trat einen Schritt auf die Frau zu. «Frau Herder, mein Name ist Lily Karsten. Ihr Mann wurde beim Versuch, mir zu helfen, verletzt. Es war ein Unfall, aber ich fühle mich dafür verantwortlich. Das Ganze tut mir wahnsinnig leid!», sprudelte sie ungelenk hervor.

Die Frau sah verhärmt und erschöpft aus, um ihre Augen hatten sich tiefe Ringe eingegraben. «Dass es Ihnen leidtut, glaube ich, aber das macht meinen Mann auch nicht mehr heil», sagte sie, und Lily zuckte zusammen. «Die Wunde hat sich entzündet, es geht ihm sehr schlecht. Er hat Fieber bekommen», erklärte sie dann zu Jo gewandt, der seine Mütze abnahm.

«Müsste er nicht eigentlich noch im Krankenhaus sein?», fragte Lily und hätte sich gleich darauf auf die Zunge beißen können, denn Frau Herder fuhr herum. «Natürlich müsste er das, aber wer soll das bezahlen?», zischte sie. Lily sah beschämt zu Boden und ballte gleichzeitig wütend die Hände zu Fäusten. Franz hatte nicht einmal genügend für das Krankenhaus bezahlt. Und das Schlimmste war, dass sie ihn nie damit würde konfrontieren können.

Bolten trat einen Schritt vor, um die Frau zu beruhigen. «Wir sind hier, um dir etwas Geld zu bringen, Alma.» Er holte die Münzen aus der Tasche und reichte sie Frau Herder.

«Es ist nicht viel», stotterte Lily. «Aber ich werde sehen, was ich tun kann, um noch mehr zu besorgen.»

Das hätte sie nicht sagen sollen. Sie hatte keine Möglichkeit, an noch mehr Geld zu kommen. Schon das Fehlen ihrer wertvollen Ohrstecker würde sie in Schwierigkeiten bringen.

Mit bleichem Gesicht nahm Frau Herder den Beutel entgegen. Sie nickte Lily zu, die Lippen aufeinandergepresst. Lily konnte ihr ansehen, wie schwer es ihr fiel, freundlich zu sein. Schnell stopfte die Frau das Geld in ihre Schürzentasche. «Danke», sagte sie, ohne Lily dabei in die Augen zu sehen. «Sie gehen jetzt besser. Wenn er aufwacht, schreit er, und das wollen Sie sicher nicht hören.»

Lily nickte. «Natürlich, wenn Ihnen das lieber ist!», sagte sie leise. Bolten trat kurz mit finsterer Miene an das Bett und drückte Paul Herder den Arm. Dann wandten sie sich zum Gehen. Als sie schon an der Tür waren, sprang Frau Herder plötzlich auf. «Das war unhöflich von mir. Ich danke Ihnen, dass Sie gekommen sind, Frau Karsten. Das hätten nicht viele getan. Ich weiß, dass es ein Unfall war. Es ist nur …» Sie konnte nicht weitersprechen, in ihren Augen schimmerten Tränen der Verzweiflung.

Einem Impuls folgend, nahm Lily die Hände der Frau und hielt sie fest. Sie waren eiskalt. «Ich werde für Ihren Mann tun, was ich kann», versprach sie mit rauer Stimme.

Einen Moment sahen sie sich stumm an, dann nickte Frau Herder. «Danke.»

Schweigend gingen sie nebeneinander die Treppe hinab. Auf der Straße angekommen, stolperte Lily über einen Stein, und Jo fasste sie am Arm. Sie riss sich los. Zu seiner Überraschung sah er, dass sie mit den Tränen kämpfte.

«Sind Sie jetzt zufrieden?», fragte sie. «Ich schäme mich zutiefst. Ist es das, was Sie erreichen wollten?»

Jo sah sie einen Moment unsicher an. «Ich wollte nicht, dass Sie sich schämen. Ich wollte, dass Sie verstehen», sagte er dann leise. «Es war nicht Ihre Schuld, es war ein Unfall. Nichts hiervon ist Ihre Schuld.»

Sie nickte und wischte wütend die Tränen weg, die ihr jetzt über die Wangen liefen. «Ich kann nichts tun», sagte sie mit erstickter Stimme, und er nickte.

«Das müssen Sie auch nicht ... Nur hätten Sie es dann besser nicht versprechen sollen.»

«Ich konnte nicht anders!»

«Ja, das verstehe ich», sagte er. Und er verstand wirklich.

«Ich gehe jetzt besser.» Sie wandte das Gesicht ab, offensichtlich waren ihr die Tränen peinlich.

Er musterte sie einen Moment besorgt. Was hatte er sich nur dabei gedacht, sie hierherzubringen? «Ich begleite Sie.»

Auf dem gemeinsamen Weg warf er ihr immer wieder verstohlene Blicke zu. Die Tränen wollten nicht aufhören zu laufen, aber sie sah nicht traurig aus, sondern wütend. Alle paar Minuten wischte sie sich mit dem Riechtuch übers Gesicht, das inzwischen geschwollen und leicht verschmiert war. Jo überlegte, was er sagen konnte. Zu seinem Erstaunen fand er sich sprachlos. Er fühlte sich schuldig, weil er die Tränen verursacht hatte, und verwirrt, weil er nicht wusste, wie er mit ihnen umgehen sollte.

Als sich die Häuserreihen lichteten und sie das Wasser der Alster sahen, sagte Lily plötzlich: «Ich kenne den Weg ab hier. Danke, dass Sie mich begleitet haben!» Ihre Stimme war kühl, abweisend. Sie war sauer auf ihn. Verständlicherweise.

«Ich bringe Sie noch weiter!», beharrte er, aber sie schüttelte den Kopf. «Ich wäre gerne einen Moment allein. Ich muss mich sammeln. Leben Sie wohl, Herr Bolten!» Mit diesen Worten ließ sie ihn stehen, raffte ihre Röcke und lief, rannte fast die Straße hinunter und verschwand hinter der nächsten Ecke.

Verdutzt kratzte Jo sich unter der Mütze. Dann zuckte er die Schultern und drehte sich um. Weil er nun keine Rücksicht auf Lily mehr nehmen musste, bog er bald in einen niedrigen Torbogen ein, und die Dunkelheit verschluckte ihn. Große Teile der Hamburger Gängeviertel verliefen beinahe wie in Tunneln, so zugebaut waren die Gänge und Durchlässe unter den Tausenden Bretterbuden. Jo nutzte die langen, engen Passagen, die in verborgene Innenhöfe und Straßen führten, oft als Abkürzung. Aber nicht einmal er fühlte sich in ihnen sicher. Zu dunkel, zu schmutzig waren die Gänge, in denen man oft nur gebückt laufen konnte. Hier wohnten die Ärmsten der Armen, Gemüsehändler, Schuhputzer, Fleetenkieker und allerlei unlauteres Gesindel, mit dem man besser nichts Näheres zu schaffen hatte.

Als er etwa eine Viertelstunde gelaufen war, am Ende der Spitalerstraße wieder aus der Unterwelt auftauchte und um eine Ecke bog, gewahrte er eine kleine Menschenansammlung. Neugierig ging er näher.

Der kleine Junge lag leblos am Boden. Die gelb verschleierten Augen starrten in den dunkler werdenden Himmel, als hätten sie dort etwas gesehen, das sie in ungläubiges Staunen versetzte. Jo hoffte, dass es so war. Wenn es irgendeine Art von ausgleichender Gerechtigkeit gab, dann genoss der Kleine jetzt mit den Engeln ein königliches Mahl.

Wenn nicht, war er für ein paar Ohrringe gestorben.

Jo betrachtete den Jungen, dessen Kopf in einem seltsamen Winkel auf den Steinen lag. Hellrotes Blut sickerte langsam in den Dreck und verteilte sich wie die Adern eines Blattes zwischen den Steinen.

Er biss die Zähne zusammen und wandte sich ab. Auch die

Menge war schon dabei, sich zu zerstreuen. Ein totes Straßenkind war hier etwas, für das man zwar stehen blieb, aber große Aufregung oder gar Anteilnahme erzeugte es nicht. Dafür war das eigene Elend zu groß. Vielleicht alarmierte jemand die Polizei, die den Kleinen einsammeln würde, vielleicht kamen Straßenkehrer und nahmen ihn am Morgen mit. Mehr würde nicht passieren. Der Junge wäre ohnehin bald gestorben, dachte Jo, und versuchte, nicht an seine kleinen, dünnen Hände zu denken, nicht an die eingefallenen Schläfen oder den rasselnden Atem. Er fühlte einen seltsamen Stich im Herzen. Wahrscheinlich war es besser so, sagte er sich, als er in eine Steinstraße einbog und erneut in einem dunklen Durchgang verschwand. Was war das schon für ein Leben? Mit aller Macht versuchte er, die Bilder vor seinem inneren Auge zu verdrängen. Er dachte an seine Geschwister und war doppelt dankbar, dass er sie sicher zu Hause wusste, zwar ohne jeden Luxus, aber warm und satt. Doppelt dankbar war er auch für seine Arbeit, die ihm zwar einiges abverlangte, die Geschwister aber vor einem ähnlichen Schicksal bewahrte.

Vielleicht ist Charlie in der Kneipe, dachte er, sprang über eine kleine Mauer und zündete sich eine Zigarette an. Er brauchte jetzt ein Bier.

Schlafen, das wusste er, würde er heute Nacht nicht.

Lily streifte die Schuhe ab, schleuderte die Perlentasche aufs Bett und begann, sich mit groben Bewegungen die Spangen aus den Haaren zu ziehen. Aufgeregt ging sie ihm Raum auf und ab. Doch plötzlich hielt sie inne. Sie ließ sich auf ihren Sessel vor dem Kamin fallen und saß einen Moment einfach nur da. Es war inzwischen fast dunkel draußen, und der Mond glitzerte über dem Wasser der Alster.

Das Zimmer lag im Halbdunkeln, Seda hatte die Öllampen noch nicht entzündet. Der große Schrank mit ihren Kleidern, die Biedermeierkommode mit ihren Toilettenartikeln, das Bücherregal. Sie besaß so viel! Ein ganzes Zimmer nur für sich. Es war ihr immer normal vorgekommen, beinahe ein wenig zu klein. Franz hatte mehrere Räume, genau wie ihre Großmutter und ihre Eltern. Sogar Michels Zimmer war größer, er besaß viele Spielsachen und musste sich «austoben», wie ihre Mutter es nannte.

Einen Moment versuchte Lily, sich vorzustellen, wie sie mit ihrer ganzen Familie in einem Zimmer lebte, aber sie vermochte es nicht. Unruhig stand sie auf, trat an den Waschtisch, ließ Wasser aus der Kanne in die Schüssel laufen und rubbelte sich das Gesicht. Als sie in den Spiegel sah, war ihr, als starrte eine andere Lily ihr entgegen.

Sie fühlte sich plötzlich so ... verloren. War das das richtige Wort?

In diesem Moment klopfte es an der Tür, und das Gesicht ihrer Mutter lugte in den Raum. «Mein Liebling. Ich bringe dir dein Abendessen.»

Lily lachte auf. Sie hatte ihre Mutter in ihrem ganzen Leben noch kein Tablett tragen sehen. «*Du* bringst mir das Abendessen?»

«Nun ...», ihre Mutter öffnete die Tür, und hinter ihr tauchte Seda auf, die Lilys Abendessen in den Händen hielt, «... ich bringe dir Seda.» Sylta lächelte über ihren kleinen Scherz.

«Ich hätte doch auch unten essen können!» Lily räumte schnell ihre Bücher vom Tisch, und das Kammermädchen platzierte das Essen darauf. Eine Suppe, ein wenig Fleisch mit Gemüse und Kartoffeln, Pudding mit Kompott zum Nachtisch. Unter der Woche gab es abends immer ein eher schlichtes Essen, wie ihre Mutter es zu bezeichnen pflegte.

Heute erschien Lily ganz und gar nichts daran schlicht.

«Wir dachten, hier hast du es bequemer, und das Speisezimmer ist schon aufgeräumt. Du bist ja so spät nach Hause gekommen wie noch nie. Ich muss wirklich mit Frau Rot reden, das muss eine Ausnahme bleiben!» Ihre Mutter setzte sich vor den Kamin und entließ Seda mit einem Nicken.

Lily schoss das Blut ins Gesicht. Ihr war mit einem Mal gleichzeitig heiß und kalt. Hoffentlich flog ihre Lüge nicht auf. Sie aß hastig einen Bissen und verschluckte sich sofort.

«Na, na! Ganz ruhig. Hast du so einen Hunger?», fragte ihre Mutter, klopfte ihr leicht auf den Rücken und reichte ihr dann ein Glas Limonade.

Lily nickte mit tränenden Augen. «Ich könnte ein Pferd essen!», sagte sie und hustete. Sylta riss schockiert die Augen auf, lachte dann aber. «Wo hast du denn diesen Ausdruck her? Du klingst ja wie ein Hafenarbeiter. Lass das nicht deinen Vater hören!»

Lily spießte eine Erbse auf die Gabel. «Sicher nicht!», sagte sie, und die beiden lächelten sich verschwörerisch zu. Seda hatte inzwischen die Lampen entzündet und ein paar Kerzen im Zimmer verteilt. In dem warmen, flackernden Licht sah Lilys Mutter jung und wunderschön aus. Sylta erhob sich, hauchte ihrer Tochter einen Kuss auf die Wange, der nach Maiglöckchen duftete, und ging zur Tür. «So, mein Liebling, dann schlaf gut. Ich möchte noch kurz nach Michel sehen, er hat heute …» Mitten im Satz hielt ihre Mutter inne, und Lily sah erstaunt zu ihr auf. Sylta hatte plötzlich einen seltsamen Ausdruck im Gesicht.

«Was? Er hat heute was? Mama, ist dir nicht gut?»

«Was ist denn mit deinen Schuhen passiert?» Sylta starrte fassungslos in Richtung Bett.

Lily folgte ihrem Blick und hätte sich beinahe an der Kartoffel verschluckt, in die sie gerade hineingebissen hatte. Ihre vollkommen verschmierten, schmutzigen Perlschuhe lagen offen sichtbar auf dem Teppich. «Ach, ich …» Fieberhaft dachte Lily nach. «Ich wollte ein paar Rosen für meinen Schreibtisch pflücken und bin zu tief ins Beet gekommen!», erklärte sie dann hastig.

Sylta schüttelte den Kopf. «Also wirklich, Lily. Die teuren Schuhe. Du hättest doch jemanden rufen können.»

«Ich habe nicht nachgedacht, es tut mir leid!», erwiderte sie kleinlaut, mit pochendem Herzen.

«Dass du nicht nachdenkst, scheint in letzter Zeit ein wenig oft vorzukommen, findest du nicht?», fragte Sylta streng. Dann aber wurde ihre Miene wieder weicher. «Nun gut, es sind nur Schuhe. Ich werde Seda bitten, sie zu reinigen.»

Lily nickte, wagte es aber nicht, noch etwas zu sagen.

Nachdem Sylta die Tür zu Lilys Zimmer hinter sich geschlossen hatte, blieb sie plötzlich stehen und runzelte die Stirn. Ich habe ja gar keine Rosen auf ihrem Schreibtisch gesehen, dachte sie, die Hand noch auf der Klinke. Dann zuckte sie die Schultern. Sie musste sich jetzt um Michel kümmern. Sicher gab es eine einfache Erklärung. Wahrscheinlich hatte Lily die Blumen einfach irgendwo vergessen, als ihr etwas Neues in den Kopf geschossen war. Sylta seufzte leise. Mädchen in diesem Alter waren doch einfach ein Rätsel. Aber sie war ja auch nicht anders gewesen. Nein, sie konnte ihr nicht böse sein, Lily machte diese Dinge aus Zerstreutheit. Aber sie wäre niemals absichtlich ungehorsam.

6

Lily kletterte vor dem Seminar aus der Kutsche und wink-te mit schmalem Lächeln Anna-Maria Fehrbaum zu, die gerade ein Stück weiter vorne die Stufen zum Hauptgebäude emporstieg. Auch aus dieser Entfernung konnte sie sehen, dass ihre Kommilitonin ein neues Kleid hatte. Anna-Maria lief betont langsam und mit geradem Rücken, sodass die Jungen auf dem Schulhof sie gut beobachten konnten. Die Abiturienten des Gymnasiums waren im gleichen Alter wie die meisten von Lilys Mitschülerinnen, für die das Lyzeum mit fünfzehn oder sechzehn Jahren endete und die sich direkt im Anschluss als Lehrerinnen ausbilden ließen. Im Unterricht wurde zwar strengstens auf eine Trennung der Schulen geachtet, auf dem Pausenhof jedoch war man sich der Nähe des anderen Geschlechts mehr als bewusst. Auf das private Gymnasium gingen viele der besten – und wohlhabendsten – Söhne Hamburgs. Diese Tatsache bot auch die Erklärung für Anna-Marias Aufmachung.

Lily betrachtete das Mädchen, das nur wenig jünger war als sie selbst, mit hochgezogenen Augenbrauen. Ihre Taille wirkte unglaublich schmal, und um den Hals trug sie ein breites Seidenband mit einem funkelnden Anhänger. «Eingebildetes Huhn!», flüsterte Lily. Sie konnte Anna-Maria nicht leiden, und dieses Gefühl beruhte auf Gegenseitigkeit. Wie lächerlich, sich für den Unterricht so herauszuputzen.

Als die Kutsche davongefahren war, fiel Lily plötzlich ein, dass sie heute in der ersten Stunde Turnen hatten. Seufzend schlug sie den Weg in Richtung der großen Halle ein. Sie hasste die Leibes-übungen. Hoffentlich mussten sie nicht wieder Figuren am Reck oder Schwebebalken machen. Dabei blamierte sie sich regel-mäßig, fiel hin und holte sich blaue Flecken, über die Seda dann abends lautstark schimpfte. Ihr Kammermädchen fand Turnen undamenhaft und konnte es nicht fassen, dass die angehenden Lehrerinnen am Kaiserlichen Seminar auch in körperlicher Er-tüchtigung ausgebildet wurden. «Das ist wider die Natur, sicher bekommst du irgendwann Beschwerden, und dann ist es zu spät. Am Ende kannst du keine Kinder mehr kriegen, wenn du stän-dig auf den Bauch fällst! Skandalös finde ich das!»

Lily pflichtete ihr im Stillen bei. Nicht weil sie Turnen un-damenhaft fand, sondern weil sie es schlicht nicht ausstehen konnte.

Als sie hinter der Fliederhecke in den kleinen Kiespfad ein-bog, den die Jungen des Gymnasiums als Abkürzung in die Wie-se getreten hatten, war sie ganz alleine zwischen den Bäumen und Büschen. Es war so herrlich hier draußen. Am liebsten wäre sie jetzt immer weiter spaziert, hätte sich an den Fluss gesetzt und geles… Plötzlich legte sich von hinten eine große Hand um ihren Mund.

Lily wollte schreien, doch ihr wurde die Luft abgedrückt. Sie bekam keinen Ton heraus. Panisch strampelte sie aus Leibeskräf-ten und versuchte, sich zu befreien, aber ein starker Arm packte sie von hinten und zog sie ins Gebüsch.

«Still, Mädchen!», brummte eine tiefe Stimme an ihrem Ohr.

Lily dachte nicht daran. Sie grub ihre Finger in die Arme des Mannes und versuchte, ihn zu kratzen, aber sie konnte sich nicht losreißen.

«He! Still! Ich tue dir nichts!»

So fest sie konnte, trat Lily ihm gegen die Schienbeine und

bäumte sich mit aller Macht auf. Der Mann gab ein unwirsches Geräusch von sich, als ihre Hacken ihn am Bein trafen, aber sein Griff lockerte sich keinen Millimeter. Ohne seine Hand von ihrem Mund zu nehmen, wirbelte er sie plötzlich grob herum und drückte sie gegen einen Baum, sodass sie ihm gegenüberstand.

Lily starrte ihn mit aufgerissenen Augen an. Sie bekam kaum Luft und atmete hektisch durch die Nase ein und aus. Der Mann war riesig, hatte breite Schultern, Ringe in den Ohren und eine wilde rote Mähne. Seine Arme waren von oben bis unten mit seltsamen Zeichen tätowiert.

«Still jetzt!», zischte er noch einmal. «Jo schickt mich!»

Entgeistert starrte Lily den Fremden an. Ihre Gedanken rasten. Sie verstand nicht, was hier geschah. Bolten hatte ihn geschickt? In ihrer Panik konnte sie nicht klar denken, aber sie registrierte, dass der Mann mit einem seltsamen Akzent sprach.

«Kann ich dich loslassen, ohne dass du die ganze Schule zusammenschreist?», fragte er. Eine Hand hatte er jetzt wie einen Schraubstock um ihren Nacken gelegt, die andere um ihren Mund, sodass er ihren Körper zwar nicht festhielt, sie sich aber trotzdem nicht bewegen konnte. Seine Augen funkelten belustigt. Er hatte offensichtlich Spaß an der ganzen Sache.

Lily nickte verängstigt.

Als er vorsichtig die Hände sinken ließ, bereit, jederzeit wieder zuzupacken, falls sie schrie, verzog plötzlich ein breites Grinsen sein Gesicht. «Jo hat nicht untertrieben. Bist ja ein richtiges Biest!», sagte er. «Singst aber hübsch!»

Lily wischte sich mit der Hand über den Mund. «Was fällt Ihnen ein? Wer sind Sie?», rief sie.

Er sah sich erschrocken um und machte Anstalten, sie wieder zu packen. Hastig wich sie einen Schritt weiter ins Gebüsch zurück. Sie wäre fast hingefallen, hätte er sie nicht schnell am Arm gefasst. «Verdammt. Nicht so laut, ich sag doch, ich tu dir nichts!», befahl er ungeduldig. «Soll dir 'ne Nachricht überbringen!»

Noch immer raste Lilys Herz so wild, dass sie ihren Puls in den Ohren schlagen hörte. Als er sie betrachtete und offensichtlich merkte, welche Angst er ihr machte, lachte er auf einmal.

«Kipp mir mal nicht um, Kleines! Jo ist mein bester Freund. Tut mir leid, wenn ich etwas grob war. Aber kann ja schlecht einfach 'ne Dame auf der Straße ansprechen. Wärst sicher schreiend davongerannt. Man hat mir gesagt, dass ich nicht unbedingt den besten Eindruck erwecke, so auf den ersten Blick.»

«Nun, wer auch immer Ihnen das gesagt hat, er hatte recht!», zischte Lily wütend, und er lachte wieder. «Wahrscheinlich!», gab er mit funkelnden Augen zurück. «Aber man soll nie vom Äußeren auf den Charakter schließen. Habe ich mal irgendwo gehört.»

«Sie haben mich gerade gewaltsam ins Gebüsch gezogen. Ich würde sagen, das reicht, um auf Ihren Charakter zu schließen!» Lily wusste selbst nicht, woher sie den Mut nahm, in dieser Situation noch schnippisch zu reagieren. Aber der Mann hatte gesagt, dass Bolten ihn schickte, und das beruhigte sie ein wenig. «Also, wer sind Sie, und was wollen Sie von mir? Ich habe kein Geld dabei!»

Bevor er antworten konnte, erklangen plötzlich Stimmen in ihrer Nähe. Sofort packte der Mann sie wieder, presste seine Hand auf ihren Mund, schlang einen Arm um ihren Körper und zog sie tiefer ins Gebüsch. Erstarrt standen sie da, bis die Jungen vorübergezogen waren, die sich lautstark über den Ausgang ihres Fußballspiels stritten. Der Mann presste Lily gegen sein Hemd. Er horchte noch einen Moment, dann ließ er sie los. Schnell wich sie zurück und wischte sich erneut voller Ekel über den Mund. Der Mann stank nach Schweiß und Verwesung.

«Wenn ich dein Geld wollte, würde ich mir nicht die Mühe machen, dich ins Gebüsch zu ziehen, sondern dir an Ort und Stelle mein Messer an die Kehle setzen, Schätzchen!», sagte er jetzt belustigt, aber nicht unfreundlich, und sie starrte ihn entsetzt an. Als er gleich darauf in seiner Westentasche kramte, wich sie panisch zurück, doch statt eines Messers holte er einen kleinen Zettel hervor und reichte ihn ihr. «Jo lässt Grüße ausrichten.»

Lily nahm mit leicht zitternder Hand den Zettel entgegen und faltete ihn auf. Noch immer war sie vollkommen durcheinander. Woher wusste der Mann, dass sie hier war? Wie konnte er ahnen, dass sie alleine durch das kleine Waldstück gehen würde? Ihre Augen flogen übers Papier, und sie schlug erschrocken die Hand vor den Mund. «Oh nein!», rief sie entsetzt. Auf dem Fetzen, der aus einer Zeitung herausgerissen war, standen nur einige wenige, schiefe Worte:

Paul ist gestern gestorben. Dachte, Sie sollten es wissen. J. Bolten

«Oh nein, das gibt es doch nicht. Ich hatte geglaubt, es ginge ihm besser.» Wie erstarrt blickte Lily auf die Zeilen. Sie fühlte heiße Tränen in sich aufsteigen und rang um ihre Fassung. Einen Moment wurde ihr schwindelig. «Woher haben Sie …?», wollte sie fragen. Aber als sie aufsah, hielt sie mitten im Satz inne. Verwirrt blickte sie sich um.

Der Mann war verschwunden.

Wenig später kämpfte Lily sich in der Nähe der Turnhalle aus dem Dickicht. Ein paar Gymnasiasten lehnten an einem Brunnen und starrten sie entgeistert an. Sie richtete sich das verdreckte Kleid und zog sich ein paar Zweige aus dem Haar. Die jungen Männer riefen ihr etwas zu, wollten wissen, ob alles in Ordnung sei, aber Lily beachtete sie nicht, sondern stürmte an ihnen vorbei ins Gebäude hinein.

Den Rest des Tages verbrachte sie wie in Trance. Sie fiel so oft vom Barren, dass ihr Lehrer schließlich meinte, sie erwarte offensichtlich ihre monatliche Unpässlichkeit, und sie auf die Bank setzte. Vom Unterricht bekam sie kein Wort mit. Herr Kleinlein rügte sie für ihre Zerstreutheit, aber sogar das nahm sie hin, ohne eine Miene zu verziehen. Emma und Berta fragten mehrmals mit besorgtem Blick, ob es ihr gut ginge, aber sie konnte nur nicken. In ihrem Kopf gab es nur einen Gedanken: Paul war tot.

Sie hatte ein Menschenleben auf dem Gewissen.

Alfred Karsten trat aus dem Rosenhof in die Sonne, überquerte die Straße und ging auf die Wasserkante zu. Er hatte es sich angewöhnt, hier bei gutem Wetter jeden Mittag ein paar Minuten zu verweilen, einen Happen zu essen, nachzudenken. Bedächtig setzte er sich auf eine Bank und blickte über die Schiffe, zählte die Fahnenmasten, folgte dem hypnotisierenden Auf und Ab der Möwen. Die vielen Ewer und Schuten, die Hunderten weißen Segel der Schiffe, die alle nebeneinander und doch miteinander existierten im großen Gewimmel, dem sich aus Millionen Einzelteilen zusammensetzenden Kosmos des Hamburger Hafens. Es war immer wieder ein beeindruckendes Bild. In den letzten dreißig Jahren hatte sich die Zahl der per Schiff importierten Güter verdreifacht. Je weiter sich Lateinamerika von den Kolonialherren Portugal und Spanien befreite, desto mehr intensivierten sich die Handelsbeziehungen zum Kontinent von Jahr zu Jahr. Zusätzlich konzentrierte sich die Industrie in der Hafenstadt mehr und mehr auf den Export. Es ist höchste Zeit, dass der Freihafen fertig wird, dachte Alfred. Ohne Handelsfreiheit gab es keine Freiheit.

Das Kaiserreich bestritt mit Zolleinnahmen einen großen Teil seines Einkommens. Da Hamburg sich nicht beteiligte, musste die Stadt einen Ausgleich zahlen. Das Aversum war vor einigen Jahren mal wieder erhöht worden – auf satte fünf Mark pro Einwohner. Er schüttelte den Kopf, als er darüber nachdachte. Es war absurd.

Er war überzeugt gewesen, dass die Einführung von Schutzzöllen Hamburgs Ruin bedeuten würde. Die Freihafenstellung war für den Handel unabdingbar. Doch Bismarck hatte die Daumenschrauben angesetzt und beantragt, dass sowohl St. Pauli als auch Altona in das Zollgebiet des Kaiserreiches eingegliedert würden. Alle Proteste der Hamburger hatten nichts genutzt, das brutale Vorgehen wurde durchgesetzt, obwohl eine massive Mehrheit der Großkaufleute gegen den Anschluss war. Besonders die großen Reeder, die Exporteure, die mit Übersee handelten, die Importeure von zollpflichtigen Waren wie Tee und Kaffee, die Großhändler und Firmen, die für den Export produzierten. Aber auch sie hatten letztlich den Lauf der Dinge nicht aufhalten können. Die Zollgrenzen verkomplizierten den Handel enorm, deswegen hatten sich in den letzten dreißig Jahren auch die meisten Firmen im Speckgürtel der Stadt angesammelt, in den Vierlanden, auf den Inseln und in den Walddörfern.

Er wurde aus den Gedanken gerissen, als in der Ferne das Pfeifen eines Zugs erklang. Seit vor ein paar Jahren die Linie zwischen Harburg und Stade eingeweiht worden war, fuhren die Züge durch die Stadt, was den meisten Bewohnern nicht gefiel. Er aber mochte den Klang, das Horn erinnerte ihn an seine Jugend, als er noch oft gereist war, das Leben noch voller Abenteuer zu stecken schien. Wie immer durchrieselte ihn eine wehmütige Melancholie. Er seufzte. Wenn er doch einmal mit Michel Zug fahren könnte, der Junge würde sich vor Freude nicht mehr zu helfen wissen. Er kam ja niemals hinaus, kannte seine eigene Stadt nicht. Oder vielleicht sollte er mal mit ihm in der Kutsche ausfahren, sie könnten sich die Baustelle der neuen Norderelbbrücke anschauen, die im nächsten Jahr fertiggestellt sein sollte. Aber dann schüttelte er den Kopf. Was phantasierte er da nur zusammen. Es war viel zu riskant.

Er hatte sich eine Renette mitgebracht und biss nun gedankenverloren hinein. Der Apfel schmeckte sauer, es war wohl noch etwas früh für die Ernte, aber er aß ihn dennoch, genoss den herb bitzelnden Geschmack auf der Zunge. Franz und er hatten überlegt, zu Mittag in die Wirtschaft zu gehen, aber Hertha machte am Abend Finkenwerder Scholle mit Kaltschale zum Nachtisch, und er wollte sich den Appetit nicht verderben.

Ein Lastkahn fuhr vorbei. Von Franz wanderten seine Gedanken zu Oolkert. Er und sein Bruder hatten ihr großes Geld mit Guano gemacht. Man konnte nur staunen, ein Düngemittel aus den Exkrementen und Kadavern von Seevögeln … Zunächst war er wie alle anderen höchst skeptisch gewesen, ja, war sicher, dass sie damit dem Ruin entgegensteuerten. Doch die Brüder hatten sie alle eines Besseren belehrt. Der Guano war zollfrei, Oolkert war von Bismarck nobilitiert worden und konnte sich daher mit Preußen nicht überwerfen. Daher hatte er Bismarck trotzdem unterstützt. Oolkert war ein Opportunist, das hatte Alfred schon immer gedacht. Aber er konnte es nicht leugnen, eine Vereinigung der beiden Familien wäre geradezu historisch, eine der größten Reedereien und eine der größten Werften Hamburgs. Franz wäre ein Narr, wenn er diese Möglichkeit verspielen sollte. So hässlich war Roswita nun wirklich nicht anzusehen. Was war nur los mit dem Jungen?

Alfred seufzte tief und beobachtete wieder das Gewimmel der Schiffe, Dampfer, Ewer und Schuten. Man hatte in Hamburg schnell erkannt, dass man gegen Bismarck nicht ankam, er verfolgte ohne Rücksicht seine Ziele, und so hatte sich die Mehrheit der Handelskammer irgendwann darauf geeinigt, ein Programm zur Zusammenarbeit zu entwerfen. Wenn man sich schon nicht widersetzen konnte, wollte man zumindest mitreden. Freihafenstadt oder Freihafenbezirk, auf diese Frage lief es letztendlich hinaus. Nun musste noch der Senat überzeugt werden. So entstanden schließlich auch die ersten Pläne für die Speicherstadt, die natürlich in der Nähe der Kontore und Geschäfte sein musste. Der Kehrwieder war das einzige Gebiet, das in Frage kam, der Abriss unabdingbar. Beim Bau des Freihafens, der nun in vollem Gange war, orientierte man sich an den Erfolgsgeschichten der letzten Jahre, Strand-, Sandtor und Grasbrookhafen, die nicht nur an Straßen, sondern praktischerweise auch an Gleise angeschlossen waren, moderne, technisierte Kunsthäfen, auf maximale Effizienz ausgelegt. Ja, der Hafenausbau war wichtig für die Stadt, er war sogar eigentlich längst überfällig gewesen, die steigende Zahl der Dampfschiffe und der immer weiter zunehmende Handelsverkehr verlangten es schon lange. Erstmals in ihrer gesamten jahrhundertelangen Geschichte würde die Stadt als deutsches Zollinland gelten. Es würde eine echte Grenze geben, mitten in der Stadt, Zollkontrollen, meterhohe Zäune, Schutztore … Es war doch ein seltsamer Gedanke. Und dies bedeutete an anderen Stellen eben auch enorme Opfer für Hamburg. Als der Bau des Zollkanals beschlossen wurde, mussten nach der Enteignungswelle 24000 Menschen ihre Wohnungen aufgeben und umsiedeln. Er hatte den Kehrwieder sehr gemocht, hatte sogar vor dem Abriss eine wahnsinnig teure Fotografie von Koppmann anfertigen lassen, die nun über seinem Schreibtisch hing. Er war nun mal ein sentimentaler Nostalgiker, man konnte es nicht leugnen. Auch St. Annen und dem Dovenfleet war es an den Kragen gegangen. Man hatte irgendwann einfach angefangen abzureißen, und die Menschen mussten selbst schauen, wo sie nun unterkamen. Das alte Hamburg, es verschwand mehr und mehr unter den Schaufeln und Spitzhacken des Fortschritts. Und sosehr er wusste, dass es notwendig war, ja, sosehr er es begrüßte, so sehr schmerzte es ihn. Manchmal hatte er das Gefühl, dass seine Seele zu sehr in dieser Stadt verwurzelt war.

Auch die Entwicklung der Gängeviertel war problematisch. Da die meisten Arbeiter in Hafennähe bleiben mussten, zogen sie nicht weit weg, konnten es gar nicht. So wuchsen die Schmutzviertel, von vielen Hamburgern nur *Abruzzen* genannt, in denen die Mieten ständig teurer wurden und der Wohnraum knapp und meist unzumutbar war. Die Menschen drängelten sich dort buchstäblich wie die Ratten im Dreck. Er fand schon lange, dass etwas getan werden musste. Dort sollte man abreißen! Alles umhauen und neuen, günstigeren Wohnraum schaffen, das war seine Devise. Sie brauchten ihn dringend für die Arbeiter, und diese mussten ihn sich auch leisten können. Außerdem war es eine sehr gute Investitionsmöglichkeit. Er hatte seine Fühler bereits ausgestreckt, wäre ganz vorne dabei, wenn es den Gängevierteln erst an den Kragen ginge …

Er machte sich große Gedanken, was passieren würde, wenn Hamburg erst offiziell an das Zollgebiet angeschlossen war. Wer konnte schon vorhersagen, was es mit der Wirtschaft anstellte? Im schlimmsten Fall käme es zu einem starken Anstieg der Preise. Wie würde die Stadt sich durch den Freihafen wandeln, und welche Auswirkungen würde es auf die Reederei haben…? Er fragte sich das beinahe täglich. Der Warenumschlag würde sich sicher steigern – und damit auch der Seeschiffsverkehr. Aber es gab keine Garantien. In den letzten Jahren, bedingt durch die harte Konkurrenz und die Wirrungen der Zollverhandlung, hatten sie ihr Kapital teilweise reduzieren müssen. Dennoch sah er große Möglichkeiten am Horizont. Besonders im stetig wachsenden Auswanderergeschäft, das die Stadt jetzt schon an den Rand ihrer Kapazitäten brachte. Genau darauf zielten sie mit ihrer Pacific-Linie. Und die Kalkutta-Linie war das nächste Ziel.

Charles Quinn ließ den Blick über das Wasser schweifen. Die Sonne stand hoch über dem Hafen, brannte ihm auf der Nase. Er öffnete den Korken und nahm einen Schluck aus seiner blechernen Kaffeeteng, zog an seiner Zigarette und genoss noch einen Moment die Wärme auf der Haut. Müde schloss er die Augen, konzentrierte sich ganz auf das niemals endende Gekreische der Möwen, bis es seinen ganzen Kopf zu erfüllen schien und alle anderen Gedanken verdrängte. Als er sie wieder öffnete, tanzten Lichtstrahlen über das Wasser. Er hatte keine Lust, in die stinkende Halle zurückzugehen, aber er wusste, dass Brenner gleich kommen und losbrüllen würde. Es war schon Charlies dritte Zigarettenpause heute, und der Aufseher hatte ihn ohnehin auf dem Kieker. Hinter der Halle fuhr gerade einer der Züge ein, und das Rattern dröhnte in seinem Kopf. Bis an die Wasserkante hatten sie die Gleise verlegt, die Kräne konnten die Ware direkt in die Waggons laden. Sie dampften nun Tag und Nacht. Er drückte seine Zigarette aus. Vielleicht würde Jo heute wieder in der Mittagspause vorbeikommen, Charlies Magen grummelte schon.

Eine letzte Sekunde genoss er die Wärme der Sonne. Mit Schaudern dachte er an den Winter. Mochte der drückende, stinkende Sommer auch anstrengend sein, er war nichts gegen die Gefahren, die Väterchen Frost mit sich brachte. Wenn das Eis kam, fielen sofort Arbeitsplätze aus. Die Tagelöhner standen sich vor den Hafenkneipen bibbernd die Beine in den Bauch und warteten vergebens auf eine Anstellung. Für die Familienväter wurde es dann sehr schnell sehr bedrohlich. Sich selbst bekam man ja meistens noch irgendwie satt, wenn es aber darum ging, eine ganze Schar hungriger Kinder durch den Winter zu kriegen, kam so mancher an den Rand seiner Kräfte. Wenn die Kälte kam, war alles schlimmer. Man musste nicht nur für Essen und Arbeit sorgen, sondern auch für Heizmaterial und warme Kleidung. Die Straßenkinder erfroren in ihren Kellerlöchern, die Alten und Kranken in ihren Wohnungen. Selbst der Herbst war schon scheußlich. Wenn tagelang der Ostwind pfiff oder es ununterbrochen schüttete und die Männer dreizehn Stunden in Nässe und Kälte zitterten, machte auch die einfachste Arbeit keinen Spaß. Aber gut, wenn man arm war, hatte jede Jahreszeit ihre Tücken. Im Winter erfror man, in den heißen Monaten starben die Menschen an verfaultem Fleisch und Seuchen, die sich im Wasser ausbreiteten. Trotzdem, wenn man schon leiden musste, dann doch wenigstens im Warmen, fand er. In seinem ersten Jahr hier, als er aus Irland gekommen war, hatte er geglaubt, an der Kälte zu verrecken. Er kannte niemanden, es war schwer, Arbeit zu finden, weil er die Sprache nicht beherrschte. Wochen hatte er auf der Straße verbracht, bis er schließlich im Hafen als Schauermann angestellt worden war. Bald darauf hatte ihm ein Kollege einen Schlafplatz bei einer Familie besorgt. So hatte er auch Jo kennengelernt, der eine Zeitlang im gleichen Haus lebte.

Viel geändert hatte sich seit Charlies erstem Jahr in Hamburg nicht. Noch immer hatte er keine feste Bleibe, keinen festen Job.

Nur war Jo nun sein bester – und, wenn man es genau nahm, auch einziger – wirklicher Freund in dieser vermaledeiten Stadt. Für ihn war er wie ein Bruder, Charlie hätte alles für ihn getan. Er hustete röhrend. Im letzten Winter hatte er sich seine Lunge zerfetzt. Die Zigaretten machten es nicht besser.

Auch als Jo in Oolkerts Achtung aufrückte, mit der Zeit verantwortungsvollere Posten übernahm und schließlich als Vize arbeitete und ihm zuschusterte, was auch immer er konnte, besserte sich Charlies Stellung nicht. Aber es war seine eigene Schuld. Eine Festanstellung als Hafenarbeiter konnte er sich nicht vorstellen, er lachte Jo stets aus, wenn der ihm wieder damit in den Ohren lag, dass er an seine Zukunft denken solle. «Soll ich vielleicht Ewerführer werden oder Quartiersmann? Nee, ich muss wegkönnen, wenn es mich holt!», sagte er immer und meinte damit die Traurigkeit, die ihn von Zeit zu Zeit überkam und in ihre dunkelsten Tiefen hinabriss. Wenn sie ihn packte, konnte er nicht arbeiten. Dann konnte er allenfalls noch trinken, und wenn er davon genug hatte, spürte er jedes Mal dieses kochende Verlangen, auf jemanden einzuschlagen, bis er gar nichts mehr fühlte. Er suchte dann absichtlich Ärger, provozierte, stiftete an, bis er sich die Seele aus dem Leib prügeln konnte und seine Fäuste die Kontrolle übernahmen. Das waren die einzigen Momente, in denen er sich wirklich lebendig fühlte. Das half dann erst mal eine Weile. Sein Ruf hinderte ihn zusätzlich daran, eine gute Arbeit zu finden, er war als Unruhestifter bekannt. Aber er konnte ackern wir ein Tier. Wegen seiner kräftigen Statur wurde er bei den Tagelöhnern trotz seiner Ausraster immer als einer der ersten ausgesucht. Er war fleißig und stumm, schuftete bis zum Umfallen. Und genau das war es, was er wollte: abends umfallen, einschlafen und an nichts mehr denken. So müde werden, dass ihm alle Knochen im Leib weh taten und er in schwarze Umnachtung versank, sobald sein Kopf die Matratze berührte. Morgens stellte er sich bei der Umschau am Baumhaus an und wartete, was der Tag bringen würde. Er zog umher, wanderte von Job zu Job, kannte den Hafen wie seine Westentasche, wohnte mal auf St. Pauli, mal im Gängeviertel, kloppte Schichten, wenn er Geld brauchte, und verschlief mehrere Tage, wenn er welches hatte.

Er hatte viele Bekannte, die Iren hielten zusammen, und auch die Jocks waren so etwas wie Verbündete. Aber die anderen scherten ihn nicht.

Nichts scherte ihn.

Manchmal konnte er nicht glauben, was aus ihm geworden war. War er nicht einmal ein normaler, hart arbeitender Mann gewesen, der Musik liebte, gutes Essen, der alles für seine Familie getan hätte und etwas auf sich und seinen Ruf hielt? Von diesem Menschen war nichts mehr übrig, nicht einmal äußerlich, dafür hatten die vielen Tätowierungen gesorgt, die er sich im Laufe der Jahre in den Kneipen hatte stechen lassen.

Zumindest war er bisher weitestgehend ehrlich geblieben. Klar, ein bisschen Schmuggel, ein paar kleine Diebstähle hier und da, wer machte das nicht, im Hafen wurde man dazu geradezu genötigt, so sehr boten sich die Gelegenheiten an. Aber das konnte man kaum als kriminelle Machenschaften bezeichnen.

Jo hingegen war tief drin, war von dem Schweinehund, den er seinen Boss nannte, komplett abhängig, hatte keine Chance auszusteigen. Dafür wusste er zu viel. Der Dreckskerl beutete ihn aus, seit er ein kleiner Junge war, hatte ihn sich als rechte Hand rangezogen. Jo musste seine schwarzen Geschäfte erledigen, bekam dafür gerade so viel, dass er seiner Familie ein normales Leben bieten konnte. Und wenn was schiefging, musste Jo den Kopf hinhalten, und der edle Herr mit seinen lächerlichen Klamotten und seinem scheiß goldenen Bart war fein raus. Charles hatte sich schon öfter ausgemalt, wie es wäre, ihm die gelbe Mähne mit einem Messer vom Gesicht zu schaben und sein überhebliches Lächeln gleich mit dazu. Es gab kein Entkommen für Jo, nicht solange er noch eine Familie hatte, die er in Gefahr brachte.

Nein, er war froh, dass er damit nichts zu tun hatte. Er kam klar, zumindest an der Oberfläche. Wenn man nicht wählerisch war, steckte diese Stadt voller Möglichkeiten. Himmel, was hatte er nicht schon alles für Jobs gehabt. Während er darüber nachsann, schnitt er mit einem Messer ein Seil durch, das einen riesigen, mannshohen Stapel Tierfelle zusammenhielt. Er packte die zwei obersten Häute, zog sie herunter und warf sie auf das Gitter vor ihm. Zusammen wogen sie gut und gerne 150 Pfund. Der Gestank der neuen Felle war besonders stark, kurz musste er die Luft anhalten und den Würgereiz unterdrücken. Aber nach einer Weile gewöhnte sich die Nase daran.

Im Moment arbeitete er als Pansenklopper. Dafür musste er Felle und Häute von dem Salz befreien, mit dem diese für den langen Transport auf See eingerieben waren. Das half gegen Druckstellen, Feuchtigkeit und vor allem gegen Fäule. An Land wurde das Salz nicht mehr benötigt. Sie warfen die Felle auf einen Rost und klopften und schlugen das Salz ab. Dafür gab es Schietgeld, weil sie nach der Arbeit stanken wie eine Jauchegrube. Immerhin, 15 Prozent Schmutzzulage. Trotzdem mochte er den Job nicht. Er war nicht anstrengend genug, und während er umschlug und klopfte, hatten seine Gedanken zu viel Zeit zu wandern. Manchmal dachte er über die Tiere nach, deren Haut er gerade bearbeitete. Oft war zu wenig Salz aufgetragen, und die Fäulnis hatte doch einen Weg gefunden. Dann drehte sich einem beim Öffnen der Bündel der Magen um. So manch einer hatte schon über den Rost gekotzt. Er konnte es immer halten, sein Magen war aus Stein. Nur die Fische neulich im Schlitzaugenrestaurant, das war selbst für ihn zu viel gewesen.

Am liebsten war er Schauermann gewesen. Es war doch beinahe ironisch, die härteste, verhassteste Arbeit, und er hatte nicht genug davon kriegen können. Wenn er abends schwarz von oben bis unten und vollkommen erschöpft in die nächste Kaffeeklappe torkelte, um dort zu essen, fühlte er sich taub. Das war es, was er wollte. Bis zu 200 Tonnen Kohle bewegten sie in einem Arbeitsgang. Deswegen wurden auch nur die Jüngsten und Stärksten für den Job ausgesucht. Als er neu in die Stadt gekommen war, hatte er noch als Jumper in einem Bunkergang angefangen. Das waren die härtesten Zeiten gewesen. Wenn die Kohlen in den Schuten nicht sehr tief lagen, sechs bis acht Meter etwa, wurden sie hochgesprungen. Vier Männer gleichzeitig sprangen von einem Podest aus auf eine Planke an einem Seilzug. Durch ihr Gewicht beförderten sie einen Korb mit Kohle in die Höhe. Oben fing ihn der Korbmann auf und schüttete die Kohle in den Bunker.

Die Arbeit hatte ihn regelrecht aufgefressen. Manchmal hatte er irgendwo sein Spiegelbild erhascht und war selbst erschrocken gewesen über seine hohlen Wangen, die dunklen Schatten unter seinen Augen. Aber die kleine Crew hatte ihm gefallen, sie waren aufeinander eingespielt, konnten sich auf die anderen verlassen. Das mussten sie auch, bei dieser Arbeit passierten leicht Unfälle. Für die Pausen hatten sie immer ein Fass obergäriges Braunbier auf der Schute dabei gehabt, sodass die Stunden vom Mittag bis zum Abend leichter von der Hand gingen, weil man vom Bier neue Kräfte bekam, und die vom Morgen bis zum Mittag, weil man sich auf das Bier freute. Aber dann waren die Männer von Patentjumpmaschinen ersetzt worden, die den Hub für sie erledigten und den Korb in die Höhe feuerten. Ihm sollte es recht sein. Es war egal, was seine Hände taten, wenn nur sein Kopf abgelenkt war.

Am Gitter neben ihm stand Fiete, ein kleiner Mann mit krummem Rücken. Fiete arbeitete meistens als *Ketelklopper* – Kesselklopfer – und hatte sich damit seine Gesundheit und seine Knochen ruiniert. Sogar aus zwei Metern Entfernung hörte Charlie seinen rasselnden Atem. Das Ein- und Ausladen der Ware auf den Schiffen musste immer so schnell gehen, dass die Reiniger meist nicht warten duften, bis die Dampfkessel genügend abgekühlt waren. Sobald es ging, krochen sie in den winzigen dunklen Schacht, wo sie steinharte, verkrustete Beläge von den Wänden und Rohren abklopfen mussten. Die Luft dadrin kam einem Fegefeuer gleich. Abends krochen sie heraus, schwarz wie Kohle, die Rücken krumm, die Lunge voller Rauch, am ganzen Körper von Schmiere bedeckt. Und das für drei Mark am Tag. Charlie schauderte, wenn er nur daran dachte. Enge Räume und tiefes dunkles Wasser waren das Einzige, wovor er wirklich Angst hatte. Zum Glück war er wegen seiner Größe für diese Arbeit sowieso nie in Frage gekommen.

J o ließ den Blick durch die Halle schweifen. Es stank zum Gotterbarmen. Sein Magen reagierte instinktiv darauf, aber sein Gehirn, seit Jahren daran gewöhnt, signalisierte schnell, dass keine Gefahr drohte. Sie hatten diese Woche große Ladungen mit Fellen bekommen, und die sorgten dafür, dass alles roch wie eine Jauchegrube. Charles hatte Beschäftigung als Klopper gefunden, Jo sah ihn weit hinten in der Halle mit seinem Rechen hantieren. Er wollte auf ein Pausenbier in der Klappe bei ihm vorbeischauen, aber als er sah, dass sein Kumpel noch beschäftigt war, hielt er beim Bürokasten des Vorarbeiters, um schnell ein paar Worte zu wechseln.

Wenn er daran dachte, was für Arbeiten sein bester Freund manchmal verrichten musste, schämte Jo sich. Aber die Jobs für Tagelöhner waren nun mal meistens die schmutzigsten und am wenigsten begehrten. Charles weigerte sich mit der Beharrlichkeit eines Maultiers, seine Hilfe anzunehmen. Genau wie die meisten Männer hier war er ein feiner Kerl, der hart arbeitete und dafür kaum etwas bekam. Die Arbeit im Hafen war hart, schmutzig und für die meisten Berufsgruppen die reine Ausbeutung. Es gab so gut wie keine Absicherung für die Männer, und wenn man es genau nahm, wurden sie schlechter behandelt als Tiere, die immerhin Wasser und Futter bekamen – was man von den Arbeitern nicht sagen konnte. Die Tagelöhner hatten nur Arbeit, solange ein Schiff da war, das gelöscht oder beladen werden musste. Sie hatten keine Arbeitgeber, die sich um sie kümmerten oder für sie verantwortlich waren. Zum Glück gab es mittlerweile genügend Kaffeeklappen, in denen sie wenigstens während der Pausen etwas zu essen kaufen konnten. Tatsächlich war die Reederei von Karsten eine der wenigen, die sogar eine Kantine besaß. Außerdem durften die Männer sich für die Pausen in den Zwischendecks aufhalten. Soweit er wusste, war das nur in zwei der großen Reedereien gestattet. In den meisten gab es nicht einmal Waschwasser. Auch Oolkert sah nicht ein, für bessere Hygieneverhältnisse in den Kaischuppen zu sorgen und dafür unnötig Geld auszugeben. Auf den Liegeplätzen gab es nirgends im Hafen sanitäre Anlagen, nichts, wo die Männer sich nach der Arbeit waschen konnten, oft nicht einmal einen Austritt. Deswegen fielen sie abends stinkend und schmutzig in die Stadt ein. Aber wen kümmerte schon, ob man stank, wenn es allen um einen herum genauso ging.

Die Felle, an denen Charles gerade arbeitete, waren gegerbt und mit giftigen Substanzen behandelt, aber die Klopper hatten keine Möglichkeit, sich während der Arbeit die Hände zu waschen. Auch hantierten viele mit giftigen Farben oder Erzen. Mit denselben Fingern, mit denen sie auch die Felle oder Substanzen anfassten, aßen sie zu Mittag ihre Brote. Auch Trinkwasser gab es keines, die Männer griffen, wenn sie denn Durst hatten, heimlich zu Bier, was eigentlich verboten war, oder sie nahmen das Wasser aus den Tanks der Schiffe. Oft war es schon um die halbe Welt gereist und wimmelte nur so von Ungeziefer, toten Ratten und stinkendem Algenbewuchs. Er selbst war schon zweimal krank geworden, nachdem er als junger Arbeiter von solchem Tankwasser getrunken hatte. Nach je einer Woche auf dem Abort hatte er es nicht mehr angerührt und selber, wie die meisten hier, heimlich Bier von den fliegenden Krögen gekauft. Das waren die Zwischenhändler, die mit kleinen Boten im Hafen umherschipperten und illegal Essen und Getränke für die Pausen an die Arbeiter verkauften. Ihre Arbeit war verboten, der Kauf der Waren jedoch nicht, und so drückte er, wann immer er jemanden sah, der etwas abnahm, ein Auge zu. Er wusste, wie man sich fühlte, wenn es oben und unten gleichzeitig aus einem rauskam, und vertrat persönlich die Ansicht, dass ein wenig Bier im Blut die Arbeit oft schneller voranbrachte.

Wieder sah er Charles' rote Haare in der Entfernung aufblitzen. Er seufzte tief. Warum war der Esel nur so stur? Jo hatte Einfluss, er konnte etwas für ihn tun. Aber Charles ließ ihn nicht. Charles wollte die harten Jobs, die Jobs ohne Verantwortung, die er morgens antrat und abends wieder vergessen konnte. So einen konnte Jo ihm meistens noch beschaffen, aber sogar für ihn war es nicht immer leicht, Charles zu vermitteln. Sein Freund hatte Erfahrungen, hatte schon etliche Jobs gemacht, konnte an alle

Vertriebe und technischen Geräte vermittelt werden. Aber es gab keine Nachweise, keine Papiere, auf denen stand, was man konnte oder nicht. Der Ruf war alles, was die meisten von ihnen hatten. Und Charles' Ruf war nicht der beste.

Genau als er das dachte, entflammte weiter hinten in der Halle ein lauter Tumult. Er hörte Männer brüllen und sah, wie einige der Arbeiter losstürmten, um die beiden Streithähne, die offensichtlich gerade eine Keilerei angefangen hatten, auseinanderzuziehen. Er hatte sich schon wieder abgewandt, es gab genug Helfer, die eingreifen würden, da sah er einen riesenhaften rothaarigen Mann aus dem Knäuel auftauchen.

«Charles, verdammt!», knurrte er, dann rannte er los.

He, Paddy!» Die Stimme riss ihn aus seinen Gedanken. Charlie spürte den Impuls herumzufahren, aber er wusste, dass Roy genau darauf wartete. Er nannte ihn niemals beim Namen, sondern benutzte immer einen der unerschöpflichen, abwertenden Ausdrücke für Iren, die er auf Lager hatte.

Roy hatte ihn von der ersten Sekunde an nicht leiden können. Vielleicht waren es Charlies rote Haare oder sein unverkennbarer Akzent, er wusste es nicht, und es war ihm auch egal. Die meisten hier brauchten keinen Grund, um einen Iren nicht zu mögen. Immer wenn sie sich über den Weg liefen, hagelte es Beleidigungen und Drohungen von beiden Seiten, denn er stand dem Schwein natürlich in nichts nach – wenn man ihn provozierte, wehrte er sich nun mal.

«Hör einfach nicht hin, das ist es nicht wert!», zischte Fiete neben ihm.

Charlie sah ihn erstaunt an. Roy war beliebt, er hatte viele Freunde unter den Arbeitern, und Charlie konnten die wenigsten leiden. Auch der kleine Mann mit der Halbglatze hatte nie viel mit ihm geredet, aber nun warf er ihm ein halbes Lächeln zu. «Er hat 'ne irische Großmutter, hab ich munkeln hören. Wahrscheinlich ist es ihm peinlich, und er geht dich deshalb so an. Hast ihn ordentlich zugerichtet, hab ich gehört!»

Charlie musste grinsen. Vor zwei Wochen waren sie richtig aneinandergeraten. Roy hatte ihn an einem schlechten Tag erwischt, hatte ihn zum falschen Zeitpunkt *bog rat* genannt, eines der abwertendsten Schimpfwörter, mit denen man seine Landsmänner bezeichnen konnte, und er war ausgerastet. Hatte ihm so richtig das Maul poliert. Seine Kollegen hatten sie sofort mit Tritten und Fausthieben auseinandergetrieben. Trotzdem konnte Roy am nächsten Tag nicht arbeiten, weil er nichts mehr sah. Beide Augen waren zugeschwollen, zumindest erzählten sie das abends in der Klappe.

Eigentlich arbeitete Roy als Lascher, sorgte für die Ladensicherung in den Luken und an Deck, und sie liefen sich nicht oft über den Weg. Dass er heute hier auftauchte, musste einen Grund haben. Wahrscheinlich wollte er die Schmach, von ihm verprügelt worden zu sein, nicht auf sich sitzenlassen. Aber hier, am helllichten Tag, mitten auf der Arbeit? Das überraschte ihn ein wenig. Charlie hatte eher damit gerechnet, dass Roy ihm abends irgendwo auflauern würde.

«Und ob ich den zugerichtet hab!», sagte er und warf ein neues Fell aufs Gitter. «Wundert mich, dass er überhaupt noch das Maul aufmachen kann!»

Fiete nickte. «Sei lieber vorsichtig. Er ist gar nicht gut auf dich zu sprechen. Bin sicher, er plant was.»

Charles hob den Blick und begegnete Roys Augen. Der Mann stand ein wenig entfernt an einen Pfeiler gelehnt und starrte ihn an. In seinem Blick brannte der Hass. Er war groß, breitschultrig, gestählt durch die jahrelange Arbeit im Hafen. Aber Charlie machte sich keine Sorgen. Er überragte den Mann um gut einen halben Kopf, und wenn er wütend genug war, konnte er es ohnehin mit jedem aufnehmen.

Er schüttelte den Kopf. «Ich hab keine Angst vor Roy und seinen kleinen Kumpanen», sagte er.

«Solltest du aber!», sagte Fiete und ging davon, um einen neuen Wagen mit Fellen zu holen.

Charles hielt den Blick starr auf das Gitter gerichtet, aber er konnte direkt fühlen, wie Roys Blick sich in ihn hineinbohrte. Sein Nacken kribbelte. Er wartete geschlagene fünf Minuten, aber schließlich wurde es Charlie zu bunt. Er schleuderte den Rechen zur Seite. «Was starrst du mich so an? Neulich nicht genug gekriegt? Oder willst du, dass ich deiner Großmama Grüße ausrichte? Ich sag dir was, wenn ich das nächste Mal in der Heimat bin, geb ich ihr 'nen Kuss von dir!»

Roy erstarrte, er wurde weiß wie Kalk, seine Kiefer krampften sich zusammen. Dann schoss er ohne Vorwarnung auf Charlie zu, den Kopf wie einen Rammbock gesenkt. Charlie konnte gerade noch ausweichen. Schnell packte er Roy bei den Haaren und stieß seinen Kopf gegen den Karren. Aber Roy krallte sich in sein Hemd und versuchte, ihn in den Schwitzkasten zu nehmen! Charles trat nach ihm und erwischte sein Schienbein. Roy gab einen gequälten Laut von sich und packte Charlies Ohr. Er riss so fest daran, dass Charlie schmerzvoll grunzte.

«He, sofort aufhören!» Brenner, ihr Aufseher, kam auf sie zugeschossen, und auch einige der anderen Arbeiter mischten sich ein, packten, was sie fassen konnten, und zogen sie grob auseinander. Roys Nase blutete, und Charlies Ohr brannte so sehr, dass er nachfühlte, um festzustellen, ob er überhaupt noch eines hatte.

«Ihr verdammten Idioten. Auseinander, ihr Säcke! Wer sich schlägt, fliegt!», rief Brenner und spuckte wütend seine Zigarette auf den Boden. «Quinn, das ist schon deine zweite Verwarnung!»

Charlie rieb sich das pulsierende Ohr. Es war noch dran, aber seine Hand war voller Blut. «Mistsau», knurrte er.

«He!» Brenner trat einen Schritt auf ihn zu. «Noch ein Wort, und du kannst deinen Tagessatz vergessen, Junge!»

Ihn Junge zu nennen, fand Charlie doch ein starkes Stück. Brenner reichte ihm gerade bis zur Brust und war noch dazu kaum älter als er. Gerade wollte er ihm sagen, wo er sich seinen Tagessatz hinstecken konnte, da legte sich eine Hand auf seine Schulter.

«Jetzt mal ganz langsam!»

Als er ankam, hatten die Männer die beiden schon auseinandergetrieben. Jo erfasste die Lage mit einem Blick. Natürlich war es Roy, wer sonst, der Idiot suchte Stunk, wo er nur konnte, und besonders jetzt, da Charlie ihn neulich so richtig fertiggemacht hatte. Brenner brüllte gerade auf Charlie ein, als Jo mit ruhiger Stimme dazwischenging. «Was ist hier los?»

Brenner schüttelte den Kopf. «Gut, dass du da bist. Sag deinem Freund, dass ich die Geduld verliere.»

«Du verlierst bald noch was ganz anderes …», knurrte Charlie hinter ihm, aber Jo fuhr herum und funkelte ihn wütend an.

«Tut mir leid, Brenner, aber Roy hat ihn herausgefordert!», sagte er dann.

«Ach ja, und woher willst du das wissen?», fragte Brenner.

«Kann ich dir genau sagen, weil Roy hier nicht arbeitet und hier nichts verloren hat. Die beiden sind neulich Abend aneinandergeraten, seitdem hat er es auf Charlie abgesehen.»

«Halt doch's Maul, du …», setzte Roy an, aber Brenner fuhr dazwischen. «Wenn du hier nicht arbeitest, was machst du dann hier?», zischte er.

Roy grinste und spuckte ein wenig Blut. «Wollte 'nen alten Kumpel besuchen!», sagte er.

Plötzlich mischte sich eine Stimme von der Seite ein. «Er hat ihn provoziert!» Ein kleiner Mann mit krummem Rücken baute sich vor Brenner auf. «Ich war dabei, Charles hat ganz normal gearbeitet, da hat er ihn beleidigt! Er hat sich nur verteidigt.»

Charles hob die Augenbrauen, er starrte den kleinen Mann verdattert an, hatte offensichtlich nicht damit gerechnet, dass er ihm beispringen würde. «Anständig von dir, Fiete, aber ich komm schon klar», sagte er dann leise.

«Kümmer dich um deinen eigenen Scheiß!» Drohend ging Roy einen Schritt auf Fiete zu, aber sowohl Charlie als auch Jo traten im selben Moment vor und versperrten ihm den Weg.

«Jetzt reicht's mir aber. Du, verschwinde aus meiner Halle! Ich will dich hier nicht mehr sehen, verstanden?», brüllte Brenner, und Roy drehte sich mit einem vernichtenden Blick auf Charlie um und ging. «Und du, Quinn …»

Jo hob die Hand. «Lass gut sein. Hör mal, Brenner, ich nehm ihn jetzt mit zu Mittag, und dann hat sich die Sache, würd ich sagen. Und heute Abend spendiert Charles dir ein Helles, was?»

Brenner sah ihn einen Moment mit schmalen Augen an, dann nickte er. «Schön, dann verschwindet», brummte er. «Quinn, mach dich wenigstens sauber, du siehst aus wie ein Spanferkel!»

Charlies Hemd war tatsächlich vollkommen mit Blut besudelt. «Hat mir fast das Ohr abgerissen, das Schwein!», brummte er, aber er ließ sich von Jo mitziehen.

Zusammen setzten sie sich bald darauf an einen Tisch in der Ecke der nächsten Klappe. Es duftete nach Kohlrouladen. «Ich hol mal 'ne Runde. Ist dein Ohr noch dran, oder soll ich Angela fragen, ob sie Nadel und Faden hat?», fragte Jo und stand auf.

Charlie reagierte nicht darauf. «Wenn ich nicht wäre, würdest du drüben essen!», sagte er schlecht gelaunt und deutete mit den Augen zum Nebenraum. Auch vor dem Hafen machte die Zweiklassengesellschaft nicht halt. Für die Schuppenvorsteher, städtischen Beamten oder Kaufleute, die sich geschäftlich hierher verirrten, gab es einen separaten Raum mit gestärkten Tischdecken und kleinen Vasen auf dem Tisch. Dort wurde sogar Wein serviert, obwohl die Klappen sonst streng antialkoholisch waren. Sie waren unter anderem dafür eingerichtet worden, der Trunksucht Einhalt zu gebieten, die unter den einfachen Arbeitern wie eine Seuche grassierte.

«Du weißt genau, dass ich da nur esse, wenn ich muss!», sagte Jo irritiert und ging davon. Als er wiederkam, balancierte er zwei voll beladene Teller. In der Brusttasche hatte er ein feuchtes Tuch und außerdem einen Schluck Schnaps, den er Angela abgeluchst hatte. Charles saß mit finsterer Miene da und beobachtete das Dominospiel am Tisch nebenan.

«Jetzt zeig mal her.» Jo untersuchte kurz das verwundete Ohr, wischte das eingetrocknete Blut ab und verkündete dann: «Also, wenn du meine fachmännische Meinung hören willst: Du wirst davon nicht draufgehen. Aber vielleicht sollte sich das mal jemand anschauen.»

«Hat doch gerade jemand!», murrte Charlie und begann, sich die Kohlrouladen in den Rachen zu schaufeln.

Jo seufzte und setzte sich ihm gegenüber. Er sah ihn eine Weile an, aber als sein Freund nicht reagierte, sondern stur weiter auf seinen Teller starrte, begann auch er zu essen. «Was wollte Roy?», fragte er schließlich mit vollem Mund. Es schmeckte herrlich, aber er hatte keinen rechten Appetit. «Mann, Charles, mach's Maul auf, ich hab schon genug Scherereien, auch ohne deinen verstockten irischen Hintern!»

«Was weiß ich. Mich beleidigen, das wollte er!», brummte Charles achselzuckend. Dann hob er den Blick. «Was ist los? Ärger?»

Jo nickte und schaufelte sich eine halbe Roulade auf einmal in den Mund, gefolgt von einer Ladung Kohlstampf. «Wieder eine Übergabe geplatzt!», sagte er nur, und Charlie verzog das Gesicht.

Jo sah sich um, doch die Männer am Tisch nebenan waren in ihr Spiel vertieft. «Schon die dritte in letzter Zeit», flüsterte er.

Charlie zog schockiert die Augenbrauen hoch. «Das ist übel!», sagte er.

Jo spürte, wie ihm ein Schauer den Rücken hinunterlief. Charles hatte recht, es war nur eine Frage der Zeit, bis es zur Eskalation kam. Aber noch wussten sie nicht einmal, mit wem sie es eigentlich zu tun hatten. Sie hatten nur gemerkt, dass ihnen Kunden abhandenkamen, Übergaben platzten, die Preise anzogen, und dann hatte Oolkert entdeckt, dass er nicht mehr der Einzige war, der die blauen Rauchfäden in Hamburg in der Hand hielt. Noch war es keine ernstzunehmende Gefahr. Aber dennoch … Ganz gegen seine Gewohnheiten hatte Oolkert noch nichts unternommen, sondern einfach abgewartet und die Sache beobachtet. Es war auch nur eine Frage der Zeit gewesen, es gab immer jemanden, der mitmischen wollte. Jo hoffte nur, dass er nicht am Ende wieder als Sündenbock dastehen würde.

«Halt dich einfach von Roy und seinen Leuten fern, in Ordnung?», sagte er jetzt, um das Thema zu wechseln, aber Charles schüttelte den Kopf.

«Warum sollte ich? Wenn er Ärger will, den kann er haben. Soll Brenner mich rauswerfen, dann mach ich morgen eben einen anderen Job. Der Vorteil der Tagelöhner! Ich hab dir immer gesagt, ich tauge für nichts anderes!»

Jo sah ihn kopfschüttelnd an. «Du versuchst ja nicht einmal, aus deinem Leben etwas zu machen!», sagte er ärgerlich. «Nicht mal ich kann dich bald mehr vermitteln, Charles.»

«Du hast leicht reden. Wenn du nicht deine Brüder und deine Mutter hättest, was meinst du wohl, wo du heute wärst, Jo?» Charles schnaubte verächtlich. «Ist schwer, wenn man nichts hat, für das es sich zu arbeiten lohnt. Oder zu leben.»

Jo stöhnte leise auf. Sie hatten dieselbe fruchtlose Diskussion schon hundertmal geführt, drehten sich immer wieder im Kreis.

«Das kann ich nicht wissen, denn wenn mein Vater nicht gestorben wäre, hätte mein Leben anders ausgesehen», erwiderte er.

«Du weißt doch gar nicht, was das heißt!», brummte Charles, und Jo ließ seine Gabel fallen. Er hatte genug.

«Lass deine fiese Laune an jemand anderem aus!» Sein Teller war noch nicht leer gegessen, aber er hatte keinen Hunger mehr. «Ehrlich, Charles, was ist los mit dir in letzter Zeit? Du bist immer schweigsamer, immer aggressiver, immer schlechter gelaunt!»

«Dann hau doch ab, wenn es dir in meiner Gesellschaft nicht passt!», rief Charlie erzürnt, und Jo nickte.

«Melde dich, wenn du wieder normal bist!», sagte er und stand auf.

Charlie antwortete nicht, sondern aß stumm weiter. Jo blieb noch einen Augenblick neben dem Tisch stehen, aber als sein Freund nicht reagierte, ging er davon.

Charles schaufelte stumm weiter das Essen in sich hinein. «Was glotzt ihr so?», schnauzte er die Männer am Nachbartisch an, die sich alle umgedreht und dem kurzen Streit gelauscht hatten. Schnell beeilten sie sich, mit ihrem Spiel weiterzumachen. Er kratzte seinen Teller leer, ohne etwas zu schmecken, und zog dann Jos heran, um auch dessen Resten den Garaus zu machen. Doch schon nach dem ersten Bissen legte er die Gabel wieder hin. Stöhnend rieb er sich mit beiden Händen über das Gesicht. Sein Ohr pulsierte und sendete schmerzhafte Strahlen in seinen Schädel und den Rücken hinunter. Jetzt hatte er Jo nicht mal mehr sagen können, dass er der kleinen Rothaarigen die Nachricht überbracht hatte. Jo hatte recht, er war nicht der Alte in letzter Zeit. Sein Freund hatte feine Antennen, er merkte immer, wenn etwas nicht mit ihm stimmte. Charles hatte ihm auch noch nie zuvor etwas verheimlicht. Aber in letzter Zeit war er eigene Wege gegangen, Wege, auf denen er Jo lieber nicht begegnen wollte. Er hatte keine Kraft, dagegen anzukämpfen. Alles, was er jetzt wollte, war, in süßer Umnachtung zu versinken. Er schob den Teller weg und stand auf. Brenner sollte ihn am Arsch lecken, er würde heute keine stinkenden Felle mehr kloppen.

7

Lily betrat den Pausenraum und sah sich um. Emma saß alleine am Fenster und blickte in den Hof. Die anderen Frauen standen in kleinen Grüppchen beisammen, lachten und redeten. Sie setzte sich zu Berta, die gerade mit Anna-Maria und ein paar anderen Tee trank. «Emma, komm doch zu uns!», rief sie fröhlich und winkte. Zögernd stand Emma auf. Als sie herantrat, erstarben die Gespräche in der Gruppe, die eben noch fröhlich dahingeflossen waren. Die Frauen blickten zu Boden oder in ihre Tassen.

Lily zog Emma einen Stuhl heran. «Ich verstehe ihn nicht, was ist nur mit Herrn Kleinlein los?», sagte sie und versuchte, das Unbehagen der anderen zu ignorieren. Der Lehrer hatte Emma heute erneut bloßgestellt.

Emma winkte ab. «Ich verstehe das sehr gut. Nichts anderes habe ich erwartet. Er fühlt sich angegriffen, weil ich studiert habe. Das tun sie alle!»

«Sie?», fragte Lily erstaunt.

«Die Männer.»

Die anderen Frauen scharrten nervös mit den Füßen, warfen sich Blicke zu, die Lily nicht so recht deuten konnte.

«Nun, es ist auch sehr ungewöhnlich, nicht wahr?», sagte Berta mit seltsamem Tonfall. «Um nicht zu sagen unangemessen!»

Emmas Lippen zuckten.

«Das muss in der Schweiz wohl ganz anders sein, oder?», fragte Lily schnell.

«Ach, mach dir keine falschen Vorstellungen. In der Schweiz dürfen wir zwar schon lange studieren, aber in der Gesellschaft hat sich noch nicht viel verändert. Anerkannt werden wir auch dort noch lange nicht», erwiderte Emma ruhig.

«Ach nein?», fragte Lily nur und kam sich schrecklich dumm vor.

«Nein. Die meisten Männer sind dort genau wie Herr Kleinlein oder noch schlimmer!»

«Sie werden schon wissen, warum sie das Ganze nicht gutheißen!», mischte Anna-Maria sich ein. «Frauen sollten nicht studieren, es hat schon seinen Grund, dass ihnen das verboten ist.» Die anderen nickten bekräftigend. Emma sah Anna-Maria nachdenklich an. Doch gerade, als sie zu einer Antwort ansetzen wollte, stand Anna-Maria auf. «Oh, das ist ja Rita.» Sie winkte in Richtung Tür. «Huhu, Rita. Du wolltest mir doch deine neue Brosche zeigen!» Sie eilte davon.

«Oh, die will ich auch sehen!», verkündete Berta und stand ebenfalls auf. Die anderen folgten, Lily und Emma blieben alleine zurück. Unbehaglich sah Lily Emma an.

«Die Frauen sind nicht anders, wie du siehst», sagte die mit einem beinahe ärgerlichen Ausdruck im Gesicht. «Weißt du, was mein Problem ist?»

Lily schüttelte den Kopf.

«Ich bin zu hübsch!»

Als Lily sie erstaunt ansah, lächelte Emma. «Doch, es ist so. Glaube nicht, ich sei eitel. Aber ich bin nicht dumm. Wenn ich alt und hässlich wäre oder vielleicht auch jung, aber mit einer fetten Warze mitten im Gesicht, dann könnten sie es mir verzeihen. Aber wenn man jung ist, nicht hässlich und auch noch Ärztin, dann ist man so gut wie verloren. Die Männer nehmen mich nicht ernst. Für sie bin ich nur ein Püppchen mit zu vielen Ideen. Sie finden mich niedlich. Amüsant. Höchstens einmal irritierend.» Sie sah Lily direkt in die Augen, während sie sprach, ohne eine Spur von Scham oder Koketterie. «Glaube nicht, dass es im Ausland anders ist, nur weil sie die Gesetze geändert haben. In den Köpfen muss es sich ändern. Solange das nicht geschieht …» Sie brach kurz ab und verzog bekümmert den Mund. «Ich tue schon, was ich kann, damit sie mich ernst nehmen, ich ziehe mich immer tadellos an, man soll mir nichts vorwerfen können, verstehst du? Doch es ist hoffnungslos, sie sind nicht zu überzeugen. Deswegen habe ich sie aufgegeben. Die Männer, meine ich. Ich kämpfe nicht länger um einen Platz an ihrer Seite. Aber die Frauen …» Sie nahm einen Schluck Tee, machte eine kreisende Bewegung mit der Hand und sah nachdenklich zu, wie er in der Tasse tanzte. «Die Frauen, Lily, werde ich hoffentlich eines Tages davon überzeugen können, dass eine weibliche Ärztin genauso viel wert ist wie ein Arzt. Und für manche von ihnen sogar noch mehr. Weißt du, wie viele Damen sich zu sehr schämen, mit ihren privaten Problemen zu einem Mann zu gehen? Wie viel Leid oft mit einer einzigen Behandlung verhindert werden könnte?»

Lily sah Emma mit großen Augen an. Die Idee, dass eine Frau als Ärztin einem Mann gleichrangig sein könnte, schien ihr wie ein Märchen. Der Gedanke, dass dies einmal möglich sein sollte, war ihr noch nie gekommen. Ärzte waren Männer. Nachdenklich packte sie ihren Aprikosenkuchen und ihr *Rundstück warm* aus und legte eine bestickte Serviette über den Schoß.

Emma schien die Verwirrung in ihrem Gesicht lesen zu können, denn sie lachte. «Diese ganzen Regeln, Lily. Unsere Gesellschaft ist auf Regeln aufgebaut, die Männer erdacht haben, um uns klein zu halten. In unseren Köpfen sind sie wie gottgegeben, etwas, an dem wir nicht rütteln dürfen.»

Lily nickte langsam.

«Aber das ist nicht wahr!» Emmas Augen hatten jetzt zu glühen begonnen. «Ich weiß, dass es hier im Kaiserreich noch nicht geht, aber ich habe in England und der Schweiz brillante Kommilitoninnen kennengelernt. Noch trauen sich nur einige wenige Frauen, ihre Träume zu verwirklichen. Noch wird es ihnen überall unendlich schwergemacht, aber ich weiß ganz genau: Irgendwann wird der Tag kommen, an dem wir gleichberechtigt sind. An dem wir alle Berufe ausüben können, die die Männer ausüben! Allerdings werde ich das wahrscheinlich nicht mehr miterleben.» Traurig brach sie ab, der Funke, der eben noch in ihren Augen geleuchtet hatte, schien erloschen. «Es dauert einfach alles viel zu lange. Sie legen uns Steine in den Weg, wo auch immer sie können. Wenn wir versuchen, für unsere Rechte zu kämpfen, werden wir ausgelacht oder eingesperrt.»

«Aber … das ist wahnsinnig ungerecht!» Lily war selbst erstaunt, wie heftig sie auf Emmas Worte reagierte. Sie hatte noch nie über dieses Thema nachgedacht. Ihr wurde im selben Moment klar, dass sie das sehr beschämend fand und dass sie Emmas Worten voll zustimmte.

Emma lächelte. «Dir geht es doch sicher nicht anders, oder? Du bist hier, das heißt, du möchtest eigentlich auch arbeiten, hast aber wahrscheinlich keine andere Möglichkeit, als Lehrerin zu werden. Oder …?» Erschrocken brach sie ab und fasste sie am Arm. «Oder ist das dein Traum? Entschuldige bitte, es ist absolut nichts Verwerfliches am Lehrerinnenberuf, im Gegenteil, ich finde …»

«Nein!» Lily hatte sie aufgeregt unterbrochen. «Nein. Du hast recht … ich …» Sie suchte nach den richtigen Worten. Wie konnte sie Emma ihre Lage erklären, ohne sich vollkommen bloßzustellen? Bis vor fünf Minuten hatte sie sich absolut selig gefühlt, dass sie hier sein durfte. Lehrerin zu werden war die einzige Möglichkeit, die es für sie gab. Nur würde sie niemals in dem Beruf, den sie so mühevoll erlernte, arbeiten können. Und statt diese Tatsache in Frage zu stellen, hatte sie sich gefreut wie ein kleines Kind, dass sie vor der Ehe noch etwas anderes machen durfte. Weiter hatte sie nie gedacht.

«Ich möchte schreiben!», sagte sie. Und als die Worte ihren Mund verlassen hatten, war es plötzlich, als wäre in ihr ein Damm gebrochen. So viele Gefühle überfluteten sie, dass sie für einen Moment nicht weitersprechen konnte. «Ich möchte Bücher schreiben oder Artikel für eine Zeitung. Das wollte ich schon immer. Ich schreibe jeden Tag. Aber …»

«Aber wie sollst du das tun, wenn es für Schriftstellerinnen keine Aussichten gibt? Wenn sie gesellschaftlich nicht akzeptiert werden?», fiel Emma ihr aufgeregt ins Wort, und Lily nickte mit glühenden Wangen.

«Ich bin verlobt!», sagte sie schließlich und schlug die Augen nieder. «Ich werde auch nie als Lehrerin arbeiten können. Ich mache das nur, um …»

«Um überhaupt etwas zu machen?», fragte Emma leise, und Lily nickte wieder.

Plötzlich schüttelte Emma mit harter Miene den Kopf, dann zischte sie: «Dieses Lehrerinnenzölibat ist eine Schande, ich sage es schon immer. Eine Schande! Kannst du glauben, dass sogar der ADLV es unterstützt?»

Lily starrte sie mit großen Augen an. Schnell trank sie einen Schluck Tee und hoffte, dass Emma einfach weitersprechen würde. Aber die sah sie erwartungsvoll an. Schließlich setzte Lily beschämt ihre Tasse ab. «Der ADLV?», fragte sie kleinlaut und fühlte sich so dumm wie noch nie in ihrem Leben. Emma lächelte kurz, aber in ihrer Stimme schwang keine Überheblichkeit, als sie erklärte: «Die Standesvertretung der Lehrerinnen! Ich kann es einfach nicht verstehen. Solange wir nur dann arbeiten dürfen, wenn wir unverheiratet sind, stehen wir in der Gesellschaft immer im Abseits. Es gibt so vieles, was ledige Frauen nicht dürfen. Und so vieles, was wir zwar dürfen, aber wenn wir es tun, gelten wir als liederlich und werden schief angeschaut. Nicht einmal alleine ins Theater oder in die Badeanstalt kann ich gehen, ohne mir Vorhaltungen anzuhören. Ich frage dich, ist es vielleicht gerecht, dass du aufhören musst zu arbeiten, wenn du eine Ehe eingehst? Bin ich denn weniger wert, wenn ich heirate und gleichzeitig arbeite?»

«Nein, natürlich nicht!», sagte Lily erschrocken. So hatte sie das Ganze noch nie betrachtet. Einen Moment sahen die Frauen sich in die Augen, und Lily hatte das Gefühl, dass Emma sie wie niemand sonst auf der Welt verstand. Dabei hatte sie bis vor zwei Minuten gar nicht gewusst, dass sie sich unverstanden fühlte. Plötzlich sprudelten so viele neue Gedanken durch ihren Kopf, dass sie kaum mitkam. Sie wollte arbeiten! Wozu die Mühe, die vielen Unterrichtsstunden, die Klausuren, das Lernen, wenn sie dann doch nur daheim im Salon saß und Kinder bekam? Wenn Henry über sein Studium sprach, war er immer voll glühender Leidenschaft. Aber wenn sie weiter nachfragte, tat er meist so, als könne sie die Details nicht verstehen oder als würde er sie langweilen. Sie hatte das zwar immer ein wenig irritierend gefunden, es aber fraglos akzeptiert. Dass Frauen für ein Studium genauso geeignet sein sollten, war ein neuer Gedanke, dem sie noch nicht so richtig traute. Andererseits … Wenn sie Emma so ansah, die mit funkelnden Augen vor ihr saß, dann dachte sie: Diese Frau kann mit Sicherheit alles, was sie sich vornimmt. Und sie hat es ja bereits bewiesen. Sie hat studiert! Und nun darf sie nicht arbeiten.

Nachdenklich blickte sie auf das Brot in ihrer Hand. Sie hatte immer geglaubt, in einem gerechten Staat zu leben. So zumindest klang es, wenn ihr Vater und Franz beim Essen über die Politik des Kaiserreichs sprachen. Manchmal beschwerten sie sich, aber im Großen und Ganzen waren sie zufrieden, was sicherlich auch mit dem Erfolg der Reederei zu tun hatte. Lily hatte nicht gewusst, dass es solche Ungerechtigkeiten im System gab. Nein, das stimmte nicht. Sie hatte es gewusst. Es hatte sie nur bisher schlicht nicht gekümmert.

Plötzlich lehnte Emma sich vor und flüsterte: «Lily. Wir haben eine *Gruppe* … du weißt schon …» Sie sah sich vorsichtig um, als habe sie Angst, dass jemand ihre Worte belauschen könne. «Wir treffen uns einmal in der Woche und reden, schmieden Pläne. Eine Art Salon.» Sie lächelte vielsagend, und wieder hatte Lily das Gefühl, dass sie gerade etwas nicht so ganz verstand. «Wenn du magst, nehme ich dich nächstes Mal mit!»

«Oh. Gerne!», antwortete Lily. Sie wusste nicht so genau, was Emma meinte. Wahrscheinlich eine Gruppe von Frauen, die auch nicht arbeiten durften und sich darüber austauschten. Es war ihr eigentlich auch egal. Sie fand Emma faszinierend und wollte sie unbedingt näher kennenlernen.

D ie Hufe der Pferde klapperten über das Kopfsteinpflaster der Esplanade, und die bunten Ladenzeilen flogen an ihnen vorbei. Sylta hatte einen angenehmen Vormittag in der Stadt verbracht, Stoff für ein neues Kleid für sich sowie einen neuen Anzug für Michel erstanden und war eine Weile mit Frau Woermann über den Jungfernstieg flaniert. Die Woermanns hatten vor drei Jahren als erstes Handelshaus in einer deutschen Kolonie eine Kakaoplantage in Kamerun errichtet, und soeben war Herr Woermann von einer Inspektionsreise heimgekommen. Sylta hatte seit Tagen darauf gebrannt, Details aus dieser unbekannten Welt zu erfahren, aber Frau Woermann hatte sich vor allem beklagt. Ihr Mann sei als halber Wilder aus Afrika zurückgekehrt, mit seltsamen Beschwerden in seinen Eingeweiden und fauler Laune, die er auf die ganze Familie übertrug. Von Kamerun selbst hatte sie wenig gewusst. Sie behauptete nur, dass die «Schwarzlinge», wie sie sie nannte, aufsässig und arbeitsunwillig seien und ihrem Mann und seinen Vorarbeitern das Leben schwergemacht hätten.

Eigentlich hatten die beiden Frauen, dem Anlass entsprechend, zusammen eine heiße Schokolade trinken wollen. Doch Frau Woermann hatte gesagt, ihr sei der Appetit auf Kakao gründlich vergangen, und so hatten sie sich zu English Tea mit Scones und Clotted Cream niedergelassen.

Nun war Sylta in gelöster Stimmung. Ein Tag in der Stadt tat ihr immer gut, auch wenn Frau Woermanns Lamentieren sie irgendwann gestört hatte. Sie konnte sich zwar stundenlang über ihre Familie auslassen, erkundigte sich aber kein einziges Mal nach den Karstens oder nach Syltas eigenem Befinden. Aber sie kannte das bereits und ließ sich davon nicht die Laune verderben. Doch als sie jetzt das ernste Gesicht ihrer Tochter betrachtete, die sie eben vom Seminar abgeholt hatte, sorgte sie sich plötzlich. Lily schien ein wenig blass um die Nase und hatte den Kopf gegen das Fenster gelehnt.

«Lily-Schatz, ist alles in Ordnung? Du wirkst unpässlich, die Schule ist doch nicht zu anstrengend für dich?»

Lily sah überrascht auf, es wirkte, als habe sie sie aus tiefen Gedanken gerissen. Mit einem Lächeln schüttelte sie den Kopf. «Überhaupt nicht, wir haben heute kaum etwas gemacht, nur ein wenig Pädagogik, Französisch und Handarbeit. Mir geht es gut. Ich denke nur nach.»

Sylta hatte das Gefühl, dass sie noch weiter nachfragen sollte, aber sie schwieg und lehnte sich wieder in ihrem Sitz zurück. Nie würde sie sich an das Geruckel der Kutschen gewöhnen. Seit ihrer letzten Geburt hatte sie Schmerzen im Becken, die mit den Jahren nur stärker zu werden schienen. Außerdem hatte sie während ihrer Unpässlichkeit immer schreckliche Beschwerden, die ebenfalls von Monat zu Monat schlimmer wurden. Sie spürte jeden Stein, über den sie fuhren, als kleinen, scharfen Schmerz im Unterleib. Natürlich hätte sie sich niemals darüber beschwert oder es gar laut ausgesprochen, aber sie war froh um den Griff am Fenster, an dem sie sich ein wenig hochziehen konnte, sodass nicht ihr ganzes Gewicht auf die empfindliche Stelle drückte.

Plötzlich sagte Lily: «Mama, hast du gewusst, dass Frauen in England und in der Schweiz studieren dürfen? Sie können dort sogar Ärztinnen werden. Findest du es nicht auch ungerecht, dass das hier nicht geht?»

Sylta sah erschrocken auf. «Über solche Themen redet ihr in der Schule?», fragte sie und entfaltete ihren Fächer. In der Kutsche stand die Luft, und sie wollte das Fenster nicht herunterlassen, weil sonst ihre Kleider nach Pferd riechen würden.

«Mama, es heißt nicht Schule! Ich bin am Seminar! Und, ja! Also eigentlich, nein. Nicht im Unterricht. Stell dir vor, ich könnte mit Henry zusammen auf die Universität gehen!» Während sie sprach, blickte Lily verträumt aus dem Fenster. Sie merkte nicht, wie alarmiert Sylta sie musterte.

«Das wäre sicher schrecklich aufregend ...», antwortete sie zögernd. Sie musste ihre Antwort jetzt geschickt wählen! «Aber was würden deine Kinder sagen, wenn ihre Mutter in der Universität ist statt bei ihnen daheim?», fragte sie mit einem etwas gekünstelten Lächeln.

Sie erntete ein Stirnrunzeln, das sie nicht so recht deuten

konnte. Als Lily nicht antwortete, fuhr sie fort. «Es sind wahrhaft aufregende Zeiten im Ausland, du hast recht. Aber hier geht alles noch seine gewohnten Wege, und das ist sicher auch gut so! Schließlich brauchen Kinder ihre Mütter. Und ein Studium der Medizin scheint mir doch für eine Dame unziemlich. Schließlich muss man sich mit aller Art Krankheiten und Seuchen befassen. Am Ende infiziert man sich noch selbst dabei. Nein, das sollten wir schön den Männern überlassen, die etwas davon verstehen. Auch wenn es sicherlich nicht verboten sein sollte, sich damit zu beschäftigen, wenn man es denn wünscht. Doch warum sollte man?»

Danach verfolgte sie das Thema nicht weiter, und auch Lily sprach nicht mehr, sondern lehnte den Kopf an die Kutschenwand. Aber an ihrem abwesenden Blick sah Sylta, dass etwas in ihrer Tochter vorging. Ein unruhiges Flattern breitete sich in ihrem Magen aus. Wie kam Lily nur auf solche Gedanken? Nicht im Unterricht, hatte sie gesagt. Es mussten ihre Kommilitoninnen sein, die über diese Dinge sprachen. Die Kutsche fuhr über einen großen Stein, und Sylta verzog schmerzhaft das Gesicht. Sie hoffte nur, dass sie es nicht eines Tages bereuen würde, ihren Mann überredet zu haben, ihrer Tochter eine höhere Ausbildung zu gewähren. Sie wollte, dass Lilys Geist Beschäftigung fand, dass sie glücklich und erfüllt war. Was sie nicht wollte, war, dass Lily sich mit gefährlichem sozialistischem Gedankengut befasste, welches sie ihren Platz im Leben in Frage stellen ließ.

Eine außerschulische Veranstaltung?» Alfred Karsten sah stirnrunzelnd zu seiner Tochter auf, die vor seinem Schreibtisch stand. Sie schien nervös, ihre Wangen waren rot angelaufen, und sie trat unruhig von einem Fuß auf den anderen.

Er schob die Berichte zu den neuen Ovalkesseln, die er gerade studiert hatte, beiseite und faltete nachdenklich die Hände. «Und was genau soll euch dort beigebracht werden?»

«Es geht um englische Politik», erklärte Lily eifrig. «Eine neue Kommilitonin von mir hat es organisiert, sie kommt aus London. Wir treffen uns und diskutieren über Großbritannien. Herr Kleinlein hat vorgeschlagen, dass wir eine Art Lernzirkel gründen. Mit England fangen wir an, aber dann arbeiten wir uns alleine weiter vor. Jede kommt einmal an die Reihe, es ist eine Art Übung für den Unterrichtsalltag.»

«Du wirst doch aber nie unterrichten, Lily, für dich hat das also keine Relevanz.» Er sah, wie sie zusammenzuckte.

«Aber mich interessieren die Themen. Und ich möchte nicht als Einzige nicht teilnehmen, das wäre mir doch sehr unangenehm. Am Ende denkt Herr Kleinlein noch, ich bin faul und möchte mich drücken!»

Sie blickte zu Boden, und Alfred seufzte. Er hatte das Gefühl, dass sein Hausarrest nicht die gewünschte Wirkung zeigte. Andererseits war sein Ärger über die ganze Sache bei der Schiffstaufe beinahe vollständig verpufft. Lily war eine gute Tochter, und er war stolz auf sie. Sie hatte nicht gewusst, was sie mit der Fahrradsache anrichtete. Und wenn sie ihn mit diesem aufgeregten Blick ansah, konnte er meist ohnehin nicht widerstehen. Sie hatte dann die gleiche Wirkung auf ihn wie ihre Mutter. «Nun, hoffentlich weiß diese junge Dame auch wirklich Bescheid über die britische Lage», brummte er. «Nicht dass sie euch irgendeinen sozialistischen Unsinn beibringt. Ich bin gespannt, was sie euch zu Gladstone erzählt. Ich weiß ja selbst noch nicht so wirklich, was ich von Salisbury halten soll. Die innenpolitischen Probleme der Briten sind ein prekäres Thema, die irischen Nationalisten mussten gerade eine große Niederlage einstecken, das Unterhaus hat Gladstones Home Rule Bill abgelehnt, nun sind die Liberalen gespalten, und die Konservativen ...» Er brach ab, als er die großen Augen seiner Tochter sah, die offensichtlich keine Ahnung hatte, wovon er sprach. Er räusperte sich. «Aber gut, das hattet ihr ja noch nicht auf dem Curriculum, nicht wahr? Nun, es wird dir sicher nicht schaden, und eine Lehrveranstaltung, sei sie auch frei organisiert, kann ich wohl kaum zu den Vergnügungen zählen, von denen dich der Hausarrest ausschließen soll, ich denke also ...» Er brach ab und schüttelte den Kopf. «Ich muss allerdings sagen, dass es mir missfällt, dass ihr so viel Politik im Unterricht habt. Als Lehrerin muss man dafür wohl ausgebildet sein, aber eigentlich verstehen Frauen nichts von Politik, und das ist auch gut so. Die Ehemänner können sie über das Nötigste unterrichten, ansonsten aber sollten sie sich nicht zu sehr mit diesen drückenden und für sie oft unverständlichen Themen belasten. Deshalb war ich nie ganz überzeugt von dieser Ausbildung: Du musst diese Dinge nicht lernen, und sie werden dich am Ende nur verwirren. Ich bin sicher, dass auch Henry es nicht gerne sehen wird, wenn seine Frau plötzlich am Esstisch über Dinge redet, die nicht in ihren Zuständigkeitsbereich gehören, und sie sich am Ende noch lächerlich macht mit ihrem Halbwissen. Aber gut. Allgemeinbildung schadet nicht, und du wirst dort ja auch in den wichtigen Dingen geschult, Konversation, Singen, Französisch, alles für eine junge Dame nützlich. Von daher will ich der Sache nicht im Wege stehen.»

In diesem Moment klopfte es an die Tür, und Franz kam hereingerauscht. «Vater, hattest du schon Gelegenheit, dir den Bericht durchzulesen, den ich ...' Oh, ich wusste nicht, dass Lily hier ist!» Er brach ab und blieb stehen, eine Mappe mit Unterlagen in der Hand, die er hektisch durchblätterte. «Ich werde später wiederkommen ...»

«Nein, nein, ich wollte ohnehin mit dir reden!» Alfred entließ seine Tochter mit einem Winken. «Geh und lern etwas über die Tories und ihre Eigenheiten. Vielleicht kannst du mir nächste Woche beim Abendbrot von deinen Erkenntnissen berichten!»

Das Augenzwinkern, mit dem ihr Vater sie entließ, ärgerte Lily. Er nimmt mich nicht ernst, dachte sie und biss sich auf die Lippe. Sie hatte das Arbeitszimmer bereits verlassen, die Hand auf der Türklinke, als sie innehielt. Ihr Vater sprach in ernstem, beinahe wütendem Ton auf ihren Bruder ein, und Franz konterte nicht weniger scharf. «Vater, die neuen Routen können nur durch die moderne Dampfenergie gewonnen werden. Warum vertraust du mir nicht? Gegen die Expansion vom Holz- zum Eisenschiff hast du dich auch gesträubt, und sieh nur, was sie uns gebracht hat! Hast du den Bericht überhaupt gelesen? Die Dreizylinder-Compoundmaschine würde unsere Schiffe mit bis zu fünfzehn Knoten laufen lassen!»

«Ich habe den Bericht durchaus gelesen!», kam die ungeduldige Antwort ihres Vaters. «Ich denke heute schließlich nicht zum ersten Mal über dieses Thema nach. Ich glaube dennoch, dass der Verbrauch so hoch sein wird, dass ...»

Lily schloss leise die Tür hinter sich. Immer wieder gerieten die zwei aneinander, wenn es um Neuerungen im Schiffsbau ging. Sie verstand nicht, was der Unterschied zwischen drei und vier Kesseln war und warum ihr Vater den Modernisierungen skeptisch gegenüberstand, die ihr Bruder immer wieder um jeden Preis umsetzen wollte, aber sie mochte es nicht, wenn die beiden stritten. Und noch weniger mochte sie den Ton, in dem Franz mit ihrem Vater sprach, wenn es um diese Themen ging. Ungeduldig und beinahe herablassend. Als würde er nicht genug verstehen, um eine gültige Meinung zu haben. Als stünde er ihm im Weg. Manchmal hatte sie das Gefühl, dass Franz es nicht abwarten konnte, endlich die Geschäfte alleine zu leiten.

Leise schlich Lily die Treppe hinauf in ihr Zimmer. Das schlechte Gewissen nagte an ihr. Sie hatte ihrem Vater eine Lüge aufgetischt. Eine halbe Lüge, wenn man es genau nahm. Es *war* eine außercurriculare Veranstaltung, die von ihrer Kommilitonin aus London organisiert wurde … Doch da hörte die Wahrheit auch schon auf! Aber welche Wahl hatte sie gehabt? Sie war einfach zu alt für diese lächerliche Strafe, und sie würde sich nicht daran halten. Aber ihren Vater zu enttäuschen war das Letzte, was sie wollte. Sie musste sich eben nur ein wenig Wissen über die Politik der Engländer anlesen, dann würde er sicher nichts merken. Am besten kaufte sie gleich morgen eine *Times*.

J o knallte sein Bier auf den Tisch und stieß einen Rülpser aus. «Schwach!», kommentierte Charlie überheblich und legte nach.

Beeindruckt von der Darbietung seines besten Freundes klatschte Jo in die Hände, verzog dann aber das Gesicht. «Mann, Charles, was hast du gegessen?»

«Pattis Eintopf natürlich!» Charlie grinste mit leicht glasigem Blick. «He, Patrizia-Darling, nächstes Mal lass doch vielleicht das Katzenfleisch raus, es bekommt mir nicht!», grölte er, und die Wirtin lachte und machte eine nicht sehr damenhafte Geste mit der Hand. Charlie zwinkerte ihr zu und wandte sich dann zu der Frau um, die an seinem Arm hing. Er presste seinen Mund so vehement auf den ihren, dass sie für einen Moment erschrocken die Augen aufriss, dann aber kicherte und ihn abwehrte.

«Jo hat recht, Charlie, du riechst wie ein Abfluss!»

Aber der lachte vollkommen unbekümmert und versuchte, sie in den Hals zu beißen.

Jo beobachtete die beiden eine Weile amüsiert, er war froh, dass Charles und er die Auseinandersetzung von neulich vergessen hatten. Außerdem schien es Charlie besser zu gehen, er sah nicht mehr so müde und abgespannt aus. Jo lachte, als sein Freund sein Gesicht im wogenden Ausschnitt seiner Abenderoberung versenkte, dann wandte er sich seiner eigenen Begleitung zu, die aber heute für seinen Geschmack schon ein wenig zu tief ins Glas geschaut hatte. «He, Greta, erkennst du mich eigentlich noch?», fragte er belustigt und wedelte mit einer Hand vor ihrem Gesicht herum.

Sie warf ihm einen leicht verwirrten Blick zu, grinste dann aber und küsste ihn. Antworten konnte sie anscheinend nicht mehr. Jo schob sie ein Stück von sich weg und ließ den Blick durch den Raum schweifen. Wie immer war es dunkel, voll und laut. Die Fenster des *Verbrecherkellers*, wie ihre Stammkneipe passenderweise genannt wurde, waren mit Brettern vernagelt und mit Säcken verhängt. Hier kam niemand zufällig herein – aber mancher unfreiwillig, wenn er von zwielichtigen Gestalten von der Straße gezerrt und dann hier in einer dunklen Ecke besoffen gemacht und ausgeraubt wurde. Es war allgemein bekannt, dass die Kneipe an der Ecke Niedernstraße und Depenau ein Umschlagplatz für *lege Lüüd*, schlechte Leute, war. Die meisten Frauen waren leicht bekleidet, die meisten Männer sturzbetrunken. Viele von ihnen würden heute nicht mehr den Heimweg schaffen und für zehn Pfennige Schlafgeld im Hinterzimmer auf dem Boden übernachten. Er selber hatte diesen Service schon unzählige Male in Anspruch genommen. Jemand spielte Ziehharmonika, und einige Männer hatten einen lauten und etwas unkoordinierten Rundtanz angefangen.

Nachdem Hilde sich von Charlie befreit hatte, begannen sie erneut mit ihrem Kartenspiel. Jo war der Einzige aus ihrer Viererrunde, der dem Verlauf noch richtig folgen konnte, aber es machte ihm trotzdem Spaß. Eigentlich bestand das Spiel, das sich Whist nannte, jetzt nur noch daraus, sich gegenseitig lautstark zu verfluchen und des Mogelns zu beschuldigen, aber genau darin lag ja der Reiz. Er hatte gerade ein besonders gutes Blatt auf der Hand und zögerte, welche Karte er als Nächstes legen sollte, als plötzlich ein Raunen durch die belebte Kellerkneipe ging. Köpfe wandten sich in Richtung Eingang. Jo sah auf und hätte sich fast an seinem Bier verschluckt.

Eine Frau war eingetreten. Eine sehr junge, sehr rothaarige Frau mit blauen Augen. Sein Mund klappte auf. Er blinzelte verwirrt. Wie viel Schnaps hatte er gehabt? Er hatte es heute doch ruhig angehen lassen wollen. Er blinzelte wieder und stellte das Glas ab. Nein, sie war es, ganz eindeutig. Lily Karsten war im *Verbrecherkeller*.

Sie stand einen Moment auf der Treppe, die in die Kneipe hinunterführte. Langsam nahm sie ihr Schultertuch ab. Ihr Erscheinen war nicht unbemerkt geblieben, so ziemlich jeder im Raum starrte sie an. Obwohl sie heute sehr schlicht und dunkel gekleidet war, wurde sofort deutlich, dass sie nicht hierhergehörte. Unsicher sah sie sich um.

«Na, die kenn ich doch», murmelte Charlie, wurde dann aber gleich wieder von Hilde abgelenkt. Jo wollte schon aufstehen, da erhob sich einer der Arbeiter, die an der Bar gesessen hatten, und trat auf Lily zu. Jo kannte ihn, es war Fred Baumann, ein Vorsitzender der Sozialistischen Arbeiterpartei. Ein Unruhestifter und Großmaul, aber nicht wirklich gefährlich. Im Gegensatz zu vielen anderen hier.

«He, Schätzchen, haste dich verlaufen? Du wolltest doch sicher zu mir nach Hause!», rief er, und die Umstehenden grölten amüsiert.

Nachdem Lily erst erschrocken zusammengezuckt war, rümpfte sie die Nase und blickte über Freds Kopf hinweg, als wäre er gar nicht da. Doch als sie an ihm vorbeigehen wollte, verstellte er ihr den Weg.

«He. Nicht so schnell, Püppchen. Was macht 'ne Hochwohlgeborene wie du alleine hier im *Keller*?» Er zog die Nase hoch und musterte Lily von oben bis unten. «Die meisten hier sind nicht besonders gut auf feine Pinkel wie euch zu sprechen.»

Lily sah ihn jetzt direkt an. «Ach ja?», fragte sie. «Und warum, wenn ich fragen darf?»

Fred lachte. «Na, weil ihr doch alle gleich seid! Kapitalistische Schweine, die das Volk ausbeuten und sich selbst die Taschen vollstopfen.»

«So? Kennen Sie mich vielleicht?», fragte Lily jetzt scharf. Weil alle die Unterhaltung mitverfolgen wollten, war es inzwischen so still geworden, dass Jo ihre Worte deutlich vernehmen konnte.

«Muss ich ja nicht, ich sag doch, alle gleich!», rief Fred und sah sich Beifall heischend um.

«Wenn Sie meinen ... *Ich* kenne *Sie* jedenfalls nicht. Und ich will Sie auch nicht kennenlernen. Ich habe zu tun. Wenn Sie mich entschuldigen würden?»

Fred öffnete verwundert den Mund, nur um ihn gleich darauf wieder zu schließen. Jo beobachtete Lily amüsiert. Er sah genau, dass sie Angst hatte, aber sie ließ sich so schnell nicht einschüchtern. Das hatte er von Anfang an an ihr gemocht. Schnell nahm er den Arm von Gretas Schulter, die ihm einen irritierten Blick zuwarf. Er würde noch ein wenig warten, wie Lily sich so schlug. Eingreifen konnte er immer noch. Aber er hatte so ein Gefühl, dass das nicht nötig sein würde. Freds Augen flackerten bereits unsicher.

Als er dennoch nicht zur Seite trat, sagte Lily scharf: «Würden Sie mich jetzt durchlassen, oder haben Sie noch weitere sozialpolitische Propagandaparolen auf Lager, die Sie mir gerne an den Kopf knallen würden?»

Jo lachte in sein Glas. Was war mit dem Mädchen passiert? Er war sich sicher, dass sie vor ein paar Wochen noch nicht mal die Bedeutung des Wortes «Propaganda» gekannt hatte.

Vollkommen perplex trat Fred schließlich zur Seite. «Ich sag ja bloß. Man wird doch noch mal seine Meinung sagen dürfen! Muss ja nicht gleich hysterisch werden, das Weib.» Er schüttelte irritiert den Kopf, während die Männer um ihn her zu lachen begannen und ihm auf die Schulter klopften. Jemand reichte ihm ein Bier, und er ließ sich zurück auf seinen Stuhl fallen.

Greta legte ihre Hand aufs Jos Oberschenkel und ließ sie langsam nach oben gleiten. «Gehen wir zu dir?», fragte sie mit schnarrender Stimme, die wahrscheinlich verführerisch klingeln sollte, aber durch den Alkohol ein wenig verwaschen war. Ihr Atem roch sauer.

Jo schob ihre Hand von sich weg. «Nein!», sagte er und stand auf. In dem Moment trafen sich ihre Blicke. Lily blieb stehen. Sie erfasste die Situation, sah Greta neben ihm, die ihn verwundert anstierte und deren Hand er immer noch festhielt, und schien nicht zu wissen, was sie denken sollte. Schnell drückte er Greta wieder auf ihren Stuhl, denn sie machte Anstalten, ebenfalls aufzustehen. «Ich kann heute nicht», erklärte er und schlängelte sich, so schnell er konnte, an ihr vorbei und um den Tisch herum.

«Wer ist die Schlampe?», rief Greta ihm hinterher, aber er beachtete sie nicht weiter.

«Toller Auftritt!», sagte er, als er vor Lily stand.

Sie verzog den Mund. «Vielen Dank auch für Ihren Beistand!»

«Hat mir nicht danach ausgesehen, als hätten Sie Beistand nötig gehabt!», sagte er, und sie lächelte.

«Kann ich Sie sprechen?», fragte sie dann. Er nickte und zeigte zum Ausgang.

«Zu laut hier drin!» Tatsächlich musste er rufen, denn in der Ecke hatten zwei Iren begonnen, ihre Instrumente zu stimmen, und an der Bar war ein Streit ausgebrochen. Er schob Lily mit zwei Fingern am Rücken zur Tür. Als er die Tür aufhielt und sie sich an ihm vorbeiduckte, streifte ihr Haar seinen Arm. Er fühlte ein leichtes Ziehen in der Brust, als er ihren inzwischen vertrauten Duft einatmete. Zwischen den schwitzenden Zwiebelausdünstungen der Arbeiter und den Bierfahnen schien er ihm wie ein wohltuender Hauch aus einer anderen Welt.

«Wie haben Sie mich gefunden?», fragte er, als sie draußen waren. Er hatte sein Bier mit hinausgenommen und stellte es auf eine Treppenstufe. Schon bei ihrem Eintreten hatte er gemerkt, dass sie ein schlichteres Kleid trug als sonst. Als sie auf der Straße waren, wickelte sie sich sofort ein dunkles Tuch um den Kopf.

«Ich habe herumgefragt! Augustus hat mir den *Keller* empfohlen. Er meinte, da seien Sie jeden Abend, wenn Sie nicht arbeiten.»

Jo riss die Augen auf. «Sie haben … *Ernsthaft?*» Er traute seinen Ohren nicht. War sie verrückt geworden?

Sie nickte stolz.

«Und er hat Sie nicht … äh … belästigt?»

Ungläubig sah sie ihn an. «Sie haben doch gesagt, er ist harmlos!», rief sie.

«Wenn man ihn *kennt*!», betonte Jo und schüttelte ungläubig den Kopf. Schneid hatte sie, das musste man ihr wirklich lassen.

Verstand allerdings … «Ich hatte Ihnen doch gesagt, kommen Sie niemals alleine hierher!», knurrte er. «Und schon gar nicht in diese Kneipe. Sie hätten sich gar keinen gefährlicheren Ort aussuchen können. Schauen Sie lieber nach, ob Ihre Wertsachen noch da sind.»

Sie zuckte mit den Schultern. «Ich habe absichtlich nichts mitgenommen. Was ich nicht habe, kann man mir auch nicht stehlen.»

«Richtig, aber Ihren Körper können Sie ja leider nicht daheim lassen!»

«Wie bitte?»

«Ach nichts. Das war sehr riskant von Ihnen.»

«Jetzt stellen Sie sich doch nicht so an, da drin sind doch auch Frauen, und die leben noch. Es ging eben nicht anders. Ich wusste nicht, wo Sie wohnen. Und ich habe mich ja verkleidet!»

«Ja, aber das sind andere Frauen. Haben Sie sich die mal genauer angeguckt? So gut können Sie sich gar nicht verkleiden. Zum Glück ist es dunkel.» Jo wusste nicht, ob er beeindruckt oder verärgert sein sollte. Es war der pure Leichtsinn, was sie hier tat. Sie war einfach zu behütet, zu naiv in ihrem Glauben an das Gute im Menschen. Aber er konnte nicht anders, als in seinem Ärger zu grinsen, auch wenn er sie am liebsten übers Knie gelegt hätte für diese schwachsinnige Aktion. «Also, was gibt es so Dringendes, dass Sie sich nachts aus dem Haus schleichen und in Hamburgs finstersten Kneipen nach mir suchen?», fragte er und versuchte, nicht zu sauer und auch nicht zu väterlich tadelnd zu klingen. Immerhin hatte sie einen Vater, sollte der sich doch darum kümmern, dass sie nachts nicht in Schwierigkeiten geriet. Er hatte schon einen Job.

«Ich wollte Sie fragen … Ich möchte zu Pauls Beerdigung gehen», sagte sie.

Ungläubig schüttelte er den Kopf. «Deswegen schleichen Sie nachts hier rum? Warum haben Sie mir nicht geschrieben?»

«Ich wusste ja nicht, wo Sie wohnen! Und ihr Botenjunge, der mich übrigens regelrecht überfallen und mir eine Heidenangst eingejagt hat, ist verschwunden, bevor ich ihm eine Antwort mitgeben konnte. Außerdem erledigt der Diener meines Bruders bei uns im Hause die Korrespondenz. Wenn ich plötzlich einen Brief an einen fremden Mann geschickt hätte, hätte er Franz sicherlich alarmiert.»

«Zu Recht!», nickte Jo. «Ihr Bruder passt auf Sie auf, das ist gut.»

«Er passt auf die Familie auf, das ist ein Unterschied. Ich persönlich bin ihm herzlich egal.»

«Dass Sie nachts alleine durch die Gängeviertel streunen, ist ihm sicher nicht egal. Zum Glück haben Sie mich gefunden.»

«Ich sagte Ihnen doch, ich kann schon auf mich aufpassen. Wann und wo ist die Beerdigung? Ich möchte dabei sein!»

«Ausgeschlossen.»

«Das haben Sie nicht zu entscheiden!»

Er seufzte tief. «Sie wollen also seiner Familie dabei zusehen, wie sie um ihn trauern?», fragte er.

Sie zuckte zusammen und sah ihn mit großen Augen an. «Ich finde das richtig», sagte sie leise. «Ich möchte meinen Respekt erweisen.»

«Und ich sage Ihnen, es ist keine gute Idee!», wiederholte er eindringlich.

«Sie müssen ja nicht mitkommen. Also, sagen Sie es mir nun, oder muss ich erst dadrinnen nachfragen und mich erneut von diesem stinkenden Rüpel beleidigen lassen?»

Jo schüttelte den Kopf. «Ich kann es nicht fassen. Sie sind einfach so wahnsinnig starrköpfig», sagte er. «Die Beerdigung ist am Freitag. Um fünfzehn Uhr am Ohlsdorfer Friedhof. Waren Sie da schon einmal?»

Sie verneinte, und Jo stöhnte innerlich auf. Natürlich nicht …

«Er liegt weit außerhalb der Stadt. Sie müssen den Pferdeomnibus am Schweinemarkt nehmen. Außer, Sie haben eine Kutsche», fügte er hinzu und verkniff sich eine sarkastische Bemerkung.

«Nein. Ich kann meiner Familie ja schlecht sagen, wo ich hinfahre.»

Jo seufzte. Wann genau war es sein Problem geworden, sie überallhin zu begleiten? «Okay, schön, dann treffen wir uns um ein Uhr am Schweinemarkt», knurrte er.

«Ich komme gut allein zurecht, Sie müssen nicht mein Kindermädchen spielen!», erwiderte sie ruppig.

«Hat man ja gesehen, wie gut Sie alleine zurechtkommen. Einfach nachts im Gängeviertel fremde Männer ansprechen, Sie sind doch nicht ganz bei Trost! Sie glauben ja wohl nicht, dass Sie hier wieder heil rausgekommen wären, wenn Sie mich nicht angetroffen hätten? Wenn Sie unbedingt hinmüssen, werde ich Sie begleiten. Wer weiß, wo Sie sonst landen!»

«Schön, wenn Sie darauf bestehen!»

Jo gab auf. «Ich kann Sie ja anscheinend nicht davon abhalten.»

«Nein, können Sie nicht!», sagte sie entschieden.

Frustriert schüttelte er den Kopf. Ob sie überhaupt jemals auf irgendwas hörte, was man ihr sagte? Gut, dass ich nicht ihr Verlobter bin, dachte er und fühlte im selben Moment einen kleinen Stich des Bedauerns. Was passierte mit ihm?

Verwirrt wollte er den Rest seines Biers in einem Zug runterspülen, da hielt er inne, als er ihren Blick bemerkte. «Tschuldigung. Möchten Sie auch?» Sie zögerte einen Moment, dann nickte sie. Als sie das Glas ansetzte und trank, verzog sie plötzlich das

Gesicht und spuckte das Bier zurück ins Glas. «Das schmeckt ja grausam!», rief sie entsetzt und schüttelte sich.

«Sagen Sie bloß, Sie kennen kein Bier!» Jo starrte sie entgeistert an. Patties Teufelsbrücker Export war zwar dunkel und herb, aber eine Hamburger Spezialität. Noch nie hatte er gesehen, dass es jemandem nicht schmeckte.

Sie reichte ihm das Glas zurück. «Ich trinke für gewöhnlich Limonade», sagte sie spitz.

«Sie hätten es auch auf den Boden spucken können», brummte er, blickte bedauernd ins Glas und stellte es auf die Treppe. «Los, kommen Sie, ich bringe Sie zurück, für einen Abend haben Sie genug erlebt, würde ich sagen.»

«War das da drin Ihre Verlobte?», fragte Lily, als sie eine Weile schweigend nebeneinander hergegangen waren. Sie versuchten, nicht in die offenen Rinnsteine zu treten und gleichzeitig den Betrunkenen auszuweichen, die aus den Kellerkneipen heraus auf die Gassen stolperten.

«Nein, nur eine … Bekannte», sagte Jo ausweichend, und sie zog eine Augenbraue hoch.

«Als was arbeitet sie?», fragte Lily, und Jo seufzte. Er wollte jetzt wirklich nicht über Greta reden.

«Färberin!», sagte er.

«Oh, deswegen die Hände!»

Er sah sie erstaunt an. «Ja, die Farbe brennt sich in die Haut und geht nicht mehr raus», erklärte er. «Kommen Sie, hier lang geht es schneller.» Er sprang in ein kleines Boot, eine Schute, die in einem der Fleete lag, und reichte ihr die Hand nach oben.

«Aber …» Entgeistert sah sie ihn an. «Gibt es keine Brücke?»

«Die Schuten *sind* eine Brücke!» Er wedelte auffordernd mit der Hand, und als sie nicht schnell genug reagierte, packte er sie um die Taille und zog sie zu sich herunter.

«He!» Sie strampelte. Das Boot schwankte, sodass sie sich erschrocken an Jo festhalten musste.

«Sehen Sie, ist nichts dabei. Jetzt rüberklettern, und wir haben zehn Minuten Weg gespart!» Er sprang in das Boot nebenan und stemmte sich an der Mauer hoch. Sie folgte etwas mühsam, reichte ihm die Hände, und zwei Sekunden später stand sie atemlos neben ihm.

«Ist das denn erlaubt?», fragte sie und strich ihr Kleid glatt.

Jo lachte leise. «Los, weiter geht's. Nicht dass Ihre Eltern noch aufwachen, und die kleine Prinzessin ist nicht im Bett.»

Der Blick, den sie ihm daraufhin zuwarf, war so wütend, dass er an sich halten musste, um nicht wieder zu lachen. Danach schwieg sie und lief mit verschränkten Armen hinter ihm her. Jetzt ist sie beleidigt, dachte Jo amüsiert. Sie hatte einfach etwas an sich … es machte ihm Spaß, sie zu reizen. Und normalerweise hatte sie ja auch immer eine schnippische Antwort parat. Er verlangsamte den Schritt, sodass sie wieder nebeneinander liefen. Wie anders sie sich verhielt. Etwas an ihr hatte sich seit ihrer letzten Begegnung verändert. Sie ging nicht länger mit ängstlich aufgerissenen Augen und vor die Nase gepresstem Riechtuch durch die Straßen. Jetzt war ihr Schritt forsch, der Blick abweisend. Interessiert musterte er sie.

«Was starren Sie denn so?», fragte sie, und er hob abwehrend die Hände. «Mir gefällt nur Ihre Verkleidung. Schönes Tuch. Aber an den Schuhen müssen Sie noch arbeiten.»

Sie sah an sich herunter und lachte plötzlich. «Sie haben recht. Ich habe nun mal keine Schuhe für solche Gelegenheiten. Sogar das Kleid musste ich … mir leihen.»

«Leihen … soso!» Jo schmunzelte, und sie lachte verlegen.

«Mehr sage ich dazu nicht. Aber ich hoffe, dass es das letzte

Mal war, dass ich mich nachts aus dem Haus schleichen musste. Es war schrecklich unheimlich.»

«Sie haben Mut!», sagte Jo, und ausnahmsweise nahm er sie einmal nicht auf den Arm.

«Nein. Ich habe ein schlechtes Gewissen!», konterte sie.

«Das eine schließt das andere nicht aus», erwiderte Jo, und als sie ihn daraufhin anlächelte, überlief ihn ein leiser Schauer.

«Dieser Mann, der große rothaarige mit den vielen Tätowierungen ...», sagte sie plötzlich.

Jo nickte. «Charlie. Mein bester Freund.»

«Mit so einem Menschen sind Sie befreundet?» Sie klang empört.

Jo lachte. «Was passt Ihnen an ihm nicht?»

Sie rümpfte die Nase. «Er hat mich einfach gepackt und in die Büsche gezogen. Ich dachte, er würde mich töten! Ich hatte wahnsinnige Angst!», rief sie.

Jo blieb einen Moment stehen. «Das tut mir leid!», sagte er, und er meinte es ehrlich. «Charlie kann manchmal ein bisschen seltsam sein. Aber man muss das verstehen ... er hat ein gebrochenes Herz.»

«Oh!» Sie starrte Jo so überrascht an, dass er lachen musste.

«Was?», fragte er, und sie errötete.

«Ich dachte nur ... er schien mir so ...»

«Grob und furchteinflößend?», fragte Jo, und sie nickte. «Das ist er auch. Trotzdem kann er doch ein gebrochenes Herz haben.»

Sie schien diese widersprüchlichen Informationen nicht so richtig deuten zu können, und Jo sah sich genötigt, mehr zu erklären. «Charles ist loyal bis zum bitteren Ende. Er würde für mich töten. Und ich für ihn. Er kann singen und Fiedel spielen, dass sogar den hartherzigsten Mistkerlen die Tränen kommen. Aber er hat Schlimmes erlebt.»

Lily war einen Moment schweigend neben ihm hergegangen. «Er sah so wild aus, so … Ich hätte nie gedacht …»

«Was? Dass er Gefühle hat?», fragte Jo amüsiert. «Ich sage immer, man soll nicht vom Äußeren auf den Charakter schließen.»

Daraufhin sah sie ihn sehr seltsam an. «Wo habe ich das erst vor kurzem noch gehört?» Sie lachte, und er hatte das Gefühl, dass sie sich über ihn lustig machte.

Eine Weile gingen sie schweigend nebeneinanderher, und Jo merkte, dass ihm das gefiel. Die meisten Frauen mussten immerzu reden oder gaben ihm das Gefühl, sie unterhalten zu müssen. Lily war anders, die Stille zwischen ihnen schien nicht drückend, sondern auf seltsame Weise vertraut, als würden sie sich schon lange kennen.

Als sie in die Nähe der Villa kamen, sagte sie: «Ich gehe jetzt besser alleine. Wenn man mich erwischt, ist es schon nicht gut, aber wenn man mich mit Ihnen zusammen sieht …»

Sie ließ die Worte ungesagt, und er nickte. «Das wäre für niemanden von Vorteil.»

«Ich sehe Sie dann am Freitag?», fragte sie. «Vielen Dank, dass Sie mich nach Hause gebracht haben, Herr Bolten.» Sie trat einen Schritt auf Jo zu, und ein Hauch ihres Duftes umwehte ihn. Es war eine herrliche, laue Sommernacht, und ihm wurde zu seiner Überraschung bewusst, dass er gerne noch ein wenig länger mit ihr durch die Dunkelheit geschlendert wäre.

«Jo!»

«Wie bitte?»

«Sagen Sie Jo zu mir! Wie es aussieht, treffen wir uns ja jetzt öfter.» Er grinste. «Sie sind schwer abzuschütteln.»

«Wollen Sie mich denn so dringend loswerden?», fragte sie ein wenig kokett, und er schüttelte den Kopf.

«Im Gegenteil!»

Sie lächelte rätselhaft. «Ich bin Lily», sage sie.

«Ich weiß», antwortete er, und für einen Moment sahen sie sich an. Lilys Augen spiegelten das Licht der Straßenlaterne.

«Gut, dann ... bis Freitag!»

Jo nickte, und sie drehte sich um. Doch bevor sie zwei Schritte weit gekommen war, hielt er sie fest, zog sie an sich und küsste sie.

Der Kuss war heftiger als geplant. Eigentlich hatte er gar nichts geplant, sondern einfach gehandelt, wie immer, aber er war selbst überrascht von der Intensität, mit der sein Körper plötzlich nach ihrer Nähe verlangte. Einen Moment erstarrte sie in seinen Armen, versteifte sich, doch dann erwiderte sie seinen Kuss, drängte sich regelrecht an ihn. Jo drückte sie an die Mauer hinter ihr, sodass sie nicht zu sehen war, falls jemand vorbeikam. Einen wunderbaren Moment lang nahm er nichts wahr außer dem berauschenden Duft des Blauregens um sie herum und ihren Lippen an seinen. Doch plötzlich löste sie sich von ihm und schob ihn von sich weg. Schwer atmend sah sie ihn an, die Augen erschrocken aufgerissen.

«Ich muss gehen!», stammelte sie, und bevor er wusste, was geschah, war sie auch schon davongerannt.

8

Am nächsten Morgen wartete Lily am Gänsemarkt neben der Lessingstatue auf Emma. Es war ein guter Tag für den Ausflug. In der Villa stand der Waschtag an, und da war man nur im Weg, weil jede Schublade ausgeräumt und jeder Teppich ausgeklopft wurde. Obwohl Samstag war, hatten sich selbst ihr Vater und Franz schon ganz früh in die Reederei geflüchtet. Lily war froh, dass ihr Vorhaben sie von den Geschehnissen am Abend ablenken würde, an die sie nicht denken konnte, ohne dass ihr gleichzeitig heiß, kalt und schwindelig wurde. Immer noch konnte sie nicht fassen, was passiert war. Sie hatte Jo Bolten geküsst. Ihr schlechtes Gewissen fraß sie auf. Gleichzeitig wusste sie, dass sie es jederzeit wieder tun würde. Und so zog sie es vor, einfach nicht daran zu denken. Eine bewährte Methode, die sie oft anwandte, wenn sie etwas angestellt hatte. Nur funktionierte sie dieses Mal nicht richtig. Immer wieder tauchte Jos Gesicht vor ihrem inneren Auge auf, wurde dann überlagert von Henrys, der sie fassungslos anstarrte. Sie musste es sich eingestehen; sie hatte jede einzelne Sekunde des Kusses genossen.

Lily ging unruhig auf und ab. Sie war nervös, wusste nicht, was auf sie zukommen würde. Aber als die Freundin auftauchte und ihr im Näherkommen zuwinkte, verflog ihre Angst. Wie immer bewunderte Lily Emmas Erscheinung. Heute trug sie ein rosafarbenes Promenadenkleid, das bei jeder Bewegung leise raschelte, und einen kecken Hut, der ein wenig schief auf den hochgesteckten Haaren saß. Niemand, der sie so sah, hätte erraten, dass sie Ärztin war. «Dann machen wir uns mal auf, was?», rief sie freudig und küsste Lily auf die Wange. «Ich bin gespannt, was du zu uns sagst!»

Sie fuhren bis zum Bahnhof Schulterblatt und liefen eine Weile durch die belebten Straßen. Lily war erst wenige Male im Schanzenviertel gewesen. Es schienen viele junge Leute unterwegs zu sein, die Geschäfte und Restaurants waren belebt, Männer saßen in den Cafés und Kneipen. «Das Akademische Gymnasium ist nur ein paar Straßen weiter», erklärte Emma. «Das sind fast alles Studenten!»

Staunend stolperte Lily an Theatern vorbei und Lokalen mit seltsamen Namen wie *Skatdiele* und *Zauberflöte*. An der Ecke Eimsbütteler Straße blieb sie vor einem großen Haus stehen. «Das ist die *Belle Alliance*! Davon hat Franz mir erzählt. Hier gibt es Flügelbälle. Und Kegelkugelschieben!», rief sie aufgeregt und blickte an dem Gebäude empor.

«Ja, sie feiern hier rauschende Feste!», bestätigte Emma und schob sie weiter. «Aber Damen wie wir können hier ohne männliche Begleitung natürlich nicht einfach hineinspazieren!»

«Du warst also schon hier?», fragte Lily staunend. «Mit wem?»

Aber Emma antwortete nur ausweichend, dass sie einmal auf einem Ball gewesen sei. Lily hatte das Gefühl, dass sie das Thema wechseln wollte.

Kurz darauf klingelte sie an der Tür eines dreistöckigen Stadthauses. Eine junge Frau mit braunen Locken öffnete ihnen. Lachend schloss sie Emma in die Arme. «Wir dachten schon, du kommst nicht mehr!»

«Aber natürlich komme ich. Lily, das ist Martha, sie stellt uns für ihre Treffen ihre Wohnung zur Verfügung!», erklärte Emma.

Martha strahlte Lily an. Sie hatte dunkles Haar und funkelnde grüne Augen. «Wie schön, ein neues Gesicht bei uns zu sehen.

Kommt rein, die anderen sind schon alle da.» Behände lief sie die Stufen hinauf, und Emma zog Lily hinter sich her. Lily fühlte sich plötzlich ein wenig beklommen. Bereits im Flur schallten ihnen Gelächter und Gespräche entgegen. Als sie hinter Martha die Wohnung im ersten Stock betraten, blickte Lily sich erstaunt um. Der kleine Raum war voller Frauen.

«Lily, das sind Isabel, Hanne, Elsa, Luise und Traudel. Meine Damen, das ist Lily. Wir sitzen am Seminar nebeneinander, und ich habe sie für unseren kleinen Zirkel gewinnen können», stellte Emma sie vor. Schüchtern blickte Lily in die Ruhe. Die Damen lächelten ihr allesamt freundlich zu, nur eine von ihnen, Isabel, eine wunderschöne Frau mit honigfarbenem Haar und stahlblauen Augen, schaute finster in die Gegend. Sie nickte Lily kurz zu und beäugte sie dann misstrauisch von oben bis unten. Lily wich ihrem Blick aus. Stattdessen sah sie sich um. Sie hatte nicht gewusst, dass es Frauen gab, die alleine wohnten, obwohl sie keine Witwen waren. Die Möbel erinnerten sie an die Einrichtung ihrer Großmutter, jedoch hätte die Atmosphäre nicht unterschiedlicher sein können. Anscheinend war Martha nicht sehr ordentlich, und es schien sie auch nicht zu kümmern, was Leute von ihrem Hausstand dachten. Auf dem Tisch in der Mitte des Raumes, um den die Frauen versammelt saßen, lagen Bücher und Zeitungen verstreut, dazwischen Geschirr und Gebäck. Es roch nach Kaffee.

«Meine Eltern haben mir die Ausstattung geschenkt. Das war, bevor sie aufgehört haben, mit mir zu reden!», erklärte Martha augenzwinkernd, als sie sah, wie Lily den Raum musterte. Lily starrte sie verwundert an. Martha hatte die Bemerkung scherzhaft gemeint, aber Lily konnte sehen, dass sich plötzlich ein bitterer Zug um ihren Mund stahl. Doch bevor sie etwas erwidern oder fragen konnte, rief Martha: «Setz dich! Du kannst meinen

Platz haben!» Lächelnd zeigte sie auf einen Stuhl. Dann ließ sie sich auf die Couch fallen und streckte die Beine aus. «Magst du etwas trinken? Wein oder Kaffee?»

«Nein danke!» Lily lehnte ab, obwohl ihr Hals trocken war. Schüchtern setzte sie sich und musterte die anderen, die sich bereits wieder angeregt unterhielten. Martha fand sie besonders interessant. Immer wieder glitt ihr Blick zu ihr hinüber. Sie strahlte eine Unbekümmertheit aus, die Lily fremd war. Die meisten der Frauen waren sehr schlicht in Rock und Bluse gekleidet. Manche von ihnen hatten nicht einmal einen Kragen, und sie bemerkte, dass außer Luise und Emma auch keine ein Korsett trug. Auch sie hatte für den Anlass nicht ihr bestes Kleid gewählt; trotzdem stach sie heraus. Verkrampft saß sie da. In diesem Moment zündete Martha sich eine Zigarette an. Sie nahm einen tiefen, genießerischen Zug und reichte die Zigarette an Traudel weiter, die ebenfalls daran zog, als wäre es das Selbstverständlichste auf der Welt.

Lily fiel fast vom Stuhl.

Noch nie hatte sie eine rauchende Dame gesehen. Ihr Vater und Franz zogen sich dafür stets ins Raucherzimmer oder ins Büro zurück, niemals taten sie es in Gegenwart der Frauen. Ihr Vater hatte sogar ein eigenes Jackett, das er dafür anzog, weil ihre Mutter den Gestank an ihm nicht mochte. Lily konnte sich nicht vorstellen, wie er reagieren würde, sollte er jemals sehen, wie sie rauchte. Der Anblick der jungen Frauen, die vollkommen unverkrampft und selbstverständlich beisammensaßen und an ihren Zigaretten zogen, versetzte sie in ungläubiges Staunen. Beschämt versuchte sie, nicht zu sehr zu starren.

Plötzlich erstarben die Gespräche, denn Isabel sprach so laut und aufgeregt zu ihrer Nachbarin, dass die anderen aufhorchten und sich ihr zuwandten. Als sie merkte, dass sie neue Zuhörerinnen hatte, wurde ihre Stimme noch lauter. «Sogar an der Schule verlangen sie absoluten Gehorsam. Wir kriegen so viel weniger Lohn, dass es schon beinahe lächerlich ist, und wir sind den männlichen Kollegen in allem untergeordnet, müssen alles von ihnen absegnen oder bestimmen lassen. Die Männer haben das Sagen. Das ist in der Schule auch nicht anders als zu Hause!» Sie schnaubte leise. Ihre Augen funkelten gefährlich, man konnte sehen, wie empört, ja wütend sie über diese Tatsache war.

Emma beugte sich zu Lily und flüsterte: «Isabel regt sich immer so auf. Sie ist Aushilfslehrerin am Johanneum und wird von ihren männlichen Kollegen getriezt. Sie hält fast jedes Mal, wenn wir uns sehen, die gleiche glühende Rede. Du wirst dich bald daran gewöhnen!» Sie zwinkerte ihr verschwörerisch und ein wenig ungeduldig zu. Aber Lily saugte Isabels Worte auf wie eine Verdurstende das Wasser. So etwas hatte sie noch nie gehört.

Isabel holte tief Luft. «Meine Damen. Es ist jetzt haargenau zwanzig Jahre her, dass hierzulande der erste Antrag für ein Frauenstudium der Medizin gestellt wurde. Zwanzig Jahre! Und nichts hat sich geändert! Rein gar nichts!»

«Na ja, Isabel, so ganz stimmt das nicht …», warf Martha beinahe zaghaft ein. Lily war also anscheinend nicht die Einzige, auf die Isabel in ihrem Eifer einschüchternd wirkte.

«Ach was!» Isabel wischte Marthas Einwand mit einer ungeduldigen Handbewegung beiseite. «Ja, wir dürfen Anträge auf Zulassung stellen. Aber was hilft uns das, wenn sie nicht durchkommen, in den Mühlen der Männerbürokratie hängen bleiben! Ich frage dich, wann wurde zuletzt eine Frau an einer deutschen Hochschule angenommen? Hm?»

Martha schüttelte den Kopf. «Du hast ja recht, Isabel!»

«Natürlich habe ich recht! Ja, 71 wurden in Leipzig und Heidelberg schon einmal Hörerinnen zugelassen, aber die Abschlüsse werden nicht anerkannt. Wir sollen also die jahrelangen Strapazen und Kosten eines Studiums auf uns nehmen und dürfen dann nicht arbeiten, obwohl wir den gleichen Abschluss erlangt haben wie unsere männlichen Kommilitonen? In der Schweiz dürfen Frauen seit über fünfundvierzig Jahren studieren! In England seit fünfzehn Jahren. Es ist eine Schande. Unser Land nennt sich modern und fortschrittlich. Unsere Kaiserin steht dem ‹Vaterländischen Frauenverein› vor, und was tut sie für die Frauen? Sie sorgt dafür, dass wir Krankenschwestern werden dürfen. Sonst nichts!»

Lily zuckte erschrocken zurück. Noch nie hatte sie jemanden öffentlich schlecht über die Kaiserin reden hören! Isabel schien ihre Reaktion aufzufallen, denn plötzlich wandte sie sich Lily zu.

«Und wie ist es bei dir? Welche Pläne haben sie mit dir?», fragte sie, und ihr stahlblauer Blick blieb an ihr hängen. Sofort spürte Lily, wie ihr das Blut in die Wangen schoss.

«Lily möchte Schriftstellerin werden!» Emma hatte ihr beruhigend die Hand auf den Arm gelegt und blickte nun stolz in die Runde. Lily merkte, dass die anderen sie plötzlich neugierig musterten, einige nickten anerkennend. «Aber leider ist sie verlobt …», fügte Emma hinzu. Ein allgemeines Seufzen ging durch den Raum.

«Mit deinem Einverständnis?», fragte Isabel scharf, und Lily hatte das Gefühl, dass ihre Augen sich in sie hineinbohrten.

Sie erschrak. «Ich … ja … also …» Wie sollte sie erklären, dass ihr die Verlobung mit Henry bis vor kurzem noch wie das größte Glück erschienen war? Dass sie es nicht hatte abwarten können? Dass sie von Frauenrechten bis heute noch nichts gehört hatte? «Ich habe ihn sehr gern!», sagte sie schließlich und sah beinahe beschämt zu Boden.

Zu ihrer Überraschung nickte Isabel traurig. «Ist es nicht

grausam, dass wir gezwungen werden, uns zwischen dem Mann, den wir lieben, und unserer Freiheit zu entscheiden?», fragte sie. «Ich fühle mit dir. Vielleicht ändern sich die Zeiten bald, und du wirst deinen Traum trotzdem verwirklichen können. Es gibt einige Frauen, die es geschafft haben, wenn auch nur eine Handvoll davon leben kann. Aber immerhin, schreiben kannst du auch zu Hause, stimmt's?»

Lily sah sie überrascht an. «Ja, das ist wahr!», erwiderte sie schließlich.

Isabel lächelte ihr zu, und Lily verstand plötzlich, dass sie nicht furchteinflößend und böse war. Sie war einfach nur wahnsinnig wütend.

━━━━━•◆•━━━━━

Der Besuch des *Salons*, wie Emma es nannte, brachte Lily stärker durcheinander, als sie es sich selbst eingestehen wollte. Noch nie hatte sie Frauen so reden hören wie Martha und Isabel, noch nie mit jemandem so frei gesprochen wie mit Traudel, Elsa und Luise. Verrucht hatte es sich angefühlt, verboten und ein kleines bisschen wie ein Abenteuer, über Dinge zu diskutieren, von denen sie genau wusste, dass sie sie daheim niemals auch nur erwähnen durfte. Sie hatte am Rotwein genippt und wurde beim Nachhausekommen von Agnes ausgeschimpft, weil sie so nach Rauch stank. Obwohl sie selber natürlich keine Zigarette angerührt hatte. «Wir waren noch in einem Café, dort wurde am Nachbartisch wie verrückt geraucht!», stammelte sie und kam damit noch einmal davon.

«Was denkst du über die Emanzipation der Frau?», fragte sie Henry rundheraus, als sie tags darauf mit ihm über den Jungfernstieg bummelte. Die Sonne stand hoch, und Lily hatte ihren

Sonnenknicker dabei, den Henry galant über sie hielt. Jetzt blieb er verblüfft stehen. «Wie bitte?», fragte er und lachte.

«Was denkst du darüber, dass es immer mehr Frauen gibt, die finden, dass sie mehr Rechte haben sollten? Dass zum Beispiel der Ehemann nicht alles entscheiden darf?», fragte sie.

Henry überlegte einen Moment, das schöne, kluge Gesicht in nachdenkliche Falten gelegt. «Nun, ich denke, dass es eine Frage ist, die Eheleute unter sich klären sollten», erwiderte er dann. «Der Ehemann entscheidet, so sieht es das Gesetz nun einmal vor, und so muss es auch sein, denn er hat einen besseren Einblick in die meisten Geschehnisse. Aber ein kluger Mann zieht seine Frau bei allem, was den häuslichen Bereich und vor allem die Kinder betrifft, zu Rate und fällt kein Urteil, bis er nicht ihre Meinung gehört hat. Und ich würde doch sagen, dass ich mich zu diesen klugen Ehemännern werde zählen können, glaubst du nicht auch?»

Er lächelte, aber als er sah, dass sie mit dieser Antwort nicht zufrieden war, blieb er stehen. Zärtlich nahm er ihr Gesicht in beide Hände. «Lily, warum zerbrichst du dir deinen schönen Kopf? Ich werde dir nie etwas verweigern, wenn ich nicht muss. Warum sollte ich auch? Ich liebe dich, du wirst die Mutter meiner Kinder sein, ich möchte, dass du glücklich bist. Ich werde dir deine Wünsche von den Augen ablesen, dir alles gestatten.»

Lily entwand sich seinem Griff und ging weiter. «Aber darum geht es ja gerade. Du entscheidest», sagte sie aufgebracht. «Über mich und später auch über unsere Kinder.»

«Ja, aber das ist eben so!» Erstaunt sah er sie an. «Das ist das Wesen der Ehe. Es kann doch schlecht umgekehrt sein, oder nicht? Ihr versteht nun einmal nichts von Welthändeln, daher könnt ihr nicht für euch selbst sorgen. Warum, glaubst du, ist unser Staatsgesetz so beschaffen?»

Sie war so überrumpelt von der Heftigkeit ihrer widersprüchlichen Emotionen, dass sie einen Moment einfach schweigend neben ihm herging. Ihr Gesichtsausdruck musste ihn verwirren, denn er zog sie plötzlich in seine Arme, sah sich verstohlen um und küsste sie schnell auf den Mund. Sie versteifte sich sofort, aber er schien es nicht zu merken. Mit den Daumen strich er ihr über die Wangen. «Ach, meine kleine Lilie, du bist es gewohnt, dass dein Vater und dein Bruder die Dinge regeln, und nun soll ich an ihre Stelle treten, und einiges wird sich verändern. Du machst dir Sorgen, ob ich vielleicht dunkle Geheimnisse in mir trage, ob ich jähzornig bin oder morgens schlecht gelaunt, ob ich zu viel von dir fordern werde. Aber Lily, du kennst mich, du weißt, wer ich bin. Wenn wir erst in unserem Haus leben, wirst du die glücklichste Frau Hamburgs sein!»

Wieder antwortete sie nicht. Schweigend gingen sie einen Moment am Ufer entlang. In der Ferne konnten sie den Schwanenwärter sehen und seine ewigen weißen Gefährten, die treu das kleine Boot umkreisten. Ich kenne dich eigentlich nicht, dachte sie, aber sie sprach es nicht aus.

«Es ist nur – ich habe mich in letzter Zeit viel mit Frauenrechten beschäftigt, besonders mit Entwicklungen in England. Am Seminar», fügte sie hastig hinzu, als er sofort die Stirn runzelte. «Und ich muss sagen, dass mir doch viele der Ansätze, die sie vertreten, einleuchten.» Schnell fasste sie ihn am Arm. «Versteh mich nicht falsch, ich bezweifle nicht, dass du mich immer gerecht behandeln würdest, Henry. Nur ist es so, dass ich manchmal denke … es ist doch nicht richtig, dass der Mann so vieles darf und die Frau so wenig!» Sie fürchtete, dass er nun ärgerlich reagieren würde.

Er dachte einen Moment nach. «Nun, ich kann deine Sorge nachvollziehen», sagte er dann, und sie seufzte erleichtert auf.

«Wirklich?», fragte sie.

Er lächelte zu ihr hinunter. «Gewiss, Liebes. Du hast recht, der Mann hat in manchen Dingen vielleicht zu viel Verfügungsgewalt und die Frau zu wenig, besonders wenn es um Belange geht, von denen er gar nichts versteht. Aber wie ich dir schon sagte: In einer guten Ehe wird dies nicht zum Problem, denn der gemeinsame Dialog verhindert es. Ein guter Mann gibt seiner Frau die Rechte, die das Gesetz ihr verweigert.»

Lily antwortete nicht, lächelte nur angestrengt. Er hatte überhaupt nicht verstanden, was sie sagen wollte. Sie fühlte sich plötzlich müde und spürte, wie ein Kopfschmerz den Nacken hinaufzukriechen begann. «Mir ist ein wenig heiß, wollen wir zurückgehen und eine Limonade trinken?», fragte sie.

Henry nickte. «Ich bringe dich in die Villa, dann muss ich los, heute Abend ist ein wichtiger Vortrag über Anästhesie, dem ich beiwohnen will.»

Henry wartete, bis Lily im Haus verschwunden war, dann donnerte er mit der Faust gegen die Wand der Kutsche.

«Los, Mann!», rief er. Und als sie die Einfahrt hinunterfuhren und in die Bellevue einbogen, merkte er erst, wie wütend er war. Diese kleine Gans. Was dachte sie sich – dass sie über ihn bestimmen würde? Dass sie gleichberechtigte Partner sein würden? Er wusste ja nicht, woher sie solche Ideen hatte, aber er sollte mal ein ernstes Wörtchen mit ihrem Vater reden. Wie kam sie nur auf solch abnormale Gedanken? Bestimmt von dieser Freundin, von der sie manchmal erzählt hatte, der *Ärztin*. Allein der Gedanke ließ ein abfälliges Lächeln auf seinem Gesicht erscheinen. Natürlich, die musste es sein. Schließlich kam sie aus England. Woher sonst sollte Lily solches Sufragetten-Geschwätz haben? Er schüttelte den Kopf und merkte, dass er wütend die Zähne zusammengebissen hatte. Es war egal. Er würde sie heiraten, komme, was wolle. Und sobald sie seine Ehefrau war, würde er ihr diese Gedanken austreiben. Aber vorher musste er eben den Geduldigen, Verständnisvollen spielen. Wenn er nur endlich seine Approbation in der Tasche hätte. Erst wenn Henry Medicus war, würde die Geldbörse seines Vaters wieder lockerer sitzen. Die Verbindung der Familien war von äußerster Wichtigkeit.

Der Handel der von Cappelns hatte in den letzten Jahren einige starke Dämpfer hinnehmen müssen. Ein Schiff war gesunken und durch die Versicherung nicht richtig abgedeckt gewesen, dann hatte eine Lagerhalle gebrannt. Dazu kamen noch seine persönlichen Schulden. Er hatte beim Spielen Pech gehabt, sie hatten sich schneller angehäuft, als ihm lieb war. Natürlich wäre es für seine Familie ein Leichtes, sie auszugleichen, aber er konnte seinen Vater nicht schon wieder um eine Zuwendung bitten. Und Lilys Mitgift würde beachtlich sein. Außerdem war da die kleine Stadtwohnung, von der sein Vater nichts wusste.

Wenn sie erst mit einer der größten Reedereien Hamburgs verbündet waren, würde das unsagbare Vorteile bringen. Allein mit seinem Gehalt als Arzt könnte er seinen Lebensstandard nicht aufrechterhalten, er war auf den Rückhalt seiner Familie angewiesen. Außerdem war Lily hübsch, er mochte ihre roten Haare, ihre weiße Haut. Er war verliebt in sie, zumindest glaubte er das. Ihre Brüste könnten größer sein für seinen Geschmack, aber gut, man konnte nicht alles haben, dafür vermutete er unter den vielen Schichten ihrer Kleider einen wohlgeformten Hintern. Aber wer konnte es schon sagen, die Schnitte heutzutage waren einzig dafür geschaffen, einen Mann in die Irre zu führen. Es war auch egal, was sich unter ihren Röcken versteckte – wenn es ihm nicht gefiel, war er nicht darauf angewiesen, es oft zu sehen. Aber sie war vorzeigbar, sehr sogar, und das war es, was er brauchte. Er wollte sie zur Frau haben, sie und keine andere. Aber aufsässig war sie, das musste man sagen. Er hatte immer gemocht, dass sie ihren eigenen Kopf besaß, nicht so eingebildet und oberflächlich war wie die meisten Frauen, die nicht besser waren als kleine Püppchen. Aber zu viel brauchte er davon auch nicht, vielen Dank! In diesem Moment überkam ihn eine dunkle Ahnung, dass sie ihm das Leben schwermachen würde, und er schüttelte unwirsch den Kopf.

Einem Impuls folgend, haute er wieder gegen die Kutsche. «Herbert, wir fahren nach St. Pauli!» Ein Vortrag über Anästhesie war das Letzte, was er jetzt brauchte.

Eine halbe Stunde später klingelte er an der Tür eines kleinen Stadthauses, und als Elenor ihm öffnete und überrascht zu ihm aufsah, war er immer noch nicht abgekühlt. Er stürzte sich regelrecht auf sie, presste sie gegen die Wand, und sie gab ein überraschtes Keuchen von sich, als er eine Hand unter ihre Röcke schob. «Na, mein kleines Kammerkätzchen», flüsterte er in ihr Haar. «Hast du mich vermisst?»

Als Antwort küsste sie ihn so hart, dass sie ihn in die Lippe biss.

Er zuckte zusammen und grinste dann. «Freches Biest!», sagte er, hob sie hoch und trug sie die Treppe hinauf ins Schlafzimmer. Frauen hatten nur einen Platz, dachte er, als er sie aufs Bett warf. Und zwar unter ihm.

D er Mond stand groß und hell hinter dem Turm des Rathauses, dessen Spitze ihn in zwei Hälften zu schneiden schien. Am Horizont lag noch der letzte Hauch eines rosa Schleiers, aber in der Stadt hatte sich bereits die Dunkelheit in den Gassen versteckt. Die Kutsche klapperte über den Asphalt, und die großen Gebäude der Innenstadt warfen den Schall zurück, sodass es schien, als liefe eine ganze Herde Pferde vor ihnen her. Lily beugte sich vor und zupfte Michels Hut zurecht. «Du weißt ja, du darfst ihn auf keinen Fall abnehmen!», ermahnte sie ihn schon zum zweiten Mal, und ihr kleiner Bruder nickte ernst. Dann sah er wieder mit großen, blinzelnden Augen aus dem Fenster und klammerte sich mit einer Hand an die Tür. Lily tat das Herz weh bei seinem Anblick. Michel durfte das Haus so gut wie nie verlassen. Tagsüber war er seit seiner frühesten Kindheit nicht mehr in der Stadt gewesen. Und auch damals nur im Kinderwagen mit darüber drapiertem Schleier, der angeblich die Sonne hatte abhalten sollen, tatsächlich aber verbarg, was im Inneren des Wagens zu sehen war. Als er klein war, hatte man ihm die Krankheit noch kaum angesehen, doch mit jedem Jahr wurde es schlimmer, und er war mehr und mehr an das Haus gefesselt. Bei ihren nächtlichen Ausflügen erstarrte Michel daher immer in Ehrfurcht, sog die Häuser und Menschen auf den Straßen in sich auf, als sähe er das alles zum ersten Mal.

Einmal hatte Lily im Unterricht das Rathaus gemalt, und als Michel die Abbildung abends sah, hatte er aufgeregt darauf gezeigt. «Falsch, Illy. Schwarz! Haus schwarz!»

Da hatte sie verstanden, dass die Stadt im Kopf ihres Bruders nur im Dunkeln existierte. Sie hatte sich abwenden müssen, um ihre Tränen vor ihm zu verbergen. Auch Sylta hatte ihr Lächeln nur mit größter Mühe halten können, Lily hatte gesehen, dass ihre Mutter die Hände zu Fäusten ballte.

Dabei musste sie dankbar sein, dass Michel überhaupt bei ihr war. Die Ärzte, die vorhergesehen hatten, wie die Krankheit sich entwickeln würde, wollten ihn vom ersten Tag an in eine

Irrenanstalt geben. Kinder wie Michel behielt man nicht in den Familien, schon gar nicht in den gut angesehenen. Die meisten wurden nach der Geburt von ihren Familien weggegeben. Manchmal sah man einen wie ihn am Hafen oder in den Gängevierteln, das hatte zumindest Franz erzählt. Aber auf keinen Fall in gutem Hause. Und die, die man auf der Straße sah, arbeiteten als Lumpensammler oder Fleetenkieker, stocherten tagein, tagaus in den sumpfigen, stinkenden Abwässern nach Abfall, weil sie keine andere Arbeit bekamen. Sie wurden von den Menschen ausgegrenzt und verachtet.

Lily verstand es nicht. Ihr kleiner Bruder war der lebensfroheste Mensch, den sie kannte. Er hatte Gefühle wie alle anderen auch, fürchtete sich im Dunkeln, liebte Franzbrot, Klaviermusik und schaurige Märchen. Nur weil er anders war und nicht so schnell denken konnte, mussten sie ihn verstecken? Sie wusste, dass er auf fremde Menschen merkwürdig, ja gar furchteinflößend wirkte. Sein Hinterkopf und die Stirn waren seltsam flach, die Nase sehr klein, die kleinen Augen waren schmal und langgezogen und ließen ihn immer ein wenig müde aussehen. Manchmal betrachtete sie Michel und versuchte, sich vorzustellen, wie er auf andere Menschen wirkte. Dann kam sie nicht darum herum, sich einzugestehen, dass es erschreckend sein musste, wenn man seinen Anblick nicht gewohnt war. Sein lauter Atem, der Speichel, der ihm oft übers Kinn lief, und die heisere Stimme waren eine ungewöhnliche Mischung. Lily fand alles an ihm entzückend, konnte gar nicht genug von ihm bekommen. Er hatte flaumige rote Haare, die den ihren in der Farbe genau glichen, und die liebsten Augen der Welt. Wenn er sich abends beim Vorlesen an sie kuschelte oder sie mit ihm zu Syltas Klavierspiel durch den Salon fegte, war sie glücklich. Für ihre Mutter und sie war er der größte Schatz. Sie wusste, dass auch ihr Vater Michel sehr lieb hatte. Aber manchmal schien es, als wolle er das nicht zulassen, als schämte er sich dafür, seinen missgestalteten Sohn zu lieben, da ihm die Gesellschaft doch diktierte, dass er dies nicht durfte. Oft war er streng mit Michel. Lily glaubte, dass er sich deswegen heimlich schuldig fühlte.

Als sie einmal in der Bibliothek nach einem Lexikon suchte, um ein Wort nachzuschlagen, hatte sie etwas gefunden, versteckt im Regal hinter den Enzyklopädien. Medizinische Bücher, die sich mit Michels Krankheit befassten. Neugierig hatte sie sie herausgezogen und mit zunehmender Faszination gelesen. Eine Schrift von einem Arzt namens John Langdon-Down hatte sie besonders interessant gefunden. Er forschte anscheinend zu der Krankheit, die er «Mongoloide Idiotie» nannte, und hatte 1866 eine Studie veröffentlicht, in der er sie als Erbkrankheit beschrieb.

Lily hatte vieles in dem Artikel nicht verstanden. Aber eine Sache beschäftigte sie seitdem. Wenn es sich um eine Erbkrankheit handelte – warum hatten sie und Franz sie dann nicht bekommen? Warum sah man sie bei ihren Eltern oder Großeltern nicht? Und warum durften sie Michel nicht in der Öffentlichkeit zeigen, wenn es doch eine Krankheit war wie jede andere auch, wenn er nichts dafür konnte, dass er anders aussah und anders dachte als andere Kinder? Ihr war klar, dass vor allem Franz die treibende Kraft dahinter war.

Viele Menschen wussten zwar, dass es in der Familie noch einen Sohn gab, aber schon vor Jahren hatten sie angefangen zu erzählen, dass er nicht mehr bei ihnen, sondern in einem Heim lebte. Die Angestellten hatten alle eine Verschwiegenheitserklärung unterschreiben müssen, in der sie bestätigten, dass sie niemandem etwas über seine Anwesenheit verraten würden. Aber die meisten von ihnen lebten ohnehin seit seiner Geburt im Haus und hatten Michel ins Herz geschlossen. Man konnte gar nicht anders. Wer ihn kannte, musste ihn lieb haben. Sogar Franz hatte eine weiche Seite, wenn es um seinen Bruder ging, auch wenn er sie gut versteckt hielt. Er fürchtete, was passieren würde, wenn jemand von Michels Krankheit erfahren sollte. Schon oft waren sie deshalb aneinandergeraten.

Auch Henry wusste zwar, dass sie einen kleinen Bruder hatte, aber die wenigen Male, die er bei ihrer Familie zu Gast gewesen war, hatten sie Michel versteckt. Er glaubte, dass Michel aus gesundheitlichen Gründen bei Verwandtschaft an der See lebte.

Immer wenn Lily protestierte und forderte, dass sie Michel nicht weiter verheimlichen sollten, geriet Franz in Wut. «Was meinst du, wie sie in der Schule über dich reden würden? Willst du als die Schwester der Missgeburt bekannt sein?», fragte er. «Es gilt als Erbkrankheit, das heißt, es liegt in unserem Blut. Meinst du, Henry würde dich heiraten, wenn er davon wüsste? Meinst du, er würde riskieren, dass seine Kinder als missgestaltete Idioten zur Welt kommen? Er ist Arzt, er kennt die Risiken.»

Wenn Franz einen dieser Ausbrüche gehabt hatte, tat es ihm meist sofort leid und er versuchte, sich zu erklären. «Du weißt, dass ich Michel liebe!», sagte er dann. «Aber er ist, was er ist. Und wir müssen ihn schützen!» Bei diesen Gelegenheiten erzählte er immer wieder von einer Show, die er in England gesehen hatte. «Dort war ein Mädchen genau wie er. Sie haben sie ausgestellt, Lily. Da waren Missgeburten, Idioten, Menschen aus Afrika. Es war furchtbar. Sie haben sie vorgeführt wie Tiere, als wären sie gleichgestellt mit den Affen. Michel ist ein lieber Kerl, aber man sieht es ihm nun mal nicht an. Was glaubst du, was die Leute denken? Sie haben Angst vor ihm, sie wollen sich nicht anstecken. Das kann man ihnen kaum verübeln, oder?»

Das Grausame war, dass Michels Zustand sich verschlimmerte. Dr. Selzer, Familienarzt und ein alter Freund ihres Vaters, hatte ihnen gesagt, dass das ein Teil der Krankheit war. Michel bekam oft schreckliche Krampfanfälle, bei denen er zitternd zu Boden sank und sein ganzer Körper gegen eine unsichtbare Macht zu kämpfen schien. Es war gut möglich, dass er einen dieser Anfälle nicht überlebte. Ohnehin würde Michel nicht alt werden. Sein kleines Herz war zu schwach. Deswegen hatte Lily es sich zum Ziel gesetzt, ihm sein kurzes Leben so schön wie möglich zu machen.

Da die St.-Michaelis-Kirche genauso hieß wie er, hatte ihr Bruder eine tiefe Faszination für das Gebäude entwickelt. Lily und er gingen seit Jahren einmal die Woche abends in die Stadt, um sich den Michel gemeinsam anzusehen. Es war nicht leicht gewesen, dies bei ihren Eltern und besonders bei Franz zu erwirken. Aber Michel hing so sehr an diesen Ausflügen, dass niemand das Herz hatte, sie ihm zu verbieten. Es gab jedoch strenge Regeln, an die sie sich halten mussten. Sie durften nur nach Einbruch der Dunkelheit hinaus. Die Kutsche setzte sie stets an einer verlassenen Ecke ab, wenn gerade niemand in der Nähe war, und nahm sie an einer anderen wieder auf. Sie verkleideten sich beide, zogen Schleier und Hüte an, sodass niemand sie erkannte.

Michel freute sich die ganze Woche auf ihren Ausflug. Seit einiger Zeit fuhren sie auch noch an den Baustellen der neuen Speicherstadt vorbei, die ihn mehr faszinierten als alles andere. Hier wurde Tag und Nacht geschuftet, und Toni ließ die Pferde jedes Mal langsam Schritt gehen, damit Michel aus dem Fenster sehen konnte. Aussteigen konnten sie hier nicht, die Gegend war nachts zu gefährlich, zu viele Menschen waren unterwegs. Lily wünschte sich, dass Michel es einmal bei Tag sehen könnte. Die vielen Fuhrwerke, die Tausenden Arbeiter, die Schiffe. Aber das würde niemals passieren. Sie konnte sich eine Welt, in der jemand wie ihr Bruder einfach am helllichten Tag durch die Stadt spazierte, ohne dass die Menschen gafften, ihn beschimpften oder vielleicht sogar verhaften ließen, nicht vorstellen.

Sie klapperten über den Dovenfleet, und Michel wechselte die Kutschenseite, um auf die Elbe hinausschauen zu können. Als sie rechts in den Rödingsmarkt abbogen, wo man vor einigen Wochen damit begonnen hatte, die Fleete zuzukippen, um Gleise für die Hochbahn zu verlegen, seufzte er enttäuscht. Am Herrengraben schließlich bog Toni in den großen Bäckergang ein und ließ dann die Pferde langsam anhalten. «Wir sind da, schnell hinaus!», drängelte Lily freudig. Sie stieg zuerst aus und sah sich um. Nur wenige Menschen waren unterwegs, sie konnten unbesorgt losgehen. Sie griff Michels Hand, die vor Aufregung ganz feucht war. Er zappelte unruhig. Lily nickte Toni zu; er fuhr an und bog um die Hausecke.

Hand in Hand liefen sie über den Schaarmarkt, bogen in die Elbstraße ein und steuerten auf den Michel zu. Je näher sie der Kirche kamen, desto aufgeregter wurde ihr Bruder.

Sie hatten die Kirche einmal umrundet, ausgiebig den hohen Turm bestaunt, als es passierte. Sie spürte plötzlich, wie Michels Hand sich in ihrer anspannte.

Dann begann er zu zittern.

Oh nein!, dachte sie. Bitte nicht hier, nicht jetzt!

Er sank zu Boden, sein kleiner Körper bäumte sich auf, er rang nach Luft, zuckte unkontrolliert. Lily sank neben ihm auf die Knie und versuchte, ihn festzuhalten. Der Anfall war so schlimm, dass sie einen Moment dachte, Michel würde an Ort und Stelle sterben. Seine Augen waren nach hinten gerollt, Speichel lief ihm aus dem Mund. Schnell packte sie ihre Tasche und schob ihm den Griff zwischen die Zähne, damit er sich nicht an seiner eigenen Zunge verschluckte. Verzweifelt redete sie auf ihn ein.

«Um Himmels willen, was hat der Junge?» Ein Mann im Zweiteiler und mit Zylinder kniete plötzlich neben ihr. Als er Michel sah, zuckte er kurz zusammen, aber er behielt die Fassung. Eine Frau kam hinzu, sie trug ein elegantes Rosenkleid und zog einen kleinen Hund an einer Leine hinter sich her.

«Großer Gott!», entfuhr es ihr. Sie schlug die Hand vor den Mund. «Was ist denn mit seinem Gesicht?», fragte sie und musterte Michel entsetzt.

«Eine Krankheit», erklärte Lily schnell. Nun war es ohnehin zu spät, sie hatten ihn schon gesehen. «Sie ist nicht ansteckend, keine Sorge.»

«Wir müssen einen Arzt rufen!», sagte die Frau.

Lily schüttelte den Kopf. «Er beruhigt sich bald wieder, aber wir müssen nach Hause!», sagte sie und sah sich verzweifelt nach einer Mietdroschke um. Sie durften nicht noch mehr Aufsehen erregen.

«Wo wohnen Sie?», fragte der Mann. Lily kämpfte immer noch damit, Michel festzuhalten, und als er sah, welche Mühe sie hatte, half er ihr.

«In der Bellevue», sagte Lily nach kurzem Zögern. Der Mann sah sie überrascht an. Kurz musterte er ihr teures Kleid. Dann blickte er einen Moment zu der Frau hoch. Er war ein wenig jünger als ihr Vater und hatte ein freundliches Gesicht. Lily konnte in diesem Moment nur hoffen, dass sie mit dieser Einschätzung richtiglag.

«Unsere Kutsche steht gleich um die Ecke, wir wollten nur rasch einen Moment in die Kirche, um für meine Mutter zu beten …» Er hielt inne. «Sarah, lauf schnell und sag ihm, er soll herkommen.»

«Hältst du das für eine gute Idee?», fragte die Frau, aber dann sah sie auf den zuckenden Michel hinab und nickte. «Gut», sagte sie und eilte davon.

Wenig später war der Anfall vorüber, und sie konnten Michel in die Kutsche heben. Sein Kopf hing schlaff herab, er war in eine Art Dämmerschlaf verfallen, wie immer nach diesen Attacken. Sie kosteten ihn wahnsinnig viel Kraft, er würde die nächsten Tage über im Bett bleiben müssen. Lily war erleichtert, als sich die Türen der Kutsche hinter ihnen schlossen, aber je näher sie ihrem Zuhause kamen, desto ängstlicher wurde sie. Was würden ihre Eltern sagen? Sie hoffte nur, dass das Paar ihre Familie nicht kannte. Vielleicht waren sie ja gar nicht aus der Stadt und würden niemandem von dem Geschehen erzählen.

Michel lag auf Lilys Schoß, die beiden saßen ihnen gegenüber und betrachteten sie. Lily strich ihrem Bruder sanft über das Haar.

«Wie lange hat er das schon?», fragte der Mann. Die Frau hatte, seit sie in der Kutsche saßen, noch kein Wort gesprochen. Sie drückte sich in die Ecke, presste ihren Hund an die Brust und beäugte Michel, als wäre er ein tollwütiges Tier, das sie jeden Moment anspringen könnte.

«Seit seiner Geburt», sagte Lily leise.

«Und hat er oft solche Anfälle?»

Sie nickte. «Es wird mehr und mehr. Aber der letzte ist schon eine Weile her.»

«Wie unglücklich, dass es gerade in der Stadt passiert ist!»

«Ja», sagte Lily.

Schrecklich unglücklich.

Als sie die Einfahrt der Villa hochfuhren, sah sie das Erstaunen im Gesicht der Frau. Schon im Hof kam ihnen Agnes entgegen. Sie schrie auf, als sie Michel sah. «Um Gottes willen, was ist denn nur passiert?» Sofort eilte sie ins Haus zurück, und Lily konnte sie in der Halle rufen hören.

Sie blieb sitzen und wartete, bis Franz und ihr Vater kamen und ihr Michel abnahmen.

Franz legte sich seinen kleinen Bruder vorsichtig über die Schulter und trug ihn ins Haus. Michel hatte die Augen geschlossen, ihm lief Speichel aus dem Mund.

Ihr Vater bedeutete Lily mit einem Nicken, ebenfalls hineinzugehen. Seine Miene war unlesbar. Sie bedankte sich hastig bei dem Paar und rannte schnell hinter den anderen her. Im Flur blieb sie stehen und blickte durch das kleine Fenster neben der Tür. Ihr Vater sprach mit den beiden, die Frau nickte mitleidsvoll, der Mann machte eine ernste Miene. Sie wusste in diesem Moment, dass sie nie wieder mit Michel nach draußen würde gehen dürfen.

9

Als Lily zum Schweinemarkt kam, wartete Jo bereits auf sie. An eine Laterne gelehnt stand er da, die Mütze tief ins Gesicht gezogen. Zunächst erkannte sie ihn in der Menge nicht, aber als sie ihn entdeckt hatte und näher kam, sah sie, dass seine Augen in den Schatten unter der Kappe an ihr klebten. Sie durchfuhr ein Schauer. Er wirkte so fremd, wie er da stand, eine Zigarette in der Hand, eine dunkle Jacke über der Hose. Im hellen Lichte dieses normalen Hamburger Vormittags konnte sie nicht glauben, dass sie diesen Mann geküsst hatte.

Nun, es darf ja auch nie wieder passieren!, dachte sie, wie in den letzten Tagen schon hundertmal. Nervös fummelte sie an ihrem Hut herum. Aber alles, was sie sich vorher zurechtgelegt hatte, all die Worte, die sie hatte sagen wollen, all die guten Vorsätze verschwanden wie die Flamme einer ausgepusteten Kerze, als sie vor Jo anhielt und in sein Gesicht sah. Sie wollte, dass er sie wieder küsste. Dass er sie packte und an sich zog, genau wie neulich Nacht. Am liebsten sofort, hier, an der lauten Haltestelle, umgeben von all den Menschen.

Doch er war seltsam abweisend, nickte nur zur Begrüßung und musterte sie.

«Schwarz wäre zu auffällig gewesen», erklärte sie rasch. Sie spürte, dass sie rot wurde, und ärgerte sich. «Aber ich habe ein Tuch dabei, das ich mir später umlege!» Warum musste er sie immer so eindringlich ansehen, und warum hatte sie immer das Bedürfnis, sich vor ihm zu rechtfertigen? Sie hatte sich in ihrem einfachsten braunen Hauskleid hinausgeschlichen, das sie meistens zwischen Frühstück und Mittagessen anzog, wenn sie sich nur in ihrem Zimmer aufhielt.

«Erwartet auch niemand, Sie gehören ja nicht zur Familie!», sagte er und suchte mit den Augen die Straße ab, als könnte er es nicht erwarten, dass endlich die Bahn auftauchte.

Lily zuckte zusammen, als er sie siezte, und starrte ihn erschrocken an, aber er wich ihrem Blick aus. Sie biss sich auf die Lippen. Anscheinend wollte er so tun, als hätte es den Kuss nie gegeben. Sie hatte geglaubt, dass er sich freuen würde, sie wiederzusehen, so wie auch sie es kaum hatte abwarten können, obwohl sie sich beharrlich das Gegenteil einredete. Aber da hatte sie wohl vollkommen falschgelegen. Er schien mürrisch, schlecht gelaunt, ihre Anwesenheit war ihm offensichtlich lästig. Nun, sie hatte ihn nicht gezwungen, mit ihr zu fahren! Sie presste die Kiefer zusammen und stand stumm neben ihm. Die Enttäuschung über sein Verhalten brannte ihr in der Kehle. Wahrscheinlich küsste er jeden Abend irgendwelche Frauen, und sie war nur eine von vielen. Schließlich hatte sie selbst gesehen, wie die Hand der Färberin in der Kneipe auf seinem Bein gelegen hatte. Wie dumm sie gewesen war zu denken, dass der Kuss etwas bedeutet hatte. Wahrscheinlich konnte er sich gar nicht mehr daran erinnern.

Keiner von ihnen sagte ein Wort, bis die Bahn kam und allgemeines Gedrängel ausbrach. Drinnen war es voll, die Menschen standen dicht an dicht. Jo schob sich durch die Menge, und sie folgte ihm stolpernd.

Er lehnte sich gegen eines der Fenster, und sie blieb ein wenig atemlos vor ihm stehen. Als die Bahn mit einem Ruck anfuhr, verlor sie den Halt und knallte gegen seine Brust. Er packte sie am Arm und hielt sie fest.

«Alles in Ordnung?», fragte er, und sie nickte peinlich berührt.

«Halten Sie sich an mir fest!», befahl er schroff. Er hatte einen der Fenstergriffe gepackt, aber Lily reichte nicht an sie heran.

«Nein danke», sagte sie. Wenn er unfreundlich und distanziert sein wollte – das konnte sie auch. Sie begriff nicht, was los war, sie hatten sich doch gut verstanden.

«Sie fallen gleich wieder um!» Er rollte mit den Augen.

«Tue ich nicht!», widersprach sie und prallte gleich darauf mit einem erschrockenen Laut hart gegen ihn, als die Bahn zum Stehen kam.

Er seufzte und schob sie gegen das Fenster, wo sie mit brennenden Wangen stehen blieb und sich anlehnte. Nun hatte sie zwar Halt, aber er stand so dicht vor ihr, dass sie nur die Fingerspitzen austrecken musste, um sein Hemd zu berühren. Die Nähe war ihr unangenehm, sie wusste nicht, wo sie hinschauen sollte, aber sie konnte sich auch nicht umdrehen und ihm den Rücken zuwenden. So hielt sie den Blick starr auf seinen Hemdkragen gerichtet und krallte die Hände hinter sich in die Griffe am Fenster.

«Gibt's da was Interessantes zu sehen?», fragte Jo, und als sie aufblickte, wurde ihr klar, dass er sich über sie lustig machte. Offensichtlich merkte er, wie unangenehm ihr die Situation war.

«Nein, ich wollte nur nicht mehr in Ihr mürrisches Gesicht blicken», gab sie zurück.

Er lachte erstaunt auf. «Mürrisch?»

«Ja!», sagte sie. «Habe ich vielleicht irgendwas getan, das Ihre miserable Laune erklären könnte?» Sie zischte jetzt leise, weil sich ein paar Umstehende schon nach ihnen umdrehten.

«Ich habe keine schlechte Laune», widersprach er überrascht.

«Und ob!», sagte sie spitz.

«Sie sind jetzt also Expertin im Gedankenlesen?»

«Du!», sagte Lily.

«Was?» Erstaunt hob er die Augenbrauen.

«Du. Ich heiße Lily. Wir waren schon beim Du, falls Sie es vergessen haben!»

Einen Moment sagte er nichts, musterte sie nur wieder eindringlich. Sein Blick glitt über ihr Gesicht, blieb einen Moment an ihren Lippen hängen. «Habe ich nicht», sagte er dann leise. Die Bahn fuhr an, und sie streckte erschrocken die Hände aus, um ihn davon abzuhalten, gegen sie zu fallen. Aber er hielt sich am Griff fest, und schnell ließ sie die Hände wieder sinken. «Ich wusste nur nicht, ob Sie es nicht vielleicht lieber vergessen wollten», setzte er hinzu, und sein Blick flackerte einen Moment.

Verwundert sah sie zu ihm hoch. Wie meinte er das? «Wollte ich nicht!», sagte sie dann.

Eine Sekunde lang blitzte Erstaunen in seinen Augen auf. Er öffnete den Mund, um etwas zu erwidern, doch plötzlich machte die Bahn einen solchen Ruck, dass die Menschen erschrocken aufschrien und durcheinanderstolperten. Jo fiel hart gegen sie, presste sie mit seinem ganzen Körpergewicht an das Glas, und eine Sekunde spürte sie seinen Atem an ihrem Hals.

«Huch!», sagte sie, als seine Hände plötzlich auf ihrer Hüfte lagen.

Er richtete sich auf und löste sich schnell von ihr. «Wilde Fahrt!», sagte er und rückte seine Kappe gerade. «Alles noch heile?»

Lily nickte. Sie spürte immer noch den Druck seiner Hände auf ihrem Körper und merkte, wie ihre Wangen wieder brannten. Dass sie auch immer rot werden musste! Er roch heute frischer als beim letzten Mal, nach Seife und ein wenig nach Holzfeuer.

Sie mochte den Geruch.

«Ja. Aber halten Sie sich jetzt lieber an mir fest», sagte sie ernst, und er schnaubte belustigt.

«Du» sagte er dann, und auch sie musste lächeln.

Den Rest der Fahrt schwiegen sie. Lily wusste nicht, was sie reden sollte, und auch ihm schien nichts einzufallen. Aber das Schweigen war nicht mehr so drückend wie vorher, und sie sah aus den Augenwinkeln, dass sein Gesicht sich entspannt hatte. Ab und zu trafen sich ihre Blicke. Sie spürte seinen warmen Körper dicht neben sich, immer mal wieder wurden sie durch das Ruckeln der Bahn aneinandergepresst, ihre Hände oder Arme streiften aneinander, aber jetzt war es ihr nicht mehr unangenehm.

Jetzt hinterließ es ein Brennen auf ihrer Haut.

Die Frau neben Lily sah immer mal wieder mit spitzen Lippen zu ihnen hinüber. Sie hatte die Spannung zwischen ihnen genau bemerkt. Aber sie taten nichts Unschickliches, und so begnügte sie sich damit, mit der Zunge zu schnalzen und sie mit ihren Blicken zu durchbohren, was die beiden noch ein wenig mehr zum Grinsen brachte. Doch als sie sich dem Friedhof näherten, kam Lily zu sich. Plötzlich war er wieder da, der Stein im Magen, den sie nun immer spürte, wenn sie an Paul Herder dachte. Sie hatte Angst davor, was sie erwartete. Wussten die Menschen, warum er gestorben war? Würde man ihre Anwesenheit überhaupt dulden?

Sobald sie die kleine Kapelle betraten, begannen die Menschen, leise zu tuscheln. Köpfe drehten sich, Hälse wurden gereckt, Lily hörte jemanden missbilligend zischen. Auch in ihrem einfachsten Kleid stach sie noch hervor. Jemandem wie ihr sah man die Herkunft immer an, allein ihre Haltung und ihre Frisur unterschieden sie von den anderen. Oder wussten die Menschen einfach, wer sie war? Dass die Beerdigung nur ihretwegen überhaupt stattfand? Ein Prickeln überzog ihren Körper.

Als sie durch den Mittelgang zum Altar gingen, um sich zu bekreuzigen, registrierte Alma mit einem undurchdringlichen Blick ihre Anwesenheit. Einen Moment hielten ihre Augen einander fest. Lily seufzte vor Erleichterung, als die Frau nach ein paar Sekunden wieder nach vorne blickte. Sie würde Lily also nicht hinauswerfen.

Sie wählten eine Bank ganz hinten. Jo räusperte sich und nahm seine Mütze ab. Der Stoff ihres Kleides berührte sein Bein, als sie sich setzten. Sie hätte gerne seine Hand gegriffen, wagte es aber nicht.

Während der Pfarrer sprach, hing Lily geradezu an seinen Lippen. Sie hoffte, dass er recht hatte mit dem, was er sagte. Dass Paul jetzt im Himmel war, dass es ihm dort gut ging und er auf seine Familie wartete. Aber sie konnte auch nicht anders, als sich zu fragen, warum Gott zugelassen hatte, dass er so leiden musste, nur um ihn dann im Jenseits zu belohnen. Es ergibt keinen Sinn, dachte sie, und schämte sich sogleich für ihre blasphemischen Gedanken.

Während der Pfarrer sprach, wanderten Jos Gedanken umher. Religion bedeutete ihm nichts, seit sein Vater gestorben war und er erkannt hatte, dass Gott nicht existierte. Oder vielleicht existierte er, aber dann mochte Jo ihn nicht besonders gut leiden. Kein Grund, ihn zu verehren, dachte er immer. Er warf Lily einen Seitenblick zu. Sie hing mit den Augen an der Kanzel, den Kopf leicht zur Seite geneigt. Über ihrem Ohr kringelte sich eine rote Locke, und in dem fahlen Licht leuchteten ihre Sommersprossen noch stärker als sonst. Sie spürte wohl seinen Blick auf sich, denn sie sah ihn an, zog fragend die Augenbrauen hoch. Schnell schaute er weg.

Früher war ihm nicht aufgefallen, wie hübsch sie war. Keine Schönheit, keine Frau, nach der man sich auf der Straße automatisch umdrehte. Ihr Reiz lag in den Details, in den leicht geschwungenen Augen, dem kleinen roten Mund.

Ihr Duft war heute so stark. Schon in der Bahn hatte er ihn bemerkt ...

Sie hatte ihn sehr überrascht. Er war sicher gewesen, dass sie gar nicht kommen würde, hatte verblüfft innegehalten, als er ihr rotes Haar in der Menge erspähte. Schneid hatte sie, das musste er ihr lassen. Erst nachdem er sie geküsst hatte und sie verschwunden war, war ihm klargeworden, wie idiotisch er sich verhielt. Er hatte alles riskiert für einen betrunkenen Kuss in einer dunklen Gasse. Wenn jemand sie gesehen oder Lily ihn verraten hätte ... Es war nicht auszudenken. Er hätte alles verlieren können.

Es durfte nie wieder passieren.

Er war sich ganz sicher gewesen, dass auch sie zu diesem Schluss gekommen war. Schließlich war sie verlobt. Er konnte sich eigentlich nicht vorstellen, dass sie öfter kleine Liebschaften mit Hafenarbeitern unterhielt. Außerdem hatte er sie zuerst geküsst.

Aber sie hatte den Kuss erwidert.

Als der einfache Holzsarg über den Friedhof getragen wurde, hielten sie ein wenig Abstand zu der kleinen Prozession. Es waren nicht viele Leute gekommen, ein paar Kollegen, Pauls Eltern, alt und gebeugt, von Kummer zerfressen, ein paar Freunde. Ein einfacher Arbeiter pflegte keine Bekanntschaften. Bei Dreizehn-Stunden-Schichten im Hafen blieb für so etwas keine Zeit, die Kollegen waren die Freunde, und nur wenige konnten sich für eine Beerdigung freinehmen, denn ein Tag Ausfall bedeutete einen Tag ohne Lohn.

Lily konnte nicht umhin zu bemerken, wie schäbig die Friedhofsecke war, in der Paul beerdigt wurde. In der Prozession kamen sie an Hunderten liebevoll gestalteten Grabmalen vorbei, die sich gegenseitig in ihrem Schmuck und Putz überboten. Bald jedoch wichen die Steinmetzarbeiten einfachen Holzkreuzen, die Blumen wurden weniger und die Abstände zwischen den Gräbern immer schmaler. Armut macht auch vor dem Tod nicht halt, dachte Lily.

Es war warm, das Sonnenlicht flimmerte zwischen den Bäumen hindurch, malte Muster auf die schwarzen Gewänder der Trauernden, die Vögel sangen und verliehen dem Ganzen eine trügerisch friedliche Färbung. Doch als der Sarg in die Erde des Gemeinschaftsgrabes gelassen wurde, entfuhr Alma ein gequälter Laut. Sie hatte schon während der Messe immer wieder unter krampfartigen Hustenanfällen gelitten, auch jetzt krümmte sie sich immer wieder zusammen. Sie weinte und hustete so sehr, dass sie kaum noch Luft bekam. Lily presste sich die Hand vor den Mund. Tränen liefen ihr über die Wangen, sie konnte sie nicht zurückhalten. Als die Witwe in die Knie sank und hemmungslos schluchzte, während sich Hein und Marie verloren aneinanderklammerten, fühlte sich Lily so elend wie nie zuvor in ihrem Leben. Allein sie war schuld daran, dass die Familie so leiden musste. Plötzlich legte sich Jos warme Hand beruhigend in ihren Nacken.

Als Jo sich später einreihte, um sein Beileid zu bekunden, blieb Lily unsicher stehen. «Vielleicht sollte ich lieber nicht …», begann sie.

«Unsinn, natürlich musst du, wie sieht das aus, wenn du herkommst und dann nicht mit ihr sprichst!», widersprach er. Sie nickte mit blassem Gesicht und stellte sich neben ihn.

Alma nahm ihre gestotterte Beileidsbekundung stumm und

mit kühlem Blick entgegen. Aber als Lily die Hand austreckte, ergriff sie sie.

Jo umarmte Alma. «Wenn ich euch irgendwie helfen kann ...», bot er an, doch sie schüttelte den Kopf.

«Wir haben bereits alles verkauft, was wir konnten. Die Beerdigung hat mich mein letztes Geld gekostet. Die wenigen Sachen, die wir noch haben, kriegen wir auf einen Karren!»

«Trotzdem!», bestand Jo. «Wann zieht ihr um?»

«Am Sonntag», sagte Alma und drückte seinen Arm. «Du hast schon mehr getan als jeder andere», sagte sie kraftlos. «Lass gut sein, Jo. Uns kann jetzt nur noch der Herr helfen.»

Jo nickte. «Darauf würde ich mich nicht verlassen», murmelte er so leise, dass nur Lily es hören konnte. Überrascht sah sie zu ihm auf. «Ich werde euch bald besuchen!», versprach er Alma.

Lily hatte bei allem stumm zugehört. Fieberhaft dachte sie nach. Als sie sich zum Gehen wandten, packte sie Jo am Arm. «Ich habe Sachen, die ich der Familie geben kann.»

Jo sah erstaunt zu ihr hinunter. «Ach ja, und was für Sachen?»

Sie zuckte die Achseln. «Sachen eben. Was man so braucht.»

«Gut. Du kannst sie mir geben, und ich bringe sie ihnen.»

Sie schüttelte den Kopf. «Ich will dabei sein!» Mehr denn je fühlte sie sich für die Familie verantwortlich. Außerdem musste sie sich eingestehen, dass sie inzwischen jede Gelegenheit genutzt hätte, um Jo wiederzusehen. Auch wenn sie ihm dafür erneut in eine der dreckigsten, verrufensten Gegenden Hamburgs folgen musste. «Sonntags gehe ich nachmittags immer spazieren, da kann ich mich wegschleichen.»

Jo musterte sie einen Moment mit unlesbarem Blick, und Lily spürte wieder, wie seine Nähe jede Faser ihres Körpers zum Vibrieren brachte. Gibt es ein Wort für dieses Gefühl?, fragte sie sich.

Dann schüttelte er kaum merklich den Kopf. «Das wird kein

gutes Ende nehmen!», verkündete er seufzend, aber er sagte es wie jemand, der ein Unheil zwar voraussah, sich ihm aber nicht entgegenstellen würde.

———— • ◆ • ————

«Louise Otto-Peters hat schon vor vierzig Jahren das Frauenwahlrecht gefordert. Vierzig Jahre. Und was ist passiert? Wir haben nicht einmal das Bürgerrecht.» Isabel setzte ihr Glas so heftig ab, dass Saft über den ganzen Tisch spritzte. Ärgerlich wischte sie die Tropfen mit der Hand weg.

Der kleine Frauenzirkel saß in Marthas Wohnung, wie es zur Gewohnheit geworden war, und Isabel führte das Wort.

«Wir können es aber erwerben!», warf Lily ein. Wie immer, wenn sie es wagte, in der Runde den Mund zu öffnen, spürte sie sofort, dass sie rot wurde. Aber mit dieser Thematik kannte sie sich zufällig aus, denn sie war daheim am Esstisch schon wiederholt diskutiert worden.

«Richtig!», stimmte Isabel ihr zu. «Aber wir müssen es beantragen. Und was bringt es uns dann? Wir können ein Grundstück erwerben. Und ein Gewerbe anmelden. Oder Handel betreiben. Ist das nicht großartig?», fragte sie zynisch. «Wenn wir also Kauffrau oder Reinigungskraft werden wollen, dann ist das sehr nützlich.»

Lily nickte erschrocken. «Ja, für unsere Frage bewirkt es nicht viel, das stimmt», gab sie zu.

«Überhaupt nichts!», klagte Isabel. «Wir dürfen uns politisch nicht engagieren, müssen immer wachsam sein, dass die Obrigkeit unsere Bestrebungen nicht in den falschen Hals bekommt.»

Traudel mischte sich ein. «Also tun wir das, was wir bisher gemacht haben, Isabel. Das, was wir dürfen. Wir publizieren.

Wir verfassen Petitionen. Und wir versuchen, über andere Wege politischen Einfluss zu nehmen.»

«Das reicht aber nicht!» Isabel klang mit einem Mal traurig. «Diese ganzen Petitionen!», seufzte sie. «Nichts als Bittschriften. Beschwerden. Das bringt doch nichts. Manchmal glaube ich, sie werden gar nicht gelesen.»

«Das darfst du nicht sagen, Isabel!» Emma legte ihr die Hand auf den Arm. «Die Frauenbewegung wird erstarken! Du hast doch gehört, was in England passiert ist!»

Als Isabel nur den Kopf schüttelte und abwinkte, fragte Lily zaghaft: «Was ist denn passiert? Ich habe das gar nicht mitbekommen.»

«Oh, es war furchtbar!», erklärte Emma. «Sie haben vor ein paar Jahren den sogenannten *Contagious Diseases Act* verabschiedet, das sind Gesetze über ansteckende Krankheiten. Die haben es der Polizei ermöglicht, alle Frauen, die sie für Prostituierte hielten, festzunehmen und sie dann einer Zwangsuntersuchung auf Geschlechtskrankheiten zu unterwerfen. Es stimmt schon, dass Prostitution in Großbritannien ein echtes Problem geworden war. Besonders in London hatte es unvorstellbare Ausmaße angenommen, in manchen Straßen war jedes zweite Haus zum Bordell geworden. Die Frauen lebten unter menschenunwürdigen Bedingungen. Ich habe es teilweise selbst gesehen. Am schlimmsten war es in Aldershot. Dort ist der größte Standort der britischen Armee. Irgendwann gab es dort so viele Prostituierte, dass sie in Erdlöchern hausten, verdreckt, verlaust und krank, kaum besser als Tiere. Aber dort waren die Soldaten, und wo die Soldaten sind … Die Syphilis war weit verbreitet, und natürlich steckten sich die Kunden an. Seuchen griffen um sich wie verrückt.» Emma presste missbilligend die Lippen aufeinander. «Der *Act* sollte dem Einhalt gebieten. Aber diese Gesetze waren menschenverachtend. Sie dienten nur dazu, den Männern das Leben zu erleichtern. Wenn die Frauen sich weigerten, mussten sie Zwangsarbeit verrichten. Frankreich haben sie sich als Beispiel genommen, dort war diese Vorgehensweise bereits normal. Prostituierte konnten vollkommen willkürlich von der Polizei, Ärzten oder der Kirche aufgegriffen werden. Und das wurde nun auch in England eingeführt. Auch wenn man noch so schäbig mit ihnen umging, drohten keine Konsequenzen. Es wurde überhaupt nicht bedacht, dass kaum eine Frau diesen Beruf freiwillig ergreift, der sie unweigerlich krank macht, hohe Risiken und soziale Ausgrenzung mit sich bringt.»

Martha mischte sich ein: «Sie tun es aus Not, aus Verzweiflung. Oft sind es Witwen oder alleinstehende ältere Frauen, die sonst verhungern würden. Und die Männer nutzen es aus und beschweren sich dann, wenn sie sich anstecken oder die Moral ihrer Stadt verfällt. Schließlich gäbe es das Gewerbe ohne die männlichen Kunden gar nicht. Die Nachfrage bestimmt das Angebot, oder nicht?»

Emmas Gesicht war wutverzerrt. «Richtig. Die Untersuchung ist sehr schmerzhaft. Sie nehmen dafür das sogenannte Spekulum. Du musst es dir vorstellen wie eine große Zange aus Eisen, Lily. Die stecken sie der Frau in den Unterleib, um ihn zu öffnen. Eine entwürdigende Prozedur, besonders wenn sie nicht freiwillig erfolgt. Sie wird oft mit einer Vergewaltigung verglichen, und als Ärztin muss ich sagen, das kommt der Sache nahe – zumindest wenn es nicht freiwillig geschieht.» Aber als Lily bei ihren letzten Worten erschrocken zusammenzuckte, brach ihre Freundin schnell ab und warf ihr einen besorgten Blick zu. «Wie dem auch sei. In England haben sich die Frauen zusammengeschlossen und protestiert. Es gab Petitionen, und Hunderttausende haben unterschrieben. Florence Nightingale war eine Fürsprecherin, und Josephine Butler hat die Kampagne angeführt, vielleicht hast du schon von ihnen gehört?»

Lily schüttelte den Kopf, aber Emma sprach schon weiter. «Josephine Butler ist eine großartige Frau. Niemand wollte sein Gesicht herhalten, allen war es zu schmutzig, zu obszön. Aber sie hat es getan. Die Petition hat einen Skandal ausgelöst. Zum ersten Mal haben sich gut situierte Frauen öffentlich zu einer solchen Frage geäußert. Plötzlich wusste jeder Bescheid. Immer mehr Frauen traten öffentlich für die Sache ein. Aber auch viele Männer haben sich starkgemacht. Sogar Victor Hugo hat sich dafür ausgesprochen und den Protest der Frauen unterstützt. Hast du mal etwas von ihm gelesen?»

«Wir haben einige seiner Bücher daheim!», erwiderte Lily ausweichend. Sie verschwieg, dass sie diese nicht gelesen hatte. Ihre Eltern überwachten streng, was sie konsumierte, und Hugo hatte ihr Vater bisher immer als «nicht geeignet für eine junge Dame» befunden. Auch wusste sie nicht, was Syphilis war. Aber sie traute sich nicht zu fragen.

«Ich finde ihn großartig, er prangert soziale Missstände an und ist zudem sehr unterhaltend!» Während sie sprach, verteilte Traudel Kekse. «*Der Glöckner von Notre Dame* ist mein Lieblingsbuch. Zu schade, dass Hugo gestorben ist!»

Emma biss in ein Apfelplätzchen und sprach mit drängender Stimme weiter. «Lily, besonders dich wird interessieren, wie Butler vorgegangen ist. Sie hat es mit der Aufklärung der Menschen durch das Schreiben versucht. Zeitungsberichte über das Leben der Prostituierten, Zeugenaussagen, Kolumnen. So wurde die breite Masse auf ihr Anliegen aufmerksam. Sie trat auch öffentlich auf und hielt Reden. Ich habe sie einmal selbst gesehen, es war einfach wahnsinnig inspirierend. Viele Jahre hat sie nicht aufgegeben, und ihre Mitstreiterinnen ebenso wenig. Und vor zwei Jahren haben sie dann tatsächlich den *Act* aufgehoben. Die Untersuchungen wurden verboten und die Zugriffsgewalt der Polizei eingeschränkt. Das alles haben die Frauen erreicht! Auch hier in Hamburg gibt es genug Missstände, für die man sich starkmachen kann. Die Lebensbedingungen in den Gängevierteln sind katastrophal. Ein einziger großer Slum. Und wie es immer ist, leiden am meisten die Frauen darunter. Hier muss sich etwas verändern. Was ich mit der ganzen Sache sagen wollte», erklärte Emma und sah nun Isabel an, «gib nicht auf! Wir haben nicht viel Macht, aber auch damit können wir etwas erreichen. Wir tun, was wir können. Aber wenn wir uns in Gefahr begeben, ist niemandem geholfen!»

«Das musst du gerade sagen!» Empört stand Isabel auf und ging im Raum umher. «Du könntest durch das, was du machst, jederzeit im Gefängnis landen. Und doch hörst du nicht auf. Jeden Tag gehst du in die Viertel und kümmerst dich um die Menschen dort und riskierst deinen Ruf und deine Freiheit. Und warum? Weil du weißt, dass es richtig ist. Wieso verlangst du also von mir, dass ich nichts tue?»

Erschrocken musterte Lily Emma. Sie wusste, dass diese in einem Wohnstift als Krankenschwester arbeitete. Aber ihr war nicht klar gewesen, dass sie sich dabei in Gefahr begab.

«Ich verlange ja gar nicht, dass du nichts tust. Ich will nur nicht, dass wir uns durch illegales Vorgehen in unnötige Gefahr begeben», protestierte Emma.

«Missstände werden nicht vom Kanapee aus behoben, Emma. Das weißt du genauso gut wie ich. Man muss etwas riskieren, wenn man etwas verändern will. Man muss auf die Straße gehen!»

Die beiden Frauen sahen sich einen Moment lang an. Dann nickte Emma. «Du hast recht. Ich mache mir nur Sorgen», sagte sie leise.

Als Emma und Lily nach dem Treffen aus der Bahn stiegen und noch ein wenig über den Rathausplatz schlenderten, war Lily sehr still. Emma warf ihrer Freundin zuweilen verstohlene Blicke zu. Lily hatte ihr erzählt, was passiert war. Hatte von dem Unfall berichtet, der Beerdigung und den Schuldgefühlen, die sie seitdem plagten. Emma konnte nachvollziehen, wie es Lily ging, es musste furchtbar sein, diese Bürde auf sich geladen zu haben. Lily hatte auch von einem Mann namens Johannes Bolten erzählt. Und obwohl sie sich sichtlich bemühte, sachlich und emotionslos von ihm zu berichten, hatte Emma bemerkt, wie ihre Augen funkelten, als sie von ihm sprach. Ihre Stimme war plötzlich höher gewesen als sonst, ihre Wangen röter. Atemlos hatte sie geschildert, wie er den Mann aus dem Wasser gezogen hatte. Und Lily würde ihn wieder treffen. Sie hatte vor, sich am Sonntag aus dem Haus zu schleichen, um ihn zu sehen.

Emma wusste nicht, ob sie richtiglag, aber sie hatte das dringende Gefühl, dass bereits etwas zwischen den beiden geschehen war. Lily, die beinahe zehn Jahre jünger war als sie selbst, hatte bisher ein sehr behütetes Leben geführt. Und Emma wusste, dass das behütete Leben der Damen der Oberschicht oft bedeutete, dass sie in einem Zustand der Unwissenheit groß wurden, den man nur als skandalös bezeichnen konnte. Aufklärung gab es nicht. Viele von ihnen wussten bis zu ihrer eigenen ersten Schwangerschaft nicht einmal, woher Kinder eigentlich genau kamen. Sie hatte schon des Öfteren mit schwangeren Damen zu tun gehabt, die vollkommen perplex darüber waren, dass das Kind in ihrem Leib groß wurde, anstatt eines Tages vom Klapperstorch auf ihr Bett gelegt zu werden, der ihnen dann ins Bein biss, sodass sie eine Weile unpässlich waren. Dann musste sie erklären, dass die amourösen Aktivitäten im Ehebett sie in diese Lage gebracht hatten.

Sie hatte gesehen, dass Lily sich bei ihrem Gespräch über Prostituierte unwohl fühlte. Wenn Lily auch nur halb so unwissend war wie die meisten unverheirateten Damen in ihrem Alter, musste Emma sie beschützen. Wissen wie dieses zu verbreiten, war in den letzten Jahren zu so etwas wie Emmas zweiter Lebensaufgabe geworden. Nichts konnte mehr Elend und Übel verhindern, als eine gründliche, detailreiche und schonungslose Aufklärung zur rechten Zeit. Diese Lehre hatte sie aus ihren Jahren in Whitechapel gezogen.

Tatsächlich war Lily schockiert gewesen über die Dinge, die Emma erzählte. Sie hatten sie tief beunruhigt und ein seltsames, nervöses Kribbeln in ihr ausgelöst. Gerne hätte sie Fragen gestellt, während die Freundin sprach, aber sie traute sich nicht. Sie hatte noch bis vor kurzem gedacht, dass Kinder durch den Nabel zur Welt kamen. So hatte es ihre Bonne früher erzählt, und sie hatte es seitdem nicht in Frage gestellt. Doch nach ihrer Verlobung mit Henry hatte ihre Mutter sie zur Seite genommen und ein ernstes Gespräch mit ihr geführt. Seitdem wusste Lily, woher die Kinder wirklich kamen. Offenbar gehörte es zur Ehe, dass Mann und Frau peinliche und höchst seltsame Dinge miteinander taten. Die Offenbarungen ihrer Mutter hatten sie schockiert und fasziniert zugleich. Danach hatte sie tagelang nicht schlafen können. Anfangs hatte sie sogar gezweifelt, ob Sylta ihr die Wahrheit erzählte. Noch viel abwegiger war allerdings, dass ihre Mutter sich solche Dinge einfach ausdachte. Aber Lily konnte sich einfach nicht vorstellen, dass Damen so etwas tatsächlich taten, ja, dass Männer es von ihnen verlangten! Erst nach diesem Gespräch hatte sie viele Dinge aus den Büchern, die sie las, richtig verstanden. Es war, als öffnete sich ihr plötzlich eine vollkommen neue Welt der versteckten Anspielungen.

Sie hatte am Seminar in einer Pause mit Berta heiß darüber diskutiert. Berta war empört gewesen. Sie glaubte, dass Kinder vom Storch gebracht wurden. Ihre Mutter hatte es ihr selbst gesagt, und diese hatte sieben Kinder, sie musste es also wissen. Aufgebracht hatte sie Lily der Lüge bezichtigt und behauptet, dass keine anständige Frau jemals so etwas tun würde. Dann hatte sie Lily stehengelassen und war mit glühenden Wangen davongerauscht.

Doch am nächsten Tag kam sie kleinlaut zurück. Sie hatte ihre verheiratete Schwester gefragt, und die hatte sie brühwarm und ohne Umschweife über die Leiden der ehelichen Verpflichtungen aufgeklärt und ihr auch klargemacht, dass es Orte geben musste, an denen unverheiratete Männer ihre gottgegebenen Bedürfnisse befriedigen konnten. Dafür gab es Prostituierte. «Nur deinen Ehemann, den darfst du später nicht bei so einer erwischen, dann hast du etwas gründlich falsch gemacht!», hatte sie der schockierten Berta erklärt und sie damit vollends verstört.

Lily war weit davon entfernt, verstört zu sein. Dennoch verunsicherte sie das ganze Thema. Sie hatte immer noch nur eine vage Vorstellung, was im Ehebett zwischen Mann und Frau passierte. Sylta hatte zwar versucht, es, so gut es ging, zu erklären, aber es war ihr nicht leichtgefallen. «Eigentlich darf ich dir das gar nicht sagen, du musst es von deinem Mann lernen, Lily!», hatte sie mit roten Wangen erklärt. «Du sollst unschuldig und unwissend in die Ehe gehen, so verlangen es die Regeln. Wenn deine Großmutter wüsste, dass ich mit dir darüber spreche … Aber ich fand es damals schrecklich, so nichtsahnend zu sein, und will dir das ersparen. Bereite dich darauf vor, dass es sehr weh tun wird. Beim ersten Mal ist das immer so. Und wenn es dir auch später nicht gefällt, dann denke immer daran: Du musst es nur aushalten, bis du ein Kind erwartest. Mehr wird von dir nicht verlangt!» Sie hatte hinzugefügt, dass es auch sehr schön sein konnte, war dann aber rot geworden und ins Stottern geraten. «Ich bin sicher, Henry wird dir alles beibringen, was du wissen musst. Und erzähl ihm besser nichts von unserem Gespräch!», hatte sie die Unterhaltung beendet.

Obwohl ihr heute bei der Diskussion im Salon alle diese Dinge wieder durch den Kopf gegangen waren, hörte Lily nur mit halbem Ohr zu, während ihre Freundin munter weiter über das Treffen plauderte.

Plötzlich blieb Emma stehen. «Hier, ich habe etwas für dich.» Sie griff in ihre Tasche und zog zwei Bücher heraus. «Sie sind von Martha geliehen, du kannst sie ihr zurückgeben, wenn du fertig bist. Und sie hat auch noch mehr, falls sie dein Interesse wecken», sagte Emma vage, und Lily griff mit fragendem Blick nach den Büchern.

«*Madame Bovary*», las sie und zog die Augenbrauen hoch. «Nie gehört!»

Emma nickte. «Das hätte mich auch gewundert. Sicherlich überwachen sie zu Hause streng, was du liest?», fragte sie.

Lily nickte. Besonders ihre Großmutter hatte ein äußerst wachsames Auge auf ihre Lektüre.

«Ja, das machen alle Eltern aus gutem Hause, die Literatur kann einem nämlich nur allzu gründlich die Augen öffnen.» Emma lachte und reichte ihr das zweite Buch. «*Die Memoiren der Fanny Hill.* Versteck es gut. Es wird dich schockieren, aber du wirst eine Menge lernen.»

«Ach ja, und was genau?», fragte Lily erstaunt.

«Nun», Emma lächelte. «Zum Beispiel, dass manche Menschen der Meinung sind, dass es für echte Erotik auch der geistigen Liebe bedarf.» Lily spürte, wie ihr das Blut in die Wangen schoss. Sie konnte nicht fassen, dass Emma auf offener Straße von Erotik sprach, als wäre es ein ganz normales Thema. «Hier ist noch *Clarissa*.» Emma zog ein weiteres Buch aus der Tasche. «Und in das hier solltest du auch einmal hineinschauen.»

Verblüfft nahm Lily das Buch in die Hand. Jemand hatte ein großes schwarzes Kreuz über den Einband geschmiert.

«Das war Martha. Sie regt sich immer so auf, wenn es um diese Themen geht!», erklärte Emma schmunzelnd. «Aus diesem Buch darfst du kein einziges Wort glauben. Ich gebe es dir nur, damit du siehst, womit wir es aufnehmen. Welche Meinungen von einem Mediziner verbreitet werden. Alles Humbug. Aber es gibt leider viele, viele Menschen, die diesen hanebüchenen Unsinn glauben.»

Lily betrachtete den Einband. *«Die Funktionen und Störungen Reproduktiver Organe»,* las sie laut und zog schockiert die Luft ein. Ihr Gesicht glühte jetzt.

Emma nickte. «Dr. Acton hat mit diesem Buch sehr viel Schaden angerichtet, das kann ich dir sagen», ereiferte sie sich. «Nicht nur sind seine Behauptungen nicht belegt oder gar erforscht. Er maßt sich an zu wissen, was für Männer das Richtige ist, und er tut auch so, als wäre er ein Experte, wenn es um die sexuellen Bedürfnisse von Frauen geht. Dabei sind die weiblichen Geschlechtsorgane nicht einmal obligatorischer Teil der medizinischen Ausbildung. Er empfiehlt unter anderem, als Heilung für hysterische Frauen – also genauer gesagt alle Frauen, die körperliches Verlangen spüren –, die Klitoris zu entfernen.» Sie schnaubte verächtlich, ihre Augen funkelten. «Du solltest es lesen, damit du verstehst, wie viele Menschen denken. Und dann liest du die Romane, damit du verstehst, wie es wirklich ist! Was ich dir heute gebe, ist nur der Anfang.»

Lily nickte unsicher. Sie wusste nicht, was eine Klitoris war, aber sie steckte die Bücher in ihre Tasche.

Emma betrachtete die Freundin einen Moment. Ja, sie tat das Richtige. Lily musste aufwachen, wenn sie es jemals aus ihrem behüteten, sinnfreien Dasein herausschaffen wollte. Emma war nur zu bewusst, dass alle Romane, die sie Lily eben gegeben hatte, von Frauen handelten, die in ähnlichen Verhältnissen aufwuchsen wie sie – und zu Ehebrecherinnen wurden. Aber wenn sie mit ihren Vermutungen richtiglag und es eines Tages wirklich zum Äußersten kam, sollte Lily wissen, dass sie nicht alleine war. Und dass man manchmal nicht anders konnte, als Regeln zu brechen.

10

Als sie Almas Wohnung betraten, war sogar Jo schockiert. Die ganze Familie würde in dieser einen winzigen, dunklen Kammer leben. Es gab ein Bett, eine Bank an der Wand, einen Schrank und eine Feuerstelle in der Ecke. Diese Wohnung war noch viel ärmlicher als die letzte. Er sah an Lilys Gesichtsausdruck, wie entsetzt sie war. Aber sie bemühte sich tapfer, ein Lächeln aufzusetzen. Plötzlich schrie sie auf und klammerte sich an seinen Arm. Jo hatte seinen schweren Stiefel bereits auf das kleine schwarze Tier gesenkt, das über ihre Schuhe gelaufen war, und es mit einem lauten Knirschen zertreten. «Feuerwurm», erklärte er, zuckte die Schultern und streifte die zertretene Kakerlake an einem Dielenbrett ab. Lily atmete heftig. Sie strich sich eine Haarsträhne aus dem Gesicht. Er war sich sicher, dass sie es in diesem Moment bereute, mitgekommen zu sein.

Alma war gerade damit beschäftigt, mühevoll das einzige Bett in die Mitte des Zimmers zu schieben. «Wir müssen die Wohnung entwanzen», verkündete sie atemlos. Sie hatte Lilys Anwesenheit an Jos Seite mit einem überraschten Blick registriert, sagte aber nichts, sondern nickte ihnen nur knapp zu.

Schnell sprang Jo herbei und half ihr. Alma triefte bereits vor Schweiß, ihre Bluse war klatschnass. Im Kessel in der Ecke brodelte Wasser, und das Zimmer war kochend heiß. «Gut, dass wir nicht mehr viele Möbel haben», sagte sie grimmig. «Ich habe die Kinder in den Hof geschickt.»

Jo drehte sich zu Lily um. Es war genau so, wie er es vorhergesagt hatte, sie stand im Weg und war mehr eine Belastung als eine Hilfe. «Das wird eine Weile dauern …», sagte er. «Du kannst auf keinen Fall alleine zurückgehen. Würdest du warten?»

«Ich helfe!», protestierte Lily, aber Alma und Jo schüttelten gleichzeitig den Kopf.

«Auf keinen Fall! Das ist keine Arbeit für eine Dame. Und wir haben ohnehin nur zwei Kellen!», sagte Alma. Sie schickten Lily in den Flur, wo sie durch die offene Tür zusah, wie Jo und Alma die mühevolle Prozedur vollzogen, die Jo schon so oft in seinem Leben mitgemacht hatte. Sie übergossen die Wände und Ritzen im Boden mit kochendem Wasser aus dem Kessel.

«Das wird so nichts, ich besorge Spiritus», verkündete Jo nach einer Weile. Auch er war inzwischen klatschnass. Er hatte Mütze und Hemd ausgezogen, der Schweiß rann ihm über Gesicht und Oberkörper. Alma hustete immer wieder schwer, die feuchte Luft machte ihr offenbar zu schaffen. Jo lief an Lily vorbei, die noch immer im Flur wartete, und verschwand mit einem kurzen «Gleich wieder da» im Treppenhaus.

Als er zurückkam, machte er sich daran, den Spiritus in die Wandritzen zu träufeln. Dann nahm er einen brennenden Span aus dem Ofen und zündete den Spiritus an, ließ ihn kurz brennen und erstickte schnell die Flammen mit einem Topfdeckel. Das versetzte nicht nur die Wanzen, sondern vor allem die Kakerlaken – die Feuerwürmer –, die sich ebenfalls in der Wohnung tummelten, in Panik, sodass sie bald wild überall umherkrabbelten. Der Gestank war kaum zu ertragen.

Nach zwei Stunden Arbeit hatten sie es geschafft. «So, jetzt ist die Wohnung aber sicher blitzsauber!», rief Lily begeistert, trat durch die Tür und sah sich um.

Jo und Alma warfen sich mit hochgezogenen Brauen einen Blick zu. «Schön wär's», schnaubte Alma. «Nächste Woche müssen wir das Ganze wiederholen. Und wahrscheinlich auch in den Wochen drauf. Die Biester verstecken sich überall. So schnell kriegt man die nicht wech.»

«Das darf doch nicht wahr sein!», rief Lily entsetzt, und Alma brach in schallendes Lachen aus. Auch Jo musste schmunzeln. Ihre Naivität, so anstrengend sie auch sein konnte, hatte immer wieder auch etwas Charmantes.

«Vielleicht haben die Kinder jetzt wenigstens eine Woche Ruhe», murmelte Alma, deren Gesicht sich schon wieder verfinsterte.

«Wo schlafen Sie?», fragte Lily vorsichtig und zeigte auf das einzige Bett. «Kaufen Sie noch weitere Möbel?»

Alma warf ihr einen Seitenblick zu. «Nein», sagte sie knapp. «Wir schlafen auf dem Boden. Wir breiten die Klamotten aus. Das Bett ist für den Schlafgänger.»

«Den was?» Lily schüttelte verständnislos den Kopf.

Jo sah Alma mit besorgter Miene an. «Das gefällt mir nicht, kennt ihr ihn?», fragte er. «Könnt ihr ihm vertrauen? Ohne einen Mann im Haus, der dich und die Kinder verteidigen kann …»

Alma unterbrach ihn ungeduldig. «Nein, ich kenne ihn nicht. Aber was soll ich tun, Jo? Es gibt gutes Geld, also stelle ich keine Fragen. Du brauchst dir keine Sorgen zu machen. Wenn mir einer dummkommt, weiß ich mich schon zu verteidigen», sagte sie grimmig und hustete dann wieder.

Jo war nicht beruhigt. «Wenn er dich anrührt, dann kommst du sofort zu mir!», bat er sie eindringlich, und als sie nicht reagierte, fasste er sie am Arm. «Hast du gehört, Alma?», fragte er.

«Ja doch, ist ja gut!» Sie machte sich los. «Nun geht aber, ihr habt genug getan.»

In diesem Moment ertönte ein lautes Gurgeln. Alma und Jo sahen Lily erstaunt an. Sie presste sich schnell die Hände auf den

Bauch, ihr Gesicht glühte vor Scham. «Verzeihung. Ich habe …
lange nichts gegessen!», stotterte sie, als ihr Magen schon wieder
ärgerlich gurgelte.

Jo sah, wie peinlich ihr die Situation war, und konnte nur mit
aller Mühe ernst bleiben. «Na, dann kaufen wir jetzt schnell mal
was.» Er zwinkerte ihr zu und zog sie in den Flur. «Ich könnte
auch was vertragen. Wir kommen gleich wieder!», rief er.

Sie kauften Käse, Brot und etwas Obst aus den Vierlanden
vom Karren einer buckligen kleinen Bauersfrau, die selbst aussah wie ein verschrumpelter Winterapfel. Als Lily bezahlen
wollte, winkte Jo gereizt ab. «Ich habe Arbeit, ich brauche keine
Almosen», sagte er.

Sie steckte das Geld rasch wieder ein und warf ihm einen fra-
genden Blick zu. Er wusste, dass sie es gut meinte, aber konnte
nicht anders, als sich in seinem Stolz gekränkt zu fühlen.

Als sie mit ihrem Bündel durch die Gassen liefen, erklärte
er ihr, was ein Schlafgänger war. «Das sind Arbeiter, die sich
keine eigene Wohnung leisten können. Sie mieten die Betten
von Familien, die dringend Geld brauchen, und finden so nach
einem harten Arbeitstag wenigstens ein wenig Schlaf», sagte er.
«Charlie lebt auch oft so, es ist eigentlich nichts dabei. Doch bei
einer Witwe … Du weißt nie, an wen du gerätst. In Hamburg ist
es aber gang und gäbe. Charlie hat sich erst als Trockenmieter
versucht. Man zahlt eine sehr günstige Miete, wenn man in eine
noch nicht durchgetrocknete Neubauwohnung zieht. Aber es
war noch zu kalt, er hat sich fast sofort eine schreckliche Lungenentzündung geholt. Wäre fast verreckt. Seine Lunge ist seitdem
nicht die alte. Als Schlafgänger hat er es zumindest warm und
ein wenig Gesellschaft.»

Jo seufzte. «Außerdem gibt es einfach nicht genug Platz. Besonders schlimm ist es geworden, nachdem sie St. Annen abge-

rissen haben. Ganze Viertel werden plattgemacht, und keiner schert sich darum, wo die Leute hinsollen. Die Männer müssen in der Nähe des Hafens wohnen, sie können nicht jeden Tag noch zwei Stunden hin und zurück zur Arbeit fahren, dazu ist nicht genug Zeit bei einer Neunzig-Stunden-Woche. Die Mieten werden daher in diesen Vierteln teurer und teurer, obwohl die Menschen dort immer ärmer werden. Sogar den Kehrwieder haben sie abgerissen, alles für die Speicherstadt ...» Jos Gesicht hatte sich sorgenvoll zusammengezogen, während er sprach. Er blickte über die Dächer der Stadt, als gäbe es dort irgendwo Antworten auf seine Fragen. «Aber niemand wehrt sich, niemand kann etwas tun. Die Arbeiter sind nicht organisiert, und es gibt niemanden, der auf ihrer Seite kämpft. Die Schlafgängerlösung kommt also vielen zugute.»

L ily konnte es nicht fassen. Die Familie musste mit einem fremden Mann das Zimmer teilen? Sie verstand nun, warum Jo vorhin so besorgt reagiert hatte. Das war eine Situation, die für eine anständige Frau undenkbar schien. Dass Frau Herder dazu gezwungen war, tat ihr beinahe mehr leid als der Verlust ihres Ehemannes. Sie stellte sich die Scham vor, vor einem fremden Mann seine Toilette zu machen, sich anzukleiden und ... Ein schrecklicher Gedanke kam ihr: Sie musste sogar vor dem Mann ihren Säugling stillen.

Um das Essen zu kaufen, hatten sie ein paar Straßen weit gehen müssen, und der Hunger war inzwischen nicht mehr Lilys größtes Problem. Sie musste sich so dringend erleichtern, dass sie bald an nichts anderes mehr denken konnte. Sie hatte bereits in der Wohnung einmal nach dem Weg zum Abort gefragt, aber Frau Herder hatte nur belustigt auf den Eimer in der Ecke gezeigt und «Ich schau wech!» gerufen. Lily war zusammengezuckt und hatte sich ohne ein Wort wieder auf die Treppe gesetzt. Das war bereits über eine Stunde her.

Schließlich überwand sie ihre Scham und gestand Jo ihr Problem. Sie konnte ihm dabei nicht in die Augen sehen. Sein Mundwinkel zuckte kurz, aber er führte sie, ohne eine Miene zu verziehen, eine Straße weiter zu einer Reihe hölzerner Schuppen.

Lily blieb entsetzt stehen. Der Gestank war barbarisch. Fliegen schwirrten umher, und eine braungelbe Masse sickerte in kleinen Rinnsalen unter den Türen durch. Aber sie hatte keine Wahl. «Schlimmer wird's nicht!», flüsterte sie sich selbst zu, als sie mit spitzen Fingern die Tür aufzog und dann die Hand vor den Mund presste. «Wenn du das schaffst, schaffst du alles!» Ihre Augen begannen zu tränen, aber tapfer übertrat sie die Schwelle.

Drinnen raffte sie, so gut es ging, ihre Röcke hoch und hielt die Luft an, als sie sich über das Loch in der Holzbank hockte. Noch nie war sie an einem schlimmeren Ort gewesen. Zu allem Überfluss krampfte ihre Blase, und es dauerte eine halbe Ewigkeit, bis sie endlich das ersehnte Plätschern hörte. Als sie nach draußen stolperte, hatte sie einen Moment das schreckliche Gefühl, sich übergeben zu müssen. Reiß dich zusammen, Lily!, dachte sie verzweifelt. Wenn sie jetzt auch noch vor Jo ihren Mageninhalt auf die Straße entleerte, konnte sie ihm nie wieder ins Gesicht sehen.

Er lehnte in einiger Entfernung an einer Laterne. «Geht's?», fragte er mitleidig. Sie nickte nur stumm. Ihr Hunger war mit einem Mal verschwunden.

Sie teilten das Essen mit Frau Herder und ihren Kindern. Sowohl Jo als auch Lily aßen nur wenig, zupften am Brot herum und taten so, als würden sie kauen. Beiden war klar, dass die Familie die Nahrung dringend brauchte, und keiner von ihnen wollte es ihnen wegessen.

Während des Mahls schwiegen alle, nur Frau Herder krümmte sich immer wieder unter quälenden Hustenanfällen. Ihr Atem rasselte. Die Kinder beobachteten ihre Mutter angstvoll mit großen Augen. «Sind nur die Dämpfe!», winkte Alma ab, als sie wieder sprechen konnte, und wischte sich die Tränen aus dem Gesicht. Marie war ganz blass geworden. Als sie nicht hinsah, schob Hein seiner Mutter unauffällig ein Stück seines Käses auf den Teller. Lily und Jo sahen es, und ihre Blicke trafen sich. Lily dachte an das Abendbrot, das sie daheim erwartete, und fühlte einen Stich im Herzen. Sonntagabends gab es immer etwas Gutes, sie hatte vorhin beim Rausgehen bereits die Schmorzwiebeln aus der Küche gerochen. Dazu reichte Hertha meistens Kartoffeln und Hamburger *Rode Grütt* als Nachtisch. Lily betrachtete die Kinder, die stumm ihr Brot aßen. Wenn sie gekonnt hätte, hätte sie die ganze Familie mit zu sich in die Villa genommen und sie von Hertha bekochen lassen.

Wenigstens hatte sie aus ihrem Zimmer und dem Rest des Hauses Dinge zusammengesucht, von denen sie hoffte, dass sie einer Familie mit wenig Geld vielleicht nützlich sein konnten. Auch ihre Mutter und ihre Großmutter hatte sie um Spenden gebeten, allerdings ein wohltätiges Projekt am Seminar vorgeschoben, für das sie die Sachen angeblich sammelte. Sie war selbst überrascht, wie flüssig ihr die erneute Lüge über die Lippen ging. Für einen guten Zweck darf man die Wahrheit verbiegen, dachte sie, war sich aber ganz und gar nicht sicher, ob Sylta und Kittie das genauso sehen würden. Sie hatte einiges zusammengebracht, vor allem alte Spielsachen von Michel, ein paar Unterröcke und Kleidungsstücke aus ihrer Kommode, die sie nicht mehr trug, ihre Schuhe vom letzten Jahr, Bücher, zwei alte Kleider von ihrer

Mutter und aussortierte Tücher von Kittie. Ein wenig schämte sie sich, der Familie ihre gebrauchten Sachen zu geben, aber sie dachte sich, dass sie sie zur größten Not ja verkaufen oder eintauschen konnten.

Als Lily und Jo wenig später das Haus verließen, waren beide nachdenklich und in sich gekehrt. Stumm liefen sie eine Weile nebeneinanderher. «Was meinst du, was sie hat?», fragte Lily, aber Jo zuckte nur die Achseln.

«Kann alles sein», sagte er.

«Sie muss zu einem Arzt gehen!»

«Was soll das bringen?»

«Er kann sie untersuchen und ihr Medizin geben.»

Jo gab ein abfälliges Geräusch von sich. «Es gibt hier keine Ärzte, Lily!»

Verständnislos sah sie zu ihm auf. «Wie meinst du das?»

«Genau, wie ich es sage. Es gibt hier keine Ärzte. Keine guten jedenfalls. Niemand hier könnte sie bezahlen. Es gibt Kurpfuscher, Quacksalber, Hebammen, Kräuterfrauen und Wahrsager. Unser Familienarzt zum Beispiel hat seine Lizenz ganz sicher gekauft. Er nimmt horrende Summen selbst für die kleinsten Behandlungen, aber kann so gut wie nie etwas ausrichten. Ich kenne unzählige Geschichten von Leuten, deren Beschwerden nach der Behandlung schlimmer geworden sind, aber so gut wie keine von Leuten, deren Leiden sich gebessert hat. Trotzdem geht man hin. Weil es sonst nichts gibt. Aber Alma könnte sich das sowieso nicht leisten. Eine Arbeiterin verdient vielleicht acht bis zehn Mark in der Woche. Was meinst du, was ein Arztbesuch kostet? Und sie ist Witwe, hat einen Säugling. Sie kann momentan gar nicht arbeiten. Bei Brüchen oder ähnlichen schlimmen Sachen geht man ins Spital, wenn es keine andere Möglichkeit gibt. Aber sonst … Das bringt doch alles nichts, ist nur Geldma-cherei.»

Lily lief erschrocken neben ihm her. Für sie war es immer selbstverständlich gewesen, dass Dr. Selzer kam, wenn es ihr nicht gut ging. Und sie hatte sich nie klargemacht, dass nicht alle Menschen Hilfe holen lassen konnten, wenn sie sie brauchten. «Das wusste ich nicht», sagte sie leise.

Jo sah sie einen Moment mit gerunzelter Stirn an, und sie hatte das Gefühl, etwas Dummes gesagt zu haben.

Sie überquerten die Spitalerstraße und bogen in eine Gasse ein, als Lily plötzlich wie angewurzelt stehen blieb. Die Frau da mit dem Korb – diesen forschen Schritt kannte sie doch. Ebenso das braune Haar und die schmale Gestalt. «Emma?» rief sie un-gläubig, und die Frau drehte sich überrascht um.

«Lily?» Mit großen Augen kam Emma auf sie zu und schloss sie in die Arme. «Was machst du denn hier?»

«Das Gleiche wollte ich dich fragen! Wir haben … jemandem beim Umzug geholfen», erklärte sie ausweichend. «Und du?»

Ihre Freundin sah ganz anders aus als gewöhnlich. Von den feinen Kleidern und Silberspangen war nichts mehr zu sehen, sie trug das einfache Gewand und den Haarknoten einer Arbeiterin.

«Ich arbeite hier!» Emma lächelte sie an, ihre braunen Augen blitzten, und mit ihrem geschwungenen roten Mund sah sie wunderschön aus.

Lily bemerkte, dass auch Jo die Freundin wohlwollend mus-terte, und ein kleiner, eifersüchtiger Stachel schoss durch sie hin-durch. Er stellte sich vor, Emma schüttelte seine Hand, und ihr Blick glitt zwischen Lily und Jo hin und her. Dann erst registrier-te Lily, was Emma gerade gesagt hatte. «*Hier* ist der Wohnstift?», fragte sie ungläubig.

Emma lachte und hakte sich bei ihr unter. Gemeinsam gingen

sie weiter. «Ja, er ist hier gleich um die Ecke», erklärte sie. «Dort wohnen hauptsächlich alte Witwen, die sich nicht mehr selber versorgen können.»

«Und was machen Sie dort?», fragte Jo neugierig.

«Ich bin Ärztin.» Sie sagte es ganz ruhig, als wäre es etwas vollkommen Normales. «Natürlich nicht offiziell», fügte sie mit einer Grimasse hinzu. «Offiziell bin ich so etwas wie eine Krankenschwester. Ich darf ja hier nicht arbeiten. Aber ich kümmere mich um alle Bewohner und inzwischen auch um viele aus den umliegenden Häusern.» Sie seufzte. «Ich kann gar nicht genug Zeit hier verbringen, es kommen immer mehr, und ich kann sie ja nicht einfach wegschicken. Es hat sich herumgesprochen, dass wir umsonst behandeln. Viele vertrauen mir inzwischen, aber eigentlich sind es fast alles Frauen. Männer kommen nur, wenn sie keine andere Wahl haben. Das passiert aber dann doch gar nicht so selten, niemand hier hat Geld, und alle haben ihre Leiden. Es ist nicht legal … Wenn mich jemand verpfeift, gerate ich in ernsthafte Schwierigkeiten. Aber bisher ist das nicht passiert.»

«Und das tun Sie umsonst?» Ungläubig starrte Jo sie an.

Emma wurde ein wenig rot. «Es geht mir gut, ich bin versorgt und zum Glück nicht darauf angewiesen, Geld zu verdienen», erklärte sie rasch. Lily wusste, dass es ihr unangenehm war, aus einer wohlhabenden Familie zu stammen.

«Du läufst hier alleine herum, jeden Tag?», fragte sie erschüttert. Das erklärte das einfache, beinahe schäbige Gewand, das Emma trug.

«Ach, irgendwann gewöhnt man sich daran. In London war es auch nicht anders. Und ich weiß mich zu verteidigen.» Emma blieb stehen und zog aus einer Falte ihres Rockes ein winziges dünnes Messer, das in der Sonne aufblitzte. «Das ist ein Skalpell. Trennt in einer Sekunde einen Finger durch!», sagte sie und lachte, als Jo einen anerkennenden Pfiff ausstieß. «Aber ich bin trotzdem vorsichtig. Oft lasse ich mich von einem der Burschen begleiten, die für uns arbeiten. Nachts komme ich nur, wenn es gar nicht anders geht, und ich … nun ja … verkleide mich ein wenig, wie ihr seht.»

Plötzlich kam Lily ein Gedanke, und sie blieb so abrupt stehen, dass Jo in sie hineinlief. «Emma, sag, hättest du vielleicht noch ein wenig Zeit?», fragte sie.

Frau Herder machte große Augen, als sie kurz darauf in Emmas Begleitung bei ihr klopften. «Eine Frau als Arzt?», fragte sie entsetzt. «Das gibt es doch gar nicht!»

Emma lächelte warm. «Sie müssen sich nicht von mir untersuchen lassen, wenn Sie das nicht wollen. Aber ich versichere Ihnen, dass mein Wissen genauso viel wert ist wie das eines Mannes. Ich habe die gleichen Vorlesungen besucht, die gleichen Prüfungen abgelegt und den gleichen Titel erhalten.»

Frau Herder rümpfte ungläubig die Nase. «Was sagt denn Ihr Ehemann dazu?», fragte sie. «Erlaubt er das etwa?»

«Ich habe keinen Ehemann», antwortete Emma. «Männer heiraten keine Ärztinnen», fügte sie etwas leiser hinzu, und Lily sah sie überrascht an. Emma klang traurig, fast ein wenig verbittert, und Lily fragte sich, ob das einen bestimmten Grund hatte.

Auch Frau Herder hob eine Augenbraue. «Nun, kann man ihnen nicht verdenken, oder? Ist ja auch gegen die Natur», sagte sie bissig.

In Emmas Gesicht zuckte es kurz, aber sie erwiderte nichts, sah ihr Gegenüber nur abwartend an.

«Sie behandelt dich umsonst!», drängte Jo. Er trat einen Schritt vor und verschränkte die Arme vor der Brust. «Denk an die Kinder und nimm es an, Alma!»

Frau Herder sah ihn unsicher an. «Also gut!», brummte sie schließlich. «Aber wenn sie was Komisches macht, schreie ich!»

«Das wird nicht nötig sein!», erklärte Emma ruhig. Lily sah, dass nun ihr Mundwinkel belustigt zuckte. «Ich erkläre Ihnen alle Schritte, die ich vornehme, und wenn Sie mit etwas nicht einverstanden sind, höre ich auf. So, ihr wartet alle draußen!», verkündete sie an Lily, Jo und die Kinder gewandt. Aus ihrem Korb holte sie gleich darauf eine Arzttasche und klappte diese auf dem Bett auf. Allerlei silbernes Werkzeug kam zum Vorschein. Fasziniert sah Lily zu, aber Jo zog sie am Arm aus der Wohnung.

Draußen lenkte Lily Hein und Marie damit ab, dass sie ihnen im Treppenhaus Geschichten erzählte. Bechsteins Märchen kannte sie auswendig, abends las sie sie Michel oft vor. Und so begann sie mit *Hänsel und Gretel*, machte mit *Die sieben Schwanen* weiter und war schließlich mitten im *Schlauraffenland*. Die beiden lauschten mit offenen Mündern, Marie auf Jos Schoß sitzend, Hein auf dem Boden, und beide protestierten lauthals, denn sie wurden wieder hereingerufen, als Lily gerade beschrieb, wie die Häuser mit Eierkuchen bedeckt waren und die Balken aus Schweinebraten bestanden.

«Ich erzähle es euch nächstes Mal weiter!», versprach sie.

«Also kommst du zurück?», fragte Hein, und die Angst in seiner Stimme ließ Lily schlucken.

«Natürlich!», erwiderte sie, und er schien ein wenig beruhigt. Sie begegnete Jos Blick, und er lächelte ihr zu. Lily wurde von einem warmen Gefühl durchflutet. Jo lächelte nicht oft, höchstens dann, wenn er sich über sie lustig machte. Dieses echte, warme Lächeln brachte etwas in ihr vollkommen durcheinander. Sie ertappte sich dabei, wie sie es in Gedanken zu beschreiben versuchte. Aber sie fand nicht die richtigen Worte.

Emmas Gesicht war unlesbar, als sie wieder eintraten. «Ich bin fertig mit der Untersuchung. Frau Herder muss aber natürlich selbst entscheiden, ob ich das Ergebnis mit euch teilen darf!»

Diese wirkte weniger gefasst als Emma, sie war bleich und hatte gleichzeitig hektische rote Flecken am Hals. «Unsinn ist das!», fauchte sie jetzt. «Machen Sie mir nicht die Kinder verrückt mit diesem Gerede! Ich habe nur eine Erkältung!» An Jo gewandt sagte sie: «Ich wusste, dass es eine dumme Idee war. Eine Frau soll Ärztin sein, dass ich nicht lache!»

Zwischen Emmas Augenbrauen war eine kleine Falte entstanden. Dennoch sprach sie genauso ruhig weiter wie zuvor. Lily schätzte, dass sie diese Art von Reden gewohnt war. «Frau Herder, ich rate Ihnen dringend, sich an meine Empfehlungen zu halten. Oder, wenn Sie mir nicht glauben, zumindest einen Arzt aufzusuchen. Er wird Ihnen das Gleiche sagen wie ich, aber wenn Sie es dann glauben können, ist es das wert», mahnte sie.

«Ich brauche keinen Arzt!» Frau Herders Stimme war schneidend, kurz darauf schien sie sich zu besinnen. Sie seufzte. «Es war lieb gemeint von euch, und ich danke Ihnen, Frau Doktor. Aber jetzt müssen Sie gehen!»

Jo machte einen letzten Versuch, sie zu überzeugen, aber sie blieb hart. «Der Kleine braucht Milch. Geht jetzt, Jo!», sagte sie mit verkniffener Miene.

«Ich schreibe Ihnen eine Medizin auf! Sie wird Ihnen wieder ein wenig Kraft geben.» Emma kritzelte etwas auf einen kleinen Zettel und hielt ihn Frau Herder hin.

«Gehen Sie!», sagte diese nur, wandte sich ab und nahm den Säugling vom Bett. Emma nickte, dann stand sie auf. «Denken Sie an das, was ich Ihnen über die Kinder gesagt habe!», mahnte sie, aber Frau Herder reagierte nicht.

Auf der Straße seufzte sie. «Wir können ohnehin nicht viel

tun», sagte sie und wischte sich die Stirn. «Eigentlich unterliege ich der Schweigepflicht, aber …», sie zuckte die Schultern. «Ich muss es euch sagen, weil ich auch um eure Gesundheit fürchte. Sie hat die Schwindsucht.»

Lily zuckte zusammen, aber Jo nickte nur. Er hatte es wohl schon geahnt.

«Wir wissen nicht genau, wie die Ansteckung verläuft, aber es besteht große Gefahr. Wenn wir in England wären, müsste ich den Fall offiziell melden, aber hier ist das keine Pflicht. Seid vorsichtig, wenn ihr bei ihr seid. Kommt ihr nicht zu nahe. Für die Kinder ist es natürlich am gefährlichsten, aber was sollen wir tun, wir können sie ihr ja nicht wegnehmen. Sie befindet sich noch im Anfangsstadium, doch es wird bald schlimmer werden. Es gibt keine Heilung; das, was ich ihr aufgeschrieben habe, ist nur zur Stärkung des Blutes.» Emma seufzte wieder. «Sie müsste in eine Kur aufs Land. Ruhe und gutes Essen, das ist das Einzige, was ihr noch helfen könnte.» Sie lachte traurig. «Aber Ruhe und gutes Essen sind für eine Witwe aus dem Gängeviertel genauso unerreichbar wie der Kaiserpalast.»

Jo ging an diesem Abend nicht in seine Wohnung, sondern schaute noch auf einen Schwenk bei seiner Familie vorbei. Auf dem Nachhauseweg, als er Lily in die Bellevue brachte, hatte ihn plötzliche eine heftige Sehnsucht nach ihnen überfallen. Er wollte bei seiner Mutter am Tisch sitzen und ihre Bohnensuppe essen, wollte seinen Brüdern beim Schulaufgabenmachen zusehen. Wollte sich vergewissern, dass es ihnen gut ging. In letzter Zeit arbeitete er so viel, dass er sie kaum noch zu Gesicht bekam. Dabei machte er das doch alles nur für sie.

Er kaufte ein wenig Schinken und Karamellen für die Jungen

und machte sich auf den Weg. Wie anders es hier war, dachte er, als er um die Ecke in ihre Straße einbog. Obwohl auch seine Familie im Gängeviertel wohnte, war ihr Haus nicht mit Almas zu vergleichen. Weiter nach unten ging es immer, dachte er, während er die schmale Treppe zu ihrer Wohnung hochstieg.

Als er eintrat, stießen seine Brüder sofort ein freudiges Geheul aus und rannten auf ihn zu. Er fuhr ihnen durch die Haare, Karl nahm er hoch und schleuderte ihn in die Luft. «Du hast ja mindestens zehn Pfund zugelegt!», rief er und wackelte ihn hin und her, als wolle er sein Gewicht prüfen. Karl gluckste vergnügt. Er hatte gerade seinen sechsten Geburtstag hinter sich und war genauso sommersprossig und pausbackig wie Jo in seinem Alter gewesen war. «Da nehme ich meine Karamellen doch lieber wieder mit und esse sie selber!»

«Nein, nein!», protestierte Karl lachend, während die anderen bereits versuchten, ihm das Paket aus der Tasche zu ziehen. Er reichte es ihnen und nahm ihnen das Versprechen ab, brüderlich zu teilen.

«Du verwöhnst sie.» Seine Mutter stand wie immer am Herd, und wie immer sah sie müde aus. Ihr brauner Haarknoten war in den letzten Jahren grau geworden. Aber sie lächelte, als sie ihn sah, und gab ihm einen Kuss auf die Wange.

«Ist doch nur was Süßes!», sagte er und zog den Schinken aus der Tasche. Sie antwortete nicht, aber er sah, dass sie sich freute.

Sie stellte ihm einen Teller Eintopf hin und schmierte ein wenig amerikanisches Affenfett auf ein paar Brotscheiben. Hungrig schlang er das Essen in sich hinein.

Wie immer saßen die vier Brüder um ihn herum und löcherten ihn mit Fragen. Für sie war Jo ihr Held, der Alleinernährer der Familie. Für den kleinen Karl und seinen zwei Jahre älteren Bruder Wilhelm, die eigentlich nur seine Halbbrüder waren, sogar so etwas wie ein Vaterersatz. Er empfand für sie alle dieselbe bedingungslose Liebe, die er nicht in Worte fassen konnte, die ihm aber manchmal in ihrer Wucht die Kehle zuschnürte. Er hätte alles für sie getan. Immer bettelten sie darum, dass er sie mit auf die Werft oder in die Schuppen nahm, immer wollten sie wissen, was genau er machte. Karl sagte oft, dass er, sobald es ging, mit der Schule aufhören und arbeiten wollte wie Jo.

Ihn durchlief jedes Mal ein kaltes Prickeln, wenn er das hörte. Er war nur froh, dass sie nicht wussten, womit er tatsächlich das Geld verdiente, das sie alle am Leben hielt.

Er blieb lange an diesem Abend. Im Schein der Öllampe half er Karl beim Bruchrechnen und Wilhelm bei den Vokabeln. Wenn sie ihre Fibel herausholten, tat er meist so, als stelle er sich absichtlich dumm, damit sie mehr lernten. Er war nicht auf den Kopf gefallen, aber er hatte die Schule nur wenige Jahre besucht. Vor seinen Brüdern war es ihm peinlich, dass er nur stockend lesen und nicht fehlerfrei schreiben konnte.

Später erzählte er ihnen die Märchen, die er heute von Lily gelernt hatte. Er schmückte sie aus, erfand ein paar Stellen hinzu, und sogar Julius und Christian, die beiden Älteren, hingen gebannt an seinen Lippen. Seine Mutter setzte sich zu ihnen, flickte Hemden und erzählte ihm, als er fertig war, den neuesten Klatsch aus der Nachbarschaft. Immer wieder sah Jo sich um und dachte, wie gut sie es hatten. Der Boden war sauber, es hingen alte, aber gestärkte Vorhänge an den Wänden und Bilder seiner Großeltern über dem Sofa. Einzig das Loch in Julius' Ohr erzählte noch von ihren schweren, dunklen Zeiten, ebenso wie die Lücke am Tisch, die Lenis Tod hinterlassen hatte. Aber sie waren alle satt und zufrieden, hatten ordentliche Kleider am Leib. Die Jungen konnten lesen und rechnen und gingen in die Schule. Oft genug schien Jo seine Arbeit für Oolkert wie ein Pakt mit dem

Teufel. Aber er wusste ganz genau, dass er diesen Pakt jederzeit wieder eingehen würde.

In dieser Nacht fand Lily keinen Schlaf. Sie wälzte sich hin und her, sah immer wieder Heins ängstlichen Blick, hörte Frau Herders keuchenden Husten und das Weinen des Säuglings. Was würde mit den drei Kleinen passieren, wenn Alma starb? Irgendwann stand sie auf und schlich sich zu Michel ins Zimmer. Sie schlüpfte zu ihm ins Bett und kuschelte sich an seinen kleinen, warmen Körper. Er öffnete verschlafen die Augen und blinzelte. «Illy?», fragte er überrascht, mit kratziger Stimme.

«Scht, schlaf weiter.»

«Bleib hier?», fragte er, und sie drückte ihm einen Kuss auf die Nase.

«Ja, ich bleibe hier!», flüsterte sie, und ein Lächeln überzog sein Gesicht.

«Dich lieb!», sagte er. Gleich darauf wurde sein Atem wieder ruhiger, und sie fühlte, wie sein Körper sich entspannte.

«Ich dich auch», flüsterte sie in die Dunkelheit.

Oh, sie liebte ihn so sehr. Dass es Michel gut ging, war ihr das Wichtigste auf der Welt. Sie fühlte seine kleine Hand auf ihrem Bauch, roch den Puder in seinen Haaren. Wie musste es sein, ein Kind zu haben und ihm kein Essen geben zu können? Keine Wärme, keine Sicherheit.

Sie konnte es sich nicht vorstellen.

Michels Anwesenheit spendete ihr ein wenig Trost, aber auch bei ihm fand sie keinen Schlaf. Sie lag bis zum Morgen wach, lauschte auf seinen leisen, pfeifenden Atem, und in ihrem Kopf wirbelten die Gedanken in einem endlosen Strom.

11

J o folgte Franz Karsten schon eine ganze Weile. Es war reiner Zufall, dass er ihn gesehen hatte. Auf seinem glänzenden teuren Fahrrad war er an den Hafenschuppen vorbeigefahren. Jo hatte sofort geahnt, dass Lilys Bruder zur Oolkert-Werft unterwegs sein musste. Er war losgelaufen und hatte Franz dank einiger Abkürzungen eingeholt, als dieser gerade vom Rad stieg. Es juckte ihm schon lange in den Fingern, herauszukriegen, was Franz mit Oolkert ausheckte. Seit Jo Lily kannte, hatte er auch ein persönliches Interesse an der ganzen Sache entwickelt. Nun würde er den Spieß einmal umkehren und nicht nur versuchen, etwas über die Karstens herauszukriegen, sondern gleichzeitig auch über seinen Boss.

Franz ging mit ausdruckslosem Gesicht an den Arbeitern vorbei. Unter dem Arm trug er mehrere große Rollen Papier. Viele Männer grüßten ihn, einige warfen ihm scheele Blicke zu – Anzugträger bedeuteten meistens nichts Gutes –, aber er ignorierte sie allesamt und steuerte auf die Geschäftsräume zu.

Jo blieb stehen und zündete sich eine Zigarette an, plauderte ein wenig mit ein paar Arbeitern. Er konnte Franz nicht direkt folgen, dafür gab es hier zu viele wachsame Augen. Abwartend lehnte er sich an einen Pfeiler.

Es erstaunte ihn doch immer wieder, wie viele verschiedene Berufsgruppen hier zusammenkamen, noch mehr als in den Schuppen. Ingenieure arbeiteten Hand in Hand mit Tischlern, Malern, Gelbgießern, Blockmachern, Schmieden und unzähligen anderen Handwerkern. Die riesigen Hellinggerüste, auf denen die Schiffe gebaut wurden, beeindruckten ihn jedes Mal aufs Neue, sie gehörten zu seinem Bild von Hamburg wie der Mond zum Himmel. Wenn ein fertiges Schiff von einem dieser riesigen Montage-Gerüste ins Wasser glitt, war das immer wieder ein erhebender Anblick. Schon als Kind hatte er sich daran ergötzt.

Schließlich verabschiedete er sich mit einem Nicken und schlenderte ebenfalls in Richtung der Büros. Jeder hier kannte ihn, jeder wusste, dass er für Oolkert arbeitete, und niemand stellte seine Anwesenheit in Frage.

Schon im Flur hörte er ihre Stimmen. Leise trat er näher und blieb vor Oolkerts Tür stehen. Sie war geschlossen, aber wenn er das Ohr an den Spalt drückte, konnte er hören, was drinnen gesprochen wurde.

«Würde der erhöhte Dampfdruck nicht auch eine höhere Ventilation erfordern?» Oolkerts Stimme war wie immer ruhig und kalkuliert.

Franz' Antwort kam wesentlich aufgeregter. «Ach was, wir haben Bullaugen und Niedergänge, das reicht. Eine künstliche Lüftung für die Arbeiter ist einfach zu teuer. Du siehst ja hier die Kalkulation. Das ist ja auch einer der Gründe, warum mein Vater sich den neuen Ovalkesseln verweigert.»

«Er sieht ein zu hohes Risiko?»

«Für die Besatzung, ja. Es kommt nun mal immer wieder zu Kesselexplosionen, das wird auch eine Ventilation nicht zu verhindern wissen. Wir müssten die Lüftung direkt mit den Kesseln verbinden, das ist aber einfach nicht machbar. Und ohne die Ventilation sparen wir auch Platz.»

«Ich habe gehört, es wird schon mit den alten Kesseln weit über siebzig Grad heiß», warf Oolkert ein. «Das ist nicht nur für die Besatzung, sondern auch für die Schiffe riskant. Versteh mich nicht falsch, ich bin absolut dafür, die neuen Kessel einzusetzen. Wenn wir schon moderne Schiffe bauen wollen, dann auch mit der neuesten Technik. Ich will nur sichergehen, dass es auch machbar ist.»

«Die Männer sind hohe Temperaturen doch gewohnt. Man wird schließlich kein Heizer oder Trimmer, wenn man so etwas nicht aushalten kann!» Franz lachte kalt. «Und es gibt eben immer wieder Verluste. Doch das ist vertretbar, solange die Gewinne auf lange Sicht überwiegen.»

Jo runzelte die Stirn. Was redete Franz da nur. Sie wollten noch effektivere Kessel einbauen und dabei Kosten sparen? Die Bedingungen für die Arbeiter in den Betriebsräumen waren jetzt schon kaum noch tragbar. Oolkert hatte recht, wenn man die Feuerungen öffnete, ließ die Hitze Thermometer platzen. Viele der Männer erlitten bereits jetzt einen Hitzschlag oder Heizerkrampf. Die gesundheitliche Belastung war enorm. Durch die immer weiter voranschreitende Erhöhung der Dampfdrücke kam es oft zu Brüchen in den Leitungen oder zum Überkochen von Kesseln. Die im Schiffsbauch gelagerten Kohlen bedeuteten ein zusätzliches Risiko, sie konnten sich leicht entzünden. Besonders nicht ganz gefüllte Kohlenbunker waren eine Gefahrenquelle, weil sich in ihnen giftiges Kohlenmonoxyd bildete, das die Männer dann einatmeten. Ganz zu schweigen von den Risiken, denen sie ohnehin schon ausgesetzt waren, weil sie wochenlang in den niedrigen Bunkern unter Deck arbeiten mussten, in denen sie oft nicht einmal aufrecht stehen konnten. Wenn sie die Kessel reinigen oder reparieren mussten, kletterten sie mit feuchten Tüchern behängt in die heißen Hohlräume hinein. An Fiete sah man, was diese Arbeit auf Dauer mit einem machte. Und nun sollten sich ihre Bedingungen noch weiter verschlechtern? Und seit wann arbeiteten Oolkert und die Karstens eigentlich zusammen? Hatten sie den Alten etwa doch weichgeklopft?

«Die HAPAG hat die Kessel schon einbauen lassen. Ich habe mich umgehört.» Franz' Stimme war drängender geworden. «Wir müssen mit dem Fortschritt mithalten. Und ich habe es mit unserem Maschinisten besprochen. Rein theoretisch natürlich.» Es raschelte. Wahrscheinlich breitete er die Pläne aus, die er mitgebracht hatte. «Außerdem brauchen wir neben den Ovalkesseln noch unsere zusätzlichen Staumöglichkeiten. Darüber habe ich auch noch einmal nachgedacht. Wir müssen da mit der größten Vorsicht vorgehen. Ich sehe es so vor mir: Wir machen die Kojen enger. Um die Länge kommen wir nicht herum, die Männer sind nun mal meist groß, aber an der Breite können wir noch was abzwacken. Fünfzig Zentimeter Bett pro Mann müssen ausreichen. An den Spinden können wir ebenfalls reduzieren. Der Waschraum kommt auch raus, dafür setzen wir ein paar Tröge ein. Immerhin kriegen sie dafür elektrisches Licht, da können sie sich nicht beschweren.»

Jo konnte nicht fassen, was er da hörte. Die kalte Berechnung in Franz' Stimme ließ die Wut in seinem Magen brodeln.

Einen Moment war es still auf der anderen Seite der Tür. «Sieht gut aus. So gewinnen wir mehr Platz für die Lagerräume», bemerkte Oolkert nachdenklich.

Jo presste das Ohr noch enger an die Tür. *Welche Lagerräume?*

«Genau. So können unsere Zwischenmänner die Waren immer im Auge behalten, und sie ist dennoch sicher im Innersten der Schiffe untergebracht. Das Opium muss unter optimalen Bedingungen gelagert werden. Es darf nicht in der Nähe der Maschinenräume sein, aber wir können es ja auch schlecht ins Passagierdeck packen. Natürlich darf von der Besatzung niemand

Wind von der Sache bekommen. Ich denke, das ist wirklich die beste Lösung für die Indienschiffe.»

Jo hätte beinahe einen Pfiff ausgestoßen. Daher wehte also der Wind. Nun wusste er endlich, warum er seit Monaten den Auftrag hatte, die Ohren zu spitzen, wenn es um die Karstens ging.

Franz steckte mit im Geschäft.

Damit hatte Jo nicht gerechnet. Indien also. Gut, das lag nahe. Wahrscheinlich konnte die *Ware* auf dem Landweg über China nach Indien importiert werden. Der alte Karsten hatte von dem, was hier gerade besprochen wurde, keine Ahnung, darauf hätte Jo seine rechte Hand verwettet. Und ganz offensichtlich traute Oolkert seinem neuen Geschäftspartner Franz noch nicht so richtig über den Weg.

Jo wusste nicht, was er mit diesen neu gewonnenen Informationen anfangen sollte. Lily konnte er nicht davon erzählen, sie würde sofort zu ihrem Vater laufen, und dann würde auffliegen, dass er gelauscht hatte – und dass sie und er Kontakt hatten. Das durfte unter keinen Umständen passieren. Er konnte nicht verhindern, dass sie Schiffe bauten, deren Effizienz auf Kosten der Besatzung ging. So war es schließlich immer. Und wenn der Handel an Größe gewann, war das auch für ihn von Vorteil. Seine Brüder mussten essen, seine Mutter konnte mehr Geld immer gebrauchen. Aber was er da soeben gehört hatte, gefiel ihm überhaupt nicht. Und er machte sich Sorgen, dass Lilys Bruder sich in seiner Gier in Dinge verstrickte, die ihr irgendwann schaden konnten.

Mit Oolkert Geschäfte zu machen, war immer riskant.

Doch momentan konnte er nichts tun. Er musste wohl einfach das machen, was er auch bisher gemacht hatte – Augen und Ohren offen halten und niemandem über den Weg trauen.

Henry streckte den Arm aus. «Dort, schau? Man kann schon die Türmchen sehen!»

Lily beugte sich aus der Kutsche, und ihre Brust streifte dabei versehentlich seinen Arm. Er verstand es wohl als Aufforderung, sich ihr zu nähern, denn er fasste sie plötzlich um die Taille und zog sie zu sich heran. Normalerweise wartete sie nur darauf, dass er endlich einmal die Konventionen Konventionen sein ließ und ein bisschen Leidenschaft zeigte. Aber heute versteifte sie sich unter seiner Berührung.

«Oh, es ist wunderschön!», sagte sie.

«Genau wie du!», hauchte Henry ihr ins Ohr, und trotz ihrer widersprüchlichen Gefühle musste sie lächeln. Sie war so schrecklich verwirrt in seiner Anwesenheit in der letzten Zeit. Wusste nicht mehr, ob sie seine Berührung ersehnte oder ablehnte, wusste nicht mehr, ob sie ihn überhaupt noch gernhatte. Manchmal war er noch da, der alte Henry, den sie zu lieben glaubte. Aber dann war da plötzlich dieser beinahe fremde Mann, zu dem sie keine richtige Verbindung spürte. Nun wusste sie nicht mehr, ob diese Verbindung früher da gewesen war und sie sie verloren hatte oder ob sie sich von seinem guten Aussehen und seinem Charme hatte blenden lassen. Ob einfach von ihr erwartet worden war, dass sie ihn anhimmelte. Immer wenn Gedanken dieser Art sie überkamen, wurde sie schrecklich nervös.

«Ich bin schon so gespannt!», sagte sie, um seine Gedanken wieder auf die Villa zu lenken. Das Haus, das auf der kleinen Anhöhe auftauchte, war in der Tat herrlich.

«Und man kann sogar die Wentzelburg sehen!», verkündete Henry stolz. Lily blickte über das Wasser des Justusteichs zu der rot schimmernden Burg am anderen Ufer.

«Ich finde ja, sie haben es damit etwas übertrieben», sagte sie lachend. «Ja, sie haben eine große Familie, aber muss man gleich eine kleine Burg bauen?»

«Wer hat, der hat», sagte Henry nur achselzuckend. «Wir wären hier jedenfalls in bester Gesellschaft!»

«Das stimmt!» Lily nickte.

«Der Makler wartet sicher schon, er hat mir versprochen, dass du das Haus lieben wirst. Wir müssen natürlich einige Renovierungen durchführen lassen, aber es hat wirklich Charme!», sagte er.

«Ist es denn nicht schrecklich teuer?», fragte Lily zweifelnd und betrachtete wieder die Villa mit ihren vielen kleinen Zinnen und Türmchen, deren Auffahrt sie nun hinauffuhren.

«Für dich ist mir nichts teuer genug, meine kleine Lilie!», sagte Henry. Er beugte sich vor, um sie zu küssen. Als ihre Lippen aufeinandertrafen, fühlte es sich falsch an. Sie löste sich von ihm und schenkte ihm ein Lächeln. Sie hoffte, dass es gleichzeitig anerkennend und verliebt wirkte. Ich muss mich zusammenreißen!, dachte sie erschrocken.

Henry setzte sich in der Kutsche zurück und betrachtete Lily. Sie sah wirklich zum Anbeißen aus heute. Ihre Wangen leuchteten, und sie roch süß nach dem Parfum, das er ihr geschenkt hatte. Am liebsten wäre er direkt hier in der Kutsche über sie hergefallen. Aber das ging natürlich nicht. Sie war etwas scheu geworden in letzter Zeit, irgendwas hatte sich verändert, zumindest fühlte es sich so an. Je näher sie der Hochzeit kamen, desto mehr schien sie sich von ihm zu distanzieren. Aber das war wohl normal, er hatte schon oft gehört, dass Frauen vor dem großen Tag kalte Füße bekamen. Wahrscheinlich hatte sie Angst davor, was sie im Ehebett erwartete. Darüber musste sie sich keine Sorgen machen, dachte er und grinste in sich hinein. Er würde schon dafür sorgen, dass es ihm in dieser Hinsicht an nichts fehlte. Hauptsache, Lily wurde schwanger. Am besten, noch bevor es darum ging, wer das Haus abbezahlte. Er konnte es sich niemals leisten. Seine Eltern würden einspringen; schon alleine um das Gesicht zu wahren, war es entscheidend, dass der Sohn ein repräsentables Haus besaß, und wenn er den Vertrag unterschrieben hatte, würde sein Vater es niemals zulassen, dass er ihn platzenließ. Aber sobald er erst für immer mit den Karstens verbandelt war, konnte er sicher auch auf Alfreds Unterstützung hoffen. Henry musste ihm klarmachen, wie schwer es war, als niedergelassener Arzt genug zu verdienen, um seine Tochter gebührend zu versorgen, dann würde er sich sicher nicht lumpen lassen. Vielleicht konnte er sogar auf die Villa als Hochzeitsgeschenk pokern? Wenn er entsprechende Hinweise fallenließ, Lily vielleicht ein wenig in die richtige Richtung schubste, sodass sie bei ihrem Vater schon einmal die Weichen stellte?

Nach der Besichtigung wollte Henry noch mit dem Makler sprechen. «Geh doch einen Augenblick in den Garten, Liebling. Das hier langweilt dich nur!», sagte er lächelnd.

Lily hätte gerne zugehört, aber die Männer hatten sich schon abgewandt, und so seufzte sie ergeben und ging nach draußen. Sie lief über die Wiese ans Ufer und setzte sich auf den Steg. Angespannt blickte sie zu der Villa empor. Das Haus war alles, was sie sich je erträumt hatte. Beinahe konnte sie sie sehen, ihre Kinder, wie sie durch den Garten rannten, beinahe hören, wie ihr Lachen die Zimmer erfüllte. Früher hätte diese Vision sie rundum glücklich gemacht. Jetzt wusste sie nicht mehr, was sie fühlte, spürte nur eine tiefe Unruhe in sich, einen Widerwillen, sich festzulegen. Es war schwer, es sich einzugestehen, aber sie hatte beinahe Angst vor der Ehe entwickelt. Davor, von einer alten Abhängigkeit in eine neue zu rutschen, von der sie nicht wusste, was sie erwartete.

Eine Weile saß sie einfach da, lauschte dem Plätschern und ließ die Gedanken schweifen. Der Drang, die Füße ins Wasser zu halten, war stark, aber sie wagte es nicht, die Schuhe und Strümpfe auszuziehen. Eine Dame zeigte niemals ihre Füße oder Knöchel, unter keinen Umständen! Das hatten ihr sowohl ihre Großmutter als auch Sylta oft genug eingeschärft. Einmal hatte ihre Mutter gemurmelt, dass es doch seltsam war, dass Frauen ihre Brüste zur Schau stellen durften, aber die Zehen etwas Verwerfliches sein sollten, doch sie war sich nicht sicher gewesen, ob sie richtig gehört hatte, und auf die Nachfrage ihrer Großmutter, was Sylta da um Gottes willen murmelte, hatte diese nur abgewunken. Es war tatsächlich eine seltsame Regel, dachte Lily nun und wunderte sich, dass sie sie noch nie in Frage gestellt hatte.

Wie so vieles in ihrem Leben.

Obgleich sie keinen Sinn darin sah, wagte sie es aber auch nicht, sich ihr zu widersetzen. Als sie ins Wasser blickte, in dem grüne Algen und Blätter im leichten Strom in hypnotisierender Langsamkeit umherwirbelten, dachte sie darüber nach, wie viel sie nicht durfte.

Sie wusste, dass sie in einer vergleichsweise liberalen und offenen Familie aufgewachsen war. Als Lily fünfzehn gewesen war, hatte ihre alte Gouvernante gekündigt, weil sie ihre kranke Mutter pflegen musste. Ihre Eltern hatten darauf verzichtet, eine neue einzustellen, obwohl die meisten Mädchen in Lilys Alter ohne Begleitung keinen Schritt vor die Tür tun durften. «Bald wirst du ohnehin heiraten, wozu die Mühe, dich erst an eine neue Gouvernante zu gewöhnen, wenn wir sie dann doch gleich wieder entlassen müssen!», hatte ihre Mutter damals gesagt. Kittie hatte sich natürlich quergestellt und heftig protestiert. Aber ihre Eltern scheuten sich wegen Michel immer, neues Personal einzustellen. Es war jedes Mal ein Risiko. Man wusste nie, wen man sich ins Haus holte, wer vielleicht doch tratschte. Eine Gouvernante bekam alle Geheimnisse der Familie mit; man musste ihr vertrauen und sie gerne um sich haben. Lily hatte Elsa sehr gemocht und war froh, dass es keinen Ersatz für sie geben würde.

Obgleich sie sich anfangs etwas einsam fühlte, war es doch nach kurzer Zeit bereits eine Erleichterung, nicht mehr auf Schritt und Tritt überwacht zu werden. Zur Musikschule und zum Tanzunterricht fuhr sie nun alleine mit der Kutsche. Anfangs hatte Sylta ihr Kommen und Gehen noch streng überwacht. Aber weil Lily immer brav und gehorsam gewesen war, niemals zu spät kam oder auch nur in Erwägung zog, etwas zu tun, das ihren Eltern missfallen könnte, gab sie es bald auf.

Lily wurde klar, dass alle Geschehnisse der letzten Woche niemals hätten stattfinden können, wenn Elsa noch im Hause gewesen wäre. Sie hätte Jo niemals wiedergesehen, wäre niemals alleine in die Gängeviertel gegangen, und ganz sicher hätte Elsa gemerkt, dass Lily sich nachts aus dem Haus schlich, im Hafenschlamm ihre Schuhe ruinierte und Essen aus der Küche stahl. Was ist nur aus dir geworden, Lily Karsten?, dachte sie und musste plötzlich lächeln. Sie mochte die neue Lily. Dann hob sie den Kopf und sah Henry über die Wiese auf sich zukommen. Er sah zufrieden aus, sein goldenes Haar wehte in der leichten Sommerbrise. Sie biss sich auf die Lippen.

Henry mochte die alte Lily.

Aber sie war sich nicht sicher, ob es sie überhaupt noch gab.

12

Karl saß auf dem Bett und hielt sich den Arm. Seine Mutter kniete vor ihm und tupfte mit einem Lappen an der Wunde herum. Sie sah wütend aus.

Erschrocken stellte Jo den Beutel mit Brot und Kartoffeln ab, den er vom Markt mitgebracht hatte. «Was ist passiert?» Er ging zu seinem Bruder und wischte ihm mit dem Daumen die Tränen vom Gesicht. Dann beäugte er vorsichtig die Wunde an Karls Arm. Sie war groß und blutete stark, man sah deutlich zwei Ringe, wo Zähne sich in seine Haut gegraben hatten.

Seine Mutter wusch den Lappen aus und schimpfte unterdessen wütend vor sich hin. «Er hat wieder mit Hunden gespielt. Das Drecksviech hat ihn gebissen. Ich kann es dir auch hundertmal sagen, du hörst ja nie, und nun sieh, was passiert ist!»

Karl senkte beschämt den Blick. Ihm liefen Tränen über die verschmierten Wangen. Jo kniete sich hin und betrachtete besorgt die Wunde. «Das ist tief!», sagte er.

«Ja, ich weiß!» Seine Mutter war jetzt ruhiger geworden. «Ich werde das nähen!»

Karl schrie erschrocken auf, aber sie blaffte ihn an. «Das kommt davon, wenn du nicht hörst!»

Jo stand auf. «Solltest du mit diesem schmutzigen Lappen daran herumwischen?», fragte er seine Mutter. «Das Wasser kommt doch aus den Fleeten!»

«Was soll's schon schaden? Ich muss doch das Blut abwaschen!», gab sie zurück.

«Ich kenne jemanden. Sie arbeitet nicht weit weg, vielleicht kann ich sie holen», sagte Jo. «Es ist eine große Wunde, da sollten wir nicht selber ran.» Seine Mutter hatte, wie alle hier im Viertel, über die Jahre schon viele Schrammen und kleinere Verletzungen ihrer Kinder selbst mit ihrer Nähnadel zusammengeflickt. Aber dieser Biss sah gefährlich aus, und die Haut hing in Fetzen von Karls Arm.

«Er hat nicht losgelassen», wimmerte sein kleiner Bruder jetzt. Immer noch sprudelten die Tränen nur so aus ihm heraus.

«Ich hole sie jetzt. Binde was drum, das die Blutung stoppt!», sagte Jo zu seiner Mutter.

«Sie?» Erstaunt blickte sie zu ihm auf.

«Ja. Sie ist eine Frau. Aber sie hat Medizin studiert.»

«Aber das geht doch gar nicht! Und was ist mit Doktor Rauschert?», fragte seine Mutter verdattert.

«Der Scharlatan schneidet ihm am Ende noch den Arm ab und lässt dich dafür zahlen», widersprach Jo. «Wo war der Hund?», fragte er dann seinen Bruder. «Wenn er Kinder beißt, sollte er nicht frei herumlaufen. Oder hast du ihn geärgert?»

Karl schniefte. «Nein, habe ich nicht. Ich wollte ihn nur streicheln. Er sah so lieb aus! Hinten bei den Hansens im Hof.»

Jo nickte, das war das Haus gegenüber. Er würde sich das Vieh mal ansehen, ihm vielleicht einen schönen Tritt verpassen. «Gut. Ich hole jetzt die Ärztin!», sagte er und ignorierte den Protest seiner Mutter. «Vertrau mir!», sagte er nur und nahm seine Mütze.

Wenig später klopfte er an die Tür des Wohnstiftes. Schon im Hausflur saßen Alte und Kranke, die hier offensichtlich nicht wohnten, sondern auf eine Behandlung warteten. Er fragte sich, was passieren würde, wenn sich immer weiter herumsprach, dass man hier umsonst medizinischen Rat bekam. Das Haus platzte jetzt schon aus allen Nähten. Emma spielte mit dem Feuer.

«Ich komme sofort!», sagte sie, als er ihr geschildert hatte, was geschehen war. «Tut mir leid, ich muss zu einem Notfall. Wir machen morgen weiter!», verkündete sie dann laut, und allgemeines Geschimpfe setzte ein. Emma ignorierte es. «Terese, wenn es jemandem sehr schlecht geht, sag ihm, dass er warten soll. Die anderen schickst du weg!» Sie holte ihre Tasche und ihren Korb und folgte Jo auf die Straße.

«Wann ist es passiert?», fragte sie, während sie neben ihm hereilte.

«Vor kurzem erst. Ich kam gerade nach Hause, da saß er da, blutüberströmt. Meine Mutter wollte die Wunde selber nähen, aber sie schien mir zu groß.»

«Gut. Mit so was darf man nicht spaßen. Wo ist der Hund?»

«Wohl bei den Nachbarn. Ich kümmere mich später um das Vieh», sagte Jo.

«Nein, Sie verstehen nicht. Ich muss den Hund sehen.»

«Warum?», fragte er überrascht.

«Vielleicht ist er krank», erklärte Emma ausweichend.

Jo nickte. «Gut, dann gehen wir da als Erstes hin.»

Als sie um die Ecke bogen, hörten sie jemanden rufen. «Lily!», sagte Jo erstaunt und musste trotz seiner Sorge lächeln.

Emma blickte erschrocken auf und sah die Freundin auf sich zueilen. «Oh nein, dich habe ich ja ganz vergessen!», rief sie.

«Hallo! Na so ein Zufall. Ich wollte Emma im Wohnstift besuchen und bei der Arbeit zuschauen», erklärte Lily mit roten Wangen, als sie sie erreicht hatte. «Was macht ihr hier?» Misstrauisch flackerte ihr Blick zwischen ihnen hin und her. Sie war eifersüchtig! Oh Lily, dachte Emma. Ihre Freundin hatte offensichtlich Gefühle für Johannes Bolten. Und er auch für sie, soweit sie das beurteilen konnte. Das war ganz und gar nicht gut. Lily musste vorsichtig sein. Sehr vorsichtig!

Kurz berichtete Jo, was geschehen war. Lily wurde blass. «Der arme Karl!», rief sie.

«Wir müssen den Hund finden!», erklärte Jo. «Emma will ihn sich ansehen.»

Sie mussten gar nicht erst suchen, der Hund lag im Hinterhof des Nachbarhauses. Man konnte schon von weitem sehen, dass mit ihm etwas nicht stimmte. Weißer Speichel tropfte ihm aus dem Maul, die Zunge hing heraus, er hatte sich erbrochen, und als er sie sah und aufstehen wollte, schienen ihm seine Hinterbeine nicht zu gehorchen. Sie knickten ein und trugen sein Gewicht nicht. Er winselte zunächst, dann bellte er aggressiv.

Emma blieb bei seinem Anblick wie versteinert stehen. Oh nein, dachte sie, und eine Gänsehaut überlief ihren ganzen Körper. Bitte nicht! Vorsichtig näherte sie sich dem Tier und beobachtete es einen Moment genau. Es gab keinen Zweifel. Ihr schlimmster Verdacht hatte sich bestätigt. Sie sah zu Lily und Jo auf. «Tollwut», sagte sie leise.

L ily spürte, wie Jo neben ihr zusammenfuhr, als hätte man ihn geohrfeigt.

«Was?» Er schnappte entsetzt nach Luft.

Emma stand auf. Sie sah sehr ernst aus. «Ich muss die Wunde sofort ausbrennen. Aber es ist vielleicht bereits zu spät. Manchmal kann man die Infektion verhindern, wenn man sofort …»

«Dann los, worauf warten Sie?», brüllte Jo so laut, dass beide Frauen erschrocken zurückzuckten.

«Es wird sehr schmerzhaft werden», keuchte Emma, während sie bereits zum Haus rannten und die Treppe hinaufeilten. «Ich könnte die Wunde auch mit Lauge auswaschen, aber ich habe keine dabei, und es ist sicherer, das Gewebe zu entfernen. Es kann Monate dauern, bis die Krankheit ausbricht, aber da Karl in der Nähe des zentralen Nervensystems gebissen wurde, ist das nicht wahrscheinlich. Eher wird es sich um Tage handeln.» Emma klang ruhig und sachlich wie immer, aber es war offensichtlich, dass sie am Gelingen des Vorhabens zweifelte.

Lilys Magen verkrampfte sich bei ihren Worten. Sie ahnte, dass ihnen Schreckliches bevorstand. Am liebsten hätte sie auf dem Absatz kehrtgemacht und wäre davongerannt.

«Er hat eine Chance», erklärte Emma jetzt. «Vielleicht hat er Glück!» Dann öffnete sie die Tür. «Wir müssen anfangen. Ich brauche kochendes Wasser und ein Feuer, sofort.»

Jos Mutter protestierte heftig, als ihr klarwurde, dass Emma vorhatte, ein Stück Fleisch aus ihrem Jungen herauszuschneiden. «Seid ihr nicht ganz bei Trost? Ihr wollt diese Pfuscherin meinen Karl bei lebendigem Leibe verstümmeln lassen?», schrie sie und wollte sich auf ihr Kind werfen.

Jo versuchte, beruhigend auf sie einzureden, aber dann riss sein Geduldsfaden. Er packte sie kurzerhand um die Taille und schob sie zur Tür hinaus, genau wie seine Geschwister, die stumm dagestanden und mit großen Augen zugesehen hatten. «Ihr bleibt draußen, und ich will keinen Mucks hören, habt ihr verstanden?», polterte er und war dabei so laut und wütend, dass sogar seine Mutter aufhörte, sich zu widersetzen, sondern zitternd und mit weißem Gesicht auf der Treppe zusammensank.

Er ging vor ihr auf die Knie. «Ich bin überzeugt, dass es richtig ist!», sagte Jo eindringlich. «Sie ist Ärztin, sie weiß, was sie tut. Wenn sie ihm nicht hilft, wird er vielleicht sterben!»

Seine Mutter sah ihn einen Moment an, dann verbarg sie das Gesicht in den Händen und begann, hemmungslos zu schluchzen. Jo machte die Tür zu und schob den Riegel von innen vor.

Emma hatte inzwischen ihre Tasche aufgeklappt und breitete ihre Instrumente auf dem Tisch aus. Karl saß im Bett, das Gesicht so weiß wie ein Laken. Er schien Lily in diesem Moment schrecklich klein und zerbrechlich. Jo setzte sich zu ihm, legte einen Arm um seine Schulter und erklärte ihm leise, was jetzt passieren würde. Der Junge begann zu weinen und wehrte sich, aber Jo hielt ihn fest und sprach geduldig auf ihn ein.

Dann stand Jo auf und nahm Emma beiseite. «Können Sie nicht etwas tun, um es erträglicher zu machen?», fragte er, aber sie schüttelte den Kopf. «Ich habe kein Chloroform da, und es bleibt keine Zeit, welches zu besorgen. Aber ich werde ihm Laudanum geben. Und ich denke, er wird schnell das Bewusstsein verlieren», sagte sie leise.

Es wurde schlimmer, als Lily erwartet hatte. Nachdem sie das Feuer angeheizt und Emma alles vorbereitet hatte, hielt Jo Karl fest und drückte ihn aufs Bett. Emma flößte ihm ein wenig Laudanum ein. Beruhigend redete sie auf den weinenden kleinen Jungen ein, der sie mit weit aufgerissenen Augen panisch ansah, und versuchte, ihn abzulenken.

Bereits mit dem ersten Schnitt begann Karl, wie am Spieß zu schreien. Fast sofort fing seine Mutter an, von draußen wie wild gegen die Tür zu hämmern. Aber Jo hatte den Riegel vorgeschoben, und so konnte sie nichts tun, außer verzweifelt nach ihnen zu rufen. Karl wand sich wie ein Aal in den Armen seines Bruders. Seine kleinen Füße trommelten auf das Bett, und er bettelte darum, ihn loszulassen. Jo blieb vollkommen ruhig, das Gesicht wie versteinert. Er drückte seinen Bruder auf das Laken und hielt seinen Kopf fest, mit dem dieser wie wild zu schlagen begann. Lily sah, dass Jo die Zähne so fest zusammenbiss, dass seine Wangen zuckten.

Zum Glück hatte Emma aber recht gehabt mit ihrer Vorhersage. Nach wenigen Augenblicken fiel Karl in eine gnädige Ohnmacht. Bald hatte sein Blut das Laken vollkommen durchtränkt. Lily betrachtete sein bleiches kleines Gesicht, das verkrampft und schweißüberströmt dalag, und fühlte sich schrecklich hilflos.

Ihre Freundin arbeitete schnell und konzentriert, doch es kam Lily trotzdem vor wie eine Ewigkeit. Als Emma endlich fertig war, stand sie auf, zog einen kleinen schwarzen Stab mit einer runden Platte am Ende aus ihrer Tasche und ging damit zum Herd. Sie öffnete die Ofenklappe und hielt den Stab ins Feuer.

«Solange er schläft, werde ich die Wunde zusätzlich ausbrennen. Das ist am sichersten!», sagte sie.

Jo nickte stumm. Als sie wenig später die kleine Platte am Ende des glühenden Stabs auf Karls Wunde senkte, erklang ein zischendes Geräusch. Jo zuckte zusammen und wurde kreidebleich. Auch Lily wandte rasch den Blick ab. Gleich darauf senkte sich ein durchdringender Geruch nach verbranntem Fleisch über den Raum. Plötzlich hob sich Lilys Magen. Sie konnte nichts tun, es kam vollkommen unvermittelt. Sie presste sich die Hände vor den Mund, rannte zum Herd und erbrach sich in einen Kochtopf.

«Alles in Ordnung?», fragte Jo, als sie kurz darauf zum Bett zurückschlich. Sie konnte nur nicken. Ihre Hände zitterten, und sie fühlte sich seltsam schwach auf den Beinen.

«Es tut mir leid!», sagte sie zerknirscht, aber Emma winkte ab.

«Das passiert selbst erfahrenen Krankenschwestern. Mach dir keine Gedanken! Trink einen Schluck Wasser und setz dich.» Sie drückte Lily auf einen Stuhl und reichte ihr einen Becher. Kurz hob sie mit dem Daumen prüfend ihre Augenlider und legte ihr eine Hand auf die Stirn, dann ging sie mit energischen Schritten erneut zum Herd, um den Stab ein weiteres Mal zu erhitzen.

Lily sah ihr bewundernd zu. Emma war vollkommen ruhig, das Gesicht konzentriert, die braunen Augen zusammengekniffen. Sie ist die geborene Ärztin, dachte Lily. Sie wollte aufstehen, doch ihre Beine gaben nach, und sie ließ sich schnell zurück auf den Stuhl fallen.

Als Emma das Brenneisen wieder auf die Wunde senkte und sich das glühende Metall erneut in sein Fleisch grub, fuhr Karl plötzlich mit einem Ruck in die Höhe. Jo reagierte nicht schnell genug. Der Junge kratzte Emma übers Gesicht und schlug ihr das Metall aus den Händen. Aber sie packte sofort seine Handgelenke und hielt ihn fest. Jo nahm ihn bei den Schultern und presste ihn zurück auf die Matratze. Karl schrie so entsetzlich, dass Lily an die Wand zurückwich und sich die Hände über die Ohren schlug. Aber dann sah sie, wie die beiden mit dem aufgeregten Jungen kämpften, der wie von Sinnen war und durch die Schmerzen eine Bärenkraft entwickelte. Sie eilte rasch zum Bett und half, ihn festzuhalten.

«Drückt ihn nach unten, ich brauche nicht mehr lang!», stieß Emma hervor, während sie halb auf Karl lag, um ihn mit ihrem Körpergewicht zu beschweren. Als Lily und Jo ihn unter Kontrolle hatten, stand sie auf und ging ein letztes Mal zum Herd. Es kam Lily unendlich lange vor, wie sie da stand und den Stab ins Feuer hielt, während Karl unter ihren Händen schluchzte und wimmerte.

Jo sprach unermüdlich auf ihn ein, versprach ihm eine Überraschung, wenn er alles überstanden hatte, murmelte beruhigende Worte, die der Kleine aber überhaupt nicht wahrzunehmen schien. Einen kurzen Moment löste er den Blick vom Gesicht seines kleinen Bruders und sah Lily an. In seinen Augen stand Angst. Sie hätte ihn so gerne getröstet, aber ihr fiel kein einziges Wort ein, das sie hätte sagen können, um es weniger schlimm zu machen.

Schließlich war es geschafft. Emma rührte eine Paste aus Harzen an, schmierte sie auf das verbrannte Fleisch und verband anschließend den Arm. Dann wusch sie Karl das schweißnasse Gesicht. Er war inzwischen wieder halb besinnungslos in die Laken zurückgesunken und lag mit flatternden Lidern da, als habe er Fieber. Seine Brust hob und senkte sich unter schweren Atemzügen.

«Sein Körper kämpft jetzt mit den Schmerzen und gegen die Wunde, die ihm das Ausbrennen zugefügt hat. Sie darf sich auf keinen Fall entzünden, ich werde ab jetzt jeden Tag kommen und nach ihm sehen», sagte sie leise und strich Karl zärtlich eine feuchte Locke aus der Stirn.

«Gibt es nicht etwas, das ich ihm besorgen kann?», fragte Jo.

Emma zögerte einen Moment. «Natürlich. Reines Morphium zum Beispiel. Laudanum ist ja verdünnt. Aber ich habe keines, und man muss es sehr sparsam dosieren, besonders bei einem so kleinen Kind. Oder Opium. Aber da muss man noch vorsichtiger sein, weil es kaum abzumessen ist. Bei einem Säugling können schon kleinste Mengen zum Tod führen. Und Karl ist noch klein und momentan sehr schwach.»

Jo nickte. «Ich gehe sofort los.»

Emma trat ans Bett und betrachtete den schlafenden Jungen. «Geben Sie ihm nur ein stärkeres Mittel, wenn es absolut notwendig ist, und immer nur eine ganz kleine Dosis auf einmal», warnte sie Jo erneut, und er nickte besorgt. Sie sammelte ihre Utensilien ein.

Jo ließ die Familie wieder hinein, die sich sofort um Karl versammelte. Lily begleitete ihre Freundin vor die Tür.

Emma seufzte tief, als sie sie zum Abschied umarmte. «Die nächsten Tage werden Gewissheit bringen, denke ich.»

Lily nickte nur. «Danke, dass du ihm geholfen hast!»

«Wir wissen nicht, ob ich ihm geholfen habe. Wenn er bereits infiziert ist, dann habe ich ihm gerade umsonst schreckliche Qualen zugefügt», erwiderte Emma mit einem seltsamen Ausdruck im Gesicht.

«Was passiert denn, wenn er trotzdem infiziert ist?», fragte Jo, der zu ihnen trat. Sie standen vor der Tür, und er sprach jetzt leiser, damit er drinnen nicht zu hören war.

Emma zögerte einen Moment. Man konnte ihr ansehen, dass sie lieber nicht geantwortet hätte. Jo packte sie an den Schultern.

«Sagen Sie es mir, ich muss es wissen!», forderte er eindringlich.

Sie nickte. «Er bekommt Fieber, Kopfschmerzen, Übelkeit. Dann wird er nichts mehr essen. Die Schluckmuskeln entzünden sich, und er wird auch nichts mehr trinken können. Es ist sehr schlimm, oft reicht allein der Anblick von Wasser, um die Kranken verrückt zu machen. Sie bekommen solche Angst vor dem Schluckschmerz, dass sie sogar ihren eigenen Speichel aus dem Mund laufen lassen.» Sie sah Jo beim Sprechen direkt in die Augen. Er hielt ihrem Blick stand, aber Lily konnte sehen, welche Mühe es ihn kostete.

«Er wird höchst aggressiv, weil er solche Schmerzen hat, jeglicher Reiz, jede Berührung, ja allein Sonnenlicht macht ihn wahnsinnig», erklärte Emma leise weiter. «Er wird nicht mehr ganz bei sich sein, oft reden die Menschen irr und verlieren den Verstand. Irgendwann lassen die Krämpfe und die Unruhe nach, dann kommt es häufig zu Lähmungserscheinungen.» Ihre Stimme war nun kaum mehr als ein Flüstern.

Jo sah so entsetzt aus, dass Lily das Gefühl hatte, es keinen Moment länger zu ertragen. «Wie wird es enden?», fragte er mit belegter Stimme.

Emma räusperte sich. «Meistens fallen die Patienten irgendwann in eine Art Koma, und es kommt zum Atemstillstand. Der Tod ist dann relativ gnädig, meistens können die Erkrankten einfach hinübergleiten, ohne noch einmal aufzuwachen», sagte sie leise.

«Wie lange wird das dauern?», fragte Lily, denn sie sah, dass Jo gerade nicht mehr in der Lage war zu sprechen. Er rieb sich mit beiden Händen über das Gesicht und stöhnte verzweifelt.

«Etwa zwei bis zehn Tage nach dem Auftreten der ersten Symptome», sagte Emma. «Wann die beginnen, kann man nicht vorhersagen.» Erschöpft wandte Emma sich um und stieg die Treppe hinab.

Lily sah ihr nach, bis ihre schmale Gestalt im dunklen Flur verschwunden war, und lauschte noch eine Weile ihren Schritten. Dann bemerkte sie, wie Jo Anstalten machte, Emma die Treppe hinab zu folgen.

«Ich werde etwas gegen die Schmerzen besorgen», sagte er mit rauer Stimme und wollte sich an Lily vorbeidrücken.

Sie hielt ihn erschrocken am Arm fest. «Warte, ich komme mit!»

Er schüttelte den Kopf. «Auf keinen Fall, ich muss nach St. Pauli, das ist nichts für dich!»

Lily biss sich auf die Wange. Wenn er doch endlich damit aufhören würde, sie immer vor allem und jedem bewahren zu wollen, als wäre sie eine zerbrechliche Puppe. «Bitte, ich will nicht alleine hierbleiben!», flüsterte sie und deutete mit dem Blick zum Bett. Sie störte hier. Jos Familie, die jetzt leise weinend um den kleinen Karl versammelt war, brauchte Ruhe und keine Fremde, die nutzlos dastand und sie beobachtete.

Einen Moment schien Jo zähneknirschend zu überlegen, dann seufzte er. «Also schön. Dann komm! Aber ich will keine Klagen hören!»

«Habe ich mich jemals bei dir beklagt?», zischte sie gekränkt, aber er polterte bereits die Treppe hinab. Lily zog vorsichtig die Tür hinter sich zu und erhaschte dabei einen letzten Blick auf Karls kleines weißes Gesicht. Der Anblick zog ihr das Herz zusammen.

Auf der Straße hielt Jo einen Moment inne und wischte sich über die Stirn, während er auf Lily wartete, die in ihrem Kleid nicht so schnell die Treppe hinab kam. Er musste sich beruhigen, alles in ihm war in Aufruhr. Seine Sorge um Karl äußerte sich in rasender Wut. Warum hörte er nie auf ihn, warum musste er mit wilden Hunden spielen? Warum gab es so schreckliche Krankheiten, an denen kleine Jungen unter höllischen Qualen starben? Warum war er nicht da gewesen? Der Gedanke, dass er vielleicht wieder ein Geschwisterchen verlieren würde, war nicht zu ertragen. Sein Herz zog sich einen Moment so schmerzhaft zusammen, dass es sich anfühlte, als würde es zerspringen. Er hatte die letzten zehn Jahre dafür gekämpft, dass genau das nicht passierte. Hatte sich abgerackert, um ihnen ein sicheres Leben zu bieten, hatte seine Seele an das Schwein Oolkert verkauft … und nun sollte ein räudiger Straßenköter alles zerstören? Lenis Gesicht tauchte vor ihm auf, ihre zarte Stimme, ihr weißer kleiner Körper, über den sich der Sargdeckel schob. Er konnte die Tränen gerade noch so zurückhalten, kniff sich mit aller Gewalt zwischen die Augenbrauen, um sie verdrängen. Er hatte seit zwölf Jahren nicht geweint, und er würde jetzt nicht damit anfangen. Aber zum Teufel, am liebsten hätte er irgendwas zerschlagen, er wusste nicht, wohin mit seinen Gefühlen. Herrgott, wo blieb Lily denn, er stand schon eine Ewigkeit hier unten! Ungeduldig sah er sich um.

Als sie kurz darauf aus dem Haus trat, fuhr er sie an: «Verdammt, wenn du mitkommen willst, musst du schon Schritt halten. Karl kann jederzeit aufwachen, und dann muss ich wieder hier sein!»

Sie zuckte erschrocken zusammen, erwiderte aber nichts, sondern nickte nur mit blassem Gesicht und beschleunigte ihren Schritt. Nachdem er eine Weile vorausgestürmt war, beruhigte er sich. Die frische Luft und der Sonnenschein taten gut. Langsam kam er wieder zur Besinnung. Er sah sich um und bemerkte, dass Lily einen roten Kopf hatte und schwer atmete. Sie war direkt hinter ihm, hatte aber offensichtlich große Mühe, sein Tempo zu halten.

Sofort blieb er stehen. «Es tut mir leid. Ich war …» Er wusste nicht, was er sagen sollte, aber er sah an ihrem Blick, dass sie nicht wütend auf ihn war.

«Schon gut. Ich verstehe das. Wenn es M… Wenn es mein Bruder wäre …» Sie brach ab und stützte schwer atmend die Hände in die Hüften.

Jo stöhnte innerlich auf. Er verhielt sich wirklich wie der letzte Idiot. Sie wurde ja gleich ohnmächtig. Er musste sich beruhigen, ablenken. «Wir machen langsamer. Er hat das Laudanum bekommen, es wird schon nicht sofort nötig sein», sagte er und sah sie besorgt an. «Alles in Ordnung?»

«Ja», stöhnte sie und wischte sich über die Stirn. «Ich hasse Korsetts. Man kriegt einfach keine Luft!»

«Sehen aber gut aus!», sagte Jo, selbst überrascht, dass er schon wieder scherzen konnte, und sie musste lächeln.

«Das ist ja auch der ganze Sinn daran.»

Sie atmete rasselnd, er sah, dass sie Mühe hatte, genug Luft in die Lungen zu kriegen. «Langsam jetzt!», befahl er und ging gemächlich neben ihr her.

«Wir könnten … auch eine Kutsche nehmen!», schlug sie zwischen zwei keuchenden Atemzügen vor, aber er schüttelte sofort den Kopf.

«Nein, da, wo wir hinwollen, fährt man nicht in der Kutsche vor. Du wirst schon genug Aufsehen erregen.»

«Ach ja? Wo genau gehen wir hin?», fragte sie neugierig.

«Ins Chinesenviertel», antwortete er nur ausweichend.

«Chinesenviertel?», fragte sie erstaunt. «Was soll das sein?»

«Ach, der Name trügt, es ist eigentlich kein Viertel, sondern es sind nur ein paar Häuser in der Schmuckstraße. Da haben die Gelben sich angesiedelt, mitten zwischen den Dänen und den Preußen.» Er lachte tonlos. «Aber ihre Miniaturkolonie wächst immer weiter, und ich bin sicher, dass in den nächsten Jahren noch viel mehr herkommen werden. Wenn die Reedereien erst neue Routen nach China erschließen, werden es immer mehr, glaub mir. Hat dein Vater noch nie darüber gesprochen?» Aufmerksam sah er sie an. Es wäre zu interessant zu erfahren, ob der alte Karsten von den Plänen seines Sohnes wusste. «Ich bin sicher, auch er überlegt, ob er nicht nach Asien ausweiten soll. In Amerika und England machen sie sich auch immer mehr breit! Da gibt es schon richtige Chinesenslums.»

«Ich wusste gar nicht, dass Chinesen in Hamburg wohnen!» Lily ging zu seinem Bedauern nicht auf seine Frage ein.

Er nickte und wies in einen schmalen Durchgang, in den sie gleich darauf abbogen. «Ja. Sie fahren auf den Dampfschiffen und arbeiten dort als Kohlenzieher. Das sind Heizer und Trimmer, die die Kessel anfeuern», erklärte er. «Eine schreckliche Arbeit, heiß, stinkend, gefährlich. Dagegen haben es die Fleetenkieker noch gut, die verbrennen wenigstens nicht beim Rumstochern im Schlamm. Keiner will es machen, deswegen haben sie angefangen, die armen Chinesen anzuheuern, die viel weniger Geld verlangen als die meisten anderen. Dann werden sie sprichwörtlich verheizt. Es wird immer mehr zu einem lukrativen Geschäft. Und manche von ihnen enden dann hier, ohne Frauen, ohne Geld, sprechen die Sprache nicht, mögen das Essen nicht, wollen oder können aber auch nicht mehr auf die Schiffe. Dann bleiben sie und eröffnen Lokale und Geschäfte für ihre Landsmänner oder auch … äh … *Wäschereien.*» Als er stockte, sah sie ihn fragend an, aber er sprach schnell weiter. Kein Grund, sie jetzt schon zu beunruhigen. «Es gibt schon zwei kleine Garküchen auf St. Pauli. Das sind Lokale, in denen sie asiatische Speisen anbieten. Anscheinend haben sie sie da drüben an jeder Ecke. Da dreht sich dir der Magen um, du glaubst nicht, was sie auf den Tisch bringen, Hühnerfüße und eine Art Frösche, die …» Er brach ab, weil Lily sich erschrocken die Hand vor den Mund schlug.

«Nein, nein, erzähl weiter. Ich war nur …», sagte sie hastig und fasste sich einen Moment an den Hals.

«Entsetzt?», ergänzte er. «Frag mich mal, ich habe das Zeug schon probiert!»

«Hast du nicht!», rief sie so erschrocken, dass er trotz seiner schlechten Stimmung auflachen musste.

«Und ob. Es war eine Mutprobe mit Charlie. Ich bin noch gut dabei weggekommen, die Hühnerfüße waren eigentlich ganz knusprig. *Er* musste lebendige Fische essen. Man schlürft sie einfach mit der Suppe runter. Wir haben später beide hinter den Laden gekotzt, er schwört, dass er fühlen konnte, wie sie in seinem Bauch herumschwammen, es war …» Wieder brach er ab, als er ihren Blick sah. Was erzählte er da nur? Manchmal vergaß er, wen er da vor sich hatte. Aber es tat ihm gut, einfach drauflos zu reden. Das ließ ihn seinen Bruder vergessen.

«Na, das war jetzt vielleicht ein wenig zu viel erzählt!», sagte er und kratzte sich verlegen die stoppeligen Wangen. Sie musste ihn wirklich für den letzten Gossenkriecher halten.

Lily warf ihm ein schiefes Lächeln zu. «Jo, ich hab den Abort überlebt, nun kann mich so schnell nichts erschüttern!», sagte sie, und wieder musste er lachen. Sie war wirklich anders als alle Damen, denen er je begegnet war. «Aber ich verstehe noch nicht so ganz, was wir dort machen», hakte sie nun nach, und er seufzte leise. Sie war nicht so leicht abzulenken. «Haben die Chinesen besondere Medizin, die Karl helfen kann?»

Er nickte. «So kann man es auch nennen!», sagte er ein wenig abweisend.

Er hoffte, dass sie nicht nachbohrte, und war froh, dass sie nicht gefragt hatte, woher er das alles so genau wusste. Was dachte er sich nur, sie dorthin mitzunehmen? Wieder musste er sich eingestehen, dass er einen gewissen Gefallen daran fand, dem naiven Töchterlein aus gutem Hause die Augen für die echte Welt zu öffnen. Was sie alles gesehen hatte, seit sie sich kannten … Eiternde Wunden, Wanzenbefall, Prostituierte. Und trotzdem war sie noch hier. Aber sie hatte ja von Anfang an diesen rebellischen Geist in sich gehabt, schließlich waren sie sich begegnet, als sie auf dem Fahrrad ihres Bruders im Spitzenkleid durch den Hafen gerauscht war und damit in Hamburg einen kleinen Skandal auslöste. Er hatte den Bericht in der Klatschpresse entdeckt und sich zum ersten Mal in seinem Leben eine Zeitung gekauft, um in Ruhe den Artikel über sie lesen zu können. Nein, sie war auf jeden Fall nicht so zartbesaitet, wie man es von Damen erwartete, und seltsamerweise gefiel ihm das. Dennoch hoffte er, dass es zu dieser Tageszeit ruhig zuging, dort, wo sie hinwollten. Natürlich konnte er sie beschützen, es würde ihr nichts passieren, aber allein die Dinge, die man dort zu sehen bekam ...

Vor ein paar Wochen erst hatte er zwei halb nackte asiatische Mädchen in einer Ecke liegen sehen, sicher nicht viel älter als elf, zwölf Jahre, vollkommen besinnungslos. Wer weiß, was sie da mit ihnen gemacht hatten. Er hatte kurz mit sich gekämpft, ob er sie nicht dort rausschaffen sollte, aber damit hätte er einen Aufruhr riskiert. Später hatte er es bereut, hatte in den folgenden Nächten schlecht geschlafen und seltsame Träume gehabt. Schließlich war er zurückgegangen. Aber die Mädchen waren fort gewesen, und er hatte nicht herausfinden können, was mit ihnen geschehen war. Wenn Lily so etwas sehen sollte ...

Ihm wurde klar, dass etwas in ihm wollte, dass sie die Wahrheit über ihn erfuhr, dass er mit offenen Karten spielen konnte. Denn wenn sie es herausfand, würde sie ohnehin nichts mehr mit ihm zu tun haben wollen. Und vielleicht wollte er, dass das lieber früher als später geschah, bevor er noch verrückter nach ihr wurde.

Schnell warf er ihr einen Seitenblick zu und versuchte, nicht auf ihre weißen Brüste zu schauen, die sich durch ihren immer noch keuchenden Atem unter dem Mieder hoben und senkten. Schon jetzt fiel es ihm schwer, sie nicht ständig zu berühren. Er schämte sich, dass ihm gerade jetzt diese Gedanken kamen, aber Lily hatte einfach eine so starke Wirkung auf ihn ... Am liebsten hätte er sie direkt hier gegen die nächste Wand gepresst. Ihr Geruch schien immer intensiver zu werden. Ihre zarte weiße Haut, die roten Locken, die sich in ihrem Nacken kringelten ... Er wollte sie immerzu anstarren. Er hatte noch nie zuvor mit einer Frau länger angebandelt, einfach um Zeit mit ihr zu verbringen. Das Ziel war immer gewesen, sie ins Bett zu kriegen, und meistens brauchte er dafür auch nicht sehr lange. Er wusste, dass er gut aussah, er hatte Charme – wenn er wollte –, und Frauen wie Greta ließen sich meistens nicht lange bitten. Aber dass er einfach mit einer Frau reden wollte, dass es ihm gefiel, wenn sie da war, wenn er die Welt durch ihre Augen sah – und sie die Welt durch seine … Das war neu für ihn, und es machte ihn nervös. Es durfte nicht sein, sie war verlobt, und vor allem war sie eine reiche Reedertochter, und er war Jo Bolten aus der Steinstraße. Noch dazu arbeitete er für den größten Konkurrenten ihres Vaters.

Plötzlich fuhr er herum. Zwei berittene Polizeibeamte des Constablercorps klapperten auf ihren Pferden über die Straße. Sie blickten finster unter ihren Pickelhauben hervor. Jo runzelte die Stirn. In letzter Zeit hatten sie öfter Razzien auf St. Pauli durchgeführt, bisher aber nichts gefunden, zumindest nichts, was ihn in Schwierigkeiten gebracht hätte. Als einer der Beamten seinen Blick in ihre Richtung schweifen ließ und er eine Sekunde an Lily hängenblieb, handelte Jo, ohne zu überlegen.

Er packte ihre Hände und drückte sie sanft aber bestimmt gegen eine Mauer. Dann stellte er sich so, dass man von hinten zwar sehen konnte, dass dort eine Frau stand, aber ihr feines Mieder und ihr Hütchen hoffentlich nicht bemerkte.

«Was machst du denn?», fragte sie erschrocken. Ihr Atem streifte seinen Hals, was ihn kurz erschaudern ließ.

«Ich verstecke dich!», erwiderte er.

Wenn die Beamten einen Mann wie ihn mit einer feinen jungen Dame hier auf St. Pauli sahen, würden sie sicher nachfragen, ob es ihr gut ging und sie freiwillig hier war. Eine Tochter der höheren Gesellschaft, die allein, ohne Gouvernante, unterwegs war, war ein so seltener Anblick, dass er auch in ganz anderen Gegenden Aufsehen erregen würde. Aber hier, mit ihm, würde sie den Beamten sofort ins Auge springen. Wenn sie so eng umschlungen dastanden, hielten sie Lily hoffentlich für eine Edelprostituierte und ließen sie in Ruhe. Und tatsächlich, schon nach wenigen Augenblicken entfernte sich das Hufgetrappel, und Jo atmete kaum merklich auf. Einen Moment lang hielt er sie noch fest, genoss die Gelegenheit, die ihm das kleine Zwischenspiel bot, um ihr nahe zu kommen.

«Ich glaube, sie sind weg!», sagte Lily, und er hörte, dass sie lächelte. Sie machte keine Anstalten, ihre Hände von seinem Rücken zu nehmen.

«Ach ja, sind sie das?», fragte Jo. Er konnte nicht widerstehen und ließ seinen Mund eine Sekunde lang über ihren Hals streifen. Als sie zusammenzuckte, trat er einen Schritt zurück und räusperte sich. «Gut. Es fehlt noch, dass du von der Polizei nach Hause gebracht wirst!», sagte er, und sie nickte mit flammend roten Wangen. «Komm, wir müssen weiter!»

Plötzlich fiel ihm Karl wieder ein, und das schlechte Gewissen und die Sorge überkamen ihn. Was machte er nur, er schäkerte hier mit Lily herum, während sein Bruder Qualen litt. Entschlossen fasste er ihre Hand und zog sie hinter sich her. Sie eilten über den Spielbudenplatz Richtung Reeperbahn, kamen am *Panoptikum* vorbei, vor dem ein Bursche schreiend Werbung für die Zwerge, Riesen und Kaiser machte, die man dort als Wachsfiguren bestaunen konnte, und gleich darauf an *Hagenbecks Handlungs-Menagerie*, in deren Schaufenster exotische Tiere ausgestellt waren. Wenig später bogen sie in die Große Freiheit ein und steuerten an Bordellen und belebten Kneipen vorbei Richtung Schmuckstraße.

Lily schien das bunte Leben in den Straßen förmlich in sich

aufzusaugen, stellte ihm immer wieder Fragen zu den Dingen, die sie sahen. Augenscheinlich war sie noch nie in dieser Ecke von Hamburgs Vergnügungsviertel gewesen. Zwar wagte sich auch die bessere Gesellschaft nach Einbruch der Dunkelheit immer öfter nach St. Pauli ins Theater und in Konzerte, aber er war sicher, dass ihre Eltern nicht zu der Sorte Hamburger gehörten, die ihre minderjährige Tochter abends mit in *Die Neue Welt* nahmen.

Bald darauf bogen sie in eine dunkle, volle Gasse ein, die der Dampf der Wäschereien in nebliges Licht hüllte. Jo sah sich um. «Wir sind da!», sagte er leise. «Ich benutze den Hintereingang. Du wartest hier!»

Er nickte einem jungen Mann zu, der gegenüber an der Wand lehnte. Er kannte ihn flüchtig von vorherigen Übergaben und wusste, dass er sich auf ihn verlassen konnte. «Hier.» Er gab ihm eine Münze, die der Mann, ohne eine Miene zu verziehen, in die Tasche gleiten ließ. «Bleib bei ihr stehen. Geht nicht auf die große Straße. Niemand rührt sie an. Niemand spricht mit ihr. Ich bin sofort wieder da!»

«Was fällt dir ein!», protestierte Lily. «Ich komme mit rein!»

«Nein, tust du nicht», sagte Jo gelassen. Er blickte um die Ecke, ließ den Blick über die Straße gleiten, dann bückte er sich, hob eine schiefe hölzerne Klappe an und betrat den Keller.

«Jo! He, Jo Bolten!» Lily wollte hinter ihm her, aber der Mann trat sofort vor und hielt sie fest.

Jo hörte, wie sie miteinander rangelten, und musste unfreiwillig grinsen. Sie würde dem Armen die Hölle heißmachen. Gerade wollte er die Klappe über seinem Kopf wieder fallen lassen, da hob er den Blick und sah die drei Männer. Sie waren auf der gegenüberliegenden Straßenseite gerade aus einem Laden getreten und gestikulierten wild miteinander.

Roy!

Verdammt, was machte der hier? Jo überlegte fieberhaft. Er konnte Lily nicht da draußen stehen lassen, wenn Roy in der Nähe rumlungerte. Der Kerl war unberechenbar. Jo eilte die Stufen wieder empor, packte Lily am Handgelenk und zog sie hinter sich her. «Behalt das Geld und mach, dass du wegkommst. Du hast mich nicht gesehen!», murmelte er durch die Zähne zu Lilys Bewacher.

Jo ließ die Klappe über ihren Köpfen zufallen und schob den eisernen Riegel vor. Sie standen dicht beieinander auf der schummrigen Treppe, von unten drangen gedämpfte Geräusche zu ihnen. Er stieg die Stufen hinab, und sie folgte ihm zögerlich. Auf einmal schien sie nicht mehr ganz so wild darauf, ihn zu begleiten.

Sie passierten einen kleinen, dunklen Gang. Jo war froh, dass die Eingänge zu den Türen rechts und links mit schmutzigen Decken verhängt waren. Der Geruch war natürlich allgegenwärtig, genau wie die wabernden Schwaden, doch er bezweifelte, dass Lily wusste, woher sie kamen. Als sie den großen Raum betraten, konnte er trotzdem nicht länger verleugnen, wo sie sich befanden.

«Was machen die da?», flüsterte Lily entsetzt. Sie hatte sich an ihn gedrängt und seine Hand ergriffen, mit der anderen hielt sie ihr Riechtuch vor die Nase. Mit großen Augen sah sie sich in dem Raum um, der nur von ein paar Kerzen und Öllampen erhellt wurde.

Männer lagen auf Holzpritschen, zwischen ihnen vereinzelt Frauen, die meisten von ihnen halb nackt. Alle schienen tief zu schlafen, hatten jedoch die Augen halb geöffnet und blickten entrückt ins Nichts. Manche hielten die braune Opiumpfeife noch in der Hand, die meisten aber waren nicht einmal mehr dazu imstande. Eine kleine Chinesin ging zwischen ihnen hin und her und kontrollierte die Pfeifen. Wie immer ließ Jo das seltsame Gefühl schaudern, in einem Raum voller Menschen zu sein, die nicht wirklich da waren. Einmal nur hatte er das Mittel, mit dem er handelte, selbst probiert. Der Rausch war unbeschreiblich gewesen, noch nie hatte er sich so gut gefühlt, so schwebend entrückt in eine Welt aus reinem Glück und Wohlbefinden. Die Entspannung, das Verschwinden aller Sorgen. So ähnlich musste es sich im Himmel anfühlen – wenn es einen gab, was er immer mehr bezweifelte. Die Rückkehr war hart gewesen. Scheußlich, grausam nahezu. Aber er hatte gewusst, wie schnell das Mittel süchtig machen konnte, schließlich sah er jeden Tag mit eigenen Augen, was es mit dem anstellte, der nicht widerstehen konnte. Er hatte es nie wieder angefasst. Seine Familie lebte im Hier und Jetzt, und er konnte es sich nicht leisten, in eine andere Welt abzugleiten. Die meisten Menschen jedoch waren nicht so willensstark. Besonders die chinesischen Arbeiter, die die Droge von daheim gewohnt waren und nun einsam in einer fremden, meist feindlichen Welt vor sich hin vegetierten. Nun, um sie konnte es einem leidtun, aber für ihn war das von Vorteil, ihre stetig wachsende Einwohnerzahl in der Hansestadt belebte seine Geschäfte ungemein.

An einem Tisch in der Ecke saß ein kleiner Mann, der nun aufstand und ihnen mit ausdruckslosem Gesicht entgegenkam.

«Chang!» Jo nickte ihm zu. Der Chinese öffnete ohne ein Wort eine Tür im hinteren Teil des Raumes, und sie schlüpften hindurch.

Er schien überrascht, Jo außerplanmäßig hier zu sehen, reagierte aber wie immer mit stoischem Gleichmut. In dem Zimmer gab es nichts außer einer großen Truhe und einem Stuhl. Durch eine kleine Klappe in der Wand gelangte man in die Wäscherei, die Chang nutzte, um seinen Geschäften ein unschuldiges Gesicht zu verleihen. Jo bedeutete Lily, an der Tür stehen zu bleiben. Dann wechselte er einige Worte mit Chang, und wenig später hatte er, wofür er gekommen war. Bezahlen konnte er es nicht, aber das Geschäft, das er dem Chinesen dafür versprach, war Ausgleich genug. Wie er es Oolkert erklären sollte, wusste er noch nicht, aber das würde er sich später überlegen.

Kurz musste er Chang noch klarmachen, dass Lily nicht zu verkaufen war. Chang betrieb nicht nur eine der gefragtesten Opiumhöhlen von St. Pauli, sondern zwei Häuser weiter auch noch ein florierendes Bordell, und er hätte Lily nur zu gerne dafür gewonnen. «Rot gut!», bedeutete er mit einem anzüglichen Grinsen. Jo hätte ihm am liebsten ins Gesicht getreten.

«Deine Frau?», fragte Chang, und Jo nickte zähneknirschend.

Chang zuckte bedauernd die Schultern. «Wenn nicht mehr deine Frau, bringst du zu Chang!», erklärte er.

Jo ballte die Hände zu Fäusten, er konnte sich nur mit Mühe beherrschen. Aber Chang war Oolkerts wichtigster Kontakt ins Viertel.

Als sie das Zimmer verließen, schloss Chang die Tür hinter ihnen und verriegelte sie sorgfältig. Dabei ließ er Messer und Pistole sehen, die er im Gürtel stecken hatte. Jo sah, dass Lily erschrocken zurückzuckte.

«Nichts wie raus hier», brummte er und packte sie am Arm. Als sie wieder in den Gang eintauchten, von dem die verhangenen Zimmer abgingen, stürzte plötzlich eine Frau hinter einer der Decken hervor.

«Er erstickt! Hilfe, er erstickt!», schrie sie aufgeregt. Sie trug nur ein schmutziges Nachthemd, und man konnte deutlich ihre wogenden Brüste sehen. Ihre Pupillen waren winzig, die Haare klebten ihr in fettigen Strähnen am Kopf. Ohne sie zu beachten, rannte sie an ihnen vorbei zu Chang. «Er hat zu viel genommen, er stirbt!», schrie sie panisch.

Chang verzog keine Miene, zuckte nur mit den Schultern. Es war klar, dass er nicht helfen würde. Wahrscheinlich sah er so was täglich. Aber auch Jo hatte keine Zeit, sich jetzt mit so was rumzuschlagen. Schnell schob er Lily an der Tür vorbei, doch der Vorhang hinter der Frau stand noch einen Spalt offen. Und plötzlich sah er ihn.

Jo blieb wie angewurzelt stehen. Es war, als würde sein Herz einen Moment aussetzen. Zwei Sekunden brauchte er, um das, was er sah, zu verarbeiten. Dann schoss er in den Raum hinein.

Charlie lag in seinem eigenen Erbrochenen. Er hatte Schaum vor dem Mund und würgte, während sein ganzer Körper sich aufbäumte und von Krämpfen geschüttelt wurde.

«Scheiße. Scheiße, Scheiße, Scheiße!» Jo handelte sofort. Er packte seinen Freund und drehte ihn auf die Seite. Dann steckte er ihm zwei Finger in den Mund und drückte seine Zunge nach unten, damit er nicht daran erstickte.

Er hatte es gewusst. Charlie war so seltsam gewesen in letzter Zeit. Noch knapper bei Kasse als sonst, noch cholerischer, noch blasser. Er war sichtlich abgemagert, und mehr als einmal hatte Jo geglaubt, einen seltsamen, vertrauten Geruch an ihm wahrzunehmen. Aber er hatte es nicht sehen wollen, hatte nicht nachgehakt.

«Verdammt, Charles, Mann, stirb mir hier nicht weg!», keuchte er.

Lily war entsetzt in der Tür stehen geblieben, aber nun sank sie neben ihnen auf die Knie. «Was sollen wir tun?», fragte sie mit schriller Stimme.

«Er hat eine Überdosis», sagte Jo hastig. «Wir können ihn nur festhalten und dafür sorgen, dass er nicht an seinem Erbrochenen erstickt. Aber Charlie hat eine zerfetzte Lunge, die Wirkung geht auf die Atmung, er kriegt wahrscheinlich kaum noch Luft», erklärte er gepresst, während er versuchte, Charlie mit seinem Körpergewicht nach unten zu drücken.

Plötzlich röchelte sein Freund laut, er riss die Augen auf, und ihm entfuhr ein schrecklicher Laut. Er bäumte sich auf, rang verzweifelt nach Luft, seine Hände griffen ins Leere, als wollten sie sich an etwas festhalten, dann fiel er reglos und mit offenen Augen auf die Pritsche zurück.

Jo starrte ihn einen Moment entsetzt an.

Charles' Atem hatte ausgesetzt.

«Scheiße! Charles!» Sofort begann Jo mit der Atemspende. Er beugte sich über seinen besten Freund, kniff ihm die Nase zu und blies ihm Luft in den Mund. Er hatte keine Ahnung, ob das, was er tat, richtig oder falsch war, er erinnerte sich nur schemenhaft daran, einen Arzt im Hafen einmal bei einem solchen Manöver beobachtet zu haben. Sein Herz klopfte zum Zerspringen.

Die Frau im Nachthemd kam in den Raum zurück. «Oh Gott, ist er tot? Ist er tot?», schrie sie entsetzt.

«Raus hier!», brüllte Jo sie an, und sie wich schockiert auf den Flur zurück, wo sie gegen die Wand prallte und kraftlos zu Boden sank. Auch Lily war hastig zur Wand gestolpert, erschrocken über seine Wut.

Zwischen den einzelnen Atemzügen, die er Charlie in die Lunge blies, hieb Jo ihm immer wieder verzweifelt mit der Faust auf die Brust. «Komm schon, du kannst mir doch hier nicht einfach verrecken!», rief er. Vor Angst handelte er wie automatisch. Immer weiter machte er, blies und hieb und flehte Charlie an, zu ihm zurückzukommen.

Lily sagte kein Wort, aber sie kroch auf Knien an die Pritsche heran und nahm Charlies Hand. Die Zeit schien stehenzubleiben und sich gleichzeitig zu verflüssigen. Jo wusste nicht, wie lange er schon auf Charlie eindrosch, aber bald war er schweißgebadet.

«Jo, ich glaube, es ist zu spät», flüsterte Lily irgendwann. Aber er machte immer weiter, wollte nicht glauben, dass es wahr sein konnte. «Jo. Jo, hör auf. Er ist nicht mehr da!», rief sie schließlich. Sie stand auf und versuchte, ihn am Arm zu fassen, aber er stieß sie grob von sich, sodass sie auf den Boden fiel.

Stumm machte er weiter. Lily versuchte nicht noch einmal, ihn daran zu hindern, aber sie rappelte sich auf, kam zurück und nahm wieder Charlies Hand. Am Rande seiner Wahrnehmung registrierte er, dass ihr stumme Tränen die Wangen hinabliefen. Auch er war kurz davor, die Fassung zu verlieren. Nicht auch noch Charlie, nicht sein bester Freund, er konnte das nicht zulassen. Doch es half nichts, Charlie bewegte sich nicht, seine Augen starrten an die Decke, sein mit Erbrochenem verschmierter Mund stand offen.

«Scheiße!», schrie Jo und schlug ein letztes Mal mit aller Kraft auf Charlies leblose Brust.

Charlie fuhr mit einem entsetzlichen Röcheln in die Höhe.

Jo und Lily sprangen gleichzeitig auf. Keuchend und spuckend blickte Charlie um sich, als sähe er die Welt zum ersten Mal.

«Was ist passiert?», fragte er japsend. Sein tätowierter Oberkörper glänzte vor Schweiß, er war leichenblass, seine Augen aber leuchteten rot. Verwirrt wischte er sich Speichel vom Mund. «Verdammt, Jo. Ich fühl mich wie ausgekotzt.»

Jo schüttelte ungläubig den Kopf. «Du hattest eine Überdosis. Deine Atmung hat ausgesetzt!», stieß er schließlich hervor.

«Ach, red doch keinen Schwachsinn!» Charlie wollte sich aufsetzen, schaffte es aber nicht. Erschöpft fiel er auf die Pritsche zurück. Sein Atem rasselte wie eine Kette. Einen Moment schloss er erschöpft die Augen. «Wie komme ich hierher?», fragte er, als er sie wieder öffnete.

Jo rieb sich verzweifelt über das Gesicht. Einen Moment lang wusste er nicht, was er tun sollte. Er musste zu Karl zurück. Aber er konnte Charlie nicht einfach hierlassen. «Bleib einfach liegen, Charles, ja?», sagte er leise und trat auf den Gang hinaus.

Die Frau im Nachthemd war an der Wand in die Knie gesunken und sah mit großen Augen zu ihm auf.

Jo zog sie hoch. «Du bleibst bei ihm. Gib ihm Wasser und schau, dass er nichts mehr raucht, und vor allem, dass er auf der Seite liegen bleibt!», wies er sie grob an. Er drückte ihr eine Münze in die Hand. «In ein paar Stunden kaufst du ihm etwas zu essen.» Als sie ihn nur anstarrte, packte er ihr Kinn und riss ihren Kopf nach oben, sodass sie ihm in die Augen schauen musste. «Hast du mich verstanden, du Schlampe? Wenn er stirbt, bist du dran!»

Die Frau nickte voller Angst und nahm das Geld. Sie stank ekelerregend, und ihre Hand starrte vor Dreck. Was machte Charlie nur hier mit einer solchen Gossenhure? Er konnte nicht fassen, dass sein bester Freund so abgerutscht war und er es nicht gemerkt hatte.

«Ich komme später wieder. Und dann seid ihr beide noch hier und am Leben, sonst sorge ich dafür, dass dich nie wieder ein Mann anfassen will, nicht mal hier in diesem Drecksloch!», zischte er etwas leiser, damit Lily es nicht hörte. Er musste so hart zu ihr sein, ihr Blick war immer noch glasig entrückt. Wenn er ihr keine Angst machte, vergaß sie wahrscheinlich, warum sie hier war. «Verstanden?», fragte er ein weiteres Mal und drückte ihr Kinn zusammen, sodass sie vor Schmerzen leise wimmerte.

«Verstanden!» presste sie hervor, und er nickte.

«Gut. Vergiss es bloß nicht!»

Dann setzte er sich zu Charlie und klopfte ihm auf die Wange. «He, sieh mich an. Ich komme bald zurück. Aber jetzt muss ich zu meinem Bruder. Er ist verletzt.» Charlie nickte, aber Jo hatte das Gefühl, dass er ihn nicht gehört hatte.

Er nahm die Pfeife, die auf dem Boden lag, und brachte sie zu Chang. «Er bekommt hier nichts mehr. Nie wieder!», sagte er. «Wenn du ihm noch einmal etwas verkaufst, sind unsere Geschäfte beendet. Verstanden?»

Chang sah ihn einen Moment mit ausdruckslosem Gesicht an. Dann nickte er langsam. Jo warf die Pfeife auf den Tisch, dann packte er Lily am Arm.

«Wir gehen vorne raus! Schließ uns auf!», bellte er barsch.

Sie schlüpften durch die Wäscherei hinaus, in der ausgemergelte Chinesen mit abwesenden Gesichtern Laken in dampfenden Kesseln hin und her schoben.

Lily lehnte sich schwer atmend an eine Wand. «Ich verstehe gar nichts mehr!», sagte sie mit großen Augen. Sie war bleich, ihre Haare kringelten sich in feuchten Locken um ihr Gesicht.

Jo nickte. Er würde es ihr erklären müssen. «Lass uns erst mal von hier verschwinden!», sagte er und sah sich um. Von Roy war nichts zu sehen, aber das hieß nicht, dass er und seine Männer nicht noch irgendwo rumlungerten. Jo ging los, und nach ein paar Sekunden folgte Lily ihm.

«Was war das für ein Zeug?», fragte sie.

«Opium», antwortete Jo knapp. Um ihrem bohrenden Blick zu entkommen, redete er einfach drauflos. «Wenn du es auf der Straße kaufst, weißt du nie, was sie dir reinmischen. Ich kann meinem Bruder nicht einfach irgendwelches Zeug geben. Hier weiß ich, was ich bekomme.» Weil sie es von mir haben, setzte er in Gedanken hinzu, aber er konnte es nicht aussprechen. «Die

Chinesen reden nicht. Das macht sie zu den besten Vertragspartnern für zwielichtige Unternehmer. Nicht nur sind sie von Natur aus verschwiegen, die meisten von ihnen beherrschen unsere Sprache gar nicht. Sogar unter ihnen gibt es so viele verschiedene Dialekte, dass sich nicht mal alle untereinander verständigen können, und Deutsch sprechen die wenigsten. Auch wenn sie wollten, die meisten könnten gar nicht erzählen, dass ich hier war. Das ist von großem Vorteil. Und sie … nun ja, sagen wir mal, sie lieben es, sich von hier fortzuträumen», sagte er.

Was Jo nicht erzählte, war, dass sein Boss Hunderte, wenn nicht Tausende Chinesen pro Jahr als billige Arbeitskräfte für seinen Guano-Abbau kaufte. Niemand wollte diese Arbeit machen, die Iren und Inder ließen sich immer nur für kurze Zeit verpflichten, und einmal dort gewesen, kamen sie niemals wieder. Die chinesischen Kulis aber waren leichte Beute. Sie hatten meist keine Wahl, fanden in der Heimat keine Arbeit und wurden von Unternehmern wie Oolkert wie Sklaven auf den Schiffen nach Südamerika gebracht. Sie verbrachten die lange, gefährliche Reise unter Deck in qualvoller Enge und unter katastrophalen hygienischen Bedingungen. Er hatte schon oft munkeln hören, dass viele nicht freiwillig auf die Schiffe gingen, aber so genau wusste das niemand. Außerdem hatte er von den Selbstmorden gehört. Die Verzweiflung trieb bei jeder Überfahrt Dutzende Männer über Bord. Diejenigen, die auf den Chincha-Inseln ankamen, wurden dazu gezwungen, den beißend nach Ammoniak stinkenden Guano abzubauen. Die Folgen, die diese Arbeit mit sich brachte, waren blutende Nasen und Augenhöhlen, Husten, Krankheiten der Atemwege. Die Männer mussten sich abwechseln, weil niemand lange abbauen konnte, ohne dabei ohnmächtig zu werden. Außerdem gab es auf den unbewohnten Inseln keinerlei Häfen, keine Landungsbrücken, und sie mussten unter hohen Verlusten immer neue, wackelige Holzgestelle über die meterhohen schroffen Felsküsten bauen, um den Dünger auf ihre Boote kippen zu können. Es wunderte Jo daher nicht, dass die Chinesen, die man hier traf, vor der Realität fliehen wollten, so oft sie nur konnten.

«Und woher weißt du das alles?», fragte Lily und sah ihn durchdringend an.

«Ich komme durch meine Arbeit öfter mit ihnen in Kontakt …», erwiderte er ausweichend. «Der Opiumverkauf ist nicht strafbar. Man braucht aber eine Lizenz», fügte er hinzu.

«Und hat Chang eine?», fragte Lily.

Jo schnaubte. «Natürlich nicht! Sah das für dich vielleicht wie ein legales Etablissement aus?», fragte er.

«Ich weiß nicht, wie eine Opiumhöhle normalerweise aussieht, tut mir leid!», entgegnete sie bissig, und er musste gegen seinen Willen lächeln.

«Na ja, auch nicht viel anders. Nur stinkt es nicht so, es ist nicht ganz so verlaust, und die Huren sind nicht ganz so widerwärtig!», sagte er.

Ihr Kopf ruckte herum. «Du solltest so nicht reden. Meinst du, die armen Frauen sind freiwillig da?», zischte sie.

Erstaunt sah er sie an. «Ich hab nicht gesehen, dass sie festgebunden waren», meinte er achselzuckend.

«Nicht jede Fessel kann man auch sehen», sagte Lily altklug, und er prustete los.

«Ich sage dir mal was. Niemand hier hat sich sein Schicksal ausgesucht. Aber trotzdem hat man noch einen freien Willen, oder nicht?»

«Das sehe ich anders», erwiderte sie mit fester Stimme. «Es gibt Situationen, in denen kann man nicht frei entscheiden. Und ist es eine freie Entscheidung, wenn zu Hause dein kleines Kind schreit, weil es Hunger hat? Ich glaube nicht! Hast du noch nie etwas getan, das du nicht tun wolltest, weil du es musstest?»

Jo lachte auf. «Jeden Tag», sagte er leise, und sie sah erstaunt zu ihm auf. «Trotzdem habe ich meine Grenzen ….», fügte er hinzu. Die du auch schon öfter überschritten hast, Jo Bolten, dachte er. Sie hatte sicherlich irgendwie recht, trotzdem konnte sie leicht reden. Nur weil sie ein paar sozialistische Parolen gelernt hatte, hieß das noch lange nicht, dass sie ihm was über Richtig und Falsch erzählen konnte.

«Wie meinst du das?», fragte Lily, aber er schüttelte den Kopf.

«Ich widerspreche dir ja nicht. Sicher gibt es viele Frauen, die nicht anders können. Aber lange nicht alle, das kann ich dir versichern. Ich bin neben einem Bordell aufgewachsen.» Als sie aufbrausen wollte, hob er die Hände. «Ich beantworte alle deine Fragen, in Ordnung? Aber nicht heute. Ich bringe dich jetzt nach Hause, und dann muss ich zurück. Karl ist sicher längst wach, und ich kenne die Wirkung von Laudanum. Es hilft, aber stark ist es nicht. Emma hat ihm den halben Arm verbrannt, er wird höllische Schmerzen leiden!»

Lily nickte. «Aber was ist mit Charlie?», fragte sie.

«Ich gehe später zu ihm zurück, er muss sich jetzt sowieso erst erholen, so schnell bringt ihn nichts von dieser Pritsche runter, glaube mir.»

«Vielleicht sollte ich bei ihm bleiben?», fragte Lily scheu, und er sah sie erstaunt an.

«Auf keinen Fall!» Schon der Gedanke, sie alleine in diesem Keller zu lassen, war absurd. Aber dass sie es anbot, obwohl sie Charlie nicht mochte, rechnete er ihr sehr hoch an. «Nein, wir gehen jetzt zurück.»

«Dann bring mich einfach zum Markt, dort kann ich eine Droschke nehmen.» Er wollte protestieren, aber diesmal fiel sie ihm ins Wort. «Doch, Jo. Du verlierst zu viel Zeit, wenn du mit in die Bellevue kommst.»

Er nickte widerwillig. Plötzlich sah er an ihr hinunter. «Sag mal, wie siehst du eigentlich aus?», fragte er erstaunt.

Lily folgte seinem Blick. «Oh Gott. Mein Kleid», stöhnte sie. Zum Blut von Karl waren nun auch noch Dreck aus dem Keller und weiße Spuren von Charlies Erbrochenem hinzugekommen. «Wie soll ich das meinen Eltern erklären?», fragte sie verzweifelt.

Jo schüttelte ratlos den Kopf. «Ich weiß auch nicht. Vielleicht sagst du, dass es einen Unfall gegeben hat und du geholfen hast?»

«Das ist keine gute Idee, dann denken sie trotzdem, dass es in der Stadt zu gefährlich für mich ist.»

«Das ist es auch», erwiderte Jo. «Das habe ich dir schon oft gesagt.»

Sie ging nicht darauf ein. «Wenn Seda es zur Wäsche bringt, wird sie es auf jeden Fall sehen!»

«Nun, dann musst du eben dafür sorgen, dass sie die Klappe hält», sagte Jo bestimmt. «Das kann ja nicht so schwer sein, eine kleine Münze, die den Besitzer wechselt…»

«Sie würde ihre Stellung riskieren!», protestierte Lily. «Außerdem würde sie sich nie und nimmer bestechen lassen.»

Jo nickte verständnisvoll, auch wenn er dachte, dass er solche Skrupel nicht hätte – und dass es sicher in ganz Hamburg kein Dienstmädchen gab, das man mit der richtigen Summe nicht bestechen konnte. «Dann hoffen wir mal, dass sie es vielleicht gar nicht merkt», sagte er.

Sie erwiderte nichts, aber er konnte an ihrem Gesicht ablesen, dass sie sich darauf wenig Hoffnung machte.

13

In den folgenden Wochen hörte Lily so gut wie nichts von Jo. Emma berichtete ihr morgens am Seminar, dass es Karl gut ging, er war zwar sehr schwach, zeigte aber keine Anzeichen der Krankheit. Lily wollte ihn so gerne besuchen, doch das Misstrauen ihrer Eltern seit ihrer Heimkehr im besudelten Kleid war groß. Sie hatte sich natürlich eine Erklärung ausgedacht, aber es hatte sogar Gespräche über eine neue Gouvernante gegeben. Sie wollte nichts riskieren, was diesen Gedanken anstachelte. Also gab sie Emma Nachrichten für Jo mit. Die schaute jeden Abend nach der Arbeit bei seiner Familie vorbei, um Karls Wunde zu versorgen. Jo war vorübergehend wieder bei seiner Mutter eingezogen und schlief, so berichtete Emma, neben Karls Bett auf dem Fußboden, um ihn zu überwachen. «Sag ihm, dass ich so gerne kommen würde, aber meine Eltern lassen mich nicht gehen!», klagte Lily eines Morgens der Freundin ihr Leid. «Ich würde mich ja nachts aus dem Haus schleichen, aber damit wäre Karl auch nicht viel geholfen.»

Emma lächelte. «Da würde er einen ganz schönen Schreck kriegen, wenn du plötzlich nachts bei ihnen an die Tür klopfst! Mach dir keine Gedanken, Lily, Jo versteht deine Lage.»

Das stimmte sicher, aber Lily fühlte sich trotzdem schrecklich nutzlos. Sie beneidete Emma glühend, die gehen konnte, wohin sie wollte, und vor niemandem Rechenschaft ablegen musste. «Warum kann ich nicht selber entscheiden, wann ich was mache?», erboste sie sich. «Ich bin kein kleines Kind mehr!»

«Ich fürchte, solange du bei ihnen lebst, musst du dich ihren Regeln beugen», sagte Emma und seufzte.

«Ja. Und danach denen meines Mannes ...», fügte Lily hinzu. Der Gedanke, dass sie ihr Leben lang abhängig sein würde von Henrys Wohlwollen, erfüllte sie plötzlich mit einem hilflosen, beinahe erstickenden Gefühl.

Emma bemerkte ihren Blick und versuchte, sie zu beschwichtigen: «Du musst das einsehen. Eine Dame wie du, aus so angesehener Familie, kann nicht einfach in den Gängevierteln rumstreunen. Dein schönes Kleid war ruiniert, du sahst ja aus, als hättest du ein Huhn geschlachtet.»

«Du doch auch!»

«Das ist etwas anderes, Lily!»

«Warum?»

«Weil meine Familie zwar Geld hat, aber schon lange nicht mehr am gesellschaftlichen Leben teilnimmt. Wir sind quasi unsichtbar, niemand interessiert sich für eine Witwe und ihre aus der Art geschlagene Tochter. Außerdem bin ich Ärztin. Und älter als du!»

«Ja, ja», sagte Lily wütend. Sie konnte es nicht mehr hören.

Eine Verbündete fand sie unerwarteterweise in der alten Gerda Lindmann. Als Gerda eines Nachmittags zu Besuch war und Lily beim Tee davon berichtete, dass Emma Ärztin war und viele Freiheiten genoss, die ihr selber versagt blieben, erwiderte Gerda: «Gib ihnen Zeit. Die Menschen lehnen immer erst mal alles Neue ab. Irgendwann gewöhnen sie sich daran, dass die Frauen jetzt anders denken, und dann nutzt ihr es aus und schlagt aus dem Hinterhalt zu», sagte sie.

Lily sah sie erstaunt an.

Kitties Gesicht verfinsterte sich. «Was redest du nur wieder?»

Lily wusste genau, dass ihre Großmutter einen Tobsuchtsanfall bekommen hätte, wären diese Worte aus ihrem Mund gekommen. So wedelte sie die Aussage ihrer alten Freundin nur mit einer angeekelten Handbewegung fort, wie eine Fliege vom Essen.

«Es gibt natürlich auch hoffnungslose Fälle.» Gerda lachte und nahm sich ein Küchlein. Sie ließ sich von Kittie nicht im mindesten einschüchtern, und Lily bewunderte sie dafür. «Ich finde es höchst interessant, was in England passiert. Dort sind sie in diesen Fragen weiter als hier, Kittie, du wirst schon sehen, bald schwappt es auch zu uns herüber.»

«Um Himmels willen», murrte Lilys Großmutter.

«Es ist ja nicht so, dass sie wahnwitzige Dinge fordern. Sie möchten wählen, mehr über ihr Leben bestimmen. Ich denke, das könnte durchaus Spaß machen.»

Lily fragte sich, warum Gerda «sie» sagte und nicht «wir», doch bevor sie fragen konnte, schaltete sich ihre Großmutter ein. «Nichts anderes als Kommunisten sind das, mehr sage ich dazu nicht!», verkündete sie streng.

«Aber Kittie. Dass unsere Ehemänner jeden Aspekt unseres Lebens bestimmen, als wären wir dumme kleine Schäfchen ohne eigenen Willen, ist doch auch wirklich absurd», sagte Gerda vergnügt. «Gut, dass ich bei Wilfried von Anfang an klargestellt habe, dass er sich diese Idee an den Hut stecken kann.»

«Du warst schon immer sonderbar, Gerda», erwiderte Lilys Großmutter.

«Und du schon immer ein Schaf!», erwiderte Gerda liebevoll, und Lily sah, dass ihre Großmutter gegen ihren Willen lächeln musste.

Vielleicht traute Lily sich deshalb zu sagen: «Ich finde es jedenfalls auch nicht richtig, dass das Gesetz dem Ehemann so viel Macht zugesteht!»

Das Lächeln ihrer Großmutter verschwand augenblicklich. Sie schlug mit der Hand auf den Tisch wie mit einer Peitsche. «Lily Karsten. Ich verbitte mir diesen Unsinn. Was sind das für Sitten?»

«Ich meine ja nur ...»

«Nichts meinst du, du hast nichts zu meinen. Bringen sie euch am Seminar nicht bei, was sich für eine Dame gehört?»

«Jetzt reg dich doch nicht so auf. Sie spricht doch nur aus, was so viele von uns denken!», sagte Gerda.

Kittie riss die Augen auf. «Also, was redest du denn nur?», rief sie. «Kein Mensch denkt so! Wo kämen wir denn da hin? Wollt ihr vielleicht auch noch arbeiten gehen? Und Hosen tragen?»

Lily holte tief Luft. «Schon gut, Großmutter!», beschwichtigte sie. Es hatte keinen Zweck. Kittie würde sie niemals verstehen. Am Ende bekam sie ihretwegen noch einen Herzinfarkt.

Gerda trank kommentarlos einen Schluck Tee. Aber Lily sah, wie sie ihr über den Tassenrand verschwörerisch zublinzelte.

———•◆•———

«Siehst du das riesige Gebäude, da am Dalmannkai?», fragte Jo. Lily folgte seinem ausgestreckten Zeigefinger und blickte übers Wasser. «Das ist der Kaispeicher A, man nennt ihn auch Kaiserspeicher, weil er der größte der ganzen Stadt ist. Neunzehntausend Quadratmeter Fläche! Der einzige Speicher in ganz Hamburg, der direkt am tiefen Seeschiffwasser liegt. Dreißig Meter hoch, kannst du dir das vorstellen? Dadrin werden vor allem Kaffee und Kakao gelagert. Sie haben die modernsten Kräne, teilweise hydraulisch, manche auch mit Dampf. Bis zu eininhalb Tonnen können sie damit bewegen, direkt aus den Schiffen bis hinauf in die Speicherböden.»

Jo redete, ohne sie anzusehen. Lily dachte, dass sie ihn noch nie zuvor so viele Sätze am Stück hatte sagen hören. Sie fragte sich, ob er verlegen war.

Angestachelt von Gerda Lindmann und getrieben von ihrer Sehnsucht hatte Lily alle Vorsicht fahrenlassen und sich in der letzten Woche wieder mehrfach mit Jo getroffen. Sie schlich sich aus dem Haus, wann immer sie konnte. Es grenzte an ein Wunder, dass ihre Familie noch keinen Verdacht geschöpft hatte. Aber es kam ihr zugute, dass sie vor der Sache mit dem Fahrrad immer ein folgsames Mädchen gewesen war. Niemand verdächtigte sie ernsthaft, etwas Verbotenes zu tun.

Weil sie nicht einfach mit einem fremden Mann durch die Innenstadt flanieren konnte, waren sie heute Richtung Hafen gegangen. Jo hatte einen großen Beutel dabei, den er als Tarnung über die Schulter warf. So sah es aus, als hätte Lily ihn als Boten angeheuert, der ihre Einkäufe nach Hause trug. Es war eine klägliche Maskerade, aber sie war besser als nichts. Sie wussten beide, dass es gefährlich war, sich zu sehen. Aber Lily konnte nicht anders. Seit der Sache mit Karl und dem schrecklichen Erlebnis mit Charlie fühlte sie sich Jo noch mehr verbunden als vorher. Er brachte sie vollkommen durcheinander, sie musste ununterbrochen an ihn denken. Auch heute hatte ihr Herz den ganzen Tag in ihrer Brust geflattert wie ein eingesperrter Vogel.

Sie redeten stundenlang. Jo erzählte von Karl, dem es besser ging, der aber immer noch das Bett hüten musste, und Lily berichtete vom Seminar und den Büchern, die sie gelesen hatte. Beschämt stellte sie fest, dass sie anderes nicht mitzuteilen hatte ... sie erlebte ja nichts. Außer wenn sie mit Jo zusammen war. Auch als Jo nach ihrer Familie und der Reederei fragte, konnte sie nicht viel sagen. Die Welt ihrer Mutter verachtete er, von Michel wusste er nichts, und von der Reederei verstand sie nichts.

Trotzdem fanden sie Themen, die sie verbanden. Lily stellte mit Erstaunen fest, dass sie nie müde wurde, sich mit Jo zu unterhalten. So wortkarg und mürrisch er auch oft schien, so sehr taute er in ihrer Gegenwart mittlerweile auf. Sie hatte das Gefühl, dass sie im Begriff war, eine Seite von Jo kennenzulernen, die den meisten Menschen verborgen blieb. Sie wollte in seiner Nähe sein, wollte seine Meinung hören, mit ihm diskutieren. Und sie wusste, dass es ihm genauso ging.

Jetzt betrachtete sie den riesigen Backsteinspeicher, vom dem Jo gerade gesprochen hatte. Mit dem hohen Turm, der von zwei Seiten vom dunklen, schäumenden Wasser des Hafens umgeben war, wirkte er wie eine Kathedrale. «Was ist das für ein Ball da auf der Spitze?», fragte sie.

Jo folgte mit zusammengezogenen Augenbrauen ihrem ausgestreckten Zeigefinger. «Das ist ein Zeitball!»

«Ein Zeitball?» Fragend sah sie ihn an, und er lachte. «Du bist eine Reederstochter und weißt nicht, was ein Zeitball ist?»

Lily fühlte plötzlich eine leise, prickelnde Wut in sich aufsteigen. «Ich weiß gar nichts!», sagte sie scharf. «Mir wird ja nichts erklärt. Ich bin unwichtig, ich *soll* nichts wissen! Ich bin eine Frau, falls du es noch nicht gemerkt hast.» Kopfschüttelnd blickte sie auf das dunkle Wasser.

Er räusperte sich. «Hab ich sehr wohl bemerkt», sagte er so trocken, dass sie gegen ihren Willen lächeln musste. Kurz trafen sich ihre Blicke. Auch um seinen Mund zuckte es.

«Damit meine ich, dass ich nichts von diesen Dingen verstehe», erklärte sie, jetzt etwas ruhiger.

«Der Ball wird einmal täglich sekundengenau zu einem bestimmten Zeitpunkt fallen gelassen. Damit können die Seeleute ihre Chronometer überprüfen und bekommen so die exakte Uhrzeit», erklärte Jo. «Chronometer sind mechanische Uhren», beeilte er sich hinzuzufügen, weil Lily wieder die Stirn gerunzelt hatte. «Je präziser die Uhrzeit auf dem Schiff ist, umso genauer kann man den Längengrad bestimmen und damit die Position.»

Lily seufzte leise. «Manchmal fühle ich mich wirklich wie eine dumme Gans. Vielleicht haben sie doch alle recht, Vater, Franz, meine Großmutter, Herr Kleinlein. Vielleicht sind Frauen nicht so klug wie Männer.»

Jo lachte leise und stützte einen Fuß auf einen abgebrochenen Pfeiler. «Lily, ich arbeite seit zwölf Jahren im Hafen, es ist doch natürlich, dass ich diese Dinge weiß und du nicht. Dafür weißt du anderes!»

«Ach ja? Und was?»

Er zögerte einen Moment. «Na, du weißt, wie man sich anständig benimmt, wenn der Kaiser zu Besuch kommt. Wie man Quadrille tanzt, wie man …»

Sie versetzte ihm einen kleinen Stoß in die Seite, sodass er taumelte und sich festhalten musste.

Er lachte. «Ich ziehe dich doch nur auf! Lily, du bist klug. So viel klüger als ich! Du kannst Englisch und Französisch und Latein! Du kannst schreiben, und du liest Bücher, ganze dicke Bücher. Für mich ist es schon schwer …»

Jo brach ab. Es war ihm immer unangenehm, dass Lesen ihm so schwerfiel. Es gab Leute, die sahen ein Wort und wussten sofort, was es bedeutete. Er musste es erst im Stillen für sich buchstabieren, wenn es ihm nicht sehr vertraut war. Natürlich nicht alle Wörter. *Bier* erkannte er sofort, *Restaurant, Schiff, Brot, Apotheke.* Alltagswörter eben. Er konnte lesen! Aber einen Zeitungsartikel vollständig zu erfassen, fiel ihm immer schwer, weil dort meistens viele Begriffe verwendet wurden, die er nicht kannte. Ihm fehlte einfach die Übung. Dann brauchte er so lange für einen Artikel, dass er es meist nach der Hälfte aufgab, wenn es nicht wirklich interessant war. Die neuesten Nachrichten erfuhr er ohnehin abends in der Hafenkneipe.

«Was ist schwer?», fragte sie neugierig.

«Ach, nichts! Ich meine nur», winkte er rasch ab.

«*Was* meinst du nur?»

«Gar nichts!» Dass sie immer so beharrlich sein musste!

Sie beobachtete ihn einen Moment aufmerksam, bohrte dann aber nicht weiter. «Emma ist so klug!», seufzte sie jetzt. «Ich wünschte, ich könnte auch studieren.»

«Natürlich könntest du das!», sagte er. «Sie ist nicht klüger als du, sie hat all diese Sachen gelernt. Das kannst du genauso.»

«Ich darf es aber nicht.»

Er nickte. «Ja, aber meinst du nicht, dass das auch besser so ist? Die Männer erledigen die Schmutzarbeiten, und die Frauen kriegen die Kinder und machen den Haushalt, das ist doch eine ganz gute Aufteilung. Und schließlich hat es die Natur so vorgesehen. Warum willst du unbedingt arbeiten? So schön ist es nicht, das kann ich dir versichern!» Er lächelte, aber an der Art, wie sie die Stirn runzelte, sah er, dass er etwas Falsches gesagt hatte. «Ich meine ja nicht, dass es verboten sein sollte …», warf er schnell ein, aber sie unterbrach ihn.

«Ist es aber!», rief sie. «Ich darf nichts, Jo, verstehst du das nicht? Rein gar nichts!»

«Aber du hast doch alles! Alles, was man überhaupt nur haben kann!» Er schüttelte den Kopf. Er verstand wirklich nicht, was sie wollte. «Du kommst aus einer der reichsten Familien der Stadt. Du wohnst in der Bellevue, Herrgott, was kannst du denn mehr wollen?»

Sie war stehen geblieben und sah ihn entgeistert an. «Das meinst du doch nicht ernst!»

Jetzt wurde auch er ein wenig lauter. «Doch, das meine ich vollkommen ernst. Lily, du hast doch gesehen, wie die anderen Frauen wohnen, wie sie leben, wie sie aussehen. Weißt du denn nicht, wie gut es dir geht?», fragte er scharf. Konnte sie wirklich so undankbar sein und ihm vorjammern, wie schlecht es ihr ging, wenn sie mit eigenen Augen gesehen hatte, wie die Ärmsten der Armen lebten? «Worum genau beneidest du sie? Ich kann dir sagen, so ziemlich jede einzelne Frau in dieser Stadt würde sich eine Hand abhacken, um mit dir zu tauschen. Sicher, in anderen Ländern können manche Frauen an die Universität. Aber schau Emma doch an, sieh doch, was es ihr gebracht hat, was sie tagein, tagaus macht. Sie arbeitet im Dreck, sie hat immer dunkle Ringe unter den Augen, sie hat nie Zeit für sich, schuftet bis zum Umfallen, läuft jeden Tag Gefahr, sich anzustecken oder eingebuchtet zu werden. Und das auch noch ohne jede Bezahlung. Willst du das vielleicht?»

Er hatte sich in Rage geredet. Stumm standen sie sich gegenüber. Hinter ihr brachen sich leise gurgelnd die Wellen an der Kaimauer, das dunkle Wasser ließ Lilys Augen noch heller leuchten als sonst. Sie sah ihn einen Moment an, ohne etwas zu erwidern, und er hatte das Gefühl, dass ihr Blick sich in ihn hineinbrannte.

«Ja, aber sie hat etwas, für das sie morgens aufstehen kann», sagte sie leise. Ihre Wut von eben schien verpufft. «Ihr Leben hat einen Sinn, verstehst du? Das ist alles, was ich sagen will. Ich weiß doch, wie gut es mir geht. Aber …»

Lily brach ab.

Wie konnte sie ihm vorwerfen, dass er nicht verstand, wenn sie doch bis vor ein paar Wochen selbst nichts anderes gewollt hatte, als Henry zu heiraten und Kinder mit ihm zu bekommen. Ihre Unzufriedenheit war neu. Dieses Gefühl, voll und ganz unnütz zu sein, eine schöne Kulisse für das Leben der Männer, eine leere Hülle, unwissend und ohne jeden Einfluss, ohne eine Stimme, ohne die Macht, überhaupt erst herauszufinden, wer sie eigentlich war und was sie wollte vom Leben.

Unnütz.

Das war das passende Wort.

Manchmal wünschte sie fast, sie hätte Martha und die anderen nie kennengelernt, hätte nie ihre Reden über die Ungerechtigkeit zwischen den Geschlechtern gehört. Hätte nie verstanden, wie vollkommen gefangen sie war.

Alles war schon vorherbestimmt.

Einfach alles.

Es gab nichts, worauf sie noch neugierig sein konnte, nichts, was sie noch lernen, worauf sie gespannt sein konnte. Nichts, außer Kinder zu bekommen. Und sie war nicht einmal sicher, dass sie das noch wollte.

«Ach, du verstehst das nicht!», sagte sie wegwerfend und drehte sich um. Sie war frustriert und gereizt. Mit schnellen Schritten lief sie los, die Kaimauer entlang.

«Nein, ich verstehe das nicht!», rief Jo, nun ebenfalls ungeduldig, und folgte ihr.

«Musst du ja auch nicht!», sagte sie über die Schulter.

«Vielleicht könntest du es mir erklären?» Er holte sie ein und fasste sie am Arm.

«Das habe ich ja versucht!» Sie machte sich ärgerlich los, dann schüttelte sie den Kopf. «Es ist ja auch egal. Die Gesetze sind, wie sie sind, die Welt ist, wie sie ist. Ich kann nichts ändern. Also brauchen wir uns auch nicht darüber zu streiten. Lass uns über etwas anderes reden.»

Sie gingen eine Weile stumm nebeneinanderher. «Wenn du etwas tun willst, warum schreibst du nicht?», fragte er.

Sie blieb überrascht stehen. «Wie meinst du das?»

«Du sagst, man kann die Welt nicht verändern. Aber das stimmt nicht. Alles verändert sich, unaufhörlich, die ganze Zeit. Sieh doch dich an; noch vor ein paar Wochen warst du ein anderer Mensch. Warum schreibst du nicht etwas und versuchst, es zu veröffentlichen? Wenn du etwas tun willst, musst du eben schauen, was du tun kannst. Und Schreiben ist nicht verboten, soviel ich weiß.»

«Worüber soll ich denn schreiben?», fragte sie verblüfft.

Er zögerte und machte dann eine ausladende Geste mit dem Arm. «Über das, was du siehst!», sagte er. «Über Hamburg. Über die Frauen. Über das, was du mir eben erklären wolltest!» Er lächelte. «Vielleicht verstehe ich es ja besser, wenn du es aufschreibst.»

Wie machte er das nur immer, dass sie ihm niemals lange böse sein konnte, auch wenn er sie bis aufs Blut reizte. Sie schüttelte lächelnd den Kopf. «Ich fürchte, da ist Hopfen und Malz verloren», sagte sie neckisch.

Er erwiderte nichts, sah sie nur an. «Ich würde dich jetzt gerne küssen», sagte er plötzlich leise.

Einen Moment blieb die Zeit stehen. Lilys ganzer Körper prickelte. «Ich dich auch», erwiderte sie dann und hatte das Gefühl, ihre Stimme würde brechen. Er lächelte. Sie liebte es, wenn er lächelte. Es steckte sie an, machte sie glücklich. Sie wollte, dass er immer lächelte.

Er ist der schönste Mann, den ich kenne, dachte sie überrascht.

Sie hatte ihn immer schon attraktiv gefunden, anziehend, auf seine raue Art. Aber Henry war für sie bisher der schönste Mann gewesen, seine große Statur, seine wehenden blonden Haare, die gut geschnittenen Anzüge. Nun mochte sie Jos dunkle Augen mit den kleinen Fältchen, die sich zusammenzogen, wenn er lachte, sie mochte seine Sommersprossen, sein kantiges Gesicht. Sie mochte sein Hemd, das ein wenig offen stand und schwarze Rußflecken hatte, seine abgeschürften Hosenträger, seine dicken Arbeiterschuhe, seine braun gebrannten Arme.

Er sah, wie sie ihn musterte, und runzelte die Stirn. «Was ist?», fragte er.

«Gar nichts!», erwiderte sie lächelnd. «Gar nichts, Jo Bolten.»

Verwirrt schüttelte er den Kopf. «Du bist eine seltsame Frau, Lily Karsten!», rief er ihr nach, als sie weiterging.

«Ach ja? Na, dann passen wir ja zusammen!», rief sie über die Schulter zurück, und sie hörte, dass er lachte.

An diesem Abend konnte Lily nicht einschlafen. Sie lauschte auf die Geräusche aus dem Haus, die Mädchen, die noch die letzten Arbeiten verrichteten, Feuer für die Nacht schürten, die Lampen in den Zimmern löschten und die Gardinen vorzogen. Ihre Großmutter, die sich über ihrem Kopf unruhig hin und her wälzte und dabei das Bett und den alten Boden knarren ließ, fand anscheinend auch keinen Schlaf.

Lily lag mit offenen Augen da, die Arme hinter dem Kopf verschränkt, und starrte ins Leere. *Warum schreibst du nicht?*, hallte Jos Stimme durch ihren Kopf. Sie seufzte und drehte sich auf den Bauch.

Plötzlich sah sie Emma vor sich, wie sie in Marthas Wohnung ihren Arm griff. *Lily will Schriftstellerin werden!*, sagte sie, und beinahe war es, als wäre sie hier, in Lilys Schlafzimmer. *Aber leider ist sie verlobt!*

«Leider ist sie verlobt!», flüsterte Lily in die Dunkelheit und spürte einen beißenden Druck im Magen. «Leider ist sie verlobt!»

Sie stand auf und zündete die Kerze auf ihrem Nachttisch an. Leise schlüpfte sie in ihre Pantoffeln und ging zum Schreibtisch. Aus der Schublade, ganz hinten, zog sie die Schriften, die die Frauen des Zirkels ihr gegeben hatten, und die Bücher von Emma, in die sie bisher noch nicht hineingeschaut hatte.

Es war ein beachtlicher Stapel. «Das Recht der Frauen auf Erwerb», murmelte sie leise und fuhr mit dem Finger über das erste Buch. Von Louise Otto-Peters. Lily sah mit Erstaunen, dass die Schrift bereits zwanzig Jahre alt war.

Eine andere Schrift, ebenfalls von Otto-Peters, hieß «Frauenleben im Deutschen Reich». Lily schlug das Buch auf und blätterte. Ihre Augen blieben an einem Abschnitt über das Eheleben der bürgerlichen Frau hängen. Wie hypnotisiert begann sie zu lesen:

Wenn sie aufsteht, findet sie so gut wie der Gemahl das Frühstück fertig und nimmt es mit ihm ein – ist er dann an seine Berufsarbeit gegangen, führe sie ihn aus dem Hause oder nur in sein Zimmer, so sieht die Hausfrau vielleicht einmal nach und zu, wie das Dienstmädchen Zimmer und Küche in Ordnung bringt, bespricht mit ihm das Mittagessen und giebt noch einige Aufträge. Dann beschäftigt sie sich mit ihrer Toilette, besonders mit dem Aufbau der Frisur aus fremden Menschenhaaren und verschiednen Surrogaten, die dem Gemahl ein Gegenstand des Ekels und Aergers sind – dennoch thut sie, als geschähe es aus Liebe zu ihm …

Lily stutzte. Es war durchaus noch immer in der Mode, sich seine Frisur durch Haarteile zu verstärken. Sie hatte noch nie jemanden abfällig über diese Praxis reden hören oder sie in Frage gestellt.

Dann geht sie aus, um einige unnöthige Geschäftsgänge, vielleicht einen Besuch zu machen. Kurz vor Tische kommt sie heim, einen Blick in die Küche zu werfen und am gedeckten Tisch im Speisezimmer den Gemahl zu erwarten. Darauf folgt ein Stündchen Mittagsruhe mit einem Journal in der Hand, nachher zündet sie die vom Dienstmädchen bereitgestellte Wiener Kaffeemaschine an und der Gemahl muß ihr versichern, daß der von ihrer Hand bereitete Kaffee am Besten schmecke – dann geht er wieder seinem Berufe nach – und dann sieht sich das Paar vielleicht vor Nacht nicht wieder, wenn der Gemahl gleich aus seinem Comtor, Bürau u.s.w. in seinem Klubb, eine Versammlung oder um es burschikos zu bezeichnen in seine «Stammkneipe» geht. Und sie! Sie näht und stickt ein wenig, geht spazieren, läuft in der Stadt umher, indem sie sich selbst und Andern glauben macht, sie «besorge» dabei etwas …

Lily ließ das Buch sinken. Sie hatte gerade eine haargenaue Beschreibung des Lebens ihrer Mutter gelesen. Und sie wusste, dass es auch ein Blick in ihre Zukunft war.

Plötzlich hatte sie einen sauren Geschmack im Mund. Beinahe empfand sie so etwas wie Scham. So eintönig, so vollkommen vorherbestimmt, so unglaublich nutzlos war das Leben, was dort beschrieben wurde. Und doch war es bis ins Detail der Alltag jeder einzelnen Frau aus ihrem Bekanntenkreis. Ihr Leben bestand aus unnötigen Beschäftigungen, ständigem Umziehen für alle möglichen Tages- und Mahlzeiten, Unterricht in Dingen, die sie nicht anwenden sollten, Handarbeiten, die niemand benötigte. Ihre Mutter kümmerte sich natürlich auch noch um Michel, dort nahm Fräulein Söderlund ihr die meiste Arbeit ab. Außerdem setzte sie sich für wohltätige Zwecke ein, aber auch hier bestand ihr Beitrag zumeist in Komiteearbeit. Lily hatte so ein Gefühl, dass Louise Otto-Peters auch darüber etwas zu sagen haben würde.

Sie las noch eine Weile weiter, bis sie zu einer Stelle kam, an der es um Ehebruch ging:

Es ist ein Zeitvertreib für die Eitelkeit, es ist die Sehnsucht nach Herzensbefriedigung – beide entstanden und genährt durch Mangel an andern geistigen Lebensinhalt, an Arbeit und Berufspflichten. Eine Frau muß schon tief sinken, in Leidenschaft und scham- und würdeloser Haltung sich verlieren, ehe sie den Ehebruch begeht …

Lily fühlte ein Prickeln in sich aufsteigen. Sie war nicht besser als die Frauen, die hier beschrieben wurden. Noch hatte sie keinen Ehebruch begangen, aber was sie tat, geschah ebenfalls, weil es aufregend und verboten war, weil es sie aus ihrem langweiligen Alltag herausriss. Weil sie das erste Mal in ihrem Leben das Gefühl hatte, wirklich lebendig zu sein.

Und weil sie es nicht aushielt, Jo *nicht* zu sehen.

Ihre Gedanken überschlugen sich geradezu. In allem, was sie las, fand sie sich ein Stück weit wieder. Sie zog eine Zeitschrift heraus. *Neue Bahnen* stand in dicken Druckbuchstaben auf dem Titelblatt. Sie erinnerte sich, dass Isabel ihr erklärt hatte, dass so die Druckschrift des ADV hieß. Sie konnte nicht glauben, dass es eine Zeitschrift gab, die sich nur mit Frauen befasste, mit Frauen und ihren Rechten, ihrer Stellung in der Gesellschaft, ihrer Bildung. Isabels Worte klangen ihr im Ohr. «Lass dich ja nicht dabei erwischen, wie du diese Schriften liest! Niemand will hören, was diese Frauen zu sagen haben. Deine Eltern würden es ganz sicher nicht verstehen!»

Sie nahm auch das Buch von Dr. Acton noch einmal heraus. Sie hatte schon vorher einmal darin geblättert, aber was er schrieb, erschreckte und verwirrte sie. Als sie es aufschlug, fielen ihre Augen auf einen Satz: *Die besten Mütter, Ehefrauen und Verwalter des Haushalts wissen wenig von sexuellen Ausschweifungen. Die Liebe für das Heim, die Kinder und häusliche Pflichten sind die einzigen Leidenschaften, die sie haben.*

Einen Moment blickte Lily nachdenklich auf das Buch. Dann warf sie es unters Bett.

Die anderen Schriften breitete sie auf der Decke aus. Es gab einige, die die Ansicht vertraten, dass junge Mädchen durch bessere Bildung, Aufklärung und Mündigkeit bessere Ehefrauen wurden und man ihnen deshalb mehr Rechte einräumen sollte. Aber es gab auch radikalere Ansichten. Hedwig Dohm, Mathilde Franziska Anneke. Sie waren nicht nur gesellschafts-, sondern auch religionskritisch.

Lily las von Dingen, die sie in ihrem Zirkel schon mitbekommen hatte, aber es war etwas anderes, sie publiziert zu sehen, schwarz auf weiß. Zu verstehen, dass sie über die Wände von Marthas kleiner Wohnung hinaushallten. Die Frauen forderten die freie Wahl eines Berufes, das Recht auf Schwangerschaftsabbruch, mehr sexuelle Aufklärung; sie waren gegen Prostitution, gegen das Eherecht. Sie wollten, dass Frauen wählen dürfen, sich scheiden lassen, Verhütungsmittel bekommen, einen Beruf erlernen, der es ihnen ermöglicht, unabhängig zu leben. Und die Frauen klagten nicht nur die Männer an, nein, auch die Frauen selber. Sie forderten sie auf, sich zu wehren, das Schweigen zu brechen, eine Stimme zu finden.

Lily stand auf, holte einen Bleistift aus ihrem kleinen Kästchen und unterstrich eine Zeile. Ganz dick, zweimal: *Die Teilnahme der Frau an den Interessen des Staates ist nicht allein ein Recht, sie ist eine Pflicht der Frauen.*

Ein paar Blätter waren offensichtlich aus einer Zeitschrift herausgerissen. «Das Wesen der Ehe» lautete die Überschrift. Von Louise Dittmar, erschienen in Leipzig 1848. Lilys Augen saugten sich geradezu am Papier fest.

Warum gibt es so viel unglückliche und so wenig, ja beinahe keine glücklichen Ehen? Wir glauben diese Frage kurz beantworten zu können: die Ursache ist die ökonomische und politische Abhängigkeit des Weibes.

Die Autorin verglich die Stellung des Mannes in der Ehe mit der eines Monarchen, die der Frau mit seiner Untertanin. Kein anderer Text machte Lily so nachdenklich wie dieser.

Sie las bis zum Morgengrauen. Irgendwann stand sie steif gefroren auf und zog ihren Hausmantel über das Nachthemd. Sie schlich in die Küche und nahm zwei Kuchen aus der Dose, goss ein Glas Milch ein, naschte ein Stück von der dicken Wurst auf dem Holzbrett. Sie krabbelte ins Bett, zündete eine zweite Kerze an und las weiter, bis ihr die Augen brannten. Als sie schließlich einschlief, fiel ihr das Buch auf die Brust.

14

E r ist aufgestanden!» Noch auf der Treppe zum Seminar kam Emma Lily entgegengeeilt und schloss sie überschwänglich in die Arme.

«Wie bitte?»

«Karlchen, er ist aufgestanden, es geht ihm besser! Ich bin so erleichtert, dass die Wunde sich nicht entzündet hat, das ist wirklich überaus selten bei einem so großen Eingriff. Es heißt nicht, dass er außer Gefahr ist, aber es ist ein sehr gutes Zeichen.»

Die beiden jubelten und drehten sich freudig im Kreis, sodass ihre langen Röcke über den Boden raschelten.

«Jo lässt fragen, ob du heute *spazieren gehen kannst*!», sagte Emma vielsagend. «Er wird um vier eine halbe Stunde beim Bootshaus an der Alster auf dich warten.»

Lilys Herz begann, aufgeregt zu pochen. «Meine Eltern werden mich nie im Leben schon wieder alleine gehen lassen!», stöhnte sie. «Sie sind schrecklich misstrauisch in letzter Zeit. Und außerdem ist heute Abend ein großer Ball.»

Plötzlich hatte sie einen Einfall. «Sag, könntest du nicht bei uns vorbeikommen und vorgeben, mich zu einem Spaziergang zu entführen?», rief sie und drückte aufgeregt Emmas Hände. Die Freundin überlegte einen Moment, und Lily rief: «Ich weiß, es ist ein großer Aufwand, extra zu uns zu fahren. Ich werde es irgendwann wiedergutmachen!»

«Also schön», seufzte Emma schließlich. «Ich kann wohl etwas später zur Arbeit kommen.»

Am Nachmittag wartete Lily im Salon auf Emma. Sylta hatte Hertha aufgetragen, ein paar Petits Fours vom Konditor zu holen und Kopenhagener zu backen, die nun schön angerichtet neben dem dampfenden Kaffee standen. Obwohl es ihr heute nicht gut ging, wollte Sylta Emma unbedingt kennenlernen und verzichtete auf ihre Mittagsruhe.

Die Uhr auf dem Kaminsims tickte. Sie saßen beisammen und warteten. Sogar ihr Vater war zu ihnen gestoßen, um die neue Freundin zu begrüßen.

Doch Emma kam nicht.

Lily wurde immer nervöser, sie lauschte auf die Türglocke oder das Trappeln von Pferden in der Einfahrt. Schließlich begannen sie alleine mit dem Kaffeetrinken. Lily unterhielt sich mit ihren Eltern über den bevorstehenden Ball am Abend, ohne wirklich zuzuhören.

«Einfach zu schade, dass Henry heute Abend nicht da sein kann!», seufzte ihre Mutter nun schon zum zehnten Male.

«Ja, dass er ausgerechnet jetzt nach Berlin musste!», antwortete Lily wie mechanisch. Sie war auch traurig, dass er sie nicht begleiten würde, allerdings lange nicht so traurig, wie sie sein sollte. Außerdem konnte sie momentan sowieso an nichts anderes denken als an Emma und daran, was sie wohl aufhielt.

«Nun, es sieht ganz so aus, als sei deine Freundin verhindert!», seufzte Sylta irgendwann. «Ich lasse abräumen! Wenn sie doch noch kommt, kann Hertha ihr ja noch eine Tasse Tee machen!»

Lily nickte nur. Sie war so nervös, dass sie kaum stillsitzen konnte.

«Ich ziehe mich auch ins Büro zurück. Später muss ich noch mal in die Reederei. Zum Abendessen bin ich aber sicher zurück.» Ihr Vater stand auf, warf einen Blick auf seine Taschenuhr und trank einen letzten Schluck Kaffee.

«Das sollte mich auch wundern, wenn du dir das Labskaus entgehen lassen würdest», erwiderte Sylta neckisch.

Er lächelte. «Es würde mir im Leben nicht einfallen!» Alfred gab seiner Frau einen Kuss auf die Wange, streichelte Lily kurz über das Haar, dann verließen ihre Eltern zusammen das Zimmer.

Lily blieb kleinlaut im leeren Salon zurück. Sie konnte nicht fassen, dass Emma sie einfach so versetzte. Vergessen hatte sie die Verabredung sicher nicht, wahrscheinlich hatte es einen Notfall im Wohnstift gegeben. Sie seufzte. Da konnte sie ihr nicht mal böse sein, natürlich musste Emma handeln, wenn Not am Mann war.

Sie stand auf, um nach oben zu gehen, als plötzlich ihr Vater wieder hereinkam. «Ich habe meine Zeitung liegenlassen», erklärte er. «Immer noch nichts?»

Lily schüttelte den Kopf.

«Nun, ich muss sagen, dass verwundert mich nicht. Ich weiß ohnehin noch nicht, was ich von dieser neuen Bekanntschaft halten soll.»

Lily runzelte die Stirn. «Wie meinst du das?»

«Sie ist nicht unbedingt der Umgang, den man sich für seine Tochter wünscht. Du solltest hören, was über sie geredet wird.»

«Ich weiß, was über sie geredet wird. Sie hat es mir erzählt. Aber diese Menschen kennen sie nicht. *Ich* kenne sie. Sagst du nicht immer, dass man sich ein persönliches Urteil bilden soll und nicht einfach anderen hinterherreden?»

Ihr Vater nickte. «Sicher, aber sie zeigt uns ja gerade, was man von ihr zu halten hat. Findest du es nicht respektlos, wie sie dich hier warten lässt? Deine Mutter hat extra aufdecken lassen, wir haben uns Zeit genommen, sie kennenzulernen, und was macht sie? Hält es nicht einmal für nötig, Bescheid zu sagen, dass sie nicht kommen kann. Ich würde meinen, das sagt schon alles, was ich über sie wissen muss!»

«Bestimmt ist etwas passiert!», rief Lily erbost. «Sie arbeitet im Wohnstift, vielleicht gab es einen Notfall! Sicher kommt der Bote noch.»

«Was für einen Notfall soll es schon geben, sie ist schließlich keine Ärztin!», warf ihr Vater beinahe verächtlich ein.

Ist sie doch, wollte Lily sagen, aber sie biss sich im letzten Moment auf die Lippen. «Sie würde mich nie einfach versetzen.»

Alfred seufzte. Er hatte diese Diskussion schon länger erwartet, aber nicht damit gerechnet, dass sie heute ausbrechen würde.

«Lise, wir brauchen kurz Ruhe!», wies er das Mädchen an, das gerade mit einem Tablett in der Hand hereinkommen wollte.

«Ich wollte schon länger mit dir über diese Angelegenheit reden, Lily. Sylta hat mir erzählt, womit ihr euch in letzter Zeit am Seminar beschäftigt habt, und korrigiere mich, wenn ich mich täusche, aber diese modernen Töne vom Studieren und dem Recht der Frauen sind nicht auf Herrn Kleinleins Mist gewachsen.»

Sie blickte ihn mit großen Augen an, sodass er seine Befürchtungen bestätigt sah. «Lily, ich möchte nicht, dass du dir von dieser Frau Flausen in den Kopf setzen lässt. Auch deshalb wollte ich sie heute kennenlernen, wollte ihr eine Chance geben, auch wenn ich schon wusste, was ich zu sehen bekomme. Es mag dir imponieren, dass sie studiert hat, verwegen, modern, emanzipiert. Aber es ist schlicht und einfach unsinnig.»

«Was willst du mir sagen?»

Er sah sie eindringlich an. «Lily. Versteh das doch. Du bist ein Mädchen. Eine Frau!», korrigierte er sich. «Frauen sind für diese Dinge nun mal einfach nicht geschaffen. Eure Gehirne sind nicht … wie soll ich sagen … dafür gemacht, sich mit diesen Dingen auseinanderzusetzen. Ganz davon abgesehen, dass es auch nicht schicklich ist, ist das einfach eine Tatsache. Gott hat es nun mal so gewollt, es hat keinen Sinn, dagegen aufzubegehren. Frauen sind den Männern in diesen Dingen unterlegen. Deswegen gibt es Regeln, sie sollen euch davor schützen, euch mit Fragen zu befassen, die euer Verständnis überschreiten. Deswegen dürfen Frauen nicht wählen und nicht studieren – weil sie es schlicht nicht vermögen. Das ist schon immer so gewesen, glaubst du nicht, dass es seine guten Gründe hat?»

Als seine Tochter protestieren wollte, hob er rasch die Hand, und sie klappte den Mund wieder zu. «Es mag Ausnahmen geben, sicherlich. Auch unter den Frauen gibt es unter Umständen einige brillante Geister, die den Männern in Intelligenz vielleicht sogar nahekommen. Aber das sind doch ausnehmend wenige. Und da kommt wieder die Tatsache ins Spiel, dass es für Damen einfach ganz und gar widernatürlich ist, sich mit solchen Dingen zu beschäftigen. Sollen Frauen vielleicht Haus und Kinder einfach stehenlassen und in die Operationssäle rennen, um dort mit blutigen Skalpellen zu hantieren? Frauen sind zartbesaitet, sie werden schnell ohnmächtig, sie können kein Blut sehen, man muss sie vor diesen Dingen bewahren. Verstehst du nicht, dass es so sein muss? Frauen …» Er wurde leicht rot, räusperte sich aber und sprach mit fester Stimme weiter. «Frauen müssen Kinder bekommen. Wenn sie plötzlich alle damit aufhören und studieren gehen, was glaubst du, passiert dann? Willst du, dass es keine Kinder mehr gibt? Oder Kinder ohne Mütter? Sollen vielleicht die Männer auf die Kinder aufpassen?» Er schnaubte unwillig.

Lilys Gesicht war versteinert. Sie holte tief Luft. «Darf ich jetzt sprechen?», fragte sie kalt, und er hörte schon am Klang ihrer Stimme, dass er sie nicht erreicht hatte. Müde gab er ein Zeichen mit der Hand, dass sie sagen sollte, was sie zu sagen hatte.

«Zunächst einmal glaube ich nicht, dass Frauen von Natur aus dümmer sind als Männer. Wer sagt das denn? Wer soll das auch schon beweisen? Und natürlich wirken Frauen dümmer und unwissender. Weil sie nicht ausgebildet sind, weil man ihnen Wissen verweigert. Viele Frauen, die ich kenne, sind klug. Ich habe brillante Kommilitoninnen. Und würdest du etwa sagen, dass Mama nicht intelligent ist? Oder dass Franz schlauer ist als ich?»

Er wollte etwas erwidern, aber es war anscheinend eine rhetorische Frage gewesen, denn sie sprach einfach weiter. «Wir wissen weniger, das ist richtig. Aber nur, weil wir nicht lernen dürfen. In anderen Ländern haben sie bereits verstanden, dass das nicht richtig ist, und hier wird es auch irgendwann so weit sein, davon bin ich überzeugt.» Sie holte erneut tief Luft. «Ich glaube», sagte sie mit Nachdruck, «ich glaube, dass die Männer Angst haben vor den Frauen. Sie halten uns absichtlich klein, weil sie nicht sehen wollen, dass wir genauso klug und fähig sind wie sie.»

Alfred saß einen Moment da wie erstarrt. Er konnte nicht fassen, wie seine Tochter mit ihm sprach. Entsetzt spürte er, wie plötzlich unkontrollierbare Wut in ihm hochkochte. «Geh auf dein Zimmer!», presste er hervor.

«Aber …», protestierte Lily, doch er schlug mit der Hand auf den Tisch. «Habe ich dir vielleicht solches Benehmen beigebracht? Deine Frechheit ist einfach unglaublich. Wie du daherredest! Ist es das, was sie dir in der Schule beibringen? Undank? Ich wusste, dass ich dir den Umgang mit diesem Weib verbieten sollte! Dein Bruder und ich schuften Tag und Nacht, um dir ein sorgenfreies, privilegiertes Leben zu ermöglichen, und was ist dein Dank? Du dumme Gans stellst dich daher und behauptest, es besser zu können? Wie kannst du nur so mit deinem Vater reden?»

«Das habe ich doch gar nicht gesagt …», protestierte Lily, aber es war zu spät.

«Geh, bevor ich mich vergesse!», brüllte ihr Vater. «Ich hätte gute Lust, dir den Ball für heute Abend zu streichen, aber ich weiß, dass es deiner Mutter das Herz brechen würde, und es geht ihr ohnehin nicht gut heute. Ich werde sie nicht noch mit deinem schlechten Betragen aufregen. Und nun verschwinde!»

Lily stieg zitternd vor Wut die Treppe hinauf. Die Worte ihres Vaters hallten in ihrem Kopf nach. Selten hatte sie sich so ungerecht behandelt gefühlt. Ihre Wangen glühten, sie hätte am liebsten auf etwas eingetreten. Plötzlich fiel ihr ein, wie spät es war. Die große Uhr in der Halle zeigte zehn nach vier.

Sie blieb stehen. Der Gedanke, dass Jo vergeblich auf sie wartete, quälte sie. Das Bootshaus der Außenalster lag nur wenige hundert Meter von der Villa entfernt. Hoffentlich würde er verstehen, warum sie nicht kam.

Sie hatte den Treppenabsatz bereits erreicht, da drehte sie sich plötzlich langsam um und ging, wie an einer Schnur gezogen, wieder hinunter. Sie wusste nicht, ob sie gegen ihren Vater rebellierte oder ob es das Verlangen war, Jo zu sehen, aber mit jeder Stufe wurden ihre Schritte schneller. Sie hatte den Entschluss fast unbewusst gefasst, aber als ihr klarwurde, was sie tun würde, gab es kein Halten mehr. Wenn sie rannte, konnte sie es noch schaffen.

Als Lily an der Lombardsbrücke ankam und um die Ecke bog, keuchte sie schwer. Atemlos stemmte sie die Hände in die Hüften und rang nach Luft, während sie sich hektisch umsah. Von Jo war keine Spur zu sehen.

Aber es ist noch nicht halb! Der Gedanke, dass sie so viel riskiert hatte und er nicht einmal wie vereinbart auf sie wartete, jagte ein wütendes Prickeln durch sie hindurch. Mistkerl, dachte sie erzürnt und lehnte sich an eine Bank, um wieder zu Atem zu kommen. Weiß er denn nicht, wie schwierig es für mich ist, ihn einfach so am helllichten Tage zu treffen?

Die Passanten beobachteten sie misstrauisch, weil sie immer noch keuchte und ihr der Schweiß über die Schläfen lief.

Sie musste es einsehen: Jo war nicht da. Nach einem Moment ging sie langsam los, zurück Richtung Villa. Die Enttäuschung schmeckte wie bittere Galle in ihrem Mund. In diesem Moment war es ihr vollkommen egal, ob man sie erwischte. Dann sollten sie sie eben für den Rest ihres Lebens in ihr Zimmer einsperren, was für einen Unterschied machte es schon?

Plötzlich blieb sie wie angewurzelt stehen. Ein eiskalter Schauer überlief sie. Soeben war ihr ein schrecklicher Gedanke gekommen. Es konnte nur einen Grund geben, warum beide gleichzeitig nicht gekommen waren.

«Karl!», flüsterte sie entsetzt.

Dann rannte sie los.

Während sie die Treppe des Stadthauses hinaufstürmte, in dem Jos Familie wohnte, stachen ihre Lungen so sehr, dass sie einen Moment innehalten musste. Sie presste die Hände in die Hüften, meinte, jeden Moment ohnmächtig zu werden. Nie hatte sie ihr Korsett mehr verflucht als in diesem Moment. Doch schnell besann sie sich und flog auch die letzten Stufen hinauf.

Sie hämmerte gegen die Tür, aber niemand öffnete. In der Wohnung war es totenstill.

«Die sind im Krankenhaus. Vorhin ham se den Jungen mitgenommen», sagte eine dünne Stimme hinter ihr.

Lily fuhr herum. Eine verhärmte Alte stand im Flur, das schüttere Haar unter einem Tuch verborgen.

«Warum, was ist geschehen?», fragte Lily entsetzt.

Die Frau schüttelte bekümmert den Kopf. «Ich weiß es nicht, aber der Kleine hat furchtbar geschrien. Entsetzlich war das, diese Schreie. Wie von einem sterbenden Tier. Hat sich gewunden und geschüttelt.»

Lily starrte sie schockiert an. «In welches Krankenhaus sind sie gefahren?», flüsterte sie.

«Na, ins St. Georg nehm ich an», sagte die Frau. «Wohin sonst.» Sie betrachtete Lily neugierig, Gier blitzte in ihren Augen auf, als sie ihr teures Kleid gewahrte. «Kennen Sie die Familie näher?», fragte sie. «Sie haben nicht zufällig einen kleinen Groschen …» Sie streckte die Hände aus, doch Lily eilte schon wieder die Treppe hinab.

Unten angekommen, blieb sie stehen. Ihre Gedanken überschlugen sich. Wenn sie jetzt ins Krankenhaus ging, dann würde sie auffliegen. Niemals konnte sie es rechtzeitig zurückschaffen, ihr Vater würde sie für den Rest des Jahres in ihr Zimmer sperren, wenn er erfuhr, dass sie das Haus verlassen hatte, statt zu gehorchen.

Sie blickte die Straße hinab. Sie wollte zu Jo, wollte für ihn da sein. Bestimmt litt er gerade die schlimmsten Qualen. An Karl konnte sie gar nicht erst denken. Sie kannte ihn erst seit kurzem, aber dieser liebe kleine Junge erinnerte sie vom Gemüt her so sehr an Michel, dass sie es kaum ertragen konnte zu wissen, was er gerade ausstand. Alles in ihr wollte zu ihnen laufen. Doch wenn sie Jo jemals wiedersehen wollte, dann musste sie jetzt zurück in die Bellevue, und zwar so schnell sie konnte.

Es kostete sie wahnsinnige Überwindung, aber sie drehte sich um und ging Richtung Alster, zurück zu ihrer Familie.

Alfred Karsten schlich im Schlafrock durch das dunkle Haus. Er hatte sich bereits für die Nacht umgezogen, war dann aber doch noch einmal ins Büro gegangen. Aber auch dort hatte er nur Papier auf seinem Schreibtisch hin und her geschoben und schließlich am Fenster gestanden und auf den dunklen Fluss hinausgeblickt. Sylta lag mit Schmerzen im Bett, wie so oft in letzter Zeit. Viel zu oft. Der Gedanke an seine kranke Frau machte ihm große Sorge. Das Haus war ungewohnt still, fühlte sich seltsam verlassen an. Lily und Franz waren zum Ball aufgebrochen, aber ohne Sylta hatte er nicht gehen wollen. Michel schlief längst, und auch Alfred sollte sich zurückziehen. Doch eine schwere innere Unruhe hatte ihn ergriffen. Eine Unruhe, die mit seinen Kindern zu tun hatte.

In solchen Fällen half nur Whiskey. Aber der Dekanter im Büro hatte nur noch einen winzigen Schluck enthalten. Es fröstelte ihn. Die Tage waren immer noch warm und sonnig, aber nach Einbruch der Dämmerung lag bereits ein Hauch von Herbst in der Luft, und er war froh um das Webpelzfutter seines Hausmantels.

Auf dem Weg in den Salon, wo ein weiterer Dekanter im Barschrank bereitstand, kam er an der Küche vorbei. Das warme Licht, das unter der Tür durchdrang, ließ ihn schon nach wenigen Schritten innehalten und schließlich umkehren. Vorsichtig lugte er in den Raum hinein. Wie erhofft war nur noch Hertha da. Sie stand morgens nach den Mädchen auf, die bereits gegen fünf Uhr mit der Hausarbeit begannen, im Winter die Lampen anzündeten und Feuer machten, im Sommer schon die Wäsche raushängten, und blieb dafür abends länger, wenn Seda und Lise sich bereits zurückgezogen hatten.

Die Köchin stand über den großen Holztisch gebeugt und füllte mit konzentrierter Miene eingelegte Kirschen in mit Teig ausgelegte Kuchenformen. Als er hereinkam, sah sie überrascht auf. «Herr Karsten, so spät nach wach? Was kann ich für Sie tun?», fragte sie lächelnd, und er hielt den leeren Dekanter in die Höhe.

«Ach herrje, den haben die Mädchen wohl übersehen, verzeihen Sie!» Sie klopfte sich das Mehl von den Händen und nahm ihn ihm ab.

«Die Mädchen trifft keine Schuld», sagte er. «Wir haben uns in letzter Zeit alle ein wenig mehr gegönnt, als gut für uns war.»

Hertha machte eine verständige Miene. «Ich fülle ihn sofort auf.»

«Ach, wenn ich es mir recht überlege, würdest du mir ein warmes Bier bringen?», fragte er, und sie nickte überrascht.

Er ließ sich auf die Küchenbank sinken. Auf den Fenstersimsen brannten Kerzen, und durch die geöffneten Fenster roch er die nassen Rosen im Garten. Früher hatte er das oft gemacht: abends noch eine Weile in der Küche sitzen, mit Hertha und manchmal auch seinem Bruder Robert. Ein Glas trinken, ein Schwarzbrot mit Sirup essen, einfach den Tag ausklingen lassen … Er mochte die Atmosphäre von abendlichen Küchen. Besonders im Winter war es herrlich, die Glut des Ofens, der Geruch nach warmem Punsch und Brot.

Früher hatten sie, wie es üblich war, zwei Küchen gehabt, eine Schauküche, die sie nicht benutzten, in der an den Wänden das gute Porzellan und das Messing ausgestellt wurde, und eine richtige in den Räumen dahinter. Hier in der Villa gab es nur noch eine einzige voll funktionale Küche, ein großer Raum, der in den

Garten und zum Hof hinausführte. Es war ihm lieber so. Allerdings war es dadurch nicht mehr so heimelig. Alles war größer und moderner. Sie hatten mehr Angestellte, und es schien ihm nicht mehr passend, abends hier zu sitzen. Er kam immer seltener, ja, er konnte sich gar nicht erinnern, wann er das letzte Mal hier gewesen war. Aber wenn ihn etwas umtrieb, dann flüchtete er sich so wie jetzt noch manchmal zu Hertha.

«Soll ich Ihnen ein Brot machen?», fragte sie nun vom Herd aus, wo sie das Bier rührte, und nach kurzem Zögern nickte er.

Während sie Teller und den dicken schwarzen Sirup hervorholte, dachte er wieder einmal darüber nach, wie sehr sich auch hier die Dinge geändert hatten. In seiner Kindheit war im Haus noch alles, was nur möglich war, selbst gemacht worden. Sie hatten Kerzen gegossen, Seife gesiedet, Tinte angesetzt. Man war stolz auf die Handfertigkeit der Angestellten und die Hausmannskost. Pökel- und Rauchfleisch kaufte man nur wenn dringend notwendig beim Fleischer, der Teig fürs Roggenbrot wurde daheim angesäuert und dann in den großen Öfen der ortsansässigen Bäcker gebacken und stolz nach Hause getragen. Genau wie die dicken Kuchen, die er als kleiner Junge manchmal selbst in großen Tragekiepen mit den Dienstmädchen zum Bäcker Urbach gebracht hatte. Er schmeckte den saftigen Teig noch auf der Zunge, mit warmer Butter bestrichen und mit Mandeln und Zucker bestreut. Im Spätsommer wurde eingekocht; Medizin wurde gebraut, Gelees und Säfte hergestellt, Fässer im Keller mit Hering, Kraut, Rüben und Gurken gefüllt, sogar Kräuter hatten sie im Haus getrocknet. Beinahe roch er sie noch, die dicken Bündel, die Kathrein, ihre alte Haushälterin, auf dem Boden aufhängte.

Nun war die dicke Kathrein mit dem ziegenartigen Lachen schon lange tot, und den Dachboden hier im Haus hatte er nur bei der Besichtigung einmal kurz betreten. Auch der Keller der

Villa war leer. Alles Notwendige lag in der Speisekammer. Er seufzte, als er daran dachte, wie der Keller früher gefüllt gewesen war mit Fässern, Steintöpfen, Kartoffelkisten und Regalen und Schnüren voller Dörrobst. Auch die Speisekammer hier in der Villa duftete gut, nach Gewürzen und Gemüse, aber es war wohl doch etwas anderes. Es hatte etwas geradezu Erfüllendes gehabt, im Herbst die Keller und Kammern zu füllen und Vorräte für den Winter anzuschaffen. Das war nun nicht mehr notwendig. Auch hatten sie keine Tiere mehr, nur noch ein paar Hühner für frische Eier. Alles wurde gekauft heutzutage, ja galt als besser, moderner, wenn es in der Stadt erworben wurde. Sogar die Torten wollte Sylta jetzt immer beim Konditor bestellen, wenn sie Besuch bekamen. «Es schickt sich so», sagte sie erstaunt, wenn er Einwände erhob. «Ich kann ihnen doch nicht einfach etwas Selbstgebackenes vorsetzen wie bei den Bauern!»

Normalerweise war Alfred immer dafür, mit der Zeit zu gehen und sich neuen Eigenarten der Gesellschaft zu beugen, aber beim Essen und beim Hausstand war er auf sentimentale Art empfindlich. Er bestand daher darauf, dass die Mädchen unter Herthas Anleitung noch wie früher so viel wie möglich selbst machten. Das war doch wirklich nicht zu viel verlangt, fand er, was sollten sie schließlich sonst tun, wo die ganzen modernen Erfindungen ihnen das Leben bis zur Faulheit erleichterten. Nicht einmal selbst Feuer machen musste man mehr, dafür gab es nun schon lange Zündhölzer. Als er klein war, wurde im Hause auch noch für die ganze Familie gestrickt und genäht. Nun bestellte Sylta ihre gesamte Garderobe bei der Schneiderin und stickte allenfalls mal ein Bild. Seine Mutter hatte sogar noch gelernt, ihre eigenen Schuhe zu fertigen, es war in ihrer Jugend Mode, einen Schuhmacher ins Haus zu holen, der den jungen Damen seine Kunst beibrachte.

Alfred dachte an Lily und seufzte. Er war sich nicht einmal sicher, ob sie überhaupt richtig nähen konnte. Sie las den ganzen Tag oder saß an ihrem Schreibtisch und schrieb Gedichte oder was auch immer sie dort machte. Und nun lernte sie auch noch Unnützes über Politik. Wie sie heute mit ihm geredet hatte! Nein wirklich, das war einfach nicht ziemlich. Manchmal fragte er sich, ob er in ihrer Erziehung nicht alles falsch machte. Diese ganzen Neuerungen. Oftmals wusste er nicht mehr, was sich nun schickte und was nicht.

Zum Glück hatte er Sylta. Sie navigierte ihn wie ein Leuchtturm durch die beständig wechselnden Strömungen des gesellschaftlichen Lebens. Ein Lächeln huschte über sein Gesicht, als er an seine Frau dachte. So gut wie niemand, den er kannte, führte eine glückliche Ehe. Darum ging es auch nicht, die Ehe war eine Vertragsgemeinschaft; solange sie irgendwie funktionierte, war man zufrieden. Was sie hatten, war jedoch anders. Er liebte seine Frau sehr.

Was die Reederei anging, lag ihm Franz unablässig in den Ohren; manchmal fühlte er sich regelrecht bedrängt. Neuerungen waren immer ein Risiko. Alles lief auf Masse heutzutage, schneller, besser, größer. Was war mit alten Werten und Traditionen? Oder sollte er nicht doch Franz mehr Freiheiten einräumen?

Als Hertha ihm das dampfende Bier reichte, machte er keine Anstalten aufzustehen. «Trinkst du ein Glas mit mir?», fragte er. Nach einem kurzen Zögern nickte sie und schöpfte sich ebenfalls eine Kelle voll aus dem Topf.

Dann setzte sie sich ihm gegenüber. Eine Weile war es still, während sie vorsichtig an ihren beschlagenen Gläsern nippten. Er wusste nicht, was er sagen sollte. Plötzlich sprang sie auf. «Verzeihung, ich muss rasch die Kuchen fertig machen, sonst wird der Ofen zu kalt!», erklärte sie.

Er nickte nur. Sie fühlte sich nicht wohl, er war zu lange nicht mehr hier gewesen, und nun war es seltsam geworden. Aus irgendeinem Grund fiel es auch ihm leichter, mit ihr zu reden, wenn sie ihm nicht gegenübersaß und in die Augen sah. Sobald sie wieder hinter dem Tisch stand, sagte er in sein Glas: «Glaubst du, dass es Lily guttut, das Seminar zu besuchen?»

Hertha hielt inne. Dass der Hausherr die Köchin in einer Erziehungsfrage um Rat bat, war mehr als ungewöhnlich. Allerdings kannten sie sich schon über dreißig Jahre, und Alfred wusste, dass sie und Lily ein vertrautes Verhältnis hatten. Trotzdem musste sie gut überlegen, was sie auf eine so heikle Frage antworten sollte. «Sie ist ein sehr gescheites, aufgewecktes Mädchen …», sagte sie vorsichtig.

Alfred nickte. «Das ist sie. Aber sie ist eine junge Frau. Und sie wird niemals Lehrerin werden. Das wird Henry nicht zulassen und ich genauso wenig. Warum sollte sie auch, es besteht keinerlei Notwendigkeit dazu, sie würde sich nur lächerlich machen.»

«Sie wissen, wie sie ist, immer die Nase in einem Buch. Immerzu quetscht sie mich aus, ihr Geschichten zu erzählen. Sie hat eine rege Phantasie, die Nahrung und Ablenkung braucht», sagte Hertha.

Ihr Hausherr nickte besorgt. «Das sagt Sylta auch. Ich mache mir nur Gedanken, dass es zu viel Ablenkung ist. Sie lernen dort alles Mögliche. Sogar etwas über Politik. Kannst du dir das vorstellen?»

Hertha schüttelte den Kopf. «Davon verstehe ich nichts. Aber es scheint mir nicht angemessen.»

«Das sehe ich genauso. Was wird wohl ihr Verlobter dazu sagen?»

«Vielleicht weiß er es zu schätzen, eine kluge Frau an seiner Seite zu haben?»

Alfred schüttelte nachdenklich den Kopf. «Klug ist das eine», sagte er. «Es ist gut, klug zu sein. Aber wenn eine Frau zu klug ist, dann schadet ihr das nur. Es bringt sie auf gefährliche Ideen.»

Rastlos trat Lily von einem Fuß auf den anderen. Sie fühlte sich, als würde sie unter Strom stehen. Wo blieb Berta nur, Herrgott noch eins. Sie begannen drinnen schon zu spielen, die ersten Paare reihten sich zum Tanz auf, und von Lilys Freundin war noch keine Spur zu sehen. Lilys Rücken kribbelte, ihre Handflächen waren feucht. Dieses verdammte Kleid engte sie so dermaßen ein, dass sie kaum atmen konnte. Es war goldfarben, mit glänzenden Stickereien verziert, und Lily hatte es vom ersten Moment an geliebt. Jetzt hätte sie es sich am liebsten an Ort und Stelle vom Leib gerissen. Ihre Haare ziepten auch, sie waren zu einer komplizierten Flechtfrisur aufgesteckt. Ewigkeiten hatte es gedauert, bis Seda sie für den Abend zurechtgemacht hatte. Dabei hatte sie immer wieder gefragt, was denn mit Lily los sei und ob sie sich denn nicht auf den Abend freute. Lily erhaschte einen Blick auf ihr Spiegelbild. Ihre Wangen glühten, aber ihr Gesicht war kreidebleich. Sie hatte die letzte halbe Stunde an Franz' Arm die Runde gemacht, mit so vielen Leuten gesprochen wie möglich, sich überall sehen lassen.

Niemand sollte sich später fragen müssen, ob Lily Karsten auf dem Ball gewesen war oder nicht.

Irgendwann hatte Franz Gott sei Dank, genau wie sie es vorhergesehen hatte, gesagt: «So, du Klette. Ich gehe jetzt mal in die Bibliothek. Du hast ja deine Freundinnen hier, oder?»

Sie war froh gewesen, ihn los zu sein – genau wie er sie. Sie wusste, dass er sich den Rest des Abends nicht mehr um sie kümmern würde. Es kam also nur darauf an, rechtzeitig wieder hier zu sein, sodass sie mit ihm nach Hause fahren konnte. Der Herbstball war das größte Ereignis des Jahres und die Hamburger Oberschicht überschaubar. Sie kannte so gut wie jeden hier, hatte mit allen gesprochen, mit denen sie sprechen musste, war aber immer schnell weitergezogen. Zum Glück hatte noch niemand einen Tanz mit ihr reserviert. Auch wenn Henry nicht da war, so wussten doch die meisten, dass sie verlobt war, und würden erst später auf sie zukommen wollen – wenn sie nicht mehr da war.

Sie hatte ihre Chance sofort gewittert, als Agnes ihr mitteilte, dass ihre Eltern entschieden hatten, zu Hause zu bleiben. Alleine mit Franz konnte sie sich für ein paar Stunden wegschleichen – wenn sie es geschickt anstellte.

Endlich sah sie Berta hinter ihren Eltern aus der Kutsche steigen, am Arm eines elegant gekleideten Mannes mit braunen Locken. Als sie die Treppe heraufkamen, eilte die Freundin ihr mit roten Wangen entgegen. «Lily! Darf ich vorstellen? Das ist Friedrich.»

Lily lächelte dem Mann zu. Das fehlte noch, jetzt musste sie höfliche Konversation machen. «Sie sind also der geheimnisvolle Fremde, den Berta schon so lange vor mir versteckt hält!», sagte sie. Berta hatte oft von dem neuen Mann erzählt, der ihr seit ein paar Wochen den Hof machte und mit dem sie sich, wenn es nach ihrer Familie ging, bald verloben würde. Aber Lily hatte ihn noch nie gesehen. «Ich habe schon geglaubt, dass Sie vielleicht Hörner hätten oder gelbe Augen!»

Er lachte auf. «Sind Sie jetzt enttäuscht?»

«Im Gegenteil!» Lily dachte, dass er gut aussah und noch dazu sympathisch wirkte. Sie verstand beim besten Willen nicht, warum Berta so ein Geheimnis um ihn gemacht hatte.

Sie sollte es gleich darauf erfahren.

«Haben auch Sie einen Namen?», fragte er, und sie merkte, dass Berta neben ihr zu zappeln begann. «Friedrich. Das ist … Lily. Lily Karsten!», stotterte sie, und Lily sah, wie sich seine Augen einen Moment überrascht weiteten.

«Lily Karsten», murmelte er und musterte sie interessiert, während er ihr die Hand schüttelte.

Lily blickte zwischen den beiden hin und her. «Warum überrascht Sie das so? Kennen wir uns?», fragte sie lachend.

«Nun ja, Sie dürften mich nicht kennen. Aber ich kenne Sie. Ich arbeite für das *Tageblatt*. Und habe neulich den Artikel über Sie geschrieben.»

Lily glaubte, sich verhört zu haben. Erschrocken sah sie zu Berta hinüber. Die wand sich verlegen. «Es tut mir leid, Lily. Er hat es nicht böse gemeint, es war einfach seine Arbeit, und er wusste ja noch nicht, dass wir befreundet sind», erklärte sie hastig.

«Aber warum hast du mir das nicht …», zischte Lily, doch er unterbrach sie.

«Wenn ich mich kurz einmischen darf. Ich möchte Ihnen gerne persönlich sagen, dass mir der Ton des Artikels unangenehm ist. Aber ich hatte keine Wahl, die Redaktion hat es so beschlossen. Jedoch bereitete es mir ein geradezu diebisches Vergnügen, über Ihren gewagten Auftritt zu berichten. Ich fand ihn höchst … erfrischend.» Zu ihrem Erstaunen zwinkerte er ihr zu.

«Ach ja? Das hat man aber in dem Artikel nicht gemerkt», sagte Lily verblüfft.

«Nun, wie gesagt, Entscheidung der Redaktion. Ich bin nicht der Chef, ich arbeite dort nur.»

«Lily schreibt übrigens auch!», stieß Berta plötzlich hervor.

Sie war offensichtlich bemüht, eine gute Stimmung zwischen den beiden zu schaffen.

«Berta!» Lily sah die Freundin entsetzt an.

«Was denn? Hätte ich das nicht sagen sollen?»

«Ach, Sie schreiben?» Sein neugieriger Blick klebte an ihr. «Und was, wenn ich fragen darf?»

«Also …» Lily merkte, wie sie rot wurde. «Eigentlich schreibe ich nur für mich. Gedichte und Geschichten.» Sie räusperte sich. Was redete sie denn da, er musste sie ja für ein kleines Mädchen halten. «Aber in letzter Zeit habe ich mich an etwas gesellschaftskritischeren Themen versucht!», sagte sie lauter.

Berta und Friedrich sahen sie erstaunt an. «Ach ja? Das hast du ja gar nicht erzählt!», sagte Berta.

«Und was genau?», fragte Friedrich. Noch immer hatte er den Blick nicht von ihr genommen.

«Nun ja, ich beschäftige mich momentan mit der Situation der Frauen in unserer Stadt. Die der Arbeiterinnen, insbesondere. Aber auch mit der Situation der bürgerlichen Frauen im Vergleich. Ich finde das sehr interessant.»

Er schmunzelte. «Und zu welchen Ergebnissen sind Sie bisher gekommen?»

«Dass wir in Sachen Emanzipation und Frauenrechte skandalös weit hinter anderen Ländern herhinken und sich dringend etwas ändern muss», sagte sie, ohne mit der Wimper zu zucken. «Man könnte auch sagen, in den letzten hundert Jahren ist rein gar nichts passiert!»

Friedrich lächelte dünn. Sie war darauf gefasst, gleich eine belehrende oder überhebliche Retoure zu kassieren, wie es immer der Fall war, wenn sie mit Männern über dieses Thema zu reden versuchte.

«Interessant», sagte er langsam, und Lily fühlte, wie sie unter

seinem eindringlichen Blick leicht schauderte. «Und ebenfalls ...
erfrischend. Ich würde jedoch nicht *nichts* sagen, immerhin ist
auf der Veddel für den nächsten Sommer eine Frauenbadeanstalt
geplant!»

Als Lily empört den Mund aufklappte, sagte er: «Ich scherze
natürlich, Frau Karsten.» Er zog eine kleine Visitenkarte aus der
Brusttasche. «Wir suchen immer nach neuen Stimmen. Schreiben Sie mir. Ich würde gerne etwas von Ihnen lesen!»

Lily starrte ungläubig auf die Karte. Dann nahm sie sie mit
kalten Fingern entgegen.

Berta blickte erschrocken zwischen ihnen hin und her. Ihre
Miene wechselte von verständnislos zu schockiert, als Lily die
Karte in ihr Täschchen steckte.

Lily biss sich auf die Lippen. Sie musste vorsichtig sein, sie
brauchte die Freundin als Verbündete. Bevor die Situation zu
unangenehm wurde, sagte sie: «Das ist sehr liebenswürdig von
Ihnen, Friedrich, aber ich fürchte, dass meine Sachen Sie kaum
interessieren würden. Ich bin momentan zudem sehr beschäftigt
und komme gar nicht viel zum Schreiben.» Mit einem falschen
Lächeln drehte sie sich zu Berta. «Liebes, kann ich dich vielleicht
einen Moment unter vier Augen sprechen? Gehen wir die Puder-
räume aufsuchen?»

Friedrich verstand den Wink sofort. «Ich werde uns etwas zu
trinken besorgen, Berta. Wir treffen uns am Buffet.»

Lily zog die Freundin mit sich. «Du kannst dich auf keinen Fall
mit ihm treffen! Oh Lily, bitte versprich es mir!» Berta war so
aufgewühlt, dass Lily sie bei den Händen ergriff. Offensichtlich
fürchtete sie, dass sich die Geschichte mit Henry wiederholen
und Friedrich sich für Lily statt für sie interessieren würde.

«Berta, er hat das doch gar nicht so gemeint, er wollte nur

höflich sein, weil er mich durch den Artikel in Verlegenheit gebracht hat. Und du hast doch gehört, ich habe momentan gar kein Interesse daran. Hör mal, ich muss mit dir reden!»

Bevor die Freundin sich noch weiter in ihre irrationalen Ängste steigern konnte, erklärte sie ihr schon auf dem Gang vor den Waschräumen, dass sie sich wegschleichen und Berta für sie lügen musste. Den wahren Grund verriet sie nicht. Sie hatte Berta sehr gern, aber Berta war so emotional und wankelmütig, dass sie ihr nur bedingt vertraute. «Ich habe eine wichtige Verabredung, es hat etwas … mit dem Salon zu tun!» Berta wusste von ihrem Frauenzirkel, hatte sich aber immer strikt geweigert, Lily zu einem ihrer Treffen zu begleiten. Sie fand Emma nett, aber «doch recht ungewöhnlich» und hielt stets Abstand zu ihr.

«Aber Lily, du kannst doch nicht einfach gehen …», rief sie jetzt.

«Ich muss, Berta! Bitte versteh das. Ich erkläre dir alles ein andermal. Wenn Franz nach mir fragt, dann halte ihn irgendwie hin. Ich bin in zwei Stunden wieder hier, das verspreche ich!», sagte sie hektisch. Ihr lief die Zeit davon. Warum war Berta nur so spät gekommen? Sicher hatte sie daheim wieder einen Weinkrampf gehabt, weil ihre Taille nicht dünn genug war oder ihre Locken nicht richtig saßen.

«Lily …!», rief Berta ihr nach, doch sie eilte schon davon.

«Ich verspreche es!», rief sie über die Schulter, dann rannte sie die Treppe hinunter und schlüpfte kurz darauf durch eine Nebentür aus dem Gebäude.

Lily hastete durch die dunklen Straßen. Zum Glück war es nicht weit bis zum St. Georg. Sie hatte Angst davor, was sie dort erwartete, aber dennoch lief sie, so schnell sie konnte. Im Foyer musterte man ihr goldenes Kleid mit erstaunten Blicken, teilte ihr aber mit, in welchem Saal Karl untergebracht war. Wenigstens ist er nicht tot!, dachte sie, als die Schwester seinen Namen vorlas, und erschrak dann über den Gedanken.

Als sie über den Flur eilte, sah sie schon von weitem vier Gestalten auf einer Bank kauern. Jo hatte die Hände vors Gesicht geschlagen und war in sich zusammengesunken, neben ihm saßen Wilhelm, Julius und Christian, alle einen Ausdruck ungläubigen Entsetzens auf dem Gesicht.

«Jo!», Lily kniete sich vor ihn. Als er sie blinzelnd ansah, war es, als würde er aus einer tiefen Trance erwachen.

«Lily», sagte er mit rauer Stimme.

Sie nahm seine Hände. Sie waren eiskalt.

«Er ist infiziert», flüsterte Jo.

Sie hatte es schon gewusst, aber dennoch war es, als würde ihr Herz einen Moment aussetzen. Jos Augen waren geschwollen, sein Gesicht grau. Als er sprach, klang es, als könne er selbst nicht begreifen, was er Lily erzählte.

«Meine Mutter ist bei ihm, sie versucht, ihn zu beruhigen. Er hat Medikamente bekommen, aber sie schlagen nicht richtig an. Sie können nichts mehr für ihn tun. Nur noch warten, bis er stirbt», sagte er tonlos.

Noch nie hatte sie so viel Schmerz in den Augen eines Menschen gesehen. Sie fühlte sich schrecklich nutzlos. «Wenn ich irgendwas tun kann …», flüsterte sie, aber Jo schüttelte den Kopf.

«Ich gehe bald wieder rein. Er leidet so sehr. Du solltest dir das nicht antun!»

«Nein, ich bleibe bei dir. Ich will ihn sehen», sagte sie leise, aber bestimmt. Dann setzte sie sich neben Jo auf die Bank.

Zusammen saßen sie da, lange Zeit, warteten auf das Unabänderliche. Und Lily hatte das Gefühl, dass die Welt mit ihnen zusammen den Atem anhielt.

Berta wurde immer nervöser. Wo blieb Lily nur? Das Fest war immer noch in vollem Gange, aber man spürte schon, dass langsam allgemeine Erschöpfung einkehrte. Es war wild getanzt worden, die Luft im großen Saal war stickig und trug dazu bei, dass sich viele Frauen inzwischen auf Stühle gesetzt hatten und sich mit ihren Fächern Luft zuwedelten.

Berta hatte schon dreimal lügen müssen, weil jemand nach Lily fragte. Immer hatte sie vorgegeben, sie eben noch draußen auf der Veranda gesehen zu haben. Lily verdarb ihr den ganzen Ball mit dieser komischen Geschichte. Berta brannte darauf zu erfahren, was wirklich hinter diesem seltsamen Verhalten steckte. Ausgerechnet heute, am wichtigsten Abend des Jahres, verhielt sie sich so merkwürdig. Es gab doch sicher keinen anderen Mann …? Nein, das war ausgeschlossen, schließlich hatte Lily Henry. Außerdem hatten sie doch zusammen tanzen wollen, hatten in den Unterrichtsstunden seit Wochen die Tyrolienne geübt. So richtig verziehen hatte sie Lily die Sache mit Friedrich vorhin noch nicht. Aber wenn sie ehrlich war, so hatte Lily wirklich nicht interessiert gewirkt. Sie würde sich sicher nicht mit Friedrich treffen. Das würde sie ihrer Freundin niemals antun.

Plötzlich erschien Friedrich neben ihr und reichte ihr ein Glas. «Noch einen Tanz?», fragte er und lächelte.

Berta schüttelte den Kopf, sie war zu nervös.

«Wo ist denn deine Freundin nur abgeblieben? Ich habe sie den ganzen Abend über nicht gesehen!», sagte er und ließ den Blick über die Menge schweifen.

Berta spürte, wie sie langsam wütend wurde. Mal wieder drehte sich alles um Lily. «Warum?», fragte sie spitz.

«Ich fand sie sehr interessant», sagte Friedrich und merkte offensichtlich nicht, wie aufgewühlt Berta war. «Eine ungewöhnliche Frau. Ich hätte mich gerne noch ein wenig länger mit ihr unterhalten. Kennt ihr euch schon lange?»

«Eine Ewigkeit», sagte Berta. Sie hätte ihm in diesem Moment am liebsten das Glas über dem Kopf ausgeleert.

«Und sie geht auch aufs Seminar? Ich frage mich, warum. Ihre Familie ist doch so wohlhabend, dass ...»

Berta unterbrach ihn grob. «Wenn sie wiederkommt, kannst du sie das ja alles fragen. Dann könnt ihr zwei ganz in Ruhe über Lily und ihr ach so interessantes Leben reden», fauchte sie.

Friedrich bekam große Augen, als er sah, wie zornig sie war. «Ich meine doch nur ...», begann er, doch in diesem Moment packte jemand Berta am Arm.

Franz Karsten sah zu ihr hinunter. Berta durchfuhr ein Schauer. Er sah einfach zu gut aus mit seinem schwarzen Haar und diesem immer etwas gelangweilten Gesichtsausdruck. Ganz früher hatte sie einmal gehofft, dass sie ihm vielleicht auffallen würde. Er war bereits Mitte zwanzig und immer noch Junggeselle. Aber er hatte sich nie auch nur im mindesten für sie interessiert. Als er sich jetzt zu ihr hinunterbeugte, spürte sie sofort, wie ihr ganzer Körper prickelte.

«Berta», sagte er und hauchte ihr einen Kuss auf die Wange.

«Franz, wie schön, dich zu sehen. Wie geht es dir?», fragte sie, doch er winkte ab.

«Ich suche Lily, hast du sie gesehen?»

Berta biss die Zähne zusammen. Natürlich, Lily. Es ging doch immer nur um Lily, warum wunderte sie das eigentlich noch? «Nein», sagte sie kühl. Und ohne es zu wollen, ja, ohne es geplant zu haben, fügte sie plötzlich hinzu: «Ich habe sie seit Stunden nicht gesehen, keine Ahnung, wo sie stecken mag. Wahrscheinlich bei ihrem Verlobten.»

Franz zog verwundert die Augenbrauen hoch, und sie hätte

sich am liebsten auf die Zunge gebissen. Warum hatte sie das gesagt? «Henry ist nicht hier», sagte Franz und sah sich jetzt aufmerksam im Saal um. «Wo kann sie nur sein? Ihr zwei steckt doch immer zusammen.»

«Das stimmt nicht», sagte Berta pikiert. «Ich bin schließlich in Begleitung hier!»

Erst jetzt bemerkte Franz Friedrich, der sich höflich zurückgehalten hatte. «Ich verstehe. Franz Karsten, sehr erfreut!», sagte er und schüttelte ihm die Hand.

«Ah, Sie sind der Bruder der berühmten ...», setzte Friedrich an, doch Berta trat ihm auf den Fuß.

«Wir müssen gehen, Friedrich!», sagte sie und zog ihn von Franz weg.

Sie war sicher, dass Lilys Bruder wenig erfreut reagieren würde, wenn er erfuhr, wer Friedrich war. Der ließ sich verdattert mitziehen. Franz sah ihnen mit misstrauischer Miene nach.

Als Franz sich umdrehte, blickte er in zwei stechende Augen. «Mein Guter!» Oolkert lächelte. «Wie schön, dass wir uns auch einmal zu einem vergnüglicheren Anlass sehen.»

Franz hätte am liebsten laut aufgestöhnt. Das hatte ihm noch gefehlt. Er war Oolkert den ganzen Abend erfolgreich aus dem Weg gegangen.

«Ist der werte Herr Papa auch anwesend?», fragte Oolkert und sah sich suchend um. «Es wäre doch eine gute Gelegenheit, um einmal gemeinsam ...»

«Vater ist nicht hier, Mutter war unpässlich», erklärte Franz rasch. «Und du weißt, dass ich noch Zeit brauche.»

Oolkert lächelte nur. «Oh, ich spreche nicht von den Schiffen. Ich weiß nur zu gut, dass man da nichts überstürzen kann. Nein, ich spreche von privateren Belangen!» Das Funkeln in seinen Augen brachte Franz dazu, sich wütend auf die Lippen zu beißen.

«Ich habe dir doch bereits gesagt, dass ich …»

«Papperlapapp!» Oolkert wischte seine Argumente mit einem einfachen Wink beiseite. «Du sollst sie ja auch nicht heute Abend heiraten. Aber ich habe Roswita versichert, dass du mit ihr tanzen wirst. Sie hat zwei Plätze für dich reserviert! Oh, da ist sie ja auch schon – Liebling, schau, wen ich gefunden habe!»

Roswita trat schüchtern lächelnd auf sie zu, und Franz fragte sich, ob sie sie die ganze Zeit über schon beobachtet hatte. Sie sah gar nicht mal so schlimm aus heute, das musste er einräumen. Auch wenn das wahrscheinlich an der gedimmten Beleuchtung lag. Trotzdem wäre er am liebsten davongelaufen.

«Roswita!» Widerwillig küsste er ihre Hand. «Was für eine Freude. Bezaubernd sehen Sie aus. Darf ich Sie vielleicht auf die Tanzfläche entführen?»

Sie lachte kokett und nahm mit einem Augenaufschlag den Arm, den er ihr hinhielt. Franz spürte Oolkerts Blick im Nacken, als er sie in Richtung Musik führte.

«Wo warst du?», zischte er eine halbe Stunde später seiner Schwester ins Ohr, als er sie endlich gefunden hatte. Sie stand am Buffet und wirkte ein wenig atemlos. Erstaunt musterte er sie. Ihre Haare waren zerzaust, ihre Schuhe schmutzig.

«Im Garten», erwiderte sie ausweichend.

Franz runzelte die Stirn. Sie gefiel ihm nicht, irgendwas an ihr war anders, falsch. «Was ist denn mit dir, hast du geweint?», fragte er und packte sie am Kinn, um ihr Gesicht besser sehen zu können.

«Lass mich los!» Sie befreite sich. «Mir geht es gut.»

«Mit wem warst du im Garten?», fragte er und sah sich um.

«Mit meinen Freundinnen, wem sonst?», antwortete sie bissig, aber er schüttelte den Kopf.

«Ich habe alle gefragt, es hat dich seit Stunden niemand gesehen!»

«Natürlich, mit Berta war ich im Garten!», sagte sie.

Er hielt erstaunt inne und betrachtete sie. «Mit Berta?», fragte er schneidend.

«Ja, mit Berta, meiner besten Freundin. Hast du vergessen, wer das ist?», fragte sie schnippisch, und er lächelte kalt.

«Nein. Die dünne Pute mit den blonden Haaren und der hysterischen Stimme, der du den Verlobten ausgespannt hast.»

«Sie waren nicht verlobt, Henry war nie an ihr interessiert!», empörte sich Lily. «Und sei nicht so gemein, sie ist eine ganz liebe …»

«Ich habe eben mit ihr gesprochen!», unterbrach Franz sie grob. «Sie sagt, sie hat dich seit Stunden nicht gesehen.»

«Was?» Lily riss die Augen auf. Einen Moment schien sie nicht zu wissen, was sie sagen sollte. Dann lachte sie plötzlich laut. «Aber sie macht doch nur Scherze. Natürlich waren wir zusammen, wo soll ich auch sonst gewesen sein. Schau doch meine Schuhe an, wir sind im Dunkeln aus Versehen in die Beete gelaufen. Ich weiß! Sie ist bestimmt ein wenig eingeschnappt. Ihr Begleiter hat sich sehr für mich interessiert, du wirst nicht glauben, wer er ist!»

«Wer?», fragte Franz misstrauisch. Er konnte sich des Gefühls nicht erwehren, dass Lily ihm gerade mitten ins Gesicht log und außerdem versuchte, ihn abzulenken.

«Der Reporter, der neulich den Artikel über mich geschrieben hat!»

Franz traute seinen Ohren nicht. «Wie bitte?», fragte er, und Lily nickte eifrig.

«Ja doch, ich habe vorhin lange mit ihm gesprochen. Sicher ist Berta deswegen ein bisschen beleidigt. Er hat sich bei mir entschuldigt, weißt du? Hat gesagt, dass er meinen Auftritt erfrischend fand!»

«Erfrischend, so?» Franz sah sich wütend um. «Na, dem Idioten werde ich mal zeigen, wie erfrischend …»

Lily zog ihn am Arm. «Ach komm, jetzt reg dich nicht auf. Wir müssen nach Hause, es ist schon spät. Er hat gesagt, dass es eine Entscheidung der Redaktion war, den Artikel so zu schreiben. Tatsächlich war er sehr nett zu mir, er hat sogar angeboten, einmal etwas von mir zu lesen.»

Franz schnaubte, ließ sich aber mitziehen. «Ach ja, und was? Deine Herzschmerzgedichte?», fragte er lachend und beobachtete, wie sie verletzt den Mund zusammenkniff.

«Ich hab's ja nicht so gemeint!», beschwichtigte Franz, als sie wenig später in der Kutsche saßen und er sah, wie Lily mit traurigem Blick den Kopf an die Lehne stützte.

«Was?», fragte sie und blinzelte ihn an. Sie schien in Gedanken meilenweit fort zu sein.

«Mit deinen Gedichten, ich habe es nicht böse gemeint!», sagte Franz grummelnd. Jetzt war sie eingeschnappt und würde sich sicher morgen bei ihren Eltern darüber beschweren, wie gemein er zu ihr gewesen war. Manchmal wusste er auch nicht, warum er nicht netter zu Lily sein konnte. Sie reizte ihn einfach durch ihre aufsässige Art.

«Ach, Franz, das ist doch ganz und gar unwichtig», erwiderte sie leise, und er sah sie erstaunt an. Sie lehnte sich wieder zurück und blickte aus dem Fenster.

Es war dunkel in der Kutsche, aber er glaubte, einen Schimmer in ihren Augen glänzen zu sehen. Sicher hatte sie vorhin doch geweint. Was ist nur los mit ihr?, fragte er sich genervt. Ob es daran lag, dass Henry keine Zeit hatte? Aber das verstand sie doch sicher, immerhin stand er kurz vor seinem Abschluss. Frauen, dachte er. Immer hatten sie so empfindsame Rührungen, aber wenn man sie danach fragte, wollten sie nicht darüber sprechen. Er würde niemals aus ihnen schlau werden. Und wenn er es geschickt genug anstellte, musste er das auch nicht. Er dachte an Kai, und sofort begann sein Körper zu reagieren. Sicher war er noch wach, wenn Franz nach Hause kam. Und wenn nicht, würde er ihn aufwecken.

15

In den Zimmern ihrer Großmutter roch es immer nach der Kräutersalbe, die sie für ihre Gelenke benutzte, und dem Wollwiesentee, den Hertha ihr jeden Morgen brühen musste. Lily klopfte an die Tür und schob sie vorsichtig einen Spalt auf.

Die alte Dame bewegte sich nicht. Einen Moment war Lily nicht sicher, ob sie sie gehört hatte. Kittie Karsten saß wie eine runzelige Königin in ihrem Salon und blickte in den Garten hinaus. Ihre weißen Haare waren aufgesteckt und unter eine schwere, altmodische Haube gepresst, die Füße steckten in Spitzenstrümpfen und perlbesetzten Stoffschuhen, das dunkle Kleid lag in steifen Falten über den Stuhl drapiert. Trotz ihres Alters und ihrer zahllosen Beschwerden trug sie noch immer jeden Tag ein Korsett, den Körper eingezwängt und in eine steife, aufgerichtete Haltung gezwungen. Aber niemand, nicht einmal die Kaiserin selbst, hätte Kittie davon überzeugen können, es abzulegen.

Dr. Selzer sagte, dass es eine der Hauptursachen für ihre Schmerzen war. Ihre Lungen verwuchsen langsam mit den Rippen und dem Zwerchfell. Außerdem drückte das Korsett seit sechzig Jahren auf Leber und Milz und bescherte ihr brodelnde Magensäure, Krämpfe und Verdauungsstörungen. Doch das wusste Lily nur, weil sie einmal zufällig bei einem Gespräch zwischen ihrem Vater und Dr. Selzer ins Zimmer geplatzt war. Damals hatte der Arzt gerade eine Skizze angefertigt, um ihrem Vater besser erläutern zu können, warum seine Mutter den «Käfig», wie er es nannte, nun unbedingt ablegen musste.

Der Arzt hatte sie herangewunken. «Ah, Lily. Du solltest das hier auch sehen. Man kann gar nicht früh genug aufklären über die Risiken des Korsetts! Ein junger Körper kann es aushalten, aber es wird immer Folgen geben.» Auf dem Bild hatte man sehen können, wie die Gedärme, die eigentlich in der Bauchmitte lagen, vom Korsett nach unten gedrückt und in eine unnatürliche Form gezwängt wurden.

Ihr Vater und auch Sylta hatten danach versucht, Kittie zur Einsicht zu bringen, aber die Donnerwetter, die auf diese Versuche gefolgt waren, hatten gereicht, dass das Thema fallengelassen und nie wieder angeschnitten wurde. Wenig später hatte Lily selbst ihr erstes Korsett bekommen und verstanden, warum der Arzt dagegen war. Es tat höllisch weh.

Kittie sprach nicht über ihre Beschwerden. Sie nahm jeden Tag zum Frühstück und zum Abendessen eine Dosis Schmerzmittel, die einen kleinen Ochsen umgehauen hätte. Lily wusste, dass ihre Wirbelsäule verkrümmt war. Doch niemals würde man sie dabei erwischen, wie sie sich beklagte oder auch nur anlehnte.

Auf dem kleinen Tisch vor ihr lag Stickzeug. Es lag immer dort, obwohl dem kleinen Blumenstrauß, an dem sie arbeitete, seit Jahren keine neuen Blüten mehr gewachsen waren. Ihre verwachsenen Finger erlaubten ihr schon lange nicht mehr, die Nadel zu halten. Aber Müßiggang war für eine Dame ihrer Generation beinahe genauso schlimm wie unziemliche Kleidung. Den Schein zu wahren, war nun die Hauptaufgabe ihres Lebens. Alle im Haus wussten, wie krank sie war, aber niemand durfte darüber reden, nicht einmal ihre Dienerschaft, die die blutigen Taschentücher wusch, die fauligen Nachttöpfe ausleerte und sie tagaus, tagein die Treppe hinabtrug.

«Großmutter!» Lily gab ihr einen Kuss auf die Wange, und die alte Dame zuckte zusammen. Hätte Lily es nicht besser gewusst, hätte sie gesagt, dass Kittie gerade mit offenen Augen ein Nickerchen gemacht hatte.

«Mein Liebchen, wie schön, dass du mich besuchst!» Sie krallte die aderigen Hände um die Stuhllehne und zog sich noch ein wenig aufrechter.

Kittie nannte Lily immer ihr Liebchen. Auch wenn Lily vor niemandem solche Angst hatte wie vor ihrer Großmutter, war diese doch auch zu erstaunlicher Zuneigung imstande. «Sie liebt dich sehr, deshalb ist sie so streng», sagte ihr Vater manchmal. «Genauso war sie mit mir!»

Auch Lily liebte ihre Großmutter, auf eine seltsame, angstvolle Weise, doch die Kluft zwischen ihren Generationen wurde immer größer. Manchmal schien es ihr, als kämen sie aus zwei verschiedenen Welten, die keinerlei Berührungspunkte mehr hatten. Aber sie hatte in Kittie eine Verbündete, wenn es um Michel ging. In allem war ihre Großmutter gesellschaftskonform. Nur nicht, wenn es um ihren Enkel ging. Wenn sie dafür gewesen wäre, dass er, wie es die Regeln verlangten, in einem Heim aufwuchs, wäre er schon lange nicht mehr hier, das wusste Lily. Doch auch Kittie pochte auf strengste Geheimhaltung, wenn es um ihn ging.

«Wo ist der Bub?», fragte Kittie, als hätte sie ihren Gedanken gelauscht, und richtete ihre Haube.

«Michel ist in seinem Zimmer, er hat Unterricht.»

«Du siehst ein wenig bleich aus. Sicher war der Ball ein großes Amüsement. Erzähl mir davon!», forderte Kittie nun und klingelte mit zwei Fingern die kleine Glocke, die sie immer bei sich trug.

Sogleich erschien Lise und goss Lily Tee ein. Lily konnte sich sehr gut auch selbst Tee einschütten, aber ihre Großmutter bestand darauf, dass dies von den Dienstboten erledigt wurde. Sie verfolgte jede von Lises Bewegungen mit achtsamem Blick, aber die arbeitete bereits seit über zehn Jahren für die Familie und ließ sich nicht aus der Ruhe bringen.

«Danke, Lise, nur einen Schluck bitte!», sagte Lily lächelnd.

Sie wollte auf keinen Fall länger bleiben als notwendig. Ihre Großmutter hatte die Angewohnheit, sie mit ihren wässrigen grünen Augen so forschend anzusehen, dass sie sich wie bei einem Verhör fühlte, selbst wenn sie nichts ausgefressen hatte. Bei all den Geheimnissen, die sie momentan hütete, hatte sie Angst, unfreiwillig alles zu gestehen, nur um diesem bohrenden Blick zu entkommen. Und heute war sie besonders aufgewühlt. Sicher sah man ihr an der Nasenspitze an, dass sie keine Sekunde geschlafen und die ganze Nacht geweint und für Karl gebetet hatte. Sie musste sich zusammenreißen!

Als Lise den Raum wieder verlassen hatte, beugte Kittie sich vor. «Nun? Was gab es zu essen? Wer kannte seine Schrittfolge nicht? Ich will alles wissen.»

«Es war …», begann Lily, aber ihre Großmutter unterbrach sie. «Hast du denn dein Merkbüchlein nicht mitgebracht?»

Lily wurde siedend heiß. Natürlich stellte Kittie sofort die verfänglichste aller Fragen. Nach jedem Ball verlangte sie, in Lilys Erinnerungsbuch lesen zu dürfen, das alle höheren Töchter über solche Gelegenheiten führten. So kontrollierte sie ihren gesellschaftlichen Umgang und konnte ein wenig am Geschehen teilhaben.

«Ich habe es unten liegenlassen …», stotterte Lily. «Ich werde es dir nachher bringen, aber es steht ohnehin nichts Interessantes drin!»

Der Mund ihrer Großmutter wurde spitz. «Nichts Interessantes? Es war der wichtigste Ball dieser Saison. Wie kann nichts

Interessantes drinstehen? Hast du denn nicht getanzt?», fragte sie, und Lily krallte die Finger in die Handflächen.

«So habe ich es nicht gemeint. Es war ein herrlicher Abend, aber ich kann dir doch auch erzählen, mit wem ich getanzt habe.»

«Unsinn. Geh und hole es. Die Treppe wirst du wohl gerade noch schaffen!»

Lily stand auf, ihre Wangen pulsierten. Fieberhaft überlegte sie, wie sie aus dieser Klemme wieder rauskam. Plötzlich fiel ihr Blick auf das Lorgnon ihrer Großmutter, das auf einem aufgeschlagenen Buch auf der Chaiselongue lang. Als sie daran vorbeiging, ergriff sie es. Dann eilte sie in ihr Zimmer und holte ihr Tanzbuch aus der Kommode, das sie schon seit Wochen nicht mehr angefasst hatte.

«Hol mir eben mein Sehglas, Lily!» Kittie kniff die Augen zusammen, während sie in dem Büchlein blätterte.

Lily stand auf und sah sich suchend um. «Wo ist es, Großmutter?»

«Auf der Chaiselongue …» Kittie stockte, als sie sich umdrehte und ihr Blick auf das Buch fiel. «Nanu», sagte sie überrascht.

«Ich sehe es nicht!» Lilys Augenaufschlag war so unschuldig, dass sie über sich selbst staunte.

«Sieh noch einmal nach, es muss dort sein. Ich habe vorhin erst gelesen.»

Lily wusste, dass ihre Großmutter nicht mehr las. Ihre Augen waren so schlecht geworden, dass sie sogar mit dem Lorgnon nur noch einzelne Wörter entziffern konnte. «Vielleicht hast du es verräumt. Hier ist nichts!»

«Nun, es wird wieder auftauchen. Wahrscheinlich habe ich es irgendwo liegengelassen», sagte Kittie mürrisch. «Dann lies mir vor.»

Lily nickte. Jetzt galt es zu improvisieren. «In Ordnung.» Sie schlug das Buch auf und las zögerlich, was sie bei ihrem letzten Ball eingetragen hatte, der einige Wochen zurücklag. «Der erste Tanz war eine Française.»

Kittie nickte zufrieden. «Wer hat angesagt?»

«Herr Killian, du kennst ihn sicher nicht, er ist von Lenas Tanzschule in Harvestehude.»

Alles, was außerhalb der Stadt lag, auch wenn es das reiche Kaufmannsviertel war, war unter Kitties Würde, und sie rümpfte bei Lilys Worten leicht die Nase. Dabei hatte sie früher selbst in den Gängevierteln gelebt, wie die meisten Kaufmannsfamilien vor der industriellen Wende. Kittie zog es jedoch vor, sich an diesen Lebensabschnitt nicht mehr zu erinnern. «Mit wem hast du getanzt?»

«Mit Ernst Faber.» Es war der erste Name, der ihr einfiel.

Kittie nickte wieder, man konnte ihrer Miene nicht entnehmen, ob sie darüber erfreut oder erzürnt war.

«Dann gab es einen Galopp …»

«Den spielen sie immer am Anfang. Wenn sie zu lange warten, hat niemand mehr die Puste dafür, und wenn die Herren zu tief ins Glas schauen, gibt es ein heilloses Durcheinander. So wie damals bei den Winters auf dem Herbstball. Die Zylinder sind nur so geflogen.»

Lily seufzte leise, sie hatte diese Geschichte sicher schon hundertmal gehört.

«Hast du auch daran gedacht, mit älteren Herren zu tanzen? Schließlich bist du verlobt. Wenn du nur mit jungen Burschen durch den Saal hüpfst, kommt man am Ende auf falsche Gedanken. Noch dazu, wo Henry verhindert war.»

Lily nickte. «Sicher, Großmutter. Aber es wurde auch viel Reihe getanzt. Mehrere Quadrillen, zwei Pas de quatre. Da habe ich mich mit Berta aufgereiht, und Ernie Fischer war mein Partner. Am Ende haben sie eine Tyrolienne gespielt.

«Was soll das sein?» Kittie hatte große Augen bekommen.

«Es ist ein Rundtanz. Wir haben ihn ganz neu gelernt. Ich glaube, er kommt aus den Alpen.»

«Aus den Alpen?» Empörung spie aus jedem Wort. «Warum lernt ihr Bauerntänze?»

«Es ist die neueste Mode. Kaiserin Sisi soll ihn gerne tanzen!»

Kittie zog ein Gesicht. «Ich dachte, sie tanzt nicht mehr, sondern vergnügt sich mit ihrem Andrássy auf Madeira.»

«Großmutter, das ist doch Unfug!», empörte Lily sich, wurde von Kittie aber mit einem Wink zum Schweigen gebracht.

«Man sagt, sie hat ihrem Franz die Dienstmädeleien *gestattet*! Ja, aufgedrängt, damit sie in Ruhe mit ihrem ...» Kittie unterbrach sich hastig. «Genug davon!», sagte sie streng, als habe Lily und nicht sie selbst von den kaiserlichen Umtrieben erzählt. «Hast du mit jemandem Extratouren gemacht?»

«Nein, ich fand es nicht ziemlich, mit einem Begleiter zweimal zu tanzen», sagte Lily brav, weil sie wusste, dass diese Antwort von ihr erwartet wurde.

Kittie schürzte zufrieden die Lippen. «Ganz korrekt. Und gab es gute Unterhaltungen?»

«Eigentlich nicht, die Musik war sehr laut. Im Grunde haben alle über den Tod von König Ludwig II. geredet. Und über die neue Motorkutsche von Daimler.»

«Also, es ist doch ungeheuerlich, was den jungen Herren heutzutage einfällt. Wissen sie denn nicht mehr, wie man Konversation mit einer Dame führt? Du armes Ding hast sicher kein Wort verstanden.»

Lily stöhnte innerlich auf. «Doch, eigentlich wusste ich sogar mehr darüber als sie», sagte sie etwas schnippisch und bereute es sofort.

Ihre Großmutter schien sich vor ihren Augen aufzublähen. «Wie bitte?», rief sie, und Lily zuckte zusammen.

«Ich meine doch nur, wir haben am Seminar gerade diese Woche etwas darüber gelernt!», erklärte sie hastig und lächelte unschuldig.

Kittie grummelte vor sich hin. «Ich sage doch schon immer, dieser Unterricht verdirbt dir das Gemüt!»

Lily hütete sich vor einer Antwort.

«Ich habe etwas für dich.» Kittie lächelte plötzlich so vergnügt, dass Lily Unheilvolles schwante. Ihre Großmutter überreichte ihr ein Buch. Lily erkannte sofort, was es war, und unterdrückte ein Seufzen. Die neueste Ausgabe des Töchter-Albums von Thekla von Gumpert.

«Das Periodikum. Ich habe es wie immer für dich vorbestellt», sagte Kittie stolz.

Lily bedankte sich artig. Die Bücher waren grauenvoll langweilig, sie sollten höhere Töchter erziehen und in einem angemessenen Rahmen unterhalten. Ihre Großmutter hielt große Stücke auf Thekla von Gumpert und ließ die illustrierten gebundenen Bücher ins Haus kommen, seit Lily denken konnte.

«Lies mir doch eine Weile vor …», sagte ihre Großmutter, doch in diesem Moment kam Sylta herein. «Hier bist du, Lily!»

«Mama!» Lily erhob sich freudig und ging auf ihre Mutter zu. «Geht es dir besser?»

«Ja, zum Glück!» Sylta ließ sich auf dem Sofa nieder, presste sich dabei aber eine Hand auf den Bauch. Lily sah ihr an, dass sie immer noch Schmerzen hatte. «Zu schade, dass ich nun den Ball verpasst habe. Das Ereignis des Jahres! Du musst mir alles erzählen.»

«Sie hat mir soeben aus ihrem Büchlein vorgelesen», sagte Kittie. «Es war wohl ein großer Spaß.»

«Oh, wie schön, lass mich sehen!», rief Sylta und griff nach dem Heft.

Lily erstarrte. Ihre Mutter schlug es auf und begann zu lesen. Erst umspielte ein freudiges Lächeln ihre Lippen, doch mit einem Mal versteinerte ihre Miene. Sylta blätterte mit gerunzelter Stirn ein paar Seiten um, dann sah sie Lily an.

«Wusstest du, was für neumodische Tänze sie lernen, Sylta?», fragte Kittie in diesem Moment.

Syltas Blick ruhte noch einen Moment misstrauisch auf ihrer Tochter, dann wandte sie sich ihrer Schwiegermutter zu. «Nein, was meinst du?», fragte sie.

Lily atmete auf. Offensichtlich hatte ihre Mutter entschieden, die Sache mit ihr persönlich auszudiskutieren.

«Ich habe es einfach noch nicht geschafft, die Sachen einzutragen!», erklärte Lily hastig, als sie wenig später mit ihrer Mutter im Treppenhaus stand.

Sylta runzelte die Stirn. «Franz hat mir berichtet, dass er dich den ganzen Abend nicht finden konnte», sagte sie.

Lily biss sich auf die Lippen. Natürlich hatte Franz sie verpetzt, was hatte sie auch erwartet.

«Er macht sich Sorgen, sagt, du hättest aufgelöst gewirkt.»

«Ach, so ein Unsinn!» Lily lachte unbekümmert, aber Sylta ließ sich nicht so leicht abwimmeln.

«Er weiß nicht, mit wem du den Abend über zusammen warst, angeblich hat dich keine deiner Freundinnen gesehen!», sagte sie scharf.

«Ach, Mama, Franz macht Wind um nichts, ich war nur … ein wenig traurig, weil Henry nicht da war», sagte sie stockend.

Sie war noch immer so emotional, dass es ihr nicht schwerfiel zu weinen. Sie musste nur an Karl denken, wie er ausgesehen hatte, so klein und blass in seinem Krankenbett, und an Jos verzweifelte Augen, und die Tränen kamen von ganz alleine. Da standen sie hier und diskutierten darüber, mit wem sie getanzt hatte, während Karl mit dem Tod kämpfte.

Sylta sah sie erschrocken an. «Ach, Lily!», rief sie. «Aber es ist doch nur eine Studienreise!»

«Ich weiß. Aber er hat so viel zu tun. Manchmal frage ich mich, wie es werden soll, wenn wir verheiratet sind, wenn er jetzt schon so wenig Zeit hat!», schluchzte sie theatralisch, und Sylta nahm sie bekümmert in die Arme.

«Aber Liebes, natürlich wird er Zeit für dich haben», sagte sie beschwichtigend und tätschelte ihr die Haare. «Er ist doch noch im Studium, aber wenn er sich erst niederlässt, wird alles anders.» Lily nickte. «Und wenn du dann Kinder hast, wirst du ohnehin so beschäftigt sein, dass du froh bist, wenn du ein bisschen Ruhe bekommst!», sagte Sylta, und Lily hielt erschrocken die Luft an.

«Ja», erwiderte sie dumpf.

Plötzlich fühlte sie sich noch elender als zuvor.

———— • ◆ • ————

Lily konnte sich erst Tage nach dem Ball wieder aus dem Haus schleichen. Ihre Mutter glaubte, sie leide an Angstzuständen, was die Hochzeit betraf, und ließ sie nicht aus den Augen, genauso wenig wie Franz, der allerdings andere Gründe hatte, sie zu überwachen. Sogar auf ihren Sonntagsspaziergang begleitete Sylta sie. Lily saß wie auf glühenden Kohlen, sie vermisste Jo schrecklich, dachte ständig an ihn, spielte ununterbrochen mit dem Gedanken, einfach davonzulaufen. Doch sie wusste, dass sie damit zu viel riskierte. Sie hoffte und betete, dass es Karl besser ging, dass es nur ein Irrtum gewesen war und er sich nicht wirklich infiziert hatte, dass die Ärzte ihn doch noch irgendwie retten konnten.

Als sie am Montag vor dem Seminar aus der Kutsche stieg, machte Lily kehrt, sobald Toni um die Ecke verschwunden war, und lief geradewegs ins St. Georg. Sie hatte ein paar von Michels Zinnsoldaten in der Tasche, die sie Karl schenken wollte. Doch als sie in den Saal kam und an sein Bett eilte, lag dort eine alte Frau.

«Aber … wo ist der Junge?», fragte Lily entgeistert. «Wo ist Karl? Wurde er verlegt?»

Eine Schwester blieb neben ihr stehen. «Ach, sind Sie eine Angehörige?», fragte sie mitleidig, und Lily zog erschrocken die Luft ein. «Der Kleine ist gestern Nacht verstorben.» Die Frau fasste sie mitfühlend am Arm. «Wir konnten nichts mehr für ihn tun.»

Lilys Mund war mit einem Mal staubtrocken. «So schnell?», stammelte sie entgeistert.

Die Schwester nickte. «Es war eine Erlösung. Er hat ja so gelitten.»

Lily nahm nicht einmal mehr wahr, was die Schwester als Nächstes sagte. «Danke», murmelte sie leise. Dann rannte sie aus dem Saal.

Als Jo ihr die Tür öffnete, erschrak sie. Seine Augen lagen tief in den Höhlen, waren blutunterlaufen, er hatte sich offensichtlich seit Tagen nicht rasiert, seine Haare standen wirr in alle Richtungen. Er roch so stark nach Alkohol, dass sie zurückzuckte.

«Ich habe es gerade erst erfahren!» Sie fiel ihm um den Hals.

«Lily», sagte Jo nur. Er erwiderte ihre Umarmung nicht. Sie löste sich von ihm und sah ihn erschrocken an.

«Wo warst du?», fragte er leise, und sie spürte, wie ihr sofort die Tränen kamen.

«Ich konnte nicht früher fort!», rief sie und nahm seine Hand, aber er zog sie weg. «Jo, es tut mir so leid!»

Er nickte nur. Noch immer standen sie im Flur. Er machte keine Anstalten, sie hineinzubitten. «Du hättest ohnehin nichts tun können», sagte er. Sie sah den Schmerz in seinen Augen. Seine Stimme war ihr fremd.

«Es tut mir so leid, dass ich nicht da war», sagte sie leise.

Wieder reagierte er nicht. «Du bist ja jetzt da», sagte er nach einigen Sekunden, aber es klang seltsam.

«Ich hätte früher kommen sollen.» Lily schüttelte den Kopf. «Ich hatte Angst, dass sie etwas merken!»

Jo nickte, ein verbitterter Zug hatte sich in sein Gesicht geschlichen. «Und so wird es immer sein, nicht wahr? Du musst dich immer wegschleichen, kannst nur im Verborgenen herkommen.»

«Ja, aber ...»

Er schüttelte den Kopf. «Ich kann das nicht, Lily.»

Sie starrte ihn an. «Wie meinst du das?», fragte sie mit zitternder Stimme.

Jo holte tief Luft. «Ich meine, dass du wieder nach Hause gehen solltest. Ich danke dir, dass du da warst, das bedeutet mir viel. Aber jetzt musst du wieder in dein Leben zurück. Zu deiner Familie. Zu deinem Verlobten.»

«Aber ...», sagte Lily nur, zu erschrocken, um weiterzusprechen.

Jo fuhr sich mit den Händen über die Augen. «Ich brauche jetzt ... einfach Zeit für mich», sagte er. «Ich kann das nicht, das mit uns. Was auch immer es ist!» Er sah so traurig und müde aus, dass Lily der Impuls überkam, ihn an sich zu ziehen. Aber als sie auf ihn zutrat, verschloss sich sein Gesicht.

«Ich meine es ernst, Lily. Das hier hatte nie eine Zukunft, und das wissen wir beide. Noch ist nichts passiert, was wir beide bereuen würden. Geh zurück, bevor sie noch etwas merken. Dann können wir beide vergessen, dass wir uns jemals kannten. Du wirst für immer Lily Karsten aus der Bellevue sein und ich Jo Bolten aus der Steinstraße.»

«Was redest du denn?», flüsterte Lily entsetzt, aber er schüttelte den Kopf.

«Geh jetzt und komm nicht mehr her!», sagte er, und sie sah, dass er die Zähne so fest aufeinanderpresste, dass sein Kiefer zuckte.

«Aber …»

«Ich meine es ernst, Lily. Geh nach Hause!», sagte er mit rauer Stimme, und zu ihrem grenzenlosen Erstaunen trat er in die Wohnung zurück und schlug ihr die Tür vor der Nase zu.

Sie stand fassungslos da und konnte nicht begreifen, was gerade geschehen war.

Jo blickte Lily aus dem Fenster nach. Sie stand auf der Straße, ging unentschlossen ein paar Schritte in die eine Richtung, blieb dann stehen, drehte sich noch zweimal um, ging ein paar Schritte zurück und hielt wieder inne, ballte die Fäuste, schien mit sich zu ringen. Aber schließlich lief sie davon und verschwand um die Ecke.

Er fühlte sich entsetzlich leer. Es hatte ihn alle Kraft gekostet, sie wegzuschicken. Die letzten Tage waren die schlimmsten seines Lebens gewesen. Das Einzige, was ihn sie hatte überstehen lassen, war der Gedanke an Lily. Jede Minute hatte er gehofft, sie zu sehen, ununterbrochen zur Tür geblickt, war immer aufgeschreckt, wenn jemand hereingekommen war, nur um dann enttäuscht in sich zusammenzusacken, wenn sie es nicht war.

Er machte ihr keine Vorwürfe. Sie war sofort gekommen, als sie von Karl erfahren hatte, sogar in ihrem Ballkleid. Und er wusste, dass es gute Gründe dafür gab, dass sie erst jetzt auftauchte. Aber ihm war etwas klargeworden in den letzten Tagen. Etwas Entscheidendes. Er konnte nicht schon wieder jemanden verlieren, den er liebte. Und wenn er Lily noch öfter sah, wenn er ihre Nähe weiterhin zuließ, dann würde er sich in sie verlieben. Bereits jetzt hatte er Gefühle für diese Frau, die er nicht erklären konnte, und das, obwohl sie sich erst ein Mal geküsst hatten.

Er würde sie unweigerlich eines Tages verlieren. Männer wie er bekamen keine Frauen wie sie und lebten dann glücklich mit ihnen bis ans Ende ihrer Tage. Das passierte einfach nicht. Sie würde aufwachen und merken, welche Dummheit sie mit ihm beging; dass sie ihr ganzes Leben wegwarf, ihren Ruf, ihren Wohlstand, ihre Freundinnen, einfach alles. Und dann würde sie ihn verlassen. Es war besser, ein für alle Mal einen Schlussstrich zu ziehen, bevor die Sache sie beide in Schwierigkeiten brachte.

Karls Tod hatte ihm das Herz gebrochen, es fühlte sich an, als könne er nicht mehr richtig atmen. Er musste sich jetzt jede Minute darauf konzentrieren, einfach weiterzuleben, den Schmerz irgendwie zu ertragen. Er konnte dabei nicht auch noch um eine Liebe kämpfen, von der er schon wusste, dass er sie verlieren würde.

Er sah Lily nach, bis sie um die Ecke verschwunden war. Dann schloss er einen Moment die Augen und atmete einmal tief ein und aus. Als er sie wieder öffnete, war sein Blick härter geworden.

Er würde das schaffen.

Er war Jo Bolten aus der Steinstraße. Er brauchte nichts und niemanden.

Teil 2

1

Lily gelang es immer besser, in der Menge zu verschwinden, so wenig wie möglich aufzufallen. Mit gesenktem Blick und über den Kopf geworfenem Tuch schlich sie durch die Gassen der Gängeviertel. Sie wusste, wie gefährlich es war, sich ohne Jo in diesen Teil der Stadt zu wagen, aber sie tat es dennoch. Alma schüttelte jedes Mal bekümmert den Kopf, wenn Lily wieder auf ihrer Schwelle stand. Sie kam trotzdem Woche für Woche zurück, stahl aus der Villa, was sie nur konnte, und brachte es Alma und den Kindern. Das gab ihr das Gefühl, zumindest noch ein klein wenig mit Jos Welt in Verbindung zu stehen. Um den Schmerz seiner Zurückweisung zu betäuben, der Tag und Nacht in ihr brannte wie ein wütendes Feuer, konzentrierte sie sich außerdem immer stärker auf ihre neuen Freundinnen und den Frauenzirkel. Sie begleitete Traudel und Martha zu sozialistischen Treffen, half Isabel, Flugblätter aufzusetzen, und begann bald auch selbst, kleinere Schriften und Aufsätze über die Themen zu verfassen, die sie beschäftigten. Es fiel ihr schwer, ihre Eltern anzulügen, aber ihre neuen Freundinnen wurden ihr unersetzlich.

Lily konnte beinahe körperlich spüren, wie sie sich veränderte. Wie sie mit jedem neuen Buch, das sie las, jeder Diskussion, die sie führte, jeder glühenden Rede von Isabel, Emma oder Martha ein Stück besser verstand, wer sie eigentlich war.

Oder wer sie sein wollte.

Als sie eines Samstagnachmittags nach einem ihrer Treffen mit Emma und den anderen über den Jungfernstieg bummelte, blieb Lily plötzlich stehen. «Das ist ja Seda!», rief sie erstaunt.

Seda hatte sie im selben Moment entdeckt und kam auf sie zu. Sie trug ihr helles Kattunkleid und ihre kleine Mütze, die Uniform der Hamburger Dienstmädchen. Nachdenklich kniff sie die Augen zusammen, als sie Lily in Begleitung der Frauen sah. Lily wurde in diesem Moment klar, wie auffallend ihre kleine Truppe wirken musste. Traudel und Martha in ihren modernen Kleidern ohne Korsett und Ilse mit ihrem kinnlangen Haar. Außer Emma und Lily trat keine von ihnen so auf, wie man es von einer Frau ihres Alters und ihres Standes erwartete. Lily sah, wie Seda versuchte, sich einen Reim auf den Anblick der Frauen zu machen. Sie betrachtete Ilses Haare mit einer Mischung aus Entsetzen und Neugierde im Gesicht.

«Ich bin auf dem Weg in die Apotheke!», erklärte sie schüchtern. «Die Medizin für Madame holen.»

«So ein Zufall. Ich begleite dich, so können wir später zusammen nach Hause gehen!», sagte Lily erfreut.

«Dann komme ich ebenfalls mit, ich muss meinen Kräutervorrat aufstocken.» Emma lächelte Seda an.

Die anderen verabschiedeten sich, und die drei Frauen liefen zusammen am Wasser entlang. Als sie das Geschäft am Gänsemarkt betraten, atmete Lily tief ein. Die Apotheke erinnerte sie an ihre Kindheit. Früher war sie, so oft sie konnte, mit ihrer Gouvernante mitgegangen, wenn diese einholen war. Während Elsa ihre Arzneien besorgte, hatte Lily voller Genuss ihre Nase in möglichst viele Dosen mit Pomaden, Parfums und Pudern gehalten. Nach dem Bezahlen hatte sie vom Verkäufer immer ein Konfekt oder eine Lakritzstange bekommen.

Heute herrschte geschäftiges Treiben, und sie mussten ein

wenig warten, bis sie an der Reihe waren. Elegante Damen und Dienstmädchen tummelten sich gleichermaßen im Laden. Lily vermutete, dass viele der Frauen keine Angestellten mit den doch oft etwas peinlichen persönlichen Anliegen in die Apotheke schicken wollten und daher lieber selber herkamen. Anders konnte sie sich die Anwesenheit der vielen rausgeputzten Damen nicht erklären. Emma stieg mit einer Verkäuferin eine schmale Treppe hinauf, in den Teil des Ladens, wo Medizin gebraut wurde. Sie wollte ihren Arzneikoffer auffüllen, den sie ganz allein finanzierte. Da sie nicht als Ärztin arbeitete, sondern als ehrenamtliche Schwester, bekam sie dafür keine Mittel.

Seda erwarb Syltas Medizin, und Lily schlich währenddessen in die Ecke mit den Kosmetikartikeln. Es gab eine Wimpernfarbe aus Frankreich, ein kleiner schwarzer Block aus Kohlenstaub und Vaseline. Er wurde angefeuchtet und dann rieb man eine kleine Bürste darüber, mit der man die Wimpern färbte. Kurz geriet Lily in Versuchung. Bei ihrer hellen Haut sähe ein wenig schwarze Farbe sicher verführerisch aus. Aber so angemalt würde sie sich wahrscheinlich wie eine Puppe fühlen. Und sie hätte sich geschämt, den halben Wochenlohn einer Arbeiterin für schwarze Farbe auszugeben.

Jo könnte es vielleicht gefallen, dachte sie. Kurz durchzuckte sie Schrecken, dass sie nicht darüber nachdachte, was ihr Verlobter denken würde, sondern Jo. Dann überkam sie die Traurigkeit. Sie wäre gerne zur Karls Beerdigung gegangen, hatte sich aber nicht getraut. Immer wieder ertappte sie sich dabei, wie sie Jos letzte Worte im Kopf wiederholte. Warum hatte er sie so plötzlich von sich gewiesen? Auch wenn er sicherlich recht hatte, dass es vernünftiger war, die Sache zu beenden – sie konnte nicht anders, als jeden Tag auf ein Lebenszeichen von ihm hoffen. Doch sie hatte seit Wochen nichts von ihm gehört.

Als Emma die Stiege wieder herabkam und die drei zusammen den Laden verließen, drängelte sich im selben Moment ein Botenjunge an ihnen vorbei und stieß Seda dabei in die Seite. Ihr Beutel fiel auf den Boden, und ein Klirren machte deutlich, dass die Medizinflasche zerbrochen war.

«Oh nein!» Seda und Emma bückten sich gleichzeitig. Der Junge war schon um die nächste Ecke verschwunden.

«Eine schöne Bescherung!» Lily sah sich nach Hilfe um, aber ein junger Angestellter aus der Apotheke eilte bereits mit einem Lappen auf sie zu.

Emma holte mit spitzen Fingern die zerbrochene Flasche aus dem tropfenden Beutel. «Vorsicht, schneiden Sie sich nicht, Madame!» Der Mann wollte sie ihr abnehmen, aber Emma runzelte die Stirn.

«Moment!» Sie drehte die Flasche ins Licht, dann fasste sie erneut in den Beutel, holte den anderen zerbrochenen Teil heraus und las das Etikett. Dann roch sie an der Flasche. «Für was verwendet deine Mutter diese Arznei?», fragte sie.

Lily konnte nur mit den Schultern zucken. «Ich habe keine Ahnung, sie benutzt sie schon ewig als Stärkungsmittel, denke ich. Sie hat immer mal Probleme mit dem Magen.»

«Sucht deine Mutter einen Arzt auf? Hat er ihr das verordnet?» Lily wurde ein wenig nervös, weil Emma sie beinahe besorgt ansah.

«Soweit ich weiß, nicht, Dr. Selzer war schon ewig nicht mehr bei uns, wir rufen ihn nur, wenn …» Schnell brach sie ab. «Wenn jemand Fieber bekommt oder so. Warum fragst du?»

«Lily, dieses Mittel enthält zu einem großen Teil Opium. Und ich würde sagen, auch nicht wenig Quecksilber. In kleinen Mengen ist das kein Problem, aber wenn sie das über einen längeren Zeitraum einnimmt …»

«Sie nimmt es schon seit Jahren!», rief Lily erschrocken. «Ich glaube, seit Mi…» Wieder brach sie ab. Nicht einmal Emma wusste von Michel. «Bist du dir sicher?»

Emma nickte besorgt. «Es ist ein großes Problem. Du glaubst gar nicht, wie oft ich darauf stoße. Sie sollte mit ihrem Arzt darüber sprechen. Sie muss diese Medikamente unbedingt absetzen.»

Lily seufzte. «Ich wünschte, du könntest sie einmal untersuchen.»

«Jederzeit, wenn sie es wünscht», sagte Emma. «Aber die meisten Menschen kommen nur zu mir, wenn ihnen die Hilfe eines männlichen Arztes versagt bleibt, und das wird bei deiner Mutter wohl kaum jemals der Fall sein.»

Lily schüttelte den Kopf. «Nein, wohl kaum», bestätigte sie traurig. Sie wusste, dass es ein Ding der Unmöglichkeit sein würde, ihre Eltern davon zu überzeugen, dass Emma Sylta vielleicht helfen konnte.

———— ◆ ·————

«Schau, Lily, sind sie nicht wunderschön?» Schon seit einer Weile drehte Berta sich stolz vor der Tafel des Seminarraums hin und her und machte seltsame Posen.

Lily seufzte ungeduldig. Bertas neue Schuhe interessierten sie nicht im Geringsten. Aber sie wollte den wackeligen Frieden, der zwischen ihnen herrschte, nicht auf die Probe stellen.

Sie hatten sich nach dem Ball wieder vertragen. Berta hatte Lily wieder und wieder versichert, dass sie nichts zu Franz gesagt hatte. Und obwohl sie nicht sicher war, ob sie der Freundin glauben sollte, hatte Lily ihr schließlich verziehen. Franz war es immerhin durchaus zuzutrauen, dass er sich das Ganze nur ausgedacht hatte.

«Ja, sie sind wirklich ganz besonders, Berta!», wiederholte Lily und unterdrückte ein Gähnen.

Berta zog eine Schnute und setzte sich wieder. Als sie kurz darauf anfing, über das Geschäft zu plappern, in dem sie die Schuhe erworben hatte, bemühte Lily sich aus Leibeskräften, dem Gespräch eine andere Richtung zu geben. Mehr aus Langeweile als aus echtem Interesse an der Meinung der Freundin schnitt sie ein Thema an, mit dem sie sich gerade im Zirkel beschäftigten. Als sie sich dafür aussprach, dass Frauen auch andere Berufe erlernen können sollten als nur den des Dienstmädchens und der Lehrerin, schien Berta nicht zu verstehen, worauf sie hinauswollte.

«Dienstmädchen und Lehrerinnen sind etwas ganz anderes, das siehst du doch schon an uns. Und Mägde sind nun mal für diese Art von Arbeit geschaffen. Meine Mutter sagt immer, dass die Angestellten ohnehin ganz anders sind als wir. Andere Menschen. Sogar ihre Mägen sind nicht wie unsere, deswegen bekommen sie auch anderes Essen.»

Lily starrte sie schockiert an. Gerade wollte sie etwas auf diese unglaubliche Bemerkung erwidern, da kam plötzlich Emma mit rotem Kopf in den Raum gerauscht und lief auf sie zu. Lily sah sofort, dass etwas nicht stimmte.

«Was ist passiert?»

«Isabel und Martha. Sie sind verhaftet worden!» Emma blieb schwer atmend vor ihr stehen.

«Was?» Lily sprang auf. «Was redest du da?»

Emma zog sie am Arm in eine Ecke. Sie war blass und wirkte aufgelöst, sprach aber mit ihrer gewohnt gefassten Stimme, die sie auch bei den Patienten anwandte. «Ich habe eine Nachricht von einem Botenjungen bekommen. Anscheinend konnten sie ihn noch rasch anhalten, bevor man sie mitgenommen hat.

Sie haben protestiert, vor dem Rathaus. Ich wusste ja, dass das passiert. Hamburg ist ein Belagerungsgebiet, was haben sie sich nur dabei gedacht, natürlich würden sie verhaftet werden! Sicher haben sie uns absichtlich nichts gesagt, weil sie genau wussten, dass ich sie davon abgehalten hätte!»

«Was meinst du damit, Belagerungsgebiet, wir sind doch nicht im Krieg!», rief Lily.

«Das bedeutet, dass hier die Sozialistengesetze greifen. Herrgott, Lily, weißt du denn gar nichts über dein eigenes Land?», fragte Emma ungeduldig, nur um sich gleich darauf zu entschuldigen. «Verzeih, ich habe es nicht so gemeint, ich bin nur so aufgewühlt.»

Lily winkte ab. Emma hatte ja recht. Es war zum Aus-der-Haut-Fahren: Sie war so unwissend!

«Es gibt bestimmte Gebiete, die Bismarck als besonders gefährdet für sozialistische Aufstände eingestuft hat», fuhr Emma nun fort. «Hamburg und Altona gehören dazu. Das bedeutet, dass unter anderem Versammlungen nur mit polizeilicher Genehmigung stattfinden dürfen. Man darf keine Druckschriften in der Öffentlichkeit verbreiten. Und man darf auch keine Waffen besitzen oder verbreiten … Aber so dumm werden sie ja hoffentlich nicht gewesen sein!»

Berta war inzwischen neugierig näher gekommen und hatte ihrem Gespräch gelauscht. «Nun, sie sind selbst schuld, wenn sie sich nicht an die Gesetze halten, oder nicht?», fragte sie mit großen Augen.

Emma wollte gerade etwas erwidern, als Herr Kleinlein hereinkam, also schwieg sie lieber. Lily aber warf Berta einen ärgerlichen Blick zu.

«Was denn, ich habe doch recht!», zischte diese, als sie zu ihren Plätzen gingen. «Und du solltest auch besser vorsichtig sein, Lily. Wenn deine Eltern erfahren, dass du dich mit solchen Frauen triffst ...»

«Was für Frauen?», fragte Lily und blieb stehen.

«Na ja, ich meine ja nur...» Berta wurde rot. «Diesen Frauen eben, Emmas Freundinnen. Du hast doch gehört, was sie tun.»

«Es sind auch meine Freundinnen», sagte Lily. «Und wenn du sie kennen würdest, würdest du anders denken!»

«Das glaube ich kaum», erwiderte Berta, aber Herr Kleinlein ermahnte sie, und sie mussten ihren Streit beenden.

———— •◆• ————

«Um Himmels willen!» Sedas entgeisterter Aufschrei ließ Lily in die Höhe fahren. Einen Moment starrte sie verdattert um sich. Dann sprang sie auf und sammelte eilig die verteilten Bücher und Papiere zusammen. Sie war schon wieder beim Lesen eingeschlafen! Seda trat ans Bett, nahm stumm einige Zettel hoch und überflog die Zeilen. «Lily», sagte sie nur.

«Es ist nichts. Nur ein paar Dinge, die wir für das Seminar lesen sollen!»

«Ihr sollt die Zeitschrift des *Allgemeinen Deutschen Frauenvereins* lesen?», fragte Seda mit einer hochgezogenen Augenbraue.

Zum ersten Mal verfluchte Lily die Tatsache, dass ihr Kammermädchen lesen und schreiben konnte.

Sie seufzte tief. «Sag es niemandem, bitte!»

«Aber Lily!»

«Seda, ich lese ja nur, das schadet doch niemandem!» Doch an Sedas Miene konnte sie ablesen, dass diese das ganz und gar anders sah. Lily überlegte einen Moment. Sie zog die Knie an und klopfte neben sich aufs Bett. «Setz dich einen Augenblick!»

Seda starrte sie an. «Das geht nicht!», sagte sie.

«Wieso nicht? Ich erlaube es ja!»

Seda schüttelte erschrocken den Kopf. Lily seufzte. Es gehörte sich in der Tat nicht, dass ein Dienstmädchen sich in den Räumen der Herrschaften hinsetzte, und schon gar nicht aufs Bett. Aber Seda und sie waren mehr als nur Herrin und Angestellte, sie waren Freundinnen. Seda wusste so gut wie alles über Lily, und sie hatten über die Jahre ein sehr vertrautes Verhältnis entwickelt. Dennoch war natürlich immer eine unüberwindbare Barriere zwischen ihnen gewesen, die Lily noch nie so deutlich gespürt hatte wie in diesem Moment. «Dann zieh dir einen Stuhl heran, wenn dir das angenehmer ist», sagte sie.

Zögerlich gehorchte Seda. Sie setzte sich kerzengerade hin und sah Lily aus großen Augen an.

«Nun schau nicht so. Ich wollte einfach einmal mit dir reden. Ich habe in letzter Zeit viel nachgedacht … Bist du eigentlich glücklich, hier bei uns?»

Seda blinzelte erschrocken. «Wie meinst du das? Warst du nicht zufrieden mit meiner Arbeit?», fragte sie. Vor anderen nannte sie sie immer Fräulein Lily, aber in der Vertrautheit ihres Zimmers duzten sie sich.

Lily lachte. «Doch, natürlich, du Dummchen. Ich wollte nur wissen, ob es dir gut geht.»

Seda nickte langsam. «Natürlich, ich bin sehr glücklich, hier zu arbeiten.»

«Also bist du gerne Kammermädchen? Oder wärst du lieber etwas anderes?»

Sedas Augen wurden noch größer. Sie lachte trocken. «Diese Frage habe ich mir noch nie gestellt. Was soll ich denn sein? Ich kann doch nichts anderes. Außerdem muss ich dem Herrgott danken, dass er mich hierhergeschickt hat!»

«Wie meinst du das?»

«Ich meine», sagte Seda zögerlich und schien nach den richtigen Worten zu suchen, «dass es vielen Dienstmädchen schlecht geht und ich sehr froh bin, dass wir hier gut behandelt werden.»

«Schlecht?», fragte Lily.

Seda zögerte. «Ich hatte Glück. Ich habe ein gutes Gesindebuch, und meine Eltern hatten Beziehungen. Ich hatte von Anfang an eine gute Anstellung, auch bevor ich als Lüttmaid zu euch gekommen bin. Aber so viele Mädchen werden von ihren Familien aus dem Land in die Stadt geschickt. Dort sind sie allein, sie kennen niemanden, wissen nicht, wo sie Arbeit finden. Sie lesen die Stellengesuche in den *Hamburger Nachrichten* oder gehen zu Agenturen. Aber keine anständige Madame will ein Mädchen von einer Agentur. Nur wissen das die Mädchen meist nicht. Die Agenturen nutzen sie schamlos aus.»

Lily hatte sich ein Blatt Papier herangezogen und begann, sich eifrig Notizen zu machen, während sie Seda zuhörte. Nichts von diesen Dingen hatte sie gewusst.

«Entweder sie vermitteln sie an Kneipen, wo sie als Kellnerinnen arbeiten, und dann ist der Ruf für immer ruiniert, oder sie fordern ein viel zu hohes Vermittlungsgeld. Und die Herrschaften haben so viele Rechte. Wir hingegen…» Seda stockte. «Sie dürfen uns sogar schlagen, wenn sie es wollen.»

«Aber das würden meine Eltern doch niemals tun!», rief Lily empört.

«Deine Eltern nicht. Aber deine Eltern sind in vielen Dingen anders als andere. Sie dich doch nur an, du hast ja noch nicht einmal eine Gouvernante.»

«Ich hatte früher eine», widersprach Lily.

«Ja, aber jetzt schon lange nicht mehr! Und sie lassen Michel im Haus leben. Es gibt so viele Herrschaften, die ihre Mädchen misshandeln. Meine Freundin Minne … aber egal.» Wieder brach Seda ab. «Wir können uns nicht wehren, nur weglaufen, aber das ist verboten. Wenn die Polizei uns zurückholt, werden wir bestraft. Sogar ins Gefängnis können wir deswegen kommen. Wenn wir kündigen wollen, kriegen wir ein schlechtes Zeugnis und finden danach keine Arbeit mehr. Außerdem dauert es drei Monate, bis die Kündigung rechtens ist, und in dieser Zeit können sie einem das Leben zur Hölle machen. Glaube mir, ich habe es schon so oft gehört. *Sie* aber können uns jederzeit kündigen. Von einem Tag auf den anderen stehen wir auf der Straße. Dann bleibt vielen Mädchen nichts anderes übrig als …» Verschämt senkte Seda den Blick. «In Hamburg gilt nicht einmal die preußische Gesindeordnung. Hertha sagt immer, es ist eine Schande. Weil es so gut wie keine Gesetze gibt, können die Herrschaften machen, was sie wollen.» Leise murmelte sie: «Das Urteil fällt ja doch immer zu unseren Ungunsten aus.»

Lily nickte langsam. Sie hatte ihre Großmutter schon oft sagen hören, dass Hamburg seine eigenen Regeln und Gesetze machte und sich von Preußen nichts vorschreiben ließ, schon gar nicht, wie man mit dem Gesinde umzugehen habe. Aus Kitties Mund hatte das immer stolz geklungen.

Seda holte tief Luft. Da Lily nicht, wie sie wohl befürchtet hatte, wütend auf ihre Worte reagierte, schien sie Mut zu fassen. «Wir arbeiten für Essen und einen Schlafplatz, aber der Lohn ist kaum der Rede wert, und sowohl Lise als auch ich müssen ihn an unsere Eltern abgeben. Wir dürfen nur am Sonntag für ein paar Stunden hinaus. Deine Eltern erlauben es jede Woche, aber in vielen Hausständen darf man das nur zweimal im Monat, und wenn man ungehorsam war, was alles Mögliche bedeuten kann, dann wird auch das gestrichen. Zum Glück sind wir hier im Haus an die Siele angeschlossen, das erleichtert die Arbeit so sehr. Du hast ein Badezimmer. Weißt du, wie wenige Menschen ein eigenes Badezimmer haben? Das ist auch für uns ein Luxus!»

Lily schämte sich plötzlich. Sie hatte so viel Zeit damit zugebracht, sich über das sinnlose, inhaltsleere Leben der bürgerlichen Frauen aufzuregen, dabei hatten andere so viel schlimmere Dinge zu beklagen. Jetzt verstand sie ein wenig besser, was Jo ihr neulich bei ihrem Streit am Hafen hatte sagen wollen. Außerdem wunderte es Lily, wie anders als ihre Mutter und ihre Großmutter Seda die Lage der Hausmädchen beschrieb. Kittie und Sylta klagten stets, dass die Mädchen genau wussten, wie schwer gutes Personal heutzutage zu ersetzen war, und sie sich daher Stücke herausnehmen konnten, die es früher niemals gegeben hätte.

Es gibt nicht die eine Wahrheit, dachte Lily. Jeder Mensch lebt seine eigene. Und vielleicht ist es die Aufgabe einer Schriftstellerin, zwischen ihnen zu vermitteln und die Augen zu öffnen für die Perspektiven der anderen.

Alfred saß in einem der dicken roten Sessel des Herrenklubs und lauschte mit halbem Ohr dem Gespräch, von dem er eigentlich Teil war. Das große Feuer war für den lauen Spätsommerabend viel zu warm und er hatte sich bereits zwei Gläschen Schottischen genehmigt. Er war müde, die Geschehnisse in North Carolina, über die alle diskutierten, hätten ihn in diesem Moment nicht weniger interessieren können. Das Gläserklirren, die dröhnenden Stimmen der Männer und die leise Musik lullten ihn ein, ihm fielen immer wieder die Augen zu. Zeit heimzugehen, dachte er träge, stand aber nicht auf.

Franz schien sich gut zu amüsieren, er war im Billardzimmer verschwunden, und immer mal wieder drang lautes Lachen herüber. Sicher würde er noch bleiben wollen. Aber Alfred konnte ihm ja auch die Kutsche überlassen und sich eine Droschke nehmen.

Plötzlich sah er Oolkert auf sich zuschlendern. Alfred hatte gar nicht gemerkt, dass er auch da war. Wie immer war er gekleidet wie ein Prinz, der goldene Entenkopf am Ende seines Gehstocks leuchtete im Licht der Flammen mit seiner Löwenmähne um die Wette.

«Da ist ja unser Guano-Ritter», murmelte Alfred in sein Glas.

«Karsten! Welche Freude!» Oolkert ließ sich auf einen freien Sessel fallen, die anderen Herren in der Runde unterbrachen kurz ihre Diskussion, um ihn zu begrüßen, dann redeten sie etwas leiser weiter.

«Was machen die Geschäfte?»

«Oh, wir können nicht klagen! Können nicht klagen ...», erwiderte Alfred lächelnd. Er wusste immer nicht so recht, was er von Oolkert halten sollte. Er war ein gewiefter Geschäftsmann, hatte es ihnen allen gezeigt, das musste man ihm lassen. Doch persönlich ... Einen interessanten Gesprächspartner gab er ab, er war belesen, hatte immer Anekdoten aus dem Kaiserpalast zu erzählen, war ein besessener Skatspieler, und seine Feste waren legendär. Hinter vorgehaltener Hand wurde in den Hamburger Salons und Klubs schon lange Haarsträubendes über ihn geredet, aber Alfred war sicher, dass nicht einmal die Hälfte dieser Gerüchte stimmte.

Im Warenlexikon hatte er einen Bericht über den Abbau des Düngers gelesen, den Guano, mit dem Oolkert seinen Reichtum begründet hatte. Offenbar arbeiteten die Männer, die ihn abbauten, unter unmenschlichen Bedingungen. Und Oolkert war und blieb ein unverbesserlicher Aufschneider. Er erwähnte bei jeder Gelegenheit sein Palais und die Beziehung zu Bismarck. So wirklich gönnte Alfred seinem Konkurrenten den unsagbaren Erfolg nicht. Aber gut, er hatte buchstäblich *aus Schiete Gold gemacht*, wie die Hamburger so schön sagten. Man munkelte, dass sein Grundkapital im letzten Jahr die 17 Millionen überschritten hatte. Er war nobilitiert, hatte die Werft, die Hafenschuppen, Fabriken in London und Antwerpen. Herrgott, er war der reichste Mann Hamburgs. Einen gewissen Grad an Überheblichkeit musste man ihm wohl gönnen. Wie konnte Franz sich weigern, in diese Familie einzuheiraten?

«Karsten, Sie kommen doch zu unserem Herbstball?»

Alfred stöhnte innerlich. Den hatte er vollkommen vergessen. Die Einladung war schon vor Monaten eingetroffen, und Franz hatte sofort verkündet, dass er nicht gehen würde. Aber er musste, es gab keinen Weg daran vorbei.

«Selbstverständlich!» Er nickte. «Die Kinder können es kaum erwarten.»

Oolkert nickte zufrieden. «Roswita wird entzückt sein, Franz dort zu treffen. Es wird ein süffiger Abend werden. Ich freue mich, Sie als meine Ehrengäste zu begrüßen. Bismarck hat sein Erscheinen zugesagt!», verkündete er nonchalant nach einer kleinen, bedeutungsvollen Pause. «Meine Frau hat ihm erst letzte Woche ein paar selbstgezüchtete Orchideen geschickt.»

Er wusste, dass Oolkert auf seine Herkunft als Sohn eines Gärtners einen geradezu perfiden Stolz hegte. Es ließ ihn noch mehr als Emporkömmling dastehen, zeigte noch deutlicher, dass er es alleine bis ganz nach oben geschafft hatte, an die buchstäbliche Spitze der Stadt. Bemerkungen wie diese waren daher keine Seltenheit.

Alfred fiel es schwer, sein Lächeln zu halten. Protz lag ihm nicht, und er verabscheute ihn auch an anderen. Trotzdem nickte er erneut. «Wir werden mit Freuden kommen!»

«Sehr schön. Aber wir müssen uns auch einmal in privaterer Runde sehen, Eva fragt ja schon immer, wie es Sylta geht, und ich weiß nie etwas zu berichten.» Oolkert lächelte. «Sie müssen zum *Dîner* kommen. Sie alle, die ganze Familie!», sagte er plötzlich. «Das wäre doch eine gute Gelegenheit, um voranzutreiben, worüber wir neulich korrespondiert haben ...»

Alfred brach der Schweiß aus. Franz würde toben, wenn er zusagte, aber eine so generelle Einladung konnte er nicht ablehnen, ohne einen Affront zu riskieren. Wenn Oolkert ein Datum genannt hätte, hätte er leicht eine Verhinderung vorschieben können, aber so saß er in der Falle – was Oolkert natürlich genau wusste.

«Eine ausgezeichnete Idee», sagte Alfred leise seufzend und leerte sein Glas. *Dîner*, lächerlich, seit wann war ein Abendessen ein *Dîner*? Jetzt hatte er aber erst mal genug von Oolkerts überheblichem Geschwätz. Er stand auf. «Ich muss soeben ...», begann er und zeigte in Richtung des Bürgermeisters, den er an der Bar entdeckt hatte.

«Eva wird Sylta schreiben. Wir finden einen Termin!»

Alfred zwang sich zu einem Lächeln. «Selbstverständlich. Franz wird sich freuen! Ich empfehle mich», erwiderte er freundlich und ging mit einem Nicken davon.

Oolkert sah Alfred Karsten nach und drehte langsam sein Whiskeyglas in den Händen. Die Flammen des Kamins spiegelten sich in der goldenen Flüssigkeit. Einen Moment verlor sein Gesicht jeden Ausdruck, sein Blick glitt nach innen, reiste durch die Zeit.

Der Klubraum war weniger pompös gewesen, damals. Die Bar hatten sie inzwischen vergrößert und an eine andere Stelle versetzt. Aber es war hier gewesen, im Einigkeitsklub, vor über zwanzig Jahren.

Oolkert wusste noch genau, wo er gesessen hatte, wie Karsten ausgesehen hatte an dem Abend. Auch Albus war da gewesen, Oolkerts damaliger Partner, der die Idee mit dem Guano-Handel gehabt hatte.

Mit ihren neuen Anzügen und stolz geschwellter Brust saßen sie zwischen den reichsten Männern der Stadt und konnten ihr Glück nicht fassen, dass ihnen Eintritt gewährt worden war. Es war bereits spät, alle waren schon angeheitert. So viele waren da, der Bürgermeister, Senatsräte. Ihre Geschäftsidee hatte die Runde gemacht, vielen waren neugierig auf die Neuzugänge, wollten hören, was sie so trieben. Friedrich und Albus hatten von ihrem Plan erzählt, dem Guano-Dünger, einem Gemisch aus Seevogelkot, Federn und Knochen. Sie waren ins Schwärmen geraten, hatten die Blicke der anderen missverstanden, hatten geglaubt, sie hörten ihnen andächtig zu. «*Auf den Chincha-Inseln südlich von Lima gibt es riesige Vorkommen, teilweise bis zu vierzig Meter tief! Der Humboldtstrom bringt Fischschwärme von gigantischem Ausmaß an den Inseln vorbei. Die Vogelschwärme, die sie fressen, sind so groß, dass sie die Sonne verdunkeln können. Kormorane, Tölpel, Pelikane, sie nisten zu Hunderttausenden und produzieren alleine durch ihre Anwesenheit den Rohstoff, den wir abbauen! Er ist genauso kräftig wie Taubenmist, vielleicht sogar noch kräftiger. Ich sage euch, das wird der Deal des Jahrtausends!*» War er es gewesen oder Albus, der erzählt hatte? Er erinnerte sich wohl doch nicht mehr so genau. Was ihm aber noch immer in den Ohren dröhnte, war die Stille, die auf die Worte gefolgt war. Beinahe greifbar war sie gewesen. Aber nur für ein paar Sekunden.

Wie hatten sie gelacht! Sich die Mäuler zerrissen. Mitten im größten Tumult hatte sich ein junger Kaufmann erhoben, sein

Blick bereits ein wenig glasig, und gerufen: «Hier, ich hab einen, ich hab einen! Einen guten!» Dann hatte er geschmettert:

«Es waren zwei Brüder kühn und keck,
die handelten mit Vogeldreck.
Der Erfolg, er war nicht ohne,
denn bald waren sie Barone.»

Der Raum war schier explodiert, die Männer hatten sich auf die Schenkel geklopft und die Tränen aus den Augenwinkeln gewischt, Karsten selbst hatte kaum noch Luft bekommen, so sehr musste er über seinen eigenen Witz lachen.

Niemand wusste heute mehr, dass es Alfred Karsten gewesen war, der den Spruch erfand, nicht einmal er selber, da war Oolkert sicher. Aber er hatte sich festgesetzt. Zwar hatte er mittlerweile eine ehrfürchtige Note bekommen; trotzdem kannte man ihn noch in der Hansestadt. Sogar seine Kinder hatten ihn irgendwann aus der Schule mit nach Hause gebracht. Die Guano-Partner waren inzwischen berühmt, reich, hatten alles, was man sich nur wünschen konnte. Guano-Ritter nannte man sie. Aber tief in ihm war Oolkert immer noch der junge Mann, der so stolz war, endlich dazuzugehören, und stattdessen ausgelacht wurde.

Es hatte sich tief in ihn eingebrannt: das Gelächter, der Spott, ihre unverhohlene Herablassung. Damals war der Grundstein für seinen Erfolg gelegt worden. An diesem Abend überkam ihn der Wunsch, ja die Besessenheit, es ihnen zu zeigen, den ganzen hanseatischen Pfeffersäcken, die sich über ihn die Mäuler zerrissen. Sie sollten sehen, über wen sie da gelacht hatten. Und es war ihm gelungen: Der Vogeldreck war buchstäblich zu Gold geworden in ihren Händen, und Baron war er auch, zumindest beinahe. Aber der Erfolg reichte ihm nicht.

Oolkert konnte es nicht vergessen.

Er vergaß nie.

Karsten sollte für seine Überheblichkeit bezahlen. Und er wusste auch schon, wie.

2

G erhard Weber spießte eine Kartoffel auf und schob sie sich in den Mund. «Nächste Woche ist die Indienststellung der *Glückauf?*», fragte er kauend und trank im selben Atemzug sein Glas leer. Lily fing Syltas Blick auf und musste ein Lächeln unterdrücken. Ihre Mutter achtete stets sehr auf gute Tischmanieren. Aber einen Investor ihres Mannes konnte sie natürlich schlecht zurechtweisen.

Alfred winkte Lise, die sofort Wein nachschenkte. «Richtig. Franz und ich werden hingehen und es uns anschauen», antwortete er. «Der Stapellauf war ja schon, aber so was sieht man dann doch nicht alle Tage.»

Auch Franz nickte. «Das erste seegehende Öltankschiff. Das werden wir sicher nicht verpassen!»

«Waren nicht die Schweden die Ersten?»

«Die *Zoroaster* war zwar technisch gesehen der erste Öltanker, aber sie fuhr nicht nach Übersee, sondern nur auf dem Kaspischen Meer», erklärte Alfred.

Im Salon der Karstens leuchtete die Abendsonne durch die Fenster. Zur Feier des Besuches war der Kronleuchter über der großen Tafel entzündet worden. Der Tisch bog sich unter der Last duftender Blumenbouquets, Agnes hatte mit viel Aufhebens das gute Geschirr aus dem Schrank geholt, das Geschmeide der Damen funkelte um die Wette, und Hertha hatte sich mit dem Speiseplan geradezu überboten. Alle wussten, wie wichtig Weber für die Reederei war.

Weber kaute nachdenklich. «Richtig. Wie kam es, dass sie nicht hier fabriziert wurde?», fragte er. «Die *Andromeda* hat er schließlich auch in Geestemünde bauen lassen. Also ich muss schon sagen, einfach ein Segelschiff zum Öltanker umfunktionieren, Ideen hat der Mann.»

Alfred nickte. «Er hat bei allen angefragt. Oolkert hat davon erzählt. Aber kein deutscher Werftbesitzer hat sich bereit erklärt, ein Öltankschiff mit Dampfmaschine zu bauen. Seine Pläne waren ihnen wohl zu riskant.»

«Aber er hat dann doch jemanden gefunden!»

«Ja, Armstrong und Mitchell in Newcastle. Die englischen Werftbesitzer hatten wohl weniger Bedenken. Ich fürchte in der Tat, dass die Hamburger diesmal einen Fehler gemacht haben. Obwohl Oolkert ja stets einen guten Riecher für Geschäfte hat. Das Prinzip ist durchdacht, und wenn die *Glückauf* erfolgreich ausläuft, werden Riedemann bald alle nacheifern. Sie fährt nur mit zehn Knoten, doch wenn sie wirklich den Petroleumverlust vollständig eindämmen können …»

«Das sind ja ganz neue Töne von dir, Vater!» Franz, der sich bisher zurückgehalten und ganz auf seinen Fisch konzentriert hatte, sah auf. «Normalerweise versperrst du dich doch dem Fortschritt, wo du nur kannst.» Er lächelte gutmütig, aber Lily sah, dass er seine Serviette mit den Händen umklammerte.

Alfred winkte ab und ließ sich Soße auftun. «Aber woher denn, keineswegs, mein Sohn, ich bin nur vorsichtig, wie du genau weißt. Aber die Zahlen sprechen für sich. Die *Glückauf* kann dreitausend Liter Öl laden, bei maximal fünf Meter achtzig Tiefgang …»

«Interessant, dass du hier den Vorteil trotz des Risikos siehst, bei unseren Schiffen jedoch nicht», fiel ihm Franz ins Wort, und

Alfred sah überrascht auf. Einen Moment herrschte eine angespannte Stille am Tisch, während Vater und Sohn sich stumm mit Blicken duellierten.

«Ich verstehe nicht so ganz, was ist denn ein Öltankschiff?», fragte Lily in die Runde. Sie wollte eigentlich nur das Gespräch unterbrechen. Zwar wusste sie nicht, was Franz meinte, vielleicht hatte es mit den Kesseln zu tun, von denen er neulich gesprochen hatte, aber tatsächlich wollte sie es auch wissen. Unterhaltungen über Schiffe fand sie ohnehin schon langweilig, aber wenn sie überhaupt nicht verstand, worum es ging, wurden sie ihr regelrecht zur Qual. Die Männer redeten sich manchmal so in Fahrt, dass es stundenlang nur um die Reederei ging.

Ihre Großmutter warf ihr einen scharfen Blick zu, es war nicht ziemlich, sich an den Männergesprächen zu beteiligen, aber Lily ignorierte sie. Fragen durfte sie doch wohl noch!

Weber lächelte sie an und wischte sich den Mund ab. «Ja, weißt du, mein Kind, das ist ganz einfach», erklärte er. «Riedemann ist Spediteur, er transportiert *Petroleum*.» Er sprach *Pe-tro-le-um*, als sei es ein kompliziertes Fremdwort. «Es wird in Holzfässern auf die Schiffe verladen. Sie sind aber nicht ganz dicht und verlieren oft bis zu dreißig Prozent ihres Inhalts. Riedemann hat sich gedacht, dass das auch anders gehen muss. Er ließ letztes Jahr im Deutschen Reich einen großen Petroleumtank bauen und hat diesen nun in seine Schiffe eingesetzt.» Er untermalte seine Ausführungen mit eifrigen Gesten.

Lily mochte nicht, wie er mit ihr sprach. Als könnte sie ihn nicht verstehen, wenn er nicht möglichst einfache Sätze wählte. Sogar sein Tonfall veränderte sich, er redete mit ihr wie mit einem kleinen Hündchen. Sylta zog eine Augenbraue hoch. Auch sie hatte es offensichtlich bemerkt.

«Ah, sicher», Lily nickte langsam. «Natürlich kann man so

mehr Öl verladen und einiges an Aufwand und Transportkosten sparen, besonders bei der Löschung. Sicherlich erfolgt sie mit Pumpen? Aber das Explosionsrisiko ist wohl enorm bei so großen Tanks, und es werden viele Arbeitsplätze wegfallen, wenn die Fässer nicht mehr verladen, geschweige denn hergestellt und befüllt werden müssen», sagte sie und nahm eine Gabel Fisch. «Das wird den Arbeitern nicht gefallen!»

Weber blinzelte verblüfft. Sylta und Alfred wechselten einen erschrockenen Blick. Kittie sah aus, als habe soeben jemand am Tisch einen Wind fahrenlassen.

«Nun, das ist richtig.» Weber und räusperte sich. «Sie hat eine schnelle Auffassungsgabe, Ihre Tochter! Der Herr Papa hat sie wohl gut im Familiengeschäft unterrichtet.» Er lächelte steif. «Aber sie hat recht. In New York ist man gar nicht glücklich. Es werden Streiks erwartet, wenn sie einläuft, die Menschen fürchten um ihre Arbeitsplätze. Und, ja, man nennt das Schiff auch scherzhaft die *Fliegauf*, wegen der Explosionsgefahr. Die ist in der Tat enorm, aber die Verluste des Petroleums wiederum, die man wettmachen könnte …»

Lily wollte etwas erwidern, doch ihre Großmutter räusperte sich laut und warf Sylta einen scharfen Blick zu. Die reagierte augenblicklich.

«Werden Sie auch zum Herbstball der Oolkerts gehen, Caroline? Lily und ich haben uns schon neue Kleider machen lassen!», wandte sie sich an Frau Weber, die sofort erleichtert auf den Themenwechsel einstieg.

Die Frauen begannen, wieder unter sich zu reden, und Lily seufzte kaum merklich, als sie in die Diskussion über die Ballkleider verwickelt wurde. Das war nun wirklich auch nicht spannender als die Schiffe.

Sie malte mit der Gabel ein Muster in ihre Soße und blickte aus dem Fenster, während neben ihr die neueste Mode aus Frankreich erörtert wurde.

«… wurden verhaftet, ich bin sicher, diesmal sind Gefängnisstrafen fällig!» Die Stimme Webers drang erneut an ihr Ohr, und wie von einem unsichtbaren Faden angezogen, drehte Lily sich um und hörte wieder den Männern zu.

«Ach, das ist ja noch gar nichts. Allein 81 haben sie hundertzwölf Männer ausgewiesen!»

«Ja, aber jetzt, wo die Sozialisten im Parlament immer mehr an Stärke gewinnen, weisen sie nicht länger nur aus, sie sperren ein!»

«Ist auch richtig so, würde ich meinen.» Franz hatte seinen Teller weggeschoben und winkte nun nach einem Glas Brandy. «Schließlich können wir nicht zusehen, wie sich die Sozialisten immer mehr ausbreiten. Vor fünf Jahren schon wurden sie nach den Fortschrittlern die zweitstärkste Partei in Hamburg.»

«Sprecht ihr über das Sozialistengesetz?» Lily hatte nicht nachgedacht, die Frage war einfach aus ihr herausgeschossen. Bevor jemand etwas erwidern konnte, sprudelte sie weiter. «Bismarck sollte sich schämen, Menschen ihrer Heimat zu verweisen, nur weil sie für mehr Gerechtigkeit kämpfen!» Das Thema erfüllte sie mit Wut. Isabel und Martha waren zwar wieder auf freien Fuß gesetzt worden, jedoch hatte man sie mehrere Tage ohne Erklärung in Haft gelassen. Lily, Emma und die anderen hatten sich schreckliche Sorgen gemacht.

Alle Blicke waren auf sie gerichtet. Lily sah, wie Frau Weber sich den Mund tupfte und dabei demonstrativ in eine andere Richtung blickte, als habe sie nichts gehört. Sylta wand sich unruhig auf ihrem Stuhl, ihre Großmutter starrte sie an, als hätte sie einen Geist gesehen, und die drei Männer zogen die Augenbrauen hoch.

«Schwesterherz, ich fürchte, du weißt nicht ganz, wovon du sprichst. Es ist ja nobel, dass sie euch am Seminar auch in politischen Fragen unterrichten, aber wenn man keine Ahnung hat, sollte man doch besser den …»

«Ich habe sehr wohl Ahnung!», zischte Lily ihren Bruder an. Plötzlich schoss ihr das Blut in den Kopf. Wie sie es satthatte, ständig wie ein unmündiges Kind behandelt zu werden. «Wir haben in Hamburg Tausende Arbeiter, die neunzig Stunden die Woche schuften müssen. Neunzig Stunden. Das sind dreizehn Stunden am Tag, wenn man keinen Tag Pause macht. Kinder arbeiten in Fabriken und auf der Straße, um ihre Familien zu ernähren, weil die Väter allein es nicht können. Frauen verdienen Hungerlöhne. Und sie dürfen nicht mitreden, denn das Gewicht der Wählerstimme bestimmt das Einkommen. Ist das vielleicht gerecht? Die SAP will einfach bessere Lebensbedingungen schaffen für die Menschen, denen wir unsere Häuser verdanken, unseren Reichtum, die Kleider, die wir tragen. Und sie dürfen sich nicht einmal wehren, sich nicht beschweren! Sie haben so gut wie keine Rechte. Wenn sie krank werden und nicht arbeiten können, verhungern ganze Familien. Und du findest das *richtig*?»

Auf ihre Worte folgte eine dröhnende Stille.

Franz' Mund klappte auf, er sah sie entgeistert an, schüttelte den Kopf, wollte etwas sagen, doch Herr Weber kam ihm zuvor. «Wir haben also eine kleine Sozialistin am Tisch sitzen!» Seine Augen blitzten. Lily konnte sehen, dass ihm ihre Worte gar nicht gefallen hatten. «Das sind ja sehr interessante Töne, die ich da …»

«Sie müssen meine Schwester entschuldigen», unterbrach ihn Franz hastig. «Vor ein paar Wochen gab es einen kleinen Unfall im Hafen, den sie mit verschuldet hat.» Er machte eine wegwerfende Geste. «Seitdem fühlt sie sich dafür verantwortlich und ...»

«Ich *war* dafür verantwortlich. Und es war kein kleiner Unfall, Paul Herder ist gestorben!», unterbrach Lily ihn scharf. «Unter Qualen. Und seine Familie hat nun ihre Wohnung ver...» Sie unterbrach sich hastig.

Ihr Vater warf ihr einen überraschten Blick zu und runzelte die Stirn.

«Ich sage ja nur, dass es nicht rechtens ist, dass die Arbeiter nicht ...»

«Lily!» Kittie warf entsetzt ihre Serviette auf den Tisch. «Du vergisst dich!», zischte sie.

«Ich vergesse mich nicht, ich sage nur, was ich denke, Großmutter!», erwiderte Lily ruhig, aber entschlossen.

Herr Weber schnaubte empört. «Also, ich muss schon sagen, das sind ja beinahe marxistische Reden, die ich da vernehme!», sagte er und lehnte sich im Stuhl zurück. «Ich bin überrascht, Karsten. Das hatte ich in Ihrem Haus nicht erwartet.»

Ihr Vater räusperte sich und legte seine Serviette hin. «Ich auch nicht», sagte er ruhig.

Lily sah ihn erstaunt an. «Aber, Papa», rief sie, doch er ließ sie nicht zu Wort kommen.

«Geh auf dein Zimmer!» Er sprach immer noch ruhig, aber am Ton seiner Stimme konnte sie ablesen, wie wütend er war. Er würde keinerlei Widerspruch mehr dulden.

Sie stand auf und schob ihren Stuhl zurück. Niemand sagte ein Wort. Lise stand neben der Tür und schlug die Augen nieder, als Lily an ihr vorbeiging. Man hätte die Luft im Raum mit einem Messer schneiden können.

Als Lily die Tür öffnete, erklang plötzlich aus der Halle ein lautes Rufen. «Mama, Mama!»

Erschrocken drehte Lily sich zu ihrer Mutter um. Sylta hatte die Augen aufgerissen, saß wie erstarrt am Tisch und krallte die Hand um ihr Glas.

Michel.

Er musste aufgewacht sein, hatte vielleicht einen seiner Albträume gehabt. Anscheinend war er Fräulein Söderlund entwischt.

Lily setzte eine unerschütterliche Miene auf. «Lise, würdest du nachsehen, was da los ist?», sagte sie ruhig.

Lise knickste und lief rasch los. Lily folgte ihr. «Haben Sie noch weitere Kinder?», hörte sie Webers verwunderte Stimme, bevor sie die Tür schloss und sich mit klopfendem Herzen dagegen lehnte.

«Weber ist unser wichtigster Investor!» Franz brüllte ihr mitten ins Gesicht, und Lily zuckte erschrocken zurück. Nachdem der Besuch gegangen war, hatte ihr Vater sie trotz der späten Stunde direkt ins Büro bestellt.

«Ich habe doch gar nichts getan!», verteidigte sie sich.

«Du hast uns lächerlich gemacht», sagte Alfred kopfschüttelnd. «Hast du denn dein ganzes Benehmen vergessen? Ich habe mich heute für dich geschämt!»

Seine ruhigen Worte trafen sie zehnmal mehr als Franz' Geschrei.

«Ich bin wirklich bekümmert, Lily. Weber ist unersetzlich für uns. Nicht nur investiert er Millionen in die Rotterdam-Linie, wir wollen auch in Zukunft … Ach, was erzähle ich dir das, es interessiert dich ja doch nicht, die Reederei hat dich noch nie interessiert.»

«Das stimmt nicht!», protestierte sie schwach, doch dann brach sie ab. Er hatte ja recht. «Ihr sagt doch immer, dass ich von diesen Dingen nichts verstehe, wie kann ich mich dafür interessieren, wenn es mich ohnehin nichts angeht, wenn ihr mir nie etwas erklärt», sagte sie, aber ihr Vater schüttelte nur den Kopf. «Du hast mich schwer enttäuscht», sagte er. «Schon wieder.»

Alfred sah seiner Tochter nach, als sie das Zimmer verließ. Schwer ließ er sich in seinen Schreibtischstuhl zurücksinken. Er seufzte und rieb sich die pochenden Schläfen. Lily verstand einfach nicht, wie wichtig gute Kontakte in der Geschäftswelt waren, wie unerlässlich es war, diese zu pflegen. Er blickte auf das Ölgemälde seines Vaters über dem Kamin. Erst in diesem Jahr hatten sie die Rotterdam-Linie gegründet, für die er als Korrespondenzreeder auftrat. Das machte ihn zum direkten Konkurrenten von H. J. Perlbach, der die Linie seit Jahren befuhr. Alfreds Ziel war es, Perlbach auszuschalten und seine Linie zu übernehmen. Es würde etwas Geduld brauchen, aber sie konnten es schaffen, sie waren gut aufgestellt, hatten beinahe nur Neubauten im Einsatz. Perlbachs Schiffe hingegen waren alt und unmodern, nicht mehr voll leistungsfähig, er hatte nicht genug Mittel, um seinen Fuhrpark zu erneuern. Irgendwann würde es zu der Übernahme kommen, Alfred musste nur abwarten.

Es stimmte nicht, was Franz sagte, er hing keineswegs in der Vergangenheit fest, im Gegenteil, er hatte große Pläne, wollte die Hamburg–Kalkutta-Linie unbedingt vorantreiben. Es lag im Interesse des hanseatischen Handels, eine direkte Verbindung nach Ostindien zu schaffen. Die ersten Schritte zur Gründung der Aktiengesellschaft hatte er schon eingeleitet. Er schätzte, dass er etwa sechzig Investoren brauchte, um die viereinhalb Millionen zusammenzukriegen, die er kalkuliert hatte. Jens Borger war ihm als Großinvestor sicher. Er hoffte, dass er Max Schinckel als

Aktionär gewinnen würde. Der Direktor der Norddeutschen Bank war ein alter Freund der Familie und hatte Alfreds gewagte Pläne bisher immer unterstützt.

Und Weber hatte er schon in der Tasche, er würde, wie auch bei ihrem jetzigen Projekt, beinahe die Hälfte des benötigten Kapitals beisteuern. Robert würde natürlich Vorstand werden. Wenn er auch Oolkert als Teilhaber gewinnen könnte … Seine Schiffe wollte er nicht bei ihm bauen lassen, das ging einen Schritt zu weit, aber Aktien konnte er wegen ihm gerne kaufen. Aber gut, Indien war noch Zukunftsmusik, er schätzte, dass es frühestens in zwei Jahren richtig losgehen konnte. Trotzdem sollte er noch einmal mit Franz darüber sprechen, ihm klarmachen, wie nützlich es sein könnte, sich mit der Oolkert-Familie zu verbünden. Ganz am Horizont sah er sogar schon die Möglichkeit einer Hamburg–Austral-Linie aufblitzen. Immerhin fuhr Sloman schon seit vierzig Jahren nach Sydney, erst vor ein paar Jahren hatte er eine neue, eigene Linie durch den Suezkanal eingerichtet. Es gab große Möglichkeiten. Ihnen stand buchstäblich die ganze Welt offen.

Wenn sie es geschickt anstellten.

So ein Fauxpas wie heute durfte nie wieder vorkommen.

———◆·———

Wenige Tage später schob Franz mit eindringlicher Miene die Papiere über den Tisch. «Schau dir das Heim doch erst einmal an, Vater.»

Sie saßen in Alfreds Büro in der Reederei, und Franz hatte einmal wieder das Thema angeschnitten, das Alfred am meisten fürchtete. Er würdigte die Papiere keines Blickes.

«Ich verlange doch nicht, dass er irgendwo in den Kerker

geworfen wird», insistierte Franz. «Es geht ihm dort besser als bei uns, er wird rund um die Uhr versorgt. Es sind immer Ärzte vor Ort, Menschen, die sich mit seinen besonderen Bedürfnissen auskennen. Wenn er einen Anfall hat, wird immer jemand zur Stelle sein, der sich um ihn kümmern kann. Du weißt, wie gefährlich es für ihn ist, wenn er in diese Zustände gerät. Wir wussten doch immer, dass er nicht auf alle Zeit im Haus bleiben kann, Dr. Selzer hat nie einen Hehl daraus gemacht, dass sich Michels Gesundheit von Jahr zu Jahr verschlechtert. Er wird dort gefördert. Und das Beste: Er kann dort mit anderen Kindern spielen! Noch nie hat er ein anderes Kind kennengelernt, stell dir vor, wie aufregend das für ihn sein muss. Manchmal frage ich mich, ob es überhaupt rechtens ist, was wir mit ihm machen, dass wir ihm jegliche sozialen Kontakte außerhalb der Familie verweigern.»

Alfred blickte auf seine Hände. Das stimmte alles. Und dennoch wollte er es nicht hören. «Ich kann das nicht, Franz», sagte er leise.

Franz seufzte schwer. «Glaubst du denn, für mich ist es leicht?», fragte er, und als Alfred aufblickte, sah er zu seinem Erstaunen, dass sein Sohn mit den Tränen kämpfte. «Das ist es nicht. Ich liebe Michel genau wie ihr alle. Aber ich glaube, dass wir ihm keinen Dienst erweisen, wenn wir ihn zu lange an ein Zuhause gewöhnen, das wir ihm irgendwann wegnehmen müssen», sagte er. «Wir haben uns viel zu lange von Mutter und Lily an der Vernunft hindern lassen. Sie sind Frauen, ich erwarte nicht, dass sie ihre Gefühle zurückstellen und rational darüber nachdenken können. Aber wir können, es Vater. Und wir müssen es. Wenn Weber abspringt …»

«Aber wie kommst du denn darauf?», rief Alfred verblüfft.

«Ich meine ja nur …»

«Ach, papperlapapp. Das wird er nicht!», sagte Alfred wegwerfend. Er war entsetzt, dass Franz diesen Gedanken überhaupt in Erwägung zog.

«Das weißt du nicht. Wenn er uns nicht mehr vertraut, kann es gut sein, dass er die Verträge platzenlässt.»

«Niemals, dazu wird es nicht kommen!»

Franz schüttelte ärgerlich den Kopf. «Die Sache neulich mit Michels Anfall in der Stadt war ebenfalls unglaublich riskant. Wir müssen dem Herrgott danken, dass diese Menschen anscheinend diskret waren und es nicht die Runde gemacht hat. Unser Ruf muss einwandfrei sein! Und Lilys Benehmen gestern …»

«Es war ein unglücklicher Abend, das gebe ich zu. Aber welcher Investor zieht sich von einem Millionenprojekt zurück, weil ihm das aufsässige Verhalten der Tochter des Geschäftspartners nicht gefällt?» Alfred lachte, aber er war mit einem Mal seltsam verunsichert. Könnte Franz mit seinen Sorgen recht haben?

«Du hast doch gesehen, wie sie reagiert haben. Danach war die Stimmung dahin. Sie konnten ja gar nicht schnell genug aufbrechen. Wenn sich solche Dinge häufen und zwei von drei Kindern aus der Art schlagen … Ich sage nur, es ist ein Risiko.»

Alfred verschränkte die Arme vor der Brust. «Ich möchte darüber nicht mehr diskutieren!» Er konnte fühlen, wie sein Herz klopfte. Sein Verhalten war kindisch, aber die Konfrontation verursachte ihm Schweißausbrüche.

Einen Moment lang blickte Franz ihn einfach nur an. Dann seufzte er. «Also schön. Vielleicht willst du ja *darüber* reden?» Energisch stand er auf und breitete einen Plan vor ihm auf dem Schreibtisch aus.

Alfred sah sofort, worum es sich handelte, und stöhnte auf. «Franz, du weißt …»

«Nach deinen Aussagen gestern Abend dachte ich, dass du

vielleicht endlich klar siehst!», sagte sein Sohn. «Du weißt, dass man den Fortschritt nicht aufhalten kann. Warum sollte man auch!»

«Diese Kessel sind kein Fortschritt. Sie sind eine Gefahr für die Besatzung und eine Gefahr für unsere Schiffe.» Alfred schüttelte müde den Kopf. Nicht das auch noch.

«Ach ja. Und warum bauen andere sie dann?» Franz verschränkte die Arme und setzte sich neben ihn auf die Schreibtischkante. «Es ist nun wirklich nicht so, dass wir die Ersten und Einzigen wären. Wir müssen mithalten können, Vater. Du willst Perlbach ausstechen? Nun, sein Fuhrpark ist veraltet. Aber unserer wird es auch bald sein, wenn wir nicht mitziehen!»

Alfred holte tief Luft. Franz wollte auf vollem Risiko vorpreschen. Es gab nichts, was er nicht versuchen würde, um weiterzukommen. Eine solche Einstellung war immer gefährlich.

«Es ist unmoralisch, das Leben der Männer zu riskieren!»

Franz schnaubte auf. «Du redest, als wollte ich sie im Kessel verheizen!»

«Das tust du», erwiderte Alfred ruhig. Er war selbst überrascht, wie gelassen er blieb. «Genau das tust du, wenn du ihre Sicherheit nicht ernst genug nimmst.»

Franz fuhr sich mit einem frustrierten Seufzer durch die Haare. «Vater, ich habe mit Oolkert gesprochen. Lass uns doch wenigstens zwei Schiffe bei ihm bauen. Für den Anfang. Er versperrt sich dem Fortschritt nicht, er wäre bereit, das Risiko einzugehen ...»

«Welches Risiko?» Alfred war aufgestanden. Er spürte, wie seine Stimme zitterte. «Ist es sein Schiff, das auf dem Meer abbrennt, wenn meine Befürchtungen sich bewahrheiten?», fragte er scharf. «Ist es sein Leben, das er lässt, wenn die Kessel explodieren oder überhitzen?»

Franz schüttelte den Kopf, als habe er nicht verstanden. Auch er stand auf. «Vater, ich meine doch nur …»

Alfred hob die Hand. «Diese Diskussion ist zu Ende.»

Franz verstummte. Er sah seinen Vater an, und in seinem Blick lag etwas, das Alfred nicht deuten konnte. Es schien eine Mischung aus Wut, Enttäuschung und Unverständnis zu sein.

«Wie soll ich jemals das Geschäft übernehmen, wenn du mich keine eigene Entscheidungen treffen lässt?», sagte er jetzt gepresst, und Alfred hörte, dass auch er sich zusammenreißen musste, um nicht laut zu werden.

«Irgendwann wirst du deine eigenen Entscheidungen treffen. Und ich bin sicher, es werden gute Entscheidungen sein. Aber noch bist du nicht so weit, wie du mir gerade eben wieder bewiesen hast. Bis dahin ist noch Zeit. Zeit, in der du lernen musst, dass wir eine moralische Verantwortung haben für die Männer, die auf unseren Schiffen arbeiten!»

Franz stand einen Moment da, und es schien ihm, als wolle er noch etwas sagen. Er öffnete den Mund, stockte und schüttelte kaum merklich den Kopf. Dann ging er wortlos aus dem Zimmer.

Jo saß auf der Eisentreppe im Kaischuppen und ging eine Liste mit Gütern durch, die heute eintreffen sollten. Wie meistens in letzter Zeit hatte er unterirdisch schlechte Laune. Sein Kopf schmerzte, er dachte an die Whiskeyflasche, die im Büro im Schrank stand. Ein paar kräftige Schlucke würden sicher das Hämmern aus seinen Schläfen vertreiben – obwohl der Whiskey wahrscheinlich erst dafür verantwortlich war.

Er hatte zu viel getrunken in letzter Zeit. Viel zu viel. Seit Karl nicht mehr lebte, fiel es ihm schwer, den Alltag zu bewältigen.

Jetzt hatte er zwei tote Geschwister, die ihn in seinen Träumen heimsuchten. Morgens aufzustehen, war eine Qual, die Tage zogen sich endlos lange dahin. Er konnte es sich nicht eingestehen, aber fast mehr noch als an Karl dachte er an Lily. Er verfluchte sich dafür, sie weggeschickt zu haben, und wusste gleichzeitig, dass es das einzig Richtige gewesen war. Aber nun hatte er noch einen Menschen verloren, der ihm wichtig war. Als jemand seinen Namen brüllte, fuhr er herum.

«Verdammt», seufzte er leise. «Nicht der schon wieder.»

Kröger, einer der drei Beamten der Hafeninspektion, kam auf ihn zu. Er hatte es schon lange auf Jo abgesehen. Das heißt, nicht auf ihn persönlich, sondern auf Oolkert. Aber an ihm blieb es hängen, da gab es nichts darum herumzureden. Erst letzte Woche hatte Kröger den Betrieb gestoppt. Eine äußerst seltene Maßnahme, weil alle Beteiligten wussten, dass man im Hafen jede Minute, die nicht gearbeitet wurde, genauso gut Gold in der Elbe versenken könnte.

Oolkerts Werft und auch seine Kaischuppen liefen gut, aber sie liefen, wie alles im Hafen, auf dem Rücken der Arbeiter. Neben den hygienischen Einschränkungen, die tatsächlich normal waren, sparte er auch sonst an jeder Ecke. Es gab immer wieder Unfälle. Unbefestigte Scherstöcke an den Luken, gefährliche Verkehrswege zu den schlecht beleuchteten Schiffsräumen, schlecht geschützte Triebwerksteile an Winden und Kränen, undichte Stellen an Flanschen und Stoffbüchsen, wackelige Stellagen, schlecht befestigte Laufplanken … Die Beschwerden hörten gar nicht mehr auf. Aber es war überall das Gleiche, Oolkert war nicht besser oder schlechter als die meisten anderen, die Zustände scherten ihn schlicht nicht.

Die Bedingungen im Hafen waren schon immer schlimm gewesen, aber in der letzten Zeit hatte Jo das Gefühl, dass alles sich zuspitzte. Die Schichten wurden länger und härter, die Versorgung mangelhafter und der Unmut unter den Männern größer. Die Liegezeit im Hafen war wahnsinnig kostspielig und musste daher immer so knapp wie möglich gehalten werden. Das bedeutete, dass alle unter Druck standen, alles musste schnell gehen, die Unfallverhütungsvorschriften konnten kaum befolgt werden, denn wenn ein Schiff ankam, musste sofort mit dem Löschen der Ladung begonnen werden, und für die Kontrolle des Geschirrs blieb so gut wie keine Zeit.

Jo tat, was er konnte, aber im Grunde war niemandem daran gelegen, dass genau kontrolliert wurde. Die Lagereiberufsgenossenschaft stellte so gut wie kein Geld für die Überwachung zur Verfügung, gerade mal 10 000 Mark pro Jahr bei 200 000 Männern. Die Hafeninspektion hatte daher leichtes Spiel, wenn es darum ging, Mängel zu finden und ihm das Leben schwerzumachen.

Als er jetzt den kleinen Kröger in der blauen Jacke auf sich zukommen sah, ahnte er schon, dass er ihm nichts Gutes zu sagen hatte. Seine buschigen Brauen waren zusammengezogen, und er schüttelte verärgert den Kopf. Er wedelte mit einem Stück Papier. Jo seufzte tief und zündete sich eine Zigarette an.

«Bolten!» Der kleine Mann blieb vor ihm stehen und feuerte ihm mit finsterer Miene seine Beschwerden ins Gesicht. «Ich habe drei undichte Stopfbüchsen, an zwei Winden wird der Dampf nicht richtig abgeleitet, wie ich schon vor drei Wochen bemängelt habe, und eure Sicherungstaue sind allgemein in untragbarem Zustand», keifte er.

Jo nahm einen tiefen Zug und musterte ihn. «Ich kümmer mich drum!», sagte er dann.

«Ich kümmer mich drum? Ist das alles, was du dazu zu sagen hast?»

Ein wenig Spucke landete in Jos Gesicht. Er trat demonstrativ einen Schritt nach hinten und wischte sich mit der Hand über die Wange. «So ziemlich», sagte er und nahm noch einen Zug. Kröger ging ihm wahnsinnig auf die Nerven. Was stellte er sich vor – dass er die Hallen lahmlegte wegen ein paar abgenutzten Tauen? Er tippte sich an die Mütze. «Muss los. Sonst noch was?»

«Sonst noch was? Sonst noch was?» Der kleine Mann wurde feuerrot. Er kam einen Schritt näher und stellte sich auf die Zehen – seine Nase war nun ungefähr auf Höhe von Jos Kragen. «Und wie ich sonst noch was habe, Jo Bolten. Willst du meine Liste sehen? Hier ist sie!» Er knallte ihm das Papier vor die Brust.

Jo hob die Hand, aber statt den Zettel zu ergreifen, nahm er einen tiefen Zug von seiner Zigarette. Kröger, der seine Bewegung missinterpretierte, ließ den Zettel los, und dieser segelte langsam in eine ölige Pfütze.

«Hoppla», sagte Jo ruhig, machte aber keinerlei Anstalten, sich zu bücken. Einem Typ wie Kröger durfte man nicht zeigen, dass man katzbuckelte, sonst wurde man ihn gar nicht mehr los. Er nahm es dem Kerl schwer übel, dass er seinetwegen Oolkert letzte Woche hatte erklären müssen, warum der Betrieb fast einen halben Tag stillgestanden hatte. Niemand ging gerne mit schlechten Nachrichten zu Oolkert.

Kröger presste die Lippen zusammen und wartete einen Moment, ob Jo sich bewegen würde. Als dies nicht geschah, bückte er sich und fischte den durchweichten Zettel aus der Pfütze. «Ich habe euren Betrieb neulich gestoppt, und ich werde es wieder tun, wenn es notwendig ist», zischte er. «Deine Männer haben mir die Mängel selbst gemeldet!»

Das stimmte vermutlich. Es gab erhebliche Mängel in den Hallen – so wie überall im Hafen. Es war einfach nicht genug Geld da, um sie zu beheben. Die Arbeiter waren dadurch in Gefahr, aber was sollte er tun? Ihm waren die Hände gebunden. Im Hafen war man außerdem immer in Gefahr. Letztes Jahr hatte es über 3300 Unfälle gegeben, und die meisten davon hatte die Inspektion als unvermeidbar eingestuft.

Er trat seine Zigarette aus. «Du darfst nur unterbrechen, wenn eine direkte Gefahr auf Leben und Tod besteht», sagte er gelassen. «Das weißt du so gut wie ich. Und auch dann ist es keine gute Idee …» Er stützte seinen Fuß auf einen Pfeiler und sah ungerührt zu, wie Kröger versuchte, die Mängelliste an seiner Jacke trocken zu reiben, was aber nur dazu führte, dass er sie mit Ölflecken einschmierte.

Kröger sah ihn finster an. «Ich warne dich, Bolten. Du redest besser mit deinem Boss. Es muss sich etwas tun. Er kann sich ein scheiß Palais bauen, aber keine neuen Taue kaufen? Dass ich nicht lache!» Ärgerlich warf er das unbrauchbare Papier auf den Boden. «Du kriegst morgen eine neue Mängelliste. Ich gebe euch drei Wochen, dann komme ich wieder. Wenn bis dahin nichts behoben ist, mache ich den Laden dicht. Dann verliert nicht nur dein Boss Geld, sondern auch die Männer ihren Lohn und das wird sie ganz und gar nicht freuen, nicht wahr? Und ich werde dafür sorgen, dass sie wissen, wer das zu verantworten hat.» Mit diesen Worten drehte er sich um und stiefelte davon.

Jo sah ihm eine Weile nach, dann spuckte er wütend auf den Boden.

3

E in richtiges Hohenzollern-Wetter haben wir da!» Lilys Vater nahm einen Moment den Hut ab und sah in den strahlend blauen Himmel. «Gerade richtig für unseren kleinen Ausflug!»

Sie standen vor dem Museum der deutschen Seewarte auf dem Stintfang. Das schlossartige Gebäude war nicht nur von außen sehenswert, in den vielen Sälen war die Geschichte der deutschen Seefahrt in beeindruckender Detailfülle ausgestellt. Ihr Vater hatte schon lange geplant, einmal mit ihnen herzukommen, seit der Kaiser persönlich 81 die Warte eingeweiht hatte, aber sie hatten es bisher immer verschoben. Doch an diesem Morgen hatte er beim Frühstück beschlossen, dass es nun endlich so weit war.

Lily hatte das Gefühl, dass sein fröhliches Lächeln und sein Enthusiasmus gespielt waren, und wunderte sich ein wenig. Doch sie war froh, dass er ihr offensichtlich verziehen hatte, und fragte nicht nach.

In großen Glaskästen waren handgemachte Schiffsmodelle ausgestellt, an den Wänden hingen Seekarten und Messgeräte, und auf großen Globen aus aller Welt konnte man altertümliche Seerouten bewundern. Es war viel los, man unterhielt sich gedämpft, die langen Röcke der Damen raschelten über die alten Dielen.

Lily war wie immer bei solchen Familienausflügen traurig, dass Michel nicht dabei sein konnte. Es hätte ihm hier gefallen, sicher hätte er sich die Nase an den vielen Glaskästen platt gedrückt. Auch Franz blieb immer häufiger fern, schob Arbeit oder Unwohlsein vor, und so war es meist mehr ihr kleines Trio aus Eltern und Tochter, das sich zu solchen Zeitvertreiben aufmachte.

Lily blieb vor einem riesigen Modellschiff stehen. Wie originalgetreu alles nachgearbeitet war! Sogar kleine Matrosen aus Holz waren an Deck, jemand hatte liebevoll ihre Gesichter bemalt und ihnen kleine Gegenstände in die Hand gegeben. Eine Weile betrachtete sie alles eingehend. Dann seufzte sie. Wieder musste sie es sich eingestehen: Schiffe interessierten sie nicht im Geringsten.

Eine schöne Reederstochter gab sie ab.

Zum Glück konnte man ihr diese Gedanken offensichtlich nicht ansehen. Ihr Vater erschien an ihrer Seite und hakte sich bei ihr ein. «Herrlich, nicht wahr? Ich finde, es riecht direkt nach Salzluft und Abenteuer. Wie findest du die alten Seekarten mit den Monstern und Meerjungfrauen? Schaurig, oder nicht? Meinst du, Michel würde so eine für sein Zimmer gefallen?»

Sie lächelte. «Er würde schreckliche Albträume bekommen!»

Ihr Vater nickte besonnen. «Du hast sicher recht. Wir bringen ihm lieber einen kleinen Matrosen aus Holz mit. Hast du schon unser Schiff gesehen?» Stolz führte er sie zu einem kleineren Kasten, vor dem schon ihre Mutter stand und mit schief gelegtem Kopf die Beschriftung las. Lily fand, dass auch sie ein wenig abwesend wirkte, ihr Blick war glasig.

«Das ist die *Junior*, das erste Schiff aus unserer Fregatte», verkündete ihr Vater stolz. «1836 in East Haddam gebaut, hundertsiebenundfünfzig Commerz-Lasten groß! Wir haben sie dann hier in Hamburg zur Bark umgebaut, das war … 63, meine ich. Zwanzigtausend hat Johann damals für sie bezahlt.»

«Sehr schön!», sagte Lily, vielleicht ein bisschen zu enthusiastisch. Sylta sagte nichts.

«Habt ihr sie immer noch?», fragte Lily, weil sie das Gefühl hatte, dass ihr Vater darauf wartete, dass sie zu dem Gespräch beitrug, und eine klügere Frage fiel ihr nicht ein. Wenn sie doch manchmal besser zugehört hätte. Aber wenn es um die Schiffe ging, drifteten ihre Gedanken meist sofort ab.

«Nein, sie fuhr tatsächlich nur ein Jahr für uns, dann hat John sie nach Norwegen verkauft, und wir haben die *Hope* erworben ...», begann ihr Vater, doch dann brach er abrupt ab, denn in diesem Moment sank ihre Mutter geräuschlos zu Boden.

Einen entsetzlichen Augenblick lang standen Lily und ihr Vater wie gelähmt da, dann fielen sie gleichzeitig neben Sylta in die Knie. Sie lag mit zuckenden Augenlidern da. Ihr Gesicht war kalkweiß.

Sofort bildete sich eine kleine Menschentraube um sie herum. Erschrockene Laute erklangen, und die Damen schlugen die Hände vor den Mund.

«Mama!» Rasch schob Lily ein Stück ihres Kleides unter den Hinterkopf ihrer Mutter, der auf den Dielen aufgeschlagen war. Dann klopfte sie ihr auf die Wangen. Als sie nicht reagierte, fummelte sie Syltas Riechsalz aus ihrer Tasche und hielt es ihr unter die Nase. Stöhnend kam ihre Mutter wieder zu sich, und sie zogen sie vorsichtig in eine sitzende Position.

«Sylta, was ist denn nur mit dir?» Alfred betrachtete seine Frau mit sorgenvoll gerunzelter Stirn. «Hast du wieder Schwindel?»

«Ich ... ja, es geht schon!», flüsterte Sylta und blickte dann angstvoll in die Menge von Schaulustigen.

Ärgerlich richtete Lily sich auf. «Es gibt hier nichts zu sehen!», rief sie. «Sie können jetzt alle wieder die Schiffe anschauen!»

«Was hat sie denn?», fragte eine neugierige alte Frau im schwarzen Reifkleid.

«Woher soll ich das wissen, ihr war eben kurz schlecht, passiert Ihnen das nie?», sagte Lily unfreundlich. Sie starrte jeden Einzelnen von ihnen so lange an, bis die Menge sich zerstreut hatte. «Ich lasse die Kutsche vorfahren und schicke einen Jungen nach Dr. Selzer!», sagte sie zu ihrem Vater und beugte sich zu Sylta hinunter, um ihr aufzuhelfen.

«Das ist nicht nötig, ich habe nur wieder …» Stöhnend fasste ihre Mutter sich an den Bauch. «Es sind die alten Schmerzen. Ich muss mich nur hinlegen, dann geht es schon.»

Alfred schüttelte den Kopf. «Es ist schlimmer geworden. Sie spricht nicht darüber, aber es geht ihr gar nicht gut.» Sie waren nach Hause zurückgekehrt, Sylta lag inzwischen im Bett und ruhte, Lily hatte ihren Vater in seinem Büro vorgefunden, wo er mit abwesendem Blick aus dem Fenster zum Fluss hinunterstarrte.

Auch Lily hatte bemerkt, dass ihre Mutter in letzter Zeit in sich gekehrter war, oftmals wirkte, als habe sie Schmerzen, und nicht so fröhlich und unbeschwert war wie sonst.

Lily holte tief Luft. «Ich würde gerne meine Freundin holen, damit sie sich Mutter einmal anschaut», sagte sie.

Ihr Vater sah auf. «Wie bitte?»

«Mutter geht es schon lange schlecht, und Dr. Selzer kann sie ja nicht einmal richtig untersuchen, er tastet sie nur ab, und das auch noch über dem Kleid.»

«Lily!», sagte ihr Vater scharf, doch sie ließ sich nicht beirren.

«Emma könnte sie richtig untersuchen, sie müsste sich bei ihr nicht schämen.»

«Deine Mutter war bereits bei zwei Spezialisten!»

«Aber haben sie sie untersucht?»

«So, wie es sich ziemt!», sagte ihr Vater. «Ich will nichts mehr davon hören!»

Lily schoss wutschnaubend aus seinem Büro. Aber sie wusste, wenn sie etwas erreichen wollte, musste sie mit ihrer Mutter selber sprechen. Doch auch Sylta fand die Idee, sich von einer Frau untersuchen zu lassen, so abwegig, dass sie zunächst nichts davon hören wollte. Als sie am nächsten Tag aber nicht aufstehen konnte und genauso wenig am übernächsten, nickte sie schließlich.

«Alfred, lass die Frau holen, es kann doch nichts schaden», flüsterte sie schwach.

Er blickte auf ihr bleiches Gesicht, und sein Mund verkrampfte sich. «Schön, dann bring sie her!», sagte er wütend zu Lily. «Aber wenn sie deiner Mutter weh tut ...»

«Das wird sie nicht!», erwiderte Lily ruhig. Sie wusste, wenn ihr Vater Emma erst kennenlernte, würde er seine Meinung über sie ändern.

Und wirklich. Als Emma am nächsten Nachmittag in die Villa kam, in ihrem blauen Kleid, mit ihren strahlenden Augen und ihren tadellosen Manieren, blinzelte Alfred Karsten überrascht.

Er wartete mit Lily draußen im Flur, während Emma Lilys Mutter untersuchte. Es dauerte so lange, dass sie schon glaubten, irgendetwas Schlimmes sei passiert. Unruhig liefen sie auf und ab. Lily rang die Hände, ihr Vater hatte die Arme verschränkt und den Blick gesenkt.

Endlich kam Emma heraus. «Ich gehe davon aus, dass sie Verwachsungen im Unterleib hat, sogenannte Adenomyome», sagte Emma. «Ich habe die Erlaubnis, es euch mitzuteilen. Wir wissen noch nicht viel über diese Erkrankung. Ich glaube nicht, dass es Krebs ist, aber ich habe momentan keine Möglichkeit, das festzustellen. Ich habe sie jedoch eingehend nach den Symptomen befragt, und da sie schon über sehr lange Zeit auftreten, sie immer Schwierigkeiten hatte, Kinder zu bekommen, und

auch andere Beschwerden hinzukommen wie Darm- und Harn-
probleme, gehe ich davon aus, dass es sich um Verwachsungen
der Gebärmutterschleimhaut, des sogenannten Endometriums,
handelt. Bei dieser Krankheit siedelt sich das Gewebe in benachbarten Organen an, wo es nicht hingehört.»

Alfred starrte Emma mit offenem Mund an. Es war klar, dass
er bis zuletzt nicht daran geglaubt hatte, dass sie wirklich etwas
von Medizin verstand. Auch Lily lauschte verwirrt. Probleme
Kinder zu bekommen? Dann aber dachte sie nach. Es stimmte,
ihre Mutter hatte nur drei Kinder, das war wirklich nicht viel,
und sie lagen im Alter alle weit auseinander. Sie hatte noch nie
darüber nachgedacht, dass das vielleicht von ihren Eltern nicht
so gewollt war.

«Wenn sie ihre monatliche Blutung bekommt, leidet sie unter
schrecklichen, krampfartigen Schmerzen, aber auch Bauch und
Rücken machen ihr in dieser Zeit Probleme. Außerdem hat sie
Bluthusten, ich denke, dass eine Leberverhärtung und auch Blut
in der Lunge dazukommen, dies führe ich allerdings auf Korsett-
folgen zurück. Sie muss ab heute unbedingt das Einschnüren
unterlassen!»

«Ich wusste nicht, dass es mit ihren anderen Symptomen so
schlimm steht», sagte Alfred bedrückt.

Emma nickte. «Es kommt und geht. Wenn ich mit meinem
Verdacht richtigliege, dann ist es eine gutartige Erkrankung, für
die wir jedoch noch keine Heilung haben. Aber wir können sie
medikamentös neu einstellen, was einige Linderung bringen
sollte. Ich hatte ja schon gesagt, dass ich ihre momentane Me-
dikation für gefährlich halte, da sie in hohem Maße abhängig
macht. Sehr schnell werden wir sie davon nicht entwöhnen
können, aber ich werde ihr Alternativen vorschlagen. Außerdem
benötigt sie in den schlimmen Phasen absolute Ruhe, sie darf

keiner nervösen Belastung ausgesetzt sein, warme Bäder, aber auch Massagen können helfen. Eine Schwangerschaft kann, so viel wir wissen, ebenfalls helfen, die Symptome zu lindern, das würde ich in ihrem Alter allerdings nicht empfehlen. Außerdem ist es unwahrscheinlich, dass sie überhaupt schwanger werden könnte. Sie hat mir erzählt, dass Sie meistens nicht verhüten und sie trotzdem seit sechs Jahren nicht mehr empfangen hat?»

Lilys Vater wurde unter seinem Bart puterrot, er räusperte sich krampfartig, antwortete aber nicht.

Emma nickte nachsichtig. «Das kann auch andere Gründe haben, die eventuell bei Ihnen liegen. Dennoch sieht es für mich ganz danach aus, dass es sich um das eben beschriebene Problem handelt.»

Lilys Vater antwortete immer noch nicht, war offensichtlich sprachlos angesichts der Offenheit, mit der diese ihm unbekannte Frau über seine Privatangelegenheiten sprach.

«Und was soll sie jetzt tun?», fragte Lily stattdessen.

«Ich habe ihr einige Mittel aufgeschrieben, ich werde sie regelmäßig abtasten, so kann ich sehen, ob es zu gewebeartigen Veränderungen kommt. Eventuell müssen wir eine Operation in Erwägung ziehen, ich würde aber erst einmal abwarten. Ihr müsst das eure tun und sie, so gut es geht, entlasten. Ich habe eine wissenschaftliche Abhandlung über das Problem gelesen und werde sehen, ob ich noch mehr über das Krankheitsbild herausfinden kann. Die Gynäkologie steckt leider noch in den Kinderschuhen.»

Alfred nickte. Es war ihm immer noch allzu deutlich anzusehen, wie unangenehm ihm das Thema war. Aber er widersprach Emmas Vorschlägen nicht.

Ungläubig starrte Jo die Papiere an, die auf seinem Schreibtisch lagen. Dann schnellte er in die Höhe und stieß mit dem Fuß die Tür auf. «Wo ist der Scheißkerl?», brüllte er, sodass die Männer, die in der Nähe standen, zusammenzuckten. Sein kleines Büro befand sich auf einer Empore über den Hallen, und er warf einen wütenden Blick in das Gewusel zu seinen Füßen, bevor er, drei Stufen auf einmal nehmend, die Treppe hinabsprang. Kröger war wahnsinnig. Verrückt, hatte den Verstand verloren. Jo wusste ja, dass der kleine Scheißer sich zu wichtig nahm, aber dass er ihnen innerhalb von drei Wochen zweimal den Betrieb dichtmachte, das war einfach nur Schikane. Während er durch die erste Halle stürmte, stellte er sich genüsslich vor, wie er ihn nahm und Glatze voran in eine der dröhnenden Winden warf. Dieser Mistkerl hatte es von Anfang an auf ihn abgesehen. Er war einfach eine windige kleine Schmeißfliege, die den anderen genüsslich das Leben schwermachte.

Er entdeckte ihn draußen am Wasser, in einer Gruppe Arbeiter neben einem Lastkran, der schon wie angekündigt stillstand.

«Kröger!» Jo raste so drohend auf ihn zu, dass der kleine Mann tatsächlich blass wurde und einen Schritt zurücktrat. Aber das fiese Lächeln, das er auf dem Gesicht trug, verlor er nicht.

«Ah, Bolten, da ist ja der Mann der Stunde. Du hast meinen Bericht erhalten, wie ich sehe?»

«Was soll dieser verdammte Mist?», brüllte Jo.

Er war so geladen, dass Kröger erschrocken blinzelte, aber er holte tief Luft und richtete sich zu seiner ganzen, nicht sehr beachtlichen Größe auf. «Die Kräne sind mangelhaft gewartet, wie ich schon in meinem letzten Bericht festgehalten habe. Und trotz meiner Mahnung wurden die Missstände nicht behoben.»

«So ein Schwachsinn. Außerdem unterstehen die Kaischuppen der Gewerbeinspektion!», protestierte Jo. Aber er wusste schon, was Kröger jetzt sagen würde, und wie erwartet schüttelte dieser den Kopf.

«Die Kräne werden für die Warenabnahme im Wasser benutzt, und dafür bin ich zuständig! Übrigens habe ich auch an zwei der heute eingelaufenen Schiffe Dinge zu beanstanden.»

Jo hätte ihm am liebsten sein überhebliches Grinsen aus dem Gesicht geschlagen. «Es sind englische Schiffe, die haben da drüben ihre Arbeiterschutzbedingungen noch nicht angepasst. Was soll ich deiner Meinung nach dran ändern? Und weißt du, was es kostet, die Kräne ständig in Topzustand zu halten? Ich müsste extra Techniker einstellen, das kann man sonst nicht leisten. Die Kräne funktionieren, wie sie sollen.»

Kröger schüttelte den Kopf. «Die Frage ist, wie lange noch.» Er seufzte theatralisch. «Weißt du, wie viele Unfälle es alleine im letzten Jahr durch das Heben von Lasten gab, Jo? Hm? Nein? Ich sag es dir. Fünfhundertfünfundsechzig. Und durch das Herabfallen von Gegenständen? Auch nicht? Dreihundertdreißig. Dreihundertdreißig, Bolten. Das ist beinahe einer pro Tag.»

«Aber das war im ganzen verdammten Hafen, nicht nur bei uns!», knirschte Jo. «Bei uns gab es nur zwölf.»

«Und zwei davon mit Todesfolge. Das sind zwei zu viel, wenn du mich fragst. Ist euch das Leben eurer Männer so wenig wert?» Er machte eine Geste in die Runde, und einige der Arbeiter, die um sie herumstanden und die Diskussion verfolgten, brummten unwillig.

Jo holte tief Luft. Kröger rieb absichtlich Salz in alte Wunden. Die Arbeit im Hafen war immer gefährlich, und es stimmte: Schlechte Wartungen bedeuteten eine zusätzliche Gefahr. Die Männer beschwerten sich oft über Mängel bei der Sicherung. Jo wollte genauso wenig wie alle anderen, dass jemand zu Schaden kam, aber was sollte er verdammt noch mal tun, so lief es eben.

Es war schließlich nicht seine Halle, ihm waren die Hände gebunden.

Kröger redete indessen unverdrossen weiter. «Mehr Unfälle gab es nur durch Stürze. Und wenn ihr besser kontrollieren würdet, wie viel eure Männer bei der Arbeit saufen, könnte man auch die verhindern. Aber wie ich in deinem Büro gesehen habe, greifst du wohl selber mal gerne zur Flasche.» Er grinste hämisch. Dann drehte er sich ruckartig um. «Die Arbeit wird eingestellt, bis die aufgeführten Mängel behoben sind», rief er. Und an Jo gewandt fügte er hinzu: «Ich kenne dich, Bolten, ich weiß, dass du dich gerne mal über Regeln hinwegsetzt. Deswegen habe ich ein wenig Unterstützung mitgebracht, die dafür sorgen wird, dass man meinen Anordnungen auch Folge leistet.»

Jo bemerkte erst jetzt eine kleine Gruppe von dunkel gekleideten Männern, die in einiger Entfernung standen und abwartend zu ihnen herübersahen. Sie waren allesamt groß und wirkten, als würden sie eher mit Fäusten als mit Worten sprechen. Er konnte es nicht fassen. So etwas hatte er noch nie erlebt. «Das ist doch gar nicht erlaubt!», zischte er.

«Ach nein? Nun, nur weil es nicht oft vorkommt, heißt das nicht, dass wir es nicht dürfen», sagte Kröger.

Jo presste die Kiefer so hart aufeinander, dass seine Zähne knirschten. Aber er konnte nichts tun. Wütend starrte er den Beamten an. «Das wird ein Nachspiel haben, du kleine Ratte», murmelte er.

«Wie bitte?», fragte Kröger lächelnd. «Hast du etwas gesagt?»

«Ich habe gesagt, dass du besser überlegen solltest, mit wem du dich anlegst!»

Kröger legte den Kopf schief. «Soll das eine Drohung sein?», fragte er freundlich, aber seine Augen blitzten.

«Nimm es, wie du magst. Ich sage nur, dass mein Boss nicht

erfreut sein wird, dass er wegen dir schon wieder einen Haufen Kohle verliert.»

Kröger schnaubte. «Dann richte deinem Boss aus, wenn er keine Aussetzer haben will, soll er einen Kronleuchter weniger für sein verfluchtes Schloss kaufen und dafür jemanden einstellen, der die Wartung ordentlich macht.»

Damit ließ er Jo stehen und ging davon. Der sah ihm ungläubig nach. Die meisten der Männer um ihn her nickten zustimmend. Er wusste, dass sie auf Krögers Seite waren, und konnte das auch verstehen. Himmel, er wollte ja auch nicht, dass jemand starb, weil der Kran nicht funktionierte, aber was stellten sie sich vor, er konnte ja nicht zaubern.

Wütend drehte er sich um und marschierte in Richtung Büro davon. Dort knallte er die Tür hinter sich zu. «Scheiße!» Jo warf seine Mütze auf den Boden und wäre am liebsten darauf herumgetrampelt. Es war Sonntag, verdammt noch mal. Unter der Woche war Oolkert meist im Kontor, aber an den Wochenenden saß er in Harvestehude in seinem beschissenen Palais.

Jo schüttelte den Kopf. Es wurde Zeit, dass sie etwas unternahmen. Kröger boykottierte sie, wo er nur konnte. Es war lächerlich! Kröger wollte ihnen schaden, er fand eine perfide Freude darin, Jo das Leben schwerzumachen. Er würde sich das nicht weiter gefallen lassen. Wie alle Beamten der Hafeninspektion war auch Kröger ehemaliger Kapitän. Er verstand sein Handwerk. Aber das hieß nicht, dass er einfach tun und lassen konnte, was er wollte. Wenn sie nicht mit weiteren herben Verlusten rechnen wollten, musste er beseitigt werden.

Er würde mit Oolkert reden, der hatte Mittel und Wege. Wenn er ihm schwarz auf weiß darlegte, was sie der heutige Ausfall kostete, würde er im Dreieck springen, aber vielleicht würde er dann endlich einsehen, dass es besser war, für sichere

Arbeitsbedingungen zu sorgen. Auf jeden Fall aber würde Jo ihn überreden, seine Beziehungen spielen und Kröger versetzen zu lassen. Vielleicht konnte man ihn auch vorzeitig in Pension schicken, mit einer kleinen Abfindung sollte das kein Problem sein. Es würde Jo zwar die Galle hochdrücken zu wissen, dass das Schwein durch ihn reich wurde, aber so wäre er wenigstens aus dem Weg geräumt.

———— • ◆ • ————

Zwei Wochen später dämmerte es bereits, als Jo aufwachte. Wie jeden Abend hatte er direkt vor dem Schlafen zwei Bier getrunken, damit seine Blase ihn weckte und er morgens gut rauskam. Er war gerne früh in den Schuppen, dann konnte er nach der Arbeit noch einmal bei seiner Familie reinschauen. Heute war er froh, dass er aufgewacht war, denn noch immer spürte er den Druck der zwei kleinen Hände, die sich im Traum um seine Arme geklammert hatten. Er blinzelte und warf einen Blick aus dem Fenster. Über den Dächern hing noch ein Sichelmond, aber er sah bereits blass und glasig aus. Es musste zwischen vier und fünf Uhr morgens sein. Jo gähnte und strubbelte sich durch die Haare. Neben ihm raschelte die Decke, und Greta streckte ihren Kopf heraus.

«Schon?», murmelte sie verschlafen.

«Jepp.» Jo stand auf und ging, nackt, wie er war, zum Nachttopf. Er erleichterte sich ausgiebig und gähnte dabei erneut. Draußen krähte ein Hahn, ein anderer antwortete, und gleich darauf begann ein Hund zu bellen. Auf den Straßen herrschte bereits reges Treiben, er hörte Pferdehufe klappern und Stimmen durcheinanderrufen. In Hafennähe schlief niemand lange.

«Du hast eine Blase wie ein Pferd, wie viel hast du gestern

gesoffen?», fragte Greta, ohne die Augen aufzumachen. Sie war morgens immer schlecht gelaunt.

Jo würdigte sie keiner Antwort. Seine Augen waren noch geschwollen, und er hatte einen fahlen Geschmack im Mund, den er gleich mit ein wenig Bier wegspülen würde. Er kniete sich vor den kleinen Ofen, um das Feuer zu schüren. «Du musst auch raus!», rief er, weil er an Gretas Atem hören konnte, dass sie schon wieder eingeschlafen war.

Sie brummte unwillig.

Er hatte die Decke beim Aufstehen zur Seite geschlagen, und der Anblick ihres runden nackten Hinterns zog ihn zum Bett zurück. «Aber du kannst natürlich auch noch liegen bleiben, wenn du willst», sagte er und warf sich auf sie. Sie kreischte überrascht und versuchte, ihn wegzustrampeln, aber er packte ihre Arme und drückte sie mit seinem ganzen Gewicht in die Matratze. «Ein paar Minuten haben wir noch», sagte er und küsste sie. Erst wehrte sie sich, aber nach ein paar Sekunden gab sie nach, öffnete den Mund, ihre Zungen fanden sich. Er spürte, wie sie sich unter ihm bewegte und die Beine anzog, damit er leichter in sie eindringen konnte.

In diesem Moment donnerte es an die Tür. «Bolten. He, Bolten!»

Jos Kopf ruckte herum. Greta krallte vor Schreck einen Moment so fest ihre Finger in seinen Rücken, dass ihn ein Schauer überlief. «Wer ist das?», flüsterte sie.

«Keine Ahnung», brummte er. Fluchend stand er auf. «Moment!», brüllte er und wartete ein paar Sekunden, bis er einigermaßen gerade stehen konnte. Dann stieg er in seine Hose. «So eine Scheiße!», knurrte er und ging zur Tür. «Was?», rief er wütend und riss sie auf.

Der Mann draußen zuckte kurz zurück. Es war Jurte, sein

Vorarbeiter. Er sah bleich aus. «Jo, du musst sofort kommen, es ist was passiert», sagte er.

«Ach ja, und was?», fragte Jo verblüfft.

Jurte kratzte sich unter der Mütze. Er wirkte nervös. «Weiß gar nicht, wie ich es sagen soll. Sie … haben Kröger gefunden. Im Schuppen. Er ist tot.»

Jo starrte ihn an. Die Worte hallten in seinem Kopf wider, aber er verstand nicht. «Was?», krächzte er.

Jurte nickte düster. «Die Spitzhelme sind schon da, es wimmelt nur so von Polizei. Sie wollten auch zu dir. Ein paar der Männer haben ausgesagt, dass du ihm gedroht hast … Du weißt schon, neulich, als ihr den Streit hattet. Hab mich weggeschlichen, dachte, es ist besser, wenn du es von mir erfährst.»

Jos Mund klappte auf, aber bevor er etwas sagen konnte, sprach Jurte weiter. «Ist aber noch nicht das Schlimmste», sagte er, und sein Blick flackerte unruhig. Er trat einen Schritt zurück. «Dreh jetzt nicht durch, okay? Charlie … Es sieht ganz danach aus, als hätten sich die beiden gestritten. Charlie war bewusstlos, sie haben sich wohl geprügelt, und Charlie hat dann … na ja.»

Jo keuchte entsetzt. Ihm wurde einen Moment schwindelig, und er stemmte die Hände auf die Oberschenkel.

«Alles gut bei dir, Mann?», fragte Jurte besorgt, und Jo konnte nur nicken.

«Das gibt es doch nicht!», murmelte er ungläubig. In seinem Kopf drehte sich alles. So fest er konnte, kniff er sich zwischen den Augen. «Ich komme sofort!», sagte er dann.

Er lief in die Wohnung, packte sein Hemd und seine Jacke und war schon wieder zur Tür hinaus. «Schließ ab, wenn du gehst!», rief er Greta zu. Er ignorierte ihren aufgebrachten Protest und ihre Fragen und warf krachend die Tür hinter sich zu.

«Charles!» Jo streckte die Hände durch die Gitterstäbe der Zelle. Aber Charlie konnte anscheinend nicht aufstehen. Er lag, alle viere von sich gestreckt, auf einem Strohsack. Sein Atem ging rasselnd, zwischen jedem Luftholen drang ein gequältes Pfeifen aus seiner Lunge. Er sah erbärmlich aus, sein Gesicht war blau und geschwollen, der Bart blutverkrustet. Als er Jo von seiner Pritsche aus schwach anlächelte, entblößte er eine frische Zahnlücke.

«Hey, Jo. Verzeih, wenn ich nicht aufstehe. Ich fühl mich heute nicht so …» Er hustete rasselnd. Jo glaubte, das Wasser in seiner Lunge direkt zu hören.

«Was machst du nur für Sachen?», fragte er leise. «Charlie, rede mit mir, was ist passiert?»

«Ich weiß nichts mehr», sagte sein Freund und schloss einen Moment die Augen. «Weiß nur noch, wie ich aufgewacht bin und sie mich mitgenommen haben.»

Jo schüttelte wütend den Kopf. Er sah sich prüfend um und flüsterte: «Ich war eben im Hafen und dann bei meinem Boss. Du wirst es nicht glauben. Oolkert hat Roy beauftragt, um Kröger zu beseitigen. Was für ein scheiß Zufall, dass er sich ausgerechnet den Mann aussucht, der alles dafür geben würde, dich in die Pfanne zu hauen.»

«Tja, kann gut sein», sagte Charlie, offensichtlich zu schwach, um sich aufzuregen. «Wundert mich aber ehrlich gesagt gar nicht. Roy ist dafür bekannt, dass er für jedes krumme Ding zu haben ist. Aber he, ich lebe noch, was?»

Jo nickte. Charlie lebte noch, das stimmte. Aber sehr lebendig sah er nicht aus. «Es ist furchtbar kalt hier drin, du bist krank, hat dich ein Arzt untersucht?»

Charles winkte ab. «Ach was, ist nur eine kleine Erkältung. Und meine Rippen haben wohl was abbekommen. Macht das

Atmen ein bisschen …» Wieder hustete er keuchend. Er drehte sich auf die Seite und spuckte auf den Boden. Jo starrte entsetzt auf den kleinen Speichelfleck. Er war voller Blut.

«Schau nicht so, ist nur von meinem Zahn», sagte Charlie, aber Jo glaubte ihm nicht.

«Ich werde dich hier rausholen, so schnell ich kann!», sagte er leise.

Charles schloss erschöpft die Augen. «Weiß nicht, wie du das anstellen willst. Sie sagen, ich sitz richtig tief drin.» Einen Moment war es still. «Jo, wenn sie mir das anhängen, dann werden sie mich …», flüsterte Charles.

«Sie hängen dir das nicht an. Dafür sorge ich! Charles, das verspreche ich!» Jo war so wütend, dass er nicht wusste, wohin mit sich. Am liebsten hätte er die Faust in die Wand gerammt.

«Besuchszeit ist um!» Ein fetter Wachmann kam angeschlendert, er drehte einen Eisenring mit Schlüsseln um den Finger.

«Ich bin erst zwei Minuten da!», schnauzte Jo ihn an.

«Man kriegt, was man bezahlt», sagte der Mann grinsend. Er hatte Jo nur vorgelassen, nachdem der ihn mit einer astronomischen Summe bestochen hatte.

«Ich habe Ihnen fast meinen ganzen Wochenlohn gegeben, Sie kleiner …»

«Vorsicht!», sagte der Beamte scharf, und Jo klappte den Mund wieder zu. «Ich gehe ein großes Risiko ein hier. Er steht unter Mordverdacht. Er ist sogar der einzige Verdächtige, der direkt am Tatort gefunden wurde.» Der Wachmann grinste verschlagen. «Eigentlich darf niemand zu ihm.»

«Sie haben gesagt, ich habe fünfzehn Minuten.»

«Ja, aber das gilt doch für Landsmänner!», sagte er mit gespieltem Erstaunen. «Mickeys kriegen nur die Hälfte, hatte ich das nicht erwähnt?»

Jo musterte ihn stumm und stellte sich vor, wie es wäre, ihm seine Faust ins Gesicht zu rammen. Der Mann schien genau zu wissen, was er gerade dachte, denn sein Grinsen wurde noch breiter.

«Ihr habt noch zwei Minuten», sagte er. «Und das nur, weil ich heute gut gelaunt bin!» Dann drehte er sich um und schlenderte davon.

«Mistkerl.» Jo zitterte vor Wut.

«Mach dir nichts draus, Mann, sei froh, dass er dich überhaupt reingelassen hat», kam es schwach aus der dunklen Zelle.

«Und seit wann bist du so friedfertig?», zischte Jo. «Wenn du hier draußen wärst, hättest du ihm doch schon lange den Hintern aufgerissen!»

«Bin ich aber nicht!» Charlie lächelte, wodurch sich sein linkes Auge vollkommen schloss. «Und du hast schon genug Ärger!»

«Allerdings», murmelte Jo. «Ich fahre jetzt direkt noch mal nach Harvestehude. Rede mit Oolkert. Keine Sorge, ich gebe nicht auf, bis er was für dich tut.»

«Bring dich nicht in Schwierigkeiten, Jo! Nicht für mich», sagte Charlie mit schwacher Stimme.

«Und was soll das jetzt bitte heißen, hm?» Jo war so wütend, dass er an den Gitterstäben rüttelte. Charlie klang so, als habe er schon aufgegeben. «Dass du es nicht wert bist? Dass es sich für dich nicht lohnt? Dass du eh nicht mehr lange hier sein wirst? Ich sag dir mal was, Charles Quinn. Ich werde tun, was auch immer ich tun muss, um dich hier rauszuholen. Und du wirst es verdammt noch mal zu schätzen wissen und dein Leben danach ernster nehmen. Haben wir uns verstanden?» Er brüllte jetzt.

Sie hatten nach der Sache mit dem Opium ein paarmal geredet, aber Charles war verschlossen gewesen, hatte geschworen, dass es eine einmalige Sache war und er sich bessern würde. Geglaubt hatte Jo ihm zwar nicht, aber eine Weile lang hatte Charlie tatsächlich besser ausgesehen. Doch was er nun hörte, ließ ihn daran zweifeln, ob sein Freund wirklich jemals aufgehört hatte.

Charlie sagte einen Moment gar nichts. Sein Gesicht war so zugeschwollen, dass Jo an seiner Mimik nicht erkennen konnte, ob er ihn überhaupt gehört hatte. «Aye, aye, Boss!», flüsterte er dann, und Jo nickte.

«Gut. Dann gehe ich jetzt. Und du siehst zu, dass du wieder gesund wirst. Wenn sie dir etwas zu essen bringen, dann isst du es gefälligst. Wenn ein Arzt kommt, dann lässt du dich untersuchen. Und wenn er dir Medizin gibt, dann nimmst du sie. Kapiert?»

Charlie tippte sich mit zwei Fingern stumm an seine imaginäre Mütze. Dann ließ er erschöpft den Kopf auf die Pritsche zurücksinken.

Jo drehte sich um und ging mit geballten Fäusten hinaus.

4

Lily trank einen Schluck Holunder-Limonade und betrachtete gelangweilt ihre Schuhe. Draußen vor dem Fenster des Oolkert-Palais summten ein paar träge Bienen vorbei. Ihr Rücken tat weh vom vielen Geradesitzen, und das schwere Essen hatte eine bleierne Müdigkeit in ihr ausgelöst. Sie sehnte sich danach hinauszulaufen, in den blühenden Garten, auf den Hügel hinter dem Haus. Sogar von hier aus konnte sie die vielen wogenden Rosenbüsche sehen, deren süßer, schwerer Duft in der Luft hing. Ein Gewitter war angekündigt, und sie hatten das Essen, das eigentlich auf der Veranda geplant gewesen war, nach drinnen verlegt. Wie konnte es an einem so warmen Tag so kalt sein, fragte sie sich. Auf der Fahrt nach Harvestehude hatten sie alle in der Kutsche so geschwitzt, dass sie die Fenster aufmachen mussten, aber hier, in dem riesigen Salon mit den Marmorsäulen, fror sie plötzlich. Sie fühlte sich überflüssig.

Ihre Mutter und Eva Oolkert waren neben ihr in eine Unterhaltung über den anstehenden Herbstball vertieft, Ludwig Oolkert und ihr Vater redeten über ein Erdbeben, das in South Carolina eine Stadt zerstört hatte, und Roswita hatte nur Augen für Franz. Die beiden saßen ein wenig abseits und tuschelten miteinander. Immer mal wieder lachte Roswita auf und strich Franz mit den Fingerspitzen über den Arm. Der mühte sich sichtlich, ihren Enthusiasmus zu erwidern und dabei zurückhaltend, aber nicht unhöflich zu sein.

Sie wusste, dass er Oolkerts Tochter nicht mochte. Lily konnte es nicht verstehen. Eine Schönheit war Roswita nicht, aber doch ganz liebreizend und sehr gut erzogen. Und, nebenbei bemerkt, steinreich. Genau das, was ein Mann wie Franz von einer Frau wollte. Warum stellte er sich nur so an? Sie hatte ihn oft genug sagen hören, dass eine Ehe nicht romantisch zu sein hatte, sondern eine Vertragsgemeinschaft war. Und eine andere Frau gab es auch nicht. Aber was wusste sie schon, es konnte gut sein, dass er irgendwo eine geheime Liebschaft unterhielt. Ihr Bruder war ihr fremd. Er war so seltsam manchmal. Den ganzen Weg über hatte er geschmollt und kein Wort mit ihnen gesprochen, weil ihr Vater ihn gezwungen hatte, an dem Essen teilzunehmen.

Lily seufzte leise, stand auf und sah sich in dem imposanten Salon um. Um sich ein wenig die Beine zu vertreten, betrachtete sie gelangweilt die Gemälde an den Wänden.

Plötzlich zupfte sie jemand am Ärmel. Ein Junge im Matrosenanzug lächelte zaghaft zu ihr hinauf. Er musste etwa sechs Jahre alt sein und hatte ein dickes Pflaster auf der rechten Wange.

«Hallo!» Lily beugte sich lächelnd zu ihm hinunter. «Du musst Hans sein!», sagte sie, und er nickte freudig.

«Möchtest du mit mir die Hasen anschauen?», fragte er mit scheuem Blick.

«Aber gerne!», rief Lily, heilfroh über die Abwechslung.

«Ach, Hänschen, da bist du ja! Hast du gut geruht?» Frau Oolkert war aufgestanden und winkte ihren jüngsten Sohn zu sich. «Das arme Hänschen wurde gestern von seinem Terrier in die Wange gebissen! Es wird natürlich eine Narbe geben. Deswegen haben wir ihn heute auch auf seinem Zimmer gelassen, er muss ruhen, sagt der Doktor.» Frau Oolkert zerzauste ihrem Sohn liebevoll die Locken.

«Ach herrje! Du bist ja ein richtiger kleiner Held!», sagte Sylta, und seine Brust schwoll an.

In diesem Moment trat ein Diener herein und blieb neben Ludwig Oolkert stehen. Er beugte sich hinunter und murmelte ihm etwas ins Ohr, woraufhin Oolkert die Stirn runzelte und aufstand.

«Ich muss mich einen Moment entschuldigen!», verkündete er.

Lily hörte ihn schon nicht mehr, denn Hans hatte sie ungeduldig am Arm gepackt und zog sie hinter sich aus dem Saal. «Er möchte mir gerne die Hasen zeigen!», erklärte sie lachend.

«Aber nur ein paar Minuten, Hans, du darfst dich nicht überhitzen!», rief seine Mutter hinter ihnen her.

Staunend folgte Lily dem unaufhörlich plappernden Jungen. Der Garten des Palais war unglaublich, es gab zwei Springbrunnen, eine Grotte, einen Sportplatz, unzählige versteckte Lauben, in denen man, so dachte sie sehnsüchtig, bestimmt herrlich ungestört lesen konnte, und sogar einen Irrgarten.

Als sie die Kaninchen fütterten, rannte Hans auf einmal davon und verschwand im Eingang des Labyrinths. «He, komm zurück!», rief Lily, aber sie hörte nur sein leiser werdendes Lachen aus den Büschen.

Während sie auf Hans wartete, knirschten plötzlich Schritte im Kies um die Ecke. Lily stand auf und prallte gegen den Mann, der just in diesem Moment um die Ecke bog.

Verdattert standen sie voreinander.

«Lily? Was machst du denn hier?», fragte Jo mit großen Augen.

«Ich … füttere die Hasen», erwiderte Lily vollkommen überrumpelt. Jo lächelte verdutzt. «Und du?», fragte sie dann.

Er betrachtete sie einen Moment eindringlich, schüttelte leicht den Kopf, als könne er nicht glauben, dass sie wirklich vor ihm stand. «Ich war bei meinem Boss», sagte er dann.

«Dein Boss?»

Er nickte. «Das hier ist sein Haus! Obwohl man es wohl kaum Haus nennen kann.»

«Oolkert ist dein Arbeitgeber?», rief Lily. «Aber du arbeitest doch im Hafen!»

«Tue ich ja. Für ihn. In seinen Kaischuppen. Ich heuere auch die Arbeiter für die Werft an.»

Lily war so erstaunt über diese Offenbarung, dass es ihr einen Moment die Sprache verschlug. Mit allem hatte sie gerechnet, nur nicht damit.

Jo blickte zum Palais empor, dann sah er sie nachdenklich an. Lily hoffte so sehr, dass er sagen würde, dass er sie unbedingt wiedersehen musste. Wie sehr er sie vermisste. Wie oft er an sie gedacht hatte. Stattdessen sagte er: «Seltsam, dich hier zu treffen.» Er nahm die Mütze ab, blickte nachdenklich auf den Boden, schien nach Worten zu suchen. «Es ist besser so, oder nicht?», sagte er schließlich. «Es war von Anfang an nicht echt. Es hätte niemals funktioniert. Du bist verlobt. Ich bin … ich. Es ist gut, dass wir rechtzeitig ein Ende gefunden haben.»

Lilys Körper versteinerte. Die ganzen letzten Wochen hatte sie gewartet und gewartet, sie hatte nur an ihn gedacht, hatte sich nach ihm verzehrt, hatte jeden Tag gehofft, dass er sich melden würde. Und jetzt das. Sie sagte gar nichts, konnte nicht einmal mehr nicken. Am liebsten wäre sie an Ort und Stelle in Tränen ausgebrochen.

Er nahm ihre Hand. «Lily …», begann er, und einen Moment glaubte sie, er würde nun endlich sagen, was er wirklich fühlte. Aber dann schüttelte er den Kopf. «Ich muss gehen. Charles … wartet auf mich. Mach's gut, Lily Karsten!» Sein Gesicht wirkte verkrampft. Er hielt ihre Hand noch einen Augenblick fest, dann drehte er sich um und ging.

Lily wollte schreien, aber kein Laut kam aus ihrer Kehle. Sie stand einfach nur da, mit hängenden Armen, und sah ihm nach. Es fühlte sich an, als hätte gerade jemand die Sonne ausgeknipst.

Es fühlte sich an, als wäre sein Körper taub. Er wollte zurückgehen, wollte ihr sagen, wie sehr er sie vermisste. Aber er durfte es nicht, er hatte sie schon in zu große Gefahr gebracht. Wie sollte es enden mit ihnen? Sollte sie zu ihm ins Gängeviertel ziehen und Weißwäsche nähen? Nein, sie würde ihren Verlobten heiraten und bald schon Kinder bekommen, und er würde Jo Bolten aus der Steinstraße bleiben, der für Oolkert krumme Dinger durchzog, bis er starb.

Es kam ihm so vor, als hätte jemand alle Energie aus ihm herausgesaugt, als wäre alle Hoffnung erloschen, von der er nicht mal gewusst hatte, dass sie sich gemacht hatte. Selten hatte ein sonniger Tag so grau gewirkt.

Plötzlich hörte er hinter sich jemanden rufen.

Lily, dachte er. Er fuhr herum, alles in ihm spannte sich an.

Aber es war nur einer der Diener aus der Villa, der ihm eilig entgegengelaufen kam. Enttäuscht ballte Jo die Hände zu Fäusten. «Bolten. Kommen Sie noch einmal ins Haus, Herr Oolkert hat etwas Wichtiges vergessen.»

Stirnrunzelnd klopfte Jo an die Tür des Büros. Als er eintrat, stand Oolkert am Fenster, die Hände hinter dem Rücken zusammengelegt. Er schien tief in Gedanken versunken. Schlagartig wurde Jo klar, dass er sie gesehen haben musste, ihn und Lily, wie sie draußen redeten.

Wie er ihre Hand genommen hatte.

Sein Körper wurde zu Eis.

Langsam drehte Oolkert sich zu ihm um. «Ah. Bolten. Danke, dass du zurückgekommen bist.» Er zeigte auf einen Stuhl.

Jo setzte sich, sein Hals war trocken.

Oolkert sah ihn lange an, ohne etwas zu sagen. Er legte die Fingerspitzen zusammen und musterte ihn. Mit jeder Sekunde, die seine durchdringenden Augen auf ihm ruhten, wurde Jo mulmiger zumute.

«Ich wollte soeben veranlassen, den Schlamassel mit deinem Freund zu bereinigen. Diesen ganzen schrecklichen Irrtum aus der Welt zu schaffen», sagte er langsam. «Hatte die Feder schon angesetzt.» Er lächelte, und Jo spürte ein Kribbeln im Nacken. Wenn Oolkert lächelte, war das nie gut.

«Die kleine Karsten und du. Ihr kennt euch. Kennt euch sogar ganz gut, würde ich meinen.» Oolkert grinste anzüglich, und Jo musste schlucken. «Interessante Geschichte. Ich würde zu gerne wissen, wie das zustande kam. Man munkelt ja so einiges über sie. Lily, richtig? Feuriges kleines Ding. Neulich erst hat mir Weber im Klub erzählt, wie sie beim Abendessen sozialistische Reden hält und sich mit ihrem Vater anlegt. Und dann die Geschichte mit dem Fahrrad.» Oolkert schüttelte den Kopf. «Wundert mich, dass sie dir gefällt. Aber hässlich ist sie ja nicht. Du weißt natürlich, dass sie mit einem von Cappeln verlobt ist? Einflussreiche Familie …» Er ließ die Worte im Raum stehen und strich mit den Händen nachdenklich über seinen Schreibtisch. «Es wäre ganz und gar nicht gut, wenn jemand von eurer Bekanntschaft erfahren sollte. Sag, wie hast du sie kennengelernt?»

«Ich kenne sie nicht», sagte Jo kalt.

Oolkert schüttelte den Kopf und schnalzte missbilligend mit der Zunge. «Mein Junge, fang nicht an, mich zu belügen. Wir haben einander immer vertraut, du und ich. Das müssen wir auch.

Du bist mein wichtigster Mann, Jo. Wenn ich dir nicht trauen kann, wem dann?»

Er klang immer noch genauso ruhig und höflich wie zuvor, aber Jo hörte die Drohung in jedem Wort. Er wusste, wozu dieser Mann imstande war. Er kannte ihn lange genug, um zu verstehen, dass er mit Lügen nicht weiterkommen würde.

Er seufzte lautlos und ballte die Hände zu Fäusten. «Es gab einen Unfall vor ein paar Wochen. An dem Tag der Taufe, als sie mit dem Fahrrad ankam», stieß er widerwillig hervor. «Da waren Sie schon weg.» Kurz fasste er die Geschehnisse zusammen. «Ich war danach bei den Karstens, wollte, dass sie die Verantwortung übernehmen. Aber sie haben mich gezwungen, eine Erklärung zu unterschreiben, dass das Opfer den Unfall selber verschuldet hat.» Bei der Erinnerung verfinsterte sich seine Miene. «Dort habe ich sie zufällig getroffen. Sie unterstützt seitdem die Familie des toten Arbeiters, die Mutter hat einen Säugling und kann nicht arbeiten, die Kinder sind noch klein. Sie bringt ihnen Sachen, ab und zu.»

Oolkert hatte schweigend zugehört. «Das ist alles?», fragte er.

Jo erwiderte nichts, und nachdem er ihn eine Weile nachdenklich betrachtet hatte, nickte Oolkert. «Und die Familie weiß nichts davon, nehme ich an? Nein, sie würden ihre Tochter wohl kaum mit einem Hafenarbeiter in die Gängeviertel lassen», beantwortete er seine Frage selbst. «Und was läuft nun wirklich zwischen euch beiden?»

Jo sagte immer noch nichts, er presste seine Kiefer so hart aufeinander, dass es schmerzte. «Nichts. Das schwöre ich», sagte er schließlich.

Oolkert wartete einen Moment. «Nun gut, ich kann verstehen, dass du die Ehre der Kleinen schützen möchtest. Das ist nobel, Jo. Ich muss auch nicht wissen, was zwischen euch abläuft.

Ich muss nur wissen, ob du sie regelmäßig siehst. Und ob sie dir vertraut.»

Jo wurde heiß. Er hatte plötzlich das Gefühl, nicht mehr richtig Luft zu bekommen.

Oolkert sah, wie unwohl Jo sich fühlte, und ein kleines Lächeln umspielte seine Lippen. Nachdenklich zupfte er sich den gelben Bart. Plötzlich klatschte er in die Hände, als hätte er gerade eine fabelhafte Idee gehabt. «Ich sage dir was. Sobald du mir eine nützliche Information über die Karstens lieferst, kommt dein Freund frei. Bis dahin lassen wir ihn erst mal, wo wir ihn haben.»

Jo stockte der Atem. «Aber Charles ist unschuldig!» rief er.

Oolkert nickte. «Ich weiß», sagte er ungerührt und stand auf. «Deshalb sieh zu, dass du ihn schnell da rausholst. Sie sind auf Iren meistens nicht sehr gut zu sprechen. Nicht dass ihm da drin noch was passiert.»

Jo starrte ihn an. Eine winzige Sekunde dachte er an das Klappmesser, das er immer im Stiefel hatte, aber dann siegte die Vernunft. Wenn er ins Gefängnis kam, hatte seine Mutter keinerlei Unterstützung mehr.

«Ich brauche Informationen über die Familie. Egal was. Ich will alles wissen, was sie zum Frühstück essen, womit sie sich den Hintern pudern, es ist mir egal. Horch sie aus, kleb dich an sie, gaukel ihr meinetwegen Liebe vor, es ist mir egal, wie du es anstellst.» Oolkert rieb sich genüsslich die Hände. «Schöner hätte ich es selbst nicht arrangieren können. Es wird ein Leichtes sein, Frauen lieben es zu reden. Ich will die Geheimnisse, die dunklen Kapitel aus dem Familienalbum, die schmutzigen Affären, die irren Tanten, die Leichen im Keller. Du wirst schon etwas finden.»

Er musste gesehen haben, wie entsetzt Jo war. «Nun mach

nicht so ein Gesicht. Wenn es dir hilft, verspreche ich, dass der Kleinen nichts passiert. Niemandem wird etwas passieren.»

«Genau wie Kröger?», fragte Jo, und Oolkert winkte unwillig ab. «Die kleine Schabe hat es nicht anders verdient. Wir hätten uns ewig mit ihm rumgeschlagen, so ging es schnell und sauber. Aber das hier ist eine andere Sache. Ich will nur Informationen.»

«Warum?», fragte Jo. «Warum wollen Sie ihnen schaden?» Oolkert lachte. «Oh nein! Du hast mich missverstanden, Jo. Vollkommen missverstanden. Ich will der Familie Karsten nicht schaden.» Er setzte ein breites Lächeln auf, das Jo einen Schauer den Rücken hinablaufen ließ. «Im Gegenteil, ich will, dass es ihnen gut geht. Dass sie florieren. Dass sie so viel Erfolg und Glück haben wie nur möglich!», sagte er.

Jo sah ihn misstrauisch an. Er hatte das Gefühl, dass an diesem letzten Satz ein entscheidender Teil fehlte. Aber er traute sich nicht, noch einmal nachzufragen.

Franz saß in der Kutsche und blickte stumm aus dem Fenster. Er hatte immer noch Roswitas Parfum in der Nase. Warum rochen Frauen immer, als hätten sie im Eau de Cologne gebadet? Ihren sauren Mundgeruch hatte sie damit auch nicht überdecken können. Er würde diese Frau nicht heiraten, es ging einfach nicht. Es war ja nicht so, dass seine Familie durch die Heirat mit den Oolkerts ein Vermögen erhalten würde. Sie besaßen die zweitgrößte Reederei der Stadt, Herrgott noch mal.

Nicht einmal er selber wusste, warum er Roswita so sehr ablehnte. Wahrscheinlich weil sie stellvertretend für alle Frauen stand, die er nicht wollte.

Er fand Frauenkörper nicht generell abstoßend, ein schöner

Hintern oder ein gut geschnürtes Mieder konnten durchaus etwas in ihm bewirken. Er würde einen Mann immer vorziehen, aber es war nicht so, dass er nicht hart werden konnte bei einer Frau. Doch sie langweilten ihn wahnsinnig. Er konnte mit ihnen nichts anfangen, diese dummen, schwachen Gänschen, diese hohen Stimmen. Ständig musste man schauen, dass sie nicht schwächelten oder sich überanstrengten, dass man sie auch genug umgarnte, sie nicht hysterisch wurden oder blutarm. Niemals könnte er sich in eine Frau verlieben. Wie sollte er es tagein, tagaus mit einem Weib aushalten, neben ihr im Bett liegen, mit ihr über ihre vielen kleinen Wehwehchen reden, über alles mit ihr Absprache halten, Kinder mit ihr bekommen? Der Gedanke schnürte ihm die Kehle zu.

Sie hatte sich schleichend entwickelt, seine Abneigung. Früher war er oft mit Ernst und Hermann nach dem Klub ins Bordell gegangen. Es war in ihren Kreisen in einem gewissen Alter geradezu obligatorisch, sich die Hörner abzustoßen. Und durchaus auch in der Ehe. Daheim hatte man die elegante Gattin aus besten Kreisen, aber für die Bedürfnisse, die sie nicht verstand oder nicht befriedigen wollte, hatte man andere Mittel. Jeder wusste und akzeptierte das. Auch die Frauen. Nur darüber reden, das durfte man nicht! Er hatte durchaus Spaß gehabt, er mochte es, wenn die Frauen ihn anfassten, aber irgendwas schien immer falsch, immer ein wenig anders, als es sein sollte.

Natürlich hatte er es ganz tief drin schon gewusst, hatte bereits im zarten Alter von acht Jahren erste Anzeichen gespürt. Aber er hatte es sich nie eingestanden, hatte es nicht einmal denken können, hatte nur manchmal, als Heranwachsender, gemerkt, dass sein Körper Dinge machte, die er nicht sollte. Aber seine Angst war so groß gewesen, dass er jeden Gedanken an diese Möglichkeit verdrängt hatte. Doch irgendwann war der Tag gekommen, an dem er es nicht mehr hatte leugnen können, nicht einmal vor sich selbst.

Während die anderen gerne vorher an der Bar mit den Mädchen tranken und sich in Stimmung brachten, es genossen, wie sie die Männer umgarnten und um sie stritten, wollte er immer so schnell wie möglich auf die Zimmer gehen. Was brachte ihm das ganze Gerede? Frauen waren schon nüchtern kaum zu ertragen, wenn sie was tranken, fand er sie geradezu abstoßend, es machte sie noch dümmer, noch empfindsamer. Er wollte, dass sie den Mund hielten und die Kleider auszogen. Und als er das erste Mal die Augen zumachte und an einen Mann dachte, während eine von Hamburgs teuersten Huren auf ihn kletterte, wusste er, was sein Problem war.

Er war nicht gekommen an diesem Tag und auch nicht bei dem Besuch danach. Aber er durfte nichts riskieren, die Huren redeten, so wie alle Frauen, man konnte nicht darauf vertrauen, dass sie sein Versagen für sich behielten. Natürlich wusste niemand außer ihm, woran es lag, aber ein Gerücht über diese Art von Unzulänglichkeit war niemals gut. Irgendwann hatte er einfach nachgegeben, hatte seine Gedanken wandern lassen. Danach war es leichter geworden.

Aber alles andere schwerer.

Von da an fanden seine Gedanken jeden Tag neue verbotene Wege, und mit ihnen wuchs sein Hass auf die Frauen schleichend. In den Frauen spiegelte sich seine Andersartigkeit, sie führten ihm jeden Tag vor Augen, was er sein sollte und was er nicht war.

Das konnte er ihnen nicht verzeihen.

5

Lily ließ den Beutel mit Essen auf Almas Tisch fallen. «Hat hier jemand frisches Franzbrot bestellt?», rief sie laut, und Hein und Marie kamen angestürmt, als wäre sie das Christkind. Mit leuchtenden Augen holten sie die Köstlichkeiten hervor.

«Lily, ich sage doch, du sollst nicht immer so viel mitbringen!» Alma Herder rieb sich die Hände an einem Küchentuch trocken und kam mit neugierigem Blick hinzu, während die Kinder den Beutel ausräumten. «Was, wenn es jemand merkt? Du bringst dich noch in Schwierigkeiten!»

Lily sah, dass Alma zwischen Freude und gekränktem Stolz schwankte. Sie wusste, dass es der Witwe nicht leichtfiel, die Sachen anzunehmen, aber sie hatte keine Wahl. Für die Kinder war der wöchentliche Beutel Essen, den Lily meistens sonntags brachte, wenn sie vorgab, spazieren zu gehen und am Fluss ihr Buch zu lesen, eine wichtige Zugabe zu den spärlichen Mahlzeiten, die sie selbst auf den Tisch bringen konnte. Lily hatte inzwischen auch viele von Michels ausrangierten Sachen in die Wohnung der Herders gebracht. Seine Puppenstube stand in der Ecke, und Hein war ganz verliebt in die alte Eisenbahn, die er stundenlang über den Boden fahren ließ.

Plötzlich begann Alma zu husten und krümmte sich zusammen. Lily trat rasch einen Schritt zurück. Sie war stets darauf bedacht, Alma nicht zu nahe zu kommen, und achtete aufmerksam auf Zeichen, ob die Kinder sich infiziert hatten. Bisher schienen sie aber wundersamerweise gesund. Alma jedoch ging es mit jedem Besuch ein klein wenig schlechter. Jetzt ließ sie sich schwer auf einen Stuhl sinken.

Lily eilte zum Fass in der Ecke und reichte ihr ein Glas Wasser. Sorgenvoll betrachtete sie Almas Gesicht. Sie wirkte abgespannt und müde, die Haare waren strähnig, die Haut grau. Auch wurde sie immer dünner. Lily hatte den Verdacht, dass sie alles Essen den Kindern gab. Sie langte in den Beutel, holte Braten und Graubrot hervor und schnitt Alma eine Scheibe ab.

«Du musst etwas essen!» Alma wollte abwinken, aber Lily blieb standhaft. «Deine Kinder haben nichts davon, wenn du ihnen vor Schwäche umkippst!», sagte sie streng; und tatsächlich griff Alma widerwillig nach dem Brot.

Während sie aß, sah Lily sich in der Stube um. Sie konnte sich nicht daran gewöhnen, wie eng das Zimmer war. Noch immer wohnte der Schlafgänger bei ihnen, aber Lily hatte ihn noch nie gesehen, er arbeitete tagsüber und kam nur nachts in die Wohnung. Alma hatte Lily schon wiederholt erzählt, dass er sich beschwerte, weil der Säugling nachts weinte. Oft ging sie dann mit ihm in den Flur und stillte auf der Treppe. Doch die Nächte wurden bereits kühler, und im Winter war das nicht möglich. Zusätzlich nahm Alma Näharbeiten an, die sie tagsüber in der Wohnung erledigte, und passte ab und zu für ein paar Groschen auf die Kinder der Nachbarn auf.

An diesem Sonntag hatte Lily mehr Zeit als sonst, ihre Eltern waren zu Bekannten gefahren und würden nicht vor dem Abend zurück sein. Alma musste Kochwäsche machen, und Lily bot ihr an, solange die Kinder zu beschäftigen. Das ließ Alma meistens noch zu, aber sonst durfte sie in der Wohnung keinen Finger rühren. Lily war heimlich froh darum, denn sie hatte keine Ahnung, was Kochwäsche machen eigentlich bedeutete.

Sie setzte sich mit Hein und Marie an den Tisch und las ihnen ein Märchen vor. Den Kleinen wippte sie dabei auf den Knien. Weil die Wäsche in den Töpfen brodelte, wurde es schnell so stickig in dem kleinen Raum, dass Lily sich immer wieder mit einem Tuch über die Stirn wischen musste.

Plötzlich klopfte es an der Tür. Als Jo über die Schwelle trat, meinte Lily, ihr Herz müsse stehenbleiben. Auch er hielt verdutzt inne und starrte sie einen Moment an.

«Lily», sagte er leise. Dann wandte er sich den Kindern zu, die bereits freudig an ihm hochsprangen. Mit einem halben Lächeln hielt er einen Beutel in die Höhe. «Ich habe Käse mitgebracht. Und vielleicht auch Schokolade!», rief er.

Hein und Marie stießen entzückte Schreie aus.

«Also, ihr zwei …» Alma stemmte die Hände in die Hüften. Sie wollte streng schauen, aber Lily sah, dass sie mit der Rührung kämpfte. «Ihr bereitet diesen Kindern die einzigen Freuden, die sie im Leben haben.»

«Ach, ist doch nur ein bisschen Käse», sage Jo verlegen lächelnd und gab Hein den Beutel. Er warf Lily einen Blick zu.

Schnell strich sie sich die Haare aus dem Gesicht. Sie spürte, dass sie rot wurde, und wusste nicht, wo sie hinschauen sollte.

«Wie geht es dir, Lily?», fragte Jo mit rauer Stimme und trat einen Schritt auf sie zu.

«Gut. Bestens», sagte sie hastig, ohne ihn anzuschauen. Immer noch wippte sie den Säugling auf den Knien «Und dir? Lustig, dass wir uns nun schon zum zweiten Mal zufällig treffen.»

«Woran schreibst du gerade?», wollte er wissen, ohne auf ihre Frage zu antworten. Sie sah ihn an. «Oh, ich komme gerade nicht so viel dazu», sagte sie ausweichend.

«Warum nicht?», fragte er mit gerunzelter Stirn.

«Ich habe viel zu tun», erwiderte sie.

Alma beobachtete ihre steife Konversation. «Lily, Jo, könntet ihr mir einen Gefallen tun und ein wenig mit Hein und Marie im Hof spielen?», fragte sie plötzlich. «Das wäre mir eine große Hilfe. Es ist zu heiß hier drin.»

Beide erstarrten einen Moment. «Natürlich», sagte Lily dann und räusperte sich. «Kein Problem.»

«Sicher!» Auch Jo nickte langsam.

Lily konnte ihm noch immer nicht in die Augen sehen.

Sie gingen zusammen nach unten. Im Hof trafen Hein und Marie fast sofort auf Nachbarkinder und ließen Jo und Lily allein.

L ily setzte sich auf eine kleine Bank, Jo auf die Treppe daneben. Er wusste nicht, was er sagen sollte. Das Dilemma, in das Oolkerts Forderung ihn gestürzt hatte, fraß ihn auf, er spürte den Puls in seinem Hals schlagen. Nervös rieb er sich mit beiden Händen über das Gesicht. Wie sollte er es anstellen, sich ihr wieder zu nähern, nur um sie dann zu verraten? Wie sollte er ihr Vertrauen zurückgewinnen? Er war kein guter Lügner, er konnte sich keine Vorwände ausdenken, um sie hinters Licht zu führen. Alles, was er wollte, war hier mit ihr zu sitzen, ihre Stimme zu hören, sie anzusehen. Wie hatte er die letzten Wochen ohne sie überstehen können? Jetzt, da er wieder in ihrer Nähe war, konnte er sich nicht vorstellen, sie wieder zu verlassen. Oh Gott, was soll ich nur tun, dachte er. Und weil er es nicht wusste, sagte er gar nichts.

Lily wirkte angespannt, fuhr sich immer wieder mit der Hand durch die Haare. Er sah ihr Gesicht im Profil. Sie war wunderschön, ein bisschen verschwitzt, zerzaust. Er hätte sie gerne an sich gezogen. Er wollte seine Nase in ihren Nacken drücken, ihren Geruch einatmen, einfach still mit ihr hier sitzen und niemals wieder aufstehen. Er sollte ihr sagen, dass es kein Zufall war, dass er heute hier aufgetaucht war. Jo wusste genau, dass sie sonntags oft zu Alma ging, hatte jede Woche an der Straßenecke gewartet, nur um zu sehen, wie sie aus dem Haus kam, um einfach einen kurzen Blick auf sie zu erhaschen. Und um sicher zu gehen, dass sie unbehelligt an ihr Ziel kam. Er hatte sich schon gedacht, dass sie auch ohne ihn wieder herkommen würde, war dann aber doch erstaunt gewesen, als er sie das erste Mal sah. Mit ihrem Tuch über dem Kopf und gesenktem Blick war sie durch die Straßen geeilt, als hätte sie ihr Leben lang nichts anderes getan. Sie hatte dazugelernt. Trotzdem war es noch immer sehr gefährlich.

Außerdem hatte er Alma regelmäßig so unauffällig wie möglich über sie ausgefragt. Alma hatte natürlich trotzdem gemerkt, was er vorhatte, und mit einem wissenden Lächeln bereitwillig Auskunft gegeben. «Manche Dinge sollen eben einfach nicht sein!», hatte sie dennoch einmal gesagt und mitleidig gelächelt. Jo war dankbar für ihre Diskretion. Denn in der Zeit, in der sie keinen Kontakt hatten, war genau das passiert, wovor er sich am meisten fürchtete.

Er hatte sich rettungslos in Lily verliebt.

Seltsam, dass ich es erst dann so richtig gemerkt habe, als sie nicht mehr da war, dachte er jetzt, als er sie betrachtete. Er spürte den immer stärker werdenden Drang, ihr alles zu sagen. Er wollte ihr gestehen, was er für sie empfand, und vor allem, was er tun musste, um Charlie zu helfen. Stattdessen sagte er beiläufig: «Und, wie ist es dir ergangen?»

Sie wandte sich ihm zu. Ihr Gesicht wirkte angespannt. «Gut, das sagte ich doch schon. Und dir?», erwiderte sie kurz angebunden. Sie war sauer auf ihn. Er hörte es sofort, sah es an ihrem Blick. Das konnte er sehr gut nachempfinden, sie hatte jedes Recht dazu. Doch bevor er etwas erwidern konnte, wurde ihr Blick plötzlich weicher. «Wie geht es deiner Mutter und den anderen? Und wie kommst du zurecht seit ... Karlchens Tod?»

Wie immer, wenn jemand seinen Bruder erwähnte, fühlte er einen stechenden Schmerz in der Brust und musste kurz um seine Fassung ringen. Er lächelte schief und spürte, wie seine Wangen zuckten. «Ich versuche, einfach weiterzumachen. Das tun wir alle. Aber es ist schwer, besonders für meine Mutter», sagte er und blickte auf seine Schuhe.

Lily nickte. «Ich kann mir nicht vorstellen, wie ihr euch fühlen müsst. Ich habe jeden Tag an euch gedacht ...» Sie brach ab und wurde rot. «Ich meine nur, wenn das Michel passieren würde ...», stotterte sie. Erschrocken sah sie ihn an.

«Michel?» Jo runzelte die Stirn. «Wer ist das?»

Lily schürzte einen Moment unschlüssig die Lippen, dann schüttelte sie plötzlich den Kopf. «Ich weiß nicht, warum ich es nie erzählt habe. Aber wir haben uns angewöhnt, so ein Geheimnis um ihn zu machen, dass ich sogar bei Menschen vorsichtig bin, denen ich vertraue.» Sie lächelte. «Ich habe noch einen Bruder. Michel. Er ist sechs Jahre alt, und er ... hat eine Krankheit.»

Jo sah sie erstaunt an. Er vermutete, dass das der kleine Junge sein musste, den er damals in der Villa gesehen hatte, aber er hatte ihr niemals von der Begegnung erzählt und sie auch nie nach dem Jungen gefragt.

«Wir verstecken ihn vor der Öffentlichkeit. Als er klein war, war es leichter, da hat man es ihm auch noch nicht so angesehen. Aber mit den Jahren wurden die Anzeichen immer schlimmer.» Sie brach ab, und ihr Blick wurde nachdenklich. «Er wohnt bei uns im Haus, aber nicht einmal Henry kennt die ganze Wahrheit. Er denkt, dass er in einem Heim untergebracht ist. Meine

Familie hat Angst, dass er mich nicht mehr heiraten will, wenn er ihn sieht. Es ist eine Erbkrankheit.»

Jo hatte stumm zugehört. Es tat seltsam weh zu erfahren, dass sie ihm nicht genug vertraut hatte, um von ihrem Bruder zu erzählen. Besonders nach alldem, was sie mit Karl durchgemacht hatten.

Er räusperte sich. «Wenn ich ehrlich sein soll: Ich habe ihn gesehen. Als ich das erste Mal in der Villa war», sagte er. «Er hat im Flur mit einer Eisenbahn gespielt.»

Lily starrte ihn entsetzt an. «Was?», fragte sie scharf. «Aber warum hast du nie etwas gesagt?»

Jo zuckte die Schultern. «Ich dachte nicht, dass es wichtig wäre», erklärte er. Das war die Wahrheit, er hatte nie wieder einen Gedanken an den Jungen verschwendet. In seiner Welt gab es viele Krankheiten, man war kurz schockiert und kümmerte sich dann wieder um seinen eigenen Kram. Er verstand beim besten Willen nicht, warum man darum ein Geheimnis machen musste.

«Und ich wusste ja nicht, dass er dein Bruder ist. Obwohl ich mir das hätte denken können. Er hat dein Haar.» Jo lächelte. «Wie genau äußert sich seine Krankheit?»

Lily beschrieb es ihm. Ein warmes Lächeln überzog ihr Gesicht, als sie von Michel erzählte.

«Daher kennst du also all die Märchen, die du Hein und Marie erzählst!», rief Jo plötzlich, und sie nickte.

Sie sahen sich einen Moment an. Auf einmal nahm Jo alles um sich herum deutlicher wahr. Als hätte jemand die Welt lauter und bunter gedreht. Ein Hund bellte, über ihnen schwirrten Schwalben am Sommerhimmel, er spürte die Luft auf seiner Haut. Und Lilys Augen waren so blau, er hätte geradezu in ihnen ertrinken mögen. «Möchtest du vielleicht später etwas spazieren gehen?», fragte er plötzlich.

Er wusste, dass diese Frage ein Fehler war. Aber er musste an Charlie denken. Außerdem hätte er alles getan, um sie noch einen Moment länger bei sich zu behalten.

Einfach alles.

Ihre Augen weiteten sich einen Moment erschrocken. «Aber du wolltest doch …», sagte sie und brach ab.

«Ich weiß», sagte er nur.

Als er nicht weitersprach, blickte sie verlegen auf ihre Hände. Hein und Marie erlösten sie, sie kamen plötzlich auf sie zugerannt und wollten Verstecken spielen.

«Wie wäre es erst mal mit einer Runde Fangen?», rief Jo, er sprang auf, brüllte wie ein wütender Stier und raste mit gesenktem Kopf auf die Kinder zu, die begeistert kreischend auseinanderstoben. Lily blieb lachend sitzen und sah ihnen zu, doch als Jo beide Kinder gefangen hatte, rief er plötzlich: «Jetzt Lily! Schnappt sie euch!», und sie stürmten alle gleichzeitig auf sie zu.

Erschrocken sprang sie auf und rannte lachend davon. Doch es dauerte keine zwei Sekunden, bis Jo sie eingeholt hatte. Er packte sie lachend und hielt sie fest, zog sie an sich, während die Kinder siegessicher johlend um sie herumsprangen. Es kostete ihn alle Kraft, die er besaß, sie nicht zu küssen. Einen Moment lang hielt er sie fest, und er spürte die Anziehungskraft ihres Körpers wie eine warme Welle durch sich hindurchströmen. Doch als ihn ihr unsicherer Blick traf, ließ er sie los. Er räusperte sich verlegen, und sie blickte überallhin, nur nicht in seine Augen. Ihre Wangen waren flammend rot.

Danach hüteten sie sich beide davor, sich noch einmal zu nahe zu kommen.

Später gingen sie nebeneinanderher am Wasser entlang. Um etwas Unverfängliches zu sagen und weil er ihr schlecht von

Charlie erzählen konnte, begann er, über die Arbeit zu sprechen. Er erzählte von der Unzufriedenheit der Hafenarbeiter, die immer weiter zunahm. Dann wollte er abbrechen, schalt sich einen Narren, diese langweiligen Themen anzuschneiden, doch er besann sich. Lily war nicht wie die meisten Frauen. Es interessierte sie, was er zu sagen hatte. Das hatte er immer am meisten an ihr gemocht, dass man sich mit ihr wirklich unterhalten konnte.

«Warum tut ihr denn nichts dagegen? Könnt ihr nicht streiken oder bessere Löhne fordern?», fragte sie jetzt mit ernster Miene.

«Weil Bismarcks verdammtes Sozialistengesetz es verbietet!», antwortete er grimmig.

«Ach richtig, das geht nicht, weil Hamburg Belagerungsgebiet ist, oder?»

Anerkennend betrachtete Jo sie einen Moment. «Richtig. Bei dem zweiten Attentat vor ein paar Jahren wurde der Kaiser schwer verletzt. Hat die Sozialdemokraten beschuldigt. Bismarck, der Hund, hat die Hysterie genutzt und blitzeschnell den Reichstag aufgelöst. Danach hat er sich geradezu auf die Sozialisten gestürzt, weil er meinte, sie hätten die Attentäter ‹im Geiste beeinflusst›!» Jo schnaubte abfällig. «Er ist ein Lügner, nichts davon stimmt, und das weiß er auch. Er nennt sie ‹gemeingefährliche Reichsfeinde›! Kannst du dir das vorstellen? Wenn man für bessere Lebens- und Arbeitsbedingungen kämpfen will, ist man ein Reichsfeind. Das Gesetz wurde seitdem immer wieder verlängert, die Sozialistische Arbeiterpartei und genauso auch Organisationen, die ihr nahestehen, dürfen sich nicht versammeln, keine Druckschriften veröffentlichen, keine Gewerkschaften bilden. Alles außerhalb der Landtage und des Reichtags ist verboten. Viele haben sich schon ins Ausland abgesetzt. Es ist gefährlich hierzubleiben. Wenn du dich widersetzt, drohen Geldstrafen, oder sie buchten dich gleich ein. Der Belagerungszustand macht es leicht möglich,

Menschen, die sich wehren oder sozialdemokratisch aktiv sind, aus der Stadt auszuweisen, man wird dann einfach abgeschoben, verliert seine Heimat, sein Wohnrecht. Liebknecht haben sie schon …»

«Darüber weiß ich Bescheid!» Aufgeregt war Lily stehen geblieben. «Auch unser Salon hat deswegen Probleme. Sie dürfen öffentlich nicht für die Frauenrechte protestieren, sich nicht versammeln, keine Schriften verteilen! Isabel und Martha sind sogar neulich verhaftet worden. Sie haben sie ganz scheußlich behandelt auf der Wache!»

Jo nickte mit einem halben Lächeln. «Richtig, das auch!», erwiderte er.

«Warum sagst du das so seltsam?» Ihr Gesicht verfinsterte sich.

«Wie, seltsam?»

«So, als wäre es nicht wichtig!»

«Tue ich nicht!»

Auch das hatte er vermisst, sich mit ihr zu streiten. Fast vergaß er, warum er eigentlich hier war, so sehr genoss er es, neben ihr herzulaufen. Der Gedanke an Charlie, der in seiner dunklen, feuchten Zelle saß und darauf wartete, ob er wegen Mordes verurteilt und hingerichtet werden würde, brachte ihn in die Realität zurück.

Einen Moment überlegte er erneut, ob er sie einfach einweihen, ihr alles sagen sollte. Doch dann würde sie denken, dass er nur deshalb heute zu Alma gekommen war. Niemals würde sie das verstehen.

So unauffällig wie möglich begann er, sie über ihre Familie auszuhorchen, ihre Gewohnheiten, die Vorgänge im Haus, die Reederei. Sie erzählte unbefangen, beantwortete alle seine Fragen, doch nichts davon schien ihm brauchbar.

Was erwartet Oolkert nur?, dachte er verzweifelt. Das ist eine ganz normale Familie, und falls ihr Vater oder ihr Bruder in irgendwelche krummen Machenschaften verwickelt sind, dann weiß sie offensichtlich von nichts.

Er würde zu Oolkert gehen und ihm sagen, dass es bei den Karstens keine dunklen Geheimnisse zu lüften gab. Und dann konnte er nur hoffen, dass das reichte, um Charlie zu befreien.

An ihrem Geburtstag wurde Lily wie jedes Jahr morgens mit Geschenken und Frühstück im Bett geweckt. Von ihren Eltern bekam sie ein neues Kleid, eine kleine Nähtasche, eine Nackenrolle mit einem schönen Überzug, Malstunden, einen Bilderrahmen und das Versprechen, beim Fotografen ein Porträt dafür anfertigen zu lassen.

Von Michel bekam sie ein Bild. Er liebte das alte Gedicht über die Heinzelmännchen von Köln und lachte sich immer halb schlapp, wenn Lily es ihm vortrug und dabei mit viel Körpereinsatz eingebildete Mehlsäcke schleppte und auf unsichtbaren Erbsen ausrutschte. Auf dem Bild sah man vor allem rote Kringel, aber Sylta erklärte, dass es sich dabei um die Mützen der Heinzelmännchen handelte, und Michel nickte stolz. Lily drückte ihn an sich.

«Genau das habe ich mir gewünscht. Ich werde es über mein Bett hängen!», flüsterte sie ihm ins Ohr und brachte ihn damit zum Strahlen.

Es war das einzige Geschenk, über das sie sich wirklich freute. Natürlich war sie dankbar für die zahlreichen Dinge. Sie wusste, dass ihre Mutter lange darüber nachgedacht hatte, womit sie ihr eine Freude machen könnte. Doch nun saß Lily vor ihrem Gabentisch und konnte nur daran denken, dass die Sachen allesamt überflüssig waren. Wie seltsam ist es doch, dachte sie, dass einige wenige so viel haben, und so viele andere haben nichts. Nachdenklich hob sie die Nackenrolle hoch und betrachtete sie. Dann legte sie sie mit einem kleinen Seufzer zurück. Sie hätte sie gerne gegen etwas Nützliches für Alma eingetauscht. Zum Beispiel eine Kohlreibe, die brauchte sie dringend.

Jo hatte Emma ein Geschenk für sie mitgegeben, das sie Lily am Seminar in der Pause überreichte. Erst wusste Lily nicht genau, was es war, sie starrte stirnrunzelnd den kleinen Gegenstand aus Holz an, der aussah wie eine unförmige Wurzel. Aber als sie ihn drehte, erschien die ins Holz geschnitzte Silhouette einer Frau. Sie hielt ein Buch in der Hand.

Lily hatte sich noch nie in ihrem ganzen Leben über ein Geschenk so gefreut.

Emma schenkte ihr, wie hätte es anders sein können, ein Buch. «*Wutheringshöhe* von Ellis Bell», las Lily vor, «nie gehört.» Interessiert betrachtete sie den Einband, auf dem ein Jagdhaus im Hochmoor abgebildet war. «Ist das ein englischer Schriftsteller?»

Emma lächelte. «Eine Schriftstellerin! Das Buch ist schon zwanzig Jahre alt. Emily Brontë hat unter einem männlichen Pseudonym veröffentlicht. Es steht natürlich stark in der Kritik, aber es ist eines meiner Lieblingsbücher. Es hat einfach alles, Leidenschaft, Verrat, Geister, Liebe … Erotik.» Sie zwinkerte kaum merklich. «Ich bin gespannt, wie du es findest.»

Lily wurde puterrot und wusste nicht, wo sie hinschauen sollte. Als sie wieder heimkam, versteckte sie es lieber unter ihrem Kleid.

Später am Tag holte Henry sie zu einer Spazierfahrt ab, nach der sie alle zusammen ins Restaurant gehen wollten. In der Halle überreichte er ihr vor den Augen aller ihr Geschenk. Als sie die

Schatulle öffnete, konnte sie kaum ihren Schrecken verbergen. Es waren riesige grüne Ohrringe, mit kleinen Diamanten behängt und sicher furchtbar teuer. Sie funkelten ihr entgegen. Lily fand sie grauenvoll. Weiß er denn nicht, dass ich niemals so protzigen Schmuck tragen würde, dachte sie und lächelte Henry an.

Er war sichtlich zufrieden mit sich und seiner Wahl, und ihre Mutter und Agnes betrachteten bereits staunend die Schmuckstücke. Er erklärte stolz, welche Steine darin verarbeitet waren. Hätte sie gewusst, wie wichtig diese Ohrringe noch einmal für sie werden würden – sie wäre in diesem Moment dankbarer gewesen. Doch so seufzte sie nur leise und rechnete im Stillen aus, wie viele Kohlreiben man dafür wohl hätte kaufen können.

Als sie gerade zum Essen aufbrechen wollten und sich in der Halle versammelten, kam plötzlich ihr Vater mit blassem Gesicht und ernster Miene aus dem Büro.

«Alfred, dein Hut, wir müssen los ...» Sylta brach ab, als sie ihn sah. «Was ist, Liebling?», fragte sie erschrocken.

«Jens Borger ist gestorben!», sagte Lilys Vater.

Franz wurde bleich. «Das kann nicht sein!», rief er.

Alfred nickte. «Ich fürchte doch!»

Die Frauen sahen sich irritiert an. «Wer ist Borger?», fragte Lily.

«Unser zweitwichtigster Investor nach Weber.» Ihr Vater fuhr sich mit der Hand über die Stirn. «Es tut mir leid, Lily, aber Franz und ich können nicht mitkommen, wir müssen uns jetzt besprechen. Schadensbegrenzung betreiben!»

«Natürlich!» Lily nickte verständnisvoll. Sie hatte ohnehin keine Lust auf ein pompöses Essen im Restaurant. Und sie konnte den beiden ansehen, dass sie sich große Sorgen machten. Franz hatte seinen Mantel bereits wieder abgelegt, und zusammen eilten die beiden ins Büro.

«Was bedeutet das für uns?», fragte sie leise ihre Mutter, aber die schüttelte nur den Kopf.

«Ich weiß es auch nicht», sagte sie.

⎯⎯⎯ ◆ ⎯⎯⎯

Vier Tage später fuhren alle Karstens zusammen in die Stadt, um den Leichenzug zu sehen. Die Frauen trugen ihre guten dunklen Kleider und Alfred trotz des warmen Wetters seinen langen Wollmantel. Sogar Kittie kam mit. Die Männer mussten sie aus der Kutsche heben. Franz murmelte, dass ihr Zustand nicht mehr auszuhalten sei.

Die halbe Stadt war versammelt. Als sie am Straßenrand standen, begannen plötzlich alle Glocken zu läuten. Lily hob den Kopf und blickte in den Himmel. Sie musste daran denken, dass bei Paul nur eine Glocke geläutet hatte. Ihr schien das nicht richtig. Was hatten Geld und Einfluss mit dem Tod zu tun?

Die Trauerkutsche fuhr an ihnen vorüber. Sie wurde von sechs stattlichen schwarzen Pferden gezogen. Man hatte sie eingeölt, bis sie glänzten, und ihre Mähnen kunstvoll frisiert. Ihre Hufe klapperten laut über das Pflaster. Die Umstehenden senkten die Köpfe und falteten stumm die Hände übereinander. Der Sarg war mit Silber beschlagen und reich verziert mit Blumen und Ornamenten. Ihm folgten die Wagen der Familie, die Gardinen waren zugezogen, die schwarz gekleideten Kutscher mit ihren dunklen Schleiern blickten grimmig drein. An der Seite gingen die Diener nebenher und begleiteten die Kutschen zu Fuß. Auch sie waren in Trauer gekleidet und trugen dunkle Gamaschen. Die Laternen der Wagen hatte man mit Krepp umwickelt. Lily stand neben ihrer Mutter und beobachtete diesen stummen, imposanten Zug. Sie zählte mit: Es waren fünfundsiebzig Wagen.

Plötzlich begegnete ihr auf der anderen Straßenseite ein Augenpaar. Sie zuckte zusammen. Jo stand zwischen den Menschen, eine dunkle Kappe auf dem Kopf. Er starrte sie so durchdringend an, dass sie ein Schauer durchzuckte. Sicher hat er gewusst, dass wir heute hier sind, schoss es ihr durch den Kopf.

Sie hatte ihn seit zwei Wochen nicht gesehen und musste den Impuls unterdrücken, zu ihm zu rennen und sich in seine Arme zu werfen. Ihr Herz schlug so heftig, dass sie dachte, alle Umstehenden müssten es hören. Ich bin in ihn verliebt, dachte sie und erschrak.

Er löste sich aus der Menge und schlängelte sich vorsichtig zu ihnen hinüber. Nervös betrachtete sie die Gesichter ihrer Familie, aber sie alle beobachteten den Trauerzug und bekamen nichts anderes mit.

Jo drängelte sich durch die Menge, schlug einen Bogen, und bald spürte sie, dass er direkt hinter ihr stand. Ihr Körper spannte sich an, ihr Nacken prickelte. Er schob etwas in ihre Hand. Einen Zettel. *Sonntag am Ufer* las sie, und ein Beben erfasste ihren Körper.

Als sie sich wenig später unauffällig umdrehte, war Jo verschwunden.

6

Beschwingt schritt Alfred Karsten durch die große Halle des Rosenhofs. Das Kontorhaus beeindruckte ihn jeden Morgen aufs Neue: die riesigen Marmorsäulen, der Bornholmer Granit. Aus den Deckenfenstern flutete Morgenlicht auf ihn hinab, brach sich an den Säulen und offenbarte die Dimensionen des fünf Stockwerke hohen Gebäudes. Er grüßte rechts und links und steuerte auf den Paternoster zu. So viele Jahrzehnte war er nun im Geschäft, und doch freute er sich jeden Morgen auf die Arbeit. Schon allein der Weg hierher war ein Genuss, die vielen Menschen in der Stadt, der Trubel im Hafen. Und hier im Rosenhof die vielen Büros, das Summen und Brummen, der Geruch nach frisch gedruckten Zeitungen und Kaffee, das Wissen, dass sie alle zusammen ihre Energie bündelten und für etwas Sinnvolles nutzten. Es elektrisierte ihn, gab ihm das Gefühl, lebendig zu sein, ein Teil des großen Ganzen.

Wie schmerzlich werde ich das alles vermissen, wenn ich eines Tages Franz die Geschäfte überlasse, dachte er, und einen Moment flackerte sein Lächeln. Dann aber wischte er die Sorge beiseite. Daran war noch lange nicht zu denken.

Er begrüßte die Sekretärin mit einem Winken. Franz war dagegen gewesen, sie einzustellen, aber sie hatte die besten Referenzen gehabt und ihre Konkurrenten damit klar ausgestochen. Es war in Hamburg zwar noch selten, aber inzwischen keine Ausnahme mehr, dass Frauen in den Büros arbeiteten. So ganz hatte auch er sich noch nicht daran gewöhnt, aber er musste zugeben, dass sie gute Arbeit leistete, und es war schön, morgens beim Eintreten als Erstes eine adrett gekleidete Frau zu sehen. Franz, der hinter ihm hereinkam, die Zeitung unter dem Arm, die er eben in der Kutsche noch studiert hatte, nickte ihr kühl zu.

«Würden Sie uns gleich einen Kaffee machen?», fragte Alfred, während er den Hut abnahm, doch sie verzog das Gesicht.

«Die Herren Karsten, Sie haben bereits Besuch. Gerhard Weber wartet im Empfangszimmer. Ich bringe Ihnen sofort einen Kaffee.»

Erstaunt sahen Vater und Sohn sich an. Franz' Gesicht verdüsterte sich, seine Wangen zuckten angespannt. «Was mag er wollen?», zischte er.

Als sie die Tür öffneten, sah Alfred sofort, dass etwas nicht stimmte. Weber wirkte angespannt, ja beinahe ärgerlich. Er stand auf, als sie beide hereinkamen, und schüttelte ihnen die Hände, aber er begrüßte sie nicht wie sonst mit seinem überschwänglichen Charme und seinem lauten Lachen. Trotzdem kam es für Alfred vollkommen unerwartet, als Weber ihnen wenig später rundheraus eröffnete, dass er sein Investitionsversprechen für die Kalkutta-Gesellschaft zurücknahm. Für Alfred war es, als würde man ihm den Boden unter den Füßen wegziehen.

«Aber warum?», fragte er entsetzt. Franz neben ihm war zu Eis erstarrt.

«Ich habe meine Gründe», antwortete Weber ausweichend. Dann aber schien er sich angesichts ihrer verwirrten Gesichter zu besinnen. «Wie soll ich sagen, Karsten. Es sind mir in letzter Zeit Dinge über Ihre Familie zu Ohren gekommen, die mich davon überzeugt haben, dass ich Ihnen… nicht vertrauen kann.»

«Was für Dinge?», fragte Franz mit brüchiger Stimme.

«Nun», Weber zögerte, dann blickte er Alfred an. «Ich hörte von Ihrem … anderen Sohn.»

Die Karstens richteten sich gleichzeitig kerzengerade auf, warfen sich einen entsetzten Blick zu. Doch bevor sie etwas antworten konnten, hob Weber die Hand.

«Bevor Sie denken, dass ich mich nur auf Gerüchte stütze, sage ich besser gleich, dass ich diese Information aus einer Quelle habe, der ich meinen vollen Glauben schenke. Ich bin mir nicht sicher, was ich von der Sache halten soll, aber es hat mein Vertrauen zu Ihnen beschädigt. Das allein wäre natürlich kein Grund, sich zurückzuziehen … aber zudem weiß ich, dass durch Borgers Tod die Gründung der Aktiengesellschaft nun ohnehin auf wackeligen Füßen steht und …»

«Ich werde selbstverständlich einen neuen Investor finden, der ihn ersetzt!», versicherte Alfred, aber Weber schüttelte den Kopf.

«Das mag sein, doch ich muss wissen, mit wem ich Geschäfte mache. Falls Sie einen würdigen neuen Partner finden, bin ich bereit, noch einmal neu zu verhandeln. Ich muss jedoch sagen, dass es immer mein Prinzip war, nur mit Menschen Verträge zu schließen, denen ich persönlich vertraue und von deren Gesinnung ich überzeugt bin. Die Reden Ihrer Tochter neulich haben mich erschüttert. Ich habe es aber abgetan, war mir sicher, dass sie aus der Art geschlagen ist und ihr Verhalten nicht die Gesinnung der Familie spiegelt. Nun höre ich diese Geschichten über Ihren Sohn und frage mich, mit wem ich es da eigentlich zu tun habe. In wessen Hände ich meine Millionen gebe.»

Alfred fehlten die Worte. Franz schien es ebenso zu gehen. Plötzlich rauschte ihm das Blut in den Ohren. Alfred setzte zu einer halbherzigen Erklärung an, doch was sollte er sagen? Es stimmte ja. Sie hatten einen missgestalteten, kranken Sohn, den sie vor der Gesellschaft versteckt hielten. Dass Michel ein wundervoller, unschuldiger kleiner Junge war, spielte dabei keine Rolle.

Weber wischte sein Gestammel mit einem Wink beiseite und stand ungeduldig auf. «Wie gesagt, Alfred, wir haben uns immer gut verstanden, und ich glaube an den Erfolg der Linie. Doch momentan ist mir das Ganze zu heikel. Wenn Sie einen neuen Hauptinvestor gefunden haben, reden wir noch einmal. Ich vertraue darauf, dass Sie bis dahin alles geklärt haben, was dem Ruf des Unternehmens in der Öffentlichkeit schaden könnte!», sagte er mit hochgezogenen Augenbrauen, und sie konnten beide nichts anderes tun als nicken. «Gut. Ich werde die Angelegenheit selbstverständlich vertraulich behandeln.»

Als Weber gegangen war, blieben Vater und Sohn wie benommen sitzen. Sie sahen sich an, und in den Augen seines Sohnes las Alfred dieselbe Fassungslosigkeit, die auch er selbst empfand. «Woher weiß er von Michel?», murmelte er.

«Sicher von diesen Leuten, die Lily und Michel vor einigen Wochen nach Hause gebracht haben. Oder jemand hat sie gesehen, die Diener haben getratscht, es gibt Hunderte Möglichkeiten. Eigentlich ist es ein Wunder, dass so etwas nicht schon früher geschehen ist», sagte Franz und rieb sich das Gesicht. «Er wird es überall herumerzählen. Was, wenn Oolkert davon erfährt!»

Alfred schüttelte den Kopf. «Was macht das noch für einen Unterschied?» Er seufzte leise. «Vielleicht hätten wir dieses Versteckspiel nie anfangen sollen, hätten von Anfang an mit offenen Karten spielen sollen …», murmelte er, doch Franz schnaubte.

«Das hätte nie funktioniert, und das weißt du auch. Die Akzeptanz in der Gesellschaft ist alles. Mutter wäre von den anderen Frauen geächtet worden. Sie hätten sich über uns die Mäuler zerrissen. Und wenn der Ruf der Familie leidet, leidet auch der der Firma, das sagst du doch selbst immer. Ohne Beziehungen ist man gar nichts.»

Alfred nickte. Das stimmte. Und trotzdem hätte er niemals damit gerechnet, dass so etwas tatsächlich passieren würde.

Als sich drei Stunden später Ludwig Oolkert für einen Termin anmeldete und gut gelaunt hereinspazierte, den Gehstock mit der Ente schwingend, wunderte es Alfred nicht einmal mehr.

«Ich habe von Webers Rückzieher gehört!», verkündete Oolkert auch sogleich, als sie sich die Hände schüttelten. «Welch bedauerliche Geschichte!»

«Also erzählt er es jetzt bereits überall herum?», knurrte Franz. «Ich wusste, er würde die Sache nicht diskret behandeln.»

«Wir hatten ein Geschäftsessen, da hat er es mir anvertraut. Ich muss allerdings sagen, dass er sich sehr bedeckt gehalten hat, was seine Gründe angeht … Doch dass er nicht weiter als Investor fungiert, konnte er natürlich nicht geheim halten. Wir sind alte Freunde. Ich bin sofort hergekommen, um mit Ihnen zu sprechen.»

Die beiden sahen ihn erstaunt an. Mitgefühl passte nicht zu Oolkert. Er setzte sich, nahm seinen Hut ab und sah sie an. «Ich wollte mit Ihnen über ein Angebot reden, dass ich Ihnen gerne unterbreiten würde … Ich bin bereit, als Investor einzuspringen. Für Borger.» Er machte eine kunstvolle Pause. «Und für Weber.»

Franz keuchte auf, und auch Alfred zuckte zusammen. «Wie bitte?», fragte er.

Oolkert nickte. «Sie haben richtig verstanden.»

«Aber … dann hätten Sie die absolute Mehrheit an der Gesellschaft!», sagte Alfred mit blassem Gesicht.

Oolkert nickte wieder. «Das ist mir bewusst. Und ich verstehe, wenn Ihnen das zu riskant ist. Aber …» Er lächelte breit. «Bald könnten wir eine Familie sein … man braucht nun mal Vertrauen, auch im Geschäft. Es ist ein Angebot. Lassen Sie es sich durch den Kopf gehen, es muss ja nichts sofort entschieden werden. Die Linie eröffnet schließlich frühestens in zwei Jahren. Nur, wie es mir momentan scheint, würde sie ohne meine Hilfe überhaupt nicht zustande kommen.»

Sobald sich die Tür hinter Oolkert geschlossen hatte, fuhr Franz wütend in die Höhe. Sein ganzer Körper prickelte vor Anspannung. «Ich lasse mich nicht so unter Druck setzen!», rief er wütend.

«Franz, er will Millionen in uns investieren. Es ist doch nur vernünftig, dass er dafür eine Art Absicherung möchte. Ich verstehe einfach nicht, was dich an dem Gedanken so abschreckt!», sagte sein Vater. Er war blass und wirkte mitgenommen. «Wir können von Glück sagen, dass Weber ihm offenbar nichts von Michel erzählt hat, sonst würde er sicher nicht mehr wollen, dass Roswita dich heiratet. Es wäre für uns alle eine gute Lösung. Er würde niemals etwas tun, was seiner Tochter schadet. So können wir sicher sein, dass er die Macht, die er durch die Mehrheit am Unternehmen gewinnen würde, nicht gegen uns ausnutzt.»

Franz ballte die Hände zu Fäusten. «Es ist meine Entscheidung, wen ich zur Frau nehme!», presste er hervor. Er war wütend, aufgewühlt, fühlte eine dunkle Panik in sich aufsteigen. Plötzlich stand ihm der Schweiß im Nacken. «Wir finden eine andere Lösung. Mit Michel kann es so nicht weitergehen, das stand ohnehin schon lange fest, und ich hoffe, dass auch du das nun einsiehst!» Als sein Vater nicht reagierte, nur mit bleichem Gesicht auf seine Hände starrte, sprach er weiter. «Lily müssen wir uns auch noch einmal vorknöpfen. Du solltest sie sofort aus der Schule nehmen, da haben sie ihr diesen ganzen sozialistischen Unsinn doch erst beigebracht. Und auf keinen Fall sollte sie mehr zu dieser Frau

Kontakt haben, dieser ... dieser *Ärztin*!» Er war so wütend, dass er das letzte Wort ausspuckte wie einen Fluch.

Alfred nickte benommen. «Das alles ändert aber nichts an der Tatsache, dass eine Hochzeit ...»

«Ich lasse mir das nicht aufzwingen!» Franz sprang auf, vor seinen Augen flimmerten kleine Punkte. Bevor sein Vater noch weiter protestieren konnte, stürmte er aus dem Raum. Draußen lehnte er sich schwer atmend gegen die Wand. «Was starren Sie so?», brüllte er, als die Sekretärin ihn erschrocken ansah.

Sie zuckte zusammen, raffte ein paar Papiere an sich und floh aus dem Raum.

Franz presste eine Hand gegen den Magen. Er saß in der Falle. Die Erinnerung an Roswitas süßen Parfumduft stieg ihm in die Nase, und er verzog angewidert das Gesicht. Nein, Millionen hin oder her, er würde sich nicht zwingen lassen, eine Frau zu heiraten, die er verabscheute.

Von niemandem.

Sieh an, der Auferstandene!» Jo schlug Charles zur Begrüßung auf die Schulter, hielt aber erschrocken inne, als sein Freund einen erstickten Laut von sich gab. «Tut mir leid. So schlimm?»

Charles war bleich geworden und konnte nur nicken. «Alles gut!», keuchte er.

«Lass mich doch endlich Emma holen, damit sie dich einmal untersucht. Du musst wieder zusammengeflickt werden!» Besorgt schob Jo einen Stuhl an das Sofa heran, auf dem Charlie in gekrümmter Haltung zusammengesunken war.

Bei seinen Worten wurden die Lippen von Jos Mutter zu einem schmalen Strich. Er hatte ihr wieder und wieder erklärt, dass Emma nichts für Karls Tod konnte, dass es bei einer Tollwutinfektion keine Heilung gab und Karls Wunde, wenn es nach seiner Mutter gegangen wäre, einfach mit der Nähnadel geflickt worden wäre, doch sie schüttelte immer nur stur den Kopf.

«In meine Wohnung kommt diese Frau nicht!», zischte sie auch jetzt und eilte Charlie zu Hilfe, der versuchte, sich aufzurichten. «Langsam!», befahl sie, und er nickte mit weißem Gesicht. Es ging ihm offensichtlich noch immer sehr schlecht. Aber auch er wollte nichts davon wissen, dass Jo ärztliche Hilfe holte.

«Ruhe und gutes Essen brauch ich. Dann bin ich nächste Woche wie neu!», sagte er immer abwehrend, wenn Jo seinen Zustand ansprach, und er wiederholte es auch jetzt mit der stoischen Bockigkeit eines Esels.

«Nun ja, Ruhe kann ich nicht garantieren, aber mein Essen ist nicht das schlechteste, habe ich mir sagen lassen!» Jo stellte erleichtert fest, dass seine Mutter Charlie neckisch anlächelte. Der dunkle Glanz, den ihre Augen immer bekamen, wenn sie von Karl sprach, war verschwunden.

«Das Beste in ganz Hamburg!», sagte Charles nickend, und Jo sah, dass es sie freute, auch wenn sie ihm scherzhaft auf den Arm schlug. Er grunzte theatralisch und krümmte sich unter gespielten Schmerzen.

«Kriegt man als ältester Sohn auch etwas von diesem wunderbaren Essen, von dem alle reden?», brummte Jo und lehnte sich grinsend im Stuhl zurück. «Oder ist das für schmarotzende Hausgäste reserviert?»

Seine Mutter stand auf und gab ihm einen Kuss auf den Kopf und einen Klaps in den Nacken. «Sprich nicht so von deinem besten Freund. Der Junge hat es schwer genug. Und du warst es, der ihn hier angeschleppt hat.»

«Und ich beginne, es zu bereuen!» Jo lachte. «Benimmt er sich denn?»

«Er ist eine wunderbare Abwechslung», sagte seine Mutter ernst, und Jo sah sie erstaunt an.

Es war eigentlich nur eine Notlösung gewesen. Charlie brauchte jemanden, der sich um ihn kümmerte, nachdem er geschwächt und zerschunden aus dem Gefängnis entlassen worden war. Und Jo brauchte jemanden, der Charlie im Auge behielt. Zwar vertraute er darauf, dass sein Freund seine Lektion in Sachen Opium gelernt hatte, aber er wusste, wie stark die Versuchung sein konnte. Noch dazu, wenn man Schmerzen hatte, die betäubt werden wollten.

Jos Mutter, die nach Karls Tod genau wie er in ein dunkles Loch gefallen war und Beschäftigung brauchte, hatte zugestimmt, dass er eine Weile bei ihnen übernachten konnte. Sie hatte Charlie immer gemocht, nannte ihn «der Junge», obwohl er sie um zwei Köpfe überragte und sie sich gut und gerne mit einer Hand über die Schulter werfen könnte.

«Er erzählt mir Geschichten.» Sie lächelte wieder und betrachtete Charles einen Moment liebevoll. «Und die Jungs mögen es, dass er da ist. Es lenkt sie ab!»

Charlie war rot geworden bei ihren Worten. Er räusperte sich unbehaglich. Jo betrachtete ihn amüsiert. Sein riesiger Freund mit den unzähligen Tätowierungen, der mit zerzausten Haaren und blauen Flecken auf dem guten Sofa seiner Mutter saß, die Hände im Schoß faltete wie ein kleiner Junge im Katechismus und nicht wusste, wo er hinschauen sollte. Es war ein herrlicher Anblick.

«Für mich ist's auch nicht übel», stammelte er jetzt.

«Nun, ich würde sagen, ihr habt einen guten Einfluss auf ihn!», sagte Jo grinsend, und Charlie warf ihm einen bösen Blick zu.

Als seine Mutter in die Küche ging, rückte er ein Stück an seinen Freund heran. «Jetzt mal im Ernst. Wie geht es dir? Brauchst du irgendwas?»

Charlie schüttelte den Kopf, zuckte aber gleich darauf wieder vor Schmerzen zusammen. «Nein, es geht schon. Ich nehme lieber nichts. Du weißt schon …»

Jo nickte besorgt. «Ich verstehe. Und das ist vernünftig. Aber was ist, wenn dein Rücken dauerhaft geschädigt ist? Soll ich nicht doch Emma fragen, ob sie …»

Charles unterbrach ihn mit einem verächtlichen Schnauben. «So weit kommt es noch, dass ich mich von einer *bean* untersuchen lasse!»

«Einer was?» Verdutzt sah Jo ihn an.

«Einer Frau! Da flicke ich mich lieber selber zusammen, vielen Dank!»

Jo seufzte. «Jetzt sei doch nicht so verdammt stur. Du kannst dich ja kaum bewegen. Was, wenn sie da in dir drinnen irgendwas losgetreten haben?»

Charles grunzte nur wegwerfend und rutschte langsam wieder in eine liegende Position. Als er es geschafft hatte, stand ihm der Schweiß auf der Stirn.

«Ja, dir geht's fabelhaft. Ein gutes Essen, mehr braucht es nicht, um dich aufzupäppeln.» Jetzt war es an Jo, verachtend zu schnauben. «Vielleicht müssen deine Schmerzen einfach noch ein bisschen schlimmer werden, bis du endlich auf mich hörst!»

Charlie hatte die Augen geschlossen, und Jo betrachtete seinen Freund einen Moment besorgt. Er war in miserablem Zustand aus dem Gefängnis gekommen. Was genau passiert war, wusste er nicht, aber sein Besuch und der Zusammenstoß mit dem Wärter hatten ihm eine Ahnung davon vermittelt, was Charles durchgemacht hatte. Viel länger hätte er es sicher nicht ausgehalten, sein Gesicht war sogar jetzt kaum noch wiederzuerkennen.

Jo wusste nicht, was Oolkert letztlich bewogen hatte, sich für ihn einzusetzen. Vielleicht hatte er verstanden, dass es das Richtige war? Jo bezweifelte es. Nur konnte er sich keinen Reim darauf machen, was es sonst gewesen sein konnte. Er hatte keine auch nur annähernd interessante Information über die Karstens gehabt, als er kleinlaut zu ihm gegangen war, um einen ersten Bericht zu erstatten. Hatte nur noch einmal um Nachsicht gebeten und wiederholt, dass er die Karstens für eine völlig normale Familie hielt, die keine dunklen Geheimnisse hatte. Sie waren sogar so gutmütig, ihren kranken Sohn bei sich zu behalten.

Oolkert hatte ruhig zugehört und sich nicht die kleinste Regung anmerken lassen. Zwei Tage später war Charlie entlassen worden. Es grenzte an ein Wunder. Jo hatte sich das Hirn zermartert, wie er seinen Freund aus dieser Lage befreien konnte, und dann hatte er plötzlich die Nachricht bekommen, dass er ihn abholen sollte. Charles war von jedem Verdacht freigesprochen.

Dass ein einzelner Mann solche Macht hat, dachte Jo jetzt und schauderte. Dass er sogar die Polizei und die Gerichtsbarkeit so einfach um den Finger wickeln konnte. Es war weder gerecht noch richtig, aber er hatte nicht nachgehakt, war einfach erleichtert gewesen, seinen Freund wieder sicher bei sich zu wissen. Nur die Sache mit Lily und ihrer Familie ließ ihm seitdem keine Ruhe. Hatte er vielleicht doch irgendeinen Fehler gemacht?

Franz lief raschen Schrittes die Treppe der Villa hinab und blätterte in seinen Unterlagen. Vor dem Büro hielt er mitten in der Bewegung inne, die Hand schon nach dem Knauf ausgestreckt. Die Tür war nur angelehnt, er hörte seine Eltern in einem offenbar erregten Gespräch, die Stimmen mühsam gedämpft.

«Ich kann es einfach nicht verstehen. Es gibt keinen Grund, warum er sie so ablehnen sollte!», sagte sein Vater. «Oolkert wird die Investition nicht bewilligen, bevor die Sache nicht in trockenen Tüchern ist!»

Franz wusste sofort, worum es ging, und versteinerte. Sein Herz raste plötzlich.

«Er muss persönliche Gründe haben. Manchmal passt es eben einfach nicht ...», beschwichtigte seine Mutter.

«Persönliche Gründe? Welche persönlichen Gründe sollte er haben, er kennt sie ja kaum! Und er weiß genau, dass persönliche Gründe in diesen Belangen zweitrangig sind. Nein ... es ist einfach nicht zu verstehen.» Sein Vater sprach jetzt leiser, sodass Franz sich vorbeugen musste, um ihn noch zu hören. «Ich sage dir, Sylta ... Manchmal denke ich ... Ach, ich kann es kaum aussprechen, aber manchmal frage ich mich, ob der Junge vielleicht ... nicht normal ist!»

«Aber, Alfred, wie kannst du ...» Die Stimme seiner Mutter ging in dem Rauschen unter, das plötzlich in Franz' Ohren dröhnte. Seine Hände krampften sich um den Türknauf. Zu seinem Entsetzen stellte er fest, dass er zitterte.

Mit klopfendem Herzen wandte er sich ab und rannte, jagte beinahe die Treppe hinauf. Er fühlte sich, als hetze ihn ein Rudel Wölfe, sein Magen krampfte, in seinem Kopf hämmerten immer wieder die Worte. *Nicht normal, nicht normal, nicht normal!* Oben angekommen, blieb er stehen, krallte sich keuchend am Geländer fest. Die Halle schien auf ihn zuzukommen, schien sich zu biegen und zu verschwimmen, ihm zuzuflüstern, dass es nun Zeit war. Der Tag war gekommen. Er musste es jetzt tun.

«Franz!»

Kai tauchte wie aus dem Nichts auf. Er packte ihn am Arm und starrte ihn entgeistert an. «Was ist mit dir?»

Franz wich einen Schritt zurück. Kai sah ihn an, und sein Blick zuckte unsicher in Richtung Geländer. «Was machst du denn?», flüsterte er.

Franz sah ihn wie durch einen Nebel. In seinen Ohren rauschte es.

Nicht normal, nicht normal, nicht normal.

Plötzlich packte ihn die Wut. Kalte, rasende Wut. Kai war an allem schuld, Kai mit seinen weichen Lippen, seinen blauen Augen, seinem harten Körper. Er hatte ihn verführt, seinetwegen hatte er die Grenze überschritten, war den Weg gegangen, von dem es kein Zurück mehr gab. Ohne zu wissen, was er tat, versetzte er ihm einen Stoß, so heftig, dass Kai taumelte und gegen das Geländer prallte. Er keuchte auf und blinzelte überrascht.

«Verschwinde», zischte Franz.

«Aber ich …»

«Du sollst verschwinden, hab ich gesagt!»

«Franz, was hast du denn?»

«Schick Seda zu mir!»

«Was?» Kai erstarrte.

Franz holte tief Luft. Langsam strich er sich durch die Haare, richtete seine Jacke. Er wusste, was er tun würde. Er hatte sich diesen Plan schon vor langer Zeit zurechtgelegt, aber niemals gedacht, dass er ihn wirklich brauchen würde.

«Du hast schon verstanden. Schick sie zu mir. Sofort. Und zu niemandem ein Wort.» Er war jetzt ganz nah an Kai herangetreten. Sein vertrauter Geruch löste einen Schauer in ihm aus, aber er packte ihn am Kragen und drückte ihn gegen die Wand. «Hast du mich verstanden?», fragte er leise, aber so bedrohlich, dass Kais Augen sich erschrocken weiteten.

«Ja», sagte der Diener mit rauer Stimme. «Ja, ich habe genau verstanden!» Sein Blick flackerte.

Franz nickte und ließ ihn los. Dann drehte er sich wortlos um und ging.

Seda stand neben dem Bett und zitterte unkontrolliert. Sie war nackt, ihre Kleider lagen ihr zu Füßen auf dem Boden. Sie blutete. Er hatte es ja vermutet, sie war noch Jungfrau gewesen. Die Schweinerei würde er irgendwie erklären müssen.

Franz zündete sich eine Zigarette an. «Ich erwarte dich ab jetzt jede Nacht. Egal wie spät», sagte er ruhig und blies Rauch aus. «Du hältst den Mund, ziehst dich aus und kommst ins Bett. Ich will nichts von dir hören, ist das klar? Wenn du auch nur einem Menschen davon erzählst, schneide ich dir die Zunge ab.» Er machte eine Pause. «Und das meine ich genau so, wie ich es sage.»

Sie starrte ihn an. Ihr Gesicht war so maskenhaft weiß, dass er einen Moment dachte, sie habe ihn gar nicht gehört. Ihr Mund zuckte.

Er runzelte die Stirn. «Verstanden?», zischte er.

Sie nickte kaum merklich. An ihrem Haaransatz zeigte sich bereits ein beginnender Bluterguss. Zu dumm, dass sie sich anfangs widersetzt hatte. Natürlich hatte er dem sehr schnell ein Ende bereitet, aber das würde Fragen geben. «Und sieh zu, dass du das überdeckst!», blaffte er. «Jetzt raus hier!»

Sie zuckte zusammen, raffte ihre Kleider auf, stolperte und fiel hin. Ihr Häubchen hatte sich in den Haaren verfangen, hing ihr schief über den Ohren. Es war ein beinahe lustiger Anblick. Er seufzte entnervt und half ihr auf, drückte ihr die Schuhe in die Hand und schob sie aus dem Schlafzimmer. Er hörte, wie sie sich draußen eilig anzog. Wenig später fiel die Tür zu seinen Räumen hinter ihr ins Schloss.

Zufrieden machte er seine Hose zu, ging zur Kommode und schenkte sich ein Glas Whiskey ein. Das war einfacher gewesen als gedacht. Er fühlte sich schrecklich erleichtert, beinahe berauscht.

Es war ein guter Plan, mit dem er seinen Kopf aus der Schlinge ziehen konnte. Er würde sie zwingen, zu ihm zu kommen, bis sie schwanger war, und sie dann mit einer kleinen Abfindung davonjagen. Natürlich würden alle im Haus es mitbekommen. Es würde einen kleinen familieninternen Skandal geben, aber das wäre seine Rettung. Sein Vater würde erzürnt und gleichzeitig erleichtert sein, dass seine schlimmsten Vermutungen sich nicht bestätigt hatten. Er würde Franz helfen, die Sache aus der Welt zu schaffen, wie so viele Väter in Hamburg es taten. Ein Dienstmädchen in Schwierigkeiten zu bringen, war nicht gern gesehen, aber es war normal. So herrlich normal … Franz würde ihr ein wenig Geld geben für das Kind oder die Engelmacherin und sie natürlich irgendeinen Wisch unterschreiben lassen, der bestätigte, dass er nicht der Vater war. Es war bedauerlich – sie würde ihre Stellung verlieren und in Schande das Haus verlassen. Lily würde sicher eine Szene machen, aber man konnte es nicht ändern. Er oder das Kammermädchen. Er wusste, wie die Entscheidung ausfallen würde.

K ittie wälzte sich unruhig hin und her. Die Vorhänge um das Bett waren fest zugezogen, sie brauchte absolute Dunkelheit, um schlafen zu können. Aber heute fühlte sie sich wie in einem schwarzen Käfig. Die Schmerzen waren unerträglich. Sie wühlten sich wie glühendes Feuer durch ihre Eingeweide, fraßen sie von innen auf.

Als sie an diesem Abend vor dem Schlafengehen ihre übliche Dosis Medizin aus der kleinen Flasche hatte nehmen wollen, musste sie zu ihrem Entsetzen feststellen, dass sie leer war.

«Aber das kann nicht sein, gnädige Frau. Wir kaufen sie immer pünktlich nach, und es ist immer noch ein Rest in der Flasche, wenn wir die neue holen!», verteidigte sich Lise, als Kittie sie wutschnaubend zur Rede stellte. «Kann es sein, dass Sie in letzter Zeit mehr genommen haben, als Sie sollten?»

Kittie hatte sie aus dem Zimmer gejagt. Wie konnte dieses unverschämte Ding es wagen? Schließlich gab sie ihr selbst die Medizin, jeden Abend zwei Löffel und jeden Morgen ebenfalls. Dass Kittie ab und zu auch zwischendurch die Flasche ansetzte, war ihr kleines Geheimnis. Die Zeit vom Morgen bis zum Abend war schließlich grauenvoll lang, wenn man sie mit Schmerzen überbrücken musste. Dienstboten hatten so etwas zu wissen, aber niemals, *niemals* anzusprechen! Sie so in Verlegenheit zu bringen! Es wäre Lises Aufgabe gewesen zu merken, wie leicht die Flasche geworden war, und rechtzeitig in die Apotheke zu gehen. Nun war Wochenende, und sie würde einen ganzen Tag und zwei Nächte überstehen müssen. Allein der Gedanke ließ sie in Schweiß ausbrechen. Nur ein halber Löffel war noch herausgekommen am Abend. Kein Wunder, dass sie nun das Gefühl hatte, ihre Gedärme würden verbrennen. Ihr Rücken schoss feurige Pfeile in Schultern und Beine. Sie lag verkrümmt da, die Hand zuckte in Krämpfen über die Bettdecke. Nein, das würde sie nicht aushalten. Sie musste etwas tun, sich ablenken. Vielleicht konnte sie Sylta wecken, überlegte sie. Sicherlich hatte sie noch irgendetwas im Haus. Sie wusste ganz genau, dass auch ihre Schwiegertochter sich mit körperlichen Beschwerden plagte, auch wenn sie es natürlich noch nie thematisiert hatten. Aber die Dienstboten redeten, und Kittie war gerne informiert über die Vorgänge im Haus. Auch die privaten.

Mühsam schwang sie die Beine über die Bettkante. Ihr Stolz hielt sie davon ab, nach Lise zu klingeln. Sie tastete mit ihren

krummen Füßen nach den Pantoffeln und griff nach dem Gehstock, der am Nachttisch lehnte. Warum war es nur so dunkel?
Eine Ewigkeit brauchte sie, um sich so weit zurechtzumachen,
dass sie das Zimmer verlassen konnte.

Das Alter war eine Qual, eine Folter, ein endloser Tunnel aus
Schmerz, der jeden Tag länger und dunkler zu werden schien.
Nicht nur konnte sie beinahe nichts mehr alleine verrichten,
konnte nicht mehr am gesellschaftlichen Leben teilhaben, ja
kaum noch an dem ihrer Familie. Sie spürte mit jedem Tag, wie
ihre Kraft schwand. Hinzu kam der Verrat ihres Körpers, den zu
kontrollieren sie von klein auf perfektioniert hatte. Nun rächte er
sich an ihr, zeigte ihr mit einer Gewalt, die sie nicht für möglich
gehalten hätte, dass es Dinge gab, die sich Disziplin und Willen
entzogen. Jeden Tag fragte sie sich, warum der Herrgott sie so
strafte. Aber sie ertrug ihre Bürde schweigend. Wenn sie einmal
nicht mehr war, sollte niemand über sie sagen können, dass sie
sich hatte gehenlassen.

Wenn sie an das junge Mädchen dachte, das sie einmal gewesen war, kamen ihr hin und wieder die Tränen. Alle Männer
hatten sich umgedreht nach ihr, mit ihren rosigen Wangen und
ihrem blonden Haar. Gelb hatte ihr am besten gestanden. Eine
Farbe, die man nur als junge, unverheiratete Frau tragen konnte.
Sie sah es noch vor sich, ihr Lieblingskleid mit den kleinen Rosen
am Ausschnitt. In letzter Zeit träumte sie immer öfter von dieser
Zeit vor der Ehe, vor den Kindern, als alles noch aufregend und
sie nicht Mutter und Ehefrau, sondern einfach nur sie selbst gewesen war. Immer wieder entglitt ihr auch tagsüber die Realität
für eine kleine Weile, und sie war wieder das Christinchen, der
Augapfel ihrer Eltern, das Mädchen mit dem lieblichen Gesicht
und dem störrischen Gemüt. Wie hatte Kittie tanzen können,
damals. Es schien in einem anderen Leben gewesen zu sein.

Waren es wirklich diese klauenartigen Füße, die sie damals so federleicht über das Parkett getragen hatten? Manchmal hörte sie noch die Musik, sah sich im Licht der Kerzen durch den Saal wirbeln, alle Augen auf sich gerichtet. Das Erwachen wurde jedes Mal schmerzvoller, die Realität immer wieder ein bitterer Schock.

Langsam, mit zitternden Fingern, zog sie das Morgenkleid über den Kopf und stöhnte dabei vor Schmerzen. Als sie sich aufrichtete und im Spiegel die hässliche alte Frau sah, die sie geworden war, presste sie wütend den Mund zusammen.

Sie griff nach dem Türknauf. Im selben Moment schlug die Uhr in der Halle Mitternacht. Zögernd trat sie auf den Gang hinaus. Wie kalt und zugig es hier draußen war. Sie fröstelte. Ihr Blick wanderte zur Treppe. Das Mondlicht fiel schräg durch die Fenster auf die Stufen.

Kalte Angst griff nach ihr. Aber sie schob jeden Gedanken an Rückzug sofort brüsk beiseite. Erst letzte Woche hatte sie die Treppe einmal alleine geschafft. Lise war neben ihr hergegangen, bereit, sie jeden Moment aufzufangen. Aber sie wollte keine Zeugen dabeihaben, wie sie ihre Schwiegertochter um Hilfe anbettelte. Allein der Gedanke war kaum zu ertragen, aber wenn sie auch noch in der Küche darüber tratschten … Nein, es war nur ein Stockwerk bis zu Sylta hinunter. Wenn sie ganz langsam ging, würde es kein Problem sein. Sie musste nur … Plötzlich schoss ein heißer Schmerz in ihren Rücken. Sie zuckte zusammen, und ein gequälter Laut entfuhr ihr. Der Gehstock glitt ihr aus den Händen und fiel mit einem dumpfen Klonk auf den Teppich. Beinahe wäre auch sie in die Knie gesunken. Sie atmete stoßweise, presste beide Hände ins Kreuz, wartete, bis die Attacke vorbei war.

Ihr Blick wanderte nach unten. Ohne Stock konnte sie nicht

gehen. Aber sich zu bücken, vermochte sie nicht. Einen Moment stand sie hilflos da, ganz still, ihr Herz pochte wild, und sie überlegte verzweifelt, was sie nun tun sollte.

Da öffnete sich zu ihrer Rechten auf der anderen Seite des Geländers eine Tür. Zwei Gestalten kamen heraus. Im fahlen Licht konnte sie nur erkennen, dass sie dicht beieinanderstanden und flüsterten, dann – sie keuchte entsetzt auf – küssten die beiden sich leidenschaftlich. Plötzlich begriff sie, wer da vor ihr stand, und alles um sie her begann, sich zu drehen.

«Franz?», stieß sie hervor. Sie griff sich ans Herz.

Franz und Kai fuhren herum. Sie starrten sie an. Vor Kitties Augen begann es zu flimmern. «Franz, was geschieht hier …», murmelte sie, bevor ihre Knie nachgaben. Sie sah gerade noch, wie die beiden auf sie zustürzten, dann schwanden ihr die Sinne.

Als Hertha an diesem Morgen über die Hintertreppe in die kalte Küche kam, hatte sie so schlechte Laune wie schon lange nicht. Es dämmerte noch nicht einmal. Über dem dunklen Garten hing Nebel so dick wie Suppe. Sie war viel zu früh dran, aber sie hatte nicht mehr liegen können. Ihr Rücken tat weh, wie eigentlich immer in letzter Zeit, und sie spürte jenen nagenden Schmerz in einem ihrer Backenzähne, der in den letzten Tagen langsam, aber stetig schlimmer geworden war.

«Es ist nichts, alles Mumpitz!», murmelte sie vor sich hin, während sie Kaffee aufsetzte und das Feuer schürte. Aber langsam konnte sie es nicht mehr leugnen. Es war nicht nichts. Der Zahn pochte immer heftiger. Er hatte sie in der Nacht sogar mehrfach aufgeweckt.

Die Angst schnürte ihr den Magen ab. Der Zahnarzt war schlimmer als eine Geburt, schlimmer als eine Operation. Sie würde nicht hingehen! Nein, niemals! Vielleicht fand sie etwas in der Apotheke, aber sie würde eher ihren Mund von innen verrotten lassen, als je wieder so einen Folterknecht mit einer riesigen Zange an sich heranzulassen.

Als sie mit dem Tablett, auf dem das Frühstücksservice klapperte, in die große Halle ging und leise die Tür hinter sich anlehnte, entdeckte sie einen großen Haufen auf den Fliesen. Sie stutzte und blieb überrascht stehen. «Nanu!», rief sie entgeistert und blickte dann erschrocken nach oben. Nicht dass sie die Herrschaften aufweckte!

«Ich glaube es ja nicht! Was haben die Mädchen denn da angestellt», murmelte sie ärgerlich. Da war Stoff, vielleicht ein Kleid, das jemand einfach auf den Boden geworfen …

Der Schock war so gewaltig, dass ihr Atem aussetzte. Sie sah die verdrehten Gliedmaßen, die dünnen, altersfleckigen Arme, die gebrochenen Beine, das Blut, mit dem sich die weiße Spitze vollgesogen hatte. Sie sah das alles, aber ihr Hirn weigerte sich, die Bilder zu verarbeiten, weigerte sich zu verstehen, was sie da sah.

Kittie Karsten lag tot auf den Fliesen der Halle.

Ihr Gesicht war nur halb zu sehen, im Sturz waren Hausmantel und Nachtkleid nach oben geweht worden und verdeckten nun ihr Haar und ihre Augen. Aber ihr Unterkiefer schaute hervor. Er hatte sich durch den Aufschlag vom Kopf gelöst. Fast alle Zähne waren ausgeschlagen worden, gebrochen und zersplittert lagen sie da wie ein Haufen Murmeln. Eine arthritische, klauenartige Hand ragte seltsam verdreht in die Luft, als wollte sie noch im Tode nach jemandem rufen. Sie lag schon seit Stunden hier, das war deutlich an dem geronnenen Blut zu sehen, das wie die Verästelungen eines Baumes in die Rillen zwischen den Fliesen gesickert war.

Hertha starrte und starrte, in ihren Ohren rauschte es, die Uhr an der Wand hinter ihr tickte leise. Sie konnte sich nicht rühren. Es war, als würde sich die Zeit in großen Blasen wölben, einen Moment lang wusste sie nicht mehr, wer sie war, was sie hier machte. Ihr ganzer Körper wurde von einem Zittern erfasst.

Plötzlich löste sich ein Schrei in ihr. Er kam von ganz tief unten und brauchte eine Weile, bis er ausbrach, dann aber schrie sie so laut, dass Sylta und Lily gleichzeitig in ihren Nachtkleidern in den Flur gestürzt kamen.

Hertha ließ das Tablett fallen, das Service zerbarst in tausend Scherben. Dann sank sie zu Boden in eine tiefe Ohnmacht.

S ie hatten ihren Gehstock oben am Geländer gefunden. In ihrem Schlafzimmer lag die leere Flasche Medizin auf dem Boden. Lise berichtete unter Schluchzen von ihrem Streit am Abend. «Wir bestellen die Medizin immer am ersten Montag im Monat, aber dieses Mal hat sie nicht gereicht!», rief sie, unterbrochen von einem krampfartigen Schluckauf. «Sie muss zwischendurch davon genommen haben, ohne es mir zu sagen, ich konnte das doch nicht wissen!»

«Schon gut, Lise, schon gut! Niemand beschuldigt Sie!», beschwichtige Alfred das schluchzende Mädchen. Er stand mit bleichem Gesicht vor ihr, notdürftig mit seinem Morgenrock bekleidet.

Die anderen Angestellten hatte er schon befragt, sie alle waren im Salon versammelt, standen stumm in einer Reihe, der Schock war deutlich von ihren Gesichtern abzulesen. Auch sie alle trugen noch Morgenmäntel und Schultertücher über den Nachtkleidern. Hertha lag mit einem Lappen über den Augen auf dem Sofa, immer noch zu benommen, um aufzustehen.

«Sie muss solche Schmerzen gehabt haben, dass sie wahn-sinnig wurde», sagte Alfred jetzt. Seine Stimme brach, zitternd fuhr er sich über das Gesicht. Sylta stand sofort auf und nahm seinen Arm, er umklammerte ihre Hand, als müsste er sich an ihr festhalten.

Lily saß da wie betäubt. Das alles schien ihr ein einziger gro-ßer Albtraum. Ihre Gedanken rauschten und waren gleichzeitig seltsam still. Sie fühlte sich taub, als wäre sie nicht sie selbst, als würde all das hier nicht wirklich passieren. Denn das konnte es doch nicht, es konnte doch nicht sein, dass das die Wirklichkeit war. Vielleicht träume ich, dachte sie. Aber dann sah sie auf das Sofa hinunter. Ihre Hand lag auf den feinen Blumen des Web-stoffes, und sie konnte deutlich die einzelnen Fäden sehen. Mit dem Finger strich sie über eine gelbe Blume. Nein, sie träumte nicht, das hier passierte tatsächlich.

Ihre Großmutter war tot.

Kittie war inzwischen in den Frühstückssalon gebracht wor-den, wo man ihren Körper in ein Betttuch gewickelt hatte, bis Dr. Selzer und die Leichenkutsche kamen. Den ganzen Morgen über hatte sie in der Halle gelegen, nur notdürftig mit einem Mantel zugedeckt. Lily spürte eine dumpfe Übelkeit im Magen. Immer wieder flammte das entsetzliche Bild vor ihren Augen auf, dieser kleine braune, zertrümmerte Hügel, der ihre Groß-mutter sein sollte.

Sie und ihre Mutter waren die Ersten gewesen, die nach un-ten eilten. «Sieh nicht hin! Oh, Lily, sieh nicht hin!», hatte ihre Mutter gerufen, war herumgewirbelt und hatte versucht, Lily aufzuhalten, aber es war bereits zu spät gewesen. Niemals würde sie den Anblick vergessen, niemals wieder durch die Halle gehen können, ohne das Blut auf den Fliesen zu sehen.

Die grauenvolle Aufgabe, sie in den Salon zu schaffen, hatten Franz und Alfred selbst erledigt. Als sie zurückgekommen waren, schien ihr Vater um Jahre gealtert. Auch Franz sah erschreckend aus, er war bleich, seine blutunterlaufenen Augen irrten umher, und er strich sich alle paar Sekunden wie im Wahn über das Gesicht. Lily sah, dass er Tränen zurückblinzelte. Michel hatte zum Glück noch nichts mitbekommen, sie hatten Fräulein Söderlund angewiesen, mit ihm in seinem Zimmer zu frühstücken.

«Lise, du nimmst heute frei. Geh in die Küche und iss etwas auf den Schock», sagte Sylta jetzt streng. «Wir anderen ziehen uns jetzt an, und dann lasse ich auch für uns etwas auftragen. Es ist keinem gedient, wenn auch wir vor Schwäche umfallen. Bald wird Dr. Selzer kommen, und wir können ihn nicht im Nachtkleid empfangen. Seda, siehst du dich in der Lage, ein kleines Frühstück zu machen, wenn ihr euch angezogen habt?», fragte sie nachdrücklich, und es war klar, dass es sich nicht um eine Bitte handelte.

Lily war beindruckt davon, wie ihre Mutter das Kommando übernahm, um ihrem Mann zu helfen. Die Mädchen huschten sofort aus dem Raum.

Alfred nickte. «Du hast recht!», sagte er. «Wir müssen weitermachen.» Aber er sah nicht so aus, als ob er dazu imstande wäre. Auch Lily konnte nicht begreifen, dass der Tag einfach voranschritt, wenn etwas so Ungeheuerliches geschehen war.

Seit dem Tod ihrer Großmutter hatte Lily noch mehr das Gefühl als vorher, dass ihr Leben ihr entglitt. Dass nichts mehr stimmte, sie nicht die gleiche Frau war wie noch vor ein paar Wochen. Alles schien mit einem Mal falsch. Das Haus war stiller und dunkler. Es war, als läge ein lähmender Zauber über den Zimmern, der sie alle dazu brachte, leiser zu reden, sich wie in Trance zu bewegen. Beinahe hatte Lily vergessen, wie es sich anfühlte, fröhlich zu sein. Manchmal wachte sie nachts auf und glaubte, Kittie über ihrem Kopf umherlaufen zu hören, dann erinnerte sie sich, und sofort kamen die Tränen zurück. Ihr Verhältnis zu ihrer Großmutter war immer zwiespältig gewesen, und Lily merkte erst jetzt, nachdem Kittie nicht mehr da war, wie sehr sie die strenge alte Dame wirklich geliebt hatte.

Auch ihr Vater schien mit dem plötzlichen und schrecklichen Verlust seiner Mutter nicht zurechtzukommen, er war sehr still, hatte keinen rechten Appetit mehr und magerte zusehends ab. Lily wusste, dass es auch Probleme in der Reederei gab, aber sie sprachen nie darüber. Wie immer hielten die Männer die geschäftlichen Belange von den Frauen fern, und zum ersten Mal in ihrem Leben war Lily froh darüber. Beim Essen war die Stimmung seltsam, Michel war durcheinander und aufsässig, ihre Mutter schweigsam und fahrig. Weil sie sich zu Hause nicht mehr wohl fühlte, stürzte Lily sich noch mehr in die Arbeit des Frauenzirkels. Sie ging zu Lesungen und Veranstaltungen, wann immer sie es einrichten konnte, schob Besuche bei Emma und Berta vor, schwänzte Unterricht und Tanzstunden. Lügen wurde ihr zur Routine, und sie merkte es nicht einmal. An Henry dachte sie nur noch mit Magenschmerzen. Ihre Verabredungen sagte sie ab, wann immer sie konnte, und wenn es nicht ging, war sie mal zu launisch und still, mal zu laut und aufgedreht. Sie wusste nicht mehr, wie sie sich ihm gegenüber verhalten sollte. Er schob ihr Verhalten auf den Tod ihrer Großmutter und kümmerte sich liebevoll um sie, wodurch sie noch gereizter wurde.

Einzig die Spaziergänge mit Jo konnten sie noch ein wenig trösten. Nur in seiner Gegenwart hatte sie das Gefühl, wieder richtig durchatmen oder gar lachen zu können. Wann immer sie es einrichten konnten, sahen sie sich. Sie trafen sich am Ufer, fuhren mit einer Kutsche in eine abgelegene Gegend, gingen spazieren und redeten, sprachen über Bücher, über die Arbeiter im Hafen, die Zustände in den Gängevierteln, über alles, nur nicht über sich.

Sie berührten sich nie.

Denn sie beide wussten, dass es kein Zurück mehr gab, wenn sie diese Grenze einmal überschritten. Aber Lily sehnte ihre Treffen herbei wie nichts anderes auf der Welt, und sie spürte, dass es Jo genauso ging. Sie spielten mit dem Feuer. Doch nichts und niemand hätte Lily davon abhalten können, zu ihm zu gehen.

Franz erwachte und wusste, dass etwas nicht stimmte. Er blinzelte sich den Schlaf aus den Augen und rieb sich über den Mund. Der Mond warf einen hellen Strahl durch den Spalt in den Bettvorhängen.

Er hatte Durst. Irgendetwas hatte ihn geweckt, und er wusste nicht, was, wusste nur, dass er sich seltsam fühlte. Die Haare an seinen Armen standen aufrecht, und sein Nacken kribbelte. Wahrscheinlich hatte er schlecht geträumt. Müde schwang er die Beine über die Bettkante, wollte gerade aufstehen, um sich aus der Karaffe einen Schluck Wasser einzuschenken, als er plötzlich erstarrte. Langsam ließ er sich zurücksinken.

In den Schatten neben seinem Schrank stand eine Gestalt.

Er wollte schreien, aber kein Laut kam aus seinem Mund. Zitternd starrte er in die Dunkelheit, seine Hände krampften sich ins Betttuch.

Sie stand stumm da. Klein, zusammengekauert wie ein Kind. Aber er wusste, dass das dort in der Dunkelheit kein Kind war.

Das Gesicht war von den Schatten verborgen, doch er konnte fühlen, wie sich Augen in ihn hineinbrannten.

Als das Mondlicht ihr Gesicht traf, keuchte er entsetzt auf. Er hatte es gewusst, hatte es bereits im Schlaf gefühlt.

Seine Großmutter sah aus, wie sie sie gefunden hatten: der Rücken zertrümmert, der Kopf schief auf ihrem Hals, die Zähne ausgeschlagen, die Augen blutig und leer. Sie streckte die tote Hand nach ihm aus.

«Franz!», sagte sie, und ihre Stimme klang, wie sie immer geklungen hatte. «Franz, mein Junge!»

Schreiend fuhr er auf. Sein Atem ging rasselnd, und er rieb sich das nasse Gesicht. Schnell riss er die Bettvorhänge zur Seite.

Die Ecke neben dem Schrank war leer.

Ein Traum! Nur ein Traum! Schon wieder! Sein Herz raste. Langsam ließ er sich wieder ins Kissen zurücksinken, blinzelte die Tränen weg, die ihm in den Augen brannten. Er hatte geglaubt, wach zu sein, war sich so sicher gewesen, sie wirklich zu sehen. Alles war so real erschienen, das Zimmer, die Bettdecke. Aber sie war nicht hier, ihr Körper faulte im Familiengrab unter den Fichten des Ohlsdorfer Friedhofs vor sich hin. Er hatte selbst gesehen, wie sich der Sargdeckel über ihr schloss. Sie war tot und begraben. Fort.

Doch er wusste, dass das nicht stimmte. Sie war noch hier. Würde für immer hier sein. In diesem Haus, in diesem Zimmer, in seinem Kopf. Wartete in der Dunkelheit, um ihn zu holen. Um ihn zu bestrafen für das, was er getan hatte.

Warum hatte es passieren müssen? Warum war er schwach geworden? Warum hatten sie sich im Flur geküsst? Sein Plan mit Seda hatte so gut funktioniert, er hätte nur standhaft bleiben müssen … Aber er hatte es einfach nicht ausgehalten, Kai nicht zu sehen! Und ihre Leidenschaft hatte sie unvorsichtig werden

lassen. Er hatte den Kopf verloren. Und dann war das Undenk-
bare geschehen … Niemals würde er es vergessen, der Anblick
seiner Großmutter, das Entsetzen in ihrem Gesicht … Er konnte nicht weiterdenken. Franz vergrub den Kopf im Kissen und
weinte, schluchzte hemmungslos, verzweifelt wie ein kleines
Kind, das etwas Schlimmes angestellt hatte und dem niemand
auf der Welt helfen konnte, es wiedergutzumachen. Er hatte sich
noch nie so einsam gefühlt wie in diesem Moment.

Mehrere Wochen später hing noch der Mond über den Dächern von Hamburg, als Seda und Lise aufstanden, auch
wenn der Himmel schon eine silber-rosa Färbung angenommen
hatte und draußen in den Rosen die ersten Vögel sangen. Seda
gähnte und rieb sich die Augen. Es fiel ihr jeden Morgen schwer,
aus dem Traum in die Wirklichkeit überzugehen, das warme
Bett zu verlassen und dem langen, mühsamen Tag entgegen-
zusehen. In letzter Zeit, seit Franz sie dazu zwang, zu ihm zu
kommen, weinte sie sich jeden Abend in den Schlaf, und so war
das Aufstehen noch schwerer, waren die Tage noch länger und
vor allem dunkler als früher. Manchmal hatte sie das Gefühl, sie
würde nie wieder fröhlich werden. Als Agnes an diesem Morgen
an ihre Tür klopfte, meinte sie, gerade erst eingeschlafen zu sein.
Sie fühlte sich benommen, die Beine taten ihr weh, ihr Kopf war
schwer.

Sie konnte niemandem an ihrem Schmerz teilhaben lassen,
wagte es nicht, darüber zu sprechen. Nicht einmal Lise wusste
davon, obwohl sie sich ein Zimmer teilten.

Die Mädchen kleideten sich im Licht einer Kerze an, halfen
sich in ihre Schnürleibchen, frisierten sich gegenseitig, scherzten
ein wenig über Agnes' Tadel vom letzten Abend wegen einer

schlecht geflickten Schürze. Schließlich huschten sie über die Hintertreppe in die Küche.

Hertha hatte bereits Feuer gemacht, ihre Zahnschmerzen trieben sie immer früher aus dem Bett. Agnes kam gleichzeitig mit ihnen mit verquollenen Augen die Treppe herab. Lise begann mit den Vorbereitungen für das Frühstück, und Seda ging in den Salon. Sie fühlte sich seltsam. Was war nur los mit ihr heute? Die Glieder waren so schwer, die Lider wollten ihr immer wieder zufallen.

Wie jeden Morgen öffnete sie alle Fenster und begann mit der Arbeit. Heute war Mittwoch, das hieß, dass sie die Möbel reinigen würden. Noch halb im Schlaf fing sie an, die Stühle hochzustellen, die Gardinen abzustauben und die Teppiche zu fegen. Das Gleiche machte sie im Frühstückszimmer. Als sie in die Küche ging, um zu schauen, ob das Service schon bereitstand, fühlte sie einen seltsamen Druck im Magen. Sie ignorierte ihn, aber mit einem Mal war sie in Alarmbereitschaft.

Etwas stimmte nicht.

Als sie den Speck roch, der in der Pfanne briet, konnte sie es plötzlich nicht mehr halten. Sie lief in den Hof und erbrach einen heißen Strahl neben den Hühnerstall. Spuckend und keuchend kniete sie im feuchten Gras und versuchte, ihren Magen zu kontrollieren, der sich immer wieder aufbäumte.

«Na, na!», murmelte Hertha besorgt, als sie wieder reinkam. «Setz dich einen Moment. Du hast dir doch nichts eingefangen? Du warst in letzter Zeit ohnehin so still und bedrückt, ich denke schon lange, dass sich da was anbahnt.»

Seda schüttelte den Kopf. «Es geht schon wieder!», murmelte sie. Aber sie konnte nichts essen, spürte immer noch diesen seltsamen Schwindel. Ich bin heute nicht ich selbst, dachte sie. Aber hinlegen konnte sie sich nicht, dafür gab es zu viel zu tun.

Während sie erst Sylta und dann Lily half, sich für das Frühstück anzuziehen, versuchte sie zu verbergen, wie miserabel sie sich fühlte.

«Du siehst irgendwie anders aus heute», sagte Lily und betrachtete Seda im Spiegel.

«Ach ja?», fragte Seda und erwartete, dass sie ihr gleich, wie alle anderen in letzter Zeit, sagen würde, dass sie elend wirkte.

«Ja, deine Wangen sind voller!», erwiderte Lily stattdessen und lächelte. «Es steht dir gut!»

Als Lily und Sylta zum Frühstück gegangen waren und Seda die Zimmer fertig machte, die Matratzen wendete und die Betttücher feststeckte, die Waschtische säuberte und die Schlafstubengefäße auffüllte, hallten Lilys Worte in ihr wider. Eine Ahnung kroch in ihr hoch. Eine dunkle, grauenvolle Ahnung, die die ganze Zeit irgendwie schon da gewesen war, die sie aber mit verzweifelter Entschlossenheit verdrängt hatte. Auch jetzt konnte sie es sich noch nicht eingestehen, konnte nicht einmal in Gedanken in Worte fassen, was sie eigentlich schon wusste. Mit zitternder Hand legte sie den Sicherheitsgurt an, den sie im Haus für die Fensterreinigung angeschafft hatten, seitdem bei den Nachbarn letztes Jahr das Mädchen aus dem Fenster gefallen und tödlich verunglückt war. Sylta bestand darauf, dass sie ihn trugen, auch wenn Seda es eigentlich für überflüssig hielt. Doch heute war sie froh um den Gurt, denn als sie sich hinauslehnte und in schwindelerregender Höhe die Fensterrahmen abwusch, überfiel sie eine neue Welle der Übelkeit. Sie presste die Hand vor den Mund und machte weiter, konzentrierte sich ganz auf die Arbeit. Doch es gelang ihr nicht.

Mit einem Mal drehten sich die Bäume und Büsche, sie sah das Glitzern der Alster und den Kies unten auf der Auffahrt, und dann wurde es schwarz um sie her.

Wäre der Gurt nicht gewesen, sie wäre zwei Stockwerke tief ins Leere gestürzt.

Als sie später im Bett lag, versorgt von Hertha und mit einer warmen Zinnflasche auf den Füßen, starrte sie benommen an die Decke. Was sollte sie tun?

Sie wusste es nicht. Wusste nur, dass sie ein Kind erwartete. Ein Kind, das sie nie gewollt hatte, von einem Mann, den sie zutiefst verabscheute. Seda schloss die Augen und weinte still in ihr Kissen.

F ranz war geradezu ekstatisch. Er lief durch die Straßen, grüßte rechts und links, ein breites Lächeln auf dem Gesicht. Ewig hatte er sich nicht mehr so unbeschwert gefühlt. Nun würde niemand mehr an ihm zweifeln, seine Eltern würden sich in Grund und Boden schämen für ihren Verdacht. Sogar Oolkert würde er hinhalten können damit, schließlich wollte der sicherlich nicht, dass seine Tochter einem eventuellen Skandal zum Opfer fiel.

Zwei Stufen auf einmal nehmend, sprang er die Treppen zum Klub hinauf. Erst würde er eine Runde spendieren und sich dann vorsichtig bei den einschlägigen Gentlemen umhören. Er wusste genau, wen er bezüglich der nun abzuwickelnden Formalitäten um Rat fragen konnte und wem er die Geschichte erzählen musste, damit sie sich verlässlich in der Stadt verbreitete. Bereits heute Abend würde er Gesprächsthema an so manchem Esstisch und in so manchem Skatzimmer sein. Es würde nie an die Öffentlichkeit gelangen, und doch würden alle Bescheid wissen. So funktionierte es nun mal. Es war ein gut geöltes Getriebe.

«Alter Haudegen!» Zehn Minuten später klopfte ihm sein Bekannter Reginald anerkennend auf den Rücken. Franz' Geschichte hatte im Klub bereits die Runde gemacht. «Dachte schon, du wärst der Einzige unter uns, der seine reine Weste für immer behalten will!»

Franz zog zufrieden an seiner Zigarre und tat so, als wäre ihm das Ganze unangenehm. «Scht, scht! Es muss ja nicht gleich die ganze Stadt erfahren!», sagte er, dämpfte seine Stimme aber nicht. Genüsslich lehnte er sich im Sessel zurück und paffte einen Moment vor sich hin.

«Sie muss nur unterschreiben, dann kann dir nichts mehr passieren. Du solltest es geschickt formulieren, damit sie nicht irgendwann zurückkommt und fordert, dass du die Vaterschaft anerkennst. Aber ihr lasst das natürlich euren Anwalt aufsetzen?», fragte Reginald, spülte seinen Whiskey in einem Zug hinunter und winkte gleich darauf einem Kellner, ihm einen neuen zu bringen.

Franz nickte. «Selbstverständlich! Ich werde alle Vorsicht walten lassen!»

In diesem Moment fiel ein Schatten auf sein Gesicht. Als er aufblickte, sah er in die Augen von Ludwig Oolkert.

«Mein Lieber. Hast du einen Moment?» Oolkert lächelte, aber Franz konnte sehen, dass etwas mit dem Lächeln nicht stimmte.

«Ludwig. Sicher, gehen wir an die Bar?»

Oolkert schüttelte den Kopf. «Ich habe die Bibliothek für uns reservieren lassen», erwiderte er kalt.

Franz runzelte die Stirn. Er stand auf, drückte dem verblüfften Reginald seine Zigarre in die Hand und folgte Oolkert. Plötzlich war ihm flau im Magen. Er hatte nicht gewusst, dass der Alte heute hier war. Was konnte er wollen?

Das Licht in dem hohen, getäfelten Raum fiel schräg durch die bunten Bogenfenster. Sie gaben den Blick auf den prächtigen Parkgarten des Klubs frei. Oolkert machte die Tür hinter ihnen zu. Dann bedeutete er Franz mit einem Nicken, sich zu setzen.

Schwitzend ließ Franz sich in einen Ledersessel fallen und lockerte seine Krawatte. «Was ist los?», fragte er unschuldig und lächelte.

«Was ist los?» Oolkert schlenderte durch den Raum, verschränkte die Arme hinter dem Rücken. «Was ist los? Schauen wir mal …», sagte er nachdenklich. Er drehte sich plötzlich um und musterte Franz mit stechendem Blick. «Ich hörte soeben von deiner … prekären Situation.»

Franz schluckte. Er hatte natürlich gewollt, dass Oolkert von der Sache erfuhr. Nur nicht sofort und nicht auf diese Weise. Er hatte es ihm als eine kleine Ärgerlichkeit verkaufen wollen, nicht weiter der Rede wert, die er aber aus dem Weg schaffen musste, bevor er weitersehen konnte. Er hätte es von ihm selbst erfahren sollen. Wenn er das Gerede und die Anzüglichkeiten der Männer vorhin mitbekommen hatte, musste es so aussehen, als würde Franz sich über ihn und Roswita lustig machen. Er hatte ordentlich angegeben vor den Männern, natürlich unter dem Deckmantel gespielter Scham. Irgendeine kleine Ratte war anscheinend sofort zu Oolkert gelaufen.

Franz wurde heiß. «Du verstehst nicht …», begann er, doch Oolkert unterbrach ihn mit einer Handbewegung.

«Nein. Du verstehst nicht, Franz.»

Oolkert stützte sich auf seinen Gehstock. Franz wurde plötzlich bewusst, wie groß Oolkert war. Das Licht aus den Buntglasfenstern malte Schatten auf sein Gesicht. «Du wirst diese Sache bereinigen. So diskret und schnell wie möglich. Das Mädchen verschwindet. Du wirst zu niemandem mehr ein Wort über sie verlieren.» Oolkert machte eine bedeutungsvolle Pause. «Und wenn die Sache erledigt ist, bittest du meine Tochter um ihre Hand.»

Franz holte scharf Luft. «Was?», fragte er und lachte verdattert auf.

Oolkert nahm seinen Blick keine Sekunde von ihm. «Oder jeder in der Stadt erfährt von deinem Bruder», sagte er leise.

In Franz' Kopf rauschte es plötzlich, er krallte die Finger in die Sessellehne. Es fühlte sich an, als würde die Welt um ihn herum verschwimmen. Er brauchte ein paar Sekunden, um zu begreifen. Weber musste Oolkert doch von Michel erzählt haben.

«Ich weiß, dass es eine Erbkrankheit ist. Wenn es herauskommt, verliert nicht nur deine Schwester ihren Verlobten. Eure Familie wird es hart treffen. Ihr habt bereits Weber und Borger verloren. Auch ich werde mich zurückziehen, ich kann mit einer solchen Familie selbstverständlich keine Geschäfte machen, nicht wahr?»

«Aber … wie kannst du wollen, dass ich deine Tochter heirate?», fragte Franz leise. Der erste Schock hatte sich gelegt und eine prickelnde, lähmende Kälte in seinen Adern zurückgelassen.

Oolkert nickte. «Es ist riskant. Aber es gibt Mittel und Wege. Ich habe bereits Enkelkinder. Für das Erbe ist also ausreichend gesorgt. Mich interessiert nur die Hochzeit. In eurer Familie ist es nur eines von drei Kindern, die Chancen stehen gut, dass du zumindest einen gesunden Nachkommen zeugst. Roswita wird selbstverständlich nichts erfahren. Und sollte sich bei der Geburt herausstellen, dass wir Pech hatten … Nun, dann kümmere ich mich um die Sache, wie ich mich immer kümmere.»

Franz schluckte. Wie konnte jemand nur so kalt über diese Dinge sprechen? «Was meinst du mit *kümmern*?», fragte er, doch Oolkert lächelte nur.

«Ich werde ganz sicher nicht den gleichen Fehler begehen wie ihr und meine Familie damit in Gefahr bringen, dass ich eine Missgeburt in meinem Haus aufwachsen lasse», sagte er. Franz spürte, wie die Wut ihm die Kehle zuschnürte. «Aber das ist Zukunftsmusik, die Details interessieren im Moment nicht. Es geht ums Geschäft. Du wirst Roswita heiraten, und du wirst deinen Vater in unsere kleine Unterredung hier einweihen. Und dann sehen wir, ob wir unser kleines Indienprojekt nicht bald in trockenen Tüchern haben.» Oolkert lächelte. Er ging langsam zur Tür, zog seinen Stock hinter sich her, sodass er über die Dielen kratzte. «Über die Details der Verlobung werde ich mit deinem Vater sprechen!», sagte er, ohne sich noch einmal umzudrehen. «Ich empfehle mich.»

Die Tür fiel hinter Oolkert ins Schloss. Franz saß mit eingefallenem Gesicht da und starrte auf den Teppich. Obwohl das Licht immer noch hell durch die Fenster strahlte, fühlte sich die Welt um ihn herum plötzlich dunkel an.

Dunkel und kalt.

7

Als die Hitze des Hamburger Sommers langsam nach-
ließ und den ersten warmen, goldenen Herbsttagen Platz
machte, fuhr Sylta mit Eva Oolkert und ihren Kindern zur Erholung in deren Haus am Meer. In letzter Zeit hatte sich Syltas
gesundheitlicher Zustand weiter verschlechtert. Emma kam
regelmäßig ins Haus, aber auch sie konnte, wie sie schon vorhergesagt hatte, die Symptome nur lindern, die Krankheit selbst
jedoch nicht bekämpfen. Dr. Selzer hatte sich geweigert, mit ihr
über Sylta zu sprechen. Als Alfred ihm jedoch sagte, welche Dia-
gnose sie gestellt hatte, und ihm die Medikamente zeigte, die sie
verordnet hatte, musste er brummend zugeben, dass sie richtig-
liegen könnte.

Sie alle hatten schon lange versucht, Sylta zu einer Auszeit auf
dem Land zu überreden, aber wegen Michel, den sie nicht allein
lassen wollte, hatte sie immer abgelehnt. Doch als die Einladung
kam und sowohl Emma als auch ihre Familie darauf drängte,
willigte sie schließlich ein. So fuhr Sylta ab, und das Haus wurde
noch ein wenig stiller.

Die Abwesenheit ihrer Mutter bescherte Lily nie gekannte
Freiheiten. Zu keiner Zeit ihres Lebens war es vorgekommen,
dass Großmutter, Gouvernante und Sylta gleichzeitig wegfielen.
Sie traf sich nun mehrmals in der Woche mit Jo oder ging mit
Martha, Isabell und den anderen zu geheimen sozialistischen
Veranstaltungen. Hertha und Agnes machten sich zwar Sorgen,
wollten sie, wann immer es ging, im Haus halten, aber Lily log

so geschickt und skrupellos, schob Ausfahrten mit Henry und Lernzirkel vor, dass ihnen nichts anderes übrigblieb, als sie ziehen zu lassen. Lily wusste genau, dass die beiden es nur im äußersten Notfall wagen würden, ihren Vater, der den ganzen Tag in der Reederei war und abends müde und abgespannt nach Hause kam, mit solchen Dingen zu behelligen. Zwar plagte sie das schlechte Gewissen, aber sie konnte weder Jo noch der Versuchung des Frauenzirkels und ihres neuen Lebens widerstehen.

Lily missachtete nicht nur die Regeln, indem sie alleine in die Stadt ging, sie las auch alle Bücher, die ihr früher verboten worden waren, stahl Victor Hugo aus der Bibliothek ihres Vaters und brütete nächtelang über ihren eigenen Texten, die sich mehr und mehr zu politischen und gesellschaftskritischen Schriften wandelten. Erst jetzt wurde ihr bewusst, das weibliche Stimmen in der Literatur so gut wie nicht existierten. Abgesehen von Groschenromanautorinnen gab es kaum eine Schriftstellerin, die sich auf dem Markt einen Namen gemacht hatte. «Die wenigen Frauen, die es wagen zu schreiben, tun dies unter einem männlichen Pseudonym. Sonst werden ihre Werke nicht ernst genommen oder gar nicht erst publiziert», erzählte ihr Isabell bei einem ihrer Treffen. «Es ist zu traurig, aber man kann es verstehen. Sie haben Angst, sich lächerlich zu machen.»

Mehr und mehr beschäftigte Lily sich auch mit der Darstellung von Frauen in den Büchern, die sie las. Ihr wurde klar, dass alle diese Figuren, die ihr früher als Vorbild gedient hatten, von Männern erschaffen worden waren und damit nie die wahren Gedanken oder Gefühle einer Frau ausdrücken konnten. Je mehr sie sich mit diesen Dingen befasste, desto schärfer wurde ihr Blick, desto besser verstand sie, wie systematisch Frauen und ihre Rechte in jedem Aspekt ihres Daseins unterdrückt wurden.

Stück für Stück veränderte sich die Art, wie sie dachte, wie sie sprach, wie sie sich und die Welt wahrnahm. Sie merkte selbst, dass sie mit der alten Lily kaum noch etwas gemein hatte.

«Ich erkenne dich in letzter Zeit gar nicht wieder», sagte Berta eines Tages zu ihr, nachdem sie in der Pause mal wieder einen Streit ausgefochten hatten.

Aber Lily nickte nur. «Ich mich auch nicht», antwortete sie, und in ihrer Stimme lag unverhohlener Stolz.

«Findest du das nicht ziemlich scheinheilig?» Berta rümpfte die Nase. «Du lebst in einer Villa am Ufer, Dienstboten erledigen jeden Handgriff für dich. Was weißt du schon von Frauenrechten?»

Lily nickte langsam. «Du hast recht, ich weiß nicht aus erster Hand, wie es sich anfühlt, ausgebeutet zu werden. Aber Rechte habe auch ich keine, da hilft mir das Geld meiner Familie kein bisschen weiter.»

Berta sah aus, als würde sie nicht so richtig verstehen, was Lily meinte.

«Aber lass uns nicht mehr streiten!» Lily nahm Bertas Hand. «Das führt ja zu nichts. Ich wollte dich ohnehin etwas fragen ...» Sie zog einen Stapel Papiere aus der Tasche und reichte ihn Berta. «Würdest du das hier Friedrich geben und ihn bitten, mal einen Blick drauf zu werfen?»

Berta wurde kreidebleich. «Was ist das?», fragte sie, streckte aber die Hand nicht aus, sondern betrachtete die Papiere, als hätten sie eine ansteckende Krankheit.

«Nur ein paar Schriften von mir. Aufsätze sozusagen, Überlegungen. Seine Meinung würde mich interessieren, ich kenne ja sonst niemanden, der professionell schreibt!»

Berta schüttelte den Kopf. «Ich darf so etwas nicht in unser Haus bringen!», wehrte sie ab.

«Du sollst es ja auch nicht deinen Eltern vorlesen. Wenn es jemand findet, kannst du doch erklären, dass du nicht weißt, was es ist. Bitte, Berta, es wäre mir sehr wichtig.»

Lily sah sie eindringlich an, und irgendwann nahm Berta mit einer Miene, als würde es sauer vom Himmel regnen, die Papiere. «Schön, ich versuche es», sagte sie.

Doch ein paar Tage später kam sie auf Lily zu und gab sie ihr zurück. «Er hat momentan keine Zeit und lässt dir ausrichten, du sollst es in ein paar Wochen noch mal versuchen.»

Stirnrunzelnd sah Lily sie an. Berta wich ihrem Blick aus und setzte sich neben Anna-Maria.

Obwohl sie so viel mit ihren eigenen Problemen beschäftigt war, merkte Lily doch, dass es ihrem Vater nicht gut ging. Fast schien er froh, als Sylta an die See abreiste. Sie wusste, dass die Krankheit ihrer Mutter ihm schwer zu schaffen machte. In letzter Zeit war er immer reizbarer geworden. Sie fragte sich oft, ob es noch einen anderen Grund gab, warum er sich so anders verhielt. Es war, als laste eine unsichtbare Bürde auf ihm. Er schien jeden Tag ein Stückchen mehr in sich zusammenzusacken. Sie beobachtete es mit Angst, wusste, dass sie durch ihr Verhalten zu seinen vielen Sorgen beitrug und ihn, sollte er jemals auch nur einen Teil von ihren Geheimnissen erfahren, zutiefst schockieren und verletzen würde.

Auch Franz schien nicht der Alte. Kitties Tod hatte ihm mehr zugesetzt, als Lily es jemals für möglich gehalten hätte. Er war schweigsam geworden, mürrisch, redete noch weniger mit ihr als zuvor. Meist sah sie ihn nur noch beim Abendessen, und da sprach er ausschließlich über die Reederei. Lily fühlte sich überflüssig und allein. Wenn Michel sie nicht gebraucht hätte, sie wäre am liebsten gar nicht mehr nach Hause gekommen. Doch die Abwesenheit seiner Mutter machte dem kleinen Jungen sehr zu schaffen, sie verwirrte ihn und ließ ihn noch anhänglicher werden als sonst, und so verbrachte Lily alle Zeit, die sie zu Hause war, mit ihrem Bruder.

H ier, für dich!»
Jo sah überrascht auf. Lily hielt ihm etwas entgegen. Ein Buch. Stirnrunzelnd nahm er es. «*Madame Bovary*», sagte er, nachdem er eine Weile auf den Titel gestarrt hatte. «Was soll das sein?»

«Ich will, dass du das liest!», sagte sie.

«Du willst, dass ich das lese?» Er lachte überrascht. «Und wozu?»

«Damit du mich besser verstehst!»

Entgeistert starrte er sie an. «Aber ich verstehe doch alles, was du sagst!»

«Nein, tust du nicht. Nicht wirklich jedenfalls. Ich habe es bis vor kurzem ja nicht einmal selber verstanden. Es ist sehr spannend und interessant, keine Sorge. Es hat mir die Augen geöffnet. Überhaupt öffnen mir die Bücher in letzter Zeit die Augen für so vieles. Ich wusste ja nicht, was es alles gibt, was alles schon geschrieben wurde, dass es andere Frauen gibt, nicht nur Martha und Isabell und Emma. Andere Frauen überall auf der Welt, die so denken wie wir. Und Männer auch! Das Buch wurde von einem Mann geschrieben! Flaubert hat es verstanden, er hat uns verstanden!»

Sie hatte sich in Rage geredet, ihre Wangen waren rot, ihre Augen leuchteten. Jo fand sie in diesem Moment so unwiderstehlich, dass es all seine Willenskraft brauchte, damit er sie nicht packte und an sich zog.

«Liest du es?», fragte sie und kam einen Schritt näher. Sein Blick hing an ihrem Mund, ihren roten Lippen.

Er nickte. «Wenn du willst! …», murmelte er stockend. Er hätte in diesem Moment zu allem ja gesagt.

Sie lächelte.

Abends holte er das Buch hervor. Es war dick. Sehr dick. Er schlug es auf und blätterte ans Ende. Über 450 Seiten. Er riss die Augen auf. Dafür würde er Jahre brauchen.

Anfangs las er nur abends ein paar Minuten, im Licht einer Kerze, bevor ihm die Augen zufielen und das Buch auf seinem Gesicht landete. Was hatte sie ihm da nur gegeben, eine endlos lange Geschichte über einen seltsamen Arzt? Er verstand nur die Hälfte, war nach der Arbeit meist so müde, dass er einfach umfiel, aber nun zwang er sich, zumindest ein bisschen darin zu blättern, damit sie ihn nicht eines Tages fragte, wie er das Buch fand, und er zugeben musste, dass er es nicht gelesen hatte.

Und er merkte, wie er besser wurde, schneller, wie seine Augen sich an die Wörter gewöhnten. Wie sie manchmal über einen Satz glitten und er ihn einfach verstand, vollständig, von vorne bis hinten, bevor er noch die einzelnen Wörter erfasst hatte.

Er begann, das Buch mit sich herumzutragen, steckte es hinten in die Hose, unter sein Hemd und holte es hervor, wann immer er eine Pause hatte oder sich ein paar Minuten hinsetzen konnte. Und er begann, ein wenig besser zu verstehen, was Lily ihm hatte sagen wollen. Auch wenn er noch nicht bereit war, das zuzugeben.

«Bringst du mir ein neues Buch?», fragte er nach ein paar Wochen und war von sich selbst überrascht. Aber ihm war jeder Vorwand recht, um sie wiedersehen zu können. Außerdem, und das wollte er nicht einmal vor sich selbst so richtig eingestehen, hatte ihm das Lesen gefallen. Irgendwann hatte er in das Buch hineingefunden, hatte mehr gesehen als nur die Wörter auf dem Papier. Es war, als wäre er dabei gewesen, hätte die Geschichte selbst erlebt. Und was für eine Geschichte es gewesen war! Er dachte oft an die Figuren, fast fehlten sie ihm, jetzt, wo er das Buch beendet hatte. Emma Bovarys Tod hatte ihn getroffen.

Als er Lily das erzählte, sah sie ihn überrascht an. «Wirklich?» Er nickte. «Nicht dumm, dieser Flaubert.»

Lily lächelte. «*Flaubert!*», sagte sie langsam und sprach es aus wie «Flobähr». «Das ist Französisch. Das Buch ist berühmt, hast du das gewusst? Es hat in Frankreich einen Skandal ausgelöst, der Autor wurde vor Gericht gezerrt! Er war angeklagt, die öffentlichen Sitten und die Moral verletzt zu haben.»

Jo lachte. «Das kann ich mir gut vorstellen, ich habe noch nie eine solche Geschichte gehört oder gelesen!»

Er hatte vorher überhaupt noch nie eine Geschichte gelesen, aber das sagte er natürlich nicht.

Wie immer, wenn Franz seine Räume in der Villa betrat, dachte er an Kai. Er vermisste ihn, vermisste seinen Geruch, seine Hände, sein Lachen. Damit hatte er nicht gerechnet. Sie hatten sich gut verstanden, aber niemals war von Gefühlen die Rede gewesen. Überhaupt hatten sie nie viel gesprochen … aber nun merkte er, dass Kai der einzige Mensch war, der verstand, was er durchmachte. Der einzige Mensch, dem er sich wirklich nahe gefühlt hatte. Und nun auch der einzige Mensch, der wusste, was in jener schrecklichen Nacht wirklich geschehen war …

Aber damals waren sie schwach geworden, hatten nicht nachgedacht, und es hatte in einer Katastrophe geendet. Es war einfach zu gefährlich. Und er hatte es ja auch geschafft, hatte sich zusammengerissen, der Versuchung widerstanden und ihn kein einziges Mal mehr zu sich gerufen. Aber, Gott, wie sehr er ihn vermisste.

Müde zog er sich die Jacke aus, schüttete sich einen Whiskey ein und stürzte ihn sofort hinunter, dann einen zweiten. Könnte er es nicht riskieren, jetzt wo Seda schwanger war … den ganzen Tag schon hatte er darüber nachgedacht, den Gedanken im Kopf hin und her gewälzt. Aber was, wenn sie wieder jemand erwischen sollte. Nein, es war einfach zu …

«Franz.» Eine Stimme hinter ihm ließ ihn zusammenfahren.

«Kai!», rief er ungläubig. Er konnte nicht glauben, was er sah. Es war, als wäre er geradewegs aus seinen Gedanken ins Zimmer geschlüpft. «Warum bist du hier?», fragte er mit rauer Stimme. Kai hatte noch nie zuvor das Zimmer betreten, ohne vorher gerufen worden zu sein.

Kai war inzwischen näher getreten, ihre Hände berührten sich beinahe. Franz nahm den vertrauten Duft seiner Haut wahr, und alles in ihm begann zu kribbeln. «Ich … wollte dich einfach sehen …», stieß Kai hervor, aber Franz ließ ihm keine Zeit, den Satz zu beenden. Er zog ihn an sich und küsste ihn so leidenschaftlich, dass Kai ein lautes Stöhnen entfuhr. Er machte sich los, ging mit schnellen Schritten zur Tür und drehte den Schlüssel im Schloss.

W ie bitte?» Lily starrte Emma so entgeistert an, dass diese sich das Lachen verkneifen musste. Schnell biss sie sich auf die Wange, um sich nicht über das Unwissen ihrer Freundin lustig zu machen.

«Kondome? Was soll das überhaupt sein?»

Emma seufzte leise und nahm sich ein Küchlein vom Tisch.

Die beiden saßen im Salon ihrer Mutter und planten ein neues Flugblatt für den Frauenzirkel. Soeben hatte Emma das Thema jedoch geschickt in eine etwas andere Richtung gelenkt. Sie kaute, leckte sich die Finger ab und sagte: «Hast du wirklich noch nichts davon gehört? Pass auf, es wird dich ein wenig schockieren, aber ich denke, dass du unbedingt welche haben solltest.» Sie erklärte mit kurzen klaren Worten, worum es sich handelte und wie man die Kondome anwandte. «Einfach überstreifen!», endete sie schließlich. «Sie bestehen meist aus Schafsdarm und sind hauchdünn, man spürt sie kaum. Für den Mann ist es allerdings ein wenig unangenehm, sie müssen mit einer Schleife fest zugebunden werden, und man muss aufpassen, dass man sie nicht zu eng schnürt. Sonst kommt es zum Blutstau. Sehr schmerzhaft!», sagte sie lächelnd und trank einen Schluck Tee, um Lily, die hochrot angelaufen war und offensichtlich nicht wusste, wo sie hinschauen sollte, Zeit zu geben, sich zu sammeln. Es war doch immer wieder herrlich mit anzusehen, wie sehr sie diese Themen durcheinanderbrachten.

«Aber ... ich verstehe nicht ...», stotterte Lily. «Das kann doch nicht dein Ernst sein. Du nimmst mich doch nicht auf den Arm, Emma?»

«Aber woher denn!» Emma lachte. «Es gibt natürlich noch viele andere Mittel. Aber die meisten, die heutzutage verbreitet sind, wirken nicht. Viele nehmen eine ausgehöhlte Zitrone, die sie dann einführen. Da kannst du genauso gut mit Luft verhüten. Die meisten Frauen spülen nach dem Akt, das ist aufwendig und meistens genauso nutzlos. Es gibt auch Kräuter und Mittelchen, aber ich sage dir, am sichersten sind Kondome. Mittlerweile fabrizieren sie sie sogar aus Kautschuk. In Frankreich gibt es sie schon massenweise, aber hier ist natürlich mal wieder alles besonders schwierig. Sie wollen nicht, dass Frauen oder junge

Männer in den Fabriken arbeiten, weil es unziemlich ist. Dabei ist es eine so nützliche Erfindung. Sie sollen sogar gegen die Syphilis helfen.»

«Syphilis?»

Wieder musste Emma ein Stöhnen unterdrücken. Es war wirklich unglaublich. Aber gut, woher sollte ein Mädchen wie Lily auch wissen, was Syphilis war?

«Eine schreckliche Krankheit, die sich unter anderem beim Liebesakt überträgt. Man nennt sie deshalb auch *Lustseuche*», erklärte sie fachmännisch. «Sie ist schrecklich verbreitet. Du kriegst offene Wunden und Geschwüre am ganzen Körper, auch an deinen intimen Bereichen. Das kommt davon, dass deine Lymphknoten anschwellen und … Aber lassen wir das!» Sie unterbrach sich hastig, als sie merkte, dass Lily nicht nur blass wurde, sondern schon wieder nachfragen wollte, weil sie anscheinend nicht wusste, was Lymphknoten waren. «Egal. Glaub mir einfach, wenn ich dir sage, dass du sie nicht haben willst», sagte sie brüsk. Dann konnte sie es sich aber doch nicht verkneifen, noch schnell hinzuzufügen: «Es ist furchtbar. Man muss sie mit Quecksilber behandeln, was dazu führt, dass dir Haare und Zähne ausfallen und irgendwann langsam deine Körperfunktionen versagen. Eine Heilung gibt es nicht.»

Emma trank erneut einen Schluck Tee und beobachtete über den Rand ihrer Tasse hinweg die Reaktion ihrer Freundin. Abschreckung war doch meist die beste Methode. Frauen vor ungewollten Schwangerschaften zu schützen, wurde immer mehr zu ihrer Lebensaufgabe. Das merkte sie besonders, seit sie in Hamburg im Gängeviertel arbeitete. Nie hatte sie solches Elend, solchen Schmutz, solche Verwahrlosung gesehen. Nicht einmal in London in Whitechapel, und dort hatte sie manchmal gedacht, dass die Hölle auch kein schlimmerer Ort sein konnte.

«Emma, ich weiß nicht, warum du mir das überhaupt erzählst, ich habe nicht vor ...»

«Ich weiß, du hast es nicht vor. Aber das passiert schneller, als du denkst. Und dann wirst du schwanger. Willst du das vielleicht?»

«Das wird *niemals* passieren!», rief Lily entsetzt.

«Lily, ihr trefft euch heimlich, seit Wochen. Du hast Gefühle für Jo, das ist mehr als offensichtlich. Versuch nicht, mir weiszumachen, dass zwischen euch noch gar nichts passiert ist!»

«Nun ja ...» Wenn das überhaupt möglich war, wurde Lily noch röter. Sie wand sich auf ihrem Stuhl. «Wir haben uns geküsst! Aber es ist schon eine Weile her, und es darf nie wieder vorkommen!»

Emma nickte. Sie hatte es ja gewusst, auf ihren Spürsinn war Verlass. Zum Glück war sie noch rechtzeitig gekommen – zumindest wenn Lily ihr die Wahrheit sagte und tatsächlich noch nicht mehr passiert war.

«Gut. Dann solltest du Kondome kaufen. In Amerika sind sie illegal, hier kann man sie erwerben, aber du musst sie in der Apotheke oder bei einem Mediziner bestellen. Und sie sind sehr kostspielig. Das ist der einzige Haken. Wenn man sie günstig erwerben könnte, wären sie sicher schon weit verbreitet. Aber du kannst sie einfach waschen und dann wiederverwenden. Und ...»

«Und was?»

«Nun ja, sie sind nicht gerade gesellschaftlich akzeptiert. Die Kirche ist natürlich vollkommen dagegen, aber auch die meisten Politiker. Nur schlagen die sich natürlich auch nicht tagaus, tagein mit den Folgen von ungewollten Schwangerschaften herum, so wie ich. Wenn sie sehen könnten, was ich sehe, wären sie sicher nicht so gegen Verhütung.» Sie schüttelte den Kopf. «Im

Schnitt werden Frauen in ihrem Leben siebzehnmal schwanger. Kannst du dir das vorstellen? Siebzehn Mal! Natürlich überlebt nicht mal die Hälfte der Kinder. Aber trotzdem. Jede Schwangerschaft, jede Geburt ist für den weiblichen Körper ein wahnsinniger Kraftakt. Die allermeisten Frauen sind einfache Arbeiterinnen, viele haben nicht mal genug Essen, um selber satt zu werden, sind unterernährt und krank. Was bei einer Dame wie dir natürlich etwas anderes wäre ... Du hast genug zu essen, einen Arzt, kannst es dir leisten, nicht zu arbeiten.»

«Wenn ich von Jo schwanger werden würde, hätte ich nichts von alledem!», sagte Lily leise. «Meine Eltern würden mich aus dem Haus werfen.»

Emma schüttelte den Kopf. «Du wärst nicht die erste höhere Tochter, der so etwas passiert. Es gibt genug Mittel und Wege, um so einen Fehltritt wieder geradezubiegen. Sie würden sich etwas einfallen lassen. Dich rauszuwerfen, wäre der weitaus größere Skandal!»

«Du meinst also, ich sollte ...?», stotterte Lily.

«Ja, das meine ich!», erwiderte Emma bestimmt. Scham hatte sie schon immer ungeduldig gemacht. «Natürlich kannst du nicht einfach in eine Apotheke spazieren und welche bestellen, deine Familie würde es sofort erfahren. Aber ich habe Kontakte. Ich kann dir Kondome besorgen.»

Lily zuckte zusammen. «Aber ich kann mir nicht vorstellen ...»

«Es wird passieren, wenn ihr euch weiterhin seht.»

Lily sah erschrocken aus. «Er wird es also von mir verlangen?», fragte sie.

Emma schüttelte den Kopf. «Lily, du Schaf. Du wirst es *wollen*, genau wie er!»

«Aber Bertas Schwester hat gesagt, dass Frauen dabei keine

Freude empfinden und es oft sehr weh tun kann. Außerdem ist alleine der Gedanke daran so …» Lily schüttelte den Kopf. «Ich kann einfach immer noch nicht glauben, dass Menschen das wirklich tun!»

Emma lachte leise. «Du hast recht, es hat etwas Absurdes. Beim ersten Mal kann es weh tun, das stimmt. Aber dann ist es einfach herrlich, glaub mir. Du hast ihn doch schon geküsst, du hast doch gemerkt, was seine Nähe mit dir macht. Und dann wird es noch hundertmal intensiver sein!»

Lily schien nun vollkommen verwirrt. Plötzlich hob sie den Blick. «Aber ich muss doch als Jungfrau in die Ehe gehen!», stieß sie hervor. «Würde Henry es denn nicht merken, wenn ich …»

Emma lachte. «Ach, papperlapapp! Woher soll er es merken? Ja, viele Frauen bluten ein wenig beim ersten Mal. Aber viele auch nicht. Dann gehörst du eben zu den letzteren. Du musst nur so tun, als wüsstest du nicht, was er eigentlich von dir will. Ein wenig steif daliegen, vielleicht ein wenig beschämt sein, und er wird nicht das Geringste merken. Außerdem … Ich will nicht gemein klingen, aber du bist so ein unschuldiges, zartes Geschöpf – äußerlich zumindest!», fügte sie rasch hinzu, als Lily aufbrausen wollte. «Ich bin sicher, dein Verlobter vergöttert dich und würde niemals auch nur vermuten, dass du im Hafenviertel einen heimlichen Liebhaber hast. Das denkt man einfach nicht von einer Lily Karsten.»

«Habe ich ja auch nicht!», rief Lily entrüstet.

«Noch nicht», erwiderte Emma ruhig. Plötzlich mussten beide unkontrolliert loskichern wie kleine Mädchen. «Ich muss sagen, als ich euch damals zusammen gesehen habe, war auch ich mehr als schockiert», sagte Emma, als sie sich wieder gefasst hatte. «Ich hatte dich vollkommen falsch eingeschätzt!»

«Es ist doch gar nichts zwischen uns!», protestierte Lily, aber

481

auch sie musste dabei verschmitzt in ihre Tasse lächeln. «Hast du denn ... also hast du schon mal ... Du bist ja nicht verheiratet und ...» Sie konnte Emma nicht in die Augen sehen.

«Machst du Witze? Nur weil ich nicht verheiratet bin, soll ich der körperlichen Liebe entsagen?», rief Emma. «Natürlich habe ich! Viele Male! Es ist herrlich, ich sage dir, wenn du einmal anfängst, willst du nicht mehr aufhören. Natürlich muss der Partner stimmen ...», fügte sie hinzu, und plötzlich fühlte sie sich ein wenig schwach. So lange ist es her, und immer noch bringt mich allein der Gedanke an ihn aus der Fassung, dachte sie. Schnell griff sie nach einem Küchlein, um ihre Gefühlsregung zu verstecken. Aber als sie hineinbiss, war der süße Teig wie ein dicker Klumpen in ihrem Mund. Ihr Hals verengte sich plötzlich.

«Emma, was ist?», fragte Lily leise. Die Freundin hatte sofort gesehen, dass etwas nicht stimmte.

«Ach nichts!» Emma lächelte verkrampft und winkte ab. Denk nicht an ihn, denk nicht an ihn, denk nicht an ihn!, betete sie sich vor. «Ich war einmal sehr verliebt, Lily. Aber wie ich schon bei Frau Herder sagte: Männer heiraten keine Ärztinnen. Und ich wusste schon immer, dass dies der einzige Weg für mich ist. Seit ich das erste Mal auf einer Bank im Hörsaal saß und eines meiner Bücher aufschlug.» Plötzlich spürte sie, wie sie blinzeln musste. Verdammt, wenn sie ihre Gefühle doch einfach ausschalten könnte.

«Aber, Emma, du weinst ja! Das geht doch nicht!» Lily sprang erschrocken auf und drückte sie so vehement an sich, dass Emma plötzlich einen ganzen Mund voll ihrer Locken schluckte und erstickt hustete. Daraufhin mussten beide erneut so sehr lachen, dass Emmas Traurigkeit ganz von selbst wieder verschwand.

«Für mich ist es mit den Männern vorbei. Ich könnte einen Liebhaber haben, sicherlich. Aber das birgt immer Risiken, außerdem habe ich gar keine Zeit. Wenn ich nicht arbeite, bin ich am Seminar oder bei meiner Mutter. Wo soll ich da noch einen Mann unterbringen?», scherzte sie, auch wenn es tief in ihr bitter weh tat, das auszusprechen. «Nein, mir geht es allein am besten. Aber du hast gleich zwei Männer, die dir den Hof machen, und da muss man einfach Vorsicht walten lassen!»

Lily schüttelte den Kopf. «Mach dir keine Gedanken! So weit wird es niemals kommen», sagte sie nachdrücklich.

Doch Emma sah die Unsicherheit in ihrem Blick.

8

E s dämmerte bereits, als Lily die Einfahrt der Villa hochlief. Sie war spät dran, hoffte nur, dass ihr Vater und Franz noch nicht aus der Reederei zurück waren. Als sie ins Haus trat, wurde sie von ungewöhnlicher Stille empfangen. Die Uhr in der Halle tickte vor sich hin, und nur aus der Küche drang leises Murmeln zu ihr hinaus. «Wo sind denn alle?», fragte sie, als Seda ihr aus dem Mantel half. Als sie nicht sofort antwortete, drehte Lily sich zu ihr um. Erst jetzt bemerkte sie den Ausdruck auf Sedas Gesicht. «Was ist denn mit dir?» Lily sah sie besorgt an, aber das Mädchen schüttelte den Kopf und wich ihrem Blick aus. «Du gehst am besten gleich in die Küche», sagte sie leise. «Agnes wird alles erklären.»

«Erklären, was denn?», fragte Lily verwirrt. «Aber du weinst ja!»

Tatsächlich standen Sedas Augen voller Tränen. Sie presste plötzlich die Hand vor den Mund und lief eilig davon.

Als Lily die Küchentür aufstieß, entfuhr ihr ein erschrockener Laut. «Hertha, was ist geschehen?» Sie eilte zu der Köchin, die am Tisch saß und erstickte Schluchzer von sich gab. Agnes saß neben ihr, auch sie weinte und streichelte Hertha dabei tröstend über den Arm. Als Lily hereinkam, sahen beide erschrocken zu ihr auf.

Agnes stand auf und kam zögerlich auf sie zu. «Setz dich, Lily!», sagte sie. «Wir müssen dir etwas sagen.»

Lily ließ sich langsam auf die alte Holzbank nieder und starrte die beiden mit großen Augen an. «Nun raus damit, was ist los? Es ist doch niemand gestorben?», rief sie, beinahe wütend, weil sie ihr solche Angst machten.

«Nein, das nicht», schluchzte Hertha. «Aber genauso gut könnte es sein!»

Agnes war gefasster als die Köchin. Sie setzte sich Lily gegenüber und streckte die Hände aus. Lily ergriff sie mit klammen Fingern. Sanft strich Agnes ihr mit dem Daumen über den Handrücken. «Lily», sagte sie leise. «Dein Vater und dein Bruder sind heute mit Michel weggefahren. Sie werden morgen wiederkommen. Aber Michel wird nicht mehr bei ihnen sein.»

Lily hörte die Worte, aber sie verstand sie nicht.

«Wie meinst du das?», fragte sie leise. Ihr war mit einem Mal eiskalt.

Agnes lief eine Träne die Wange hinab. «Sie bringen ihn woandershin. In ein Heim. Er wird ab jetzt dort wohnen. Es ist …»

Lily sprang auf. «Nein!», rief sie. Vor ihren Augen drehte sich alles. Sie musste sich einen Moment am Tisch festhalten. «Nein, nein, nein.» Ohne auf Agnes' Proteste zu hören, stürmte sie aus der Küche, rannte die Treppen hinauf, den Blick verschleiert von Tränen. Sie konnte es nicht glauben, bis sie es mit eigenen Augen sah, konnte, wollte nicht glauben, dass sie es wirklich getan hatten.

Panisch stürmte sie in Michels Zimmer. Auf den ersten Blick sah alles aus wie immer, aber dann entdeckte sie, dass sein Steiff-Bär fehlte, der immer auf dem Kopfkissen lag. Auch seine Lieblingseisenbahn war verschwunden und alle seine Märchenbücher.

«Nein», schluchzte Lily entsetzt.

Sie rannte zum Schrank und riss die Türen auf. Beinahe die ganze Kleidung fehlte. Auch die kleine Truhe mit den Zinnsoldaten war leer. «Das kann nicht sein», flüsterte sie erstickt. «Das ist nicht möglich!» Langsam sank sie neben der Truhe zu Boden.

So fanden Agnes und Hertha sie, als die beiden wenige Sekunden später ebenfalls schwer atmend hinter ihr ins Zimmer kamen. «Lily, vielleicht ist es ja nicht für immer», versuchte Agnes, sie zu beruhigen, aber Lily schluchzte jetzt unkontrolliert.

«Weiß Mama davon?», fragte sie, aber sie beantwortete sich die Frage selbst. «Nein, natürlich nicht, sie hätte das niemals zugelassen. Meinst du, sie haben sie nur deshalb an die See geschickt?», fragte sie bitter.

Hertha weinte immer noch zu sehr, sie hatte ein Tuch vor den Mund gepresst und konnte nicht antworten, aber Agnes schüttelte den Kopf. «So darfst du nicht denken, Lily. Das würden sie nicht tun.»

«Oh doch, Franz würde», sagte Lily leise. Sie fühlte mit einem Mal eine grauenvolle, dunkle Wut in sich aufsteigen. «Er würde alles tun, um den Ruf der Familie zu erhalten. Um die Firma zu retten. Er würde seinen eigenen Bruder verraten.»

«Dein Vater sagt, dass es ihm dort besser geht. Dass dort Leute sind, die sich mit seiner Krankheit auskennen, Doktoren, die immer zur Stelle sind, wenn er einen Anfall hat», versuchte Agnes zu beschwichtigen.

«Wo soll es ihm denn besser gehen als bei uns?», schrie Lily, und Agnes zuckte zusammen. «Meinst du, dort kommen sie zu ihm, wenn er nachts Albträume hat? Oder lesen ihm vor, wenn er nicht einschlafen kann? Oder tanzen mit ihm durch den Salon und spielen mit ihm Eisenbahn?» Ihre Stimme war zu einem schrillen Kreischen geworden. Sie fühlte Panik in sich aufsteigen, bekam nicht mehr genug Luft. «Ich muss zu ihm», rief sie und sprang auf. «Ich muss mit Papa reden, er kann das nicht ernst meinen!»

«Aber, Lily, wir wissen nicht, wo sie sind!», rief Agnes. Doch Lily stürmte bereits die Treppe hinab, rannte ins Büro ihres Vaters. Wie eine Furie durchwühlte sie die Papiere auf dem Schreibtisch, warf auf den Boden, was ihr nichts nützte, öffnete Schränke und Türen. «Es muss hier irgendwo sein!», rief sie und fegte einen Stapel Bücher auf den Teppich. «Er muss hier irgendwo die Adresse haben!»

«Lily, was tust du denn?» Agnes kam herein und versuchte entsetzt, sie aufzuhalten, aber sie riss sich los.

«In seinem Zimmer!», rief sie plötzlich und stürmte wieder in die Halle. Die Wut verlieh ihr Flügel, sie flog geradezu die Treppe hinauf. Doch als sie die Tür zu Franz' Räumen öffnen wollte, war diese verschlossen. Wutschnaubend warf Lily sich dagegen, rüttelte an der Klinke, trat auf das Holz ein. Aber es half nichts, die Tür war zu. Vor Verzweiflung schrie sie auf, trommelte dagegen, warf sich mit dem ganzen Körper gegen die Tür.

Irgendwann gab sie auf. Sie sank weinend auf den Boden, blieb einfach sitzen, wo sie gerade war, der Körper gepeinigt von entsetzlichen Schluchzern. Agnes und Hertha kamen hinzu. Sie zogen Lily hoch und brachten sie in ihr Zimmer. Agnes streifte ihr das Nachthemd über, und Hertha, die ebenfalls immer noch weinte, flößte ihr zwei große Löffel einer bitteren Flüssigkeit ein. Lilys ganzer Körper schien nur noch aus Schmerz zu bestehen. Sie ließ sich aufs Bett fallen, krümmte sich zusammen. Irgendwann versank sie in dunkle Umnachtung.

Viele Stunden später schreckte sie hoch. Es war hell draußen, die Sonne fiel blendend durch die Vorhänge. Sie rieb sich die Augen und setzte sich benommen auf. «War es nur in Traum?», flüsterte sie.

Doch dann sah sie Hertha. Die Köchin saß am Fußende des

Bettes in einem Sessel, tief schlafend, das Gesicht auf die Hände gebettet, auf dem faltigen Gesicht ein sorgenvoller Ausdruck. Sie trug ihre Uniform, und Lily fragte sich, ob sie die ganze Nacht hier gewacht hatte. Als sie sich regte, wachte Hertha auf und setzte sich sofort kerzengerade hin.

«Lily.» Sie lächelte zaghaft. «Wie geht es dir?»

Lily antwortete nicht. «Sind sie zurück?», fragte sie, doch Hertha schüttelte den Kopf.

«Sie werden wohl im Laufe des Nachmittages eintreffen, vielleicht auch erst morgen», erklärte sie leise. «Leg dich wieder hin, ich mache dir etwas zu essen.»

«Ich will nichts essen.» Sie fühlte sich schrecklich elend, jeder Knochen im Leib tat ihr weh.

«Geht es dir nicht gut?» Besorgt trat Hertha auf sie zu. «Um Himmels willen, du glühst ja!», rief sie, nachdem sie Lilys Stirn gefühlt hatte. «Ich werde Seda gleich nach Medizin schicken, dann mache ich dir eine Brühe. Du bleibst heute auf jeden Fall im Bett. Das muss der Schock sein», murmelte sie vor sich hin, während sie die Decke um Lily feststopfte.

Lily ließ sich willenlos in die Kissen zurücksinken. Sie hatte keine Kraft mehr, alles tat ihr weh, die Augen, der Kopf. Aber der schlimmste Schmerz saß in ihrer Brust. Es fühlte sich an, als habe ihr jemand das Herz herausgerissen. Sie konnte einfach nicht glauben, dass ihr Bruder nicht mehr da war. Wenn sie daran dachte, welche Ängste er ausstehen musste, konnte sie es kaum ertragen. Er war noch nie von daheim fort gewesen. Nun war er alleine an einem unbekannten Ort, ohne seine Familie, umgeben von Fremden.

«Du hast übrigens Post von deiner Mutter», sagte Hertha leise von der Tür aus und deutete auf einen Umschlag auf dem Nachttisch. Lily schoss ruckartig in die Höhe. Erst jetzt sah sie den Brief mit dem Siegel und der Handschrift ihrer Mutter. Mit fliegenden Fingern riss sie das Papier auf und las hastig die Zeilen.

Liebe Lily,

mir geht es prächtig hier. Zur Erholung komme ich nicht viel, es herrscht reges Leben, aber ich genieße das viele Kinderlachen. Nach dem Thee wollen wir zusammen Nüsse schütteln, und abends gibt es Kirschsuppe ... Ich wünschte, Michel könnte so etwas einmal erleben, den Spaß, den die Kinder miteinander haben. Gestern sind wir nach Scharbeutz gefahren, zum Wendesee und in den Wald, hernach Mittagessen, dann zum Strand. Es ist viel schöner als in Travemünde, Alfred sollte dort ein Logierhaus bauen ...

Lily ließ das Blatt sinken. Natürlich, Sylta wusste von nichts ... Es fühlte sich grauenvoll an, dass ihre Mutter von Kirschsuppe schrieb, offensichtlich glücklich und entspannt, und keine Ahnung hatte, was daheim geschehen war. Oh, Mama, dachte sie verzweifelt. Wenn du wüsstest, was sie mit Michel gemacht haben. Wieder spürte sie Tränen in sich aufsteigen. Sie fühlte sich, als könne sie nie wieder glücklich werden. Wütend knüllte sie den Brief in den Händen zusammen.

«Ich hole dich da raus, Michel», flüsterte sie. «Irgendwann, und wenn es mich alles kostet, was ich habe. Ich werde dich da rausholen. Das verspreche ich!»

Lily wurde so schwer krank, dass sie ihren Vater und Franz nicht erkannte, als sie am nächsten Tag nach Hause kamen. Das Fieber überkam sie mit solcher Gewalt, dass sie phantasierte, wild redete, einmal im Wahn sogar versuchte, aufzustehen und aus dem Fenster zu fliehen. Eine Woche lang war sie so schwach, dass sie sich nicht einmal aufsetzen konnte. Ihr Vater saß jeden Tag an ihrem Bett, aber sie konnte nicht mit ihm sprechen, ihn nicht einmal ansehen.

«Warum?», fragte sie nur einmal mit brüchiger Stimme, als sie aufwachte und er sie mit müden Augen ansah.

Er schüttelte den Kopf, in seinen Augen standen Tränen. «Es ging nicht anders, Lily», sagte er leise. Er versuchte, es zu erklären, sprach von der Reederei, von Investoren und geplatzten Geschäften, vom Ruf der Familie, aber sie hörte gar nicht richtig zu. Nichts davon erklärte, warum er seinen Sohn weggegeben hatte.

Auch Franz kam zu ihr, aber sie warf ihn aus dem Zimmer, schrie ihn an, dass sie nie wieder mit ihm sprechen würde. Sie wusste genau, dass er die treibende Kraft hinter der ganzen Sache gewesen war. Niemals hätte ihr Vater das getan, ohne dazu überredet worden zu sein.

Sie hatten, so lange es ging, damit gewartet, Sylta zu informieren. Doch irgendwann brach Alfred ans Meer auf. Er sagte, dass er es nicht ertragen würde zu sehen, wie seine Frau zurückkam und Michel nicht vorfand. Er wollte alleine mit ihr sprechen, fern von zu Hause.

Lily fieberte ihrer Ankunft entgegen, tigerte zwei Tage lang rastlos durchs Haus, konnte keinen klaren Gedanken fassen. Doch als ihre Mutter schließlich zurückkam, überraschte sie Lily mit ihrer Reaktion.

Lily hatte geglaubt, dass Sylta toben und rasen würde, dass sie ihren Mann vor die Wahl stellen würde, entweder Michel zurückzubringen oder sie zu verlieren. Aber sie tat nichts von alledem.

Sie tat überhaupt nichts.

Die Frau, die zwei Tage später aus der Kutsche stieg, war Lily fremd. Sie war bleich und wirkte abwesend, als wäre sie gar nicht richtig da. Lily begriff erst nach einer Weile, dass ihre Mutter unter dem Einfluss starker Medikamente stand. Sie war geschwächt von der langen Reise und musste sich sofort hinlegen. Als Lily schließlich mit ihr sprechen konnte, sagte sie nichts von all den Dingen, mit denen sie gerechnet hatte.

Mit blassem Gesicht saß Sylta auf ihrem Sessel, die Tasse in ihrer Hand zitterte leicht, ihre Stimme nur ein Hauch in der Luft. «Lily. Ich weiß, wie schwer das für dich ist. Aber du kennst deinen Vater. Er wollte das nicht, er hat es getan, weil er es für den einzigen Ausweg hielt.» Sylta stockte. «Und vielleicht haben sie recht. Ich habe schon oft gedacht, dass es nicht richtig ist, wie er hier leben muss, versteckt, weggeschlossen.» Ihr Blick verlor sich ins Leere. «Er war so oft alleine», murmelte sie. «Noch nie hat er mit anderen Kindern gespielt. Als ich Evas Buben gesehen habe, wie sie durch den Garten getollt sind, habe ich gedacht, wie egoistisch wir doch sind, dass wir ihn bei uns behalten, weil wir ihn so lieben, und es doch andere Orte für ihn gäbe, an denen er glücklicher wäre.»

«Aber er braucht uns!», rief Lily entsetzt. Was redete ihre Mutter da nur?

Eine Träne rollte über Syltas Wange. Sie nickte. «Ich weiß», sagte sie. «Und wir brauchen ihn. Aber es musste eines Tages passieren. Ich habe schon immer gewusst, dass er nicht würde bleiben können, nicht für immer. Dein Vater hat bereits mehr getan als jeder andere. Er hat mich ihn behalten lassen, obwohl alle Regeln und sogar die Ärzte sagen, dass das nicht richtig ist. Er kann nicht alles riskieren, nur damit wir glücklich sind. Es geht Michel gut, da bin ich sicher. Dein Vater und Franz würden ihn niemals in schlechte Hände geben. Und wenn er sich eingelebt hat, werden wir ihn besuchen.»

«Aber das ist doch nicht das Gleiche!», rief Lily. Das waren nicht die Worte ihrer Mutter! Aus jedem Satz sprachen ihr Vater und Franz.

Doch Sylta verkrampfte sich plötzlich. «Ich muss mich hinlegen!» Sie presste sich die Hand auf den Bauch. Ihr Gesicht war verzerrt vor Schmerzen. Lily sprang auf und klingelte sofort nach Lise.

Als Sylta im Bett lag und die Medizin zu wirken begann, ließ sie die Tränen laufen, die sie die ganze Zeit mit letzter Kraft zurückgehalten hatte. Mit den Worten an ihre Tochter hatte sie auch versucht, sich selbst zu beruhigen.

Sie hatte es nicht glauben können, war auf der Stelle ohnmächtig geworden, als Alfred es ihr sagte. Als sie zu sich kam, war sie rasend gewesen vor Zorn und Schmerz. Doch dann hatte sich ihre Wut auf ihn aufgelöst. Sie kannte Alfred besser als jeden anderen Menschen auf der Welt. In seinen Augen standen Tränen, die er nicht weinen konnte. «Manchmal muss man Dinge tun, die einem das Herz brechen», hatte er gesagt, als er ihr alles erklärte. Sie konnte ihm nicht böse sein, nicht, nachdem sie gesehen hatte, wie schwer er sich mit der Entscheidung tat.

Es war seine Aufgabe, dafür zu sorgen, dass Familie und Geschäft florierten, dass es ihnen gut ging. Die Reederei war sein Lebenswerk. Sie verstand, warum er getan hatte, was er getan hatte, verstand, dass es keinen anderen Weg gab. Stumm lag sie da, beobachtete, wie die Schatten über die Wände ihres Schlafzimmers krochen, und fragte sich, wie sie ein Leben ohne ihren kleinen Sohn überstehen sollte.

Nachdem Lily ihre Mutter mit Lises Hilfe ins Bett gebracht hatte, schloss sie leise die Tür hinter sich. Ein paar Sekunden stand sie im Flur und lauschte auf das stumme Haus. Ihr Vater und Franz waren in der Reederei. Michel war fort, ihre Großmutter tot. Niemand war mehr da.

Ihre Mutter würde heute bestimmt nicht mehr aufstehen. Entschlossen lief Lily die Treppe hinab und zog ihren Mantel an. Die kalte Luft war wie ein Schock, brachte sie wieder zur Besinnung. Sie spürte, wie ihr die Tränen über das Gesicht liefen. Sylta war ihre einzige, letzte, große Hoffnung gewesen. Wie konnte sie nur einfach hinnehmen, dass Michel nicht mehr da war? Lily verstand nichts mehr, sie wusste nur, dass sie sich in der Villa nicht mehr zu Hause fühlte, dass ihre Welt sich für immer verändert hatte und sie keine Ahnung mehr hatte, wo ihr Platz darin war.

Als Jo ihr die Tür öffnete, das Hemd aufgeknöpft, ein Buch in der Hand, sah er sie erstaunt an. «Was machst du denn hier um diese Zeit?» fragte er verblüfft.

Lily ließ ihn nicht ausreden. Sie fiel ihm um den Hals und begann, ihn zu küssen. Er roch nach Rauch und Bier, nach dem Hafen und der Stadt, nach allem, was sie nicht haben durfte und doch unbedingt wollte. Ihr Kuss war leidenschaftlich und fordernd, und er verstand augenblicklich, was er bedeutete. Jo stieß mit dem Fuß die Tür hinter ihnen zu und hob sie hoch, trug sie zum Bett, ohne auch nur eine Sekunde aufzuhören, sie zu küssen. Sie zog an seinem Hemd, er knotete hastig die Schnüre an ihrem Kleid auf. Beide atmeten schwer, konnten den anderen nicht schnell genug von der Kleidung befreien. Weil er ihr Korsett nicht aufbekam, riss er es halb herunter, und auch sie zog ungeduldig an seinem Gürtel.

Sie hatten zu lange gewartet, das Verlangen hatte sich über

Wochen angestaut, und nun, da es endlich befreit wurde, konnte es nicht schnell genug gehen. Als Jo begann, erst ihren Hals zu küssen und dann mit den Lippen ihre Brüste zu liebkosen, immer wieder mit seinen Bartstoppeln darüber streifte, durchfuhr Lily eine heiße Welle, die so intensiv war, dass sie einen Moment keine Luft mehr bekam. Sie fiel aufs Bett und zog Jo mit sich. Alles, was man ihr jemals über die körperliche Liebe gesagt hatte, über Reue und Scham, Anstand, Sünde und Tugend, löste sich auf in der Flut der Leidenschaft. Nicht einmal in ihren Träumen hätte Lily sich vorgestellt, dass es so sein könnte. Schmerz und Verlangen zugleich. Sie verlor sich in der Ekstase, ihre Gedanken setzten aus, sie nahm nichts mehr um sich herum wahr außer ihn.

S päter lagen sie still nebeneinander. Lilys Kopf ruhte auf Jos Brust, und er streichelte unter dem Laken ihren Bauch. Das Feuer war heruntergebrannt, und es war beinahe dunkel in der kleinen Wohnung.

Jo wusste, dass etwas passiert sein musste. Irgendetwas stimmte nicht mit ihr. Es war klar gewesen, dass es irgendwann geschehen würde, doch nicht so, nicht zwischen Tür und Angel an einem bedeutungslosen Nachmittag. Es hatte fast etwas Verzweifeltes gehabt, wie sie ihn geküsst und sich an ihn geklammert hatte. Er hatte gleich in ihrem Blick gemerkt, dass heute etwas anders war als sonst, aber sie hatte ihm keine Zeit gelassen, um nachzufragen. Und auch jetzt war sie so seltsam. Er wusste, dass sie die letzte Stunde genauso genossen hatte wie er, war sich sicher, ihr nicht weh getan zu haben, nicht mehr, als er musste zumindest. Ihr Körper wirkte entspannt, doch sie war zu still.

Viel zu still.

«Was ist los?», fragte er leise.

Erst wollte sie nicht reden, doch er bohrte nach, bestand darauf, alles zu erfahren. Als sie schließlich stockend erzählte und dabei anfing zu schluchzen, glaubte er erst, nicht richtig verstanden zu haben. Er erstarrte vor Entsetzen. Das Blut rauschte ihm plötzlich in den Ohren. Er richtete sich so abrupt auf, dass sie unsanft von ihm herunterrutschte. Konnte es wirklich wahr sein? War Charlie etwa deswegen freigelassen worden? Aber das ergab keinen Sinn. Warum sollte Oolkert sich überhaupt für Lilys kleinen Bruder interessieren?

«Was ist denn?», fragte sie schniefend, aber er schüttelte nur den Kopf und zog sie wieder in seine Arme. Während sie an seiner Brust weinte und weinte und sich gar nicht beruhigend konnte, starrte er in die Dunkelheit. Nur ein Gedanke war in seinem Kopf.

Er war schuld!

Sie hatten ihr den Bruder weggenommen, hatten ihn in ein Heim irgendwo am Ende der Welt gesteckt, und das nur seinetwegen. Lily weinte seinetwegen, war verzweifelt, traurig, seinetwegen. Voller Vertrauen hatte sie ihm ihr Geheimnis erzählt, und er war noch am selben Tag losgegangen und hatte sie verraten.

Ihn überkam der Impuls, alles zu gestehen, ihr zu sagen, dass es seine Schuld war. Doch er konnte nicht. Sie würde ihm das niemals verzeihen, das war ihm vollkommen klar. Wenn er jetzt ehrlich war, würde er sie verlieren.

Schließlich versiegten Lilys Tränen, und sie liebten sich ein weiteres Mal, in der Dunkelheit, hungrig und verzweifelt. Lily mit nassem Gesicht, er mit einem Herz so schwer wie Stein. Wenig später schlief sie in seinen Armen ein. Jo starrte an die Decke und fragte sich, wie er das jemals wiedergutmachen sollte.

Von da an trafen sie sich beinahe täglich. Es wurde zu einer Art Besessenheit. Lily nutzte jede Gelegenheit, um sich davonzustehlen, sie log noch unverfrorener als zuvor, sagte nicht einmal Emma die volle Wahrheit, weil sie Angst vor ihren Belehrungen hatte. Nun, da ihr Bruder nicht mehr da war, hielt nichts sie mehr im Haus. Sie wollte nicht nachdenken, nicht vernünftig sein, wollte von niemandem hören, dass das, was sie tat, gefährlich und dumm war. Ihr Hunger nach Jos Berührungen wurde von Tag zu Tag größer, und je öfter sie sich trafen, desto mehr schien er nach ihr zu verlangen. Wenn sie zusammen waren, fühlte sie sich auf eine ungekannte Art lebendig; wenn sie sich küssten, konnte sie für ein paar Stunden vergessen, wie still das Haus geworden war. Wie krank und blass ihre Mutter aussah. Wie grau und müde ihr Vater. Und sie konnte die Sorge um Michel vergessen, von dem sie jede Nacht träumte, in dessen verlassenem Zimmer sie täglich vorbeischaute, nach dem sie sich so schmerzhaft sehnte, dass sie manchmal das Gefühl hatte, seine Abwesenheit keine weitere Sekunde ertragen zu können.

Auch Jo tat alles, um ihre heimlichen Treffen zu ermöglichen. Er machte Extraschichten, ging abends später, kam morgens früher, holte sie ab, wann immer er konnte, wartete auf Lily, wenn nicht sicher war, ob sie sich wegschleichen konnte. Sein schlechtes Gewissen fraß ihn auf, aber er brachte es nicht über sich, ihr zu beichten, was er getan hatte. Er trank mehr als normalerweise, wankte zwischen Glück und Grauen hin und her. Er wusste, dass die Chance, dass sie ihm vielleicht doch verzeihen könnte, mit jedem Tag, den er schwieg, kleiner wurde. Und dennoch wusste er auch, dass er es ihr irgendwann sagen musste. Weil die Schuld ihn sonst auffressen würde.

Aber er sagte nichts.

Bald war ihnen der jeweils andere so vertraut, als würden sie sich schon ewig kennen. Lily wusste nicht mehr, wer sie ohne Jo war, und Jo konnte sich nicht daran erinnern, wie er gelebt hatte, bevor er Lily kannte. Wie hatte er die Tage gefüllt, wie die einsamen Abende? Mit wem hatte er geredet, gelacht, wer hatte ihm zugehört, ihn verstanden?

Sie pendelten sich in ihrem neuen Leben ein. Lily hatte das Gefühl, zu Hause in einer Art Parallelwelt zu existieren, in der nichts mehr so war, wie es sein sollte. Sie und ihre Familie lebten nebeneinanderher, ohne sich richtig zu sehen. Nur bei Tisch kamen sie noch zusammen, und dann sprachen sie kaum. Ansonsten gingen sie sich aus dem Weg.

Sie sprang zwischen den Welten hin und her und spürte zunehmend, wie sie sich von der alten entfernte. Nun ging es nur noch darum, den Schein aufrechtzuerhalten.

Als die Tage dunkler und kürzer wurden, gingen die alljährlichen Nähkränzchen los, in denen die Damen der Stadt Weihnachtsgeschenke für arme Kinder und Frauen anfertigten. Lily langweilte sich entsetzlich, hörte den Kommerzienrätinnen und ihren Töchtern dabei zu, wie sie sich märtyrerhaft gegenseitig dafür lobten, wie wohltätig sie doch waren. Dabei ging es bei diesen Treffen mehr um den Austausch von Klatschgeschichten und darum, dem tristen Alltag zu entkommen, als wirklich wohltätig zu sein. Sylta begleitete sie nur einige wenige Male. Früher hatte sie solche Treffen geliebt, heute saß sie mit abwesendem Blick zwischen den Frauen. Es wurde viel getuschelt über ihre Mutter, das konnte Lily schon an den Mienen der Damen erkennen, die Sylta unablässig beäugten. Aber es schien sie nicht zu kümmern.

Wie es Tradition war, lud Berta im Herbst einmal die Woche zum Leseabend ein, wo sie mit verteilten Rollen vorlasen und Unmengen Butterbrötchen mit Limonade zu sich nahmen. Um ihre Freundin nicht vor den Kopf zu stoßen, nahm Lily an den Abenden teil, aber sie hatte auch hier mehr und mehr das Gefühl, nicht mehr dazuzugehören. Man beurteilte junge Frauen danach, wie sie aussahen, wie sie sich benahmen, wie angepasst und unauffällig sie sein konnten. Nichts davon war ihr mehr wichtig.

Tag für Tag, Buch für Buch, Wort für Wort verabschiedete Lily sich von ihrem alten Leben.

———— •◆• ————

Im Oktober hatte Michel Geburtstag. Der Heimleiter fürchtete, dass es ihn zu sehr aufwühlen könnte, seine Familie zu sehen, und es ihn aus seiner mühsam erlernten neuen Routine reißen würde. Daher hatten sie ihn bisher noch kein einziges Mal besucht.

Lily war fast sicher, dass ihre Eltern nicht darauf bestanden, weil auch sie Angst davor hatten, was ein solcher Besuch mit ihnen machen würde. So packten sie ihm ein Paket mit seinen Geschenken. Sie waren besonders teuer und sorgfältig ausgewählt, und sie konnte sich des Eindrucks nicht erwehren, dass sich ihr Vater damit ein Stück reinen Gewissens erkaufen wollte. Sylta wickelte alles liebevoll ein. Michel bekam eine Biskuitpuppe mit Porzellankopf, goldenen Naturhaaren und Schlafaugen, einen Ausschneidebogen für eine Anziehpuppe aus Neuruppin und eine Eisenbahn mit echten Schienen, die ihr Vater extra aus Russland hatte kommen lassen. «Er wird sich sicher freuen!», sagte Alfred und musste sich abwenden, weil ihm die Tränen in die Augen stiegen.

Lily kaufte Michel ein Märchenbuch. Sie wusste, wie glücklich es ihn machen würde, und hoffte nur, dass es dort in dem Heim jemanden gab, der es ihm vorlas.

Einzig die Tatsache, dass es ihrer Mutter so schlecht ging, hielt Lily davon ab, ganz mit ihren Eltern zu brechen. Zwar verstand sie, dass ihre Mutter einfach nicht die Kraft hatte, den Kampf weiterzuführen, dennoch hätte sie sie am liebsten jedes Mal angeschrien, wenn sie zusammen am Tisch saßen und Michels Platz zwischen ihnen leer war oder sie sich abends am Kamin versammelten und ihre Mutter nur mit glasigen Augen vor sich hin starrte. Ich ertrage das nicht mehr lange, dachte Lily, aber sie wusste auch nicht, was sie tun sollte. Ihr Vater und Franz schwiegen eisern, wenn es um Michels Aufenthaltsort ging, und ließen sich von Bitten und Weinen nicht erweichen.

Lily war so gefangen in ihrer Trauer und ihrem Zorn, dass sie nicht merkte, wie müde und krank ihr Vater aussah, wie dünn und hager Franz geworden war. Auch sah sie nicht, dass Seda immer stiller wurde, dass ihre Wangenknochen scharf hervorstachen und sie immer blass und abgespannt wirkte, ihre Arbeit fahrig und ohne Konzentration verrichtete und mit den Gedanken meist ganz weit weg zu sein schien. Sie merkte nichts.

Bis es zu spät war.

———— •◆• ————

Als Weihnachten sich näherte, wollte Lily am liebsten gar nicht mehr in der Villa sein. Es war immer ein fröhliches Fest gewesen, auf das sie sich alle wochenlang freuten. Aber ohne Michel und Kittie sah sie dem Tag mit Grauen entgegen. Sie konnte den Gedanken an einen Weihnachtsabend ohne seine glänzenden Augen nicht ertragen.

Um die Normalität aufrechtzuerhalten, schmückte Lily mit Sylta den Baum. Dann half sie Hertha beim Backen. Sie füllten die Dosen mit Klöben, braunen Kuchen und Schmalzgebäck, aber nicht einmal der Duft aus dem Ofen konnte den schmerzenden Stachel aus Lilys Brust vertreiben. Hertha weinte, als sie kleine Weckmänner formte und ihnen Rosinen als Augen setzte. Das hatten sie früher immer mit Michel zusammen gemacht.

Lily ging mit ihrer Mutter zur Kunsteisbahn auf dem Heiligengeistfeld, aber sie hatten beide keinen rechten Spaß an der Sache. Nicht einmal der Besuch auf dem festlich geschmückten Weihnachtsmarkt, von dem sie Michel bisher immer gebrannte Nüsse mitgebracht hatte, machte ihr dieses Jahr Freude. Statt für ihren Bruder kaufte sie Nüsse für Hein und Marie.

An Heiligabend gab es wie immer Karpfen und zum Nachtisch Milchreis mit Zucker und Kaneel. Es wurde nicht viel gesprochen beim Essen. Alle blickten mehr oder weniger stumm auf ihre Teller. Nicht nur zwei Personen fehlten, sondern gleich drei, denn Fräulein Söderlund war mit Michels Abreise entlassen worden. Die vier zusammen am Tisch konnten die Stille und Kälte nicht verdrängen, die die Abwesenheit der anderen herbeirief.

Als sie später zusammen «O du Fröhliche» sangen, blieben Lily die Worte im Hals stecken. Sie sah, wie ihre Mutter die Tränen zurückhielt, und musste sich abwenden. Sie gingen alle früh ins Bett, ließen die dunkle Tanne im Salon zurück, jeder mit seinen eigenen düsteren Gedanken beschäftigt. Neuschnee bedeckte das Haus, und als Lily die Treppe hinaufging, dachte sie, dass er sie genauso gut unter sich begraben könnte.

Kurz vor Neujahr saß Lily an ihrem Kamin und wartete darauf, dass Seda erschien, um ihr wie immer bei der Abendtoilette zu helfen. Doch an ihrer Stelle trat Lise ein. Ihr Gesicht wirkte wie versteinert, sie hatte offensichtlich geweint.

«Was ist passiert?», fragte Lily erschrocken und stand auf. «Wo ist Seda?»

Lise schüttelte den Kopf. «Ich darf nicht darüber sprechen», erwiderte sie mit aufgerissenen Augen.

Lily überkam sofort das Gefühl von drohendem Unheil. Sie packte Lise an den Schultern und zwang sie, sie anzusehen. «Sag schon, was ist los?», rief sie.

Das Mädchen war blass geworden. «Sie ist oben. Und packt», flüsterte sie kaum hörbar.

Lily überrieselte ein kalter Schauer. «Was? Warum?» Doch Lise schüttelte nur weiter den Kopf. Lily sah sie noch eine Sekunde voller Angst an, dann rannte sie los.

Doch als sie in die kleine Dachkammer der Mädchen kam, war Seda nicht mehr da. Das Zimmer war leer, alle ihre Habseligkeiten verschwunden, die Truhe stand offen, nur ein paar Bettlaken lagen noch darin. Lily lief eilig die Treppe hinunter, stolperte beinahe über ihre eigenen Füße. In der Halle kam ihr ihr Vater entgegen.

«Wo ist Seda?», rief Lily. «Wo ist sie hingegangen?»

Alfred seufzte tief. «Ich hatte gehofft, es dir erst morgen sagen zu müssen», murmelte er, und Lily erstarrte. «Komm einen Moment in mein Büro.»

«Seda wird ab heute nicht mehr für uns arbeiten», sagte Alfred, als sie ihm gegenübersaß. Als Lily auffahren wollte, hob er die Hand. «Ich weiß, du hast sie sehr gerne. Aber es wird darüber keine Diskussion geben. Hast du gehört? Sie hat sich in Umstände gebracht, die wir in diesem Haus nicht dulden können!»

«Was meinst du damit?», fragte Lily vollkommen verwirrt.

Alfred seufzte wieder. «Sie erwartet ein Kind», sagte er und blickte auf seine Hände.

«Was?» Lily konnte es nicht glauben. «Aber von wem?», rief sie. «Sie hat doch keinen Verlobten. Und sie ist immer hier, wo soll sie denn …?»

«Von wem das Kind ist, tut nichts zur Sache», unterbrach ihr Vater sie streng. «Wir können ein Mädchen in diesem Zustand hier nicht dulden!»

«Wo soll sie denn hin?», fragte Lily fassungslos. «Ihr könnt sie doch nicht einfach davonjagen!»

«Niemand jagt irgendwen davon.» Ärgerlich schüttelte ihr Vater den Kopf. «Du kannst mir glauben, dass mir das Ganze auch nicht leichtfällt. Ich weiß, wie nahe ihr euch steht, und auch Sylta hat Seda sehr gern. Franz sorgt dafür, dass sie nicht einfach mittellos auf der Straße landet. Aber du musst das verstehen, uns bleibt keine Wahl!»

«Habt ihr denn mit ihr gesprochen? Wisst ihr, wie es dazu kam? Was sagt sie denn?», rief Lily verzweifelt.

«Ich habe selbstverständlich mit ihr gesprochen! Es ist bereits alles geregelt, du musst dir darüber nicht mehr den Kopf zerbrechen.»

Etwas stimmte nicht, ihr Vater verhielt sich so merkwürdig. Lily beobachtete ihn, und plötzlich kam ihr ein schrecklicher Gedanke. «Es war doch nicht …», flüsterte sie. «Es kann nicht sein … Franz?»

Ihr Vater senkte den Blick und bestätigte so ihren schlimmsten Verdacht.

«Ich verbiete dir, auch nur ein Wort darüber zu deiner Mutter zu sagen!» Seine Stimme war schneidend geworden.

«Aber …», begann Lily, doch er schlug mit der flachen Hand auf den Tisch.

«Genug! Du wirst dich mir in dieser Sache nicht widersetzen, hast du mich verstanden? Sylta geht es schlecht genug, sie ist nicht mehr sie selbst ...»

«... seit du ihr ihr Kind weggenommen hast», sagte Lily kalt, und ihr Vater hielt einen Moment die Luft an.

«Michel wegzugeben, war die schwerste Entscheidung meines Lebens, und das weißt du!», sagte er leise. «Deine Mutter ist nervlich äußerst labil. Wenn sie von dieser Sache wüsste ... Ich darf es mir gar nicht ausmalen! Wenn dir ihre Gesundheit auch nur im Entferntesten am Herzen liegt, dann versprichst du mir jetzt, dass du ihr nichts davon sagen wirst!», forderte er.

Lily sah ihn entsetzt an. «Aber es ist ihr Enkelkind», flüsterte sie. «Es ist *dein* Enkelkind.»

Ihr Vater schüttelte den Kopf. «Es ist ein Bastard, Lily. Was stellst du dir vor, dass wir deinen Bruder mit dem Dienstmädchen vermählen? Solche Dinge passieren nun mal, sie sind unglücklich, aber nichts, was man nicht regeln könnte. Wir werden natürlich dafür sorgen, dass es dem Kind materiell an nichts fehlt. Aber es wird niemals zu dieser Familie gehören. Und das ist mein letztes Wort.»

Wie betäubt saß Lily da. Erst ihre Großmutter, dann Michel, jetzt Seda. Was passiert nur mit uns?, dachte sie verzweifelt. Es tat schrecklich weh, dass sie sich nicht von ihrer Freundin hatte verabschieden können, dass sie nicht wusste, wo sie nun war, wie es ihr ging. Sie verspürte den Drang, aufzuspringen und zu ihrer Mutter zu laufen. Aber sie wusste, dass ihr Vater wahrscheinlich recht hatte: Sylta würde das nicht auch noch verkraften.

Alfred räusperte sich. «Es trifft sich gut, dass wir hier beisammen sind. Ich wollte dir schon länger etwas sagen!»

Lily versteifte sich. Was konnte jetzt noch kommen? Ihr fiel auf, wie dünn seine Haare geworden waren. Sein ehemals dichter Kaiserbart, auf den er immer so stolz gewesen war, wirkte schütter.

Wieder seufzte ihr Vater tief. «Lily. Es tut mir leid, dir das sagen zu müssen. Aber du wirst nach den Ferien nicht an das Seminar zurückkehren.»

In Lilys Ohren rauschte es. «Was?», stotterte sie. «Aber warum? Ich habe doch gar nichts getan …»

Ihr Vater nickte. «Nicht in den letzten Wochen. Aber dein Verhalten während des Abendessens mit den Webers war mit ein Grund dafür, dass er sich aus der Aktiengesellschaft für die Kalkutta-Linie zurückgezogen hat.»

Lily riss die Augen auf. Sie verstand gar nichts mehr. «Wie bitte?», flüsterte sie. «Nur weil ich …»

Ihr Vater hob müde die Hand. «Natürlich nicht nur deshalb. Es war eine Verkettung sehr unglücklicher Umstände. Aber es hat sein Vertrauen in die Gesinnung unserer Familie ins Wanken gebracht. Dann ist Borger gestorben, unser wichtigster Investor. Und dann hat Weber von Michel erfahren. Sicherlich von dem jungen Paar, das euch nach Hause gebracht hat. Das musste ja ein Nachspiel haben!» Müde rieb ihr Vater sich über das Gesicht. «Außerdem hat Henry mir vor einiger Zeit mitgeteilt, dass er sich Sorgen um deinen Umgang macht.»

Lily keuchte empört auf. Henry hatte heimlich mit ihrem Vater gesprochen?

«Er denkt, dass die Ausbildung deine reine Gesinnung verdirbt und dich auf gefährliche Ideen bringt. Wir müssen Konsequenzen ziehen, Lily. Ich weiß, du willst es nicht hören, aber wir treffen unsere Entscheidungen im Sinne der Familie.»

«Im Sinne der Reederei, meinst du!», rief sie.

«Die Reederei ist die Familie», erwiderte ihr Vater kalt. «Es ist alles mit Henry besprochen, er stimmt mir zu. Ich wünsche keine Diskussion mehr. Finde dich damit ab.»

Lily sah an seinem verschlossenen Gesicht, an der Art, wie sein Bart zuckte, dass es keinen Sinn hatte, mit ihm zu reden. Sie nickte stumm und stand auf. Mit bleichem Gesicht ging sie aus dem Büro.

Sobald sie die Tür hinter sich geschlossen hatte, rannte sie in den Salon. Nun hatte sie wirklich keine andere Wahl mehr. Sie musste mit ihrer Mutter reden.

«Du weißt es?», stieß sie zwei Minuten später schockiert hervor. Voller Unglauben starrte sie Sylta an. «Du weißt es und hast mir nichts gesagt?»

Sylta lag auf der Couch. Sie hatte sich heute angekleidet, was ein gutes Zeichen war, aber Lily hatte sofort beim Eintreten gesehen, dass sie sich wieder in einem halben Dämmerschlaf befand. Neben ihr lag eine Handarbeit, die seit Wochen nicht mehr angefasst worden war.

Genau wie eben zuvor ihr Vater, vermied Sylta es, Lily in die Augen zu sehen. «Seda ist bereits letzte Woche zu mir gekommen. Dein Vater hat recht, Lily. Wir können sie nicht hierbehalten.»

Lily schüttelte den Kopf. «Aber es ist dein Enkelkind!», stieß sie hervor.

Sylta nickte kaum merklich. Einen Moment wurde ihr Gesicht weich. Dann aber sagte sie mit einer Stimme, die Lily fremd war: «Es wird niemals mein richtiges Enkelkind sein. Genau wie Michel niemals mein richtiger Sohn sein kann.»

«Wie kannst du so etwas sagen?» Lily schüttelte entsetzt den Kopf.

«Du weißt, wie ich es meine.» Sylta schloss erschöpft die Augen. «Ich kann nichts tun.»

«Aber das stimmt doch nicht!», rief Lily. Da sah sie plötzlich, wie eine Träne die Wange ihrer Mutter hinablief. Syltas Hände zitterten. «Ich darf nicht mehr auf das Seminar gehen», flüsterte Lily. «Papa hat es mit Henry so besprochen.»

«Ich weiß auch das», sagte Sylta leise. «Vielleicht ist es besser so.» Noch immer hatte sie die Augen geschlossen.

Lily betrachtete ihre Mutter einen Moment. Ihre feinen Hände, die den ihren so sehr glichen, der sanft geschwungene Mund. Sie wartete darauf, dass Sylta die Augen öffnete und sie ansah. Aber plötzlich verstand sie, dass das nicht geschehen würde. Ihr Herz fühlte sich an, als würde es jeden Moment zerspringen. Sie stand auf und ging leise aus dem Raum.

In ihrem Zimmer ließ Lily sich aufs Bett fallen und sah sich um, betrachtete die Überreste ihres alten Lebens. Lange saß sie da. Dann stand sie auf und begann, wie in Trance zu packen. Sie wusste nicht, was sie brauchen würde, hatte auch nicht die Kraft, darüber nachzudenken. Ein paar Kleider, einen Mantel, Schuhe und ein paar Bücher, die kleine Holzfigur, die Jo ihr geschenkt hatte.

Ihre Korsetts ließ sie im Schrank.

Als ihre Tasche voll war, schob sie sie unters Bett. Dann klingelte sie nach Lise, die ihr half, sich für die Nacht fertig zu machen. Während sie Lily die Haare bürstete, weinte sie um ihre verlorene Freundin. Lily wusste nichts Tröstendes zu sagen. In ihr herrschte nur noch eine dröhnende, alles verzehrende Leere.

Sobald sie wieder allein war, schrieb sie erst einen Brief an ihre Mutter, dann einen an Henry und legte beide auf ihr Kopfkissen. Danach zog sie sich an, setzte sich an den Kamin und wartete.

Als die Uhr in der Halle Mitternacht schlug, schlich sie sich aus dem Haus.

In der Einfahrt drehte Lily sich um und blickte auf die Villa zurück. Im Salon ihrer Mutter brannte noch Licht, sie konnte Syltas Silhouette sehen, die hinter den Vorhängen auf und ab ging. Alles in Lily sehnte sich danach zurückzukehren in das warme Haus, zurück zu ihrer Familie. Aber sie nahm ihre Tasche, zog sich die Kapuze über den Kopf und lief die Einfahrt hinunter Richtung Fluss.

Die Familie, nach der sie sich sehnte, gab es nicht mehr.

Teil 3

1

Lily blies die Kerze aus und zog sich im Dunkeln das Kleid über den Kopf. Ihr Magen knurrte, sie zitterte. Hoffentlich schlafe ich schnell ein, dachte sie. In der winzigen Dachkammer war es eiskalt. Sie hatte Feuerholz, aber nichts zum Anfachen, und besaß auch nur eine einzige Kerze und ein paar Zündhölzer, die sie für den Notfall aufheben wollte.

Es war dumm von ihr gewesen, sofort einzuziehen. Aber sie war nicht von daheim weggelaufen, um von der alten in eine neue Abhängigkeit zu rutschen, und hatte schon viel zu lange bei Emma und ihrer kranken Mutter gewohnt. Es war der Monatserste, und Lily wollte endlich unabhängig sein.

Langsam merkte sie jedoch, wie vollkommen absurd diese Idee gewesen war. Sie besaß nichts. Keine Waschschüssel, kein Essen, kein Licht. Zum Glück hatten die Vormieter Bett, Tisch, Decken und Wäsche dagelassen. Zwar rochen die Stoffe modrig, doch wenigstens wärmten sie ein wenig. Sie kletterte in das knarzende Bett und zog die klamme Decke über sich. Ihre Zähne schlugen aufeinander, sie fror erbärmlich. Mit aufgerissenen Augen lag sie da und lauschte auf die Geräusche im Haus. Türen schlugen, Menschen stritten lautstark, durch das Fenster drang das klagende Miauen einer Katze. Wie sollte sie so jemals schlafen? Dankbar dachte sie an den Riegel, der innen an der Tür angebracht war. So musste sie wenigstens nicht fürchten, dass sich nachts jemand unbemerkt zu ihr hineinschlich. Ihr waren viele neugierige Blicke gefolgt, als sie mit ihren wenigen Habseligkeiten die Treppe hinaufstieg. Sicher hatte ihre Vermieterin schon herumerzählt, dass Lily nun bei ihr wohnte.

Ich liege in meiner eigenen Wohnung in meinem eigenen Bett, dachte sie, und der Gedanke schien ihr vollkommen absurd.

Als sie endlich in den Schlaf hinüberdriftete, die Beine an die Brust und die Decke über den Kopf gezogen, träumte sie von daheim. Sie hörte das warme Lachen ihrer Mutter, lief mit Michel durch den blühenden Garten. Ihr Vater war auch da, aber er schien besorgt, ärgerlich, wandte sich von ihr ab, wann immer sie mit ihm zu sprechen versuchte. Sogar im Schlaf spürte sie den Druck auf dem Herzen, der sie seit ihrer Flucht begleitete.

Wenig später wachte sie auf und wusste sofort, dass etwas nicht stimmte. Sie fühlte sich seltsam, spürte ein Jucken an den Beinen, ein Kitzeln am ganzen Körper. Zitternd stieg sie aus dem Bett und zündete die Kerze an. Als sie über die Decke leuchtete, sah sie, dass sie über und über von krabbelnden Wanzen bedeckt war.

Lily stieß einen Schrei aus, klopfte panisch ihren Körper ab, hüpfte durchs Zimmer. Es schüttelte sie vor Ekel. Hektisch packte sie Decke samt Laken, warf alles in den Kamin und zündete es mit zitternder Hand an. Als das Bettzeug in Flammen aufging, warf sie hastig ein paar Scheite nach.

Den Rest der Nacht verbrachte sie vor dem Feuer. Sie hatte Bisse am ganzen Körper, aber wenigstens war ihr nun etwas wärmer.

Lilys winzige Dachgeschosswohnung lag im Neustädter Gängeviertel, in der Fuhlentwiete 21, wo manche der Häuser noch aus dem 17. Jahrhundert stammten und die Bebauung so dicht war, dass sie ihrem Nachbarn gegenüber durch das Fenster die Hand hätte reichen können.

Der Vorteil, ganz oben zu wohnen, war, dass sie niemanden über sich hatte, der Lärm machen konnte, und sie außerdem durch das einzige Fenster ein wenig Sonne abbekam. Die Wohnungen ganz unten im Haus waren regelrechte Dunkelkammern, denen das spärliche Tageslicht zusätzlich von den Hunderten Wäscheleinen genommen wurde, die kreuz und quer über die Gasse hingen. Der Nachteil war, dass sich das Klosett sowie der nächste Wasseranschluss im Hof befanden. Lily musste jedes Mal, wenn die Blase drückte, hinunter- und wieder hinaufklettern, was sie bald dazu veranlasste, einen Nachttopf zu benutzen. Aber auch zum Spülen und Waschen ging man in den Hof. Der Aufgang befand sich außen am Haus. Über eine Stiege, die so eng war, dass keine zwei Menschen aneinander vorbeigehen konnten, mit einem glitschigen Tau als Geländer, musste sie fünf Stockwerke hinaufklettern. Dabei war es wichtig, nicht die Wand zu berühren, die aus schwarzem moderndem Holz bestand und ihr Kleid einfärbte, wenn sie daran entlangwischte – was unvermeidbar war, sobald ihr auf der Stiege ein Nachbar begegnete. Der Abort wurde nur einmal in der Woche geleert und stank danach noch schlimmer als vorher, denn der Gassenkummerwagen lief meist schon über, wenn er in der Fuhlentwiete ankam. Die Dreckwagenleute mit ihren Eimern verrichteten ihre Arbeit so unachtsam, dass danach meistens eine schleimige Fäkalienspur über den gesamten Hof führte. Gleich an ihrem ersten Tag war Lily darin ausgerutscht.

Es war nicht leicht gewesen, überhaupt eine Unterkunft zu finden. Eine junge, ledige Frau konnte keinen Mietvertrag abschließen, und allein wohnen durfte sie schon gar nicht. Aber Emma hatte im Wohnstift herumgefragt und irgendwann von einer Witwe gehört, die jemanden suchte, der ihre Dachkammer bezog. Die Alte wohnte in der angrenzenden Wohnung, besserte sich durch die Untermiete ihre Rente auf und wollte ansonsten mit Lily nichts zu tun haben.

«Perfekt!», hatte Lily gesagt und sofort eingewilligt.

«Auf keinen Fall, hier kannst du nicht wohnen!», rief Emma voller Entsetzen, als sie mit Lily zusammen die Kammer besichtigte.

Aber die Miete war günstig, und Lily hatte keine Wahl. Bei Jo konnte sie nicht wohnen, er hatte nur ein winziges Zimmer, und unverheiratete Paare durften nicht einfach zusammenziehen. Außerdem wollte sie ihre neu gewonnene Freiheit nicht sofort dadurch wieder verlieren, dass sie sich von ihm abhängig machte.

Die Wohnung war feucht und undicht. Moder hatte sich bereits in der Decke festgesetzt, und wenn es taute oder regnete, lief es nass die Wände hinab. «So kannst du doch nicht leben!», rief Jo genau wie Emma, als sie ihm die Wohnung präsentierte, und schlug die Hände über dem Kopf zusammen.

«Warum nicht?», fragte sie trotzig, und er erklärte in einem langen Monolog, warum das für eine Frau wie sie undenkbar war.

«Alle anderen Frauen im Viertel schaffen es doch auch!», protestierte sie, wie immer wütend, wenn er «eine Frau wie du» sagte.

«Ja, aber sie haben von klein auf gelernt, wie man zurechtkommt. Und die meisten von ihnen sind verheiratet. Du weißt doch nicht einmal, wie man Feuer macht!»

«Mit einem Zündholz», antwortete sie und reagierte auf seinen weiteren Protest mit sturem Trotz. «Es bleibt mir momentan nichts anderes übrig», hatte sie irgendwann gefaucht und ihn damit zum Schweigen gebracht. «Ich habe die Miete bereits bezahlt. Und jetzt bleibe ich!»

Er wollte, dass sie sich zumindest stundenweise am Anfang eine Morgen- oder Tagfrau mietete, die ihr zur Hand ging, aber sie lehnte das ab. «Ich bin alleine, ich habe nicht viel zu tun, und ob mein Haushalt perfekt ist oder nicht, sieht doch ohnehin niemand außer uns. Außerdem kann ich mir das nicht leisten.»

Jo konnte in der Wohnung nur im Zimmer aufrecht stehen; in der Kochnische, die gleichzeitig als Flur diente, musste er den Kopf einziehen. Direkt um die Ecke des Hauses war eine Suppenküche, und jeden Morgen und Abend standen sich die frierenden armen Menschen in der Schlange davor die Beine in den Bauch. Aber wenigstens waren die kleinen Rinnsteine in der Mitte der Straße hier bereits zugeschaufelt und öffentliche Aborte errichtet worden, sodass man seinen Unrat nicht mehr in die stinkenden Gewässer kippte. Es war nicht die schlimmste Wohngegend, in der sie hätte landen können. Lily wusste das nur zu gut und biss die Zähne zusammen.

Am ersten Tag scheuerte sie jede Ritze und Fuge. Jo und Alma kamen vorbei und halfen ihr, die Wohnung auszuwanzen. Diesmal arbeiteten sie zu dritt, und am Abend war Lily so erschöpft, dass sie, ohne sich zu waschen oder umzuziehen, ins Bett fiel und bis zum Morgen durchschlief. Emma kaufte ihr Essen, brachte Haushaltsgegenstände, gab ihr warme Schuhe von sich. Bei jedem Besuch bot sie ihr an, zu ihr zurückzukommen.

Aber davon wollte Lily nichts hören.

Auch Martha, Isabell und die anderen kamen vorbei, brachten Bücher und Wein, Kekse und Kaffee. Lily sah ihnen an, wie erschrocken sie waren, aber keine von ihnen sagte etwas, und als sie alle um den Kamin herumsaßen und das kleine Zimmer mit ihrem Lachen und ihrem Zigarettenrauch erfüllten, bekam es beinahe etwas Gemütliches. Seitdem klopfte es oft unvermittelt, und eine von ihnen stand draußen auf der Stiege, einmal einen

Wandteppich unter dem Arm, einmal einen Strauß Blumen, einmal eine Decke für den Küchentisch. Aber vor allem brachten sie ihr Lesestoff. Bücher und Zeitschriften und auch Schreibpapier. Lily lernte in dieser schweren Zeit, was wahre Freundschaft bedeutete und wie wichtig sie war, wenn man keine Familie mehr hatte.

Bald waren zwar die Wände noch feucht und die Mäuse noch im Gebälk, aber die kleine Wohnung bekam fast so etwas wie Charme.

«Dein Nest», nannte Jo es immer.

«Wohl eher ein Rattennest», sagte sie dann lachend, aber er hatte recht. Weil man so hoch oben war und vom Fenster aus geradewegs in den Himmel sah, fühlte man sich fast wie ein Vogel in einem Baum.

Ohne Jo hätte sie es nicht geschafft. Er organisierte Wasserträger, die einmal am Tag kamen und ihr Wasser aus den Brunnen in die Wohnung brachten. Er kaufte Holz und Kohle für den Kamin, zeigte ihr, wo sie ihre Wäsche hinbringen konnte und welche Händler auf dem Markt sie nicht übers Ohr hauten.

Auch von Martha, die schon lange alleine lebte, allerdings wesentlich mehr Geld zur Verfügung hatte als sie, bekam sie gute Tipps. Sie entdeckte, dass sie einfaches Essen mochte. Frisches Brot mit Käse und Butter oder einem Stück Schinken, ein gebackenes Ei dazu, schmeckte geradezu königlich, wenn man es nach einem Tag voll harter Arbeit abends am Kamin aß.

Lily hatte auch Berta über ihre neue Situation informiert, sie aber in dem Brief gebeten, Stillschweigen über ihren Aufenthaltsort zu bewahren. *Wann können wir uns wiedersehen?*, fragte sie und malte ein kleines Herz unter ihre Unterschrift. Doch sie bekam nie eine Antwort.

Sie schrieb viel in dieser ersten Zeit. Besonders wenn sie alleine war und die Dunkelheit sich über die Stadt senkte. An ihrem kleinen Feuer, in das rote Licht der Flammen gehüllt, lauschte sie auf die Geräusche des Hauses. In diesen Momenten fühlte sie sich oft einsam und mutlos, vermisste ihre Familie so schmerzlich, dass die Worte auf dem Papier ihr eine Zuflucht boten. Sie schrieb, um die Leere zu füllen. Die Stille zu vertreiben.

Noch am Tag ihres Einzugs hatte sie ihrer Familie Nachricht geschickt, wo sie nun lebte. Sie konnte und wollte sich nicht mehr den Regeln beugen, die sie einzwängten und sie am Atmen hinderten. Sie konnte ihrem Vater nicht verzeihen, was er getan hatte, aber sie wusste auch, dass er nur nach seinen Überzeugungen gehandelt hatte. Er war kein schlechter Mensch, er war gefangen im Korsett der Konventionen. Sie hatte es geschafft, sich zu befreien. Er würde das niemals können. Und sosehr sie ihn auch hassen wollte, sie liebte ihre Eltern nicht weniger als früher und wusste, dass sie ihnen mit ihrer Entscheidung großen Schmerz zugefügt hatte. Besonders ihrer Mutter. Lily hoffte, dass Sylta vielleicht verstehen würde, warum sie gegangen war, und den Kontakt nicht ganz abbrach. Sie schrieb ihr beinahe jeden Tag. Und jeden Tag hoffte sie auf ein Lebenszeichen, wartete auf eine Antwort.

Aber nichts und niemand kam.

Bis es eines Morgens plötzlich an ihre Kammertür klopfte.

Als sie öffnete, stand Franz vor ihr. Er kratzte sich gerade mit angewiderter Miene mit einem kleinen Stock Schlamm von den Schuhen. Sein Gesicht verfinsterte sich, als er zu ihr aufsah.

«Was machst du hier?», fragte Lily erschrocken und blickte um die Ecke, in der Hoffnung, ihre Eltern zu sehen.

Aber er war allein gekommen.

«Ich hole dich nach Hause!» Ohne Begrüßung trat er über die Schwelle. «Das kann nicht dein Ernst sein!» Fassungslos ließ er den Blick durch die Wohnung schweifen. «Bist du von allen guten Geistern verlassen?»

«Ich gehe nicht zurück.» Lily verschränkte die Arme vor der Brust und lehnte sich von innen gegen die Tür «Wenn du deshalb gekommen bist, dann kannst du gleich wieder gehen!»

Franz drehte sich zu ihr um. In seinem Blick stand kalte Verachtung. «Weißt du denn nicht, was du Vater und Mutter damit antust? Haben sie nicht schon genug mitgemacht? Erst Großmutter, dann Michel und nun du? Willst du alles zerstören?»

«Michel ist nicht weggegangen, ihr habt ihn fortgeschickt!», rief sie aufgebracht. «Das war ganz allein eure Entscheidung …» Sie brach ab, weil sie zu wütend wurde, um weiterzusprechen. Um sich zu beherrschen, ballte sie die Hände und atmete einmal tief ein und aus. «Ich kann in diesem Haus nicht mehr leben», sagte sie etwas ruhiger. «Wenn ich zurückkehre, dann muss ich weitermachen wie bisher, auf Bälle gehen, sticken, Klavier spielen und dann Henry heiraten und heile Familie spielen. Ich liebe ihn nicht, Franz, ich habe ihn nie geliebt. Ich wusste es nur nicht.»

Er lachte beinahe gequält auf. «Darum geht es nicht, Lily!», sagte er.

«Ach nein? Warum heiratest du dann nicht Roswita?»

Er funkelte sie wütend an. «Das ist etwas anderes!», presste er hervor.

«Und warum? Weil ich eine Frau bin und keine eigenen Entscheidungen treffen kann?»

«Ganz richtig. Weil ihr nicht die großen Zusammenhänge seht, sondern immer nur nach euren Gefühlen urteilt», rief er. «Natürlich liebst du Henry, wie könntest du ihn nicht lieben.»

Er holte tief Luft. Dann wurde seine Stimme plötzlich eindringlich, er trat einen Schritt auf sie zu. «Wir haben ihm noch nichts erzählt, Lily. Deinen Brief habe ich verbrannt. Er denkt, du bist krank. Du kannst noch immer zurück, es ist noch nicht zu spät!»

Lily keuchte auf. «Was?», rief sie. «Henry weiß von nichts?»

Franz nickte langsam. «Ich wollte dir ein wenig Zeit geben, um zu dir zu kommen. Du solltest erleben, wie es ist, ohne Geld, ohne Personal, ohne auch nur die kleinste Begabung. Was willst du arbeiten, Schwesterherz? Verrate mir das. Wie willst du die Miete bezahlen? Wenn du jetzt nicht mit mir kommst, wirst du von uns keinen Pfennig erhalten, nicht einen, dafür sorge ich persönlich!»

Lily merkte, wie die Wut in ihr zu kochen begann. «Ich brauche dein Geld nicht!», fauchte sie. «Und jetzt raus aus meiner Wohnung!»

Franz' Augen wurden schmal. Er tat einen Schritt auf sie zu. «Du wirst in der Gosse enden, als Hure. Du wirst deinen Körper verkaufen müssen, denn etwas anderes hast du nicht!»

Lily reckte das Kinn vor. «Lieber das, als weiterhin von einem Mann abhängig zu sein!», sagte sie entschlossener, als sie wirklich war.

Er packte sie am Arm und schüttelte sie. «Du dämliches Miststück, weißt du nicht, wie die Menschen sich jetzt schon die Mäuler über uns zerreißen?», schrie er.

Lily kratzte ihm über die Wange. Als er erschrocken zusammenzuckte, riss sie sich los. Die Stelle, wo er die Finger in ihre Haut gegraben hatte, pochte schmerzhaft. «Verschwinde!», zischte sie und wich zum Herd zurück. Ihr Blick huschte über die Gegenstände in der Küche, suchte nach etwas, womit sie sich verteidigen könnte.

Doch er war schon auf dem Weg zur Tür. «Das wirst du bereuen, Lily. Wenn du jetzt nicht mitkommst, dann bist du für uns gestorben. Dann gibt es kein Zurück. Niemand darf erfahren, wie du lebst. Du wirst dich dem Haus nicht mehr nähern, du wirst keinen Kontakt mehr zu Mutter aufnehmen, haben wir uns verstanden?»

Lily packte eine Bratpfanne und warf sie nach ihm. Sie verfehlte ihn nur um wenige Zentimeter und knallte scheppernd gegen die Wand. «Raus hier!», brüllte sie. Er starrte sie geschockt an, und eine Sekunde sah sie beinahe so etwas wie Respekt in seinem Blick. Dann packte er den Türknauf und war verschwunden.

Lily starrte ihm zitternd nach, dann ließ sie sich langsam auf einen Stuhl sinken und brach in Tränen aus.

«Du schließt ab jetzt immer ab, wenn ich nicht da bin, hast du verstanden?», sagte Jo, als sie ihm am Abend von dem Vorfall mit ihrem Bruder erzählte. Er schäumte vor Wut, und das, obwohl Lily nicht einmal erwähnt hatte, wie Franz sie am Arm gepackt hatte. Die Stelle schmerzte immer noch. Aber sie zeigte ihm die Delle in der Wand, die die Pfanne verursacht hatte. «Gut so!», brummte er zufrieden.

«Du musst dir keine Sorgen machen. Er kommt nicht mehr wieder», sagte Lily und spürte bei den Worten ein saures Kribbeln im Mund.

Am Abend setzte sie sich hin und schrieb erneut einen Brief an Henry. Ihre Adresse verriet sie nicht, und sie ließ auch Jo unerwähnt, aber sonst sagte sie ihm alles, was er wissen musste. Dass sie ihn nicht liebte. Dass sie nun ein anderes Leben führte. Dass es ihr sehr leidtat, aber sie sich nicht wiedersehen würden.

Sie machte sich keine großen Sorgen um ihn. Er hat auch mich nie wirklich geliebt, dachte sie, als sie den Brief zur Post brachte. Er wird schnell eine andere finden, mit der er glücklicher ist.

Doch als sie am Tag darauf vom Markt kam, saß Henry vor ihrer Tür auf der Stiege. Es war bereits dunkel, und sie bemerkte ihn erst, als sie direkt vor ihm stand. Erschrocken zuckte sie zusammen. Ihre Hand klammerte sich um den Schlüssel.

Henry betrachtete sie einen Moment voller ungläubigem Staunen. Als sie ihn ansah, fragte sie sich, wie sie sich jemals hatte einreden können, dass sie diesen Mann liebte. Aber vor Jo hatte sie wahrscheinlich schlicht nicht gewusst, was Liebe eigentlich war.

«Also stimmt es wirklich», sagte Henry leise. «Ich habe es bis zuletzt nicht glauben können.»

«Und ich kann nicht glauben, dass Franz dir meine Adresse gegeben hat», erwiderte Lily leise.

Henry schüttelte den Kopf. «Es war nicht Franz.»

«Aber wer dann?», rief Lily erstaunt. «Es weiß doch niemand außer meiner Familie, Emma und ...» Sie hielt inne. «Berta», sagte sie leise.

Henry lächelte freudlos. «Es war nicht schwer, sie kann dich nicht leiden, ist dir das klar? Ich glaube, sie freut sich, dass du nun im Dreck lebst.»

Lily schob sich energisch an ihm vorbei. «Ich lebe nicht im Dreck, sondern in meiner eigenen Wohnung!», sagte sie. «Und ich habe meinem Brief an dich nichts mehr hinzuzufügen. Wenn du mich jetzt entschuldigst? Ich muss kochen!»

Henry sprang auf. «Kochen?», lachte er schrill. «Lily Karsten muss kochen, dass ich nicht lache!» Lily wollte sich an ihm vorbei in die Wohnung drücken, doch er war zu schnell. Er stieß die Tür auf und drängte sie in den Raum hinein. «So, das ist es also, dein kleines Paradies?», rief er höhnisch. «Das kann doch nicht dein Ernst sein!», fauchte er dann, und sie fühlte sich auf unheimliche Weise an ihren Bruder erinnert.

«Mein voller Ernst!», erwiderte sie brüsk. «Und ich bitte dich, jetzt zu gehen!»

Henry sah sie entgeistert an. «Lily», sagte er dann plötzlich mit sanfter Stimme und wollte nach ihr greifen, doch sie wich zurück. «Jetzt werd doch vernünftig. Du hast uns allen gezeigt, dass du unabhängig bist, anders als die anderen, dass du eine eigene Meinung hast. Das ist doch gut und schön. Ich habe das immer an dir gemocht, diesen … Eigensinn. Aber nun reicht es!»

Als sie nicht antwortete, veränderte sich sein Ton erneut. «Lily, ich liebe dich doch! Wie kannst du alles wegwerfen wollen, unser Haus, unsere Zukunft. Ist dir das denn alles egal?», flehte er.

Langsam nahm sie die Einkäufe aus dem Korb. Ein Zittern stieg in ihr auf. Sie schüttelte den Kopf. «Du verstehst es nicht, Henry. Du hast es nie verstanden.»

Mit zwei Schritten war er bei ihr und packte sie grob an den Schultern. «Dann erklär es mir!» Sie sah an seinem Blick, wie schwer es ihm fiel, sich zu beherrschen. «Erklär mir, was ich in Gottes Namen nicht verstehe.»

«Las mich los!», sagte sie ruhig, doch er schüttelte sie.

«Sag schon! Was ist es, wofür ich zu dumm sein soll, um es zu begreifen?»

«Nimm sofort deine Hände von ihr!»

Henry fuhr herum.

Jo stand im Türrahmen. Er war ganz ruhig, aber seine Augen waren dunkel vor Zorn. Einen Moment schien Henry nicht zu begreifen. Sein Mund stand offen vor Verwunderung. «Du?», flüsterte er dann.

Jo reagierte nicht, sah ihn nur abwartend an.

Henry lachte jetzt und fuhr sich mit der Hand über die Stirn. Es war ein verzweifeltes, ungläubiges Lachen. «Das kann nicht wahr sein!», sagte er und drehte sich zu Lily um. «Die ganze Zeit über?», fragte er. Er lächelte immer noch auf eine seltsame Weise, die Lily Angst machte. «Die ganze Zeit hast du mich mit ihm hintergangen?»

«Nein, nicht die ganze Zeit», sagte sie leise. «Aber schon lange.»

Henry nickte langsam, als verstünde er nun endlich, was sie ihm hatte sagen wollen.

«Verschwinde hier!» Jo kam langsam auf ihn zu.

«Oder was?», fragte Henry und fuhr mit funkelnden Augen zu ihm herum.

«Oder ich schleife dich raus und schmeiße dich die Treppe runter», erwiderte Jo ruhig.

Henry hielt einen Moment inne. Seine Körperhaltung verriet Unsicherheit. Doch plötzlich schoss er auf Jo zu. Der wich zur Seite, und Henry stolperte ins Leere. «Scheißkerl!», zischte Henry. Dann packte er Jo am Kragen.

Jo bewegte keinen Muskel. Nur seine Wangen zuckten wütend. «Kumpel, lass mich los, sonst trete ich dir den Schädel ein!», sagte er so leise, dass Lily es kaum hörte.

Henry schien mit sich zu ringen. Er war ein gutes Stück größer als Jo, aber Jo war breit und kräftig von der Arbeit im Hafen.

Lily beobachtete die beiden mit wild klopfendem Herzen. Vor Anspannung hatte sie die Tischkante umklammert. Wenn Jo Henry verletzte, würde er ins Gefängnis kommen. «Lass ihn, Jo!», rief sie angstvoll.

Jo nickte nur. «Ich tue ihm nichts», sagte er. «Wenn er jetzt geht!»

Henry hielt Jo immer noch drohend am Hemdkragen gepackt, eine Hand erhoben, als wollte er zuschlagen. Sein Blick flackerte. Dann schien er sich zu besinnen. Er ließ ihn plötzlich los und richtete sich die Jacke.

Mit nun wieder ausdruckslosem Gesicht drehte er sich zu Lily. «Du wirst das bitter bereuen!» Im Gegensatz zu Franz klang es bei Henry nicht wie eine Drohung, sondern eine Feststellung.

Dann fuhr er auf dem Absatz herum, stürmte hinaus und warf die Tür hinter sich zu.

Lily und Jo standen eine ganze Weile einfach nur da, lauschten auf seine hastigen Schritte auf der Stiege.

«Er ist weg!», sagte Lily schließlich. Ihr ganzer Körper war verkrampft. Langsam atmete sie aus.

«Ja», erwiderte Jo und sah sie an. «Hoffentlich für immer.» Dann kam er zu ihr und nahm sie in die Arme.

2

Die Geldsorgen plagten Lily von der ersten Minute an. Sie hatte drei Kleider von ihrer Großmutter mitgenommen und eines bereits verkauft. Das hatte ihr eine hübsche Summe eingebracht, aber die brauchte sie auch für die Miete, das Essen und die neuen Möbel. Die Vormieter hatten zwar Bett und Tisch dagelassen, aber die Küche war leer. Sie kaufte einige Haushaltsgeräte, von denen Alma und Emma ihr sagten, dass sie sie brauchen würde. Außerdem zwei neue, aber sehr einfache Kleider, Schnürleibchen, ein Paar schmucklose Stiefel, Seife und Wäsche und einen dicken Block Zahnseife. Mehr an Kosmetik und Hygiene konnte sie sich nicht leisten. Sie wusch sich morgens mit einem Lappen über der Schüssel. Puder und Parfums gab es nicht.

Nach all diesen Neuanschaffungen blieb ihr noch die Hälfte des Kleidergelds. Sie sparte eisern, da sie nicht wusste, wie sie sich über Wasser halten sollte, wenn es erst einmal ausging. Henrys Ohrringe hatte sie ebenfalls mitgenommen. Aber die bewahrte sie für den Notfall in einer kleinen Schachtel auf, die sie unter einem losen Dielenbrett versteckte. Jeden Abend zählte sie ihr Geld bis auf den letzten Pfennig nach und trug ihre Ausgaben in ein kleines Heft ein. Leider blieb die Spalte für Einnahmen leer.

Sie musste irgendwie an Arbeit kommen. Deswegen zog sie ein paar Wochen nach ihrem Streit mit Henry eines ihrer guten Kleider an und steckte sich über dem winzigen, verrosteten Spiegelschrank zum ersten Mal in ihrem Leben selber die Haare auf. Das Ergebnis ließ zu wünschen übrig. Unzufrieden drehte sie sich hin und her. Sie sah aus wie eine Vogelscheuche, die Locken wollten und wollten nicht an ihrem Platz bleiben. Lily seufzte. Einen einfachen Haarknoten konnte sie zu diesem Kleid aber auch nicht tragen, und offen lassen ging schon gar nicht. Sie zupfte noch eine Weile an sich herum und beschloss schließlich, dass es besser nicht werden würde.

Die Empfangsdame beim *Tageblatt* musterte sie unverhohlen neugierig. Sie schien zu finden, dass Lily eine äußerst seltsame Figur abgab. Tapfer lächelnd überreichte Lily ihr die kleine Karte, die Friedrich ihr damals auf dem Ball gegeben hatte – und tatsächlich meldete die Dame sie an. Lily war sich ziemlich sicher, dass diese sie ohne die Karte einfach wieder hinausgeworfen hätte.

Friedrich schien freudig erstaunt, sie zu sehen. Lily wusste nicht, ob Berta ihm erzählt hatte, dass sie von daheim weggegangen war, aber falls er es wusste, ließ er es sich nicht anmerken. Sie war froh, dass sie Handschuhe trug und er nicht sehen konnte, wie rau und aufgeschürft ihre Hände waren. Auch er musterte allerdings neugierig ihre Haare, und sie musste sich zwingen, nicht nervös daran herumzuzupfen.

Er führte sie in sein Büro, zeigte ihr unterwegs die Redaktion und nahm sich dann tatsächlich Zeit, die Sachen zu lesen, die sie ihm mitgebracht hatte.

Während er mit konzentriert gerunzelter Stirn ihre Papiere überflog und dabei eine Zigarette rauchte, saß sie verkrampft da und versuchte, so zu tun, als wäre sie es gewohnt, in Zeitungsredaktionen zu sitzen und ihre Texte anzubieten. Ihr Herz raste. Sie fand alles hier wahnsinnig faszinierend, die geschäftige Atmosphäre, die Männer, die hin und her liefen, diskutierten, rauchten, Scherze machten. Auf einigen Tischen entdeckte sie sogar Schreibmaschinen. Lily beobachtete wie hypnotisiert die Männer, die darauf einhackten. Frauen gab es keine, außer der Dame am Empfang.

Ab und zu stieß Friedrich ein Grunzen aus und murmelte etwas in seinen Bart, dann begann er, einzelne Textpassagen zu unterstreichen oder einzukringeln. Er sah sehr ernst aus, und Lily spürte, wie sich ihr Magen immer mehr anspannte.

«Das ist gar nicht schlecht!», sagte er schließlich, schob die Papiere zusammen und reichte sie ihr zurück. Lily nahm sie erschrocken entgegen. «Sehr feinsinnig, Ihre Beobachtungen zu den Klassenunterschieden. Weiter so!», sagte er und lächelte.

«Finden Sie es besser als meine letzten Sachen?»

Er runzelte die Stirn. «Ihre letzten Sachen?»

«Ja, die Aufsätze, die Berta Ihnen ...» Aber sie hielt mitten im Satz inne, als sie sein Gesicht sah. Plötzlich wusste sie, dass Berta ihm die Texte nie gegeben hatte. «Ach, nichts ...» Lily schluckte schwer. «Sie finden es also gut?»

Er lächelte. «Ja, sehr interessant, wie schon gesagt.»

Lily sah ihn erwartungsvoll an. «Und ... nun?», fragte sie, und er hob verwirrt die Augenbrauen.

«Nun?», fragte er und schien nicht zu wissen, worauf sie hinauswollte. «Nun ... weiter so. Wenn Sie noch mehr haben, bringen Sie es vorbei, ich schaue es mir immer gerne mal an!»

Lily spürte einen Kloß im Hals. «Also stellen Sie mich nicht ein?», fragte sie.

Er wirkte einen Moment vollkommen verdutzt, dann lachte er. «Sie einstellen? Wie meinen Sie das?»

«Nun ...» Lily war kurz davor, in Tränen auszubrechen, sie fühlte sich gedemütigt. «Sie haben mir damals gesagt, dass Sie immer neue Stimmen suchen. Ich dachte ...»

Nun schien er zu begreifen. «Ah ja. Das ist richtig. Aber so schnell geht das nicht. Ihre Sachen sind nicht schlecht, aber sie sind nicht journalistisch geschrieben. Und, nun ja, ich dachte nicht, dass eine Frau wie Sie wirklich ernsthaft …»

Lily schloss kurz die Augen. Da war es wieder. *Eine Frau wie Sie.* Wie sehr sie diese Worte verabscheute. Sie holte tief Luft. «Ich bin nicht *eine Frau wie*, ich bin einfach nur ich. Lily Karsten. Und ich möchte schreiben!»

Als er die Augenbrauen hochzog, entschloss sie sich, die Karten auf den Tisch zu legen. «Friedrich, ich will ganz ehrlich sein. Ich brauche Arbeit. Ich weiß nicht, ob Berta es Ihnen erzählt hat, aber … ich habe gewissermaßen mit meiner Familie gebrochen.» Sie stockte. «Zumindest wohne ich nicht mehr daheim und bin nun darauf angewiesen, mir meinen Lebensunterhalt zu verdienen. Wie Sie sich vielleicht vorstellen können, ist das nicht leicht, besonders als Frau, die nichts gelernt hat. Ich brauche Geld. Sie sagen, meine Sachen sind nicht schlecht. Geben Sie mir eine Chance!»

Friedrich musterte sie einen Moment unter seiner Brille hervor. «Berta hat es mir erzählt, ja», sagte er, und sie war erstaunt, dass er es nicht von sich aus angesprochen hatte. «Das war sehr mutig von Ihnen. Ich hatte recht, damals mit meinem Artikel. Sie sind ein wenig aus der Art geschlagen.» Er lächelte anerkennend und nahm seinen Worten damit ihre Schärfe. «Also. Es stimmt, was ich auf dem Ball gesagt habe. Wir suchen immer neue Stimmen. Allerdings … keine weiblichen.»

Lily sah ihn erstaunt an. «Aber …», protestierte sie, doch er schüttelte den Kopf.

«Ich kann Ihnen gleich sagen: Falls Sie jemals für uns schreiben wollen, dann geht das nur unter einem männlichen Pseudonym. Wenn Sie damit nicht einverstanden sind, können wir gleich aufhören zu diskutieren. Das ist ohnehin nicht meine Entscheidung.»

Lily hatte den starken Impuls, ihre Papiere an sich zu raffen und aus dem Zimmer zu stürmen. Aber dann dachte sie an ihr Haushaltsbuch und die leere Spalte mit dem Wort *Einnahmen* darüber. Sie nickte. «Gut, damit müsste ich dann wohl leben», sagte sie wütend.

Friedrich zündete sich eine neue Zigarette an. «Wir machen das so. Sie schreiben etwas. Etwas Neues, über die Stadt. Einen Artikel in unserem Stil. Lesen Sie die Zeitung und versuchen Sie nachzumachen, wie unsere Reporter sich ausdrücken, wie sie formulieren, was sie beobachten. Das bringen Sie mir, und dann schauen wir weiter. Einverstanden?»

Lily nickte. Es war weniger, als sie gehofft hatte, aber immerhin war es eine Chance. «Gut», sagte sie. «Danke.»

Er lächelte und bot ihr eine Zigarette an.

In den folgenden zwei Wochen konzentrierte sich alles in Lilys Leben auf ihren Artikel. Sie überlegte tagelang, was Friedrich überzeugen würde. Dann hatte sie einen Einfall: Sie ging nach St. Pauli und interviewte die Zitronenjette. Wenn sie mit einem Hamburger Original anfing, jemandem, den die Leute kannten, würde sie vielleicht schneller Aufmerksamkeit bekommen. Und die winzige Händlerin, die Lily nur bis zur Hüfte reichte, mit ihrem Korb, ihrem Schultertuch und ihrer durchdringenden Stimme, kannte so gut wie jeder in der Stadt. Ihr «Zitroon, Zitroon, frische Zitroon»-Geschrei hatte jedes Kind schon einmal gehört, und auch die blaue Schürze über dem viel zu kurzen Rock erkannte man schon von weitem.

Lily war erschüttert, als sie mit der Frau sprach. Nicht nur stimmte eindeutig etwas nicht mit ihrem winzigen Körper; Jette konnte dem Gespräch auch nicht richtig folgen. Sie ist verrückt!, dachte Lily, dann aber wurde ihr klar, dass zu dem wohl sehr einfachen Gemüt der Frau auch noch dazukam, dass sie offensichtlich unter dem Einfluss von Alkohol stand.

«Tagsüber verkauft sie auf den Straßen, aber abends dreht sie ihre Runden durch die Kellerkneipen der Reeperbahn», erklärte ihr Jo, als sie ihm abends von der Begegnung erzählte. «Dort machen sie sich einen Spaß daraus, ihr Schnäpse zu spendieren und sie dann dazu anzuhalten, schmutzige Lieder zu grölen.»

«Aber das ist furchtbar!», sagte Lily entsetzt.

Jo schüttelte den Kopf. «Es macht ihr Spaß.»

Lily war überzeugt, dass das nicht stimmte, aber was sollte sie tun? Sie schrieb einen Artikel über das trostlose Leben der Frau, die in den Tiefen der Gängeviertel aufgewachsen war und schon mit dreizehn Jahren auf der Straße verkaufen ging, um ihre Familie zu unterstützen.

«Ich bin sicher, sie ist so klein und krumm, weil sie nie genug zu essen hatte!», sagte sie zu Jo, während ihr Bleistift über das Papier kratzte, aber der lachte nur.

«Wenn das stimmen würde, wäre halb Hamburg zwergwüchsig.» Er konnte Lilys Aufregung nicht verstehen. «Jette hat Arbeit, oder nicht? Das ist mehr, als viele der Menschen im Viertel über sich sagen können.»

Als sie Friedrich den ersten Artikel brachte, schüttelte er den Kopf. «Das ist viel zu gefühlsbetont. Journalismus muss sachlich bleiben!», erklärte er und schob ihr das Papier wieder zu. «Es ist interessant, aber der Ton stimmt nicht. Niemand wird glauben, dass das ein Mann geschrieben hat.»

Also arbeitete Lily den Artikel um. Ganze fünf Mal ließ Friedrich sie ihn wieder mitnehmen. Doch schließlich nickte er, wenn auch zögerlich. «Lassen Sie ihn hier, ich werde sehen, ob ich ihn vielleicht irgendwo unterkriege. Ich kann aber nichts versprechen!»

Lily ging traurig durch den Sprühregen nach Hause. Sie hatte sich ihre Journalistinnenkarriere anders vorgestellt.

«Er will ihn nicht», sagte sie zu Jo, als sie hereinkam, und küsste ihn. Er hatte heute Nachtschicht, würde bald aufbrechen müssen und wartete schon ungeduldig auf sie. Müde streifte sie die matschigen Schuhe ab und legte die Füße auf seinen Schoß.

«Deine Zehen sind ja eiskalt! Er hat ihn dir schon wieder zurückgegeben? Kann er nicht einfach sagen, du sollst es bleibenlassen?»

«Ja, es ist furchtbar draußen. Nein, er hat ihn dieses Mal behalten. Aber er sagt, ich soll mir keine großen Hoffnungen machen!»

«Immerhin schon mal etwas», brummte Jo und massierte ihre steif gefrorenen Zehen.

Lily schloss einen Moment die Augen. Sie besaß noch eine Kette und zwei paar Ohrringe von ihrer Großmutter. Außerdem konnte sie ihren Mantel verkaufen, wenn es hart auf hart kam, und auch die zwei guten Kleider, die sie mitgebracht hatte. Und da war ja noch das Versteck unter dem Dielenbrett. Sie würde noch lange nicht hungern. Aber das Gefühl, nichts tun zu können, um ihre Lage zu verbessern, war bedrückend.

———— • ◆ • ————

An einem nebligen Februarmorgen eilte Lily aus dem Haus, einen Korb über dem Arm, die Kapuze des Mantels tief ins Gesicht gezogen, wie immer, wenn sie zum Markt wollte. Sie kam an der Suppenküche vorbei, jeden Tag standen dort die Bedürftigen für ein wenig wässrige Brühe und einen Kanten Brot an. Meist ging sie mit gesenktem Blick und raschem Schritt an der Schlange vorbei, weil sie den Anblick der Menschen nicht ertragen konnte. Jeden Tag erinnerten sie sie daran, dass sie nun zwar arm war, aber dass es so viele gab, denen es unendlich viel schlechter ging als ihr.

An diesem Morgen jedoch veranlasste sie etwas, den Kopf zu heben. Später fragte sie sich oft, was es gewesen war, das sie dazu gebracht hatte, genau in diesem Moment in die Gesichter zu blicken, die sie sonst vermied. Göttliche Fügung, ein Kribbeln in der Luft? Sie hob den Blick und begegnete einem Paar Augen, das sie beinahe besser kannte als ihre eignen. Stocksteif blieb sie stehen, so abrupt, dass eine Frau fluchend in sie hineinrannte.

«Seda!», flüsterte Lily.

Das Mädchen hatte sie im gleichen Moment gesehen, aber sie schien Lily nicht zuordnen zu können. Sie runzelte die Stirn, es war kein Erkennen in ihrem Blick. Dann zog Lily sich die Kapuze vom Kopf.

Sedas Augen weiteten sich. Hastig löste sie sich aus der Schlange und eilte auf sie zu. Lily weinte vor Freude, noch bevor Seda sie erreicht hatte. Einen winzigen Moment wussten sie nicht, wie sie einander begrüßen sollten, es gab keine Regeln für ein solches Aufeinandertreffen – dann fiel Lily Seda um den Hals. Sie erkannte erst in diesem Moment, wie sehr sie die vertraute Freundin vermisst hatte.

Obwohl sie sich viele Jahre lang kannten, hatten sie sich noch nie umarmt. Als sie Seda an sich drückte, spürte Lily ihren Bauch unter dem weiten Gewand. Sie trat einen Schritt zurück und betrachtete Seda, deren Wangen sich augenblicklich mit schamhafter Röte überzogen. Nervös zupfte sie an ihrem Mantel, als wolle sie die Schwellung ihres Leibes überdecken.

«Wo warst du denn nur?», sagte Lily mit erstickter Stimme.

«Oh Seda, es tut mir so leid, dass sie dich aus dem Haus gejagt haben!»

Seda schüttelte den Kopf. «Es tut mir leid, dass ich gegangen bin, ohne mich zu verabschieden, aber dein Vater wollte nicht, dass ich noch einmal mit dir spreche, und … ich habe mich geschämt.»

Lily spürte eine Mischung aus Wut und Traurigkeit in sich hochkochen. «Du musst dich nicht schämen! Ich weiß, dass mein Bruder dafür verantwortlich ist!»

Seda wurde blass. Man sah deutlich, wie unangenehm ihr das Thema war. «Du weißt es?», murmelte sie.

Lily nickte. Sie wusste zwar, dass Franz der Vaters des Kindes war. Eine Sache jedoch nagte an ihr, seit sie davon erfahren hatte. «Seda, warum hast du mir nicht erzählt, dass ihr euch … nähergekommen seid? Du weißt, ich hätte mich für dich gefreut!»

Seda blickte sie einen Moment verwundert an. Dann wurden ihre Augen plötzlich groß, als sie verstand. «Lily, es war nicht wie du denkst …», murmelte sie.

Lily runzelte die Stirn. «Wie meinst du das?», fragte sie, doch als sie sah, wie Seda beschämt zu Boden blickte, wurde ihr klar, was das Mädchen ihr sagen wollte. Ihr wurde schwindelig. «Aber … das …», stotterte sie, doch Seda unterbrach sie.

«So ist es doch immer, nicht wahr? So machen es schließlich alle. Und ich hatte so Angst um meine Stellung.» Die letzten Worte flüsterte sie.

Lily spürte ein Zittern in sich aufsteigen, das ihr für einen Moment den Atem nahm. Gleichzeitig fühlte sie sich seltsam leer, so erschüttert war sie über das, was Seda ihr soeben gestanden hatte. Sie schüttelte nur stumm und entsetzt den Kopf, wusste nicht, was sie sagen sollte.

«Bitte, versprich mir, dass du nicht mit ihm darüber redest!»

«Aber Seda!» Lily wollte aufbrausen, doch Seda griff ihre Hand.

«Bitte, Lily. Ich schäme mich so. Und es würde nicht das Geringste ändern.»

Sie drückte Lilys Finger so fest, dass es beinahe weh tat. Schließlich nickte Lily widerwillig.

«Aber was machst *du* hier?», rief Seda plötzlich, offensichtlich bemüht, vom Thema abzulenken. «Und wie siehst du überhaupt aus?» Fassungslos nahm sie nun Lilys einfaches Kleid in Augenschein. Ihr Blick glitt über ihren Haarknoten, die schlammigen Schuhe, die rauen Hände. «Ich begreife das nicht», flüsterte Seda mit großen Augen.

Lily fasste sie am Arm und zog sie ein Stück zur Seite, wo sie sich auf eine Treppe setzen konnten. Dann erzählte sie in knappen Worten, was passiert war. Bestürzt schlug Seda die Hände vor den Mund. «Aber, Lily, das geht doch nicht! Du kannst doch hier nicht leben, wie sollst du denn alleine zurechtkommen?», rief sie.

Lily lächelte. «Ich komme gut zurecht. Und ich bin nicht alleine ...»

Seda war ganz aufgeregt, Tränen schimmerten in ihren Augen. «Das ist nicht richtig!», sagte sie immer wieder. «Eine Dame wie du, hier in den Gängevierteln!»

Aber Lily winkte ab. «Mach dir um mich keine Sorgen. Wie geht es dir? Wo lebst du?»

Seda beugte den Kopf. Sie schien nach Worten zu suchen. «Ich bin eine Hausschwangere. In der Gebäranstalt», stotterte sie schließlich.

«Was meinst du?», fragte Lily. Davon hatte sie noch nie gehört.

«Das Accouchierhaus, in der Pastorenstraße. Sie lassen

Schwangere dort wohnen, geben ihnen Essen, wenn man als Gegenleistung putzt … und sich zur Verfügung stellt.»

«Zur Verfügung?», rief Lily erschrocken. «Aber wofür denn?»

Sedas Wangen wurden noch röter, sie schob die Unterlippe vor. Lily bemerkte, dass sie ihr nicht in die Augen sehen konnte. «Für Anschauungszwecke. Ärzte und Auszubildende müssen lernen, wie man Kinder zur Welt bringt. Und da bürgerliche Frauen sich nicht freiwillig zur Verfügung stellen …»

Lily starrte sie an. «Franz hat dir doch Geld gegeben, oder nicht?», rief sie aufgeregt.

Seda nickte langsam. «Ein wenig, ja. Aber es reicht lange nicht zum Leben.»

Lily musste die Zähne zusammenbeißen, um nicht vor Wut zu schreien. Sie hatte es ja geahnt. Ihr Bruder gab nie mehr, als er unbedingt musste. «Sein eigenes Kind. Wie kann er nur so kaltherzig sein?», flüsterte sie.

In Sedas Augen stand Scham. Lily nahm ihre Hand. «Aber geht es dir denn gut dort?», fragte sie. «Kümmern sie sich richtig um dich? Wie ist es, dort zu wohnen?»

Seda blickte sich um, als hätte sie Angst, dass jemand sie hören könnte. «Ach, Lily, es ist schrecklich», sprudelte sie dann hervor. «Nur ein Zimmer für zwanzig Schwangere. Und eins für zehn Neuentbundene. Die Matratzen sind aus Seegras, jedes Zimmer hat nur einen Zugofen.» Sie blickte zu Boden. «Aber ich bin froh, dass ich dort wohnen kann», sagte sie leise. «Ich möchte mich nicht beschweren.»

«Und was machst du hier?», fragte Lily und blickte zu der Schlange Bettler hinüber, die ständig länger zu werden schien. Die meisten der Gestalten waren schaurig anzusehen, sie starrten vor Schmutz, hatten hohle Gesichter, Krankheiten.

Seda biss sich betreten auf die Lippen. «Na ja», sagte sie. «Es gibt im Gebärhaus nicht viel zu essen. Und ich habe jetzt immer so schrecklichen Hunger ...» Sie sah Lily flehentlich an, als wolle sie sie bitten, ihr diese Sünde zu verzeihen.

Eine Welle der Scham überrollte Lily. «Ich wusste nicht, wo du bist, sonst wäre ich sofort zu dir gekommen!» Sie nahm Sedas Hand. «Ich wohne hier in der Nähe, komm mit! Ich mache dir etwas zu essen.»

«Aber das geht doch nicht!», rief Seda, doch Lily zog sie bereits mit sich.

Als sie in die Wohnung kamen, sah Seda sich mit offenem Mund um. Lily fragte sich, was sie wohl sah. Sie selbst war stolz darauf, wie sehr die Wohnung sich seit ihrem Einzug verändert hatte. Aber für Seda musste es erschreckend sein, der Kontrast zu ihrem alten Zimmer in der Villa. Das Mädchen strich mit dem Finger über den alten Holztisch, betrachtete das kleine Bett, die notdürftige Kochecke. «Oh, Lily», sagte sie leise. «Wie konnte das nur passieren?»

Lily kochte Seda eine einfache, aber reichhaltige Mahlzeit aus Bohnen, Speck und Grütze. Sie war froh, dass noch Brot im Kasten lag und Jo gestern Käse mitgebracht hatte. Anfangs wehrte Seda sich, sie konnte es nicht mit ansehen, dass Lily Hausarbeiten verrichtete, während sie untätig dasaß.

«Die Zeiten haben sich geändert, Seda, je schneller du das akzeptierst, desto einfacher für uns beide», erklärte Lily brüsk. «Wir sind jetzt gleichgestellt. Ich weiß, es ist komisch für dich, aber so ist es nun mal.»

Sie war so energisch, dass Seda sich schließlich zögerlich hinsetzte. «Ich werde das nie begreifen, es ist nicht anständig!», sagte sie, aber sie blieb am Tisch sitzen und verfolgte mit dem Blick jede ihrer Bewegungen.

Als das Essen fertig war, kaute Seda erst langsam, dann mit zunehmendem Appetit. Lily freute es zu sehen, wie es ihr schmeckte, sie häufte immer mehr auf ihren Teller, schnitt immer neue Stücke von dem würzigen Käse ab.

Schließlich setzten sie sich vor den Kamin. Auch Seda konnte nicht begreifen, dass Lily noch nichts von ihrer Mutter gehört hatte. «Das passt nicht zur Madam, so ist sie nicht!», rief sie, doch Lily schüttelte den Kopf.

«Sie hat sich sehr verändert in letzter Zeit. Seit der Sache mit Michel ist sie nicht mehr die Alte.»

Plötzlich zuckte Seda leicht zusammen. «Was ist?», fragte Lily erschrocken.

«Nichts.» Seda lächelte. «Das Kind. Es hat sich nur bewegt.»

«Darf ich mal fühlen?», fragte Lily ehrfürchtig, und Seda nickte. Und wirklich, erst spürte sie nichts, aber nach einer Weile nahm sie die leichten Tritte der kleinen Füße wahr.

«Weißt du, was?», fragte Lily leise. Sie strich der Freundin sanft über den gewölbten Bauch.

Seda schüttelte den Kopf. «Was?», fragte sie.

Lily lächelte. «Das da drin ist mein Neffe! Oder vielleicht, und das fände ich noch schöner, meine Nichte.»

Am nächsten Tag erzählte Lily Emma von Seda. Die Freundin nickte besorgt. «Keine Frau, die etwas auf sich hält, lässt einen Arzt oder einen Studenten bei der Hausgeburt zu. Schon gar nicht geht sie in ein Klinikum. Das machen nur Frauen aus den unteren Schichten. Ich muss sagen, dass ich bei diesem Thema persönlich geteilter Meinung bin. Niemand sollte durch seine Lebensumstände dazu gezwungen werden, bei so etwas mitzumachen. Es kann für die Mutter sonst zu massiver nervlicher Belastung kommen, die sogar zu Fehlgeburten führt. Aber für die Wissenschaft ist es natürlich von großem Wert. Die Gynäkologie ist schrecklich rückständig. Aber es darf natürlich nicht sein, dass die Schwangeren nur als Übungspuppen angesehen werden und es nicht darum geht, ihnen zu helfen und sie zu schützen. Ich sage dir, es ist nicht immer von Vorteil, dass diese Stadt stets ihre eigenen Regeln und Gesetze macht. Wir sind geburtsmedizinisch weit hinterher. Hamburg ist in den letzten Jahren geradezu explodiert, und auf diesem Gebiet hat sich nicht das Geringste getan!»

Als Lily nicht die gewünschte Reaktion zeigte, betonte Emma: «Ich spreche hier von eklatanten Mängeln bei der Geburtshilfe! Besonders im organisatorischen Bereich. Der Senat lehnt eine eigenständige Entbindungsanstalt immer wieder ab.» Sie schnaubte wütend. «Sie begründen es damit, dass die Stadt zu klein sei und man mit einer solchen Einrichtung nur promiskuitive Frauen aus dem Umland anziehen würde. Kannst du das glauben? Auch das Ammenwesen wird nicht organisiert, nicht überwacht, sie werden von privaten Organisationen vermittelt.»

«Es interessiert einfach niemanden, was mit diesen Frauen geschieht, oder?», fasste Lily Emmas Worte zusammen.

Emma nickte düster. «So ist es», sagte sie. «Es interessiert niemanden.» Dann musterte sie Lily eindringlich. «Wo wir schon beim Thema sind: Ihr seid doch vorsichtig?»

Lily zuckte zusammen. Obwohl sie nun genau wusste, was zwischen Mann und Frau im Bett stattfand, fiel es ihr noch immer schwer, offen über die Dinge zu sprechen, die vorher in ihrer Welt nicht existiert hatten. «Ja, natürlich», sagte sie rasch und errötete bis unter die Haarwurzeln. Weil sie sich standhaft weigerte, Kondome zu bestellen, hatte Emma ihr irgendwann einen Schwamm gegeben, den sie einführen konnte. «Besser als nichts. Aber nicht verlässlich!», hatte sie damals mahnend gesagt.

«Ich … wir. Jo passt auf, sagt er», erklärte Lily, gestand aber nicht, dass sie den kleinen Schwamm oft gar nicht benutzte, weil sie in der Glut des Augenblicks entweder nicht dazu kam oder sie sich nicht danach fühlte.

Emma verzog das Gesicht. «Das reicht nicht. Soll ich dir nicht doch ...»

Lily schüttelte schnell den Kopf. Niemals könnte sie Jo darum bitten, Kondome zu benutzen, sie würde vor Scham im Erdboden versinken. «Sie sind viel zu teuer!», stieß sie deshalb hervor.

«Ich bezahle sie dir doch!», rief Emma, doch Lily lehnte vehement ab.

«Wir passen auf!», versicherte sie. Sie wusste, dass Emma ihr nicht glaubte, darum wechselte sie hastig das Thema.

———— • ◆ • ————

«Möchtest du eine?» Friedrich hielt ihr sein offenes Etui hin. Lily hatte ihn seit ihrer ersten Begegnung auf dem Ball nie wieder ohne eine Zigarette in der Hand gesehen. Er sprach sogar, wenn er sie im Mundwinkel hängen hatte, was dazu führte, dass seine Papiere fast immer mit Aschespuren beschmutzt waren. Lily rauchte eigentlich nicht, nicht einmal mit Martha und den anderen. Aber als er sie das erste Mal in sein Büro bestellt hatte, war sie so nervös gewesen, dass sie nicht hatte ablehnen können. Seitdem war es ihr zur Gewohnheit geworden, mit ihm die Texte zu besprechen und dabei an einer Zigarette zu ziehen. Nur musste sie sich jetzt nicht mehr hinterher im Foyer in einen Mülleimer übergeben. Jo schimpfte immer, wenn sie wiederkam und nach Rauch stank. Er fand, dass es ihren natürlichen Geruch überdeckte, den er so mochte. Aber für Lily waren die Stunden in Friedrichs kleinem, schummrigen Büro die einzigen in ihrem

Leben, in denen sie sich wirklich voll und ganz erwachsen und unabhängig fühlte, und irgendwie gehörte die rebellische Zigarette dazu.

Sie griff zu, und Friedrich, den sie inzwischen duzte, hielt ihr ein Streichholz entgegen. «Hör mal», sagte er und wedelte es mit der Hand aus. «Sag es niemandem, ja? Ich kenne einen Verleger von der *Bürgerzeitung*. Sie ist wesentlich besser für deine Themen geeignet als das *Tageblatt*.» Er zog an seiner Zigarette. Das ganze Büro versank bereits in Rauch. «Ich habe ihm deinen letzten Artikel gegeben. Er fand ihn interessant. Möchte ihn veröffentlichen.»

Lilys Herz klopfte plötzlich aufgeregt. «Wirklich?», fragte sie ungläubig.

Er nickte. «Du bist gut, Lily. Du schreibst sachlich, aber mit dem Herzen. Deine Artikel kommen an, nur kannst du bei uns nicht weiterkommen. Dort aber hast du Chancen.»

Als sie später nach Hause ging, war sie sehr nachdenklich. Die *Bürgerzeitung* war bekannt für ihre sozialistische Einstellung. Lily kannte sie gut, hatte sie früher manchmal heimlich bei Martha in der Wohnung gelesen. Nun kaufte sie sie immer, wenn sie an einem Stand vorbeiging und ihr eine Titelgeschichte ins Auge sprang. Ihr Vater hätte die Zeitung niemals in seinem Haus erlaubt. Sie hatten im letzten Jahr den Roman *Germinal* von Émile Zola als Fortsetzung rausgebracht, in dem er die grausamen Lebensbedingungen von Bergwerksarbeitern schilderte. Martha hatte jede Ausgabe für Lily aufgehoben, und sie hatten beide fasziniert mitgefiebert. Danach hatte Lily begonnen, auch andere Werke von Zola zu lesen, und sie nach und nach auch Jo gegeben. Er war besonders fasziniert gewesen von *Der Totschläger,* hatte nächtelang darüber gebrütet und ihr immer wieder aufgeregt Sätze oder ganze Passagen vorgelesen. Lily wusste, dass der Roman in der Öffentlichkeit stark in der Kritik stand. Man behauptete, dass Zola die desolaten Zustände der Unterschicht überspitzt darstellte.

«Nichts daran ist überspitzt!», sagte Jo kopfschüttelnd, als sie ihm davon erzählte. «Ich weiß ja nicht, was in Frankreich so los ist, aber er könnte genauso gut über die Gängeviertel schreiben! Obwohl mir seine Beschreibungen der Armen zu weit gehen. Sie sind nicht besser als Tiere, so ordinär und stumpfsinnig beschreibt er sie.»

Lily überlegte einen Moment. «Aber er sagt ja nur, dass die Lebensumstände sie zu diesen Menschen machen. Und dass die Bourgeosie auch nicht moralischer oder anständiger ist. Sie überdecken ihre Abgründe nur mit Geld und schönen Kleidern.»

«Das ja, aber nicht jeder, der arm ist, ist auch gleich dumm oder abgestumpft», konterte Jo.

Als sie jetzt an dieses Gespräch dachte und an die vielen Stunden, die sie inzwischen schon an Lilys kleinem Kamin zusammengesessen hatten, lesend oder über ihre Lektüren diskutierend, fühlte sie ein warmes Kribbeln in sich aufsteigen. Sie würde für die *Bürgerzeitung* schreiben. In ihr kämpften Freude und Scham. Wenn ihr Vater das jemals erfuhr …

So begann Lily ihre Arbeit als freie Journalistin. Sie besaß nicht viel in dieser ersten Zeit. Aber sie hatte ein Feuer, Essen und ein Dach über dem Kopf und damit mehr als viele andere Menschen in Hamburg. Was brauche ich auch sonst, dachte sie abends oft, wenn sie frierend unter die harte, klamme Decke schlüpfte. Doch sosehr sie sich das Gegenteil auch einzureden versuchte, das Leben ohne Angestellte, ohne Erfahrung mit selbst den einfachsten Haushaltsgeräten war schwer. Sehr schwer. Wie vollkommen nutzlos ich doch bin!, dachte sie oft wütend, wenn sie nicht einmal das Feuer ordentlich in Gang halten konnte.

Aber sie beklagte sich nie. Nicht wenn ihr vor Kälte die Finger aufsprangen, weil sie im Hof bei eisigen Temperaturen die Teller wusch, nicht wenn sie ihre steif gefrorene Wäsche von der Leine nahm, ihr beim Öffnen der Küchentruhe eine Kakerlake über die Hand rannte oder sie nachts die Ratten im Gebälk nagen hörte.

Es waren die härtesten Zeiten in Lilys Leben. Aber wenn sie abends mit Jo an ihrem kleinen Feuer saß, hatte die Dachstube beinahe etwas Gemütliches. Durch das Fenster blickte man über die Schornsteine der Stadt, die dem Mond stumm ihren Rauch entgegenbliesen. Im roten Licht der Glut vom Kamin sah man die Löcher im Sessel nicht, die Flicken in den Vorhängen und die Schwielen an ihren Händen. Und im roten Licht der Glut betrachtete sie Jos allabendlich nachdenkliches Gesicht, das seit Karls Tod einen härteren, traurigen Zug angenommen hatte. Dann dachte sie jedes Mal, dass sie nicht mehr tauschen würde, selbst wenn sie es könnte. Ihre Familie fehlte ihr jeden Tag, wo immer sie hinging, was immer sie tat, wenn sie beim Metzger um ein Stück Fleisch feilschte oder mit zitternden Armen ihre Einkäufe die kleine Stiege hinauf in den fünften Stock trug. Sie waren immer bei ihr. Aber sie hörte nichts von ihnen. Und Lily akzeptierte das. Es war ihre Entscheidung gewesen zu gehen, und mit dieser Entscheidung würde sie leben.

Im Februar entdeckte sie durch Martha den Schriftsteller Maupassant, und weil Jo kein Französisch konnte und es die Romane noch nicht in der Übersetzung gab, erzählte sie ihm die Handlung. Eine Zeitlang beschäftigte sie sich nun ausschließlich mit französischer Literatur, und sie merkte, wie diese ihre eigenen Texte zu beeinflussen begann. Als sie das erste Mal *Ein schlichtes*

Herz von Flaubert las, weinte sie so bitterlich, dass Jo ihr das Buch schließlich wegnahm.

«Du darfst dich nicht mit diesen Geschichten kaputtmachen», sagte er streng.

Aber am nächsten Tag, als er bei der Arbeit war, holte sie es wieder hervor, wickelte sich in eine Decke und las den ganzen Tag vor dem Kamin, während sich am Fenster Eisblumen bildeten und draußen das Geschrei aus dem Hof zu ihr hinaufdrang. Noch nie hatte sie mit einem Charakter in einem Buch so sehr mitgelitten wie mit der armen Haushälterin Félicité, die sich ein Leben lang nach Zuneigung und Geborgenheit sehnte und sie nie bekam, immer nur anderen diente und zum Dank übersehen wurde. Als Félicité am Ende des Buches taub wurde, sich ganz in ihre stille, einsame Welt zurückzog und dann schließlich starb, meinte Lily, das Herz müsse ihr brechen.

Sind wir genauso?, fragte sie sich und sah einen Moment in die knackenden Flammen. Haben auch wir unsere Angestellten so behandelt? Sie wohnen in unserem Haus, kochen unser Essen, waschen unsere Wäsche, sind immer für uns da, wenn wir sie brauchen, aber wir sehen sie gar nicht richtig.

Sie wusste noch, wie erschüttert sie gewesen war, als Seda ihr zum ersten Mal ehrlich von ihrem Leben erzählt hatte, ihren Ängsten, ihrer Abhängigkeit. Es war nicht ziemlich für die Angestellten, zu viel von sich selbst zu reden, man soll sie sehen, aber nicht hören, hatte ihre Großmutter immer gesagt, und Lily hatte es einfach akzeptiert, hatte immer angenommen, dass es außer dem Leben in der Villa nichts anderes für sie gab. Aber auch sie hatten Familien, hatten Freunde, hatten Ängste und Sorgen. Es hatte Lily nur nie gekümmert.

3

Jo lehnte an der Hauswand und rauchte. Unter seiner Mütze hervor beobachtete er ein paar Jungen, die alte Reifen vor sich herschoben und ein Wettrennen veranstalteten. Man sah jedem einzelnen von ihnen das harte Leben an. Ihre Gesichter waren rot gefroren, die Arme wie dünne Stöcke, zwei hatten keine Schuhe, sondern Lappen um die Füße gewickelt.

Nach ein paar Minuten trat er mit dem Stiefel die Zigarette aus, nahm seinen Beutel und schlüpfte in eine dunkle Twiete. Sofort empfingen ihn der Gestank und die Feuchtigkeit.

Er lag gut in der Zeit, aber in den letzten Wochen war so oft etwas schiefgegangen, dass er auf Nummer sicher gehen wollte. Er lief gebückt, trotzdem stieß seine Mütze ab und an gegen die Decke. Ganz hinten konnte er den Ausgang sehen, aber hier umgab ihn noch völlige Dunkelheit. Er hatte eine Hand ausgestreckt und ließ sie zur Orientierung an der glitschigen Wand entlangfahren.

Plötzlich hörte er hinter sich ein Geräusch.

Er fuhr herum.

Nichts. Nur wabernde Schatten. Gedämpft hörte er das Geschrei der Jungen. Er konnte den Ausgang sehen, der Gang war leer. Trotzdem stand er noch einen Moment da und wartete. Er hatte ein ungutes Gefühl. Niemand kann wissen, was du dabeihast!, dachte er. Und trotzdem spürte er, wie sich die Haare in seinem Nacken aufstellten.

Schließlich drehte er sich um und ging weiter. Nun lief er

schneller. Man wusste nie, wem man in diesen Durchgängen begegnete. Besser keine Zeit mehr vertrödeln, dachte er.

Der Schlag traf ihn völlig unvorbereitet.

Plötzlich hörte er ein Surren, dann schoss ein heißer Schmerz durch seinen Körper. Als er zu Boden sank, spürte er gerade noch, wie ihm jemand den Beutel aus den Händen nahm. Schwere Schritte entfernten sich hastig.

Dann verschluckte ihn die Dunkelheit.

Als er wieder zu sich kam, sah er Lilys Gesicht. Besorgt schaute sie auf ihn hinunter. Dann schob sich Charlies riesiger Kopf in sein Blickfeld. «Er wacht auf!»

Jo blinzelte. Stöhnend rieb er sich den dröhnenden Kopf. «Wusstet ihr, dass ihr zwei exakt die gleiche Haarfarbe habt?», fragte er, und als sie ihn verblüfft anstarrten, musste er lachen. Der Schmerz, der daraufhin von seiner Schläfe in den Nacken strahlte, war so schlimm, dass er laut keuchte.

«Beweg dich nicht!» Lily strich ihm mit einem feuchten Tuch über die Stirn. «Du kannst noch nicht aufstehen!»

«Hier, ich habe ein wenig Brühe.» Das war die Stimme seiner Mutter. Jetzt erkannte er auch, dass er in ihrer Wohnung war.

«Hab ich dich von deinem Platz vertrieben?», fragte er Charlie mit geschlossenen Augen.

«Allerdings!», brummte der, und Jo musste gegen seinen Willen lächeln, was eine neue Schmerzwelle durch ihn hindurchjagte. Kurz darauf spürte er einen Löffel an seinen Lippen.

«Du musst wieder zu Kräften kommen!», mahnte seine Mutter. «Dr. Rauschert wird bald hier sein.»

«Dieser Quacksalber!» Jo stöhnte auf. «Charlie soll Emma holen, dann …»

«Ich sagte doch, die Frau kommt mir nicht mehr ins Haus!»

Wenn seine Mutter in diesem Ton sprach, war es das Beste, einfach zu tun, was sie wollte. «Schön, aber ich brauche keinen Arzt. Es war nur ein Schlag, ich ...» Plötzlich fiel ihm der Beutel ein. «Scheiße!», rief er und setzte sich ruckartig auf. Der Schmerz nahm ihm einen Moment den Atem. Tausende kleiner Punkte tanzten vor seinen Augen, und er ließ sich langsam wieder zurücksinken.

«Was ist?», fragte seine Mutter erschrocken, aber natürlich konnte er es weder ihr noch Charlie oder Lily sagen.

«Ach nichts!», murmelte er. Er hatte Ware von unfassbarem Wert verloren. Wie sollte er das Oolkert erklären?

Als seine Mutter aus dem Zimmer ging, um neue Brühe zu holen, und Lily ihr folgte, um den Lappen auszuwaschen, beugte Charlie sich vor. «Kannst du dich an irgendwas erinnern? Hast du jemanden gesehen?»

«Nein. Nichts.» In seinem Kopf war nur noch ein dunkles Loch, er erinnerte sich, dass er an der Mauer eine Zigarette geraucht hatte, ansonsten war alles schwarz.

Charles runzelte die Stirn. «Das sind ganz neue Methoden ...», murmelte er.

«Vielleicht war es Zufall.»

«Nein, niemals.»

Jo schloss die Augen und dämmerte eine Weile vor sich hin. Als er blinzelnd wieder zu sich kam, sah er, dass Charles mit verschränkten Armen dasaß. Lily hatte ihren Stuhl so weit es ging von ihm abgerückt und starrte mit verkniffenem Gesicht in die andere Richtung.

Jo räusperte sich. «Habt ihr beiden euch eigentlich noch mal gesehen, seit eurem kleinen ... Zwischenfall damals?», fragte er.

Lily warf ihm einen giftigen Blick zu. «Nein!», erwiderte sie spitz.

Charles wand sich unbehaglich. «Nein», gab er schließlich zu. «Außer natürlich in diesem Keller.» Lily zog vielsagend die Augenbrauen hoch. «Aber das war ja auch eine etwas … besondere Situation.»

Charlie lief sofort knallrot an.

Trotz der Übelkeit, die langsam in seinem Magen aufstieg, und der glühenden Pfeile, die von der Schläfe aus in seinen Körper strahlten, musste Jo grinsen. «Verstehe», sagte er.

Lily wippte ungeduldig mit dem Fuß. Sie schaute demonstrativ in die Zimmerecke.

Charlie wurde noch röter. «Ja, also … Deswegen wollte ich mich schon lange entschuldigen», sagte er schließlich. «Hab ja nicht gewusst, dass ihr mal … Also, dass du … Na ja. Tut mir leid», sagte er ruppig.

Einen Moment reagierte Lily nicht. Schließlich nickte sie kaum merklich.

Jo lachte. «Ihr werdet sehen, bald seid ihr beste Freunde. Ihr habt nämlich nicht nur die Haarfarbe gemeinsam, ihr seid auch beide stur und unbelehrbar bis zum bitteren Ende», sagte er und kassierte dafür von beiden Seiten empörte Blicke.

Doch er sollte recht behalten. In den folgenden Tagen musste Jo liegen bleiben. Immer wenn er versuchte, sich aufzusetzen, erfasste ihn ein grauenvoller Schwindel. Lily wachte die ganze Zeit an seiner Seite, schrieb am Tisch seiner Mutter ihren nächsten Artikel. Charlie ging inzwischen zwar wieder arbeiten, dennoch saßen sie abends oft zusammen an Jos Krankenlager.

An den ersten Tagen ignorierten Lily und Charlie sich stur. Doch irgendwann begann Charlie, Lily Fragen zu stellen. Er löcherte sie direkt, vielleicht aus Spaß daran, sie zu unterbrechen, oder vielleicht aus Langeweile, denn Jo, der die meiste Zeit vor sich hin dämmerte, war kein sehr unterhaltsamer Gesprächspartner. Sie antwortete einsilbig, hob anfangs nicht einmal den Blick. Aber er blieb so hartnäckig, dass sie schließlich seufzend die Papiere beiseiteschob und ihm erklärte, woran sie gerade schrieb. Zu Jos Überraschung schien Charlie jedoch wenig begeistert. Er verschränkte die Arme vor der Brust und gab einen missbilligenden Laut von sich.

Lily zog die Augenbrauen hoch. «Passt dir etwas nicht?», fragte sie gereizt.

Charlie brummte etwas Unverständliches.

«Wie bitte?» Lily beugte sich vor und legte eine Hand ans Ohr. «Kannst du das wiederholen?»

«Ich meine ja nur. Woher weißt du das denn alles?»

«Ich recherchiere!»

«Du recher… so so.» Charlie brach sich die Zunge an dem schwierigen Wort, lächelte aber abfällig.

Nun verschränkte auch Lily die Arme vor der Brust. «Das scheint dich irgendwie zu stören?»

Charlie legte den Kopf schief. «Ich wusste nur nicht, dass man so was *recherchieren* kann», sagte er schließlich.

«Und wieso soll das nicht gehen?», fragte Lily scharf.

Jo, der der Unterhaltung die ganze Zeit vom Sofa aus gelauscht hatte, öffnete ein Auge. «Ganz ruhig, ihr zwei», mahnte er amüsiert.

«Ich erkläre deinem Freund hier nur meine Arbeit. Er scheint aber Schwierigkeiten zu haben, mir zu folgen», sagte Lily mit einem Seitenblick auf Charlie.

Der schnaubte. «Eher Schwierigkeiten, nicht zu lachen!»

«Und was soll das jetzt heißen?», erbost schob Lily ihren Stuhl zurück.

«He, he. Benehmt euch. Oder muss ich etwa dazwischengehen?» Jo richtete sich mühsam auf dem Sofa auf. Sofort setzte Lily sich wieder hin, denn er verzog vor Schmerzen das Gesicht.

«Du gehst sowieso nirgendwo hin!» Grinsend beobachtete Charlie seinen Freund. «Und zwar für 'ne ganze Weile.»

Jo zog eine Grimasse. «Sei dir da mal nicht so sicher.»

«Wir reden hier nur. Kein Grund zur Sorge. Lily wollte mir gerade erzählen, wie sie das Elend der Menschen ... *recherchiert*!» Charlie wandte sich wieder an Lily.

Ihre Augen funkelten jetzt. «Was genau passt dir daran nicht?»

Charlie grunzte. «Du kommst von der verfluchten Bellevue! Du hast doch keine Ahnung, worüber du überhaupt schreibst», rief er aufgebracht.

«Ich wohne dort schon lange nicht mehr, wie du sehr genau weißt!», gab Lily entrüstet zurück.

Charlie nickte. «Trotzdem hast du keine Ahnung.»

Lily schien es einen Moment die Sprache zu verschlagen. Sie öffnete den Mund, als wolle sie etwas erwidern, schloss ihn dann aber wieder und sah Charlie mit schmalen Augen an.

Jo, der nun sicher war, dass die beiden sich nicht gegenseitig an die Kehle gehen würden, legte sich wieder aufs Sofa zurück und zog die Decke bis ans Kinn. Sollten die beiden das mal schön unter sich ausmachen.

«Ich habe sehr wohl eine Ahnung. Was für einen Unterschied gibt es denn zwischen mir und diesen Menschen? Ich habe alles aufgegeben», meinte Lily, nun etwas ruhiger.

«*Diese Menschen*?» Charlie runzelte die Stirn. «Ich will dir sagen, was es für einen Unterschied gibt. Du meinst, du hast alles aufgegeben? Du hast Arbeit, oder nicht? Eine Arbeit, die dir nicht die Lunge oder den Rücken ruiniert, die dich nicht hungern lässt, obwohl du sechs Tage die Woche bis zum Umfallen schuftest. Du hast eine Ausbildung, die dir diese Arbeit ermöglicht. Du hast dein Wissen, das dich von allen anderen Frauen dieser Viertel unterscheidet. Denn wenn man dich sprechen hört, weiß man sofort, woher du kommst. Du hast Möglichkeiten, die andere niemals haben werden. Und weißt du, was du noch hast?»

Lily schüttelte den Kopf. «Was?», fragte sie leise.

«Rückhalt. Du denkst, du hast mit deiner Familie gebrochen. Die heroische Tochter, die es alleine schaffen will und jede Hilfe ablehnt. Ich sag dir mal was. Wenn es dir wirklich schlechtgehen würde, wenn du wirklich hungern oder frieren würdest, dann würden sie dir helfen. Und du würdest diese Hilfe annehmen. Du hast nämlich keine Ahnung, was wirkliches Elend ist. Wirkliches Elend, wirkliche Armut ist, wenn es keinen Ausweg gibt. Bevor du vor Hunger stirbst, gehst du in die Bellevue zurück. Das garantiere ich dir. Und *das* ist der Unterschied.»

Eine ganze Weile war es ruhig im Zimmer. «Ich will nur helfen!», sagte Lily schließlich. Ihr Ton hatte sich verändert. Sie schien ernsthaft über das nachzudenken, was Charlie gesagt hatte. «Wenn nur die Menschen, die die Dinge selber erlebt haben, darüber auch schreiben dürften, dann hätten wir weniger Bücher auf dieser Welt. Und so gut wie keine Zeitungen.»

Charlie seufzte leise. «Das sage ich ja auch nicht.»

Wieder war es eine Weile still.

«Du hast recht, ich werde immer mit den Augen einer Außenseiterin sehen», sagte Lily schließlich. Sie schien ihre nächsten Worte einen Moment abzuwägen. «Aber du nicht!»

«Wie meinst du das?», fragte Charlie verblüfft.

Plötzlich kam wieder Leben in Lily. «Ich habe eine Idee. Du kannst mich begleiten!»

«Was?» Charlie gab einen entsetzten Laut von sich.

Lily redete einfach weiter. «Ich stoße bei meinen Nachforschungen immer wieder an Grenzen, ich kenne mich nicht gut genug aus. Und ich traue mich oft nicht, alleine an die Orte zu gehen, an die ich eigentlich gehen will», sagte sie. «Oder Jo lässt mich erst gar nicht. Ich könnte Hilfe gut gebrauchen!»

Charlie prustete. «Auf gar keinen Fall!»

«Ehrlich gesagt ...» Jo öffnete nun doch die Augen. «Du würdest mir damit einen großen Gefallen tun.»

Lily und Charlie, die offenbar beide kurz vergessen hatten, dass es ihn noch gab, drehten gleichzeitig den Kopf und sahen ihn verwundert an. Er musste grinsen. Die zwei waren sich ziemlich ähnlich.

Er nickte. «Sie neigt zum Leichtsinn. Du weißt ja, wie sie damals in den Keller gekommen ist. Mitten in der Nacht. Hat *rumgefragt*!» Jo schüttelte missbilligend den Kopf. «Unfassbar!»

Charlie brummte zustimmend. «Absolut hirnrissig!», pflichtete er ihm bei.

Lily richtete sich empört auf. «He!», rief sie, aber die beiden beachteten sie nicht.

«Ich mache mir ständig Sorgen um sie. Sie ist nicht nur leichtsinnig, sondern auch wahnsinnig stur, wie du vielleicht schon gemerkt hast!», erklärte Jo weiter.

«Ob ich das gemerkt habe?» Charlie lachte laut auf.

«He!», rief Lily noch einmal.

«Was sie sich einmal vorgenommen hat, das tut sie auch. Wenn ich arbeite, kann ich sie nicht begleiten. Wenn du mitgehst, muss ich mir keine Sorgen mehr machen. Sie würde dich natürlich bezahlen. Und sie würde mir versprechen, netter zu dir zu sein!» Jo lächelte Lily unschuldig an. «Nicht wahr?»

«Na, da müsste sie aber noch ein bisschen üben!», sagte Charlie.

«He!», rief Lily ein drittes Mal, aber nun musste auch sie lachen.

Und so begann Charlies und Lilys ungewöhnliche Zusammenarbeit. Zu Lilys Überraschung verstanden sie sich gut. Sie stellte fest, dass sie Charlies Humor mochte und dass seine raue Art eine Fassade war, hinter der er, wie Jo schon angedeutet hatte, ein weiches und mitfühlendes Herz versteckte, das dem ihren gar nicht unähnlich war.

Charlie war ein Glückstreffer für Lily. Er kannte sich aus wie niemand sonst in den dunklen Ecken Hamburgs, beherrschte drei Sprachen, hatte beinahe jeden Job, von dem er erzählte, selbst schon einmal gemacht, und vor allen Dingen wusste er, wo man die Menschen fand, die sie für ihre Interviews brauchte. Die Stadt, die Lily durch ihn kennenlernte, war noch ärmer, noch verzweifelter, noch dunkler als alles, was sie bisher gesehen hatte. Er zeigte ihr kleine Kinder, die den Kot von Hunden und Katzen sammelten. Den ganzen Tag liefen sie mit ihren Eimerchen durch die Stadt und schleppten ihre erbeuteten Schätze, die sie ab und an mit eigenen Erzeugnissen auffüllten, abends zum Gerber. Dafür bekamen sie dann ein paar Pfennige. In den dunklen Gängen und finsteren Höfen zwischen Pumpen, Niedern- und Steinstraße führte er sie zu obdachlosen alleinstehenden Frauen, die mit ihren Kindern in Schächten lebten und sich nachts zum Schlafen in Zeitungspapier einwickelten. «Der Winter ist so gut wie ein Todesurteil!», sagte Charlie und gab einer Frau, mit der sie gerade ein paar Worte gewechselt hatten, eine Münze aus seiner Tasche. Sie konnte sich nicht einmal mehr darüber freuen, nickte nur stumm als Zeichen der Dankbarkeit.

Sie sprachen mit alten oder kranken Männern, die nicht mehr arbeiten konnten, deren Rente aber nicht zum Leben reichte und die daher als Kohlenzieher nachts auf den Fluss rausfuhren und Kohlen aus dem eisigen schwarzen Wasser rauftauchten, die von der Ladung der großen Schiffe heruntergefallen waren. Nicht wenige wurden dabei vom dunklen Wasser verschluckt und nie wieder freigegeben.

Sie gingen ins *Werk- und Armenhaus für unsittliche und arbeitsscheue Mädchen und Frauen*. Mit den Frauen selbst durften sie nicht sprechen. Eine Vorsitzende erklärte ihnen jedoch, worum es dem Haus ging: «Durch strenge Zucht wollen wir sie zu einer geregelten Tätigkeit bringen, damit sie in Dienst gehen können. Wir entziehen sie den verderblichen Einflüssen der Großstadt, die sie faul und unwillig machen.» Lily erfuhr, dass sechzig Prozent der Hamburger Prostituierten ehemalige Dienstmädchen waren, deren Türen sich nachts, genau wie Sedas, nicht hatten verriegeln lassen. Die meisten von ihnen litten an unheilbaren Geschlechtskrankheiten und starben langsam vor sich hin, während sie immer mehr Kunden infizierten und die Krankheiten unwissentlich in der Stadt verteilten.

Immer hoffte sie, einmal den kleinen Jungen mit den Ohrringen wiederzusehen, zu erfahren, wie es ihm ergangen war. Aber eigentlich war sie froh, dass sie ihm nie begegnete. Etwas in ihr hoffte, dass er es geschafft hatte, mit dem Geld ein besseres Leben anzufangen, und dass er vielleicht gar nicht mehr unter den Treppen und in den Hinterhöfen der Gängeviertel zu finden war.

«Wenn du sehen willst, wem es richtig dreckig geht, müssen wir zu den Fischen», sagte Charlie eines Tages. «Die Arbeiterinnen verdienen am wenigsten, stinken am schlimmsten und werden am häufigsten krank, das sagt man zumindest.»

Und so fuhren sie in der darauffolgenden Woche nach Altona und Ottensen, um mit den Arbeiterinnen in den Fischfabriken zu sprechen. Diese Saisonarbeit wurde fast hauptsächlich von Frauen durchgeführt, da sie ungelernt verrichtet werden konnte. Auf Bitte um ein Interview durfte sie mit niemandem reden, aber Lily fragte nach der Abfuhr kurzerhand in der nächsten Fabrik um Arbeit an und wurde nach einer knappen Einweisung sofort an die Becken gestellt. Feucht und kalt war es, es gab keine Schutzkleidung, und sie waren alle bis auf die Haut durchnässt. Sie trugen Holzpantinen und standen knöcheltief im Wasser.

Lily sprach mit einer jungen Frau, die in ihrem dünnen Kleid vor Kälte schlotterte und bereits blau gefrorene Hände hatte. «Ist hart, aber wenigstens kriegen wir die Innereien nach Hause!», sagte sie. «Mich stört nur die Nässe und der Gestank. Mein Mann mag mich nicht mehr anfassen, der Geruch geht nicht raus, auch nicht, wenn ich mich wasche. Und hier gibt es nirgends was zum Umziehen oder Trocknen. Wir haben nur ein Klosett für fünfzig Arbeiterinnen.»

Da die Fische kamen, wenn sie ins Netz gingen, und sich nicht an geregelte Arbeitszeiten hielten, konnte es vorkommen, dass den ganzen Tag und die anschließende Nacht durchgearbeitet wurde. Im Akkord und auch an Sonn- und Feiertagen. Der Lohn hing von der geleisteten Arbeit ab.

Nach drei Stunden waren Lilys Hände und Füße taub vor Kälte, und sie ging ohne ihre Bezahlung.

Auf ähnliche Zustände, wenn auch trockenere, stieß sie zwei Wochen später bei den Kaffeeverleserinnen. Im Hafen arbeiteten so gut wie keine Frauen – außer in den Speichern, wo sie Säcke nähten und sortierten oder als Kaffeemiedjes anheuerten. Der schöne Name war trügerisch. Die Arbeit, die die Miedjes verrichteten, war hart und verlangte einiges an Körperkraft. Sie nahmen den Kaffee im Hafen in Empfang und beförderten die schweren

Säcke von den Elbkähnen in die Speicher hinauf. «Wir verdienen höchstens eine Mark zwanzig am Tag», sagte eine Arbeiterin, die sich weggeschlichen hatte, um eine Zigarette zu rauchen, und dort auf Lily und Charlie getroffen war. «Anfängerinnen nur vierzig Pfennige. Und das bei zwölf Stunden, egal ob schwanger oder nicht, und hier sind viele schwanger, das kannst du mir glauben. Werden ja sonst nirgends genommen. Die meisten haben abends noch eine andere Arbeit, man kann damit nicht sein Auskommen haben. Und die Aufseher schikanieren uns. Wenn wir auch nur wenige Minuten zu spät kommen, müssen wir meist einen ganzen Tag nacharbeiten. Man darf auch nicht lachen oder reden während der Arbeit, sonst ist gleich eine Strafe fällig. Wenn man sich beim Werkführer beschwert, fliegt man sofort!» Sie zeigte ihnen einen offenen Hintereingang, durch den sie sich reinschleichen konnten. Und tatsächlich führten sie einige Gespräche und sahen mit eigenen Augen, wie schwer die Frauen arbeiteten. Dann wurden sie von einem Aufseher entdeckt und hinausgejagt. Zum Glück war er zwar wütend, lief aber so langsam, dass sie keine Probleme hatten, ihm zu entkommen. Lily hatte das Gefühl, dass seine Geschwindigkeit auch etwas damit zu tun hatte, dass er nur äußerst ungern mit dem riesigen, tätowierten Charlie zusammenstoßen wollte.

Lily schrieb nach diesem Erlebnis einen erbosten Artikel, in dem sie den Namen der Firma erwähnte.

Erstaunlicherweise wurde er gedruckt.

Einen Tag später stand ein wutschnaubender Geschäftsführer in der Redaktion, der eine Richtigstellung verlangte und mit Klagen drohte. Um größeres Aufsehen zu verhindern, wurde eine Antwort der Firma veröffentlicht, in der sie behauptete, dass alle körperlich schweren Arbeiten auf den Kaffeeböden ausschließlich von Männern verrichtet wurden.

«Aber ich habe es selbst gesehen!», beschwerte Lily sich bei ihrem Redakteur.

«Und die Menschen haben es gelesen», beschwichtigte er. «Natürlich konnte die Firma das nicht einfach auf sich sitzenlassen. Und jeder in der Stadt weiß, dass du recht hast, schließlich unterliegen die Arbeiterinnen nicht der Schweigepflicht. Sie erzählen sicher schon seit Jahren überall herum, unter welchen Bedingungen sie arbeiten. Wir haben Aufmerksamkeit bekommen, das ist doch schon etwas!»

«Ja, aber sie lügen einfach!», rief Lily, in keiner Weise besänftigt.

«Es ist ein Anfang, Lily. Es gibt keine Lohntarife, sie können momentan nichts an ihrer Lage ändern, außer wenn sie sich über die Speicher hinweg organisieren und zusammen in Streik treten, was wohl kaum passieren wird. Sie haben keine Interessenvertretung, aber je mehr Aufmerksamkeit wir für sie schaffen, desto mehr wird sich bewegen. Diese Dinge brauchen Zeit. Sie ändern sich nicht von heute auf morgen.»

Lily schäumte vor Wut, aber es gab nichts, was sie tun konnte. Außer weiter zu berichten.

Mehr und mehr stürzte sie sich in die Arbeit. In den folgenden Wochen konzentrierte sie sich auf das Thema Prostitution. Sie ging in Archive und Büchereien, interviewte die Frauen, sprach mit den Wirten und versuchte sogar, Polizeibeamte zu befragen, die eine Auskunft aber allesamt verweigerten. Es gab zwar einen Paragraphen, der die Einrichtung von Bordellen im gesamten Reich untersagte, aber Hamburg leistete dem nicht Folge. Das Geschäft blühte, und die Stadt tat wenig bis gar nichts dafür, es einzudämmen. Es gab nur acht Beamte, die für sittliche Überwachungen zuständig waren. Die Hanseaten hielten am ältesten

Gewerbe der Welt in ihrer Stadt eisern fest, und so war die Zahl der eingetragenen Prostituierten in den vergangenen Jahrzehnten um ein Vielfaches angestiegen. In den Stadtarchiven fand Lily eine alte Broschüre aus dem Jahr 1861, auf der dargestellt war, wie die Mädchen sich in Schaufenstern halbnackt der Kundschaft auf der Straße präsentieren mussten. «Zumindest das wurde verboten», murmelte sie angewidert, als sie die Broschüre durchblätterte.

«Ich schätze, dass es mehr als zweitausend Frauen sind!», sagte sie eines Abends zu Jo, als sie über ihren Notizen brütete. «Eigentlich gab es 71 einen Beschluss vom Bundesrat, der besagt, dass sämtliche Bordelle geschlossen werden müssen. Aber sie haben sie einfach umbenannt und weitergemacht wie bisher!»

Jo nickte. «Ich weiß», sagte er.

«Und es wird nichts getan. Aber wie auch, sie haben überall Kontrollmädchen stehen, die schauen, ob nicht ein Sittenwächter kommt, dann verschwinden alle kurz, und wenn er weg ist, geht es wieder von vorne los. Meinst du, auch nur einem Wirt wurde die Konzession eingezogen? Nein, sie nennen sich nun Beherberger, und keiner kann etwas tun!», beschwerte sich Lily.

Jo brummte verärgert. «Die Polizei ist machtlos gegen die freie Prostitution. Aber ich sage dir, als Mann hat man es auch nicht immer leicht. Man muss direkt aufpassen, wenn man durch bestimmte Straßen läuft, sie zerren dich geradezu in die Häuser, manchmal hängen sich gleich mehrere Weiber an einen und versuchen, einen mit Gewalt durch die Tür zu drängen.»

Lilys Kopf schoss in die Höhe. «So?», fragte sie scharf, und er wurde rot.

«Das habe ich gehört!», betonte er und widmete sich ganz dem Feuer, das er gerade anzufachen versuchte.

Lily sah ihn einen Moment stirnrunzelnd an, dann schrieb

sie weiter. «Jedenfalls ist es besser, das System zu kasernieren, dann sind die Frauen wenigstens nicht mehr von den Zuhältern abhängig», sagte sie, den Blick auf das Blatt geheftet.

«Ja, aber wenn es nicht ein Louis ist, ist es ein Vermieter», gab Jo zu bedenken. «Und das System hat auch noch viele andere Nachteile für die Frauen.»

«Besser ein Vermieter als ein Louis», sagte Lily.

«Ich dachte als Junge immer, das wären Tänzerinnen.» Jo lachte plötzlich. «Das hat zumindest meine Mutter gesagt, wenn ich sie danach fragte.» Er zuckte die Achseln. «Zu den Straßenkindern waren viele von ihnen immer nett, haben manchmal Bonbons verteilt.»

«Es sind ja auch keine schlechten Frauen, es sind arme Frauen!», sagte Lily scharf.

«Nicht alle von ihnen. Ich sage dir, unter den Huren Hamburgs gibt es einige hinterhältige, verdorbene Weibsstücke, die dir für einen Taler die Kehle durchschneiden und dich in der Gosse liegen lassen würden.»

«Ach ja, und woher weißt du das so genau?»

Er hustete. «Habe ich gehört!», wiederholte er. «Außerdem bin ich zwischen ihnen aufgewachsen! Der Barkhof war gleich bei uns um die Ecke.»

«Ich möchte mal gerne wissen, von wem du nur immer all diese interessanten Dinge hörst!»

Jo lachte. «Frag du mich nicht nach meiner Vergangenheit, und ich frag dich nicht nach deiner», erwiderte er ausweichend.

«Ich habe keine!», brummte Lily.

«Nun, ich schon. Und ich schäme mich nur teilweise für sie.» Jo zwinkerte. «So, und jetzt muss ich zur Arbeit!»

«Schon?», rief Lily enttäuscht.

Er stand auf, beugte sich zu ihr hinunter und küsste sie.

Schnell schlang sie die Arme um seinen Hals und zog ihn an sich. «Kann ich dich nicht überreden, noch ein bisschen zu bleiben?», schnurrte sie und küsste langsam seinen Hals.

«Na, ein paar Minuten habe ich vielleicht noch», erwiderte Jo lachend und zog Lily auf seinen Schoß.

An einem grauen Tag Anfang März geschah etwas Unerhörtes in der Fuhlentwiete. Ein Einspänner suchte sich einen Weg durch die schmutzige, schmale Gasse. Die Räder rollten durch Matsch, Essensabfälle und Exkremente. Das Pferd schritt langsam, der Durchgang war zuweilen so eng, dass die Kutsche drohte zwischen den Häusern stecken zu bleiben. Noch nie hatte man hier solch ein schmuckes Fuhrwerk gesehen. Es hielt vor dem Haus Nr. 21.

Eine alte Frau stieg aus, langsam und bedächtig. Als ihre feinen Schuhe und ihr Gehstock in den Schmutz einsanken, verzog sie verärgert das Gesicht. Obwohl die Menschen gafften und sich bereits eine kleine Traube aus Schaulustigen gebildet hatte, ließ sie sich nicht im mindesten einschüchtern. Sie fragte nach dem Weg und folgte hocherhobenen Hauptes den ausgestreckten Zeigefingern. Als sie loslief, schleiften ihre Röcke im Dreck.

Der Kutscher saß unbehaglich auf dem Bock. Im Schaufenster des Metzgers gegenüber hingen halbe Schweine, ein zweibeiniger Hund hüpfte vorbei und knurrte nach den Pferden. Unzählige Augen beobachteten ihn. Eine Gruppe Kinder stand in einiger Entfernung und lachte, ein alter Mann spuckte auf den Boden und machte mit zwei Fingern ein seltsames Zeichen in die Richtung des Kutschers. Seine Herrin hatte ihn schon vorgewarnt, dass er vielleicht die Peitsche würde einsetzen müssen, um das Pack abzuhalten. Unsicher zog er die Mütze tiefer ins

Gesicht und versuchte, eine ungerührte Miene zu machen. Er hoffte, dass sie bald wiederkam.

Gerda Lindmann sank schwer keuchend auf Lilys einzigen Sessel. Geschockt sah sie sich um. «Nun, damit habe ich nicht gerechnet», sagte sie brüsk. «Himmel noch eins!»

Lily, die sich noch nicht von dem Schreck erholt hatte, eine der reichsten Damen Hamburgs in ihrer Stube sitzen zu haben, wischte hastig über den kleinen Beistelltisch und legte ein Scheit nach. Sie bot Gerda einen Saft an, den diese erst annahm, dann aber, als sie das Glas in den Händen hielt, misstrauisch beäugte und kommentarlos zur Seite stellte. Eine Schabe rannte plötzlich über den Boden und steuerte direkt auf die alte Frau zu. Lily hob den Fuß, und es knirschte laut.

«Verzeihung!», sagte sie.

Gerda zog kommentarlos die Augenbrauen hoch und beobachtete dann schweigend, wie Lily nach draußen ging und den Schuh am Geländer abwischte.

«Wie hast du mich gefunden?», fragte Lily, als sie wieder hereinkam.

«Ich habe meine Wege», erwiderte Gerda. «Es hat allerdings auch lange genug gedauert, du hast dich gut versteckt.» Sie machte eine Pause. «Und? Wie sehr bereust du es?» Sie musterte Lily aus ihren kleinen aufmerksamen Augen.

«Was meinst du?» Lily setzte sich ihr gegenüber auf einen Schemel.

«Du weißt genau, was ich meine!»

«Ich bereue gar nichts!», sagte Lily fest, aber sofort zuckte es um Gerdas Mund.

«Meine Liebe. Du bist aus einer der schönsten Villen der Bellevue in diese stinkende kleine Kammer gezogen. Nur ein Dummkopf würde das nicht bereuen.»

«Ich wusste genau, worauf ich mich einlasse», widersprach Lily ruhig, obwohl das nicht ganz stimmte. Sie hatte nicht wirklich gewusst, wie schwierig es werden würde. «Ich habe nicht viel, aber es ist warm, und ich bin satt, mehr brauche ich nicht!», sagte sie trotzig.

«Ach nein? Und wie bezahlst du dein kleines Paradies, wenn ich fragen darf?»

Lily zögerte einen Moment. «Ich habe Arbeit!», sagte sie dann und sah, wie Gerdas Augen sich überrascht weiteten.

«Was du nicht sagst! Und welche? Nun sag mir nicht, du bist Weißnäherin geworden? Oder klöppelst du vielleicht?»

«Ich schreibe», erwiderte Lily, und sie konnte den Stolz nicht ganz aus ihrer Stimme verbannen. «Für eine Zeitung.»

«Nicht zu glauben!» Gerda schien tatsächlich beindruckt. «Und worüber, wenn ich fragen darf? Wie man als feine Dame in den Slums von Hamburg überlebt?»

Lily nickte und schüttelte gleichzeitig den Kopf. «Nicht ganz. Aber ich schreibe tatsächlich über dieses Viertel hier. Über das Elend hinter dem Aufschwung, über die Hungerlöhne, die Kinder, die in den Fabriken arbeiten, die Ehefrauen, die sich prostituieren, weil der Lohn nicht reicht.»

«Sieh an, du bist also Sozialistin geworden.» Gerda lachte höhnisch. «Schreibst du etwa für die *Bürgerzeitung*?»

Lily nickte. «So ist es. Allerdings unter einem Pseudonym. Sozialkritische Stimmen will niemand hören, erst recht nicht, wenn sie von einer Frau kommen.»

«Warte!», rief Gerda plötzlich. «Das kann doch nicht … L. Michel? Die Artikel über die Prostituierten? In den Salons wird schon wild spekuliert, wer dieser Journalist ist, der so skandalöse Dinge über die Abgründe unserer Stadt schreibt.»

Erstaunt blickte Lily sie an. «Du liest die *Bürgerzeitung*?»

«Man muss ja wissen, was die Sozialisten so treiben!»

Lily nickte ertappt. «Bitte erzähl es nicht meinen Eltern!», sagte sie, und Gerda lächelte dünn. «Das wäre in der Tat keine gute Idee, würde ich meinen», sagte sie, und Lily dachte, dass sie ihre direkte Art schon immer gemocht hatte.

Die alte Dame räusperte sich. «Nun. Ich will zur Sache kommen. Deine Großmutter würde sich im Grabe umdrehen, wenn sie von deinen Umständen wüsste. Selbst ich bin schockiert, das muss ich zugeben. Und ich brüste mich damit, dass man mich nicht leicht schockiert. Ich hoffe nur, dass mein Kutscher noch lebt, wenn ich heil wieder unten ankomme.»

Lily dachte, dass das tatsächlich eine berechtigte Sorge war. Sie stand auf und sah aus dem Fenster. «Ich kann ihn nicht sehen. Aber ich begleite dich später auf jeden Fall nach unten.»

«Mach dir um mich keine Sorgen, an mir vergreift man sich nicht so leicht. Dieser Stock ist nicht nur zum Abstützen da. Also. Wie viel brauchst du?»

Lily drehte sich um und starrte sie an. «Wie bitte?»

Gerda zuckte nicht mit der Wimper. «Du hast schon richtig gehört. Wie viel brauchst du? Du kannst nicht ernsthaft hierbleiben wollen, in dieser Absteige! Der ganze Hof stinkt nach Kot, es wimmelt von Ungeziefer, unter der Treppe habe ich zwei tote Ratten liegen sehen. Ich kann dir keine Villa in der Elbchaussee kaufen, aber ich kann dafür sorgen, dass du dir eine bessere Wohnung leisten kannst, bis deine … Situation geklärt ist.»

Lily glaubte, sich verhört zu haben. «Meine Situation ist geklärt!», sagte sie dann steif. «Ich danke dir, Gerda, das ist ein unglaublich großzügiges Angebot. Meine Großmutter wüsste es sicher zu schätzen, obwohl ich nicht glaube, dass sie es unter den gegebenen Umständen gutheißen würde. Aber ich wohne gern hier!»

«Das kann nicht dein Ernst sein!», rief Gerda empört.

Lily unterdrückte ein Lächeln. Wie oft hatte sie diesen Satz nun schon gehört?

«Doch, ist es. Es hört sich vielleicht seltsam an. Aber zum ersten Mal in meinem Leben kann ich meine Tage so gestalten, wie ich möchte. Ich muss niemandem gehorchen, niemandem Rechenschaft ablegen. Ich kann sagen und denken, was ich will, ohne dafür bestraft oder kritisiert zu werden. Ich habe nicht viel, aber das, was ich habe, gehört alleine mir.»

Gerda sah sie einen Moment lang durchdringend an, und Lily schien es, als würde sie wirklich über das nachdenken, was sie gerade gehört hatte. Dann aber sagte sie: «Du kannst deine Tage auch gestalten, wie du willst, in einem anständigen Viertel und in einer Wohnung, die ich dir finanziere.»

«Aber dann stünde ich in deiner Schuld, müsste mich vor dir rechtfertigen für die Dinge, die ich tue. Ich habe viel zu tun, und ich fürchte, nichts davon würdest du gutheißen.» Lily holte tief Luft.

Gerda sah sie lange an. «Ich denke, ich verstehe», sagte sie schließlich. «Auch wenn ich es nicht gutheiße.» Sie stand auf und stützte sich auf ihren Stock. «Nun, wenn du es dir anders überlegst, dann lass es mich wissen. Mein Angebot, dir zu helfen, steht!»

«Danke», sagte Lily, «doch das wird nicht nötig sein.»

«Wann hast du deine Mutter das letzte Mal gesehen?», fragte Gerda plötzlich.

«Nicht, seit ich von daheim fortgegangen bin», erwiderte Lily.

Mit einem Mal war das Ziehen in ihrer Brust so stark, dass es ihr beinahe den Atem nahm.

Gerda runzelte die Stirn. «Das passt nicht zu deiner Mutter. Ich kenne Sylta schon viele Jahre, und wenn ich eines über sie weiß, dann, dass sie ihre Kinder immer wie eine Löwin verteidigt hat. Ich kann mir nicht vorstellen, dass sie dich einfach hier sitzenlassen würde.»

«Sie war nie hier. Sie hat nie geschrieben.» Lily zuckte mit den Schultern. Aber sie spürte, wie ihre Mundwinkel zu zittern begannen.

«Kann es vielleicht sein, dass sie nicht weiß, wo du bist?», fragte Gerda mit schmalen Augen.

«Nein, ich habe meiner Familie die Adresse geschrieben, sobald ich eingezogen war. Franz war einmal hier, er hat versucht, mich zur Rückkehr zu bewegen, und Henry auch …» Sie brach ab, wollte nicht daran denken. «Und ich habe meiner Mutter viele Briefe geschickt. Sie hat keinen einzigen beantwortet.»

Gerda sah wohl, dass es Lily Mühe kostete, die Fassung zu bewahren. Sie fasste sie sanft am Kinn. «Na, na. Nun mal nicht weinen, mein Kind. Sie wird schon kommen, vielleicht braucht sie nur ein wenig Zeit!»

Lily nickte. «Vielleicht erwartet sie auch, dass *ich* zu ihr komme», sagte sie leise.

Die beiden sahen sich einen Moment in die Augen, dann schloss Gerda Lily plötzlich in die Arme. Für einen Moment roch Lily den vergessenen Geruch der reichen Damen; eine Mischung aus Puder, Schweiß, Pomade und Haarteilen. Er erinnerte sie so sehr an zu Hause, dass sie die Tränen nicht mehr zurückhalten konnte.

«Na, na, na. Du bist ein tapferes Mädchen, Lily Karsten. Unvernünftig, aber tapfer», murmelte Gerda und klopfte ihr sanft auf den Rücken. Obwohl sie jetzt schluchzte, konnte Lily hören, dass die alte Dame lächelte. «Meine Tür steht dir offen, denke daran! So, und nun gehen wir meinen Kutscher retten.»

Der Kutscher hatte tatsächlich zwei Straßen weiterfahren müssen, weil die Bande Kinder, die ihn beobachtete, irgendwann anfing, Matschklumpen nach dem Pferd zu werfen. Als Lily und Gerda ihn schließlich fanden, stieg die alte Dame ein und lehnte sich noch einmal zu ihr hinaus.

«Irgendwann kann man nicht mehr zurück. Bedenke das, bevor du deine nächsten Schritte tust!», sagte sie.

Lily nickte. Ihre Tränen waren inzwischen getrocknet, aber sie fühlte sich, als laste ihr plötzlich ein schweres Gewicht auf den Schultern. Dann sah sie zu, wie die Kutsche hinter der nächsten Ecke verschwand. Ihr war, als ob mit Gerda auch die letzte Verbindung zu ihrem alten Leben dahinschwand. «Das ändert nichts. Ich kann schon lange nicht mehr zurück», murmelte sie. Sie stand noch einen Moment da, starrte ins Leere und kämpfte mit der Traurigkeit in ihrem Inneren. Dann drehte sie sich entschlossen um und ging zurück in ihre Wohnung.

G erda lehnte sich vor und klopfte mit ihrem Stock gegen die Kutschendecke.

«In die Bellevue, Reinhard!», rief sie, als der Kutscher langsamer fuhr, damit er sie hören konnte.

Wenig später rollten sie die Auffahrt der Karsten-Villa empor. Seit Kitties Tod war sie erst ein Mal hier gewesen. Es kam ihr immer noch seltsam vor, es passte einfach nicht zu ihrer alten Freundin, dieses unwürdige Ende. Starb öffentlich gedemütigt, zur Schau gestellt für die Angestellten, ohne Diskretion, ohne

Anstand – *im Nachthemd*?! Die Schmerzen mussten ihr die Sinne geraubt haben, das war die einzige Erklärung, die Gerda hatte. Dennoch … Es rieselte ihr kalt den Rücken hinab, als sie zum Haus hinaufblickte. Nun war auch noch der kleine Junge weg. Noch vor kurzem war es ein Zuhause voller Leben gewesen, für eine der wärmsten Familien, die sie kannte. Jetzt wirkte es abweisend, die dunklen Fenster schienen sie feindselig anzustarren.

Sie musste lange warten, bis sie mit Sylta alleine sein konnte. Alfred war daheim und gesellte sich zu ihnen in den Salon, er schien sich verpflichtet zu fühlen, mit ihr zu reden, fragte sie dies und jenes, wollte lange über seine Mutter sprechen. Ihr fiel auf, dass Sylta und er ungewöhnlich distanziert miteinander umgingen. Beide hatten dunkle Schatten unter den Augen, wirkten, als versuchten sie mit aller Macht, die Fassade von Normalität aufrechtzuerhalten. Alfreds Haar war weiß geworden, und auch an Syltas Schläfen zeigten sich graue Schimmer. Außerdem wirkte sie benommen. Schockiert bemerkte Gerda, dass sie nachlässig frisiert war. Michel oder Lily wurden mit keinem Wort erwähnt.

Als Alfred die Damen schließlich allein ließ, wartete Gerda, bis sich die Tür hinter ihm geschlossen hatte, dann drehte sie sich zu Sylta. «Ich komme soeben von deiner Tochter.»

Sylta wurde so weiß wie die Spitzendecke auf dem Sofa. Die Tasse fiel ihr aus der Hand und landete klirrend auf dem Boden. «Du weißt, wo sie ist?», flüsterte sie. «Du weißt, wo Lily ist?»

«Habe ich mir doch gedacht, dass da etwas nicht mit rechten Dingen zugehen kann», rief Gerda triumphierend. «Sie hat mir erzählt, dass du ihr nie geschrieben hast, nie bei ihr warst. Das passt nicht zu deiner Mutter, habe ich gesagt. Aber sie glaubt wohl, dass du mit ihr gebrochen hast. Hast du das?» Neugierig lehnte sie sich vor.

«Natürlich nicht!» Sylta bekam hektische rote Flecken auf

den Wangen. «Ich habe ihr so oft geschrieben. Franz und Alfred leiten die Briefe weiter, sie wollen nicht, dass ich erfahre, wo sie wohnt.»

«Nun, ich sage es nicht gerne, aber es sieht ganz danach aus, dass dein Mann und dein Sohn dich belügen, Sylta», erklärte Gerda ruhig. «Lily hat deine Briefe nie erhalten. Und du ihre anscheinend auch nicht.»

Syltas schloss kurz die Augen. Ihr Mund wurde zu einem Strich. «Um ehrlich zu sein, habe ich mir so etwas schon gedacht», sagte sie leise. «Es ging mir nicht gut in letzter Zeit, ich musste viel das Bett hüten.» Instinktiv presste sie eine Hand auf den unteren Bauch. «Sie machen sich Sorgen. Alfred hat Angst, dass mich das Ganze zu sehr belastet. Sicher wollten sie mich nur schützen. Aber wie konnten sie mich nur in dem Glauben lassen …» Sie schüttelte den Kopf. «Wo ist sie? Hast du ihre Adresse?»

«Die habe ich. Aber dein Mann hat recht, Sylta. Du darfst auf keinen Fall alleine dort hingehen. Es ist eine gefährliche Gegend. Versprich mir das!»

Sylta nickte aufgeregt. «Um Himmels willen, und sie lebt dort? Allein? Aber geht es ihr gut?»

«Nun», Gerda zögerte. «Es geht ihr den Umständen entsprechend gut. Und ich bin nicht sicher, aber ich glaube nicht, dass sie alleine lebt.»

«Du meinst … ein Mann?», Sylta wurde noch blasser. «Aber wer? Wer kann es sein?»

«Ich weiß es nicht, aber ich habe Männerschuhe neben der Tür stehen sehen.»

«Ich weiß nicht, was aus unserer Familie geworden ist», flüsterte Sylta plötzlich. «Wir waren doch immer so glücklich.» Ihr liefen jetzt stumme Tränen über die Wangen. Gerda hätte sie gerne in den Arm genommen, aber obwohl sie Syltas Mutter sein könnte und sie sie schon seit zwanzig Jahren kannte, ziemte sich das nicht, und so tätschelte sie ihr nur beruhigend die Hand.

«Schreib deiner Tochter, Sylta! Sie wartet auf dich!»

In dieser Nacht lag Sylta lange wach. Sie beobachtete den Mond, der über die Alster wanderte, lauschte dem Atem ihres Mannes, der ihr heute zum ersten Mal in ihrem Leben fremd erschien. Als die Uhr in der Halle zwei schlug, stand sie leise auf, griff Gewand und Schuhe und schlich aus dem Zimmer. Leise tappte sie in Alfreds Büro. Sie wagte es nicht, Licht zu machen, aber der Mond war ihr Verbündeter. Er schien auch hier hell und silbrig durch die großen Fenster und beleuchtete den Schreibtisch. Sie brauchte nicht lange, um zu finden, was sie suchte. Schon viele Jahre wusste sie, dass es ein Geheimfach darin gab, aber nie hatte sie einen Anlass gehabt nachzusehen. Sie hatte ihrem Mann bisher immer vertraut.

Das hatte sich nun geändert.

Mit zitternder Hand zog sie die Briefe hervor. Als sie die Handschrift ihrer Tochter erkannte, entfuhr ihr ein Schluchzer.

Sie steckte sie eilig in die Tasche, dann suchte sie im Büro nach einem Stadtplan. Immer wieder horchte sie auf das stille Haus. Als ein Scheit im Kamin nachgab, fuhr sie erschrocken zusammen.

Endlich hatte sie gefunden, was sie suchte. Sie trug den Plan zum Fenster und fuhr mit dem Finger die Straßen entlang, über den Bahnhof und weiter hinaus in Richtung Hafen, bis sie schließlich fand, was sie suchte. Sie prägte sich die Straßen ein, ging den Weg in Gedanken durch, murmelte die Namen der Gässchen vor sich hin, bis sie sicher war, genau zu wissen, wo sie hingehen musste. Dann tappte sie auf Zehenspitzen in die Halle und holte ihren Mantel aus dem Schrank. Wenig später hastete sie im Schatten der Büsche die dunkle Auffahrt hinab.

Es war eine sternklare, stille Nacht. Sylta war noch nie allein im Dunkeln unterwegs gewesen. Wenn sie so darüber nachdachte, war sie überhaupt noch nie allein unterwegs gewesen, ohne Kutscher, ohne Begleitung. Und schon gar nicht in diesem Teil der Stadt. Hamburg kam ihr fremd vor ohne die Menschen, ohne das Leben auf den Straßen. Ihr Atem stieg als weiße Dampfwolke in den Nachthimmel, ihre Absätze klackerten über das Kopfsteinpflaster, doch bald schon wichen die Steine halb gefrorenem Schlamm und Matsch, und ihre Schritte wurden gedämpft vom Unrat. Sie hatte sich ein Schultertuch tief in die Stirn gezogen und ihre Hände in einen Muff gesteckt. Trotzdem fror sie. Aber sie war auf dem richtigen Weg. Bisher hatten die Schilder alle gestimmt.

Sie lief lange Zeit. Immer weiter entfernte sie sich von der Gegend, die sie kannte. Hier war sie noch nie gewesen. Wann immer sie aufsah und einen vertrauten Straßennamen erblickte, verspürte sie ein kleines Triumphgefühl. Doch als sie in die nächste Gasse einbiegen wollte, blieb sie plötzlich stehen. Sie konnte den Namen nicht finden.

«Es muss hier sein», murmelte sie und suchte mit dem Blick die Häuser ab. Vielleicht war das Schild abgefallen. Die Gasse war dunkel und wirkte verlassen. Eine Katze miaute, aus einer Kneipe in der Nähe drangen laute Rufe zu ihr. «Oder doch die nächste?» Unsicher sah sie die Straße auf und ab. «Nein, hier und dann links!», murmelte sie und marschierte entschlossen los.

Aus den Fleeten kroch ein modriger Geruch zu ihr hoch, die Gassen wurden immer enger, viele Rinnsteine lagen offen, und darin sickerte eine braune Brühe leise gluckernd vor sich hin. Sie kam an Tanzlokalen und Kellerkneipen vorbei, an Frauen in frivolen Kostümen, die auf der Straße auf Kundschaft warteten, an Bettlern und Obdachlosen, die im Müll wühlten. Doch sie ging entschlossen weiter, als hätte sie ihr Leben lang nichts anderes getan. Die Aussicht, Lily bald wieder in die Arme schließen zu können, trieb sie an, machte sie blind für das Elend.

Aber auch blind für die Gefahr.

Als sie in den Valentinskamp einbog, löste sich aus einem dunklen Hauseingang eine Gestalt. Kurz darauf folgte eine zweite. Sie hefteten sich an Sylta wie stumme Schatten, blieben stehen, wenn sie stehen blieb, liefen weiter, wenn sie weiterlief. Sekunde für Sekunde kamen sie ihr ein kleines Stückchen näher. Lautlos folgten sie der Frau, die, sich unsicher umsehend, auf der Suche nach ihrer Tochter immer tiefer hineinirrte in das dunkle Herz Hamburgs.

4

L ily rührte hektisch in dem brodelnden Topf. «Oh nein!», schimpfte sie, als ihr ein verbrannter Geruch in die Nase stieg. «Das ist doch nicht möglich! Warum sind da Klumpen? Ich habe alles gemacht, wie Alma es mir gesagt hat!» Als sie sah, wie der Brei sich in dicken Blasen wölbte und weiße Mehlklumpen darin aufbrachen, entfaltete sie hektisch den Zettel, auf dem sie das Rezept notiert hatte. «Vielleicht ist das Feuer zu heiß», murmelte sie. Sie bückte sich und öffnete die Ofenklappe, doch in dem Moment sprudelte auf der Kochstelle das Wasser aus dem zweiten Topf. Sie stieß einen leisen Schrei aus, griff ihre Schürze, wickelte sie sich um die Finger und zog den dampfenden Topf vom Herd. Plötzlich quollen schwarze Schwaden durch den Raum! «Mein Brot!», rief Lily entsetzt, denn sie verstand plötzlich, dass der Geruch gar nicht von dem Brei gekommen war, und eilte zum Backrohr. Aber es war zu spät, die Roggenkruste, auf die sie so viel Zeit und Mühe verwendet hatte, war schwarz.

«Verdammt», murmelte sie und lief zum Fenster, um frische Luft reinzulassen. Eine schöne Hausfrau gab sie ab. Nicht mal ein einfaches Brot backen konnte sie, ohne dass etwas schiefging. Sie schloss kurz die Augen. «Alles halb so wild!», murmelte sie dann. Sie würde schon irgendwas auf den Tisch bringen. Am Morgen hatte sie ein paar Scheiben Rauchfleisch gekauft, sie konnte mit dem Gelee eine kalte Senfsoße machen, und dazu gab es den Brei … Wenn sie die Klumpen noch rausrühren konnte. Hauptsache, es lag etwas halbwegs Annehmbares auf dem Teller, wenn

Jo kam. Wie viel Mühe es sie gekostet hatte, es dahin zu bekommen, musste ja niemand erfahren. Er war ohnehin genügsam, sagte ihr immer wieder, dass sie nicht für ihn kochen musste und sie doch auch in der Klappe essen konnten. Aber Lily wollte Geld sparen. Die Klappen und Hafenkneipen waren günstig, aber am besten war es, wenn man selbst Hand anlegte – sofern nicht die Hälfte im Eimer landete, so wie heute. Doch sie wusste, wenn sie das verbrannte Brot auf die Straße stellte, würde sich im Nu jemand finden, der es mitnahm. Hier im Viertel war man nicht wählerisch, was Essen betraf.

Mit jedem verstreichenden Tag bewunderte sie Hertha ein wenig mehr für das schmackhafte Essen, das sie immer auf den Tisch gezaubert hatte. Wie immer, wenn sie an Hertha, Agnes oder ihr Zuhause dachte, durchzuckte sie ein tiefer Schmerz, und schnell schob sie die Erinnerungen beiseite.

Jo wusste, wie sehr sie damit kämpfte, den für sie fremden Alltag zu meistern, und brachte abends oft etwas mit. Gemüse vom Markt oder auch mal exotisches Obst aus den Kaischuppen, wenn ein Schiff aus Indien oder Südamerika Ware gebracht hatte. Aber wenn sie für ihn kochen konnte, fühlte sie sich weniger nutzlos. Gerade kramte sie das Semmelmehl aus der Truhe hervor, da klopfte es an der Tür. Als sie öffnete, ein Tuch über den Haaren, die fleckige Schürze noch um den Bauch, die Wangen rot von der Ofenluft, stand ihr Vater vor ihr.

Sie traute ihren Augen nicht.

«Papa», sagte sie leise.

Dann fiel sie ihm um den Hals. So vertraut war sein Geruch. Er erinnerte sie an alte Bücher und Abende vor dem Kamin, sie fühlte sich einen Moment, als wäre sie wieder daheim. Sie merkte erst nach ein paar Sekunden, dass er ihre Umarmung nicht erwiderte. Zögerlich löste sie sich von ihm. «Ist Mama auch da?», fragte sie und blickte hoffnungsvoll über seine Schulter auf die Stiege.

Nun erst sah sie ihm ins Gesicht und erschrak vor dem kalten, distanzierten Ausdruck in seinen Augen. Unwillkürlich trat sie einen Schritt zurück. Jetzt bemerkte sie auch, dass er anders aussah als sonst, seine Haut war fahl, seine Wangen eingefallen, der Bart schien viel weißer, als sie ihn in Erinnerung hatte. «Es ist doch nichts geschehen? Geht es Michel gut?», fragte sie erschreckt, denn sie wusste plötzlich, dass er nicht einfach so gekommen war.

«Darf ich hereinkommen?», fragte Alfred steif. Noch nie hatte er so kalt mit ihr geredet.

Sie nickte und trat wortlos zurück. Sein Blick glitt über die einfachen Möbel, die blanken Holzdielen, das Chaos in ihrer Kochnische. Er blieb an Jos Hemd hängen, das über einem Stuhl hing, und sein Mund wurde zu einem weißen Strich.

«Möchtest du dich setzen?», fragte sie, aber er schüttelte den Kopf.

«Ich bin hier, um dir etwas mitzuteilen», sagte er. Er war an der Tür stehen geblieben. Jetzt sah sie, dass seine Hände zitterten.

«Papa, was ist denn?», rief sie angstvoll.

«Deine Mutter ...», begann er und brach dann ab. Lilys Herz krampfte sich zusammen. Er setzte erneut an, konnte aber nicht weitersprechen. «Deine Mutter wurde heute Nacht überfallen», stieß er schließlich hervor.

Lily verstand nicht. «Ist jemand ins Haus eingebrochen?», rief sie entsetzt.

Ihr Vater holte tief Luft, sie konnte sehen, wie schwer es ihm fiel weiterzusprechen. «Sylta war nicht im Haus. Sie war in der Stadt. Zwei Männer haben sie überfallen. Sie haben sie zusammengeschlagen und dann ausgeraubt. Viel hatte sie nicht bei sich, aber ihr Ehering ist fort. Und ihre Schuhe wurden gestohlen, genau wie ihr Mantel. Sie haben sie einfach liegen gelassen, im Dreck, bewusstlos, ohne Kleider. Sie hätte erfrieren können ...»

Alfred brach ab. Er spürte ein Zittern in sich aufsteigen und stellte zu seinem Entsetzen fest, dass er gleich in Tränen ausbrechen würde. Hier! Vor seiner Tochter! Er ballte die Fäuste und holte tief Luft, rang mit aller verbliebenen Kraft um seine Fassung. Es war zu viel für ihn. Schon als er hergekommen war, war sein Entsetzen von Minute zu Minute gestiegen. Dieses Haus, diese Gegend, in der man durch Unrat watete und die Ratten einem über die Füße liefen. Sie so zu sehen, in diesem winzigen, stinkenden Zimmer, eine Schürze umgebunden wie eine Magd, die Haare strähnig, die Hände schmutzig, kostete ihn den letzten Rest Beherrschung. War das etwa die Selbstbestimmung, von der sie immer geredet hatte? Wie hatte es nur so weit kommen können?

Er war stark gewesen, die ganze Zeit über. Als sie ihn nachts aus dem Bett holten und er mit Entsetzen feststellte, dass seine Frau nicht friedlich neben ihm schlief. Auch als er ins Krankenhaus gekommen war und Sylta gesehen hatte, hatte er es geschafft, nicht die Beherrschung zu verlieren.

Aber dann hatte Dr. Selzer ihn mit bleichem Gesicht beiseitegenommen. Sylta war noch bewusstlos gewesen. Sein alter Freund, der sofort ins Krankenhaus geeilt war und sich mit den Ärzten beraten hatte, wirkte zutiefst erschüttert. «Es grämt mich, es dir mitteilen zu müssen, Alfred», hatte er gesagt und den Blick gesenkt.

Alfred hatte gewusst, was er ihm sagen würde, noch bevor er

es aussprach. Aber als er die Worte hörte, tatsächlich hörte, was die Männer ihr angetan hatten, da weigerte sich sein Verstand, es anzunehmen.

«Sag es nicht den Kindern!», war das Erste, was Sylta gesprochen hatte, als sie aufwachte und seine Hand nahm. Ihre Lippen waren aufgesprungen und bluteten, sie hatte eine Wunde auf der Stirn, die bereits genäht worden war.

Ihre restlichen Verletzungen waren unter dem Betttuch versteckt.

Es hatte ihm das Herz gebrochen, sie so zu sehen. Aber er hatte es ihr versprochen zu schweigen, und er würde sich daran halten.

Doch eines sollte Lily doch wissen.

«Sie war auf dem Weg zu dir», sagte er zitternd vor Wut, und als er sah, wie sie blass wurde, erfüllte es ihn mit einer schmerzenden Genugtuung. «Deine Mutter hat sich nachts aus dem Haus geschlichen, um dich zu sehen. Und ist dabei beinahe gestorben.»

Auf der Fahrt ins Krankenhaus schwiegen sie. Ihr Vater sah aus dem Fenster. Es war Lily, als würde sie neben einem Fremden sitzen. Sie hatte Jo eine hastige Notiz hinterlassen und war dann mitgegangen, so wie sie war, im Hauskleid, mit ungekämmten Haaren, hatte nur einen Mantel übergeworfen und ihre alten Handschuhe aus der Truhe gekramt. Ihr war schrecklich kalt, sie drückte sich in die Polster der Kutsche und versuchte, ihre Zähne davon abzuhalten, klappernd aufeinanderzuschlagen.

Als sie in das Zimmer kamen, saß Franz auf einem Stuhl am Fenster. Er stand auf und ging wortlos an ihnen vorbei, ohne Lily anzusehen. Sie lief sofort zu ihrer Mutter ans Bett.

Sylta hatte die Augen geschlossen. Lily erschrak, als sie sah, wie sie zugerichtet war. Fast hätte sie sie nicht erkannt. Ihre feine, elegante Mutter, die immer frisiert war, immer duftend, sah um Jahre gealtert aus. Sie wirkte wie eine Fremde, so sehr hatten die Schwellungen ihr Gesicht verändert. Wann ist sie so grau geworden?, dachte Lily, als sie die silbrigen Strähnen sah, die sich in das braune Haar gestohlen hatten. Als Lily vorsichtig ihre Hand ergriff, schlug Sylta die Augen auf.

«Lily.» Sie blinzelte einen Moment und zog sie dann zu sich heran, strich ihr mit dem Daumen sanft über die Wange, und Lily spürte, wie die Tränen ihr den Blick verschleierten. «Lily, mein Liebling.»

«Mama, ich bin da!», sagte sie leise. «Es tut mir so leid!»

Sylta lächelte. «Lily», flüsterte sie. «Wann kommst du nach Hause?»

———•◆•———

Lily konnte ihrer kranken Mutter den Wunsch nicht abschlagen. Obwohl es ihr zutiefst widerstrebte, zog sie zurück in die Villa. Unter zwei Bedingungen jedoch: Sie behielt die kleine Wohnung unter dem Dach, und sie durfte jederzeit alleine in die Stadt gehen, ohne sich erklären zu müssen.

Es war wie ein Schritt in die Vergangenheit, als würde sie ein Kleid anziehen, das nicht mehr passte, in eine Hülle schlüpfen, die für jemand anderen gedacht war. Ein Leben leben, das nicht ihr gehörte.

Sylta war überglücklich, sie wieder bei sich zu haben. Aber zwischen Lily und ihrem Vater schien es eine unüberwindbare Kluft zu geben. Sie sprachen miteinander, aber sie redeten nicht. Immer hatte er nun diesen kühlen, distanzierten, beinahe wütenden Gesichtsausdruck. Es war, als wüsste er nicht mehr, wie er mit ihr umgehen sollte, und das tat ihr mehr weh als alles andere. Meistens ignorierte er sie. Einmal jedoch, an einem ungewöhnlich dunklen Abend, als sie schon ein paar Wochen wieder zu Hause wohnte und ihre Mutter sich weitgehend von den Folgen des Überfalls erholt hatte, rief er sie zu sich in den Salon.

«Ich wollte dir schon lange etwas sagen», sprach er, ohne sie anzusehen. Der Wind heulte ums Haus, ließ die Fensterläden klappern. Er blickte ins Feuer, seine Hände hatten sich um die Stuhllehnen gekrampft.

Lily musterte ihn angespannt. Sie hatte keine Ahnung, worauf er hinauswollte.

Er räusperte sich unbehaglich. «Deinen Bruder wegzugeben, war die schwerste Entscheidung meines Lebens.» Noch immer sah er sie nicht an. «Und es vergeht kein Tag, keine Stunde, in der ich nicht an ihn denke.»

Lily schluckte schwer. «Ich weiß», flüsterte sie.

Nun endlich sah er zu ihr auf. Sie blickten sich an, und es schien ihr, als wolle er noch etwas sagen, aber schließlich seufzte er nur leise.

Lily wusste nicht, was sie tun sollte. Sie hätte ihn gerne umarmt, so wie früher, hätte ihm gesagt, dass sie verstehen konnte, warum er die Dinge tat, die er tat, aber Verstehen hieß nicht, dass sie sie billigte oder unterstützte. Sie musste ihren eigenen Weg gehen, und sie wusste nicht, ob Alfred es zulassen würde, dass ihr Weg sich weiterhin mit dem seinen kreuzte. Es gab so vieles, was sie gerne gesagt hätte, unendlich vieles. Aber sein Gesicht, das sich kurz erwärmte, als er von Michel sprach, hatte schon wieder die gewohnte sorgenvolle Kälte angenommen, und sie wich unwillkürlich ein wenig zurück.

Als das Schweigen unerträglich wurde, fragte sie leise: «War das alles?»

Er nickte langsam. «Ja», sagte er und blickte wieder ins Feuer. «Ja, Lily, das war alles.»

Sylta ließ keine Gelegenheit aus, um Lily zu zeigen, wie glücklich sie war, sie zurückzuhaben. Dennoch war auch ihr Verhältnis ein anderes geworden. Ihre Mutter war ihr fremd geworden, und es dauerte lange, bis es ihr nicht mehr so vorkam, als spielten sie alle in einem Theaterstück mit, wenn sie zusammen am Tisch saßen und über Belanglosigkeiten sprachen.

Franz sprach überhaupt nicht mehr mit ihr, und Lily hatte ebenfalls kein Verlangen, das Wort an ihn zu richten. Wenn sie sich in den Fluren begegneten, gingen sie schweigend aneinander vorbei, nur im Beisein ihrer Eltern wahrten sie einen Anflug von kühler Höflichkeit.

Lily bemühte sich, den Schein eines normalen Familienlebens aufrechtzuerhalten. Im Haus gelang das meistens auch. Aber gesellschaftlich waren sie in Ungnade gefallen. Sie wurden nicht mehr eingeladen, und auch zu ihnen kam niemand mehr zum Tee. Lily ging nicht mehr ins Seminar und nicht mehr in die Tanzstunden. Sie verbrachte ihre Tage damit, ihren Artikel weiterzuschreiben, vertiefte sich immer mehr in das Thema Prostitution und las, was auch immer sie in die Finger bekommen konnte. Als sie einmal an einem Lesekreis von ihren alten Kommilitoninnen teilnahm, wurde sie so offen ausgegrenzt und mit so viel Verachtung behandelt, dass sie danach nie wieder hinging. Es störte sie nicht; sie hatte ihre Freundinnen, die ihr Halt gaben und die sie nach wie vor regelmäßig traf. Und sie hatte ihren Weg wissentlich gewählt. Aber für ihre Mutter tat es ihr leid. Sylta litt sehr darunter, dass ihre Familie offen geächtet wurde. Ihr Vater und Franz hielten alle Neuigkeiten aus der Reederei und der Geschäftswelt von ihnen fern, aber Lily wusste, dass sich auch dort der Fall ihrer Familie bemerkbar machte. Franz' anstehende Hochzeit mit Roswita, von der Lily erst jetzt erfuhr, war ihre einzige Chance, wieder Fuß in der Hamburger Oberschicht zu fassen.

Noch immer hatten sie Michel nicht besucht. Lily begann zu denken, dass es auch niemals passieren würde. Sie bekamen regelmäßig Post aus dem Heim mit Berichten über seine Fortschritte, aber die Briefe waren immer so positiv formuliert, dass Lily ihre Wahrhaftigkeit anzweifelte. Vielleicht wollte sie aber auch einfach nicht glauben, dass Michel ohne sie glücklich sein konnte.

Lily sah Jo, so oft es ging. Sie trafen sich in ihrer kleinen Dachkammer und liebten sich stundenlang im Schein des Kaminfeuers, in Lilys klammen Laken, die sie den gebügelten und gestärkten der Villa vorzog. Wann immer sie die Tür aufschloss und Jo sah oder er hereinkam und sich bei ihrem Anblick ein Lächeln auf seinem Gesicht ausbreitete, fühlte sie sich zu Hause. Die gemeinsamen Stunden wurden erneut zu den einzigen Lichtflecken in ihrem trüben Alltag.

Auch Seda besuchte Lily regelmäßig. Sie wurde immer runder und machte sich mit jedem Tag größere Sorgen um die Zukunft. Lily erwirkte immerhin, dass Franz ihr eine größere Summe zahlte, indem sie schlicht damit drohte, Roswita alles zu erzählen. Mit diesem Geld würde Seda zumindest eine Zeitlang mit dem Säugling zurechtkommen können, denn die Gebäranstalt musste sie nach der Geburt verlassen.

Eines Tages im April, als die Bäume endlich grün waren und die ersten Pappelsamen wie Schnee durch die Straßen rieselten, stand Lily vor dem großen Barkhof, einem der florierendsten Bordelle der Stadt. Nervös wartete sie auf eine der Frauen, die sich bereit erklärt hatte, gegen Geld ein anonymes Interview zu geben.

Plötzlich öffnete sich die Tür des Etablissements, und ein Mann kam heraus. Er richtete sich den Gehrock und sah sich verstohlen um. Es war Vormittag und die Gasse leer, das richtige Geschäft ging erst am Abend los. So war es nicht zu vermeiden, dass die beiden sich sahen. Als ihre Blicke sich trafen, zuckte der Mann zusammen.

«Herr Oolkert?», stieß Lily entsetzt hervor.

Er starrte sie an, als habe er eine Erscheinung. Dann kam er mit schnellen Schritten auf sie zu. «Was machen Sie hier?», rief er wütend und aufgeregt zugleich. Es war klar, dass er sich ertappt fühlte.

Lily wich instinktiv einen Schritt zurück, dann besann sie sich und blieb stehen. «Ich schreibe einen Bericht. Für eine Zeitung. Über die Frauen, die in diesen Häusern ausgebeutet werden», sagte sie spitz.

Ludwig Oolkert sah sie erstaunt an, dann verengten sich seine Augen. «Ich wusste schon immer, dass mit dir etwas nicht stimmt!», zischte er. «Vorlaut, frech und ungehörig! Und nun die Schande, die du deiner Familie bereitest. Es erstaunt mich keinen Deut, dich hier anzutreffen.»

Lily ignorierte ihn. Sie zog ihr Notizbuch hervor. «Mich wundert es hingegen sehr, *Sie* hier anzutreffen», entgegnete sie. «Wären Sie bereit, einen Beitrag zu machen? Oder soll niemand wissen, dass Sie Bordelle aufsuchen?»

Ludwig Oolkert starrte sie einen Moment lang fassungslos

an. Dann schlug er ihr das Buch aus der Hand, sodass es in den Dreck fiel. Bevor Lily reagieren oder sich danach bücken konnte, schoss er plötzlich vor und packte sie am Hals. Er drückte sie gegen die Wand und schnürte ihr die Luft ab. «Du kleines Miststück», zischte er. Er war so nahe an ihrem Gesicht, dass Lily seinen faulen Atem riechen konnte. «Du wirst niemandem auch nur ein Wort davon erzählen, dass du mich hier gesehen hast, verstanden?»

Obwohl Lily sehen konnte, wie wütend er war, obwohl er sie um beinahe zwei Köpfe überragte und seine Hände schmerzhaft um ihren Hals lagen und zudrückten, keuchte sie: «Oder was?»

Oolkert hielt inne. Plötzlich war ein Ausdruck in seinen Augen, der ihr einen Schauer den Rücken hinabjagte. Noch immer drückte er sie gegen die Wand. Eine Sekunde schien er zu zögern.

«Oder deine Familie erfährt, wem sie wirklich zu verdanken hat, dass sie ihren Sohn weggeben mussten», sagte er dann so leise, dass Lily zunächst dachte, sich verhört zu haben.

«Was?», flüsterte sie. Es war, als hätte er sie in den Magen geboxt.

Ein Hauch von Triumph überzog sein Gesicht. «Du hast ganz richtig gehört. Schließlich warst du diejenige, die ihren Mund nicht halten konnte.»

Vor Lilys Gesicht verschwamm die Welt. Hätte Oolkert sie nicht immer noch gepackt, sie wäre in die Knie gesunken. «Aber wie meinen Sie …?», hauchte sie, doch sie hatte schon bei seinen ersten Worten verstanden. Sie wollte es nur nicht glauben. «Er arbeitet für Sie …»

Oolkert lächelte kalt. «Ganz richtig. Und er erzählt mir alles. Wen du triffst, wo du wohnst, was du isst – und worüber du *schreibst*!» Als er sie losließ, würgte sie. Sie bekam kaum Luft, so fest hatte er ihren Hals zugedrückt. Kraftlos sank sie nun wirklich in die Knie. Oolkert sah einen Moment mit durchdringendem, aber mitleidslosem Blick auf sie hinunter. «Kein Wort. Zu niemandem. Sonst erfährt deine Familie, wem sie das alles zu verdanken hat. Und wenn ich will, bringe ich euch dank deiner Umtriebe noch tiefer zu Fall.»

Dann drehte er sich um und ging raschen Schrittes davon.

Lily stand kalter Schweiß im Nacken. Plötzlich spürte sie, wie ihr Magen rebellierte. Spuckend und keuchend erbrach sie sich auf die Straße. Als sie sich wieder aufrichtete und mit zitternder Hand den Mund wischte, waren ihre Augen dunkel geworden.

Sie nahm eine Droschke in den Hafen. Auf der Fahrt starrte sie blicklos aus dem Fenster, krallte die Hände ineinander, bis ihre Finger pochten. Noch immer war ihr furchtbar übel. Es kann nicht sein, es gibt eine Erklärung, es ist nicht wahr, dachte sie immer und immer wieder. Sie wusste nicht, wo Jo heute arbeitete, aber sie ließ sich zum Kaischuppen fahren, wo er ein Büro hatte. Als sie durch die Arbeiter hindurchlief, folgten ihr Blicke und Getuschel, die Männer riefen ihr obszöne Dinge hinterher, manche versuchten, sie festzuhalten. Lily lief durch sie hindurch, als würde sie sie gar nicht wahrnehmen.

Schließlich entdeckte sie Jo am Ende der Halle. Er redete gerade mit einem Arbeiter, hatte einen Fuß auf einen Pfeiler gestützt. Als sie auf die beiden zusteuerte, zeigte der andere Mann auf sie, und Jo drehte sich herum. Erstaunen überzog sein Gesicht.

«Lily», rief er erschrocken und trat auf sie zu.

Sie blieb stehen. Ihr Herz hämmerte. Einen Moment lang bekam sie keine Luft. Wenn es stimmt, ist alles verloren, schoss es ihr durch den Kopf, und der Gedanke ließ sie schwindeln. Wie soll ich dann weiterleben?

«Lily, was ist passiert?», fragte Jo, als sie ansetzte zu sprechen und dann wieder abbrach. Sie ballte die Hände zu Fäusten, schloss einen Moment die Augen.

«Ich habe eben Ludwig Oolkert getroffen», presste sie hervor.

Jos Blick flackerte. Er wurde innerhalb von zwei Sekunden aschfahl.

Und da wusste sie, dass es stimmte. «Oh Gott», stieß sie hervor und spürte, wie ihre Knie nachgaben. «Du warst es», flüsterte sie.

Jo trat auf sie zu. Er sah gequält aus, sein Gesicht war verzogen, als habe er Schmerzen. «Lily, ich wollte es nicht. Ich wusste nicht, dass das geschieht!», sagte er bittend, aber sie konnte nur den Kopf schütteln.

All die Zeit über hatte er sie belogen. Hatte sie getröstet, als sie wegen Michel weinte. Jo wollte sie festhalten, aber sie riss sich los, stolperte zurück. Er sagte etwas, aber die Worte kamen nicht bei ihr an, es war, als hätte jemand plötzlich die Welt stumm geschaltet.

Lily drehte sich um und rannte davon.

Jo starrte ihr nach. Er hatte gewusst, dass es eines Tages passieren würde. Trotzdem war es jetzt vollkommen unerwartet gekommen. In seinen Ohren rauschte es, er hatte noch nicht begriffen, was gerade geschehen war. Warum hatte Oolkert es ihr gesagt? War es eine Rache für seine vermasselte Übergabe von neulich? Er fühlte sich, als würde sein Körper nicht mehr zu ihm gehören. Sein Magen zog sich zusammen, alles in ihm prickelte, als ihm langsam dämmerte, was das alles bedeuten konnte. Immer kleiner wurde Lilys Gestalt, bis sie schließlich um die Ecke bog und aus seinem Gesichtsfeld verschwand.

Später hätte er sich dafür ohrfeigen können, dass er ihr nicht nachgerannt war. In der Villa war sie für ihn unerreichbar.

Er schrieb ihr Briefe. Jeden Abend. Versuchte zu erklären, auch wenn er wusste, dass es keine Erklärung gab. Stundenlang stand er vor dem Tor und wartete darauf, dass sie herauskam, um am Fluss spazieren zu gehen, oder dass er sie am Fenster sah. Aber sie kam nicht, und irgendwann gab er es auf. Er hätte ohnehin nicht gewusst, was er ihr sagen sollte.

5

Lily magerte ab. Sie empfand an nichts mehr Freude. Die Leere in ihr schien mit jedem Tag zu wachsen, sie zu verschlingen, und sie wusste nicht, wie sie sie aufhalten konnte. «Woran denkst du gerade?», fragte ihre Mutter manchmal, wenn Lily vor sich hin starrte. «An nichts», erwiderte sie dann meistens und versuchte, um ihretwillen zu lächeln.

Nach der ersten Zeit, in der sie nur in ihrem Zimmer am Fenster gesessen hatte, überfiel sie irgendwann eine kribbelnde Unruhe. Sie machte stundenlange Spaziergänge, ging immer am Fluss entlang, Runde um Runde, blickte aufs Wasser, ohne es zu sehen. Manchmal begleitet von ihrer Mutter, manchmal von Lise. Aber Lily verspürte keine Lust, sich zu unterhalten, wollte einfach alleine sein mit ihren Gedanken und diesem seltsamen Gefühl der Leere, das sich in ihr eingenistet hatte. Oft hielten sie deshalb einen Schritt Abstand, liefen hinter statt neben ihr, als wollten sie sie nicht begleiten, sondern bewachen.

Irgendwann gaben sie es auf, und Lily zog alleine ihre Runden. Als die Eisheiligen kamen, trotzte sie verbissen Regen und Kälte, war manchmal nass bis auf die Haut, wenn sie nach Hause kam, und durchgefroren bis auf die Knochen, einen finsteren Ausdruck auf dem Gesicht, eine Kapuze tief in die Stirn gezogen.

«Traurigkeit des Herzens», sagte Emma mitfühlend, die Sylta ins Haus gebeten hatte, um Lily zu untersuchen. «Dagegen hilft nur die Zeit.»

Manchmal dachte Lily, dass Emma Bovary sich so gefühlt

haben musste, als das Gift langsam ihren Körper zerfraß. Oder Heathcliff, als er Cathy bei ihrem Verrat belauschte. Hoffnungslos, dachte sie. Zum ersten Mal in ihrem Leben drückte ein Wort genau das aus, was sie fühlte. Es gab keine Hoffnung mehr.

Als sie eines Tages am Wasser der Alster stand, nachdem sie wieder einmal stundenlang marschiert war, ohne ihre Umgebung wahrzunehmen, merkte sie plötzlich, wie schwach sie auf den Beinen war. In den letzten drei Wochen war sie so stark abgemagert, dass sie ihre Rippen zählen konnte. Alles auf ihrem Teller schmeckte nach Pappe, die besten Speisen blieben ihr in der Kehle stecken.

Nun spürte sie, wie ein Schauer der Erschöpfung sie durchrieselte. Ihre Knie zitterten. Ich muss etwas essen, dachte sie. Sie fuhr mit einer Droschke nach Hause.

Am nächsten Morgen zwang sie sich, gut zu frühstücken. Doch als sie danach wieder ins Zimmer kam, hatte sie kaum die Tür hinter sich geschlossen, da erbrach sie sich auf den Teppich. Tags darauf schaffte sie es gerade noch zur Waschschüssel. Als sie ihr Gesicht im Spiegel sah, wusste sie es plötzlich. Ich bin schwanger!, dachte sie entsetzt und klammerte sich an ihr Handtuch. Dann kippte sie um.

Als sie aufwachte, lag sie in ihrem Bett. Dr. Selzers bärtiges Gesicht war über sie gebeugt.

«Da hast du deiner Familie ja einen schönen Schreck eingejagt!», sagte er freundlich, aber sie sah, dass seine Augenbrauen sorgenvoll zusammengezogen waren. Lily war noch einen Moment benommen, doch plötzlich setzte sie sich kerzengerade auf und presste die Hände auf den Bauch.

Dr. Selzer beobachtete sie aufmerksam. «Du weißt es also bereits?», fragte er und bestätigte damit ihren schlimmsten Verdacht.

«Ich habe es mir gedacht», flüsterte sie. Ihr war mit einem Mal wieder schrecklich schwindelig, ihre Gedanken jagten einander.

Er nickte. «Du bist schon relativ weit. Es wundert mich, dass du nichts gemerkt hast.»

«Mir ging es in letzter Zeit nicht gut.» Lily stockte. «Mir war zwar ständig übel, aber ich dachte … es hätte einen anderen Grund.» Jetzt, wo sie darüber nachdachte, hatte es durchaus Anzeichen gegeben. Sie hatte sie nur nicht wahrgenommen in ihrer Trauer. «Bitte, erzählen Sie es nicht meiner Familie!» sagte sie, und der Arzt nickte. «Wären wir in Berlin, würde ich es deinem Vater sagen; hier in Hamburg aber bist du volljährig, und so ist es deine Entscheidung. Doch ich rate dir, nichts Unüberlegtes zu tun, Lily. Ich stehe dir für Fragen jederzeit zur Verfügung. Ich nehme an, der Vater ist dein Verlobter?»

Lily sah ihm gerade ins Gesicht. «Nein. Ist er nicht», sagte sie dann abweisend und ließ sich in die Kissen zurücksinken.

Doch es half ihr nichts, dass Dr. Selzer zum Schweigen verpflichtet war. Als Lily am nächsten Morgen am Frühstückstisch saß und den Fisch roch, stülpte sich ihr wieder der Magen um. Sie schaffte es nicht mehr in die Waschräume, sondern erbrach sich spuckend und würgend auf den Salonteppich.

Am nächsten Morgen geschah es erneut.

«Du bist schwanger.» Ihr Vater hatte seine Zeitung hingeworfen und war aufgestanden. Er sah so zornig aus, dass sie ihn nicht anschauen konnte. «Ich habe es geahnt, aber dass du uns das wirklich antust … Ist es nicht so?», brüllte er. Mit zitterndem Finger zeigte er anklagend auf sie.

Lily saß immer noch am Boden. Sie richtete sich mühsam auf und wischte sich mit der Hand die Spucke vom Mund. Sylta war zu ihr geeilt und half ihr hoch.

«Ja», sagte Lily dumpf, als sie wieder auf den Beinen stand, und sah ihn an. «Ja, ich bin schwanger.»

Ihr Vater sah sie einen Moment lang einfach nur an. Dann verließ er kreidebleich und ohne ein weiteres Wort das Zimmer. Franz sah so entsetzt aus, dass sie dachte, auch er müsse sich gleich übergeben. Er öffnete den Mund, stockte, schüttelte den Kopf und stand dann ebenfalls auf und eilte ihrem Vater nach.

«Oh Lily, warum hast du denn nichts gesagt?», fragte Sylta bestürzt, als sie alleine waren. Voller Sorge sah sie ihre Tochter an. «Was soll denn nun passieren?»

«Ich weiß es auch nicht!», erwiderte Lily leise.

«Sie muss gehen!» Franz hatte seine Meinung verkündet, sobald sich die Tür des Büros hinter ihnen schloss. Die Familie hatte sich nach dem ersten Schock versammelt, um über die Sache zu beraten. «Es ist nicht tragbar. Wir sind gerade dabei, wieder Fuß zu fassen.»

«Jetzt übertreibst du aber!», fiel Lily ihm ins Wort, doch er sah sie so wütend an, dass sie verstummte.

«Wer ist der Vater?», fragte Alfred, doch Lily schüttelte stumm den Kopf. Sie warf Franz einen Blick zu, aber er sah zu Boden. Erstaunt erkannte sie, dass er anscheinend nicht vorhatte, sie zu verraten.

«Ich werde nicht sagen, wer ist es», sagte Lily ruhig. «Und es tut auch nichts zur Sache.»

Franz holte tief Luft. «Vater und ich haben uns besprochen», sagte er. Er schaute Lily noch immer nicht in die Augen. «Wir sind uns einig, dass Lily in diesem Zustand nicht hierbleiben kann!» Er redete, als sei sie gar nicht im Raum.

Alfred saß an seinem Schreibtisch. Er hatte die Hände vor

sich gefaltet und den Blick gesenkt. Als Franz sprach, nickte er kaum merklich.

Lily war zusammengezuckt. Was meinten sie damit? «Ihr wollt, dass ich ausziehe?», fragte sie. «Zurück in meine Wohnung?»

Franz schnaubte wütend. «Bist du von Sinnen? Natürlich nicht. Willst du mit fettem Bauch in der Stadt rumlaufen und uns vollends zum Narren machen? Wir könnten uns nirgends mehr blickenlassen, der Ruf der Familie wäre für immer dahin! Du musst Hamburg verlassen.»

Lily fuhr auf. «Niemals!», rief sie, doch Franz hörte ihr gar nicht zu.

«Uns bleibt keine Wahl. Alle hier kennen dich. Was würden die Leute wohl sagen, wenn der Enkel der Karstens irgendwo im Dreck aufwächst? Und du kannst auch nicht im Haus bleiben. Ausgeschlossen. Der Skandal wäre nicht auszudenken. Vielleicht kannst du in ein paar Jahren wiederkommen, wenn wir einen Mann für dich finden. Dann kannst du behaupten, dass das Kind von ihm ist. Aber vorerst musst du gehen, und zwar schnell.»

Alfred nickte wieder. «Franz hat recht», sagte er langsam. Noch immer blickte er auf seine Hände. «Es gibt keinen anderen Weg!»

Plötzlich raschelte es neben Lily. Sylta hatte sich erhoben. Sie war kreidebleich, wirkte aber gefasst. «Alfred», sagte sie leise, und er hob den Kopf und sah sie an. «Ich habe mich nie gegen dich gestellt. Das weißt du.» Sie atmete einmal tief ein und aus, krallte nervös die Hände in ihr Kleid. Aber sie sah ihrem Mann mit festem Blick ins Gesicht. «Sogar Michel hast du mir genommen, und ich habe es zugelassen. Weil ich das Beste für die Familie wollte. Weil ich deinem Urteil vertraue.» Sie stockte und schien sich zu sammeln. Einen Moment schloss sie die Augen. Als sie weitersprach, war ihre Stimme vollkommen ruhig. «Aber wenn du heute meine Tochter verstößt, dann verlierst du auch mich!»

Ein paar Sekunden war es totenstill im Raum.

Alfred starrte seine Frau an, offenbar konnte er nicht glauben, was er soeben gehört hatte. Franz wirkte ebenso schockiert, er fasste nach der Sessellehne und strich sich mit der anderen Hand entgeistert über die Stirn.

Lily wagte es nicht, sich zu bewegen. Immer noch blickten ihre Eltern sich in die Augen, und es war, als hielten sie eine stumme Zwiesprache. Schließlich nickte ihr Vater langsam. «Gut», sagte er mit brüchiger Stimme. «Dann ist es entschieden. Lily bleibt.»

«Vater, das kannst du nicht machen!» Franz schlug mit der Hand so hart auf den Tisch, dass Lily und ihre Mutter gleichzeitig zusammenfuhren. «Sie muss gehen! Was glaubst du, was Oolkert dazu sagen wird?»

Lily runzelte die Stirn. «Oolkert?», fragte sie. «Was hat der damit zu tun?»

Franz schnaubte vor Ungeduld. «Begreifst du denn gar nichts? Er ist unser wichtigster Investor. Ich werde in seine Familie einheiraten. Er wird niemals dulden, dass du in der Stadt herumläufst und uns alle zum Narren hältst!»

Ihr Vater ließ sich mit grauem Gesicht auf seinen Stuhl nieder. Er schien Lily plötzlich um Jahre gealtert. Sein Anblick erschütterte sie bis ins Mark. Wie sehr er sich ihretwegen quälte!

«Ich werde mir etwas einfallen lassen», sagte Alfred leise zu seinem Sohn, der nun vor Wut zitternd am Fenster auf und ab lief.

«Henry wird sie niemals zurücknehmen», schäumte er.

«Henry?» Lily lachte schrill auf. «Ich werde niemals zu Henry zurückgehen, was redest du nur?»

Franz ignorierte sie. «Eine Verbindung der Familien ist von

unsagbarem Wert für uns. Und nun das! Wenn sie in Liverpool Wind von der Sache bekommen, werden wir alle unsere Beziehungen verlieren.»

«Ich werde mir etwas einfallen lassen!», brüllte Alfred, und Franz erstarrte mitten in der Bewegung.

Einen Moment stand ihr Bruder mit geballten Fäusten da und schien nicht zu wissen, wohin mit seiner Wut. Dann schoss er plötzlich auf Lily zu, und ehe sie wusste, wie ihr geschah, schlug er ihr mit aller Kraft ins Gesicht. «Du Hure. Wegen dir werden wir alles verlieren!», zischte er. Lily taumelte gegen den Schrank. Franz stürmte er aus dem Raum und warf die Tür hinter sich zu.

Wie in Trance hielt Lily sich die brennende Wange. Sie hatte noch nicht ganz verstanden, was gerade passiert war. In ihrem Mund schmeckte sie Blut. Sylta stand wie erstarrt neben ihr, entsetzt presste sie sich beide Hände ins Gesicht.

Ihr Vater schüttelte benommen den Kopf. «Das war nicht richtig. Ich werde später mit ihm sprechen. Aber er ist aufgebracht, und das kann man nun wirklich verstehen. Geht jetzt, bitte. Beide. Ich muss nachdenken.» Sogar seine Stimme schien Lily mit einem Mal fremd.

Ohne ein weiteres Wort verließen Lily und ihre Mutter den Raum. Draußen im Flur brach Sylta in stumme Tränen aus. Lily griff nach ihrer Hand. Sie war kraftlos und kalt.

Den Rest des Tages versteckte Lily sich in ihrem Zimmer. Sie musste den Schock überwinden, den die Unterredung ihr versetzt hatte. Niemand rief sie zu den Mahlzeiten. Niemand kam, um zu sehen, wie es ihr ging. Das Haus war still wie ein Grab.

Am Abend schlich sie die Treppe hinab. Ihr knurrender Magen zwang sie in die Küche. Als sie eintrat, sah sie auf der Anrichte ein Tablett mit Essen, das Hertha für sie angerichtet hatte. Trotz ihrer Traurigkeit musste sie lächeln. Hertha würde sie niemals vergessen.

Als sie zurückschlich, lag die Halle dunkel und verlassen da, aber die Bürotür war nur angelehnt, und der Schein des Feuers spiegelte sich auf den Dielen. Sie ging näher und spähte durch den Spalt.

Ihr Vater saß vor dem Kamin. Er hatte das Gesicht in die Hände gestützt und regte sich nicht, wirkte wie eine Skulptur. Das Feuer knackte leise. Lily verspürte den Drang, zu ihm zu laufen und ihn in die Arme zu nehmen, ihm zu sagen, dass alles wieder gut werden würde. Doch sie hatte Angst, dass er sie von sich stoßen würde. Und so machte sie leise die Tür hinter sich zu und lehnte sich von außen einen Moment dagegen.

Auf dem Weg nach oben kam sie am Schlafzimmer ihrer Eltern vorbei. Sie hob die Hand, um anzuklopfen, als sie Sylta drinnen leise weinen hörte. Verstört ließ sie die Hand wieder sinken.

Ich habe alles kaputt gemacht, schoss es ihr durch den Kopf. Sie drehte sich um. Sie hatte es schon die ganze Zeit tief in sich gewusst. Aber in diesem Moment war es plötzlich vollkommen klar.

Ihr blieb keine Wahl.

———•◆•———

Als Elisabeth Wiese ihr öffnete, wusste Lily sofort, dass sie diese Frau nicht mochte. Sie hatte eine Habichtsnase und eingefallene Wangen. Kleine stechende Augen blickten unter fettigen schwarzen Haaren hervor, die in der Mitte gescheitelt waren und ihr platt über die Schläfen hingen. Sie musterte Lily misstrauisch ohne ein Wort, bevor sie zur Seite trat und sie einließ.

Beinahe musste Lily würgen, als sie in den engen Flur trat.

Es roch, als habe jemand Fleisch zu lange in der Sonne liegen lassen. Die Frau schlurfte voran, und Lily folgte ihr mit beklommenem Herzen. Nervös sah sie sich um. Anscheinend verdiente Frau Wiese mit ihrem Handwerk gar nicht schlecht, es gab zwar nicht viele Möbel, aber die Wohnung war geräumig. Die Fenster, die nach vorne zur Straße zeigten, waren mit Tüchern verhängt und tauchten die Zimmer in ein schummriges Licht.

«Erst das Geld!» Elisabeth Wiese versperrte ihr den Weg und hielt die Hand auf.

Zögernd griff Lily in ihre Tasche. Sie hatte Henrys Ohrringe verpfändet, um den geforderten Betrag zusammenzubekommen.

Die Frau nickte zufrieden und führte sie dann in die Küche. «Wir machen es hier, auf dem Tisch. Ist leichter aufzuwischen!»

Lily schluckte hörbar. Sie stand im Türrahmen, während Frau Wiese Wasser aufsetzte und geschäftig, aber lustlos im Raum umherschlurfte. Lily versuchte, nicht auf den Tisch zu schauen. Ihr Herz hämmerte in der Brust.

«Bin gelernte Hebamme, machen Sie sich keine Sorgen», sagte die Frau über die Schulter. Es klang nicht sehr freundlich. «Sie können sich schon mal frei machen. Sie wissen schon. Unterrum. Holt Sie später jemand ab? Wenn Sie nicht laufen können, können Sie nämlich nicht hierbleiben.»

«Ja, mein Mann. Er … kommt gleich», versicherte Lily erschrocken. Natürlich konnte sie nicht erzählen, dass Jo gar nicht wusste, was sie hier tat. Doch Frau Wiese hörte ihr ohnehin gar nicht richtig zu, denn in diesem Moment drang aus einem benachbarten Zimmer das Weinen eines kleinen Kindes.

«Paula!», rief die Frau und schlug wütend mit der Hand auf den Tisch. «Was hab ich gesagt? Mach, dass es ruhig ist!»

Lily sah sich erschrocken um. Neben ihr öffnete sich eine Tür, und eine junge Frau kam heraus. Sie sah verhärmt aus, hässlich, hatte noch fettigere Haare als Frau Wiese. «Versuch ich ja, aber sie hat Hunger», gab sie ruppig zurück.

«Dann gib ihr was!»

Das Mädchen sah durch Lily hindurch und machte keine Anstalten, sie zu begrüßen. Ihre Augen passten nicht zu ihrem Gesicht, sie wirkten viel zu alt und abgestumpft.

«Das ist meine Tochter. Ein Nichtsnutz. Sie tun gut daran, ihres loszuwerden, hätte ich auch machen sollen», sagte Frau Wiese.

Lily hielt entsetzt die Luft an, aber Paula schien solche Reden gewohnt. Sie zuckte nicht mit der Wimper. «Ich will mich nicht mehr kümmern», sagte sie trotzig.

«Ich habe zu arbeiten, wenn du heute Abend was zu fressen willst, dann sorgst du jetzt dafür, dass es still ist», zischte Frau Wiese. «Du weißt, dass die Nachbarn kein Geschrei hören dürfen!»

Aus dem Zimmer drang mittlerweile nur noch ein Wimmern.

«Du … hast ein Kind?», fragte Lily, denn das Mädchen kam ihr dafür doch sehr jung vor.

«Nein», sagte Paula mit hohler Stimme, dann drehte sie sich um und ging wütend in das Zimmer zurück. Als sie die Tür öffnete, erhaschte Lily einen Blick hinein. In einer Art eisernem Vogelkäfig saß ein kleines weinendes Mädchen. Ihr stockte der Atem, doch bevor sie noch mehr sehen konnte, ging die Tür wieder zu.

Die Frau bemerkte ihren geschockten Blick. «Ist nicht ihrs!», erklärte sie und bedeutete Lily, sich auf den Tisch zu legen.

«Wessen dann?», fragte Lily. Irgendetwas stimmte hier überhaupt nicht.

«Ich mache nicht nur Aborte, ich vermittle auch», erklärte die Frau und goss heißes Wasser in einen Eimer.

«Wie meinen Sie das?», fragte Lily, die sich zögerlich dem Tisch näherte. Ihr war schlecht vor Angst, das Reden lenkte sie ab.

Alma hatte Frau Wiese von einer Bekannten empfohlen bekommen. «Erfahren und verschwiegen, mehr braucht es nicht», hatte die Freundin gesagt und Lily die Adresse aufgeschrieben. Das stimmte sicher auch, aber Lily wünschte, Elisabeth Wiese wäre ihr sympathischer, netter, ein wenig einfühlsam, würde sie beruhigen, ihr sagen, dass alles gut werden würde, dass es gar nicht schlimm war und sie das jeden Tag machte, es nicht weh tun würde und gleich vorbei war.

Aber das sagte sie nicht.

«Na, es gibt immer auch welche, die zu spät merken, dass sie schwanger sind. Aber wenn's dann da ist, bringen sie es nicht übers Herz, es in den Fluss zu schmeißen. Die geben's dann mir, zur Pflege, gegen ein Kostgeld. Ich habe Kontakte ins Ausland, nach London, Manchester, Wien. Sie glauben gar nicht, wie viele wohlhabende Familien es gibt, die gerne ein Kind adoptieren würden.»

Lily spürte, wie ihr Herz immer schneller klopfte. «Tatsächlich?», fragte sie. «Und machen Sie schon lange …»

«Engel?», fragte Frau Wiese und lachte abfällig. Sie warf Lily kurz einen Blick zu, während sie durch die Küche schlurfte und alles zusammensuchte, was sie brauchte. Was stinkt hier nur so, dachte Lily. Sie hatte das Gefühl, keine Luft mehr zu bekommen. «Ja, schon ewig. Ich war unverheiratet schwanger, als junges Mädchen, konnte nicht mehr arbeiten. Musste ja irgendwie durchkommen. In Hannover haben sie mich schon ein paarmal verurteilt. Deswegen bin ich da auch weg. Aber einer muss die Drecksarbeit ja machen. Wenn's keine Frauen wie mich gäbe, würden sie's doch alle selber mit der Stricknadel versuchen. Und daran verrecken sie so oder so. Keine Sorge. Ich arbeite sauber!», fügte sie krächzend hinzu und schepperte mit etwas Metallenem.

«Ach ja?», fragte Lily und wischte sich über die Stirn. Das Feuer im Ofen loderte inzwischen knackend, und ihr war mit einem Mal schrecklich heiß. Ich hätte doch Emma fragen sollen, dachte sie. Aber sie hätte es niemals übers Herz gebracht, ihre Freundin um einen solchen Dienst zu bitten, der nicht nur die größte Sünde war, die sie sich vorstellen konnte, sondern noch dazu strafbar.

«Wir müssen auf Ihren Mann warten!» Frau Wiese zog die Nase hoch.

«Er kommt bald. Wir können ruhig schon anfangen», versicherte Lily. Ihre Hände waren schweißnass. Bitte, Gott, lass mich das überleben, dachte sie. Ihr war schwindelig.

«Und was macht er so, Ihr Mann?»

«Er arbeitet als Vize. Im Hafen!» Lilys Herz zog sich zusammen. Über Jo zu reden, fiel ihr nach wie vor unglaublich schwer.

Frau Wiese grunzte. «Mein Mann ist Kesselschmied! Der größte Nichtsnutz, den Sie je gesehen haben.»

Sie fing an, über ihren Mann zu zetern, aber Lily hörte ihr nicht zu. Ihre Angst war jetzt so groß, dass sie kaum noch ruhig atmen konnte, sie zog langsam ihren Unterrock und die Beinkleider aus und legte sie auf einen Stuhl. Zwar war das Beinkleid in der Mitte offen, damit man ungehindert zur Toilette gehen konnte, aber sie dachte, dass sich der zarte weiße Stoff wahrscheinlich mit Blut vollsaugen würde. Während Frau Wiese geschäftig vor sich hin klapperte und alles bereitlegte, sah Lily sich in der Küche um, ohne wirklich etwas wahrzunehmen.

«So, jetzt rauf da. Wir haben nicht den ganzen Tag Zeit, ich muss anfangen, sonst wird das heute nichts mehr», befahl Frau

Wiese schließlich. «Zur Not müssen Sie eben an der großen Straße eine Droschke anhalten.»

Lily nickte und setzte sich auf den Tisch. Ich mache das Richtige, sagte sie sich immer und immer wieder und biss die Zähne zusammen. «Aber werde ich denn nicht betäubt?», fragte sie schrill, als Frau Wiese plötzlich ihre Beine auseinanderbog und sie auf dem Tisch nach unten zog, sodass sie nun lag und sich auf die Ellbogen stützte.

«Sehe ich aus wie ein Arzt?», antwortete die Frau. Plötzlich hielt sie etwas in der Hand. Ein viel zu langes und spitzes Metallgerät.

«Das kann doch nicht richtig sein!», keuchte Lily. Sie klammerte sich so fest an den Tisch, dass ihre Knöchel weiß hervortraten.

«Ich weiß, was ich tue. So, und jetzt Zähne zusammenbeißen.»

«Was ist das?», fragte Lily angstvoll.

«Ein Spekulum.»

«Wofür …?»

Frau Wiese unterbrach sie ungeduldig. «Damit öffne ich Ihren Unterleib. Es ist kalt, also nicht erschrecken. So, und jetzt tief einatmen.»

«Aber ich muss …», begann Lily, doch in diesem Moment spürte sie einen scharfen Schmerz zwischen den Beinen. Sie schrie erschrocken auf, krallte ihre Finger um die Tischkanten

«Das war nur das Einführen. Wenn Sie sich jetzt schon so anstellen, dann gute Nacht. Ich öffne jetzt die Fruchtblase. In wenigen Tagen, vielleicht schon heute Abend, kriegen Sie dann Wehen», erklärte die Frau, und Lily fühlte, wie sie ihre Fingernägel in Lilys Oberschenkel bohrte und ihre Beine noch weiter auseinanderdrückte.

«Moment, ich werde das Kind nicht hier verlieren?», fragte Lily geschockt.

«Natürlich nicht. Ich kann es ja schlecht aus Ihnen heraussaugen, oder?», antwortete Frau Wiese ungeduldig. «Es dauert eine Weile, bis der Körper es abstößt. Ich fange jetzt an!»

Verwirrt wollte Lily eine weitere Frage stellen, aber plötzlich spürte sie ein grauenvolles Stechen. Es nahm ihr den Atem, die Sicht, in ihr explodierte ein Feuerwerk aus Schmerz.

«Still!», befahl Frau Wiese. Obwohl Lily vor Verzweiflung wimmerte und weinte, machte sie mit ihrer Arbeit weiter.

In diesem Moment schlug jemand von außen gegen die Tür. «Lily! He, Lily! Bist du da drin?»

Lily erstarrte. «Jo?», wimmerte sie.

«Na endlich, da ist er ja!» Frau Wiese schüttelte den Kopf. «Paula, mach ihm auf!»

Lily richtete sich ein Stück auf. Er kann es nicht sein, es ist unmöglich. Aber dann verstand sie plötzlich. Alma!, dachte sie und schrie auf, als eine neue Schmerzwelle sie durchflutete. Vor Qual begann sie zu zittern.

Alma war dagegen gewesen, dass Lily ohne Jos Wissen zu einer Engelmacherin ging. «Er verdient es, die Wahrheit zu kennen!», hatte sie beharrt, aber Lily hatte es nicht über sich bringen können, ihn zu kontaktieren. Es gab keine Zukunft für sie. Und damit auch keine Zukunft für ihr gemeinsames Kind.

Plötzlich stand Jo in der Küche.

«Sind sie verrückt, hier so rumzubrüllen!», zischte Frau Wiese, doch er beachtete sie gar nicht, drückte sich einfach an ihr vorbei. Mit zwei Schritten war er bei ihr.

«Lily, oh Gott, geht es dir gut?», fragte er und betrachtete sie entsetzt. In seinem Gesicht spiegelten sich Hunderte widersprüchlicher Emotionen. Er sah aus wie ein kleiner Junge, der soeben zum ersten Mal verstanden hatte, was für ein grausamer Ort die Welt doch war.

Mit einem Mal war Lily einfach nur unglaublich froh, dass er da war. Sie klammerte sich an ihn. «Ja, mir geht's gut!», flüsterte sie. Sie weinte jetzt nicht mehr vor Schmerz, sondern vor Verzweiflung.

«Oh Lily, was machst du nur? Warum hast du mir nichts gesagt?» Auch ihm liefen jetzt die Tränen über die Wangen. Er hatte sich neben den Tisch gekniet und hielt sie fest. Lily hatte ihn noch nie weinen sehen. Es brach ihr das Herz. In diesem Moment wusste sie, dass sie ihn noch immer liebte und auch immer lieben würde. Egal, was passierte.

Sie schluchzte leise. «Wir können kein Kind bekommen. Es geht nicht, das weißt du auch. Wir …» Sie konnte nicht weitersprechen.

«Also hat man so was schon gehört. Er weiß also nichts? Na, jetzt ist es jedenfalls zu spät, das hätten Sie sich früher überlegen müssen», keifte Frau Wiese. «Ich muss weitermachen, bin ja schon halb in ihr drin. Und ich kann's nicht brauchen, wenn mir jemand im Weg rumsteht!», sagte sie unwirsch in Jos Richtung. «Sie gehen in den Flur!»

«Ich bleibe hier!», erwiderte Jo mit einer Stimme, die keinen Widerspruch duldete. Ohne Lilys Hand loszulassen, richtete er sich zu seiner ganzen Größe auf.

Frau Wiese funkelte ihn zornig an, schien einen Moment abzuwägen, ob sie sich mit ihm anlegen sollte, erwiderte aber nichts, sondern grunzte nur unwillig. «Wenn sie wieder schreit, halten Sie ihr den Mund zu. Ich kann hier keine Polizei brauchen und Sie sicher auch nicht, sonst kommt sie fünf Jahre ins Zuchthaus!» Sie zeigte mit wütendem Blick auf Lily.

Jo nickte mit weißem Gesicht. Er sah aus, als hätte er Frau

Wiese am liebsten ins Gesicht geschlagen. «Ist es wirklich zu spät?», fragte er.

Frau Wieses Blick flackerte eine Sekunde. «Ja», sagte sie dann entschieden.

Jo hielt Lily fest und redete leise auf sie ein. Sie blickte aus tränenverschleierten Augen an die Decke und wünschte, sie hätte auf Emma gehört und Kondome benutzt. Als Frau Wiese weitermachte, schrie Lily auf und begann, sich zu winden. Jo, der bisher nur ihre Hand gehalten und ihren Kopf gestützt hatte, packte sie erschrocken an den Schultern.

«Nicht zappeln, sonst reiß ich Ihnen da drin doch alles auf!», rief Frau Wiese wütend.

Lily wimmerte leise, sie spürte, wie Jo ihren Kopf mit dem Oberkörper abstützte und seine Hand sich über ihren Mund legte. «Du musst ruhig sein!», flüsterte er in ihr Haar, und sie nickte unter Tränen.

«Verdammt», zischte Frau Wiese plötzlich.

Lily hörte gerade noch, wie Jo mit alarmierter Stimme rief: «Was ist los? Soll da so viel Blut sein? Wo kommt das alles her?», dann hob sie den Kopf und blickte auf Frau Wieses Unterarme. Sie waren rot verschmiert, genau wie ihre Schürze. Sie hatte Blutspritzer im Gesicht und auf dem Hals. Plötzlich war der Schmerz zehnmal intensiver, er fraß sie auf, war so glühend heiß und schrecklich, dass sie alles um sich herum vergaß. Sie bäumte sich auf, schrie und wand sich in Jos Armen.

Dann wurde es schwarz um sie.

Als sie wieder erwachte, war da nur der Schmerz. Er war wie ein schreiend rotes Feuer in ihrem Unterleib. Sie hätte in diesem Moment alles dafür gegeben, dass er aufhörte. Hilflos ruderten ihre Hände durch die Luft, auf der Suche nach etwas, woran sie sich festhalten konnten, doch sie griffen ins Leere.

«Wo ist Jo?», keuchte Lily, als die Küche langsam wieder Konturen annahm. Noch immer lag sie auf dem Tisch, nackt und blutverschmiert von der Taille abwärts. Aber sie war allein. Wo waren sie hin? Panik überflutete sie. Als sie neben sich eine Bewegung wahrnahm, drehte sie mühsam den Kopf.

Frau Wiese rutschte neben ihr auf den Knien herum und wischte eilig den blutverschmierten Boden. «Ah, Sie sind wach, Gott sei Dank!», sagte sie. «Dachte schon, Sie sterben mir hier weg!»

Lily atmete flach, sie hielt sich mit aller Kraft davon ab, nicht zu schreien.

«Wo ist er?», presste sie zwischen den Zähnen hervor.

Frau Wiese begann, wieder zu wischen. «Holt eine Droschke», sagte sie ruppig. «Will Sie ins Krankenhaus bringen!»

«Aber das geht nicht!», rief Lily entsetzt und krallte ihre Nägel ins Holz, als eine neue Welle aus Schmerz sie überrollte.

«Hab ich ihm auch gesagt! Sie kommen auf jeden Fall ins Zuchthaus, habe ich gesagt, aber er wollte nicht hören. Besser ins Zuchthaus als in 'nen Sarg, hat er gesagt. Hat er ja vielleicht auch recht.»

«Ich kann nicht ins Krankenhaus!», keuchte Lily. Goldene Lichtflecken tanzten vor ihren Augen. Sie hörte das Feuer im Ofen lodern, ihre Sinne spielten verrückt, sie roch verbranntes Fleisch, ihr war gleichzeitig heiß und furchtbar kalt.

«Die Geräte habe ich schon versteckt, den Rest verbrenne ich jetzt, dann kann mir keiner was», murmelte Frau Wiese.

«Was haben Sie mit mir gemacht?», flüsterte Lily. Zwischen ihren Beinen klebte es. Wenn sie versuchte, sie zu bewegen, wurde der Schmerz unerträglich.

«Ich habe das gemacht, was Sie von mir wollten. Aber Sie haben so gezappelt, dass ich danebengestochen haben!», zischte die Alte, deren strähniger Kopf plötzlich neben ihrem Gesicht auftauchte, ihre pockennarbige Nase nur Zentimeter von der ihren entfernt. Ihre stechenden schwarzen Augen bohrten sich in Lilys. Sie zuckte zurück. Von nahem sah Frau Wiese noch mehr aus wie eine böse Hexe. Schnell drehte sie den Kopf weg. «Es tut so weh!», wimmerte sie.

Die Alte nickte grimmig. «Hätten stillhalten sollen, sag ich ja. Wenn Sie viel Glück haben, ist es nichts Lebensgefährliches, aber ich kann es nicht sehen. Zu viel Blut! Und er hat schon recht. Wenn Sie nicht schnell in ein Krankenhaus kommen, ist es so oder so aus.»

Lily spürte, wie ihr wieder die Sinne schwanden. Es war so schrecklich heiß, der Schweiß lief ihr von der Stirn, gleichzeitig klapperte sie jetzt mit den Zähnen. Die Schmerzen flossen in Wellen über sie her, sie ebbten ab, nur um dann jedes Mal mit noch mehr Gewalt zurückzukommen. «Sagen Sie ihm … ich darf nicht … Krankenhaus», flüsterte sie, während sich ihr Körper verkrampfte. «Er soll Emma holen …» Dann sank ihr Kopf mit einem dumpfen Geräusch auf das Holz zurück, und gnädige Umnachtung überkam sie.

Als sie im Krankenhaus das erste Mal die Augen aufschlug, blickte sie in verschwommene Gesichter, die sich mit ernster Miene über sie beugten. Sie glaubte, Dr. Selzer zu erkennen, hörte gehetzte Stimmen, lautes Klappern, aber bevor sich der Schleier hob und sie ins Bewusstsein zurückkehrte, wurde es wieder schwarz um sie.

Nach einer Zeit, die ihr wie Jahre vorkam, erwachte sie erneut, dieses Mal von Krämpfen geschüttelt. Sie ließen sie hilflos zurück in einem Meer aus Schmerz. Zwei Schwestern waren bei ihr, einmal kam ein Arzt, der, ohne nur das Wort an sie zu richten, zwischen ihre Beine schaute, einer Schwester mit mürrischem Gesicht etwas zuraunte und dann wieder ging.

Das nächste Mal schlug sie die Augen auf, und es war dunkel um sie her, nur eine kleine Öllampe brannte in der Zimmerecke. Erst glaubte sie sich allein, aber als sie blinzelnd den Kopf hob, sah sie ihre Mutter, die in einem Sessel schlief. Erschöpft schloss Lily wieder die Augen. Sie konnte sich gerade noch fragen, wo Jo wohl steckte, dann sank sie erneut in tiefe Ohnmacht.

6

Franz eilte die Stufen zum Krankenhaus hoch. Es war bereits Abend, er und seine Eltern hatten den ganzen Tag an Lilys Seite gewacht. Nach einem kurzen Besuch im Büro war er nun gekommen, um sie nach Hause zu holen. Als er die Tür zu ihrem Flügel aufstieß, sah er ihn.

Johannes Bolten.

Sein Herz setzte eine Sekunde aus.

Er hatte es nicht glauben können, als Henry ihm damals erzählte, dass Lily mit diesem Mann zusammen war. Natürlich hatte Franz sofort eins und eins zusammengezählt. Lily hatte ihren Mund nicht halten können, sie hatte diesem Mann vertraut, der für den windigsten, gewissenlosesten Menschen arbeitete, den Franz kannte. Oolkert hatte über Bolten von Michel erfahren. Es konnte nicht anders sein.

Mit großen Schritten lief er auf Bolten zu. «Wie können Sie es wagen, hier aufzutauchen?»

Bolten starrte ihn an, als würde er ihn gar nicht richtig wahrnehmen. «Ich muss sie sehen!», sagte er mit rauer Stimme und fasste ihn bittend am Arm, doch Franz riss sich los.

Ihm huschte der Gedanke durch den Kopf, dass Bolten anscheinend wirklich etwas für seine Schwester empfand. Er sah grauenvoll aus, seine Augen waren blutunterlaufen, die Wangen hohl. Boltens Hemd und auch seine Arme waren mit Blut verschmiert. Franz schüttelte den Kopf. «Es darf niemand zu ihr. Und besonders Sie nicht.»

«Wie geht es ihr?», fragte Bolten leise. In seinen Augen stand echte Verzweiflung.

Franz empfand eine Sekunde fast so etwas wie Mitleid bei seinem Anblick. Aber die Sekunde verflog, und zurück blieb nur die kalte Wut, die er seit Wochen in sich herumtrug. «Schlecht!», sagte er und sah genüsslich, wie Bolten zusammenzuckte. Er war versucht, sofort jemanden zu holen, der den Mann rauswarf. Aber etwas in ihm brachte ihn dazu zu sagen: «Wenn Sie wollen, dass dieses Kind jemals ein normales Leben führt, dann drehen Sie sich jetzt um und verschwinden dahin, wo Sie hergekommen sind.»

Bolten keuchte auf. «Das Kind ... lebt?», fragte er. Seine Augen weiteten sich schockiert. «Aber ich dachte ...»

Franz nickte. «Es lebt. Die Alte Hexe hat ihr Ziel verfehlt. Noch lebt auch Lily. Und deshalb müssen Sie gehen. Meine Schwester wird nicht zu Ihnen zurückkommen. Sie wird ihr Kind nicht im Dreck aufwachsen lassen. Das werden wir nicht zulassen.» Er lachte kalt. «Sie haben nicht ernsthaft geglaubt, dass es für Sie beide eine Zukunft gibt? Lily wird von diesem Krankenzimmer aus direkt auf ein Schiff nach England gebracht.» Franz machte eine Pause, wägte einen Moment ab. «Sie haben Oolkert von Michel erzählt, oder nicht?», sagte er dann leise. «Das waren Sie.»

Er konnte beinahe zusehen, wie Bolten vor seinen Augen in sich zusammenfiel.

Schuld, dachte er. So sieht Schuld aus.

Er wollte ihn am liebsten erwürgen, auf ihn eintreten, ihn spüren lassen, was er getan hatte. Dieser Mann hatte sein Leben ruiniert. Franz hatte es niemandem erzählt, aber er wurde nachts jetzt nicht mehr nur von der hexenhaften Gestalt seiner toten Großmutter heimgesucht, er träumte auch von Michel. Sein kleiner Bruder war so glücklich gewesen auf der Hinfahrt, hatte begeistert alles kommentiert, was er sah, und mit großen Augen aus dem Fenster gestarrt. Und dann der Ausdruck vollkommenen Entsetzens auf seinem Gesicht, als sie sich von ihm abwandten. Er hatte nicht verstanden, was passierte, aber er hatte verstanden, dass sie ihn zurückließen. Mit fremden Menschen an einem unbekannten Ort. Als er zu schreien begann, hatte sein Vater mit einem Ruck das Kutschenfester geschlossen. Sein Gesicht war grau gewesen, er hatte gezittert.

Franz war nicht immer mit ihm einer Meinung, er hätte es gerne gesehen, wenn sein Vater sich lieber heute als morgen aus dem Geschäft zurückzog und ihm das Feld überließ. Aber ihn so leiden zu sehen, konnte auch er schwer ertragen. Das Heim hatte beste Referenzen. Doch niemand von ihnen wusste, wie es Michel dort wirklich ging. Franz hatte keine anderen Kinder gesehen, keine Spielsachen. Nur hohe Mauern. Ihm war nur zu bewusst, dass er selbst noch vor ein paar Monaten dafür plädiert hatte, Michel dorthin zu bringen. Aber, Herrgott, wenn ich in dem Moment die Wahl gehabt hätte, ich hätte ihn wieder mitgenommen, dachte er.

Aber er hatte keine Wahl gehabt.

Und nun war Michel fort. Franz musste eine Frau heiraten, die er verabscheute. Sie hatten die Mehrheit an der Kalkutta-Linie verloren. Er war Oolkerts Marionette geworden. Sein Vater war ein gebrochener Mann, seine Mutter nur noch ein Schatten ihrer selbst.

«Ich wusste nicht, dass er …», begann Bolten jetzt, doch Franz hatte genug.

Er drehte sich um und ging davon. Kurz vor der Tür blieb er stehen. «Ich werde mit Sicherheitspersonal wiederkommen. Wenn Sie dann nicht verschwunden sind, lasse ich Sie einsperren. Dies ist ein Privatkrankenhaus. Man hätte Sie gar nicht erst hineinlassen dürfen.» Er warf einen letzten Blick über die Schulter zurück. «Sie werden meine Schwester niemals wiedersehen, Bolten. Dafür sorge ich höchstpersönlich. Niemals.»

Franz fuhr auf direktem Wege zu Henry. «Lass uns gleich zur Sache kommen», sagte er, als er den Salon der Stadtwohnung betrat. Henry sah erstaunt auf, als Franz an dem Hausmädchen vorbei ins Zimmer stürmte. «Wir wollen nicht gestört werden», blaffte er und schlug ihr die Tür vor der Nase zu.

Henry stand langsam vom Sofa auf. Vor ihm auf dem Tisch lagen Papiere verstreut, daneben ein volles Glas Whiskey. «Franz!» Verblüfft trat er auf ihn zu.

In knappen Worten berichtete Franz, was geschehen war. «Sie kämpft in diesen Minuten um ihr Leben», beendete er seinen Bericht.

Auf Henrys Gesicht spiegelten sich die Emotionen. Er sah nicht besorgt, sondern wütend aus. «Diese Hafenratte», presste er hervor.

Franz dachte, dass diese Hafenratte offensichtlich mehr für seine Schwester empfand als Henry, den ihr Zustand nicht groß zu interessieren schien.

«Und was willst du von mir?», fragte er auch sogleich. «Ich habe mit Lily nichts mehr zu tun.»

Franz nickte. «Ich mache es kurz, Henry. Ich weiß, wie es um deine Finanzen steht. Ich weiß es schon lange. Du glaubst doch nicht, dass ich jemanden in unsere Familie einheiraten lasse, den ich nicht eingehend überprüft habe.»

Henry wurde blass. Er ließ sich langsam auf das Sofa nieder und griff nach seinem Glas.

«Ich weiß auch von deinem Hobby. Und von deiner … kleinen Bekanntschaft.»

Henry nahm das Glas und leerte es in einem Zug. «Warum habt ihr dann der Verlobung zugestimmt?», fragte er nach einer Weile. Er klang abweisend, berechnend, aber Franz sah die Unsicherheit in seinem Blick.

«Das sollte dir doch wohl klar sein. Du brauchst unser Geld, wir brauchen die Beziehungen deiner Familie. Und nun braucht meine Schwester einen Mann.» Er setzte sich Henry gegenüber in einen Sessel. «Ich sage dir, wie es ablaufen wird. Wenn Lily überlebt, wirst du mit ihr auf ein Schiff nach England gehen. Du wirst sie heiraten und das Kind als deines ausgeben. Wir sorgen dafür, dass es euch in Liverpool an nichts fehlen wird. In ein paar Jahren könnt ihr zurückkommen und in euer Haus einziehen.»

Henry hob den Kopf. «Unser Haus?», fragte er.

Franz nickte. «Mein Vater wird es euch kaufen. Betrachte es als ein Hochzeitsgeschenk.» Er lachte bitter.

Henry stand auf und tigerte im Zimmer auf und ab, raufte sich die Haare. «Aber ich kann doch nicht einfach …», rief er, doch Franz unterbrach ihn.

«Es ist ein Geschäft, von dem alle profitieren. Lily ist aus dem Weg geräumt und der Bastard ebenfalls. Unsere Familie wird ihr Gesicht wahren, Oolkert wird zufrieden sein, dass alle Skandale beseitigt sind. Du hast dein Ansehen zurück und unsere … Finanzhilfe.» Franz lächelte dünn. «Sie muss fort aus Hamburg.» Einen Moment lehnte er sich zurück und rieb sich mit der Hand über die pochenden Schläfen. «Warum musste die Alte auch danebenstechen, es wäre so viel einfacher gewesen ohne Kind», murmelte er.

Henry blieb stehen und sah ihn das erste Mal richtig an. «Wie geht es ihr?», fragte er leise.

«Schlecht», erwiderte Franz wahrheitsgemäß. «Die Frau hat

die Plazenta verletzt, und Lily hat eine Entzündung bekommen. Wir wissen nicht, wie es enden wird.»

Henry runzelte die Stirn. «Und deine Eltern sind einverstanden?», fragte er.

Franz stand auf. «Meine Eltern sind nicht mehr fähig, in diesem Fall rationale Entscheidungen zu treffen. Das Ganze hat sie zu viel Kraft gekostet. Ich übernehme jetzt. Glaube mir, ich werde ihnen schon verständlich machen, dass es die einzige Lösung ist.» Er trat auf Henry zu. «Also?», fragte er kühl und streckte die Hand aus. «Kommen wir ins Geschäft?»

Henrys Gedanken jagten einander. Innerhalb weniger Sekunden rauschten verschiedene Bilder an seinem inneren Auge vorbei. Sein leeres Bankkonto, die Schulden, die sich in letzter Zeit beängstigend schnell angehäuft hatten, Elenor, die immer drängender wurde, seine Eltern, vor denen er nicht mehr lange verheimlichen konnte, dass er Hilfe brauchte. Seine Spielsucht, die mehr und mehr außer Kontrolle geriet, je größer der Druck wurde, der auf ihm lastete. Sein Studium, das immer noch nicht beendet war, weil er zu viel trank, zu viel spielte. Und Lily.

Lily …

Er hatte sie immer sehr gemocht, sogar begehrt, hatte sie und keine andere zur Frau gewollt. Liebe? Nein, Liebe war es wohl nie gewesen. Mehr ein Besitzanspruch. Er wollte, dass sie seine Frau wurde, dass alle wussten, dass sie ihm gehörte. Er hatte immer gedacht, dass er sie schon lieben würde, wenn sie erst verheiratet wären. Funktionierte das nicht so? Er holte tief Luft, dachte an ihre zarte Haut, ihre Stimme, die er immer gemocht hatte, ihr neckisches Lachen. Eine Zeitlang waren sie doch sehr glücklich gewesen. Natürlich, sie hatte ihn auf die schändlichste

Weise hintergangen, die man sich vorstellen konnte. Aber wenn man ehrlich war – unschuldig war auch er nicht. Kein Grund, nicht zumindest abzuwägen …

Er wusste, dass er ohnehin keine Wahl hatte. Einen Moment lang betrachtete er Franz' ausgestreckte Hand, dann griff er zögerlich zu und schüttelte sie. «Gut», sagte er. «Unter einer Bedingung. Sobald das Kind geboren ist, verschwindet es. Ich werde nicht für den Bastard eines anderen Mannes den Vater spielen.»

Franz nickte. «Das lässt sich regeln», sagte er. «Morgen buche ich die Kabine.»

Mistkerl, dachte Franz, als er in die Droschke kletterte. Er hatte Henry nie leiden können, er war ein eingebildeter Snob, der mit seinen blonden Haaren in der Stadt umherrauschte und sich wichtigmachte. Was hatte er schon zu bieten außer Schulden und einem nicht abgeschlossenen Studium? Aber Franz brauchte ihn nun mal.

«Nach Harvestehude!», wies er Toni an. Der nickte und schnalzte mit der Zunge. Franz hatte noch einen Stopp vor sich, bevor er mit seinen Eltern reden konnte. Erst musste alles geklärt sein. Er musste sichergehen, dass sie den Plan ohne Zwischenfall würden durchziehen können.

Und dafür musste Bolten aus dem Weg geräumt werden.

Oolkert sagte lange Zeit nichts. Dann seufzte er. «Bolten ist sehr wichtig für mich.»

Franz nickte. «Ich weiß. Aber meine Schwester muss die Stadt verlassen. Und er darf uns nicht in die Quere kommen. Das verstehst du sicher.»

Oolkert stand auf und ging langsam im Raum umher. Er trug

einen lächerlichen getigerten Morgenrock, war gerade dabei gewesen, sich für die Nacht zurückzuziehen, als Franz vor dem Palais angekommen war. Franz lehnte sich zurück und betrachtete einen Moment die Umgebung. Sogar hier im Büro strahlten Protz und Prunk aus jedem einzelnen Gegenstand. Es war beeindruckend und gleichzeitig seltsam abstoßend.

«Du hast recht, euch ist nicht damit gedient, wenn er sich einmischt. Und Jo hat mich in letzter Zeit ohnehin zweifeln lassen. Es kam wiederholt zu Zwischenfällen ...» Er brach ab, überlegte einen Moment. «Wann geht das Schiff?», fragte er dann.

«In ein paar Wochen.»

Er nickte. «Gut. Überlass das mir. Ich kümmere mich um Bolten. Ich habe einen Mann für solche Angelegenheiten ...»

Wieder zurück in der Villa verließ Franz beinahe der Mut. Den ganzen Abend lang war er sich seiner Sache so sicher gewesen. Was, wenn seine Eltern nicht mitspielten?

«Ich muss mit euch reden!», verkündete er, als er an ihre Tür klopfte.

Seine Mutter war bereits dabei, ins Bett zu gehen, sein Vater saß im Sessel und starrte in die Nacht hinaus. «Warum?», fragte er müde. «Kann das nicht bis morgen warten?»

Franz schüttelte den Kopf. «Es ist wichtig.» Er ging hinunter und wartete im Salon.

Als Sylta und Alfred Karsten schließlich erschienen, dachte er zum ersten Mal in seinem Leben, dass sie alt aussahen. Alt und gebeugt. Sein Vater war immer ein stattlicher Mann gewesen, der mit seinem Eintritt einen Raum zum Verstummen bringen konnte, seine Mutter eine schöne und lebhafte Frau. Schön war sie noch immer, aber ihren Bewegungen fehlte die innere Kraft, ihren Augen die Freude. Sie wirkte wie eine Puppe.

Als sie sich gesetzt hatten und ihn erwartungsvoll ansahen, unterbreitete er seinen Plan. Nachdem er geendet hatte, war es einen Moment lang ganz still im Zimmer. Irgendwo im Haus hörte er Hertha, die eines der Mädchen ausschimpfte. Im Kamin gab ein Scheit den Flammen nach und brach knackend in sich zusammen.

«Sie muss auf dieses Schiff gehen», wiederholte er eindringlich. «Es ist das Beste für sie.»

Seine Mutter schlug plötzlich die Hände vors Gesicht. «Ich kann sie nicht schon wieder im Stich lassen!», rief sie und schluchzte leise.

Alfred legte ihr die Hand aufs Knie. «Du lässt sie nicht im Stich», sagte er. «Es ist die einzige Lösung, irgendwann wieder ein normales Leben zu führen … an dem du teilnehmen kannst», sagte er, und Franz' Herz machte einen Hüpfer. Wenn er seinen Vater auf seiner Seite hatte, konnte nichts mehr schiefgehen.

«Du denkst also auch, dass es eine gute Lösung ist?», fragte er.

Alfred nickte. Er seufzte tief und rieb sich müde das Gesicht. Seine Augen lagen tief in den Höhlen, er sah aus, als hätte er seit Wochen nicht geschlafen. «Es ist eine Chance für uns alle», sagte er. «Es tut mir weh, meine Tochter wegzuschicken, aber sie hat sich durch ihr Verhalten diese Konsequenz selbst zuzuschreiben. Und so können wir sie in ein paar Jahren wieder bei uns haben, für ihr Kind ist auch gesorgt, wir können sie sogar besuchen.»

Franz erwiderte nichts, nickte nur. Er musste ja nicht jetzt erzählen, dass Henry das Kind nicht annehmen wollte. Das würde die Sache nur unnötig verkomplizieren.

Sylta, die bisher leise geweint hatte, gab ein ersticktes Geräusch von sich. «Meint ihr wirklich?», fragte sie mit großen Augen.

Franz sah an ihren Augen, dass sie Medikamente genommen hatte. Er rückte näher und nahm sie kurz in den Arm. «Mutter, ich weiß, wie schwer dir das fällt. Aber wenn du Lily liebst, musst du sie jetzt gehenlassen. Nur so kannst du sie beschützen. Hier wird sie geächtet werden, wir müssen immer fürchten, dass dieser Mann sein Recht an dem Kind verlangt. Was, wenn sie wieder zurückgeht in die Gängeviertel. Willst du zusehen, wie dein Enkelkind in Armut aufwächst? Jetzt lässt du sie ziehen, aber in ein paar Jahren hast du sie wieder bei dir.»

Sylta schüttelte den Kopf. «Sie wird nicht gehen wollen», sagte sie leise.

Franz nickte. «Ich habe einen Plan.» Er richtete sich auf. «Aber es ist wichtig, dass wir alle an einem Strang ziehen.»

Jo stolperte durch die Straßen, ohne seine Umgebung wahrzunehmen. Nach seinem Zusammenstoß mit Franz hatte er das Krankenhaus fluchtartig verlassen. Er traute es ihm zu, ihn wirklich verhaften zu lassen, und dann gab es erst recht keine Chance, Lily zu sehen. Alles tat ihm weh. Er brauchte eine Weile, bis er verstand, dass der Schmerz von seinem Herzen in den Körper strahlte. Er fühlte sich vergiftet von Trauer und Angst. Lily hatte versucht, ihr Kind zu töten. Sie hatte ihm nichts von der Schwangerschaft erzählt. Beinahe wäre sie gestorben. Himmel, vielleicht lag sie gerade im Sterben, in diesen Sekunden, und er war nicht bei ihr, durfte sie nicht sehen.

Und so würde es immer sein.

Er stolperte über einen Stein, hielt sich kurz an einer Hauswand fest. So würde es immer sein, ihre Familie würde immer zwischen ihnen stehen. Sie hatten Geld, Ansehen, Macht. Sie machten die Regeln. Wenn Lily es nicht schaffte, sich von ihnen zu lösen, gab es keine Zukunft für sie beide. Was würde mit seinem Kind geschehen? Würde er ertragen müssen, dass es von jemand anderem aufgezogen wurde, er es nicht sehen durfte? Bei dem Gedanken spürte er Galle in seiner Kehle aufsteigen. Das würde er nicht überleben.

Er taumelte an Kneipen und Lokalen vorbei, wich grölenden Betrunkenen aus. Als er den *Verbrecherkeller* erreichte, schaffte er es gerade noch die Stufen hinunter. Mit tauben Händen zog er sich auf einen Hocker an der Bar. Er musste den Schmerz betäuben, der in ihm wühlte, konnte nicht denken, solange alles in ihm durcheinanderwirbelte. Er hob die Hand und bestellte Schnaps.

Mit gerunzelter Stirn stellte Pattie ihm die Flasche hin. «Du siehst aus, als könntest du heute mehr als einen vertragen, Jo», sagte sie.

Er nickte nur. Dann trank er. Schnell und mechanisch, ein Glas nach dem anderen. Was soll ich tun?, dachte er bei jedem Schluck. Was zur Hölle soll ich tun?

Als er gegen Morgen auf die Straße taumelte, wusste er einen Moment lang nicht mehr, wie er hieß und wo er war. Ihm war schlecht, alles drehte sich. Er stolperte ein paar Schritte weit und erbrach sich keuchend in den Rinnstein. Es fühlte sich an, als würde er seine Gedärme gleich mit auskotzen.

«Ho, Junge, ganz ruhig!»

Er fühlte plötzlich eine schwere Hand auf der Schulter. Ein großes schwarzes Gesicht schob sich in sein Blickfeld. «Augustus», murmelte er, richtete sich auf und wischte sich den Mund. Sein Freund lächelte. Dann fiel Jo nach vorne und prallte gegen seine Brust.

Augustus fing ihn auf und hielt ihn fest. «Wir gehen besser in eine ruhige Ecke», sagte er.

Jo spürte, wie Augustus ihn an der Schulter fasste und aufrecht hielt. Er wusste immer noch nicht genau, warum er hier war und warum es ihm so schlecht ging, aber er wusste, dass er Augustus vertrauen konnte. Willenlos ließ er sich mitziehen.

«Ich bringe dich zu mir!», versprach sein Freund und lenkte ihn in eine dunkle Gasse. Augustus wohnte auf der Straße, in einem Container hinter einer Hafenkneipe, daran konnte Jo sich gerade noch erinnern.

«Ich … muss nach Hause», murmelte er, aber Augustus schüttelte den Kopf.

«Ist näher zu mir. Du musst essen und dann schlafen!», versicherte er.

Jo, dem schon wieder der Kopf auf die Brust sank, protestierte nicht weiter. Es war ihm egal. Alles war ihm egal. Ganz hinten in seinem Kopf sah er Lilys Gesicht vor sich, und der Schmerz war genauso scharf und kalt wie vor dem Alkohol.

Sie kamen in der Gasse nur ein paar Schritte weit, da blieb Augustus plötzlich stehen. Seine Hände lösten sich von ihm, und Jo fühlte die kühle Nachtluft an Nacken und Arm, wo sein Freund ihn eben noch gehalten hatte. Jo blinzelte, dann hörte er ein seltsames Geräusch. «Was ist?», fragte er und drehte sich um. Dann keuchte er erstaunt auf.

Augustus lag auf dem Boden. Er war blutüberströmt, an seinem Hals klaffte eine offene Wunde. Über ihm stand ein Mann. Jo brauchte einen Moment, bis er ihn erkannte.

«Roy», sagte er leise. Er verstand gar nichts mehr. «Warum …?»

Doch er konnte nicht weitersprechen. Roy trat auf ihn zu. Jo sah ein Messer aufblitzen, fühlte einen scharfen Schmerz im Magen. Dann brach er zusammen.

7

Lily war so geschwächt von der Infektion, hatte so hohes Fieber, dass die Ärzte bis zuletzt nicht sicher waren, ob sie es schaffen würde. Doch sie entdeckte einen eisernen Lebenswillen in sich, von dem sie nicht gewusst hatte, dass sie ihn besaß. Plötzlich war ihr nichts wichtiger, als dass das Kind, das sie hatte loswerden wollen, nicht starb.

«Muss ich jetzt ins Gefängnis?», flüsterte sie, als sie ihren Vater das erste Mal nach dem Besuch bei Frau Wiese sah.

Er saß mit grauem Gesicht neben ihrem Bett und stand schnell auf, als er merkte, dass sie wach war. «Nein, das wirst du nicht. Dafür hat Onkel Robert gesorgt», erwiderte er steif.

Lily sah ihn an. Er wirkte so distanziert, so kalt. Ich habe das für dich getan, wollte sie sagen. Doch sein versteinerter Ausdruck hielt sie davon ab.

Als Emma von der Sache erfuhr, machte sie sich schreckliche Vorwürfe. «Warum hast du nicht mich gefragt?», schluchzte sie unter Tränen, doch Lily winkte ab.

«Ich hätte dich niemals darum gebeten!», sagte sie, und das entsprach der Wahrheit.

Onkel Robert kümmerte sich darum, dass von den Ärzten und Schwestern kein falsches Wort nach außen drang. Lily wusste, dass ihr schlechtes Gewissen sie eigentlich quälen sollte, dass sie in die Hölle kommen würde für das, was sie getan hatte. Doch sie fühlte nichts, keine Reue, keine Scham. In ihr herrschte wieder jene seltsame, altbekannte Leere, die sie mehr erschreckte als alles andere. Denn sie hatte Jo nicht gesehen, seit er sie ins Krankenhaus gebracht hatte.

«Wo ist er? Warum kommt er nicht?», fragte sie jeden, der an ihr Bett trat. Aber sie erhielt nur Schweigen und Kopfschütteln als Antwort. Sie sagte sich, dass man ihn nicht zu ihr ließ, dass er sicherlich versuchte, sie zu sehen. Aber etwas in ihr fragte sich auch, ob er ihr nicht verzeihen konnte, dass sie versucht hatte, ihr gemeinsames Kind zu töten. Vielleicht will er nichts mehr mit mir zu tun haben, dachte sie verzweifelt.

Lily hätte es ihm nicht verübelt.

«Sie lassen ihn nicht zu dir», flüsterte Emma eines Tages. Sylta, die von morgens bis abends an Lilys Seite wachte, war im Sessel in der Zimmerecke eingeschlafen. Emma warf einen Blick über die Schulter und rückte dann näher an Lily heran. «Er darf dich nicht sehen, wenn er sich dem Krankenhaus auch nur nähert, wird er verhaftet. Eine Schwester hat es mir gesagt, sie haben strenge Anweisungen.»

Lily schluckte. «Weißt du, wo er ist?», flüsterte sie. «Hat er denn versucht zu kommen?»

Emma schüttelte den Kopf. «Nein», sagte sie bekümmert. «Ich habe versucht, ihn zu finden, aber er ist wie vom Erdboden verschluckt.»

«Und das Kind …? Weiß er, dass es noch lebt?», fragte sie, aber wieder schüttelte Emma den Kopf.

«Ich habe keine Ahnung, Lily.»

«Such ihn!», flüsterte Lily. «Bitte, Emma, such ihn. Ich muss wissen, ob er mir verzeihen kann!»

Als Lily das erste Mal die Füße auf den Boden setzte, war sie so schwach, dass sie sich kaum auf den Beinen halten konnte, ihre Kleidung schlotterte an ihr. Im Spiegel erkannte sie sich nicht wieder, ihre Wangen waren hohl, die Lippen blutleer und aufgesprungen, ihre Augen lagen tief in den Höhlen. Aber sie bestand darauf, dass man sie ankleidete. Sie aß alles, was man ihr vorsetzte. Tag für Tag zog sie ihre Runden über den Krankenhausflur, meistens am Arm ihrer Mutter, die sie hielt, wenn sie hinzufallen drohte.

Langsam bekamen ihre Wangen wieder Farbe. Ihr Bauch hatte jetzt bereits eine kleine Rundung angenommen, und sie streichelte oft gedankenverloren darüber, wenn sie am Fenster stand, nach draußen starrte, wo die Welt in voller Blüte stand, und sie sich fragte, was nun mit ihr geschehen sollte.

Eines Tages erfuhr sie es. Ihr Vater kam zu ihr ins Zimmer und eröffnete ihr ohne Umschweife, dass sie nach England gehen würde.

«Niemals», erwiderte Lily kalt.

Alfred seufzte müde. «Ich weiß, dass das jetzt ein Schock für dich ist. Aber du musst dir gedacht haben, dass du nicht einfach schwanger in der Stadt umherspazieren kannst. Es ist bereits alles entschieden und geregelt. Henry wird dich begleiten. Er ist bereit, dich zu heiraten und dein Kind als das seine anzunehmen.»

«Was?» Lily keuchte auf. «Aber das ist Irrsinn!»

Ihr Vater betrachtete sie einen Moment. «Ist es das?», fragte er schließlich. «Ich denke, es ist die einzige Möglichkeit, wie wir deinem Kind und dir ein normales Leben ermöglichen können», sagte er dann, und etwas an seinem Ton brachte Lily dazu, nicht sofort wieder aufzubrausen, sondern ihm zuzuhören.

Plötzlich ergriff er ihre Hand. Erstaunt sah Lily zu ihm auf. Die letzten Wochen über hatte er sie ausschließlich mit kühler Distanz behandelt. «Es ist nicht für immer, Lily. In ein paar Jahren könnt ihr zurückkommen», erklärte er beinahe flehentlich.

«Denk an das Kind. Denk an deine Mutter, an unsere Familie. Wir haben schon Michel verloren, wir wollen dich nicht auch noch verlieren. So können wir uns besuchen, und bald bist du wieder bei uns. Dein Kind kann ein normales, behütetes Leben führen, es wird ihm an nichts fehlen.»

Lily war bei seinen Worten zusammengezuckt. Es war ihre Schuld, dass Michel fort war. «Aber, Papa», sagte sie leise. «Ich liebe Henry nicht. Ich liebe einen anderen Mann.»

Ihr Vater nickte. Einen Moment krampfte sich seine Hand um die ihre, bevor er sie losließ. «Ich weiß», sagte er nur. «Aber darf ich dir eine Frage stellen: Wo ist dieser Mann jetzt?»

Lily schluckte. «Ich weiß es nicht», gestand sie leise. «Ich habe ihn nicht gesehen, seit ich hier eingeliefert wurde.»

Ihr Vater sah sie einfach nur an.

«Aber er wird kommen, es gibt eine Erklärung!», rief Lily, als sie seinen Blick nicht mehr aushielt. «Ganz sicher. Er liebt mich.»

«Und warum hast du dann versucht, sein Kind zu töten?», fragte ihr Vater, und es war wie ein Schlag ins Gesicht.

«Ich ...», stotterte sie nur, aber sie konnte nicht weitersprechen. Hilflos hob sie die Hände.

Alfred drehte sich um. «Die Kabine ist bereits gebucht, Lily. Es gibt keine andere Möglichkeit», sagte er im Hinausgehen.

«Ich werde nicht fahren!», rief sie ihm hinterher. «Ich kann nicht!»

Er blieb einen Moment stehen. «Meinst du nicht, dass du es uns schuldig bist?», fragte er dann. «Meinst du nicht, dass du es deiner Mutter schuldig bist, die deinetwegen überfallen wurde? Deinem Bruder, der deinetwegen verstoßen wurde?» Als Lily erschrocken aufkeuchte, nickte er. «Wir wissen Bescheid», sagte er nur und verließ das Zimmer.

Lily blieb auf ihrem Bett sitzen und starrte die Wand an. Sie spürte, wie plötzlich eine eisige Kälte nach ihr griff.

Am nächsten Tag, als ihre Mutter gerade mit Emma zum Mittagessen gegangen war und Lily alleine in ihrem Zimmer saß, ging plötzlich die Tür auf, und ein Mann kam herein, den sie noch nie zuvor gesehen hatte. Sie brauchte einen Moment, bis sie Charlie erkannte. Er war vollkommen verändert, trug ein Hemd und eine Fliege, hatte die Haare zurückgekämmt und sogar die vielen goldenen Ohrringe herausgenommen.

Als er ihren Blick sah, lächelte er und breitete die Arme aus. «Willst du denn deinen Cousin nicht begrüßen?», rief er mit dröhnender Stimme, und Lily flog auf ihn zu und klammerte sich an ihm fest.

«Ich wäre schon früher gekommen», murmelte er in ihre Haare. «Die Ärztin war bei Jos Mutter und hat nach ihm gefragt, so habe ich erst davon erfahren», gestand er. Er hielt sie fest und betrachtete sie. Sein Blick glitt zu ihrem Bauch hinab. «Lily, wo ist Jo?», fragte er und zerschmetterte mit den Worten ihre Hoffnung.

Sie brach auf der Stelle zusammen. «Du weißt es auch nicht?», rief sie. «Ich habe ihn nicht gesehen, seit er mich hierhergebracht hat!» Sie begann zu weinen. «Ich glaube, er hasst mich!»

Charlie schüttelte den Kopf. «Wenn ich eines mit Sicherheit weiß, dann, dass Jo dich liebt. Er würde alles für dich tun.»

«Ja, aber das war, bevor ...» Sie brach ab.

Charlie nickte. «Trotzdem. Er braucht bestimmt einfach ein wenig Zeit. Und sicher darf er hier nicht einfach reinspazieren. Dafür wird deine Familie gesorgt haben. War schon für mich schwer genug.»

«Wie hast du es geschafft?», fragte sie.

Er lächelte verschmitzt. «Habe eine der Schwestern bezirzt. Meinem irischen Charme kann eben keine Frau widerstehen.»

Lily musste zugeben, dass er in der neuen Aufmachung tatsächlich attraktiv aussah. «Gut, dass sie unter dem Hemd deine Tätowierungen nicht sehen kann», sagte sie lächelnd.

«Stimmt. Hör mal, ich bin zwar unwiderstehlich, aber ich habe nur ein paar Minuten. Sie meinte, dass deine Mutter bald wiederkommen wird und mich niemand hier sehen darf.»

«Ja!», sagte Lily hastig. Sie lief zu ihrem Nachttisch und kritzelte hastig etwas auf ein Blatt Papier. «Charlie, du musst Jo finden. Meine Eltern wollen mich nach England bringen. Ich soll Henry heiraten. In einer Woche geht das Schiff, sie haben bereits alles arrangiert.»

Charlie gab einen erschrockenen Laut von sich. «Du wirst doch nicht gehen!», rief er.

Lily setzte einen Moment den Stift ab. «Ich … nein!», sagte sie. «Aber, Charlie, was, wenn er nichts mehr mit mir zu tun haben will? Mit einem Kind kann ich nicht arbeiten. Ich brauche meine Familie, wenn Jo mich nicht mehr will.»

Charlies Gesicht fiel in sich zusammen. «Lily, gib ihn nicht auf, du darfst nicht nach England gehen, ohne vorher mit ihm gesprochen zu haben», flehte er.

«Das will ich ja! Aber er ist nicht da!», rief sie. «Hier, Charlie. Du musst ihm das hier geben. Du musst ihn finden, er muss Bescheid wissen. Ich weiß nicht, was ich sonst tun soll!», sagte sie und reichte ihm den Zettel. «Manchmal denke ich … Vielleicht sollte ich gehen. Vielleicht bin ich das allen hier schuldig. Vielleicht ist es die einzige Chance für das Kind.»

Charlie nickte mit bleichem Gesicht und steckte den Zettel in seine Hemdtasche. «Ich finde ihn», sagte er. «Das verspreche ich. Ich finde Jo! Geh nicht nach England, Lily.»

Als Erstes hörte er das Wasser. Irgendwo in seiner Nähe tropfte es leise.

Jo blinzelte. Er hatte keine Ahnung, wo er sich befand. Plötzlich spürte er etwas Weiches an seiner Wade, dann winzige kalte Füßchen, die über sein Bein liefen.

Ratten!

Er sprang panisch auf, ließ sich jedoch gleich darauf stöhnend wieder zurücksinken. Alles tat weh, seine Glieder, sein Magen. Besonders aber sein Kopf. Vor seinen Augen flimmerte es, er hatte einen metallischen Geschmack auf der Zunge. Blinzelnd sah er sich um. Es war so dunkel, dass er kaum etwas erkennen konnte. Trotzdem wusste er sofort, wo er sich befand.

Er war in einer Zelle.

Einer Gefängniszelle.

Neben ihm stand ein Eimer mit Brot, daneben ein Krug mit Wasser. Die andere Pritsche an der Wand gegenüber war leer. Irgendwo im Dunkeln neben seinem Fuß quiekte es, und nun stand er doch auf. Sein Kopf explodierte. Plötzlich fiel ihm alles wieder ein, Roy, Augustus. Das Messer. Er sah an sich hinunter und zog das Hemd nach oben. Irgendjemand hatte seine Wunde versorgt. Ein Verband spannte sich über die Einstichstelle. Als er vorsichtig darauf drückte, sank er vor Schmerzen in die Knie. Er keuchte und zwang sich, langsam zu atmen, bis die Blitze in seinem Kopf nachließen. Mühsam schleppte er sich ans Gitter.

«He!», rief er. «He, ich will mit jemandem reden! Warum bin ich hier?»

Er blickte einen leeren Gang hinab. Rechts und links waren noch andere vergitterte Zellen. Aus einigen regte sich jetzt leiser Protest. Es war offensichtlich mitten in der Nacht. Er rief noch eine Weile weiter, aber er war so schwach, dass er sich am Gitter festhalten musste, um aufrecht zu stehen.

Keuchend schleppte er sich zur Pritsche zurück. Er verstand die Welt nicht mehr. Was hatte das Ganze zu bedeuten? Er konnte nur hoffen, dass Oolkert rasch erfuhr, dass er hier war, und ihn rausholte.

L ily legte die Gabel hin und zwang sich, den letzten Bissen des Frühstücks zu schlucken. Wie immer hatte sie alles aufgegessen. Die Ärzte sagten, dass es das Beste für das Kind sei. Aber wie immer hatte sie nichts geschmeckt, sich zum Kauen zwingen müssen.

Charlie war nicht zurückgekommen. Mit jedem Tag wuchs in ihr die Gewissheit, dass Jo die Stadt verlassen hatte. Er wollte sie nicht wiedersehen. Ihr war, als befände sich ein kalter Stachel in ihrer Brust, da, wo vorher ihr Herz gewesen war. Sie wurde immer nervöser, rastloser. Lief in ihrem Zimmer am Fenster auf und ab, wusste nicht, was sie tun sollte. Sollte sie mit Henry nach England gehen? Nein, das konnte sie nicht. Nicht, ohne mit Sicherheit zu wissen, dass Jo sie wirklich im Stich gelassen hatte. Sie hatte sich sogar dazu durchgerungen, ihren Bruder nach ihm zu fragen. Franz, der sie in den Wochen ihrer Krankheit nicht ein Mal besucht hatte, war auf ihre Bitte hin ins Krankenhaus gekommen.

«Sag mir, dass du nicht weißt, wo er ist.» Lily hatte ihm fest in die Augen gesehen und sich an der Stuhllehne festgehalten, damit er nicht merkte, wie sehr sie zitterte. «Sag mir, dass du nichts damit zu tun hast, dass er verschwunden ist.»

Franz hielt ihrem Blick stand. Nach ein paar Sekunden schüttelte er den Kopf. «Deshalb hast du mich hergeholt? Ich habe keine Ahnung, wo er ist, Lily. Das hast du dir schon selbst zuzuschreiben. Sicher will er einfach nichts mehr mit dir zu tun haben!», hatte er geantwortet, und als sie nichts erwiderte, sondern ihn nur anstarrte, verließ er wortlos das Zimmer.

Das Tablett mit dem leeren Frühstücksgeschirr war gerade abgeräumt worden, da ging die Tür auf, und ihre Eltern kamen herein. Hinter ihnen Franz. Lily blinzelte erstaunt. Sie sah auf den ersten Blick, dass ihre Mutter kurz davor war, das Bewusstsein zu verlieren, sie krallte sich an den Arm ihres Mannes, als könne sie nicht alleine laufen. «Mama, was ist denn mit dir?», rief sie, aber Sylta schüttelte nur den Kopf, als Zeichen, dass sie nicht sprechen konnte, und presste die Lippen zusammen.

«Setz dich bitte, Lily», sagte ihr Vater. «Wir müssen mit dir reden.»

Erstaunt ließ sie sich aufs Bett sinken.

Franz blieb an der Tür stehen und verschränkte die Arme. Er sah sie nicht an. Auch er wirkte bleich und erschüttert.

Ihre Eltern zogen sich Stühle heran, Sylta setzte sich mit blassem Gesicht. Lily konnte eine Ader an ihrer Schläfe pulsieren sehen. Vor ihren Augen lag ein Schleier. «Lily, wir haben sehr traurige Neuigkeiten», sagte ihr Vater. Auch er sah ihr nicht in die Augen. Er hielt etwas in der Hand, das er ihr jetzt hinschob. Es war ein Brief. Lily nahm ihn und las, aber sie verstand nicht.

«Was soll das bedeuten?», fragte Lily, als ihre Augen immer wieder über die Zeilen glitten, ohne dass sie den Sinn der Worte in sich aufnehmen konnte. Doch etwas in ihr wusste es bereits. Sie fühlte, wie eine eiserne Hand nach ihrem Herzen griff. «Das kann nicht sein!», flüsterte sie. Ein Zittern stieg in ihr auf. «Aber es ging ihm doch gut! Er war gesund.»

Franz und ihre Mutter tauschten einen Blick. «Er … ist bereits vor einer Woche gestorben. Eine Lungenentzündung. Es ging schnell, sagen die Ärzte.» Die Stimme ihres Vaters war nur ein Hauch.

«Aber …» Lily war aufgesprungen. «Aber ich verstehe das nicht!», rief sie.

Ihre Mutter hatte wieder die Augen geschlossen, stumme Tränen liefen ihr über das Gesicht.

«Es ist wahr, Lily», sagte Franz leise. «Er ist nicht mehr da.»

Als Lily ihre Mutter ansah, nickte Sylta stumm.

Es stimmte.

Michel war tot.

Als sich die Tür von Lilys Krankenzimmer hinter ihnen schloss, sank Sylta kraftlos gegen die Wand. Alfred und Franz stürzten sofort herbei, um sie zu stützen, aber sie hob abwehrend die Hände. Jetzt brachen das Schluchzen und die Tränen, die sie die ganze Zeit mit letzter Kraft zurückgehalten hatte, aus ihr heraus. Sie zitterte am ganzen Leib. «Das war nicht richtig!», flüsterte sie und presste ihr Tuch gegen den Mund. «Das war nicht richtig! Was haben wir nur getan.»

Alfred packte sie sanft am Arm und zog sie hoch. «Liebling, du musst jetzt stark sein.» Liebevoll wischte er ihr die Tränen von den Wangen. «Du weißt, wir haben es für sie getan. Es ist zu ihrem Besten!»

Franz blickte besorgt zur Tür zurück. «Ja, Mutter. Wir haben das doch besprochen. Du weißt, es gibt keinen anderen Weg, sie würde sonst niemals freiwillig auf das Schiff gehen. Wir mussten Lily belügen.»

8

Ich finde ihn nicht, Lily!», Charlie trat an ihr Bett. Er knetete seine Mütze in den Händen. «Er ist wie vom Erdboden verschluckt, niemand hat etwas gehört oder gesehen, seine Sachen sind alle noch in der Wohnung. Ich verstehe es nicht.»

Lily lag auf der Decke und starrte die Wand an. Seit sie von Michels Tod erfahren hatte, war sie nicht mehr aufgestanden. Langsam hob sie den Kopf. Als sie begriff, was er ihr gesagt hatte, nickte sie. «Ich habe es schon gewusst. Er ist fort. Mach dir keine Mühe mehr», sagte sie mit rauer Stimme, die nicht nach der ihren klang.

Charlie kniete sich neben sie und nahm ihre Hand. «Sag das nicht, Lily. Ich bin sicher, es gibt eine Erklärung.»

Sie zog sanft die Hand weg. «Ich gehe auf das Schiff, Charlie», sagte sie leise, und sie hörte, wie er neben ihr den Atem anhielt. «Es gibt jetzt nichts mehr, was mich hier noch hält.»

Wie im Wahn lief Charlie durch die Stadt und suchte nach Jo. Er hatte alle gefragt, überall nachgesehen. War sogar bei Oolkert persönlich gewesen, aber natürlich hatte man ihn nicht vorgelassen. Pattie hatte ihm erzählt, dass Jo sich neulich bei ihr im Keller besinnungslos betrunken hatte. Aber seit er hinaus in die Dunkelheit gestolpert war, hatte niemand mehr etwas von ihm gehört. Es war zum Aus-der-Haut-Fahren, er wusste, dass Jo Lily niemals einfach so verlassen würde. Und er würde erst recht seine Familie nicht im Stich lassen. Seine Mutter war krank vor Sorge um ihn.

Charlie war es auch ihr schuldig, ihn zu finden. Sie hatte sich um ihn gekümmert, ihn gesund gepflegt, ihn aufgenommen wie einen Sohn. Und nun konnte er nichts tun, um zu helfen.

Wie schon Hunderte Male zuvor lief er durch die Straßen, schaute in dunkle Twieten und Durchgänge, ging in die verrufensten Gassen, klapperte die Kneipen ab. Manchmal betrachtete er das dunkle, schäumende Wasser der Elbe und fragte sich, ob man seinen Freund eines Tages auf dem Grund des Flusses wiederfinden würde.

Am Tag von Lilys Abreise lief er wieder ziellos durch die Straßen, in seinem Magen einen schweren Stein aus Sorge und Angst. Er wusste, dass jetzt alles zu spät war, aber dennoch konnte er nicht aufhören zu suchen. Als er am Brunnen in der Niedernstraße vorbeikam, fiel ihm auf, dass er Augustus schon ewig nicht gesehen hatte. Normalerweise lag er hier im Schatten und bettelte.

Nach langem Herumfragen fand er ihn in einer dunklen Gasse, wo er in einem umgefallenen Container lag, der notdürftig mit Pappe bedeckt war. Nur seine großen schwarzen Füße ragten heraus. Lautes Schnarchen ertönte aus dem Inneren.

«He, Augustus, hier ist Charlie!» Als er vorsichtig die Pappe beiseitezog und den schlafenden Mann betrachtete, sah er sofort die große Wunde an seinem Hals. Sie eiterte. Fliegen schwirrten darum herum.

Charlie hustete und presste sich die Hand vor den Mund. Es stank zum Gotterbarmen.

Er zog Augustus am großen Zeh und schüttelte seine Füße. «He, Kumpel, aufwachen. Ich muss mit dir reden.»

Es dauerte lange, bis Augustus zu sich kam. Er redete wirr, das Fieber schien ihm die Sinne zu vernebeln. Erst erkannte er ihn nicht. Dann aber, in einem klaren Moment, nachdem Charlie ihm ein wenig Wasser eingeflößt hatte, erzählte er von Jo. Charlie wusste sofort, dass der Mann, den Augustus beschrieb, Roy gewesen war.

Und nun wusste er auch, wo er nach Jo suchen musste.

«Leg dich wieder hin. Ich muss ihn finden. Dann komme ich wieder. Du musst in ein Krankenhaus!», sagte er hastig, und Augustus ließ sich erschöpft wieder nach hinten kippen.

Zwei Stunden später führte ein Beamter Charlie zu Jos Zelle. Er traute seinen Augen nicht, als er ihn endlich vor sich sah. Beinahe hatte er nicht mehr daran geglaubt.

Jo lag mit geschlossenen Augen auf seiner Pritsche. Als Charlie seinen Namen sagte, hob er erstaunt den Kopf.

«Verkehrte Welt, was?», sagte Charlie leise, als Jo aufstand und auf ihn zukam. Er war erschüttert, seinen Freund so zu sehen. Jo bewegte sich seltsam, konnte sich anscheinend nicht ganz aufrichten. «Was ist los mit dir?», fragte er erschrocken.

Jo verzog den Mund. «Hab 'ne kleine Stichwunde. Ist ein bisschen entzündet.» Er hob das Hemd, und Charlie keuchte leise. «Du brauchst einen Arzt.»

«Sie sagen, ich hatte schon einen, jetzt kommt erst wieder nächste Woche einer.» Jos Wangen zuckten. Sie umarmten sich durch die Gitterstäbe, und Jo stöhnte vor Schmerz leise auf. «Sie lassen mich nicht raus. Etwas stimmt nicht. Niemand sagt mir, was los ist, warum ich hier bin. Es war Roy, Charlie.»

Der nickte. «Ich weiß. Augustus hat es erzählt.»

«Er lebt?», fragte Jo erleichtert.

«Gerade so. Wenn ich hier rauskomme, bringe ich ihn erst mal zu einem Arzt. Ein Wunder, dass er noch atmen kann, das Messer muss seine Luftröhre knapp verfehlt haben.» Charlie sah

Jo an. «Du weißt, dass es nur eine Erklärung für das Ganze geben kann, oder?», fragte er.

Jo holte tief Luft. «Ich weiß. Oolkert steckt mit drin. Aber ich verstehe es nicht. Was hat er davon, mich wegzusperren?» Plötzlich weiteten sich Jos Augen. «Hast du Lily gesehen? Wie geht es ihr?» Er stockte. «Sie … lebt doch noch, oder?», fragte er, und Charlie sah die Angst in seinem Blick.

«Ja», beeilte er sich zu sagen. «Sie lebt und das Kind auch.» Er wappnete sich einen Moment für das, was er seinem besten Freund jetzt gestehen musste. «Aber sie werden heute auf ein Schiff nach England gehen, Jo», sagte er zögernd und zog den Zettel aus der Tasche. Er konnte ihm nicht in die Augen sehen. «Sie denkt, dass du aus der Stadt geflohen bist. Dass du ihr nicht verzeihen kannst. Ihr kleiner Bruder ist gestorben. Die Familie setzt sie unter Druck. Sie wird mit ihrem Verlobten nach England gehen und dort ein neues Leben anfangen.»

Jo starrte ihn an, als habe er kein Wort verstanden. «Michel ist tot?», fragte er, und es schien Charlie, als würde in diesem Moment etwas in seinem Freund zerbrechen. Er senkte den Kopf und blickte auf den Zettel in seiner Hand. Langsam faltete er ihn auf und las. «Wann hat sie das geschrieben?», fragte er tonlos.

«Vor über einer Woche», erklärte Charlie. «Ich habe überall nach dir gesucht.»

Jo nickte. «Wann fährt das Schiff?»

Charlie schluckte. «Genau jetzt», sagte er leise. «Es tut mir leid, Jo.»

Lily krallte die Hände um die Reling und suchte mit den Augen fieberhaft die Gangway ab. Kaum hatte sie einen Fuß auf das Schiff gesetzt, wusste sie, dass sie einen Fehler beging. Bis zuletzt hatte sie gehofft, dass Jo auftauchen würde. Dass er nicht fortgegangen war, sondern es eine Erklärung gab. Sicher würde er kommen und ihr sagen, dass alles ein schrecklicher Irrtum gewesen war. Jede Sekunde glaubte sie, seine braune Mütze auftauchen zu sehen, seine Stimme zu hören, die nach ihr rief.

Aber er kam nicht.

Sie hatten bereits über zwei Stunden Verspätung, hatten noch auf Ware gewartet, die abgefertigt werden musste. Doch plötzlich war es so weit. Der Steg wurde eingezogen, die Taue wurden losgemacht, Männer riefen durcheinander, das Nebelhorn ertönte, die Menschen im Hafen begannen zu winken, und auch neben ihr riefen die Passagiere den Zurückbleibenden Abschiedsgrüße zu. Lily fühlte sich, als würde sie ihrem Leben von oben zuschauen. Als wäre es eine andere, die hier stand. Was hatte sie nur getan? Warum war sie hier? Sie musste mit Jo reden, er liebte sie, das wusste sie genau. Wenn sie jetzt fuhr, konnte sie nicht mehr zurück. Ich muss an Land!, dachte sie, plötzlich panisch.

Sie fuhr herum, wollte vom Schiff laufen, ehe es zu spät war. Doch mit einem Mal stand Henry hinter ihr. Er drückte sich an sie und presste sie mit seinem Körper gegen die Reling. «Jetzt geht es los», flüsterte er in ihr Haar. «Wir fahren in unser neues Leben. Ich bin so froh, dass ich dich wiederhabe!»

Unten am Kai standen ihre Eltern, neben ihnen Emma, Hertha und Agnes. Etwas weiter hinten sah sie Seda mit einem kleinen Bündel in den Armen. Sie hatte ihr Kind bekommen, während Lily im Krankenhaus lag. Seda weinte und presste sich ein Tuch vor den Mund.

Mit einem Mal glaubte Lily in der Menge unten am Hafen Charlies rote Haare zu sehen. Sie kniff die Augen zusammen, aber es war ein solches Gewimmel, so viele winkende Hände, dass sie den kleinen Punkt sofort wieder aus den Augen verlor.

Plötzlich spürte sie ein Rucken, dann ein Vibrieren unter ihren Händen.

Das Schiff hatte abgelegt.

Ein Zittern stieg in ihr auf; hätte Henry sie nicht festgehalten, sie wäre in diesem Moment in die Knie gesunken. Aber so standen sie da und beobachteten, wie die Stadt langsam immer kleiner wurde. Lily stocksteif, einen Ausdruck des Entsetzens auf dem Gesicht, Henry zufrieden lächelnd.

Jetzt ist es zu spät, dachte Lily.

Und als Hamburg langsam im Nebel versank, spürte sie zum ersten Mal, wie das Kind in ihrem Bauch sich bewegte.

Liebe Leserin, lieber Leser,

ich danke Ihnen für Ihre Zeit und hoffe, dass Ihnen das Lesen dieses Buches ebenso viel Spaß gemacht hat wie mir das Schreiben. Für mich war es eine wundervolle Erfahrung, mit Lily und Jo auf Entdeckungsreise ins 19. Jahrhundert zu gehen. Je tiefer ich in die Zeit und in meine Geschichte eintauchte, desto bewusster wurde mir, wie viele Privilegien wir in unserer Gegenwart genießen, und wie jung – und instabil – diese Privilegien manchmal noch sind. Gleichberechtigung der Geschlechter, Arbeitssicherheit, soziale Gerechtigkeit, Diversität und Inklusion können und müssen ganz sicher auch heute verbessert werden, aber zu Lilys und Jos Zeit, zu Emmas, Michels, Charlies und Franz' Zeit waren diese Konzepte entweder noch gar nicht geboren oder steckten in den Kinderschuhen.

Während der Arbeit an «Elbleuchten» habe ich unermüdlich über das 19. Jahrhundert recherchiert. Hamburgs spannende Stadtgeschichte spiegelt sich in den Schauplätzen meines Romans und den Biographien der Figuren wider. Der Kampf der Werften um Aufträge der Reedereien bildet den realen Hintergrund des Geschehens. Weil England als weltweit führend im Dampfschifffahrtsbau galt, ließen die Reedereien ihre Schiffe aus Tradition weiter dort bauen. Die Hafenarbeiter bekamen den Konkurrenzdruck der großen Unternehmer schändlich zu spüren. Arbeitssicherheit wurde vernachlässigt, medizinische Behandlungen waren für viele unerschwinglich. Die neu erschlossenen Seerouten und Handelsbeziehungen mit China und Indien ermöglichten den Opium-Import. Das Altstädter und das Neustädter Gängeviertel zählten zu den schlimmsten Slums

Europas. Dem gegenüber standen prächtigste Villen entlang der Alster und der Elbchaussee. Es war eine Zeit der extremen gesellschaftlichen Gefälle, in der der Arbeiterkampf gerade zu brodeln begann und die erste, zaghafte Welle der Frauenbewegung Fahrt aufnahm. Also eine ungeheuer spannende, aufwühlende Zeit des gesellschaftlichen und sozialen Umbruchs.

Um ein möglichst realistisches Bild zu zeichnen, standen einige historische Persönlichkeiten aus Hamburg meinen Romanfiguren Pate, und sicherlich werden Geschichtsinteressierten so manche Eckdaten bekannt vorkommen – zum Beispiel benannte ein großer Hamburger Reeder tatsächlich alle seine Schiffe nach Frauenfiguren aus Shakespearestücken, und Lilys Zuhause an der Bellevue ist dem Anwesen einer der mächtigsten Familien Hamburgs nachempfunden. Auch kam ein anderer hoch angesehener Bürger und Werftgründer – der sich in Wahrheit für seine Stadt äußerst verdient gemacht hat – entgegen allem Spott durch den Handel mit dem natürlichen Düngemittel Guano zu Ansehen und Reichtum.

Aber dies ist ein Roman, in dem eine spannende, packende, ergreifende – und eben vollkommen fiktive – Geschichte erzählt wird, die den Leserinnen und Lesern das 19. Jahrhundert näherbringen und gleichzeitig unterhalten soll. Und so sind natürlich alle Figuren, all ihr Handeln und Denken, sind alle Intrigen, Boshaftigkeiten und Verbrechen frei erfunden.

Meine Geschichte historisch so realistisch wie möglich zu erzählen, war mir trotzdem beim Schreiben eine Herzensangelegenheit. Ich möchte in meinem Roman den Wandel darstellen, den unsere Welt, unsere Kulturen und unsere Sprachen in den letzten Jahrhunderten durchlaufen haben. Der folgende Hinweis ist mir daher sehr wichtig: Wenn meine Figuren rassistisch und kolonial denken, fühlen oder handeln, wenn sie in der Geschlechterfrage aus heutiger Sicht veraltete Positionen vertreten, wenn Kranke oder Menschen mit Behinderungen ausgeschlossen, Einwanderer aus China abfällig behandelt werden, dann soll dies Rassismus, konstruierte Differenzen oder Hierarchiedenken keinesfalls legitimieren. Ich bilde die Figuren als Zeugnisse ihrer Zeit ab. Damit wir ihr Fühlen, Denken und Handeln kritisch reflektieren, hinterfragen und daraus lernen können.

An manchen Stellen habe ich mir, aller historischen Exaktheit zum Trotz, die eine oder andere künstlerische Freiheit genommen, habe die Zeit manchmal ein wenig gebogen, den Rahmen des Möglichen ein wenig überspannt. So kam zum Beispiel die erste Schreibmaschine erst einige Jahre später nach Hamburg, und auch das berüchtigte Chinesenviertel war zu Lilys und Jos Zeiten noch in der Entstehung begriffen. Alles in allem ist es aber eine Geschichte geworden, die so, wie ich sie erzähle, durchaus hätte passieren können. Emma und Lily sind ungewöhnliche Frauen, die Besonderes wagen. Zum Glück gab es solche Frauen damals schon – deren Mut wir heute viel verdanken.

Und eine Liebe wie die zwischen Lily und Jo ist ohnehin zeitlos.

Miriam Georg, im Herbst 2020

S. 34: William Shakespeare: «Ein Sommernachtstraum». Übersetzt von August Wilhelm Schlegel. In: «William Shakespeare, Sämtliche Werke», R. Löwit, Wiesbaden (o. J., Druck 1973), S. 128

S. 304–306: Louise Otto-Peters: «Frauenleben im deutschen Reich. Erinnerungen aus der Vergangenheit mit Hinweis auf Gegenwart und Zukunft. Vollständige Neuausgabe mit einer Biographie der Autorin». Hg. Karl-Maria Guth, Verlag der Contumax GmbH & Co. KG, Berlin 2015, S. 104–106

S. 306: William Acton: «The Functions and Disorders of the Reproductive Organs in Childhood, Youth, Adult Age, and Advanced Life, Considered in Their Physiological, Social and Moral Relations». Lindsay and Blakiston, Philadelphia 1867

S. 307: Louise Otto-Peters, zit. nach: «Demokratische Wege. Ein biographisches Lexikon». Hg. Manfred Asendorf, Rolf von Bockel. J. B. Metzler, Stuttgart Weimar 2006, S. 466

S. 307: Louise Dittmar: «Das Wesen der Ehe. Nebst einigen Aufsätzen über die Reform der Frauen». Verlag von Otto Wigand, Leipzig 1849, zit. nach: «Frauenemanzipation im deutschen Vormärz. Texte und Dokumente». Hg. Renate Möhrmann, Philipp Reclam Jun., Stuttgart 1978, S. 126

S. 371: Hans Joachim Schröder: «Heinrich Freiherr von Ohlendorff. Ein Hamburger Kaufmann im Spiegel der Tagebücher sei-